suhrkamp nova

Dietmar Dath

Leider bin ich tot

Roman

Suhrkamp

Die Coverillustration wurde von Oliver Scheibler gestaltet.

Erste Auflage 2016
suhrkamp taschenbuch 4654
Originalausgabe

Umschlaggestaltung: Zero Werbeagentur, München
Druck und Bindung: CPI – Ebner & Spiegel, Ulm
Printed in Germany
ISBN 978-3-518-46654-4

Leider bin ich tot

Hier ist kein Jude noch Grieche,
hier ist kein Knecht noch Freier,
hier ist kein Mann noch Weib;
denn ihr seid allzumal einer
in Christo Jesu.

Galater 3:28

Some say prayers
I say mine

Andrew Eldritch

1 : Niemals nacheinander

Abel wartete und atmete. Er dachte an früher, vor zwanzig Jahren, in der Schule, als man ihn »deutscher Perser« oder »blonder Perser« genannt hatte – das war eine Idee der lustigen Kerstin gewesen, einer Mitschülerin mit Katzentick. Perser: einerseits ein Kater, andererseits auch ein Junge mit iranischer Mutter, deutschem Vater.

Man kann, fiel Abel ein, Wörter verwechseln und Dinge. Der Himmel war der Fluss. Wasser und Luft standen nie still. Abels Hände leuchteten rot und kalt. Sie wollten frieren, als Buße. Denn sie hatten sich von der Wange zurückgezogen, die sie hätten streicheln sollen. Hinter dem blonden Perser stand die Tate Modern. Der Museumsbau leuchtete ziegelrot. Innen brannten schlaue Feuer, einige zu schlau; manche still, viele lärmend. Einige spiegelten etwas. Andere nichts. Abel liebte Spiegel. Aber der Himmel und der Fluss waren keine.

Auf der Millennium Bridge, zur Rechten des Deutschen, fotografierten Japanerinnen und Portugiesen einander mit Spielzeugtelefonen. Dahinter schämte sich Shakespeares Theater. Eltern rissen Witze: »Oi! You look like your nose might fall off, all frozen stiff like that!« Kinder widersprachen der guten Laune: Eins forderte trotzig Grillwurst, das andere trat mit Wut gegens Geländer.

Abels helles Hemd mit schmalen apfelgrünen Streifen schien zu behaupten, er sei eine stolze Pflanze. Sein schwerer Mantel aus rauchgrauer Schafswolle zeigte ihn eher als genügsames Tier, während seine teure Strickweste, aquamarin, einen Filmstar beim Besuch einer Auktion chinesischen Porzellans angemessen kleiden würde. Pflanze, Tier, Star? Und die grauen Flanellhosen? Irgendwo musste das australische Geld ja hin.

Abels Gesicht, kantig, schmal, sonnengewohnt, schwieg sich aus.

Der Fluss faltete splittriges Grau in sein Silber. Winter rollte vorbei, unmenschlich schön wie die blauroten Höhen über den Gebäuden auf der anderen Seite der Themse, imperiale Fassaden, von Milchdampf gewaschen.

Abel schloss die Augen, ballte die Hände zu kalten Fäusten in den Manteltaschen. Dann spielte er mit den Fingern Sachensuchen. Die Kuppen erkannten Krümel und Münzen. Er öffnete die Augen und dachte: Ich muss mich schämen. Wenigstens bin ich ein großer Künstler, »Wald statt Bäumen« ist ein wichtiger Film. Vergesst den Autor, liebt das Werk. Abel dachte an Ceecee, die gern in solchen Parolen dachte.

Ceecee: Cyan Cerulean.

Die Wandelbare: Er dachte an ihr Haar, bürstenkurz, erst schwarz, dann froschgrün, dann giftig orange, jetzt himmelblau. An ihr großes Kruzifix auf der Brust – wie bei Madonna früher. Ohne Ceecee hätte er »Wald statt Bäumen« nicht bezahlen können. Sie fand leicht Geld, das sich langweilte.

Abels Hauptfinanzier, ein »Uncle Wyatt« aus Australien, war großzügig wie ein Renaissancepapst; der Vergleich stammte von Cyan. Ihr schuldete Abel inzwischen mehr als Geld: Sie hatte ihn aus zähem Selbstekel befreit, mit *pep talks*, wie sie's nannte. Man konnte sich von ihr um drei Uhr nachts in den Arm nehmen lassen, weinen wie ein Baby und dabei alles gestehen, sogar Erfundenes.

Kühler Wind griff in Abels lichtblonde Haare, eine wellige Zufallsskulptur, mit schnellen Fingern vor dem Spiegel geformt. Abel suchte zwischen Krümeln und Staub nach Reichtümern in den Taschen. Hausstaub, wusste er, bestand zum größten Teil aus Resten menschlicher Haut. Die Partikel im Mantel waren überdies Fetzchen von toten Bienen und Schlangen, Skorpionen und Wespen. Die Finger fanden eine Münze, holten sie hervor. Abels Blick wurde klarer: Kein Spiegel war das Geldstück, aber es schenkte ihm Reflexlicht, eine weitere Beruhigung. Abel sah von der Münzkante weg ins Große, betrachtete die Luft, die man nicht sehen konnte, wie sie überm Strom in die Höhe wollte. Kräftigen Winden gelang es. Sie leckten zwischen den Wolken nach Richtungen, die nicht Ost hießen oder West, Nord oder Süd; Richtungen, die man noch taufen musste. Je höher die Winde, desto schneller bewegt: ein Gesetz.

Abel glaubte, er könnte hier unten spüren, wie sich die Atmosphäre langsam ins Weltall verflüchtigte; allein drei Kilo Wasserstoff pro Sekunde, hatte Nasrin ihm einmal erklärt. Unter den Sohlen der neuen Schuhe drehte sich der Planet.

Nasrin setãreh hã´i rã be panjareh ash chasbãndeh.

Reich, bewundert, ohne Weg und Schutz: Abel dachte an Wolf.

Den fürchtete er, weil er zu viel wusste.

Die Münze, die Abel blinken ließ, war hübsch: Five Pence, klein, sauber, vorn Tierkörperteile aufgeprägt, hinten die Königin Elizabeth, II D G REG F D 2012, das Jahr im Datum bereits auf dem Rückzug, nur wenige Stunden noch aktuell.

Abel schnippte die Münze in die Luft. Sie wollte im Fallen blitzen; es war nicht mehr genug Sonne da. Fünf Pence fielen ins Wasser. Abel zog sich den Mantelkragen hoch.

Wir waren im Begriff, Gott endlich wieder leidzutun.

In Frankfurt lief Wolf zum Gate, als trüge er Langlauflatten an den Füßen. Alles, was ihm gehörte, hatte er in eine Nylontasche gepackt und trug sie auf der Schulter, als Handgepäck.

Der letzte Aufruf plärrte: »Passagiere nach London Heathrow Flug LH 456 werden gebeten …«

Wieland Schulte, den im Kindergarten ein Kind Wolf getauft hatte, wollte nach London, zu Abel Reinhardt. Es ging darum, ob man die Vergangenheit von der Zukunft her einholen konnte. Daher die Rennerei, daher der Schweiß auf dem Nasenrücken. Zögern darf kein Krieger, Scherben bringen Bauchweh. Eine dünne Frau stakste in Wolfs Gesichtsfeld. Ihre Schuhe waren grellgelb, zwei zerknautschte Pudel. Wolf dachte: Wozu bindet man sich Zitronenpudel an die Füße? Die Frau blähte ihr schmales Gesicht auf, als sie sah, wie Wolf auf sie zufiel. Wolf blieb keine Zeit zum Lachen. Er sprang zur Seite. Seine Tasche schwang nach rechts; ihr stumpfes Ende traf eine Flughafenangestellte. Die hatte gerade versucht, einen Rollstuhl aus einem Aufzug zu ziehen. Das Gerät mochte weder gezogen noch geschoben werden. Drin saß ein Mädchen, das in zwei Wochen siebzehn Jahre alt werden sollte. Die Augen des Mädchens guckten, als fänden sie das Leben mühsam, aber nicht uninteressant.

Die Flughafenfrau strauchelte, stöhnte: Der eingenähte Metallrahmen der Tasche hatte sie am Kinn unterhalb der linken Wange getroffen. Das Mädchen blinzelte. Die Rollstuhlräder stellten sich quer. Der Kopf der jungen Frau, die Nathalie Echle hieß, nickte in seltsamem Winkel nach vorne. In den Nasenlöchern steckten zwei Spitzen einer Gabel aus Plastik. Die Gabel saß auf einem dünnen meergrünen Schlauch, der zu einer teerschwarzen Flasche führte, aufgehängt an der rechten Armlehne des Rollstuhls. Die Flasche half Nathalie Echle beim Leben.

Die Uniformierte riss die Arme hoch und griff nach der Tasche, die ihr Feind war. Als die Tasche vorwärts- und nach rechts fiel, riss sie Wolf, der an ihr hing, mit sich auf den Rollstuhl. Der kippte nach links. Sein Servomotor brüllte die Räder an. Sie gehorchten nicht. Das Gerät fiel um. Nathalie Echle riss die Augen auf und öffnete den Mund zu einem klagenden Laut. Drei Personen stürzten mit dem Rollstuhl zu Boden.

Die Flughafenfrau ließ die Tasche los und warf sich japsend zur Seite. Wolf rollte damit rückwärts auf den Oberkörper des Mädchens. Schwache Arme versuchten, sich zu wehren. Wolf zuckte zusammen, schlug aus. Spürte fahrige Wedel auf der Stirn, lebende Schatten. Er schrie, atmete heiße Empörung. Eckig bewegt fand er auf die Knie. Jetzt traf ihn der linke Ellenbogen des Mädchens zwischen den Rippen: ein heftiger, spitzer Stoß, dicht überm Herzen. Seine rechte Hand wischte nach Nathalie; eine klatschende Ohrfeige traf sie. Ihre Rechte krampfte sich zur Kralle. Wut heulte aus dem Mund des Mädchens. Beide Hände flatterten hoch, wollten Wolf vertreiben. Ein Finger streifte sein linkes Augenlid.

Wolf antwortete mit einem Fausthieb. Er spürte mehr in diesem Kampf als nur sich und die Frau: einen Hund mit Dornenzähnen, die ihm an die Kehle wollten, und in der Frau steckte jemand Unmögliches, ein Feind, ein Teufel. Er sah ihn lachen, während sie schrie. Er sah ihn spucken, mit den Augen rollen und sich freuen, so dass Wolf brüllte: »Da! Da ist wer drin! Da ist einer! Steckt einer drin!«

Er und die junge Frau traten und trampelten. Aus der Plastikgabel, die nicht mehr in Nathalies Nase steckte, lispelten Flüche. Menschen bellten und fuchtelten, liefen zusammen. Eine Bedienung der Snackbar, Reisende, Flughafenpolizisten. Zu viele Arme und Beine verwirrten Wolf.

»In ihr drin! Einer drin!«, kreischte er in Todesangst. Jemand umfasste ihn von hinten, hob ihn von der Frau, deren Gesicht zur Maske gefroren war und deren rechtes Auge in Blut schwamm. Wolf fragte sich benommen: Wo kommt das her? Das Blut? Wer sind die Männer, die mich an die Wand drücken?

Es waren Sanitäter. Sie traktierten ihn mit gezielten Hieben, die ihn zwingen sollten, die Gegenwehr aufzugeben. Fragen zerbrachen ihm im Mund. Schockierte Zuschauer schimpften. Jemand bog Wolf die Arme auf den Rücken. Zwei Leute nahmen ihn in ihre Mitte, brachten ihn weg. Er fühlte sich undeutlich festgenommen, dann unverständlich verhört. Die Lampe, die ihm ins Gesicht schien, hatte keine Energiesparbirne. Er fand: Gäbe es Menschen, die auf einer Scherbe oder einem Messer tanzen können, bräuchten wir keine Götter. »In ... in ihr ist ... da ist ...«

Speichel und Blut troffen ihm aus dem Mund.

»Einer ... jemand ... drin ... der ... der Böse ...«

Ordnung brachte ihn zum Schweigen.

Im Korridor der Mainzer Landstraße nahmen kühlte Winde Fahrt auf. Zwischen den glatten Häuserfronten trat ein alter, seit Jahrzehnten unzufriedener Mann, Kurt Schulte, in ausgebleichten Jeans und hirschroter Wildlederjacke aus Regen und Dunkelheit. Vor dem Kiosk drückten sich Menschen herum. Kurt bat den Betreiber, der drinnen im Warmen stand: »Drei Feuerzeuge.«

»Kaffee?«, fragte der Mann. Seine Augen waren dunkler als sein Haar, das Haar war dunkler als der Bartschatten am Kinn, der Bartschatten wieder war dunkler als die Ringe unterm gutmütigen Blick. Kurt Schulte sah Menschen gern in Schwarzweiß. Er dachte: Ausländer.

»Drei Feuerzeuge«, wiederholte er.

Kurt hatte Duftkerzen daheim und wollte mit Geruch heizen.

»Okay«, sagte der Mann und hob eine Schachtel aus einem niedrigen Regalfach.

Da lagen bunte Feuerzeuge.

Er nahm ein grünes heraus. Kurt Schulte sagte: »Drei bitte. Drei Feuerzeuge.«

Ein Verwahrloster fiel von der Seite gegen ihn. Er hauchte gemeinen Atem. Kurt verzog den Mund. Federweich prallte der Penner von ihm ab, fing sich, stand unbestimmt anklagend da.

Wippend. Lästig. Auf seine Art lange tot. Der Kioskmensch nahm zwei weitere Feuerzeuge aus dem Karton. Kurt sammelte sie ein.

»Drei Euro.«

Kurt bezahlte. Er steckte die winzigen Flammenwerfer in die rechte Hosentasche, duckte sich neben dem Verwahrlosten weg und ging. Der Tote maulte ihm nach: »Was braucht denn ... braucht denn der ... denn da drei Feuerzeuge da ... da denn?«

Kurt grollte beiden, dem Armen und dem andern: Der Ausländer, fand Kurt, hatte ihn schlecht bedient. Ich könnte, dachte er, mir daran selbst die Schuld geben, weil ich drei Feuerzeuge auf einmal haben will. Das versteht der nicht. Ich habe mich zwei Stunden lang geärgert, dass in meiner Wohnung kein Feuerzeug und kein Streichholz zu finden waren, dafür aber zwei Duftkerzen, auch sechs Teelichter.

Kerzen ohne Feuer, Suppe ohne Löffel, Deutschland ohne Führung. Der Zustand war ein Leben, wie die Sprache eins ist. Deshalb, so betete Kurt bei sich, ihr Völker der Welt, deshalb brauche ich das Gefühl, dass ich so viele Feuerzeuge kaufen kann, wie ich will.

Zwei wären zu wenige, vier zu viele. Das Entscheidende ist, dass der Ausländer das, was ich von ihm wollte, nicht gehört hat, weil er es sich nicht vorstellen konnte. Weil es nicht üblich ist. Ein Feuerzeug? Ein einzelnes? Das widerfährt ihm dauernd. Aber drei? Das will niemand. Die Leute werden von ihren Erfahrungen kommandiert.

Der scharfe Regen wurde zum eisigen Guss.

Falsche Götter starben schneller als echte Menschen.

»Also du heißt so wie eine Farbe?« Mit diesen Worten hatte Abel die neue Assistentin begrüßt: Cyan.

Sein Problem damals hieß Wirtschaftskrise. Cyan versprach, zu telefonieren.

Abel fing mit den Dreharbeiten an. Schnell gingen ihm alle am Set auf die Nerven: Der Kamerachef verbiss sich in seinen Operator, weil der etwas anderes sehen wollte, als jener sah. Der Elektriker trat sich selbst auf die Füße. Der Best Boy stolperte über Kabel, die es gar nicht gab. Der kleine Belgier an den Rollwägelchen wurde regelmäßig von seinen Drogen überfahren. Was waren das für Menschen? Woher kamen sie? Dummheit ist die Bosheit der Faulen, fand Abel.

Cyan Cerulean wusste, als er ihren Namen seltsam fand, sofort eine Erwiderung: »Yes. It's a kind of blue. Like you.«

Von da an hörte er sie gerne sprechen. Ihr Deutsch war fehlerfrei, der Akzent britisch oder australisch, je nachdem, was Abel über ihre Herkunft gerade glauben wollte. Das kleine Gesicht, von lieblichster Bosheit, beglaubigte mit seinem Ich-kann-kein-Wässerchen-trüben-Lächeln alle Gerüchte, die Ceecee mit Underground-Pornographie und Schlimmerem in Verbindung brachten.

»Blue?«, fragte Abel.

»Cyan und Cerulean. Es sind Sorten von Blau. Aber dein Name, der ist auch lustig. Du bist der neue Lieblingsdeutsche in den Filmzeitschriften, right? ›Film Comment‹ und ›Sight and Sound‹ und so. Sie lieben dich, weil du so heißt: Abel Reinhardt. Denn Engländer und Amerikaner denken: Able, der kann was. Stimmt ja auch. I like your work. It's ... classy. Die Skripte. Deine präzisen Shot Lists und Kameradiagramme, so ... genau, dass man sie nur ... überfliegen ... muss und die Augen zumachen. Schon läuft der Film im Kopf.«

Sie zeigte Zähne.

Er dachte: Sie flirtet.

Er sagte: »Du wolltest dir das also einfach mal ansehen, diesen Kritikerliebling?«

Sie sagte: »Ich will wissen, ist es nur Kunst? Kunst können heute alle. Oder do you mean business? Ich will dich, whattayacall ... ernst nehmen.«

In ihrem Wort »Business« steckte ein Angebot. Man hatte ihm von ihren Verbindungen berichtet. Sie kannte Geldleute. Sie kannte Kunstleute. Sie hatte mit großen Namen gearbeitet, Assayas, Serebrennikov. Industrie, Leute von den Festivals, vom BFI: Cyan kannte alle. Alle kannten Cyan.

Er brummte: »Ich will, dass Leute den Film sehen und erleben können, die überhaupt keine Fantasie haben. Dass er selbst denen was gibt. Deshalb müssen wir ihn durchsetzen. Bezahlen, beschützen.«

»Then we have a deal«, sagte sie und gab ihm ihre kühle Hand.

Bald saßen sie gemeinsam im Dunkeln, um die Farbsättigung der ersten Szenen zu prüfen. Wände aus Nacht um sie saugten alle Zweifel auf.

Cyan sagte: »We'll have funding in no time. Diese Gräser. Das ist wicked ... böse.«

Frühe Chancen, gründlich verpasst.

Nasrin spielte in jenem Sommer noch mit Puppen.

Ihr Vater kaufte ihr Kinderzeitschriften, in denen alles rosa war, knallgrün oder sternstaubglitzernd. Nasrin pirãhani rã mikhãhad ke mesle yek ãieneh bãshad.

Wenn Nasrin lachte, hörte man Glöckchen. Wolf hatte keine Schwierigkeiten damit, Abels kleine Schwester zu mögen. Er gab ihr von seinen silbernen Stäbchen ab, als sie zu dritt auf der niedrigen Mauer saßen. In der Mauer steckten Glasscherben. Unter der Mauer wohnten Eidechsen, Ameisen, Käfer. Das war der trockene, italienische Urlaubssommer 1985.

Wolf und Abel hatten eben das Rauchen ohne Feuer und Tabak erfunden. Zu dritt hockten die Kinder auf dem westlichen Rest der anderthalb Meter hohen Umfassung des Vorhofs der Reinhardt'schen Villa. Die beiden Jungs trugen blasse T-Shirts, über den Knien schiefgefetzte kurze Hose. Die *pre-teen princess* neben ihnen schlackerte im gelbroten Kleidchen mit den Beinen. Madonnas »Into the Groove« pumpte Blut durch die Menschen. Das Stück hörte in diesem Sommer nie auf, ein Herz aus heißem Teer.

Nasrins Mutter Simin tanzte dazu ständig durch alle Räume, diese innen weiß verputzten, leeren Versprechungen ihres reichen Mannes, Tag und Nacht. Die Musik kam vom neuesten Spielzeug; es hatte hunderte von Mark gekostet und war die Zukunft; ein CD-Player.

Die jungen Leute auf der Mauer kamen sich reifer vor als die Mutter und ihre seltsame Freundin, eine Lehrerin, die Gundolf Reinhardt ebenfalls eingeladen hatte.

Die drei Erwachsenen wollten irgendetwas Unanständiges voneinander. Die Kinder spürten, dass die Verhandlungen darüber den ganzen Sommer dauern würden. Sie hatten recht.

Wolf, Abel und Nasrin vertrieben sich die Zeit mit etwas, das sie »neu Rauchen« nannten.

Die Wahrheit war: Sie saugten in Mineralwasser gelöstes Jodsalz aus kleinen, selbstgedrehten Zigarillos, deren Hülle weder Papier noch Tabakblatt war, sondern Aluminiumfolie. Sie sahen dabei aus wie Menschen in Filmen, die sie gesehen hatten: Abel glich Clint Eastwood in »Pale Rider«, Wolf ähnelte Mel Gibson aus »Mad Max III – Jenseits der Donnerkuppel«, und Nasrin wollte Carrie Fisher als Leia in »Die Rückkehr der Jedi-Ritter« sein – diesen Film, der im Weltraum spielte, hatte Nasrin letzte Weihnachten auf Video gesehen, mit den Jungs.

Das neue Rauchen war nicht echt, erhöhte aber die Schärfe der Selbstwahrnehmung hinter den Grimassen aus Filmen. Wolf war mit dem Karton Jodsalz angekommen, »wegen Schilddrüse«. Sein Vater sah streng auf die Ernährung des Sohnes. Zwischen dem fünften und dem zwölften Lebensjahr, der schwierigsten Zeit für die Familie Schulte, war Wolf nahezu ununterbrochen krank gewesen. Erst seit einigen Monaten pegelte sich sein Körper auf menschenübliche Zustände ein.

Als er Wolfs Salzschachtel sah, kam Abel die Idee mit den imaginären Zigaretten: Man riss ein kleines Plättchen von einer Rolle Alufolie, streute eine Linie drauf – auch das kam aus dem Kino, Vater Reinhardt hatte seinen Sohn vor kurzem in einen Film mitgenommen, in dem unter Exilkubanern in der Stadt Miami maßlos gekokst wurde –, und feuchtete diese Linie mit drei, vier Tropfen Mineralwasser an, bis eine weißliche, zähe Masse entstand.

Abel führte Regie: »Pass auf, du legst den Finger auf den Flaschenhals, so, machst ihn nass, richtig nass, hältst ihn über das Salz, lässt es abtropfen.«

Nach diesen Anweisungen drehte und krumpelte man ein Stäbchen zurecht, knickte es vorne ein, ließ es hinten offen, steckte es in den Mund und saugte: ziehende Glätte, scharfe Irritation. Nach fünf, sechs von den Dingern spürte man kleine Schnitte in der Zunge. Ohne derlei, wussten die drei, war's keine Sucht: Vom Suff kriegte man Leberzirrhose, von Nikotin Lungenkrebs, vom Koksen zerfressene Nasenscheidewände, von den Aluzigarillos also Wunden in der Zunge.

Wölkchen wie Hasenfell nach Flintenschüssen trieben übern Hof, aus geplatzten, bläulich schwarzen Kapseln entwichen. Nasrins lange, glatte, braune Beine baumelten nervös. In Abels Oberlippenbartflaum perlte Schweiß.

Die harte Rötung in Wolfs Nacken und auf seinen Schultern fühlte sich wie eine Rüstung an: Er war ein außerirdischer Hummer. Überm Dach des Haupthauses, einem starren Alligator in Mauve aus Schindeln, stand die Sonne, die vorhin gelb gewesen war und später rot sein würde, in Pink umrandetem Beinaheweiß: Ewigkeit, *nunc stans*.

Auf eine Scherbe oder ein Messer gebettet träumte die dreifache Jugend von einer Welt, in der es spiegelnde Haut gab.

Kurt Schulte hatte beim Hausmeister geklingelt, der im selben Gebäude wohnte, zwei Stockwerke unter ihm. Der Hausmeister, ein Mann aus Kroatien, verwahrte einen zweiten Satz Schlüssel zu Kurts Wohnung. Kurt vertraute ihm und hatte nichts zu verbergen.

Der Hausmeister fuhr, erklärte er am Handy, leider noch in der Stadt herum, wegen Besorgungen. Er versicherte Kurt, er werde nicht länger als eine Dreiviertelstunde auf sich warten lassen. Kurt musste Zeit totschlagen. Zum Glück regte sich Hunger. Wäre der Abend bis dahin verlaufen wie geplant, säße Kurt längst bei Würstchen in Kartoffelsuppe vor dem Fernseher, von Duftkerzen umstunken.

Von der gegenüberliegenden Straßenseite rief der Kioskpenner nach Kurt. Der alte Mann lief ihm davon, auf der Suche nach Nahrung.

Zwei Blinde sehen noch weniger als einer.

Anna Steiger sah mit Ende zwanzig nicht grundsätzlich anders aus als mit neunzehn: drahtig, nicht dürr, hohe Wangenknochen, entweder platin- oder weizenblonder Bürstenschnitt, mal neun, mal nur sechs Millimeter lang, mit einem etwas längeren, aufgehellten oder rotgetönten Tintin-Spitz ganz vorn, drei Piercings (schlichte Stecker) in der rechten äußeren Ohrmuschel, hellblaue Augen, schlanke Hände, mitunter schwarz lackierte Fingernägel, viele Ringe, grobe Flanellhemden (bevorzugt mit Holzfällerkaros), bleiche Jeans, bequeme Turnschuhe, hin und wieder geschnürte, schwarze, halbhohe Stiefel. Die liebe Marion nannte Annas Aufmachung schlicht »die Uniform«.

Aber was wusste Marion?

Für eine längere Beziehung war sie »leider nicht lesbisch genug«, wie Anna das nannte, nach einem Zitat aus irgendeinem der vielen Bücher, die sie auswendig konnte.

Es wäre Anna nie eingefallen, sich davor zu fürchten, nicht originell zu sein. Sie nannte sich ganz selbstverständlich »lesbisch und links«, wo Leute wie Marion mit solchen Adjektiven Probleme hatten. Annas Bereitschaft, sich Gruppen zuzuordnen, war ein Zeichen des Selbstbewusstseins: »Ich sag zum Beispiel das mit dem links nicht, weil ich irgendwo dabei sein will. Sondern weil's so ist. Weil ich's bin, auch dann, wenn's mal nervt, mich und die andern. Wenn ich ins Ausland fahre, sag ich ja auch, dass ich Deutsche bin, obwohl ich daran wirklich nix cool finde. Ist halt so.«

Das Gymnasium, in dem Anna zum Wort »links« fand, stand in einem Nest weitab vom Wichtigen. Antikriegsaktionen beim Besuch von Bundeswehröffentlichkeitsknechten, winzige Friedensdemos vor der Stadtbücherei, ein kleiner Schulstreik als Solidaritätssignal für einen Mitschüler, der wegen Ungezogenheit von der Schule verwiesen werden sollte, ein paar richtige Sätze an die richtigen Wände sprayen: links.

Präziseres Vokabular als »links«, »Scheißstaat« oder »die Kapitalisten« war zu diesen Zwecken im Kaff nicht erfordert, schon gar keine Abgrenzung gegen andere Linke. Zwar wusste Anna bald, teils aus persönlichen Begegnungen in größeren Städten, teils aus dem Netz und dem Medienangebot im nächstgelegenen linken Buchladen der nicht allzu weit entfernten Kreisstadt, dass der Planet des Linksseins allerlei einander nicht immer grüne Tierchen kannte: Antideutsche etwa, Maoisten oder Anhänger Leo Trotzkis.

Einer ihrer wenigen echten Freunde in der Oberstufe, »der schwule Georg«, wie er sich selbst nannte, gehörte erst zu einer sogenannten SDAJ, dann zur DKP, am Ende zu einer Strömung, die sich »DKP queer« nannte. »Das Wort queer«, seufzte er, »stört natürlich einige Genossen. Nicht, weil es für Homos steht. Sondern weil es englisch ist.«

Da sagte Anna: »Alle Macht kommt aus den Queerläufen.«

Im Wesentlichen waren sämtliche Leute im Kaff, die Anna mochte, schlicht Anarchisten, auch der DKPler. Der zog dann in die Hauptstadt, um dort Philosophie zu studieren.

Anna folgte. In Berlin ging es ihr zunächst darum, Milieus zu erforschen, kleine Zusammenhänge von Leuten, teils privat, teils von Sachinteressen sozialisiert: Organe organisieren. Die Clubs, queer und straight, der b-books-Buchladen und die Veranstaltungen dort, die Ladengalerie der jungen Welt, Demonstrationen, Kongresse – Rosa Luxemburg, Marx is muss –, die Kunstwelt und die Theaterszene zwischen DT, BE, HAU und Volksbühne: Was Anna damals »politisch« fand, hätte ihrem späteren Ich so wenig eingeleuchtet wie umgekehrt das spätere, stark an der Partei Die Linke orientierte Leben ihrem früheren Ich gefallen hätte. Noch Mitte 2004 erzählte sie einer Zufallsbekanntschaft, die sich zu den Grünen bekannt hatte, auf einer rotweinseligen Stehparty, die in einer sehr schönen Prenzlauer Altbauwohnung von Frauen veranstaltet wurde, die später der Zeitschrift »Missy« eng verbunden sein sollten, dass »Parteien generell Scheiße« seien: »Nee, diese ... Repräsentation und Substitution, das Sprechen von Profis für Klienten«, das sei nicht bloß im Ostblock übel gewesen, wo diese »Scheißparteien sich als Scheißavantgarde der Scheißarbeiterklasse« inszeniert hätten und in Wirklichkeit »einfach ein Haufen fantasieloser Lehrertypen« gewesen seien, sondern »das ist immer verkehrt, jederzeit und überall«.

In diesem Lebensabschnitt lief sie, wie sie das später zusammenfasste, »die ganze Zeit mit dem ›Kontrasexuellen Manifest‹ unterm Arm rum. Das und Judith Butler und alles mögliche andere Zeugs, inklusive der Unvereinbarkeiten zwischen diesen ganzen Büchern, das war meine Antwort auf alles. Bis dann plötzlich das Manifest mal bei Harald Schmidt vorkam. Da war ich dann schon auf dem Weg zur Kreuzung, wo ich den Pfad der Komplizierten verlassen musste und zu den Verbissenen gewechselt bin.«

Für sich selbst konnte sie diese Kreuzung sogar als realen Ort an einem wirklichen Datum erinnern, »à la ›Paul Valérys Nacht von Genua‹«.

Es war eine Wahlparty am letzten Augustsonntag 2009, zu der Georg, damals ziemlich aktiv bei der Linkspartei, sie als DJane engagiert hatte, für eine Handvoll Euro.

Da stand sie, wippte und tänzelte, legte Rihanna auf und die Sugababes, CD statt Vinyl: gleich mehrere Ketzereien auf einmal. Während die komischen Linken immer besser draufkamen, der Erfolge im Saarland und in Thüringen wegen, fing Anna an zu schlängeln, *gyrating*, *grinding*, und Rihanna versprach: »But you'll still be my star«.

Marion prostete Anna zu, im angeregten Gespräch mit einer Unbekannten und deren niedlichem Freund. Anna winkte zurück, berauscht wie selten, ganz ohne E und Koks, »when the sun shines we'll shine together, told you I'll be here forever«.

Marions Seitenblick wurde ein Lachen, weil sie den Text verstand.

Auf den ersten Track der »Good Girl Gone Bad Reloaded« ließ Anna das Allerderbste folgen, was sie dabeihatte: Bompobompobompobompo, Bodenzittern wie Haut auf Milch, wenn man gegen den Topf schlägt. »How obvious should a girl be«, sang Anna mit, und »I've been waiting patiently for him to come and get it«, unter lauter lieben Linken.

Schließlich verließ Anna ihren Platz an den Decks und hopste mit, sonst »you're gonna miss the freak that I control«.

Runter damit! Whisky Cola!

Eine gute Stunde lang kehrte sie nur noch minutenweise an den Arbeitsplatz zurück, um zunehmend garstigeren Schmadder aufzulegen. Schließlich musste sie dringend abkühlen und ging mit Marion zum Rauchen vor die Tür. Georg stand da, mit zwei Jungs, in der Abendkühle. Der eine war ein Anhänger Maos, der andere ein Verehrer Trotzkis.

Zuerst ging es um die Zwischenresultate des Abends und die Aussichten, die sich daraus für die bevorstehende Bundestagswahl ableiten ließen.

»Wir sollten nicht zu arg jubeln«, sagte der Mao-Mann, »Saarland und Thüringen gut und schön, aber erstens sind auch die Nazis in Sachsen und Thüringen wieder dick dabei, und zweitens geht in dem ganzen Jubel unter, dass Kommunalwahlen in NRW waren, wo wir unter fünf Prozent geblieben sind, während diese rechtsradikale ›Bürgerbewegung‹ abgesahnt hat.«

Trotzkis Mann sah die Sache anders: »Aber gerade in NRW haben wir's gut hingekriegt, mit Gewerkschaften, mit Wohlfahrtsverbänden, mit Leuten in den Stadtteilen und Betrieben, so hat's jedenfalls die Esther erzählt. Es geht um so viele verschiedene Sachen dieses Jahr, auf so vielen Ebenen. 2009 ist der Moment, wo wir zeigen müssen, dass nicht das letzte bisschen Wasser und Strom und Nahverkehr einfach so privatisiert werden kann, dass man, wenn man auch nur in irgend so 'ner blöden Stadtregierung sitzt, für mehr Lohngerechtigkeit sorgen kann bei den paar städtischen Betrieben, dass man für Frauen was machen kann …«

Anna beugte sich interessiert vor, der Maoist gab ihr Feuer.

Georg witzelte: »Das kennt die Anna gar nicht. Die ist philosophische Fundamentalistin, die will gleich die feministische dekonstruktive Revolution statt erst mal Kitas und weniger Abstand bei den Löhnen ...«

Nicht unfreundlich erwiderte sie: »Du, Georg, halt mal kurz die Fresse. Was glaubst du, warum ich heute Abend hier bin? Mir kommt das nämlich gerade heute so vor, wenn ich euch zuschaue und zuhöre, als ob hier was passiert, was ich ... Na, ich und meine Unileute, wir reden viel von Kampf und so, aber ihr ... nee, nicht dass du jetzt denkst, ich sag jetzt, ihr kämpft wirklich. Ist ja kein Kampf, das. Schießt ja keena. Aber ihr verbessert wenigstens die Bedingungen für den Kampf. Andererseits, hier in Berlin habt ihr euch nicht mit Ruhm bekleckert. Politikfähigkeit und Regierungsverantwortung und mitgestalten und konstruktiv und so shit.«

»Na jaaa«, bestätigte der Trotzkimann gedehnt, »das ist tatsächlich 'n Problem hier, dass dauernd alles in Richtung SPD ausverkauft wird. Ich darf das ja nun sagen, ich bin ja sogar Parteimitglied, im Gegensatz zu unserm Friedel«, er nickte in Richtung Mao, »der nur fleißig sympathisiert und ... und damit übrigens, so viel Ehre muss sein, in seinem eigenen Zusammenhang, bei den Spinnern, ziemlich alleine dasteht. Es geht jetzt darum, für Leute, die vom Übergangsprogramm nach wie vor überzeugt sind«, das war eine Trotzki-Anspielung, die Georg für Anna später sorgfältig auseinanderfaltete, »nicht sektiererisch zu sein in dieser Riesenkapitaloffensive, in diesem Merkeldeutschland, in diesem War on Terror, in diesem Riesenfest des Kapi ...«

»Des Imperialismus«, sagte der Maoist, »und deswegen sind wir im Moment eben nicht zuerst Maoisten oder Trotzkisten, sondern jetzt sind wir zuerst Sozialisten, die in einer Front ...«, Anna zuckte innerlich zusammen, das war kein schönes Wort, aber bevor sie dazu etwas sagen konnte, grätschte der Trotzkianer dem Chinesen dazwischen: »Der Aufruf zur Aktionseinheit fällt dir natürlich leichter als anderen. Dein Maoismus ist ja weltweit eine absolute Randerscheinung geworden, seit die Partei in Beijing auf den Gorbatschow gekommen ist.«

Ohne Zorn fiel ihm Friedel ins Wort: »Musst schon entschuldigen, aber das ist jetzt natürlich wieder genau so eine typisch arrogant trotzkistische Metropolenbehauptung. Euch gab es immer nur in den reichen Ländern. Aber was ist denn zum Beispiel mit Indien? Die Naxaliten und die Kommunistische Partei dort, beide auf klarer maoistischer Linie, die sind stärker als je seit Ende der sechziger Jahre, und Indien ist ja nicht gerade die allerhinterletzte abgehängte Region, dahin wird outgesourct, dahin werden Computerjobs vergeben, von da werden Computerleute sogar hierhergeholt, alles voller Callcenter, mitten im Mittelalter. Und da gewinnt der Maoismus, wie du das nennst, oder der konsequente Antiimperialismus, wie ich das nennen würde, täglich dazu. Die Naxaliten kontrollieren seit Monaten den ganzen Lalgarh-Distrikt im Westen von Bengalen, das ist nur hundertfünfzig Kilometer weit weg von Kalkutta – sie kontrollieren ihn militärisch und sie kontrollieren ihn politisch ...«

»Militärisch und politisch, du, komm mal wieder runter ...«, lachte Georg trocken, aber Friedel schüttelte sich wie ein tanzendes Stachelschwein und sagte: »Klar, wollt ihr nicht hören, dass in anderen Gegenden der Klassenkampf noch lebt. Dann kommen wieder die Scheißsprüche, ›Marxismus gegen Maoismus‹, eure komischen Arbeiterpresseleute, kein einziger Arbeiter dabei ...«

In diesem Moment bat Marion, die sich bis dahin abseits gehalten hatte, Anna um »bisschen Geld«.

»Willst du weiterziehen?«, fragte Anna, und Marion erklärte: »Dieser Jochen und seine Freundin wollen noch in so 'ne Erdbeerbar oder Brombeerbar oder wie se heißt, irgendwo anner Volksbühne hier, da gibt es wohl den Super White Russian, davon brauch ich jetzt noch zwei, drei von, dann kann ich dick schlafen.«

Anna nickte.

Sie gab Marion nicht nur zwanzig Euro, sie ging sogar mit.

Am nächsten Tag, in einem Café am Hackeschen Markt direkt unter der Bahn, erklärte Georg: »Arthur, der Trotzkimann, der wird in der Partei jetzt hoch gehandelt, weil ... das ist alles bisschen kompliziert hier mit der Partei, aus der Trotzkiwelt kommen so einige, aber es gibt verschiedene Trotzkizirkel, das eine ist diese SAV, Sozialistische Alternative, die haben diese Zeitung, ›Solidarität‹, dann ›marx21‹, das hängt zusammen mit so Engländern, SWP, Socialist Workers Party, Alex Callinicos, kommt vom Tony Cliff her ... das war denen ihr Theoretiker ..., und dieses ›Marxismus gegen Maoismus‹, was der Friedel so beleidigt zitiert hat, das ist wieder 'ne andere Abteilung, die machen jetzt ein Heft namens ›Gleichheit‹ ...«

»Too much information«, sagte Anna grinsend, dachte dabei aber: Das sind sie also, die Allerradikalsten, in deren Kreisen man dann aber zusammen mit anderen Linken, etwa solchen aus Georgs DKP, die er für die Linkspartei verlassen hat, auch mal einen Brief an einen Polizeipräsidenten schreibt, wenn Flüchtlinge im Knast umkommen, oder man geht zu Prozessen, wo Kriegsgegnerinnen und Kriegsgegner vor Gericht sitzen, weil sie die Gesellschaft für Internationale Zusammenarbeit besetzt haben, eine Entwicklungshilfeorganisation, die mit der Bundeswehr zusammenarbeitet, oder man bringt Studien unter die Leute, per Flugblatt und Veranstaltungen, die belegen, dass die Kaufkraft der Durchschnittsbürger in der BRD auf einem Stand ist wie vor fünfzehn Jahren, und dass, und wie, daran das Kapital schuld ist.

Im Ernst, Kinder, dachte sie, das sieht doch gut aus, das wird mein neues Milieu, bevor ich in der »Queer-Gender-Diskurs-Ecke« (Marion) versaure.

Der Abschied von den komplizierten Büchern war freilich keiner für immer: Als sie acht Monate später Bildungsbeauftragte ihrer Ortsgruppe des SDS wurde, grub sie einige ihrer älteren Sachen wieder aus und unterzog sie, als inzwischen marxistisch geschulte Aktivistin, einer »sozialistischen Neulektüre«, bei der, wie sie erstaunt fand, »viele der Nuggets neu glänzen. Das ist alles gar nicht so dumm und auch nicht halb so reaktionär, wie unsere Betonköpfe meinen.«

Beim Wiederlesen eines Textes über die französische Anarchistin Florence Rey fielen ihr Sätze auf, in denen ein folgenreicher Entschluss versteckt war: »Die Tragik des Lebens der Florence Rey liegt darin, dass jemand, der so viel Hass und sexualisierte Projektion von Seiten der heteronormativen, politisch systemstützenden

Medien auf sich zog, diesem sowohl vor wie nach der Nacht, in der sich ihr Leben für immer veränderte, nichts Systematischeres entgegenzusetzen wusste als Desperado-Schwärmerei und eine verzweifelte Bonnie & Clyde-Praxis. Man kann in den Großstädten der reichen Länder, nicht nur in Frankreich, viele solcher Menschen treffen. Sie sind das eine Ende eines Spektrums, an dessen anderem Ende sich etwa die theoretisierende Esoterik linker universitärer und universitätsnaher Gruppen als Zuflucht für eine Unzufriedenheit anbietet, wie sie Rey und ihren Freund Audry Maupin geplagt haben muss. Das, was zwischen diesen beiden aussichtlosen Punktet liegt, die Mühe der politischen Arbeit, die einen durch theoretische Debatte erweiterten Horizont sucht, und einer Theorie, die sich mit Praxis belastet, um nicht zur religiösen Übung zu verkommen, erreichen die wenigsten.«

Zu denen ich, erkannte Anna in diesem Moment, unbedingt gehören will.

Drei Tage danach begann sie ihren Blog.

Den nannte sie in Erinnerung an ihre Bekehrungsnacht »Komm mal wieder runter«.

Der Blog wurde das Protokoll eines Versuchs, sich das abzufordern, was »die wenigsten« erreichen. Ihre Florence-Rey-Arbeit stellte sie ins Netz. Einige der Kommentare, die sie daraufhin erreichten, waren wertvoller als jedes Buch, das sie je gelesen hatte.

Sie träumte fortan bei Sinnen und war so ein Spiegel, der lernte, wie man ein Messer wird.

Von 1998 bis 2006, acht lange Jahre, saß Wolf als Wieland Schulte in einem gottlosen Pfarrhaus fest. Die Gemeinde war etwas größer als die, aus der er zunächst nach Tübingen geflohen war, um dort alles über Gott zu lernen.

Immerhin gefiel ihm das Nest besser als die Großstadt Frankfurt, seine Zwischenstation, in der es ihm nicht gelungen war, sich auf der Suche nach seinem himmlischen Vater vor seinem leiblichen zu verstecken. Am Ende seiner Frankfurter Zeit war er sogar bei Kurt, seinem alten Herrn, eingezogen, der selbst erst seit kurzem dort lebte. Schließlich war die Ausbildung beendet, und Wolf wurde ins kleine Provinzpfarrhaus gebeten, wo er sich verschanzte, unterstützt und selbstlos geliebt von einer frommen Frau namens Anja Weirich. Acht Jahre war Wolf fortan damit beschäftigt, zu buchstabieren, was er glaubte: Ich bin nicht Abel. Abel ist nicht ich. Er geht drauflos, in dieser Dunkelheit, die uns als Welt umstellt, sieht sie als Tunnel. Mehr: Abel hat sich entschieden, dass es am Ende des Tunnels ein Licht gibt, während ich ein Licht nicht am Ende, sondern mitten im Tunnel gesehen, aber dann sofort verloren habe.

Hilft mir wer? Frau Weirich?

Kleine Gruppen füllten die breite Allee, zwischen deren regenglänzenden Häuserreihen hoch oben elektrisch sternbesetzte Banner wehten. In der Mitte der Banner hingen flexible Screens, auf denen Menschen originelle Weihnachtsfratzen zeigten, eben ins Netz hochgeladen. Abel schaute hoch: Die Fratzen waren doof, aber ungefährlich.

So mochte er die Gattung Mensch.

Er ließ sich Zeit mit seinem Weg vom Fluss zum Hotel. Alle fünf Meter gratulierte er sich selbst nach einem weiteren Blick auf die Visagen oben innerlich dazu, dass er »Wald statt Bäumen« digital aufgenommen hatte, obwohl die Mittel bereitgestanden hatten, den Film auf altmodischerem Material zu fotografieren. Chemische Bildträgerei, fand er, war nicht mehr wahr: Die Welt leuchtet jetzt so wie diese Screens zwischen den Dächern.

Abels Sohlen quietschten. Der ganze Bürgersteig stand von der Mittagssintflut her noch unter Wasser. Die neuen Schuhe waren nicht recht dicht.

In den Fenstern zum HMV, den Spiegeln der Auslagen der Modehäuser, den Windschutzscheiben der Autos sah Abel neben sich die Figuren seines Films gehen und ihm zunicken: zwei Männer, eine Frau.

Sie sahen nicht direkt aus wie die Schauspieler und die Schauspielerin, die Ceecee gecastet hatte; die Figuren aus »Wald statt

Bäumen« wirkten in den Spiegelräumen reiner, echter, eben so, wie die drei aus dem Drehbuch ausgesehen hätten, wenn man ihnen wirklich begegnet wäre: Steckbriefe aus einer Welt der denkenden Gräser.

Abel betrat einen Schnellasiaten am Oxford Circus. Eine Currywolke biss ihm fast den Kopf ab. Vor Appetit musste er husten. Guter Hochmut hielt ihn aufrecht. Er bestellte und bekam fürchterlich Heißes. Alle Kameras sind Abkürzungen für die Linse in meinem Eigensinn, dachte er und zwinkerte sich im Spiegel hinterm Getränkeschrank zu. Man kann die verschiedenen Szenen auf unterschiedlichste Art ineinanderschieben oder auseinander hervorgehen lassen, solange man nur das Grundprinzip nicht vergisst, das hinter allem am Werk ist. »Auf ... unterschiedlichste Art?«, hatte Ceecee nachgefragt, als er ihr das zum ersten Mal erzählt hatte. Abels Antwort: »Harte Schnitte zum Beispiel schätze ich gar nicht. Das ist wie ein Absatz, oder eine Leerzeile, in einem Text. Das geht mir gegen das Grundprinzip, Ceecee. Besser sind Auflösungen ins Verschwommene, aus denen eine neue Szene sich dann schälen darf. Auch gut sind Fades, wenn alles verblasst und dann wieder Kontur kriegt. Noch günstiger sind natürliche Wipes, bei Hitchcock gibt's die oder bei Jacques Tourneur, wenn ein Auto in die Einstellung fährt oder die Figur an ein Gebüsch kommt. Es wird dunkel, der Blick schiebt sich dran vorbei und wir sind in der neuen Szene – andere Stadt, andere Figuren, andere Notlage, alles, wie gesagt, immer untertan dem Grundprinzip.«

Ceecee gähnte, fächerte sich Luft zu, fragte: »Und was, pray tell, ist dieses Grundprinzip?«

Abel, unbescheiden: »Wir glauben nicht, was das schlechte traditionelle Erzählen glaubt. Dass man die Sachen auf eine Perlenschnur gezogen kriegt. Das Grundprinzip ist: Ein Nacheinander gibt es nicht. Niemals.«

Abel dachte an den Österreicher und war Nasrin dankbar dafür, dass sie den Kontakt zu diesem merkwürdigen Mann hergestellt hatte. Der Österreicher hatte Abels Film zugleich gerettet und zerstört. Ein Mann der verborgenen Ordnung, wie Abel selbst: Aussehen darf alles gern chaotisch, aber Chaos darf nicht die Wahrheit der Sache sein. Krümel im Mantel, Daten auf Sticks oder auf SD-Karten. Münzen im Fluss. Was hat dich geblendet, eine Scherbe oder ein Messer?

Kurt Schulte wusste, dass die Zeit bis zur Rückkehr des Hausmeisters nur für einen knappen Ausflug reichte. Er ging über die Straße zur Brücke an der Galluswarte, fuhr frierend die Rolltreppe hoch und war zufrieden, als im selben Moment ein Zug eintraf. Er ließ sich zum Bahnhof fahren und überlegte, als er in der Unterführung vor der geschlossenen Apotheke stand, wo er um diese Zeit, an diesem feierlich albernen Tag, umgeben von bereits Betrunkenen, die den alljährlichen Knallkörperquatsch kaum erwarten konnten, etwas zu essen suchen sollte. An einer der schmutzigsten Wände des zugigen Komplexes stand ein Pizza-Automat. Die Leute, die grölend und gestikulierend daran vorbeigingen, beachteten ihn nicht. Nach Münzeinwurf und Wahl erlebte Kurt, dass sich seine Laune unerwartet besserte. Auf einmal gefiel ihm überhaupt alles: Das Plastikbesteck wollte er behalten, die Silberfolie auf dem Pappkarton glitzerte hübsch und die Pizza schmeckte genau richtig, nicht zu fettig, ein bisschen scharf – besser als im Restaurant, dachte Kurt.

Da summte sein Handy, um ihm mitzuteilen, dass man seinen einzigen Sohn am Flughafen verhaftet hatte.

Auf dem Flüssigkristallschirm wunderten sich gütige Augen über ein schwer verständliches Leben. Die grauen Wangensäcke und das leicht vergilbte Gesicht des Österreichers erinnerten an einen klugen Lurch. Aus winzigen Boxen hörte Abel die warme, raschelnde Stimme des Österreichers: »Alan Turing, Sie werden's kennen, erfand eine Probe, ob das, was da jeweils mit mir redet, a Mensch is. Das heißt, er erfand sie nicht, er fantasierte sie, denn er hat sie nie genau genug beschrieben, geschweige formalisiert. Na fein« – gesprochen, mit Olivenöl auf der Zunge: fain – »das haben wir dann gemacht, geheim, nicht. Es formalisiert. Wir hatten unsere eigenen Gründe, unsere bösen Vermutungen, was dabei rauskommen müsste. Nun gut, und es ist ja dann auch dabei herauskommen ... schaun's, das Ergebnis war, woran sich bitte auch kaaner stoßen muss: Es gibt eh längst eine Menge Automaten, Programme, nicht, die den Test bestehen. Es hat nur noch keiner gemerkt, kaaner ausprobiert ... es hatte ja auch niemand unseren Formalismus. Bitte, der war nicht-deterministisch, no? Der war im strengen Sinn kein Algorithmus – das war der Dreh, wir ham's formalisiert, und es war oba kein Algorithmus, trotzdem. Ich verrat's nicht, wie das sein kann, dös san ... das sind komplizierteste ... G'schichten. Es wird ohnehin nicht veröffentlicht, denn ... es kam ja noch schlimmer.«

Abel zoomte auf den milden Blick. Man sah geplatzte Äderchen in den Augäpfeln, Cirren in der Pupille. Indirekte Himmelsbilder. Abel dachte daran, wie sehr er Spiegel liebte, während die weiche Stimme fortfuhr: »Wir haben dann noch was ausprobiert, nicht, und da wurd's also richtig schlimm ... Wir haben's an ein paar Menschen getestet, unsern Einfall. Und es stellte sich raus ... es war'n gar nicht so wenige, schöne dreihundert, fünfhundert Personen, und sie ham's nicht bestanden, leider. Fad, aber was kannst machen? Nicht unerwartet – also, die Menschen san keine Menschen mehr, schaun's, aber dafür ham ein paar Automaten – und das muss man gar nicht dramatisier'n, bitte, also ich hab sehr gute Freunde, das sind Bücher oder Schallplatten, warum nicht? Die haben es bestanden. Guat. Das is nicht neu, dass Automaten und Sachen manchmal klug sind und wir oft dumm. Aber dass man's jetzt beweisen kann ... das geht dann doch in sehr tiefe Schichten. Ist das berechenbar, wann jemand eine Person wird? In welcher Zeit? Ich denk mir: P versus NP, das wolln's ja alle wissen. Das ist die Frage: Is es schwieriger, eine Lösung für ein Problem zu finden, als zu beweisen, dass die gefundene Lösung wirklich eine is? Man meint, das wär so. Aber beweisen's das amal. Vielleicht können Ihre denkenden Gräser das ja, wer weiß ... in Ihrem Film, nicht. Aber es is a Kontinuum, da gibt's keinen Zweifel, es is ein und dieselbe Soch'n, das Gras, die Biacher, die Menschen, die Computer. Und wieso das so is, dös is bittschön nix zum Rechnen. Das miassn's an Philosophen frag'n. Ich kann's Ihnen nur einschärfen. Galen Strawson, fahren's hin, interviewen's nicht mich, fragen's den Mann: Galen Strawson. Das is aaner, also ... so was gibt's selten, der vielleicht noch klüger is als der Vatter, der war auch schon kein Dummer. Aber der Sohn, der hat die Antwort für Sie. Galen Strawson. Glauben's mir, und grüßen's ihn. Galen Strawson. Guater Mann.«

Als Nasrin genug hatte vom kratzenden Sand, von den lästigen Möwen und dem Konkurrenzgehabe der Jungs beim Volleyball, stand sie auf: »Ich geh jetzt duschen!«

Die in der stehenden Hitze hartgebrannten Dünen leuchteten knallgelb.

Die neue Symmetrie zwischen den Jungs nahm Abel und Wolf jede Lust am Ballspiel. Der blonde Perser legte sich aufs Handtuch. Wolf trat ans Meer und schaute hinaus, ergriffen vom unklaren Zusammenhang zwischen dem dunkelgrünen Wasser und dem hellblauen Himmel. Er spürte, ohne es zu verstehen, wie winzige Salzmengen sich aus den Wellen lösten und von den Winden in die Höhe getragen wurden, wo sie kleinste Spiegelgebilde in der Luft formten. Etwas in ihm war wie feingemahlenes Salz, wollte sich forttragen lassen. Dann warf Abel plötzlich mit dem Ball, der aber Wolfs Rücken verfehlte und in die weiße Gischt schlug.

»Was soll'n das, du Arsch?«, schrie der auf die Erde Zurückgestoßene.

Es war eher Jubel als Vorwurf.

Wolf nahm den Ball aus dem Wasser und schleuderte ihn mit aller Kraft zurück. Abel, an der Hüfte getroffen, schnellte auf, rannte Wolf entgegen, um ihn anzuspringen wie ein Superheld in einem Marvel-Comic einen Feind.

Wolf hatte inzwischen sechs Marvel-Sammelalben am Kiosk hinterm Dorfbrunnen gekauft, wo es zu Abels und seinem Glück viele verschiedene deutsche Heftchen gab. Die lagen jetzt alle in dem Zimmer, in dem sich die beiden Jungs ein Etagenbett teilten.

Wolf lief, mit den Armen rudernd, schreiend los. Auf halbem Weg zwischen Gischt und Handtuch, wo der Sandstreifen am hellsten war, prallten die beiden zusammen, im Sprung. Sie spürten den

Stoß in Zeitlupe, weil sie in Filmen und im Fernsehen gesehen hatten, dass man so etwas in Zeitlupe spürt.

Mit angehaltenem Atem fielen sie zu Boden. Der fühlte sich an wie Papier. Das schien richtig; sie waren ja Comicfiguren. Abel und Wolf wälzten sich im Sand, oben und unten, dann unten und oben, schlugen kaum, traten nicht, nahmen einander in sichere Griffe, um weder zu verletzen noch sich zu ergeben.

Abel rollte unter Wolf, dessen Arme salzig nass waren, lustig weg und so schnell, dass die Überraschung den zwei Monate Älteren ins Leere fassen ließ. So war keiner Sieger, keiner Verlierer, weil sie nebeneinanderlagen, einander lachend ins Gesicht sahen, und weil Wolf Abels Arm an seiner Flanke spürte, Abels Rippen gegen seine eigene Brust. Als er etwas Neues ahnte, erschrak er, weil das Lust war, in den Hüften und unterm Bauchnabel und auf den Innenseiten der erhitzten Schenkel, in der knappen Badehose, im Hinterkopf, im Herzen. Damit es keine Schwierigkeiten gab, fing er sofort an, möglichst albern zu schreien und den Kopf zu schütteln, damit klar würde, so war das nicht.

So ging das nicht.

Abel rettete ihn aus der Peinlichkeit, indem er lachte, den Schreienden losließ, nach hinten fiel und sich zugleich nach oben warf, mit beiden Händen emporstemmte. Statt zu sprechen, sang er: »Aaah, ist das grässlich! Aaahh, hör auf, du schreist ja wie'n Mädchen!«

»Na, da unter ... hier ...«, knurrte Wolf, der sich ebenfalls aufrappelte, und zeigte auf einen scharfkantigen Stein, der lag, wo eben noch seine eigene rechte Schulter gewesen war. »Du hast mich da ... da dagegengedrückt, das hat mir ... ich dachte, ich lieg auf 'ner Scherbe, oder auf 'nem Messer.«

Das Schloss brach, weil ein starker Mann mit einem stumpfen, kurzen, runden Balken gegen die Tür schlug. Der trug eine Uniform, die ganz schwarz war. Vier andere Männer hier sahen aus wie er. Zwei weitere nicht. Die beiden gehörten zu einer Sorte Polizei, über die man wenig weiß. Als die Tür aufsprang, betraten die Uniformlosen die Offenbacher Wohnung unterm Dach, in der drei weitere Männer lebten, die nicht da waren.

»Jetzt schau dir bloß die Scheiße an«, sagte der eine.

Der andere pfiff durch die Zähne.

Wo ein Wohnzimmer hätte sein sollen, war ein Labor.

Dort standen drei kompakte chemische Mikroreaktoren auf langen grauen Tischen. An der Wand lehnte ein Pult, darauf lag ein Laptop. Zwischen den Reaktoren lauerten Behälter mit Carbonylchlorid, Thionylchlorid, Fentanylderivaten auf die Hand, die in ihnen rühren würde.

Einer der Uniformierten steckte ein schmales Gerät in einen Port am Laptop, startete den Rechner und fand dort Zahlen. Namen. Listen.

Die Sichtung des Bestands ging länger als zwei Stunden. Einer der Nichtuniformierten lugte dem Computerfachmann über die Schulter, während der andere die Chemikalien inventarisierte und halblaut in sein Headset sprach. Der Mann, der dem anderen am Laptop zusah, merkte sich gut, was da zu lesen war, und sprach hin und wieder etwas davon aus, damit der Headset-Träger es hörte: »Shamsher Afshar, sagt dir das was?«

»Ein Forscher, oder? Uni-Professor? Emeritiert? Ist jedenfalls im Delta-Raster.«

»Ich weiß. Und auf dieser Liste hier isser auch. Und weißt du was? Der hat noch Verwandte in Deutschland. Steht jedenfalls hier. Einen Neffen. Hochqualifiziert.«

»Ah, Sippenhaftung. Nett.«

Tiefdruck brachte Regen.

Ans Zellenfenster schmiss der Wind wässrige Zaubersprüche.

Die erste Nacht in Haft hatte Wolf lächerliche Träume. Ihm schien, er sei schwanger, weil sein Bauch spannte und sein Kreuz wehtat. Geweckt wurde er von Lichtern, die sich für keine Farbe entscheiden konnten – lila, grünlich? Beides und mehr. Nichts richtig. Das geschah im Fenster. Immer wieder stürzte er ins fantasierte Wochenbett, wo ihm Frau Weirich, die treue Hilfe, kalte Umschläge auf die Stirn legte. Zwischendurch rief er sich zur Ordnung: Ich liege nicht im Pfarrhaus, kriege auch kein Kind, sondern krümme mich mit harter Bauchdecke auf einer Matte in einer Zelle. Die habe ich für mich allein, nicht wie im Krimi, wo ich mein Quartier mit dem Würger von Nürnberg, dem Schänder der Enkelin oder dem Schlächter des Wucherers teilen muss. Matte, nicht steife Pritsche. Man hält das aus. Es hätte schlimmer kommen können.

Überm Waschbecken hing ein Spiegel. Der Gefangene stand auf, sah hinein. Er staunte sein Gesicht an, das dumme Warnschild mit den gelben und orangen und violetten Flecken, hautenges Lichterkonzert. Wolf streckte die Zunge heraus, hob die Augenbrauen, die ihm wehtaten. Was für eine Schlacht war das, bei der man sich die winzigen und schwachen Muskeln zerrte, die für die Augenbrauen zuständig waren?

Niemand erzählte ihm, dass die Frau, die er geschlagen hatte und die ihn geschlagen hatte, inzwischen gestorben war.

Nie hätte er sich ausmalen können, dass sein Vater jetzt auf seiner abgeschabten Couch saß und mit drei Feuerzeugen spielte, die vor ihm auf dem Tisch lagen.

Kurt nahm das erste in die Hand und dachte, ich werde meinen Sohn retten. Er legte das Feuerzeug wieder hin, nahm das zweite in die Hand und dachte, ich will meinen Sohn retten. Er legte auch das zweite Feuerzeug weg und dachte, ich muss meinen Sohn retten, denn sonst bin ich zu nichts mehr gut. Werde, will, muss.

Werde, will, muss.

Mein Sohn ist ein Totschläger.

Du kannst durch das Messer hindurchsehen, warum nicht durch die Scherbe?

Das Geheimnis heißt: Augen ohne Licht.

Das Bett über Wolf bewegte sich kaum merklich.

Wolf konnte nicht schlafen, so fragte er leise: »Abel?«

Freundlich melodisch antwortete eine entspannte Gegenfrage: »Mmmh, was?«

Die leise Bewegung des oberen Bettes ließ nicht nach.

»Was …«, Wolf dachte: Was er macht, will ich wissen. Aber etwas hielt ihn zurück. So sagte er undeutlich, fast ins Kissen: »Kann nicht schlafen.«

Das winzige Beben oben brach ab. Rascheln und Wühlen folgten. Dann kam ein einzelner Klopflaut. Schließlich sah Wolf, dessen Augen sich dem Zwielicht der Sommermondstunden angepasst hatten, Abels Gesicht, die blonde wilde Locke vor der Stirn, den schlanken hellen Arm überm Gestellrand.

Der Freund fragte: »Schlimm? Nicht schlafen?«

»Es geht. So mittel.«

»Nein, ich meine, manchmal … ist es ja schlimm, weil man immer verbissener wird, so: Ich muss jetzt schlafen, und dann geht es immer weniger. Da knirschst du irgendwann mit den Zähnen … also jetzt nicht du selber unbedingt. Weiß ich ja nicht. Aber bei mir ist es so. Und dann wieder, wenn sonst alles okay ist, stört es mich gar nicht, da kann ich auch mal ’ne ganze Nacht wach bleiben. Entweder ich les dann was oder hör Walkman, oder ich lieg einfach rum und denk mir was aus und bin am nächsten Tag trotzdem nicht kaputt. Ist es das, oder ist es das andere?«

»Irgendwie dazwischen. Es … macht mich nicht richtig wahnsinnig. Aber es ist auch nicht mehr okay. Ich würd schon gerne mal einschlafen jetzt.«

»Mach’s doch wie ich und hol dir einen runter.«

Lächeln – kein Grinsen, nichts Böses, Anzügliches oder Überlegenes, keine Angeberei mit der größeren Freiheit, in der Abel, das wussten beide, aufgewachsen war.

Wolf war immerhin klar, wovon der schöne Mensch redete, der über ihm schwebte.

Wolf hatte vor einigen Monaten eher durch Zufall herausgefunden, wie er sich selbst anfassen konnte, damit was Aufregendes passierte.

Beim ersten Mal hatte ihn eine neue Schlafanzughose fürchterlich gekratzt, an ihrem komischen Bund. Da war er raus geschlüpft, um auf dem Bauch zu schlafen. Seltsame Sensationen folgten. Unbeholfene Bewegungen, Versuche mit Händen.

Die ersten zwei, drei Mal war er nicht bis zum Orgasmus gelangt, hatte sich aber danach umgehört und in der »BRAVO« sowie der »POP/Rocky« einiges nachgelesen.

»Geklappt«, wie die rüderen Bekannten sagten, hatte es dann im Badezimmer, das er seither bevorzugte, auch dann, wenn niemand in der Wohnung war. Das Wichtigste für ihn: Es musste schnell gehen, so schnell wie möglich, mit minimaler Unterstützung von Bildern aus Zeitschriften oder Katalogen, möglichst wenigen Vorstellungen, schon gar nicht Gedanken an Bea oder Tinka (höchstens ganz am Ende, kurz davor). Denn wenn er diese Tabus nicht einhielt, hatte er bei der nächsten Begegnung mit den Mädchen das quälende, durch Überlegung nicht zu bannende Gefühl, dass sie ihm ansehen konnten, was er getan hatte.

Wenn es schnell genug vorbei war, war es praktisch nicht geschehen. Jetzt jedoch, das wusste er, als er den Freund aufmerksam und fragend schauen sah, würde er nicht so leicht davonkommen. Große Fallen öffneten sich, mit stählernen Federn. Wolf musste tapfer beweisen, dass er nicht verklemmt und kein kleines Kind mehr war. Am liebsten hätte er sich geräuspert. So ruhig und locker er konnte, fragte er stattdessen: »Und hilft das?«

»Klar. Ist doch so: Wir werden den ganzen Tag in diese Hitze da draußen abgestellt. Von meinen Alten. Die ... Hitze staut sich dann, im Kopf, in den Armen, das musst du entspannen, das ist wie ... das hat was mit ... Blutdruck und Hirn zu tun.«

»Oh.«

»Ja. Und dann musstes halt entsprechend richtig machen. Nicht so hastig oder wenn du total geil bist wegen irgendwas. Sondern du musst dir Zeit lassen und den ganzen ... den ganzen Körper mitnehmen, die ... Lenden und alles«, sagte Abel und zog den Kopf wieder zurück. Lenden, dachte Wolf, wie klingt das?

Wie ein Sportlerwort: So kann man vom Körper reden, wissend, cool, wie über ein tolles Fahrrad. Abel schwang sich nach unten. Er trug nur sein weißes Unterhemd und setzte sich auf Wolfs Bettrand. Wolf sah nicht hin.

»Okay, also willst du es wissen? Wie's geht?«

»Klar«, sagte Wolf, die Arme hinterm Kopf verschränkt wie schon die ganze Nacht, aber seltsam befreit, fast glücklich darüber, dass er sich, fand er, ganz gut hielt, jedenfalls keine Angst mehr hatte.

»Die Hände«, sagte Abel, nicht belehrend, eher verwundert, »wirst du aber schon brauchen.« »Was, beide?« Wolf hoffte, es klang nicht zu erstaunt. Abel drehte sich zu ihm, hob die Beine ins Bett, lag jetzt rechts auf der Decke, unter der Wolf lag. Er bettete den warmen Oberkörper auf die große rechte Seite des Kissens.

»Ja. Du nimmst die Rechte und hältst ihn.« Die Hand glitt unter die Decke, ein kleiner Marder oder etwas anderes Lebendiges, nicht Ungefährliches, aber weder Giftiges noch Bösartiges. Das Tier fand ihn, der schon fest war, und nahm ihn, drei Finger, vier. Abel sagte: »So, du weißt ja ... aber langsam. Langsam. Und die Linke, damit.« Er drehte sich zu Wolf, die andere Hand kam dazu. Jetzt war der Leib des Größeren, Schlankeren unter die Decke gerutscht und spürbar. Die andere Hand legte sich als freundliche, erfahrene Kuppe um Wolfs Hoden, kitzelte ein bisschen – »Also jetzt nimm ihn«, lud der Schöne ihn ein, und Wolf war, obwohl seine Hände schon zu denen Abels gefunden hatten, für einen Augenblick zu erschrocken. Wie bitte, was hieß das, war gemeint, Wolf solle Abels Schwanz anfassen? Nein, okay, das kurze Nicken des Freundes verriet Wolf, dass es das nicht war, als Wolf die erste Hand Abels mit seiner Rechten ablöste und vorsichtig zu onanieren anfing. Fast hätte er geseufzt, als Abel die Hand unten wegzog. Auf die Idee, sich beim Onanieren noch irgendwo anders selbst anzufassen, wäre er vorher nicht gekommen.

Viel besser war es so, vollständiger.

Die Hand des andern tat noch mehr jetzt, sie hatte ihn nicht verlassen, sondern strich über seinen Bauch, der fast so flach war wie Abels.

Sie wanderte, mit sachtem Fingerspiel, nach oben, berührte die Brust, legte sich darauf, fest, ruhig. Wolf verstand schnell, wie es ging, half mit seiner anderen Hand. Abel nahm seine weg, er hatte ohnehin schon angefangen, mit sich zu spielen. Dann spürte Wolf rechts von sich, wie der andere sein Gewicht langsam verlagerte, sich mit den Beinen wie ein Bogen hochstemmte und wieder absinken ließ. »Du musst«, flüsterte die Stimme mit Freundlichkeit, »Wellen machen ... du musst das ... in dir steigern ... mitgehen und dann wieder rausfallen, mit und ... raus, mit ... und ... raus ... mit ... wieder ... raus.«

Sie wechselten sich ab im Emporsteigen und Abwärtssegeln. Adler mit gigantischen Flügeln, Mantas im Meer. Wolf vertraute sich den Rhythmen des Jungen an seiner Seite an, Tanzen, aber viel langsamer, dann doch schneller, ungeheure Präsenz des Körpers und der Seele, rasendes Abwarten, bis es ihm kam, nicht hektisch, keine Explosion, sondern ein unaufhaltsames Freiwerden von allem, was gestört hatte, in ihm verkeilt oder aufgehalten gewesen war. Er stöhnte tatsächlich auf, wie er es nur aus Schilderungen kannte. Er hatte immer gedacht, man konnte allemal leise sein, wenn man wollte. Hier ging das nicht. In letzter Sekunde griff Abel wie selbstverständlich nach der Decke und warf sie vom Bett.

Da bockte Wolf und ergoss sich auf seinen eigenen Bauch.

»Ja, genau ... genau ...«, lachte Abel nah, so dass Wolf, dessen Augen die ganze Zeit über fest geschlossen gewesen waren, seine Vorsicht vergaß und hinschaute, auf den freigelegten, nicht mehr versteckten Körper des schönsten Menschen, den er kannte, und den Schwanz sah und die Hände, als Abel kam, und in seinem eigenen Nachglühen, seiner leuchtenden Euphorie fast danach gegriffen hätte, so verlockend sah das aus, so vertraut auch, als ob es das gewesen wäre, was er immer schon hatte sehen und berühren hatte wollen. Habenwollen. Staunen. Lachen. Abels tatsächlich ziemlich großer Schwanz. Der spritzte auf sein Hemd und wischte dann noch ein wenig damit.

Abel richtete sich schneller auf, als Wolf gucken konnte. Abel streifte das Oberhemd mit erkennbar geübter Geschicklichkeit ab, wischte im Sitzen weiter, knüllte es dann lässig zusammen und reichte es, mit trockener Außenseite, Wolf: »Ist ganz sauber so. Ich hab noch zehn im Koffer. Ich schmeiß das morgen weg.«

»Ja«, sagte Wolf benommen. Er wusste nicht, was er sonst hätte sagen sollen, und empfand weniger Peinlichkeit als vielmehr vage Furcht vor Peinlichkeit. Wieder wusste Abel das Richtige zu sagen und kletterte unangestrengt dabei über Wolf aus dem Bett: »So, das war gut. Mein Kopf war auch ganz zu. Ich glaub, jetzt kann ich pennen.«

»Ja, mal sehn«, erwiderte Wolf matt.

Dann sagte Abel, der nackt und trotzdem seltsam unverfänglich im Mondlicht stand: »Ich glaube, es ist irgendwie so, dass man sich in diesem Klima, wenn man von Norden kommt wie wir, halt nicht mehr selber spürt. Wie man eigentlich ist. Und das macht irgendwie ... zu. Das klemmt einen ein im Körper. Da kriegt man sogar Schädelweh von. Und wenn man aber ... ich meine, jetzt hab ich sozusagen alles wieder gespürt, alle Nerven, da mag man sich dann wieder, und dann kann man auch schlafen.«

Das ist es, wollte Wolf sagen, und sich überschwänglich bedanken. Ich mag meinen Körper jetzt viel mehr als vorher, exakt. Und deinen, nein, aber das wäre ihm auch mit Feuer, Messer und Glasscherben nicht zu entlocken gewesen, deinen mag ich auch, sehr. Schon länger. Wahrscheinlich. Unmöglich. Exakt.

Zurück im Hotel fuhr Abel im fast ganz dunklen Aufzug, in dem nur ein roter Weihnachtslichtrand glomm, hoch in den vierten Stock.

Er ging auf sein Zimmer, das einen Erker hatte, in dem ein Glastisch stand, gesäumt von zwei nicht übertrieben großen Stühlen. Er sah hinaus.

Auf der anderen Straßenseite, in einer Art Tanzschule oder Bewegungsklasse – vielleicht für Schwangerschaftsgymnastik? – kämmten sich Mädchen mit schwarzen Echtborstenbürsten ihr langes, seidiges Haar. Sie standen in kleinen Gruppen vor Spiegeln. Dann zogen sie sich um. Hübsch waren sie. Eine trug einen Sport-BH, bei dem Abel an Cyan denken musste, an ihre schlauen Moden. Als ihm der Voyeurismus langweilig wurde, legte Abel sich aufs Bett und sah fern. Man zeigte eine Sendung, bei der Leute Geld gewinnen konnten. Die Kandidatinnen wie der Moderator waren verkleidet, die einen als Gemüse, der andere als Seeräuber. Abel dachte:

Gott, sagen alle Theologen, vom heiligen Thomas bis zu Wolf Schulte, kann alles, nur nicht die Vergangenheit ändern.

Ich dagegen nehme das Source Display, berühre den Edit Button, *splice*, trenne und füge zusammen, greife in die Videotracks und passe an, was ich missraten finde.

Gott ist aber Gott, weil das, was er gemacht hat und nicht ändern kann, wirkliche Ursachen und tatsächliche Wirkungen sind. Mein Zeug ist nur Augenwischerei und Ohrenblasen. Weder Wald noch Bäume sind real.

Abel wechselte den Kanal. Jetzt ging es um ein Mädchen, das mit seinem Hund, einer weißschwarzen Promenadenmischung, in einer Talentshow aufgetreten war und inzwischen von der ganzen Insel geliebt wurde. Die Ausschnitte aus dem Programm von Hund und Frauchen, die der Homestory untermischt waren, hatten etwas entschieden Sodomitisches. Abel drückte den Ton weg, zog seinen Laptop aus dem Koffer und schnitt am Film herum.

Der Ansatz, ein oder zwei, drei oder vier Szenen mit dem Österreicher zwischen die Spielszenen im denkenden Gras zu schneiden, war Cyans Einfall gewesen: »You know, like those tiny sequences with those couples in ›When Harry Met Sally‹, or these thingies in ›Jerry Maguire‹ with his mentor character. Like that.«

Die Zeitanpassungstools kamen ihm heute zu grob vor.

Wenn er ein Video zum Überschreiben verschob, rutschten die Anschlüsse ungefüge widereinander. Fast drei Stunden, während derer er sich zweimal Tee aufgoss, verschwendete er mit Experimenten. Dann ging er ins Bad, duschte, kam zurück, setzte sich wieder an den Rechner. Abel war jetzt nackt. Man konnte ihn, wusste er als Kenner von Beleuchtungsverhältnissen, von drüben, wo die Mädchen inzwischen ihre Schule verlassen hatten, und von der Straße her nicht sehen. Das bisschen Licht, das der stummgestellte Fernseher in die Kammer warf, war zu arm.

Er hörte dem Österreicher zu: »Ist P dasselbe wie NP? Darum ging's, und dazu muss man erst amal ... P, dös ist die Klasse aller Rechenaufgaben, die sich in Polynomialzeit lösen lässt ... du hast eine positive ganze Zahl k, so dass, wenn die Größe ... das Ausmaß des Problems ... n ist – du musst n Szenen durchsuchen, n Dateien, um die Szene zu finden, zum Beispiel, die du in deinem Film verwenden willst ... dann lässt sich das Problem in höchstens n hoch k Schritten rechnen. Das ist Polynomialzeit. Also, P, das san die Probleme ... deren Lösung in Polynomialzeit gefunden werden kann. Und NP, das is ... die Klasse der Probleme, die eine nicht deterministische Turingmaschine, also aane, die keinen klaren Schritt-für-Schritt-Rechenweg hat, in Polynomialzeit lösen kann. Fragst dich: Sind die gleich groß? P und NP? Wenn's nämlich gleich groß sind, mein Freund, dann is die Welt ganz anders, als wir meinen, siehst du? Man denkt ja, es gibt viele Probleme, da findest du schwer eine Lösung, aber wenn du sie hast, kannst leicht beweisen, dass es die Lösung is ...«

Abel dachte: Mein Freund? Das gibt ein Anschlussproblem, im ersten Interview hat er mich gesiezt. Der Österreicher raunzte gutmütig weiter: »Normalerweis, nicht, meinst ja: Eine Lösung finden, das muss doch viel schwerer sein als sie überprüfen, als ... zeigen, dass sie eine Lösung is. Also, du hast Probleme, da weiß ich nicht, ob ich in Polynomialzeit eine Lösung finde, aber ich weiß, dass ich die Lösung, wenn ich sie mal hab, in Polynomialzeit checken kann. Und jetzt denk das amal so ...«

Abel schaltete ab, klappte das Gerät zu und sah aus dem Fenster. Kleine Grüppchen von Leuten gingen auf der Straße zielstrebig irgendwohin, wo sie das Feuerwerk würden sehen können. Chromatizität, dachte Abel. Sättigung. Grellheit. Die Farben müssen stimmen, sonst ist's finsterer als finster.

Polizisten in teils dunkelblauen, teils gelb reflektierenden Uniformen hatten Teile der Kreuzung abgesperrt. Abel zog sich eine Hose an und ein schlichtes weißes T-Shirt, schaltete das Licht an, den Fernseher aus, warf sich wieder aufs Bett und las eine Erzählung über Nonnen von einer Autorin, die Cyan verehrte – »You simply have to read this, it would make an incredible movie.«

Der unglaubliche Film, der ihm versprochen war, erschloss sich Abel nicht. Seine Konzentration war freilich kaum die beste: Ständig überlegte er, ob er nicht hinuntergehen sollte, an die Bar, oder in die Stadt, in irgendeinen Club, jemanden abschleppen, sich abschleppen lassen, an Ort und Stelle vernascht werden, »get off«, wie Cyan es ihm für Silvester gewünscht hatte.

Nonnen? Ja, Nonnen und ihre reinen Seelen. Ein duftendes Bett. Schließlich war es so weit: Abel hörte es krachen und sah über den Dächern Leuchtfelder, die nach den Wolken griffen, aber dann dazwischen abstürzten. Keine bunten Blitze, keine Flammentropfen, keine Dusche aus Feuer. Dafür entdeckte er schwebende Lichter – Ballons? –, die langsam, unendlich langsam, wie die Vorstellung eines Pyromanen von unstillbarem Verlangen, nach oben strebten, ins Dampfblasse. Laternenballons, fern jeder Ostentation, wie die Leute unten, die, sah Abel, als er den Blick senkte, so besonnen wie vorhin schon kaum zwanzig Minuten nach der unspektakulären Geburt des Jahres 2013 auf denselben Wegen in umgekehrter Richtung, wieder zu ihren liebenswürdigen Partys zurückgingen.

Ein richtiger Strauß war es eigentlich nicht: zu klein, zu bescheiden.

Die schlanken Hände der fleißigen Frau schnitten Pflanzen zurecht, banden sie zusammen, legten sie aufs Bord. Dann suchte sie im Hängeschrank unter sieben vorhandenen nach einer geeigneten Vase. Die schönste fand sie schnell, nahm sie, stellte aber das Bündel noch nicht hinein. Lieber schnitt sie noch einmal nach, stutzte, band und straffte. Kein richtiger Strauß, nein, nur ein kleines, feines Gebinde – »feims Gebimbe«, sagte sie. Der Pastor reagierte nicht. Sie wiederholte es etwas lauter. Er schaute in die Ferne, genauer: abwechselnd in zwei Fernen, dort am breiteren der beiden Fenster des länglichen Zimmers, in dem er zu denken, zu lesen, seine Predigten und anderes zu schreiben pflegte. Weit weg war für ihn die Straße. Weiter weg noch war das, woran er denken wollte, die andere Ferne.

Der schwarze Computerkasten, der Anja Weirich unheimlich war, böses Tabernakel, brütete daneben. Mit leichtem Schaudern erinnerte sie sich, wie sie dem Geistlichen geholfen hatte, das Ding hinzustellen, anzuschließen, hochzufahren. Sie hätte ihm, wäre das sein Wunsch gewesen, bei allem geholfen, auch beim Kinderschänden, bei Tierversuchen oder Mord. Sie liebte ihn, auf ihre zurückhaltende Art.

Feines Gebinde: Kraftvoll lila war der schmale Sommersalbei, lustig der Goldfelberich, würdig die Lanzensilberkerze. Frau Weirich hatte ins Arrangement ihre ganze Liebe zu Wolf Schulte mit eingebunden. Sie glaubte, dass ihn niemand sonst verstand, nur sie. Das hatte sie sich so zurechtgelegt, weil sie mit Anfang dreißig zwar nur wenig jünger war als der geistesabwesende Gegenstand ihrer Verehrung, aber längst trostlose Jahrhunderte in ihrem Kopf gelebt hatte, und daher zu wissen meinte, wie sich eine alte Seele fühlte, für die sie auch ihn hielt. Frau Weirich litt an mehreren Sprachfehlern. Wollte sie etwas sagen, geriet ein Dutzend davon in ihrem Mund aneinander: phonetische Auffahrunfälle. Besonders frustrierte sie, dass sie sich keineswegs immer unverständlich ausdrückte – Grad und Wirkung der Störungen beim Sprechen hielten sich vielmehr recht genau daran, wie wichtig ihr die jeweilige Mitteilung war: »Wenn'f egal iff, geht eff.«

Sie kam aus übelsten sozialen Verhältnissen, »am Damm«, also aus dem gesetzlosen Viertel des Städtchens, wo, wie Wolf in einem Brief an Nasrin bös gescherzt hatte, »die verbreitetste Erziehungstechnik der Inzest« war.

Anja Weirich hinkte, aber so hätte sie das nicht gesagt. »Iff nahme«, war ihre Erläuterung gewesen, als Wolf sich danach erkundigt hatte: Ich lahme.

Sie zog beim Gehen das rechte Bein nach, eines Unfalls wegen, der ihr als Baby widerfahren war. Die absehbaren Folgen hatte kein Kinderarzt rechtzeitig erkannt, geschweige behandelt. Bis zum Erreichen der Pubertät hatte ihr rohes und herzloses Umfeld sie ununterbrochen gehänselt und gedemütigt, danach jedoch nicht etwa von ihr abgelassen, sondern sie noch viel schlechter behandelt als zuvor, aus einem abscheulichen Grund, den sie bis heute nicht erkannt hatte: Sie war eine schöne Frau.

Gerahmt vom oft unvorteilhaft frisierten, kupferroten, glatten Haar war ihr Gesicht das eines Rätsels aus einem spätromantischen oder symbolistischen Gedicht. Die meisten Menschen konnten schwer ertragen, dass eine Person, die das Schicksal weit unten in diversen Hackordnungen einsortiert hatte, sie mit ein wenig Ermutigung überstrahlt hätte wie ein Sonnenaufgang eine Ölfunzel.

Manchmal bemerkten Männer ihren Zauber. Die wurden dann, weil sie dachten, bei dem armen Wesen hätten sie leichtes Spiel, auf plumpste Art vertraulich. Nach einigen abgeschmackten Erfahrungen hatte Anja Weirich die Domäne der Sexualität deshalb für sich verworfen. Umso heißer glühte sie für Wieland Schulte.

Der stand jetzt wie ausgeklinkt am Fenster. Er überlegte sich Grundfalsches: Die Garage und die Litfaßsäule und die Haltestelle und die drei rotzdummen Kinder, die ich dann wohl alle konfirmieren werde, das alles da draußen, das ist die ganze Welt. Dieses Gesamtbild aber, wo dunkelgraue Wolken aufbrechen, die Aura um die Häupter der Kinder, die Pfützenreflexe, all das ist zugleich: nichts. Die Welt bleibt, was ich auch anstelle, schmaler, billiger, ärmer als das Bild, das im rechten Winkel zur Fensterwand über meiner Bibliothek hängt – eine erfundene Straßenszene, moderne Malerei. Malerei wie die ganze Moderne, die ich in dieses Kaff bringen wollte, damit es wieder in die Gegenwart findet.

Ich dachte, anders werden die Leute Gott nicht finden. Man muss sie aus ihrer blödsinnigen Routine reißen, aus diesem Leben, das hier ganz dasselbe geblieben ist.

Immer dasselbe, ob Kaiser, Hitler, Adenauer, Willy Brandt, Wiedervereinigung.

Höre, verfluchtes Dorf: Das gibt es, die Gegenwart!

Wer schon dies nicht weiß, wird nie erfahren, dass die höchste Gegenwart die Gegenwart Gottes ist. So redete er mit sich, als wär sein Kopf ein Seminar.

Wolf sagte: »Geh'n Sie dann nur heim, Frau Weirich. Heut gibt's nix mehr zu tun.«

So verloren zerstreut war der Mann, dass er nicht wusste, dass er der Frau damit keine Freundlichkeit erwies, sondern ein Leid tat. Denn jeden Tag, seit drei Jahren, fühlte sie sich von jeder neuen Verabschiedung verstoßen wie Adam und Eva aus Gottes Garten.

Anja Weirich nickte, senkte den Blick und ging.

Beinah ganz kahlgeschoren – die schwarzen Haare auf dem Kopf waren nur drei Millimeter lang – lag Nasrin auf dem Rücken im Gras. Hier drinnen trug sie kein Kopftuch.

Durch Blütenkränze sah sie hoch zum Glasdach und ließ die Härchen auf ihren Armen sich an die künstlichen Winde erinnern, die hier vor kurzem hindurchgegangen waren.

Die Winde würden wiederkommen, wenn man die Pflanzen entfernte.

Nasrin atmete ein und aus, in geretteter Ruhe.

Nasrin setãreh hã´i rã be panjareh ash chasbãndeh. Setãreh hã siãh va panjareh sefid ast. Ou bã barãdarash sohbat mikonad, ammã barãdarash chizi nemiguiad. Ou fekr mikonad ke Nasrin dar khãb ast.

Sie wollte nichts außer Allah, dem Erbarmer, dem Allgütigen, danken, dass sie nicht gestorben war. Nasrin trug ein grobes weißes Herrenhemd, das ihr der Mann geliehen hatte, dem sie den Schlüssel zum Gewächshaus und den Frieden hier im Hain verdankte. Erde klebte an ihren Jeans. Die Nähte waren rot wie Erdbeeren. Nasrins Finger, die der Rechten wie der Linken, krallten sich in die lockere Krume. Dann ließen sie locker. Nasrin dachte an die Kühe und Schafe und Kamele, an die Pferde, Esel und Maultiere, und an den Zwang, mit dem man diese Geschöpfe zum Reiten, Lastentragen, Pflügen und Dreschen abgerichtet hatte.

Nasrins Brust hob und senkte sich langsam.

Ihr fiel ein: Vegetarier haben fast recht. Sie leben wie die Menschen vor der Zeit, als die Arbeit erfunden wurde. Dass Noah und seine Söhne von allen Tieren essen durften, vorausgesetzt, sie waren nicht mehr am Leben, und also das Fleischessen zu ihrer Zeit schon üblich gewesen sein musste, war kein Argument gegen die Lehre der Basrabrüder von den paradiesischen Zeiten ohne Mord an Tieren, ohne Reiten, Lastentragen, Pflügen und Dreschen.

Jene Zeiten lagen weit vor dem stürzenden Wasser.

Wann baut man eine Arche? Achtet auf die Winde, Brüder.

Der Sturm aus Eis, der 1998 Amerika schlug, dann der Hurrikan

Katrina 2005, die Tornados im Süden der Staaten 2011. Babylon: Wind gesät, Sturm geerntet.

Zwischen Kletterrosenblüten und Waldreben flogen Bienen hin und her. Nasrins Blick folgte ihnen. Von unten, dachte sie, sind die Beinchen auffälliger als die Flügel. So wirkt es aus dieser Perspektive seltsamer, dass diese Tiere fliegen können; man erwartet eher, sie würden krabbeln wie Ameisen oder Spinnen. Ähnlich sehen die Menschen die Wunder, die Allah tut, der Allerbarmer: aus der falschen Perspektive. Wir schauen von unten, sehen nur, dass er die Wirkung der Naturgesetze aufhebt, die wir kennen und verstehen.

Wir sehen die Flügel nicht und staunen, dass etwas fliegen kann.

Im schlimmsten Fall leugnen wir's ganz, wie Abel, der ja auch leugnet, dass er Abel Amir heißt. Er leugnet Gesetze.

Gesetze: Die durchschnittliche Geschwindigkeit der Winde nimmt mit der Höhe zu. Wenn man ans Höchste glaubt und mit ihm spricht, muss man daher schneller denken.

Unten denken sie langsamer, machen träge Scherze.

Abels faule Witze über Frauen im Islam: »Dann lass dich halt in den Sack stecken und sieh zu, dass sie dich ordentlich frankieren.«

Was für ein Sack? Ihr Kopftuch gehört ihr, nicht irgendwelchen Zwingherren.

Der blonde Perser redete manchmal wie die dümmsten Deutschen. Er hätte sich die Frau, die seine Schwester war und die Allah, der Gnadenreiche, gerettet hatte vor ekelhaftesten Leiden, wohl nicht in so modischer Kleidung vorstellen können, wie Nasrin sie hier trug. Er dachte in Gerüchten und Bildern, in Klischees von Salafismus, Wahabismus, Dschihadismus.

Er war damit weit islamophober als sein jüdischer Freund, »der Österreicher«, wie Abel ihn nannte.

»Amir sieht nichts als den Schleier«, hatte sie neulich zu Kassim gesagt, »aber es ist sein eigener. Er hat ihn vor Augen, weil er nicht aufwachen will.«

In Wirklichkeit fürchtete Abel einfach die Mystik, zu der sie befreit worden war.

Er hätte auch christliche Mystik gefürchtet. Geist über den Wassern, Nichts über Nichts, aufgehängt an Wiedernichts: Ein Grauen für Abel.

Nichts über Nichts?

Ludwig Prandtls Einsicht: Grenzschichten, Viskosität am Boden, Wind ohne jede Geschwindigkeit. Ideale Flüssigkeiten, reale Luftströme, die Teilchen bewegungslos, wenn sie auf die Oberfläche treffen.

Moral und Tatsachen. Sollen und Sein.

Fleisch essen? Blut trinken? Tierische Seelen, ihre Leiden: Die vernünftige Seele macht sie sich untertan und leitet sie dem zu, was sie von ihnen wünscht, nach ihrer Verschiedenheit. So wirken, ein jedes nach seiner Art, die Einflüsse der Rauschmittel, nach den Eigenschaften, die in ihnen sind, auf die verschiedenen Organe. Dies lies als Hinweis, wie Bann und Amulett die Seelen prägen, Zeichen und Gleichungen, Algorithmen und Inferenzen. So haben es die Weisen gelehrt: Warum eines und das andere nützlich ist und gut, und warum eines und das andere schädlich ist und giftig, und in Beziehung zu welchem Glied des Leibes es nützlich und in Beziehung zu welchem es schädlich ist.

Daher auch die Beweise über die Amulette und Eingabeketten und Protokollsätze und Stemmata und Lemmata, und was gut ist für jeden Zug der tierischen Seele im Griff der vernünftigen Seele, vom Bann der geheimen Bienen in diesem Gewächshaus über den Bann der Schlangen bis zum Fluch des Skorpions und der Wespe und der anderen Tiere.

Münze, Stab, Schwert, Kelch.

Starke Triebe schauten aus den Sträuchern himmelwärts. Nasrin dachte: Sie sind wie ich, wie meine Seele. Bewegen sie sich? Kann ich sie herunterrechnen?

Wenn die Strömungsgeschwindigkeit klein ist, gemessen an der Schallgeschwindigkeit, dürfen wir das Gas oder die Flüssigkeiten näherungsweise als inkompressibel betrachten. Manche Leute sind nur den Worten nach Geschwister.

Nasrin va Kasim yek shahri rã dorost kardeh and ke hich kassi dar ãn zendegi nemikonad.

»Blut« ist auch nur ein Wort, alles andere naturalistische Ketzerei, biologistischer Irrglaube. »Schon gut«, hörte sie den Vater in der Erinnerung sagen, »mein klügeres Kind ist religiös durchgeknallt. Na und? Mein anderes, der Herr Sohn, ist ein halbkrimineller Künstler. Ich kann zufrieden sein. Ich habe die Welt bunter gemacht.«

Gundolf Reinhardt und sein Sarkasmus.

Inkompressibel, irreduzibel. Bibel. Das Smartphone gab Laut, neben Nasrins Kopf, auf dem Rand eines Tonbeckens, in dem der Mann, dessen Hemd Nasrin trug, Federmohn gepflanzt hatte, im Gedenken an die Stadt Frankfurt am Main, deren Modell hier gestanden hatte, als der Raum eine Windkammer für analoge Simulationen hessischen Wetters gewesen war.

Nasrin schloss die Augen, hauchte ihr kürzestes Gebet. Dann setzte sie sich auf, griff nach dem Handy und sah, dass sie die Nummer des Anrufers nicht kannte. Sie schaltete das Gespräch frei und hörte Kurt Schulte ruppig fragen: »Ist dort Nasrin Reinhardt?«

Bevor sie sprach, fiel ihr ein: So geschieht alles, wie es soll.

Ich habe es gewusst. Es erleichtert mich. Es erschreckt mich. Es sagt mir, warum ich gerettet wurde und was jetzt meine Pflicht ist.

Im vierten Jahr der Verbannung ins Pfarrhaus fuhr Wolf mit Frau Weirichs Auto in die Großstadt. Bei C&A wollte er sich unauffällige Pullover und Hosen kaufen, am besten gleich fünf oder sechs Stück, genug für ein Jahr. Als er von der Rolltreppenschwelle in die Herrenabteilung trat, traf er jemanden, den er an diesem Ort zuallerletzt erwartet hätte: den reichen Mann.

»Herr Reinhardt!«

Es war ein Ausdruck ehrlicher Überraschung. Der reiche Mann, der hier war, weil er einen neuen und billigen Gürtel brauchte, da die Schnalle seines alten und teuren eben im Hotel beim Ankleiden zerbrochen war – der Bauch spannte zu stark, Gundolf Reinhardt hatte zu rasch zu viel zugelegt –, wollte sich auf nichts einlassen: »Der kleine Schulte! Na so was, tut mir leid, hab's leider eilig. Alles gut mit Jesus?«

Wie ertappt lachte Wolf und ekelte sich dafür heimlich vor sich. Es gab nichts zu lachen.

Der Blick des andern floh ihn schon.

Wolf stammelte: »Ja, na ja, Jesus, ähm, im Namen des äh Vaters und des Soh …«

Vater Reinhardt schob ihn zur Seite. Die Gürtel im Halter hingen herunter wie geschlachtete Schlangen. Der reiche Mann nölte zerstreut: »Mmmhjo, Vater und Sohn, genau, was macht er denn, dein Vater, ist er schon tot und im Himmel bei seinem Adolf?«

Richtig, dachte Wolf, so klang das, wenn der reiche Mann alles besser wusste. So war's schon auf dem entsetzlichen Sonder-Elternabend wegen der Parisreise gewesen, in Anwesenheit aller Söhne und Töchter, wo der linksliberale Millionär Reinhardt einerseits und der Techniker Schulte andererseits, der damals die Republikaner schätzte, laut aneinandergeraten mussten.

Von einem plötzlichen Stachel klaren Hasses gereizt, sagte Wolf so deutlich, dass sich ein, zwei Kunden und eine Bekleidungsfachkraft nach ihnen umdrehten: »Das war ja immer das, was Sie uns allen einreden wollten – dass Sie kein Nazi sind und kein Spießer, weil sie eine Frau aus dem Iran geheiratet haben, die übrigens auch schon einen deutschen Vater hatte.«

Damit wollte er ihn stehenlassen.

Aber Wolf wartete eine Sekunde zu lange und bekam deshalb, was er verdient hatte: »Es heißt Iran. Nicht der Iran. Ohne Artikel.«

Dazu zog der reiche Mann einen weinroten Gürtel vom Eisen und lächelte.

Denn er war unbesiegbar.

Wir sollten *Discothek* dazu sagen; so wollte es die Schulleitung.

Blödsinn: Das bisschen Lärm aus einer Anlage, wie sie bei Abel in der Garage sogar größer stand, war den Namen nicht wert. Zum Tanzen billigte man uns den Aufenthaltsraum zwischen Bibliothek und Hausmeister-Brötchenkiosk zu, allenfalls noch einen Teil des Ganges und, es war Sommer, den Innenhof.

Abel und Wolf wären am liebsten ganz weggeblieben. Weil aber

Nasrin unbedingt hinwollte, um mit ihren Freundinnen zusammen zu sein, die alle aussahen wie Laura Branigan oder Jennifer Rush oder Pat Benatar oder Cindy Lauper oder Madonna oder Sophie Marceau, musste Abel hin.

»Du kannst das ruhig mal für deine Schwester tun«, hatte mit pompöser Fürsorge Vater Reinhardt dekretiert, »denn dass sie da nicht alleine hingeht und nicht später als halb zehn nach Hause kommt, ist hoffentlich klar.«

Weil Abel ging, musste auch Wolf hin.

Für den Freund des Bruders hegte Nasrin damals interessante, aber unfertige Gefühle. Er schien das nicht zu ahnen, als er beim Betreten der Nichtdisco den Arm um ihre Hüfte legte. Sie lachte, er ließ sie los. Sofort lief Nasrin zu Laura, Jennifer, Pat, Cindy, Madonna und Sophie. Jetzt hatte sie ein Thema, das besprochen gehörte: Wer denn der Typ aus der Dreizehnten war, der ihr gehörte.

Wolf verschwand mit ihrem Bruder, an den blauen Tonnen fürs Joghurtbecherdeckelrecycling vorbei, aus der Glasflügeltür, durch den Säulengang auf das Pflasterfeld am Zaun zum Sportplatz. Sie setzten sich auf eine der Bänke, die man manchmal zu Toren erklärte, beim ad-Hoc-Fünf-gegen-Fünf-Kicken mit Jürgens Tennisbällen.

Wolf und Abel saßen unter Sternen.

Abel stellte eine Frage: »Okay, bloß, warum Theologie? Wenn dir das doch alles nicht einleuchtet, die Rituale und euer ... Luther, mit seinem ganzen Scheiß?«

Er wollte das wirklich wissen, als Konfessionsloser.

Wolf sagte: »Weil ich glaube, dass das stimmt, was in der Bibel steht.«

»Was? Alles? Das Ganze? Das Paradies, die lebendig gemachten Toten, Wein aus Wasser?«

»Pass auf ... die meisten, die heute sagen, es stimmt alles irgendwie, was da steht, und dann immer dazusagen, es stimmt aber nicht wörtlich, die meinen das als Ausrede für so ein ... für diese Laberei, dass es nur so weit stimmt, wie es zu dem passt, was sie eh machen und glauben wollen ... aber ich finde ... man muss da genauer werden, weil ich ja auch ... in der Kirche was machen will.«

»Singen und Mädchen kennenlernen«, lachte Abel, da das die beiden Hauptbeschäftigungen waren, in denen sich Wolfs seit zwei Jahren stetig gewachsenes Engagement in der evangelischen Jugend bislang ausgedrückt hatte.

Wolf erwiderte ernst: »Nein. Nein, hör mal, ich finde ... die Kirche, das ist doch die richtige ... Dass die Leute noch zu was gehören, was kein Job ist und kein Staat und kein ... was gar nicht ... was nicht nur ist wie Alltag. Na, Alltag, das heißt ja entweder Pflicht und Geldverdienen oder Hobby und ... Rumspielen. Wie gesagt, ich glaube an Gott. Aber ich finde das andererseits auch immer alles so ...unfertig. Dass es die Kirche gibt, ist wichtig, und was sie macht, ist richtig ... ja, ich weiß, Kreuzzüge und Hitlerkonkordat und so ...«

Sie hatten sich oft darüber gestritten.

Aber Abel verlor dabei inzwischen rasch die Lust, weil Wolf so viel mehr gelesen und nachgedacht hatte als er, so dass Abel am Ende immer annehmen musste: Er hat zwar vermutlich unrecht, aber es klingt viel mehr nach etwas, das recht hat, als alles, was ich dagegen sagen kann. Wolf setzte neu an: »Ich meine eben nicht ... diese Sachen, die immer herauskommen, wenn die Kirche auch mal Politik veranstalten oder ein Staat sein will oder eine Firma, die ihre Konkurrenz niedermachen muss ... ich meine: Richtig ist das, was sie als Kirche macht. Als Glaubensgemeinschaft. Sogar bei den Katholischen. Dass sie auf den Sonntag achtet, auf die ... auf das ... wie soll ich das sagen? Auf die Unterbrechungen im ...«

Abel half: »Die Besinnung.«

»Von mir aus, ja. Besinnung. Also: Die Kirche macht als Kirche das Richtige, und die Bibel ist auf eine Art wahr, aber dazwischen ... das, was die Kirche lehren und sagen lässt, damit sie sich weiter auf die Bibel berufen kann, das ist unfertig und ...«

»Halbseiden«, ein Lieblingswort von Vater Reinhardt für alles, was man verachten durfte.

Wolf schien zu nicken, sagte nichts. Abel fasste nach: »Und du willst es genauer machen. Verbessern. Dafür brauchst du das Studium. Theologie. Obwohl du von den Noten und vom Hirn her genauso gut Mathe oder Physik studieren könntest oder Bio ... aber du willst nicht die Weltformel finden, sondern, wie heißt das? Den Gottesbeweis.«

»Das, nee ... nee, also den bitte ja nun gerade nicht. Das gerade nicht, das ist das Allerfalscheste.«

Es roch nach Flieder und Zigaretten. Wolf sank im Sitzen ein bisschen nach rechts, gegen die Schulter des Freundes, als könnte er sich nicht gleichzeitig darauf konzentrieren, einerseits etwas so Wichtiges zu besprechen und andererseits gerade zu sitzen.

Junge Lilien nickten zierlich. Wolf erklärte sich, an der Grenze zum Flüstern: »Schau. Mensch. Eins ist doch klar: Wenn es einen Beweis gibt, muss man nichts glauben. Aber jede Religion, die überhaupt einen Gott hat ... einen ... ich kenne diese Ein-Gott-Religionen besser als die anderen, mit vielen Göttern, die kommen mir ... aus der Ferne ... so ... genauso unfertig vor wie ... also, sagen wir mal, ich weiß irgendwoher, wenn wir das mal abkürzen, dass es einen Gott gibt. Und dass es nur einen gibt. Okay, und genauso weiß ich, dass alle ernstzunehmenden Religionen, die das auch wissen, sagen: Man muss das glauben. Wieso sollte man das aber glauben, wenn man es weiß? Und was ist ein Beweis anderes als ein ... na ja, in Mathe würde man vielleicht sagen: ein Wegkürzen von Glauben? Ich sag dir, diese Beweise, das ist alles ... eine Verwirrung, wie mit der Bibel. Das Buch, glaube ich, ist da, damit wir lesen lernen: damit wir lernen, dass es noch eine andere Art gibt, eine dritte, etwas zu lesen, als die erste, die halt wirklich diese Geschichten hernimmt wie so Nachrichten, da hat eine Jungfrau ein Kind gekriegt und der Helmut Schmidt ist abgesägt worden und in Portugal war ein Erdbeben und dann hat einer aus ein paar Fischen ganz viele gemacht und dann hat der Flick den Genscher und den Willy Brandt bestochen und dann ist einer gekreuzigt worden ... aber es geht auch um eine andere Art zu lesen als die, die dann zweitens, andersrum, sagt, das sind alles nur so ganz unscharfe Symbole für Sachen, die man auch ohne diese Geschichten wissen würde, also dass man sich anständig benehmen soll und nicht andauernd Leute umbringen und vergewaltigen. Es gibt ganz sicher, das weiß ich einfach, na gut: Das glaube ich ... es gibt ganz sicher was Drittes. Diese Schriften kriegen wir von Gott, damit wir das lernen, dieses dritte Lesen. Und den Glauben kriegen wir aufgedonnert, damit wir verstehen, dass es auch noch eine dritte Art Wissen gibt außer erstens: Ich habe was gesehen oder gehört, und zweitens: Ich kann etwas beweisen. Aber es ist alles so durcheinander und unklar da, ich will Theologie studieren, damit mal ...«

Abel ließ den halben Satz, den Wolf gesagt hatte, erst zur Ruhe kommen. Dann legte er den Arm um den vom Aussprechen so vieler Wahrheiten Erschöpften und sagte: »Damit mal jemand das alles aufräumt. Die Grenzen festlegt von Weg eins und Weg zwei. Weil, wenn ich dich richtig verstehe, diese Grenzen sind dann ein Hinweis, wo der dritte Weg ist, den du meinst.«

»Wie der ... verläuft, ja. Oder ähm ... na ja, dritter Weg.« Wolf seufzte und sog so viel Luft durch die Nüstern ein, wie er konnte. Es roch jetzt nach trockener Hecke und Blumen, deren Namen er nicht kannte.

Nasrin, dachte er, weiß diese Namen sicher – dann hatte er den Gedanken wiedergefunden: »Dritter Weg, das ist ja nur ein ganz vorsichtiger Name für ... so eine höhere Art, wie man denken muss bei ... all diesen Fragen. Zum Beispiel die Erlösung: Kommt sie durch das, was man tut? Das hieße, dass ein Mensch Gott zu was zwingen kann. Oder kommt sie durch Gottes Gnade? Das hieße, dass es egal ist, was wir tun, also auch, was wir entscheiden, und dann haben wir keinen freien Willen, das heißt, es gibt uns eigentlich nicht. Dann spielt Gott mit Fingerpuppen. Und hier ist es eben wieder so: Das Erste kann nicht sein, das Zweite kann nicht sein, beides gleichzeitig kann nicht sein und keins von beiden kann auch nicht sein.«

»Dein dritter Weg, jetzt wird er schon der fünfte!«

»Na, irgendwie so«, sagte Wolf, löste sich aus der Umarmung, nicht heftig, mit selbstverständlicher Bewegung, als wäre das alles ein Tanz und diese Drehung beim Aufstehen gehörte dazu.

Auch Abel stand auf und hielt jetzt den andern leicht am Arm fest, als der zurückgehen wollte, zur angeblichen Disco. Wolf, bereits halb abgewandt, drehte sich um.

Abel trat zu ihm. Wolf schloss, als hätten sie das schon hundertmal getan statt noch nie, wie in einer Gewohnheit, die Augen, als Abel ihn küsste. Die Umarmung, die folgte, war nicht mehr brüderlich und keine des Trostes. Wolf erwiderte sie wie den Kuss. Die Lippen öffneten sich vorsichtig. Es war, fand Wolf, richtiger und nahm mehr von ihm mit ins Andere als die Küsse mit Mädchen. Es war aber auch sehr schlimm: Wie wenn man im Flugzeug abhebt und dann den ganzen Flug über denkt, wir fallen runter, wir stürzen ab. Es ging anderthalb Minuten. Richtig, dachte Wolf, als wäre ihm der Titel eines Songs wieder eingefallen, den er vergessen hatte: Stimmt, Abel ist ja schwul.

Der Erfahrene hatte ihm von seinen Ausflügen nach Lörrach erzählt, in eine tatsächliche, wirkliche Discothek für Schwule. Niemand konnte ihm das jetzt, da er achtzehn war, noch verbieten. Unter Sternen sagte Wolf verlegen: »Ich bin aber nicht schwul.«

Abel sagte: »Schade.«

Keine Chance.

Keine Wege eins bis fünf. Nichts. Schnitt.

Je rascher sich die Aussichten verdüsterten, desto machtvoller ergriff eine nie gekannte Euphorie von Kurt Schulte Besitz.

Der edle Wahn gab ihm eine streitlustige Jugend zurück, die er in Wahrheit nie erlebt hatte.

Rückschläge befeuerten ihn. Hindernisse erregten ihn.

Der Starrsinn, der ihn seit Jahren für die wenigen, mit denen er überhaupt noch Umgang pflegte, zur Belastung gemacht hatte, war plötzlich zur Zielstrebigkeit geadelt.

Nicht alle freilich konnten damit umgehen.

Nasrin Reinhardt etwa, an die er sich um organisatorische Hilfe und finanziellen Beistand gewandt hatte, war sofort abweisend deutlich geworden: »Ich habe nichts für Sie, Herr Schulte. Und ich will auch nichts haben. Das berühmte Geld, das wahrscheinlich der Grund ist, warum Sie anrufen, gehört meinem Vater. Mein Leben hat sich verändert. Ich übernehme nur noch für die Dinge und die Menschen Verantwortung, die mich von meinem falschen Weg abgebracht haben. Die mich gerettet haben. Verstehen Sie mich richtig.« Dass er sich so was anhören musste, von dieser bestenfalls Halbdeutschen, die noch dazu das größte Flittchen war, das er je gesehen hatte, brachte Kurts Stirnschlagader ordentlich zum Pumpen, aber er hielt an sich und hörte ihr zu, als sie fortfuhr: »Wolf gehört für mich zu einem falschen Leben, einem, das ich überwunden habe. Aber das ist nicht seine Schuld, und ich wünsche ihm alles erdenklich Gute, werde ihn segnen, für ihn beten ...«

»Du bist jetzt eine ... du bist jetzt bei den radikalen Moslems, oder? Hab ich gehört ...«, raspelte der Alte, mit Beimengung von gerade so viel Bittermandel, dass er vor sich selbst nicht als unhöflich dastand und trotzdem seiner Missbilligung Luft gemacht hatte.

Weder kühl noch schnippisch erwiderte sie: »Islam, Herr Schulte, ist die Ergebung in den Willen Gottes. Er hat mich hierhergeführt und mir Aufgaben gestellt. Diese Aufgaben nehme ich an. Ich kann für Ihren Sohn nichts tun.«

Nun gut, aber wer konnte, wer wollte für diesen Sohn etwas tun?

Ein nationaler Parteifreund stellte Kurt zumindest einen Anwalt vor. Der verkündete vollmundig seine Erfahrung bei »bundesweiter Strafverteidigung in allen Instanzen«. Schon bei der ersten Begegnung, nach einem keineswegs besonders starken Händedruck, dachte dieser merkwürdige Anwalt weit über das gegebene Problem hinaus: »Ob er den Prozess nun verliert oder gewinnt, man muss, da ja die Mutter als Nebenklägerin auftritt, schon jetzt darauf vorbereitet sein, dass hier Schadenersatzforderungen auf Ihren Sohn zukommen, eine Privatklage, der Himmel weiß, was noch alles.«

Der Himmel weiß überhaupt nichts, dachte Kurt Schulte. Der Himmel ist ein Arschloch. Der Alte nahm die Sache nun selbst in die Hand, die drei Feuerzeuge immer im Mantel, als Amulette. Am Abend vor dem Beginn der Hauptverhandlung stellte er die Nylontasche mit Wolfs Habseligkeiten, ein Pfandobjekt, das die Polizei ihm übergeben hatte, ungeöffnet mitten in seine Wohnung, auf den schweren Glastisch im Wohnzimmer.

Es war als Mahnmal gedacht: Wenn das alles vorbei ist, fantasierte Kurt, packe ich auch so eine Tasche, und dann brechen wir auf, der Junge und ich, dann holen wir alles nach, dann ziehen wir in die weite Welt. Dann zeige ich ihm, dass man das Licht nicht braucht, das er sich einbildet, diese ganze dumme Religion. Denn wir sehen genug am hellen Tag, in der Sonne der Nordländer, und er wird mich erkennen, denn ich laufe jetzt ins Feuer und hole ihn da raus. Ich bin sein Vater und er ist mein Sohn.

Drei Tage später kam eine junge Naseweise von einer lauten Zeitung, mit Fotograf und Aufnahmegerät. Kurt ließ sie in die Wohnung, weil sie ihm versprochen hatte, dafür zu sorgen, »dass man auch Ihre Seite mal anhört und die Ihres Sohnes«.

Das war ein Angebot, das er ohne Absprache mit dem bundesweiten Strafverteidiger annahm, weil eine Woche vorher in der lauten Zeitung ein für Wolf äußerst nachteiliger Artikel erschienen war: »Keine Reue – Schlägerpfarrer tötet behinderte Frau.«

Die Zeitungsleute hatten, so verriet ihm die junge Naseweise, jemanden »an der Angel«, der entweder eine Zelle mit Wolf teilte oder sonst Kontakt zu ihm gehabt hatte, in der JVA. »Mithäftling Turan B.: ›Der tut sich die ganze Zeit nur selber leid und redet von Unfall und Missverständnis. Wenn man ihn fragt, wie das mit der Religion zusammenpasst, schüttelt er nur den Kopf. Der sieht gar nix ein.‹«

In einer halbstündigen Unterhaltung mit der jungen Naseweisen bei zu starkem Kaffee und zu trockenen Keksen erfuhr die Reporterin, wie Kurt das sah. Daraus machte sie einen Text, der Wolf umso mehr schadete, als die darin gegebene Darstellung der Ausführungen Kurt Schultes nicht einmal allzu weit von dem abwich, was dieser tatsächlich gesagt hatte: »Vater des Schlägerpfarrers (76, NPD-Mitglied): ›Die Gutmenschen wollen meinen Sohn hinrichten‹.«

Morgens um halb acht, am Tag des Erscheinens der Katastrophe im Blatt, rief der Parteifreund, der ihm den Advokaten vermittelt hatte, Kurts Festnetznummer an: »Kurt! Kurt, Mensch! Denkst du nicht mehr klar, du alter Idiot? Hast du der Thusnelda das ausposaunt, oder ist sie selbst draufgekommen, dass du in der Partei bist? Weißt du, wie sehr du uns damit eine reinhaust? So kurz vor der Landtagswahl?«

Falls Kurt es nicht wusste, erklärte es ihm bald darauf die Parteizeitung »Deutsche Stimme«. Da raunte ein Artikel, der ihn namentlich nicht nannte, Drohendes von »Unruhestiftern«, die »nichts für die deutsche Sache tun, dann aber bei ihren persönliche Streitereien und Straftaten versuchen, die Partei in Mitleidenschaft zu ziehen. So liefern sie Kameraden, die ihnen aus Pflichtgefühl zu Hilfe eilen, an den öffentlichen Pranger. Ein Fest für die Systemmedien!«

Eine Spur standhafter zeigte sich der Rechtsverdreher.

Engagiert und mit rotem Kopf versuchte er, Kurt zu allerlei neuen Winkelzügen rund um irgendeinen »Persönlichkeitsschutz«, das Gegendarstellungswesen, Unterlassungsdingsda und Verleumdungspipapo zu verleiten. Als Kurt um Bedenkzeit bat, legte der Mann auf einen Wink von woher auch immer das Mandat nieder.

Nun erhob Kurt persönlich Anspruch darauf, seinen Sohn zu vertreten: »Man kann sich vor Gericht doch auch selbst verteidigen!«

»Im Prinzip ja«, antwortete eine engelsgeduldige Helferin des Richters bei einem mehrstündigen Telefongespräch, »aber Sie sind nicht Ihr Sohn. Und was Sie sich da so denken, stammt aus amerikanischen Fernsehserien, nicht aus unserer bundesdeutschen Wirklichkeit.«

Wesentlich hilfreicher als die Partei sowie Kurt und beider schnell verschwundener Anwalt war für Wolf in seiner Kerkereinsamkeit ein ukrainischstämmiger Mitgefangener namens Danilo Pasko. Dessen Vornamen führte der entehrte Geistliche auf »Daniel« zurück: Gott ist mein Richter. Weil er den Namen als Zeichen deutete, hielt Wolf den Ukrainer für einen Boten des Besseren inmitten des Schrecklichen. Herr Pasko war der inoffizielle Apotheker im Gefängnis. Wie für jeden, der bezahlen – oder andere, draußen, bezahlen lassen – konnte, hatte er auch für Wolf Schulte ein Mittel, das ihm half. Das stammte nicht aus schmuddeliger Illegalität, sondern aus den saubersten und angesehensten Fabriken Deutschlands und der Schweiz. Der Weg der Präparate aus diesen Einrichtungen bis in ukrainische Hände war ein verschlungener. Danilo Pasko selbst verdankte seinen Aufenthalt in Wolfs Nähe kleineren

Verstößen gegen das Betäubungsmittelgesetz. Was er dem gefallenen Priester verkaufte, zählte zur besonders bei Angstzuständen bewährten Familie der Benzodiazepine.

Die anxiolytischen und sedierenden Wirkungen dieser Medikamente waren Wolf hochwillkommen. Einige Schließer ahnten, was vor sich ging. Aber sie schätzten handzahme Gefangene und schritten deshalb nicht ein. Das Gefängnis war in gewisser Weise der beste Ort, sich solchen Drogen zu ergeben. Die Nebenwirkungen zum Beispiel störten hier überhaupt nicht: Fahruntüchtigkeit, nachlassende Libido, Tagesmüdigkeit, ja Schläfrigkeit, die bald wie eine Art charakterlicher Staubwolke um Wolf waberte, passten gut ins Bild. Selbst Mithäftlinge, die längere Zeit um ihn waren, machten bald einen erschlafften und lebensuntüchtigen Eindruck. Ein protestantischer Gefängnisgeistlicher übernahm sich beim Versuch, naheliegende Gemeinsamkeiten zwischen sich und Wolf zu entdecken. Nach zwei Monaten ließ er von seinem Schützling wieder ab. Gott selbst, fand er nun, würde es richten müssen. Nach einem Vierteljahr in der Drogenwolke trat der Prozess gegen Wolf in die entscheidende Phase. Der Angeklagte saß im Gerichtssaal, als ginge ihn das nichts an. Nicht einmal die Zwischenrufe seines Vaters, die schließlich für dessen Entfernung aus dem Gerichtssaal sorgten, erreichten ihn. Auf der Nebenklägerbank saß eine ältere Frau, die eher zürnte als weinte. Man nannte sie Wolf gegenüber nur »die Mutter«.

Er probierte bei sich aus, wie es wäre, wenn sie ihm leid täte. Es funktionierte nicht. Er konnte sich schlecht konzentrieren.

Besuche bekam er im letzten Prozessdrittel nur noch von seinem schüchternen neuen Verteidiger. Den bezahlte der Staat, oder war es Wolfs Vater? Vater oder Staat, oder Vater Staat, irgend so etwas. Kurt Schulte selbst blieb draußen, möglicherweise gezwungenermaßen, sandte aber unerträglich kämpferisch formulierte Briefe und Zettel ans Gericht, an den Sohn und die Medien.

Dass die Untersuchungshaft, wie man Wolf geduldig erklärte, endlich in eine richtige Vollzugshaft überging, hieß, dass er verurteilt worden war. Wenn er es richtig verstand, war man zu der Überzeugung gelangt, er habe einen Totschlag verübt. Danilo Pasko half ihm beim Übergang von der Untersuchungshaft ins Absitzen, wie man ein Kind badet.

Paskos Landsleute beschafften weitere Medikamente. Kurt Schulte, draußen, zahlte dafür.

Horizonte, eng aber verlässlich, drohten über den Mauern.

Cyan Cerulean, vierunddreißig Jahre alt, trug einen Namen, der vor die Kamera gehört hätte, aber dahinter geflüstert wurde.

Seit sechs Jahren lebte sie auf der Flucht vor allem Stetigen.

Ceecee schloss Freundschaften und fand Liebschaften im Rhythmus des Auf- und Untergangs der Sonne. Kaum jemand konnte von sich sagen, er oder sie habe länger als vierundzwanzig Stunden Gelegenheit gehabt, Cyan nah zu sein.

Leben hieß für sie: Entscheidungen aushalten, nicht begründen.

Sehr früh am ersten Januar 2013 stand sie in synthetischem weißen Katzenjäckchen, hartem schwarzen Kunstlederrock, schwarzen Strümpfen mit gestrickten lila Beinwärmern und hohen, eng geschnürten dunkelroten Kunstlederstiefeln auf der nördlichen Shaftesbury Avenue vor dem kleinen schmierigen Restaurant, in dem sie Spiegeleier, Bohnen, Würstchen und Speck an Toast hatte essen wollen, bis ihr schlecht wurde. Ein kleiner Drehschwindel rotierte in ihrem Kopf. Der Laden war leider geschlossen.

Wenn man Menschen grundsätzlich nicht vertraute, wurden sie von Wesen mit definierten Zuständen zu kontingenten Ereignissen: Mal klappte etwas, mal überhaupt nicht.

Ceecee hustete. Sie hatte die ganze Nacht durchgetanzt. Orientierung: Wohnt Abel Reinhardt nicht irgendwo in der Nähe? Steht das Hotel, in dem er immer haust, nicht direkt um die Ecke?

Cyans Stiefelabsätze klackerten, als sie sich in Bewegung setzte.

Die Augen, kaum gerötet, hielten nach einer Frühstücksausweichmöglichkeit Ausschau.

Cyan lächelte, als sie daran dachte, wie einfach sich der Deutsche, den sie sehr mochte, das vorstellte: Spuren verwischen. Meinte man es ernst damit – das hätte sie ihn lehren können –, dann musste man sich erheblich mehr Mühe geben.

Auf die Frage: »Woher kommt Cyan Cerulean?« gab es mehrere Antworten, die alle unglaubwürdig klangen: Sie kommt aus der australischen Frauen-Internet-Pornographie. Aus der amerikanischen Kellerstudio-Experimentalfilmerei. Aus dem Kino, aus dem Weltall. Von draußen. Cyan blieb an der Kreuzung stehen, die sie würde überqueren müssen, um zu Abels Hotel zu gelangen, und schnupperte.

Einer von vierzehn Menschen in China stirbt an belasteter Luft.

Cyan roch einen Tigerstaat auf dem Sprung, roch beschleunigte Industrialisierung, Dämpfe, die von weit her bis nach London fanden, Schwefel, Stickstoff, Diatome, die der Wind in trockenen Flussbetten fand und in die Höhe trug, wie Ruß von Waldbränden, wie Bakterien, Viren, Schimmelpilzspuren, Pollen, Insektenfetzchen.

Cyan besaß den feinsten Sinn für alles, das leicht genug war, dass es fliegen konnte.

Sie glich all dem.

Das viele Geld, auf das sie Zugriff hatte, war schwebendes Vermögen: Es gehörte ihr nicht. Die Konten liefen auf die Namen anderer Menschen, Männer und Frauen, die Cyan liebten und jederzeit alles gegeben hätten, was sie besaßen, um Zeit mit ihr verbringen zu dürfen. In absoluter Unschuld nutzte Cyan das gern aus und gab ihnen dann nichts dafür.

Sie war freilich nicht egoistisch. Abel Reinhardts zweiten Film, den man jetzt nur noch schneiden musste, hatte sie mitfinanziert. Dass sie seine Assistentin geworden war, konnte man kein Geschäft nennen: Welcher Filmemacher hätte sie nicht gern bei sich gehabt, diese mal aufreizend gelangweilte, mal visionär verkaterte Muse?

Als Cyan die Lobby des Radisson Blu Edwardian Hotels betrat, stellte sich ihr ein geckenhaft herausgeputzter Hotelaffe in den Weg. Er gebot ihr, die Zigarette auszumachen. Sie gehorchte gelangweilt. An der Rezeption fragte Cyan nach Abel. Eine überschminkte junge Dame gab die nasale Antwort, man sei nicht befugt, so etwas irgendwelchen von der Straße hereingepurzelten Leuten zu verraten.

»Never mind«, winkte Cyan ab, ihre Nachfrage sei »just a formality« gewesen. Sie wisse nämlich zufällig genau, dass Abel Reinhardt in diesem Hotel eingemietet sei, und habe gerade mit einem Anflug von Reue zu kämpfen, weil sie ihm »this sorry excuse for a flea pit« empfohlen habe. Die Henne solle sich daher bitte mal etwas zurücknehmen, oben anrufen und den Jungen aus dem Bett klingeln, es handle sich – dazu gähnte Cyan herzhaft – um »a fucking matter of life and death«.

Machtlos gegen so viel Charme willfahrte die Rezeptionistin. Argwöhnisch sah der Affe dabei zu, als erwartete er Cyans unmittelbar bevorstehende Festnahme.

»He seems to be unavailable at the moment. Possibly sleeping«, säuselte die von Cyan Gedemütigte, als Abel nach vier Minuten nicht zum Hörer gegriffen hatte.

»Well then we'll just have to knock on his door until he fucking wakes up, won't we?«, sang Cyan geziert, aber da machte der Affe bereits Anstalten, sie am linken Arm zu ergreifen. Weil sie in diesem Fall gezwungen gewesen wäre, ihm mit einem Handkantenschlag den Kehlkopf zu zertrümmern, darauf aber keine Lust hatte, ging sie stattdessen einen Schritt zur Seite, hob damenhaft abwehrend beide Hände und gab Entwarnung: »Don't get your knickers in a twist, darlings.«

Ihr Kruzifix schlug leise klirrend gegen anderen Schmuck.

Sie verließ das Etablissement durch die enge Drehtür und maulte: »Merry Christmas, scumsuckers.«

Die Bloomsbury Street war restlos verödet.

Unschlüssig darüber, was sie nun wollte, stakste Cyan auf die andere Seite hinüber.

Vor einem Zeitungsstand neben dem Eingang zu einem Convenience Store ging sie in die Knie und wippte, beim Blättern und Lesen. Viel Anregendes wurde nicht gemeldet. Mit leicht schmerzenden Kniegelenken stand Cyan wieder auf. Sie zündete sich eine neue Zigarette an und begann, darüber nachzudenken, wo sie um diese Zeit wohl die beste Bloody Mary herbekäme. Drüben aus der Drehtür, in Pyjama, Bademantel und neuen Schuhen, stolperte Abel ins harte Tageslicht. Er winkte ihr mit beiden Armen und lachte dabei, als hätte er im Lotto gewonnen.

Cyan ließ sich widerstandslos auf sein Zimmer mitnehmen, an den beiden zu wächsernen Gebrauchsplastiken erstarrten Hotelangestellten vorbei.

Abel war bester Laune: »Hab's klingeln gehört und gedacht, wenn es ein Feuer ist, lasse ich's drauf ankommen und verbrenne erst mal. Falls mich aber jemand besucht, sehe ich beim Rausgucken, wer's ist, sobald derjenige wieder auf die Straße muss. Na, und dann warst du das. What a brilliant surprise!«

Cyan schüttelte den Kopf: »Ich rede mit dir nur Deutsch, ya dig?«

Sie vergaß den Wunsch nach einer Bloody Mary; es gab hier Besseres: ausgezeichneten Scotch, japanische Single Malts, Einkäufe von gestern.

Derlei tranken sie, standen am Erker und redeten.

Dann setzten sie sich in die Korbstühle am Arbeitstisch.

»Willst du, ähm, bisschen Sex oder so?«, fragte er zwischendurch.

Sie gähnte wieder, diesmal wie eine Löwin, und sagte: »Du magst Jungs und ich mag Mädchen. Das wird ein großer Mist.«

»Ich hatte schon blödere Ideen«, verteidigte er sich.

Sie prostete ihm zu: »Stimmt. Aber nichts für ungut: nein.«

»No harm done«, erwiderte er.

Dann fragte Cyan: »Wieso bist du eigentlich wach? Hast du ... durchgemacht?«

Nicht alle Wörter der Fremdsprache, die sie so flüssig sprach, fielen ihr sofort ein. Ebenfalls gähnend antwortete Abel: »Oähh ... eigentlich wollte ich nicht. Ich hatte perversen Spaß an der Idee: Alleine beim Feuerwerk, hier am Fenster, und früh ins Bett. Aber dann ... hat mein Handy geklingelt«, er nickte in Richtung Bett, wo das Ding lag, jetzt ausgeschaltet. Cyan machte eine erstaunte Miene. Er zuckte mit den Schultern. »Na ja. Eine ... Scheiße in Deutschland.«

Widerwillig erzählte er ihr von Kurt Schultes Anruf.

Von Wolfs Katastrophe.

Vom Wunsch des bösen alten Mannes, er, Abel, solle »irgendwas unternehmen«.

»Und? Hast du ... wirst du?«, fragte Cyan.

»Nö. Scheiße, nein. Ich wüsste nicht, was. Und ich wüsste nicht, wieso.«

»Aber der Typ«, hakte sie nach, »dieser Pfarrer, das ist doch ... ein ehemaliger Lieb ... Liebhaber von dir, ja?«

»Eher im Gegenteil. Ich bin fast einer von ihm, oder ... ich hatte da eine kleine Obsession.«

»Liebeskummer?«, sie neckte ihn.

»Wenn du so willst. Es hat mich einige Jahre lang ... so halb bewusst ... verfolgt. Wie sagt ihr? The one that got away.«

»Hetero?«

»Weiß der Teufel. Oder sein Gott. Also ... ich hab vor etwa einem Jahr was ziemlich ... Dummes ... wahrscheinlich auch Böses ... ja, sogar sehr Böses gemacht. Ihm angetan, könnte man sagen. Mich an ihm versündigt, sagt man auf Deutsch.«

Cyan schwieg und stellte das Glas auf den Tisch.

Aufmerksam beugte sie sich vor. Er sammelte sich kurz, dann seufzte er, stellte sein Glas zu ihrem, senkte den Kopf, fuhr sich mit beiden Händen durch die unordentlichen Haare, blickte wieder auf, sah Cyan direkt ins Gesicht und sagte: »Echt. Nee. Ceecee ... Es ist fast unmöglich für jemanden ... für Leute wie dich und mich, für ... Leute wie uns, jemanden wie ihn ... zu lieben. Und ihn überhaupt richtig zu sehen. Und gerecht zu behandeln.«

Cyan fragte sanft: »Leute wie uns?««

»Krieger. Leute im Krieg. Die nur verkleidet sind als Künstler oder Intellektuelle. Nicht? Wir sind ... wir müssen immer die Besten sein. Die Schönsten, die Unwiderstehlichen. Wir sind Klugscheißer und Zauberer und Träumer. Wir sind Rechthaber, weil wir ...«

»Verletzte sind.«

»Ja. Ja, genau. Irgendwann mal hat uns wer gekränkt. Wir können uns nicht mal erinnern, wer und wann. Aber jetzt wollen wir der ganzen Welt beweisen, dass es Unrecht ist, wenn man uns nicht ... Und wenn wir dann jemanden wie Wolf treffen, kann es passieren, dass ... ich wollte ihn beeindrucken, nicht? Ja. Bei ihm ist das alles echt. Er hat Magie, er sucht und findet ... seinen ... Gott und redet mit ihm und träumt und ... lebt in einer viel interessanteren Welt als die ganzen Eierköpfe und Wichtigtuer, mit denen wir unsere Zeit verplempern müssen, um unsere Filme ... der Mann, das ist ... na, und da konnte ich mir nur sagen: Den musst du entweder beneiden und hassen, oder ...«

»Oder du kriegst ihn dazu, dich zu lieben. Dann färbt was ab von seiner ... Heiligkeit.«

Abel lächelte gequält und nickte.

»Ja, ich hab ihm immer ... gezeigt, ich bin der Mutige, der Unglaubliche, der bekennende Schwule, der Künstler, der reiche Sohn ... also, als er Theologie studiert hat und Geld brauchte, weil er es nicht mehr ausgehalten hat, von seinem Vater abhängig zu sein ... das ist nochmal 'ne ganz andere, viel schlimmere Geschichte ... der Alte ist ein Nazi, aber das Verrückte ist, der ist eigentlich sogar ganz nett ... ja, lach nur. Deutsche. Wir können es uns nicht aussuchen, weißte? Ich muss aufhören zu saufen hier ... ich krieg es sonst nicht sortiert ... Hörst du noch zu?«

Sie hätte sagen mögen: aufmerksamer als seit Jahren.

Das Aussprechen hätte diese Mitteilung entstellt. So ging sie zu ihm, umarmte ihn kurz, hauchte ihm einen Kuss auf die Stirn und legte sich dann bäuchlings aufs Bett. Abel fand zögernd Worte: »Diese ... ganze ... Gottgeschichte ... ich hab mich immer ein bisschen davor gefürchtet. Wollte Wolf zeigen, dass dieses Zeug Spinnerei ist. Das ging natürlich nicht mit ... Gedanken oder ... Beweisen, nur mit ... mit Taten. Hab ihm dann wie gesagt Geld geliehen ... damals hatte mir mein eigener Vater noch nicht den Geldhahn abgedreht ... hat sich ja jetzt auch verspekuliert, der Arsch ...«

»Aber dafür hast du mich und meine Uncles.« Sie zwinkerte.

»Eben. Gut. Aber zurückgefordert habe ich es nie ... sondern ihn ... Wolf stattdessen sogar einmal besucht in seinem ... seiner Gemeinde oder wie das heißt. Ganz gruselig. Da war so eine Haushälterin ... schrecklich. Ich dachte immer, der will da für irgendwas bestraft werden. Das war mir zu hart. Da bin ich wieder abgehauen. Und dann ... dann kam der große Horror mit meiner Schwester. Da habe ich Wolf aus den Augen verloren ...«

»Das hattest du mal angedeutet. Irgendwas mit HIV?«

Jetzt war er es, der lachte, abgehackt und ohne Liebenswürdigkeit. Er wischte sich den Mund, schenkte sich Wasser ins Whiskyglas ein, trank, schenkte nach, trank mehr. Schließlich leerte er fast die ganze Ein-Liter-Flasche.

Dann sagte er: »Scheiße ... Ceecee, ich sag dir ... das war was, oh je. Ich hatte ... an der Filmhochschule war ich ein ganz wilder Politischer, nicht? Erst bei den Antideutschen, dann ...«

»Was? Bei wem?«

»Vergiss es. Zu kompliziert. Jedenfalls, wir haben ... ich habe da Filme gemacht, und die andern haben eine Zeitschrift gemacht, und wir sind dann immer mit so Traditionslinken, so Antiimperialisten aneinander ... gegen die ... aber da hat dann Nasrin ... sie hat ihr Leben lang, also seit der Pubertät ... immer so Liebesgeschichten gehabt, die irgendwie mit mir zusammenhingen. Nee, guck nicht, es ist anders ... Scheiße, schau, erst wollte sie was von Wolf ... Dann immer mal von Jungs, mit denen ich ... und an der Uni, wo sie auch studiert hat anfangs, da hat sie diese Leute kennengelernt, so Autonome ... so Linksradikale. Ich bin dann auch zu denen gewechselt, weil die Antideutschen nur noch ... das war eine Szene, in der es nur noch drum ging, wer den längsten ... Text schreibt und ... die anderen, das klingt zynisch, aber diese Autonomen da ...«

»Die konnten deine Filme besser brauchen.«

»Ja. Ich bin dann mit Nasrins damaligem Freund und zwei anderen nach Basra ...«

»Das war dieser erste Dokumentarfilm, der den Preis ...«

»Der zweite Dokumentarfilm. Der erste wurde nie fertig. Aber der zweite war der erste, der ... also, es gab dann ja diesen großen Erfolg bei der Kritik. Nasrin hatte diesen Typen, so einen steinharten Amerika-Hasser aus Offenbach, erst um mich zu ärgern, dann war ich irgendwie auch dabei und ... der hat sie dann fallenlassen, und dann hat sie ... Erst hat sie die Uni gewechselt und plötzlich Physik studiert und ... ich meine, sie war ja immer gut in diesen Sachen, aber auf einmal dieser Ehrgeiz ... und dann wieder das totale Gegenteil, nachdem sie in Rekordzeit ihren Doktor gemacht hatte ... dann ist sie rasend schnell ziemlich runtergekommen ... eine Zeit lang.«

»Runtergekommen? Wo ... runter?«

»Na sie ... sie hat gesoffen und rumgevögelt, es war so ... wahllos und würdelos.«

»Aber sie ist doch eine ziemlich hübsche Frau? Das Bild, das du mir da ...«

»Nein, hör mal, damit hat das ja nichts zu tun, ob man ... es ist eine Frage der Selbstachtung. Sie hat sich wie ein Stück Dreck gefühlt, und so wurde sie dann behandelt. Und dann hieß es plötzlich, einer, mit dem sie mal ein Vierteljahr sogar gewohnt hat und der dann nach Frankreich ist ... der hatte AIDS. Das haben wir so über Gerüchte ... es war nicht sicher, ob er's schon gehabt hatte, als er mit Nasrin ... das war da schon zwei Jahre her. Aber der mir das erzählt hatte, jemand aus Marseille, der war ganz sicher. Ganz sicher. War schon im Krankenhaus, der Typ. Am Ende. Am Sterben. Da habe ich ... da hab ich's ihr erzählt. Und sie hat erst gesagt, mir egal. Da habe ich ihr eine gescheuert. In Berlin. In der Kneipe.«

»Harsh«, sagte Cyan, ein englisches Wort, das genau wie ein deutsches klang.

»Ja. Schon. Aber auch so ziemlich der erste Liebesbeweis von mir, seit wir Kinder waren. Und für sie ... immerhin, da ist sie dann zum Arzt. Und hat einen Test machen lassen. Und der war ...«

»Der war positiv.«

»Ja, der war positiv.«

Abel, von der Erinnerung kalt angefasst, trank den Rest Wasser direkt aus der Flasche, gierig, wie in Wut. Dann ging er auf die Toilette, während Cyan zwei neue Wasserflaschen aus der Minibar holte, eine davon für sich, die sie sofort öffnete. Sie nahm einen tiefen Schluck und setzte sich wieder auf den Korbstuhl. Als Abel zurückkam, legte er sich aufs Bett und schüttelte den Kopf: »Ceecee, ehrlich ... ein absurdes Leben. Also gut ... wo war ich?«

»Berlin. AIDS. Positiver Test.«

Er nahm das andere Wasser und trank. Dann sagte er: »Genau. Sie ist ... sie ist völlig durchgedreht. Selbstmordgedanken. Tagelang verschwunden, noch mehr gesoffen ... Und dann ruft mich einer an ... so ein ... wir kannten den wegen der Irak-Geschichten ... auch ein Anti-Imperialist, so ein Palästinenser, glaube ich ... oder Pakistani? Jedenfalls ...«

»Al-Kaida«, grinste Cyan.

»Nee, Ceecee, das ist null witzig. Tatsächlich, also ... der Typ war so ein ... es hatte mit irgendeinem Islam zu tun, und zwar so dicke, dass er dann schließlich gegen Politik überhaupt geredet hat ... man sollte erst mal den Koran lesen und ... also, es war so ein ganz schlimmes ...«

»Noch ein Theologe in deinem Leben. Einer aus dem Mittelalter.«

»Ja, eben nicht. Das war nämlich ein Kommilitone von ihr, so ein Zahlendoktor auch ... Kassim Asa ... Afshar. So ein ganz komplizierter Kopf ...«

»Ein Mystiker.«

»Maybe. Ja, kann sein. Egal, ich dachte aber ... genau wie du sagst: Schon wieder Gott. Und auf einmal, Zack! Ein Wunder! Sie hat nach der Diagnose ... nach dem Test, der für sie so schlecht ausging, ja erst mal nichts mehr von Ärzten und Medizin wissen wollen. Dachte, na gut, ich sterbe ... und jetzt, als sie bei diesem muslimischen Nostradamus untergekrochen war, kriegte sie diese Erkältung ... als sie dann nieste und ... da haben es wohl beide mit der Angst zu tun gekriegt, ich meine, an so was stirbt man dann ja, wenn man ... und er brachte sie in die Klinik.«

Abel schwieg.

Cyan fragte: »Und?«

»Was, und? Sie haben den Test nochmal wiederholt, zur Sicherheit ...«

»Let me guess. Negativ diesmal.«

»Ja. Und noch zweimal, mit Zeitabstand. Negativ. Es war ein falsches Positivergebnis gewesen.«

»Sure. It can happen.«

»Ja, leicht für dich, das so zu sehen ... aber Nasrin und ihr Prophet glauben natürlich ...«, er winkte ab.

Cyan hob theatralisch beide Hände und rief: »We're saved! A miracle! We're saved!«

Abel streckte ihr die Zunge raus.

Sie senkte den Kopf, wie bei einer Verbeugung vor Publikum.

»Und das«, sagte Abel, »damals kam ich gerade aus Bristol zurück, und ich hatte das Skript für die Bäume überall rumgeschickt ... und dann ...«

»Dann kam ich.«

»Ja, dann bist du auf den Plan getreten. Und hast mir das Ding einfach bezahlt. Das heißt, ja, schon gut, du hast Leute gefunden, die es bezahlt haben. Diesen Australier vor allem.«

»Uncle Wyatt.«

»Ja. Und jetzt muss ich es nur noch schneiden. Das Meisterwerk. Die Bäume. Das denkende Gras. Aber ...« Er sah plötzlich ratlos aus. Sie merkte, wie die verspielte Melodie, die bei ihnen beiden immer mitlief, in ihm verstummt war, und fragte nach: »Ja?«

Er gestand: »Ich bin ... ich weiß gar nicht, wie ich's dir sagen soll. Du findest mich dann vielleicht undankbar.«

»Lass mich mal selber entscheiden, was ich finde. Erzähl fertig.«

»Ich hatte dieses ganze Geld. Der Finanzier da aus Brisbane, den du aufgetan hast ...«

»Uncle Wyatt, I just said that.«

»Ja ... der hat den ganzen Kies auf einmal überwiesen. Da dachte ich ... wer kontrolliert das eigentlich, ob ich da jetzt den Film mache damit oder ...«

»Uncle Wyatt hat Knochenbrecher. Die hätten das schon kontrolliert.«

»Pfff ...ja ... whatever ... na, ich ... ich dachte jedenfalls auf einmal, als das alles bei mir ... ich meine, bei der Produktionsfirma, die ich ja nun selber bin ...«

»Amir Films, Berlin.«

»Ja, aber Amir, siehst du ... es ist mein zweiter Vorname. Abel Amir Reinhardt. Von dem meine Schwester immer glaubt, ich würde ihn verleugnen.«

»Weiß ich alles.«

»Okay. Ich dachte ... ich weiß nicht, was ich dachte. Es war so ein ... Flash: Ich bin reich. Ich konnte diese ... diesen Zuschuss für meine Arbeit nicht von Privatvermögen unterscheiden.«

»Das kapieren die wenigsten. Ich glaube, Künstler dürfen das gar nicht kapieren.«

»Eben. Also bin ich ... zu Wolf gefahren. Mit ... ich hab mir ... hundertvierzigtausend Euro auszahlen lassen, ganz schwachsinnig als ... Banknoten, in einem Koffer ... wie in so einem Krimiversuch von Godard, melodramatisch und ironisch gleichzeitig ... Bin nochmal hingefahren zu ihm. In sein Kaff. Hab ihn gebeten, ins Hotel zu kommen, dort. Hotel zum Türkischen Zuhälter oder wie es hieß. Er kam tatsächlich. Und ich hab ihn aufs Zimmer mitgenommen und den Koffer aufgemacht, mit dem Geld ... und ...«

»Und hast gesagt, das kann er haben, wenn er mit dir ins Bett steigt.«

Sie blickte säuerlich drein, aber er sah, dass es gespielt war, dass sie ihm eigentlich eher eine krumme Sorte Solidarität bekunden wollte, als sie sagte: »Wundere dich nicht, dass ich das erraten habe. Abel, ich weiß, wie dein Hirn funktioniert. Wie du ... Was dich ticken ... macht, gibt es das auf Deutsch?«

»Es heißt: Wie du tickst.«

»Ja. Wie du tickst.«

»Also ... ganz genau war's nicht so. Das, was du gesagt hast, waren nicht exakt meine Worte. Ich hab ... ich stand vor ihm und habe gesagt: Wolf, weißt du noch, du hast mal gemeint, du wärst nicht schwul? Hier liegen hundertvierzigtausend Euro. Die kannst du haben, wenn du nochmal nachguckst, ob du's nicht doch bist.«

»Das ist ... kalt. Damn it, Abel. Selbst für dich. Weil ... du wusstest, das macht er nicht, oder?««

Abel schwieg. Cyan sagte: »Es ging um die Demütigung, richtig? Er als Mann Gottes und du ... als Teufel.«

Abel grübelte.

Cyan schloss die Augen, döste, sank in flachen Schlummer. Da stand er, zwei Minuten oder drei Stunden später, neben ihr, legte ihr die Hand auf die Schulter: »Hilfst du mir?«

»Whu ...?« Sie sah zu ihm auf, er wirkte zerknittert. Sie legte eine Hand auf seine und fragte: »Was willst du denn machen? Nach Deutschland, ihm helfen, mit seinem ... Polizeiproblem?«

»Bist du verrückt?«, er schaute ehrlich entsetzt. »Nie ... nee, ich will doch nicht ... sein Vater sagt, er wollte gerade zu mir. Stell dir das vor! Nach London, mich suchen, um ... nee. Weil er wusste, dass ich den Film hier in England ... Ich meine, um Gottes ... nee, echt. Ich will nur weg, nur ... ich will nur so weit weg, dass er mich nie findet. Zu dir am besten. Zu den Ungeheuern und Dämonen und reichen Leuten. In dein ... deine Nachtwelt. Du hast gesagt, wenn ich den Film geschnitten hab, kannst du mir ... ich sollte Urlaub nehmen, erinnerst du dich? Bei deinen Porno-Amis.«

Sie sah ihn forschend an, ob er wohl wusste, was er da redete, und fragte: »So weit weg vom Gottesmann und seinem Gott, wie es nur geht?«

»Bitte, ja.«

Sie stand auf, umarmte ihn. Dann hielt sie ihn von sich weg, fast auf Armeslänge, inspizierte seinen Zustand und sagte: »Schöner Mann, you're a big mess.«

Und ging damit daran, ihn zu retten, und half ihm, den Staub der Arbeit von seinen Sohlen zu schütteln, und führte ihn in ein gefahrenreiches Land, **Sela**.

2 : Steine befehlen

Er nahm ihr Gesicht in seine Hände, dunkel und warm. Nasrin drehte den Kopf zu Kassim. Er küsste sie weich auf die glatte Wölbung ihrer Stirn.

Nasrin sah aus dem Fenster zum Gewächshaus.

Sie erinnerte sich an die fleißige Arbeit mit vier, fünf Helfern: an die Holzmodelle der Städte, streng nach den Richtlinien des bewunderten kanadischen Vorbilds, an die Windturbinen, die breiten Bodenmarkierungen, den stechenden Geruch der roten Lackfarbe.

Der Österreicher hatte das empfohlen: »Wenn ihr wirklich wissen wollt, ob's die Abweichung gibt und ob's signifikant is: Dreistufiger Ansatz. Modell, Simulation, Daten.«

Gehorsam hatte man sogar die Erdkrümmung bedacht und maßstabgetreu nachgebaut. Thermolampen gemäß dem Strahleinfall der Sonne, Plastikplanen für Kondensation, in strenger Weltentsprechung bis hin zum Doppelkreislauf: hoch unterm Dach warme Luft, vom gedachten Äquator aus, in Richtung der fiktiven Pole, unten kalte Luft, in Richtung Äquator, von den fiktiven Polen her. In manchen Nächten hatten sich Kassim und Nasrin zusammen in die Kalmenzone gestellt, eng umschlungen.

Ein andermal bewegten sie sich im Nordostpassat, dann im Südostpassat, mit den nötigen Umbauten dazwischen.

Zwei Menschen genügten für diese Umbauten; es ging stets nur ein paar Stunden.

In jenen Wochen war der Datenstrom aus der wirklichen Welt unablässig in die Rechner gespeist worden. Am Ende: Kollationierung. Die Abweichung, von der Nasrin heimlich bis zum Schluss gehofft hatte, sie möge ein Zufallsartefakt gewesen sein, hatte sich voll bestätigt, und damit Kassims Hypothese: »Es hält die Gleichgewichte nicht nur, sondern es kommt Fehlentwicklungen mit einer Geschwindigkeit zuvor, die sich nicht anders deuten lässt als intentional. Das System antwortet, wenn es mit Reizen konfrontiert ist – geologischen oder menschengemachten. Das Wetter denkt.«

So lösten sich die Zungen der Dinge.

»We've seen rock bottom. Inescapable. Implacable. And it's a ghost, ladies and gents«, hatte der australische Kollege gescherzt.

Kassim sah Nasrins Blick vom Fenster zurück zum Bildschirm wandern.

Er wusste, was sie dachte. Kassim ließ sie los, nahm die schmale Bedienung vom Fensterbrett und stellte den Ton leiser am Fernseher, der davon berichtete, wie in diesem kältesten März, den Kassim und Nasrin je erlebt hatten, ein paar Wahnsinnige, die sich in die Worte des Propheten, Friede sei auf ihm, verbissen hatten wie Ratten ins Fieber, von der deutschen Polizei verhaftet worden waren.

Man hatte entdeckt, dass diese Leute Vorbereitungen zu einem Mordanschlag auf einen anderen Wahnsinnigen getroffen hatten, der Muslime hasste und fürchtete.

Nasrin sagte: »Früher oder später werden Sie deinen Onkel auf einer ihrer Listen finden. Er selbst hat uns davor gewarnt. Wer Geld gibt, um die Jugend ... auszubilden, gibt auch Geld für Dinge, die er gar nicht unterstützen will. Kassim, man wird uns mit solchen Leuten verwechseln. Die Polizei wird den Unterschied nicht sehen.«

»Aber wir sehen ihn. Und wenn man uns vor Gerichte stellt, und wir reden dürfen, dann sehen ihn auch diese Gerichte.«

Er glaubte, was er sagte.

Nasrin antwortete: »Ein alter Freund von mir hat deutschen Gerichten vertraut.«

Kassim nickte: »Ich weiß. Und sie haben ihn eingesperrt. Weil er eine Frau totgeschlagen hat. Sein Vertrauen war gerechtfertigt: Wer jemanden totschlägt, den müssen sie einsperren.«

»Und wer den Koran wörtlicher nimmt, als die Christen ihre Bücher nehmen, was müssen die Gerichte mit dem machen?«

Sie redete von Kassim in der dritten Person. Er tat, als verstünde er das nicht: »Man muss die Gesellschaft vor Totschlägern und Mördern schützen.«

Nasrin ging zum Fenster, wandte Kassim den Rücken zu.

Sie sagte: »Da machen sie nicht Halt. Sie sagen: Man muss die Gesellschaft vor Fundamentalisten schützen.«

Er gab ein leises Wiehern vor sich: »Bhfff … Fundamentalisten? Das Wort bedeutet nichts. Wie Extremisten, Radikale. Es bedeutet immer nur, was der, der das sagt, es bedeuten lassen will.«

Nasrin wiedersprach: »Fundamentalist ist man, wenn man die alten Bücher ernst nimmt. Wir sind Fundamentalisten.«

Kassim nickte: »Aber es gibt auch Juden, die ihre Bücher ernst nehmen, und Christen, die das tun. Unsere Tradition erkennt das an, wenn wir von den Völkern des Buches reden.«

»Sie fürchten uns. Sie fürchten uns und unsere Bücher.«

Kassim wurde ungehalten: »Was die Leute hier fürchten, sind Menschen, die Geld aus Ryad oder Tehran bekommen, für einen kleinen Krieg, der den großen Krieg des Westens und des Nordens rechtfertigt, der dann wieder den kleinen Krieg rechtfertigt und so weiter. Bekommen wir Geld aus Ryad oder Tehran?«

»Wir haben Geld von deinem Onkel bekommen. Und weißt du, ob er es nicht aus Ryad hat? Oder aus Tehran, oder aus Karachi oder aus … Islamabad oder …«

»Wir haben kein Geld mehr, das ist das Erste. Wir haben nur noch unser Wissen. Wissen aus Basra, Wissen aus Los Angeles, Wissen aus Jerusalem, aus Haifa und Wien. Alle diese Städte … Tehran belagert, Ryad gekauft, Basra geschlagen …«

»Was ist Wissen gegen Geld? Hier in der Wüste?«, flüsterte Nasrin.

Kassim legte seine Hände von hinten sanft auf Nasrins Schultern und sagte: »Wer die Bücher gelesen hat, hat immer in der Wüste gelebt. Überall ist für Gelehrte Wüste.«

»Du sprichst von Schriftgelehrten. Wir sind Naturwissenschaftler.«

Sie sah Sperlinge ihre kleinen Körper von dünnen schwarzen Ästen in den Himmel werfen. Kassim nickte: »Schriftgelehrte. Ja. Die Bibel … die Priester im Tempel wollten das Reich einigen, also haben sie einen Kanon geschaffen. Da mussten die Bauernlegenden ausscheiden. Aber das gilt nicht fürs ganze spätere Judentum. Eine Legende, in der …«

»Midrasch. So heißen ihre Legenden«, sagte Nasrin.

Sie schloss die Augen, als er die Hände von ihren Schultern nahm, ihre Leibesmitte leicht umfasste und sie damit einlud, sich gegen seine Brust zu lehnen.

Er stimmte zu: »Ja. Midrasch. Und einigen Juden waren diese Legenden wichtiger als mancher Text im ... Kanon. Auch bei uns gibt es ...«

»Leute, die so ernsthaft die Hadithe studieren wie die Suren«, ergänzte Nasrin.

Sie löste sich langsam aus seiner Umarmung, nahm die Fernbedienung, die er weggelegt hatte, und schaltete den Apparat aus.

Dann setzte sie sich aufs Sofa. Nasrin lächelte, was er richtig als Aufforderung deutete, sich zu ihr zu setzen. Er schenkte ihr Tee ein und sagte: »Wir sind keine Schriftgelehrten. Aber in einigen Punkten sind wir sogar strenger als sie. Weil wir Naturwissenschaftler sind, ist unser Auslegungsspielraum manchmal enger. Es spielt eine Rolle, es ist ... entscheidend ... ob ...«, er suchte nach präzisen Worten, fand sie nicht.

»Wenn die Strömungstheorie sagt, die Voraussetzung für die laminare Strömung ist eine hinreichend niedrige Strömungsgeschwindigkeit, dann ist das so. Luft, Wasser, egal. Gesetz.«

Er nickte. Sie legte den Kopf auf seine Schulter. Er schwieg.

Nach einer Weile richtete sie sich auf, und als sie sah, dass er sie aufmerksam betrachtete, sagte Nasrin: »Gut. Wir nehmen das Angebot deines Onkels an. Er hat versprochen, uns unsichtbar zu machen, damit wir ... die Veröffentlichung vorbereiten können. Damit man uns nicht stört, uns unsere Daten nicht wegnimmt, damit man uns nicht als ...«

»Sekte.«

»Sekte oder Terrorzelle oder ...«

Kassim strich sich mit der Rechten den Kinnbart glatt und sagte: »Ich weiß, warum du es so sagst. Ich kenne dein Argument gegen sein Angebot, gegen die Pässe, die logistische ...«

Nasrin sagte: »Wenn wir diese Verschwörerspiele mitspielen, wird man uns das vorwerfen. Ich glaube manchmal, es ... es gibt gar keine anderen Verschwörungen als die, die jemand anzettelt, um sich gegen eine andere Verschwörung zu wehren.«

Er sagte kein Wort, berührte ihre Wange. Sie nickte: Es half nichts, sie hatte zwar recht, aber es war dennoch nötig, zu verschwinden.

»Wir sind wie die gerechten Brüder«, sprach er aus, woran sie als Nächstes gedacht hätte.

Ja, die Brüder von Basra: Sie waren begraben, das machte sie geduldig. Sie waren vergessen, das machte sie unzerstörbar. Sie waren besiegt, das machte sie klüger. Sie waren eine Art Staub, und eine Art Gold, und eine Art Hoffnung, und eine Art Irrtum. Sie waren über und über mit winzigen Fehlern bedeckt, und wer sie unter all diesen Fehlern dennoch erkennen konnte, gehörte zu ihnen.

»Hab ich dir je erzählt«, sagte Kassim, »dass mich die deutsche Polizei mal fast erschossen hätte?«

»Du hast es angedeutet«, sagte sie, und küsste ihn.

Sie erhob sich. Er folgte ihr auf dem Weg zu den Schränken, den Koffern, dem Leben, das sie mitnehmen mussten, und hörte sie sagen: »Sekte. Damals warst du in einer, oder? Bei diesen Christen?«

»Ich hab da nur gewohnt. Ich hab das nicht geglaubt.«

»Wie überall auf der Welt: Da wohnen wir und glauben es nicht.«

Der stramme Max war nicht stramm, sondern labbrig.

Das Bier sah aus wie Hundespeichel. Die Holzpaneele an den Wänden kamen Kurt Schulte vor, als wollten sich die Leute aus dem Osten, die dieses Lokal unterhielten, damit übers Kerndeutsche, Gutbürgerliche lustig machen. Kurt liebte das Kerndeutsche, Gutbürgerliche.

Ich sitze beim Russen, dachte er, und die Wände lachen mich aus.

Es stimmte nicht, der Wirt war kein Russe, sondern ein Ukrainer, aber diesen Unterschied fand Kurt nicht wichtig.

Rings um Kurt saßen Lederjacken und Trainingsanzüge. Sie redeten unverständlich, sahen den Alten scheel an und rauchten. Man hatte ihn für sieben Uhr abends einbestellt. Er kannte das Spiel: Vor neun würde nichts daraus werden. Diese Leute kamen grundsätzlich zu spät.

Verdrossen kaute er Spiegeleier, die nach Seife schmeckten, Fleisch, das nach Haarwasser roch, und Brot, das aus Papier geknetet war. Seine schwache Blase drängte ihn aufs Klo.

Dort gab es wenig Licht und keine Heizung.

Als er zurückkam, waren die Reste seiner Mahlzeit abgeräumt. Ein neues, nicht bestelltes schlechtes Pils stand frech auf feuchtem Deckel. Vergilbte Schurken, die beieinander hockten wie Kalkdämonen auf Kirchenzinnen, grinsten tödlich. Kurts Kniegelenke schmerzten. Seine Brust spannte. Herzangst war sein Hobby.

Mühsam setzte er sich an den zu niedrigen Tisch, auf den zu kleinen Stuhl und dachte an die dumme Zeit: War das schon zehn Jahre her, dass er sich wie ein reicher Mann vorgekommen war, weil er den jungen Saalordnern, kahlköpfigen Heißspornen, die nicht einmal alle in der Partei waren, sondern meist lediglich um die Partei herum für Heiterkeit und Angst sorgten, aus seinem überschüssigen Geld ab und an fünfzig, manchmal sogar hundert Euro hatte zustecken können? Euro. Nicht Deutsche Mark. Zehn Jahre?

Heutzutage ging alles, was nicht zum Leben gebraucht wurde, vom Ersparten und der Rente, an Verbrecher aus dem Osten. Weshalb? Weil er den Sohn als Kind verzärtelt hatte, statt ihn zu erziehen. Würde es Kurt jetzt besser gehen, wenn sein Sohn einer geworden wäre wie die mit den breiten Hosenträgern, die mit dem tätowierten Bizeps, die deutschen Jungens vom Saalschutz? Fünfzig Euro, hundert Euro. Die Jungens. Die Ehre. Was ist aus Keiler geworden? Aus Rudi, aus Torsten und Kalle, der kleinen Eingreiftruppe? Kurt spürte Rührung im Hals und in der Brust, als er an diese Namen dachte. Er ballte die rechte Faust.

Rechts von ihm ließ sich ein Schatten aus Eisen nieder und fragte: »Hast du dabei?«

Gemeint war Geld.

Kurt fasste in seine Jacke. Ganz langsam zog er dreihundert Euro heraus. Ein Portemonnaie besaß er nicht. Die Scheine waren zerknittert, ineinandergefaltet.

»He«, atmete das Verhängnis rechts scharf aus. Kurt wandte

sich dem Gesicht des Feindes zu. Der erklärte gereizt: »Gibst du unter Tisch, Arschloch.«

Das Gesicht hatte keinen Blick für Kurt. Der gehorchte und hielt dem Ungeheuer die Scheine hin. Eine zu große, zu trockene, zu kalte Hand griff nach seiner, drückte zu, presste. Nur Reisig bin ich, verstand der Rentner. Als das Monster telepathisch erkannte, wie sehr Kurt es fürchtete, lockerte sich die Klammer aus Fleisch, Muskeln, Knochen. Mit Taschenspielergeschick zogen zwei Finger und ein Daumen Kurt die Noten aus der Hand.

Russen, dachte Kurt. Zum vierten Mal hatte er sich hier erniedrigt, vor denen.

Tschetschenen? Tschandalen? Irgend so etwas. Als wäre er aus mieser Luft, verschwand der Geldeintreiber.

Kurt bezahlte alles, was ihm nicht geschmeckt hatte. Mürrisch erduldete er die Verachtung der unförmigen Bedienung, die ihn hasste, weil er nur sechzig Cent Trinkgeld spendierte.

Unter Qualen stand er auf. Stechen, Ziehen.

Der Heimweg zog sich hin wie Schwimmen in dicker Suppe. Mit Tränen in den Augen, vor Erschöpfung, kletterte Kurt die Treppe zu seiner Wohnung hoch, wo ihn eingetrocknete Pizzareste, sinnlose Papierstapel, gestorbene Fliegen und Reue empfingen.

War das ein Leben? Kurt seufzte.

Aus der Hölle rief ihn ein Plan.

Keiler und Rudi, Torsten und Kalle. Die Jungens. Was, wenn man sie anriefe? Was, wenn man ihnen sagte: Russen, nun ja, Ukrainer, jedenfalls: Untermenschen nahmen ihn aus?

Was, wenn nach dem nächsten Treffen im Bierdunst jemand hinterm Lokal dem Geldeintreiber auflauerte oder ihn ein paar Straßen weit beschattete, ihn dann stellte und ihm das Geraubte wieder abnahm, ihn zusammentrat und schwer bestrafte?

Kurt dachte nach und spielte mit dem ersten Feuerzeug.

Er lachte finster und spielte mit dem zweiten Feuerzeug.

Er kaute innen am Wangenfleisch und spielte mit dem dritten Feuerzeug.

Hatte der Einfall einen Nachteil? Kurt sah keinen.

Mit dem Elan, der ihn bewogen hatte, für seinen Sohn dem Gericht lästig zu werden, stand er auf und machte sich daran, Telefonnummern im Müll zu suchen.

An seinem neunzehnten Geburtstag nannte Tom Crissauer seine Mutter zum ersten Mal eine Lügnerin. Das geschah morgens um sieben, als es in dem widerlichen Haus, in dem beide leben mussten, bereits wieder nach gedämpftem Kohl stank – täglich früher, dachte Tom.

Vorangegangen war dem Gefühlsausbruch eine der vielen Enttäuschungen, die sich häuften, seit Toms Vater nicht mehr bei der Familie lebte.

Auf dem Ikea-Tisch mit der abwaschbaren Decke lag ein Umschlag. Daneben stand heißer Kakao, zubereitet mittels Billigpulver aus dem Penny-Markt. Richtiges Kaba, dachte Tom in kindlichem Trotz, gibt's hier auch nicht mehr. In dem Umschlag steckte natürlich nicht der iPod, den er sich gewünscht hatte. Stattdessen war das Geschenk, das er nicht anrührte, ein Fünfzig-Euro-Schein. Im Trillerton hatte die Mutter erklärt, das Geld sei »für CDs«.

Wie nicht ganz vorhanden stand die Frau, die ihn so beleidigt hatte, schon halb auf dem Flur, vor dem schäbigen Spiegel, spitzte das Mündchen, riss die Augen unnatürlich weit auf und tirilierte: »Also dann hab mal einen schönen Tag, ne! Schönen Geburts-Tag nämlich!«

Er konnte den Bindestrich hören, es klang wie eine Gabel, die am Boden eines Nudeleintopfs kratzt. Als böser Reaktor brütete er in Wut, die Arme vor der Brust verschränkt.

Sie ließ nicht ab von ihrer Heiterkeit: »Was planst du denn, was machst du? Siehst du Sina, triffst du die Jungs?«

Sina hatte sich vor mittlerweile vier Monaten zum dritten Mal von Tom getrennt. Es würde wohl endgültig sein diesmal, nahm er an. Dass das so war, und dass seine Mutter das nicht wusste, demütigte ihn furchtbar. Fast gab er sich selbst die Schuld daran: Hatte er es erwähnt, war je davon geredet worden? Der Kakao sah aus, als würde er langsam Milch; die braunzuckrigen Teilchen sanken allmählich ab. Toms Schläfen pochten. Sein Schädel drückte das gekränkte Hirn zusammen. Die Wolken draußen hatten schwarze Runzeln.

Die Jungs? Sie hatten wieder lange an der Unterführung gesoffen gestern Nacht, und über der sinnlosen Schnapskipperei war ganz vergessen worden, Tom zu feiern. Von allein erinnerte sich niemand daran, dass er Geburtstag hatte, auch diejenigen nicht, die es hätten wissen müssen, die engeren Freunde, falls man so sagen konnte.

Noch einmal möhrte die Mutter: »Tom? Hörst du?«

Da hatte er genug: »Was? Scheiße. Scheiße! Scheiße. Sina? Scheiße. Die Jungs? Was? Ich bleib heut für mich. So ist das. Gitarre spielen. Fuck, echt. Ich wollte einen iPod und kein Geld für CDs. Echt.«

Er bildete sich ein, er könnte hören, wie sie mit den Augen rollte, als sie sagte: »Na, aber du sagst doch immer, dass das ganze Downloaden und so die Musik kaputtmacht. Weil's dann keine Albums mehr gibt.«

»Alben. Scheiße. Alben«, grollte Tom auf dem Rückzug in sein schwarzes Herz. Sie parierte federleicht: »Wenn wir, hörst du, wenn wir deinen Vater gefunden haben, und er endlich blechen muss, dann kannst du dir zehn iPods kaufen und alle Alben.«

Das Schlimmste war, wie er per Seitenblick erkennen musste, dass sie den Mist wohl wirklich glaubte.

Das Löckchen, das sie sich aus ihrer Strickmütze zupfte, machte ihn rasend.

Weil er nicht reagierte, spendierte sie noch einen halben Nachsatz: »Bis dahin, Tom, müssen wir dann halt zusammenstehen und ...«

Da fiel es aus ihm wie ein Ei aus einem gigantischen, verfluchten Vogel: »Lügnerin. Lügnerin! Weißt du das? Du bist eine ganz beschissene Lügnerin. Du lügst mich an, und du lügst dich selber an. Weißte, lass es mal stecken endlich. Du Lügnerin.«

Das Wort, sah Tom zufrieden, traf sie: »Also das ist unfair ... das ist ...«

Sie suchte nach Worten, während sie in ihren blauen Mantel kletterte. Normalerweise wäre Tom jetzt aufgestanden und hätte ihr dabei geholfen. Heute nicht. Die Angeklagte holte Atem; dann piepste sie: »Also der Detektiv hat ...«

Tom schlug mit der flachen Hand auf den Tisch, erschrak davon sogar selbst ein bisschen: »Was? Was denn? Scheiße! Das letzte Geld ist weg. So sieht's aus.«

Er schüttelte den Kopf. Die halblangen schwarzen Haare flogen wie nasses Hundefell. Er hasste den Kakao, die Wolken, die fünfzig Euro: »Und es ist weg, weil dieser Detektiv da von dir, in ... in Frankfurt, oder wo du den ...«

»Ja, in Frankfurt«, sie traute sich also doch noch, zu widersprechen, »und es ist eine der angesehensten ... angesehen ...«, die Stimme fand zu vorsichtiger Festigkeit, kam aber nicht aus der Defensive.

Wieder schnitt ihr der Sohn das Wort ab: »Detektiv! Echt jetzt!«

Er verzog das Gesicht, stand auf, schloss das gekippte Fenster, wobei er dachte: Diese Scheißkocherei von diesen Asozialen in diesem bescheuerten Block hier, fuck.

Dann wiederholte er: »Detektive! Du lebst im Film. Du denkst, es gibt eine komplizierte Erklärung und einen Krimi und was weiß ich. Diese Geschichte braucht aber keinen Detektiv und keine ... Es ist doch total einfach: Der hat uns sitzenlassen, Punkt. Dann mussten wir raus aus dem schönen Haus, Punkt. Und dann sind wir hier gelandet in dieser Scheiße, Punkt. Und du träumst und lügst und ...«, jetzt war er derjenige, dem die Worte fehlten. Er setzte sich zum Kakao, blies sich Haare aus dem Gesicht, grunzte.

Was gab es noch zu sagen?

Tom Crissauer war der Sohn eines Mannes gewesen, den seine Schwiegereltern einen »Besserverdienenden« nannten. Tom selbst kannte ihn eher als Besserwisser. Der Vater, studierter Neurologe, hatte bei der EADS gearbeitet, als medizinischer Ingenieur für Luft- und Raumfahrt – irgendwas mit Hirnforschung für Astronauten oder Soldaten. Dem Sohn hatte er kein Interesse an den Wissenschaften vermitteln können, nicht mal am Flugzeugmodellbau. War das der Anfang der Krise gewesen? Der Propellermodellabsturz auf dem Rasen vor dem schönen Haus im Grünen?

Entfremdung zwischen Vater und Sohn. Dann der Ehestreit.

Die neue, jüngere Freundin.

Und schließlich ist er abgehauen, dachte Tom düster, und hat sein Geld mitgenommen – nach ordnungsgemäßer Kündigung, das war das Wahnsinnigste daran, »innerhalb der Dreimonatsfrist«, wie sein Chef der Mutter mitgeteilt hatte, »formal stimmig, es tut mir leid, wenn er Ihnen nichts gesagt hat«.

Kein Sterbenswörtchen, nein.

»Von langer Hand geplant«, klagte Toms Mutter gern, das klang bei ihr nach internationaler Spionage und Verschwörung.

Behördendeutsch: Aufenthaltsermittlung, ladungsfähige Anschrift, zur Fahndung ausgeschrieben. Alles Wind. Wo hatte die lange Hand Tom und seine Mutter hingeschoben? In einen Kasten aus grauer Zeit, mit besoffenen Ausländern und ein paar Nazis von der alten Schule, die Tom anderswo treffen musste als die Kurden und Libanesen aus dem Viertel, mit denen er sich auch hin und wieder traf.

Die Neonazis, Keiler und Co., zog es inzwischen nicht nur von Tom weg, sondern überhaupt aus der Kleinstadt. Sie wollten nach Frankfurt, hatten da »Kontakte«, würden bald richtig wichtige NPD-Parteisoldaten werden. Tom wollte auch nach Frankfurt. Jedenfalls hier weg.

Gitarre, Saufen, Wut.

Er fuhr sich mit der Hand durch die glänzenden Strähnen, starrte auf seine schwache Spiegelung im Fenster, roch den Billigkakao.

Ich bin ein Baby, sie hat ja recht, ich hätte das Zeug sogar gewollt, wenn es richtiges Kaba-Pulver gewesen wäre, wer macht so was, wer lässt sich so was hinstellen, seit einem Jahr volljährig ... Mein Problem ist, ich bin verwöhnt vom verschwundenen Geld. Ich werde da draußen nicht überleben. Tom sah dürre Baumzombies mit welken Blättern, die sinnlos im Wind raschelten, Gewissen eines Schwindlers.

Die Lügnerin war zum Tisch zurückgekehrt.

Sie wollte eine gute Mutter sein.

So klang das: »Tom ... ich verstehe ja, dass das .... dass das nicht schön ist für dich. Am Geburtstag. Und auch ... überhaupt. Dein Vater ... seit zwei Jahren verschwunden, von der Polizei nicht mal mehr richtig gesucht ... Was soll ich machen? Aufgeben?«

Ein Ermittler aus Wiesbaden hatte ihr ins Gesicht gesagt, der Mann habe »ja kein Verbrechen begangen, außer, dass er weg ist«.

Da war sie aus der Fassung geraten: »Kein Verbrechen? Und der Unterhalt? Unser Leben?« »Nun ja«, hatte der Mann sich gewunden, »Sie sind ja nicht geschieden, und ich weiß gar nicht genau, wie das rechtlich ist ...«

»Ach, das wissen Sie nicht, na, für Staatsbeamte, die uns ja überwachen, wann immer es ihnen passt, wissen Sie überhaupt erstaunlich wenig.«

Die Untersuchung ruhte.

Die Unterstützung seitens ihrer Eltern auch. Im ersten Jahr war noch Geld gekommen. Die Eltern des Verschwundenen lebten nicht mehr, es gab auch sonst keine Verwandtschaft auf jener Seite. Ihre Eltern gaben ihr die Schuld an allem.

Sie hatten gedacht, er wäre der Märchenprinz, der sie von der ungeliebten Tochter erlösen würde. Sie meinten daher inzwischen, diese Tochter sei »eben auch ihm zu viel« gewesen: »Du hast ja«, war ihrer Mutter entfahren, »nie gewusst, was du willst, und wenn doch, dann hast du nie gewusst, wie man es kriegt, und wenn du es doch mal gekriegt hast, hast du nie gewusst, wie man es behält. Biologiestudium, pff, und abgebrochen, und geheiratet, und sitzengeblieben.«

Die abgebrochene Biologiestudentin arbeitete jetzt in einem kleinen öffentlichen Aquarium, um das Geld für Miete, Kleidung, Essen, Versorgung des volljährigen Sohnes zu verdienen. Der ächzte leis. Sie summte Halbartikuliertes, das sollte »also Tschüss dann« heißen.

Sie schloss die Wohnungstür von außen, fast unhörbar. Tom saß im Selbstmitleid.

Der Regen, der vor den seit einem Jahr nicht geputzten Scheiben losprasselte, war willkommen.

Als er sich daran sattgesehen hatte, erhob sich Tom und grämte sich, dass heute Samstag war: Nicht mal die Schule schwänzen konnte er. Seit einem Jahr durfte er sich seine Entschuldigungen selber schreiben, musste sie nicht mehr fingieren.

Wozu weiterleben?

Reptilienträge kroch er auf dem Flur zu seinem Zimmer. Blieb stehen. Zog den Gürtel enger. Gegessen hatte er nichts. Das Frühstück ließ er ohnehin meist ausfallen. Wieder ein Loch weiter: Vielleicht hat die Alte recht und es ist wirklich Magersucht.

Das schwarze T-Shirt, ohne Aufdruck, war am Saum ein bisschen dreckig. Tom mochte das so. Auch von den schwarzen Jeansknien starrten mehlige Flecken von Staub und Asphalt. Wir haben uns im Dreck gewälzt. Wir haben uns Rum in die Haare gegossen und Wodka auf die Schuhe. Wir sind die Bösen.

Er setzte sich aufs Bett und nahm die Gitarre vom Boden, schaltete den Verstärker ein, setzte den Kopfhörer auf und dachte: Ein Jahr erwachsener, ein Jahr mehr verfault.

Damned in Black.

Mehr verfault, mehr tot? Toter? Ob schon mal jemand das Wort »tot« gesteigert hatte? Am Totesten war sein verdammter Vater. Tom glaubte nur noch an Sachwerte. An den Panasonic-Rasierer im Bad, mit dem er sich den sachten Wuchs im Nacken und am Rand des Schamhaarwaldes rasierte. An die Gitarre, an der er jetzt übte, auf der er sich grimmig vergriff: monotone, mächtige, verzerrte Musik, ihm lieber als alle Platten, selbst die besten, die er besaß. In seinen Innenton getrieben, schlug er immer wieder dieselben drei Töne.

Schlag, Loslassen, Tippfingerchen, Schlag.

Powerchord, Powerchord, Powerchord.

Das ging so gut zwei Stunden.

Dann war der Sound fest genug in Toms Nerven, Muskeln, Sehnen, Adern etabliert, dass er ihn nicht mehr schlagen musste. Der Klang würde ihn den restlichen Tag lang begleiten.

Was die andern, vor allem die Gleichaltrigen, zu sagen und zu schnattern hatten, konnte ihn, wenn dieser Klang in ihm war, nicht erreichen: Fußballergebnisse und Führerscheinaussichten, die bescheuerte Erregung darüber, dass man Beiträge bei Facebook jetzt auch als nicht volljähriger Teilnehmer, nicht volljährige Teilnehmerin öffentlich stellen konnte, weltweit, jedenfalls zwischen dreizehn und siebzehn, dass man aber Anfragen prüfen sollte und den Hackeralarm einstellen ...

Das alles war Scheiße, wie Fernsehen, wie Schule, wie Sinas grauenhafte Modediskussionen samt Vorführungen: Wie findest du meine schwarzen Leggings? Scheißegal. Wie findest du meine neue Ballonmütze? Scheißegal. Wie findest du meinen weißen Pulli mit Reißverschluss? Scheißegal. Wie findest du, was mein Bruder wichtig findet, das UEFA Champions-League-Spiel FC Bayern gegen Viktoria Pilsen? Scheiß-e-gal. Und erst die Affen von der Unterführung, die auf den Fußballschwachsinn sogar Wetten abschlossen um eine Flasche Grasovka, Pisse aus Polen. Wozu wetten?

Man kann sich ehrlicher einfach so gemeinsam dichtkippen, es landen ja am Ende sowieso immer alle Flaschen, gleichgültig, wer sie mitgebracht hat, im gemeinsamen Pool.

Das war wie beim Essen, mit der Regel »im Magen kommt eh alles zusammen«.

Diese Regel stammte von Toms Vater: Das hatte Jochen Crissauer immer gesagt, wenn die Mutter »was Leckeres« gekocht zu haben glaubte.

Ihre Bettelei mit Blicken, am Esstisch, die sich danach sehnte, dass der Vater doch bitte dazu mal ein Wort verlor: furchtbar. Und wenn er's tat, war's eine Gemeinheit. Der Spruch mit dem Magen zeigte ihn da noch von der freundlichsten Seite, er konnte auch anders: »Was willst du, ich würg's doch runter?«

So klang das, wenn der Herr im Haus »beruflich unter Druck« stand. Auch sonst, das hatte Tom früh gemerkt, war dem Vater die Familie der Klotz am Bein, der ihn daran hinderte, auf Berge zu klettern oder »in einer Rockband Gitarre zu spielen, das hätte ich machen sollen«.

Diese B. C. Rich Warlock hier, die hatte er dagelassen.

Zum Heavy Metal, so viel musste man dem Alten lassen, hatte

Tom allerdings auch mit Hilfe des jetzt so ungeliebten Crissauer senior gefunden, dank dessen Plattensammlung – zunächst Siebziger- und Achtziger-Hardrock, aber von den Rainbows und Dios her war der Weg nicht weit gewesen zu Sabbath, dann King Diamond, Venom, bald Bathory und Celtic Frost.

Schließlich erfuhr Tom von Burzum, Mayhem und Darkthrone – die »Panzerfaust« war Toms erste selbstgekaufte CD –, endlich von Watain.

Watain legte er jetzt in den Player, stöpselte den Kopfhörer um und tauchte für zwanzig Minuten in die Fluten von Ain, wie Duschen in Blut.

Tom wusch sich derzeit nur noch, wenn es absolut nötig war. Er fand, dass der schlimmste Schmutz nicht außen an den Leuten klebte, sondern in ihrem Innern kochte. Dass man diesen Schmutz anzünden sollte, zum antikosmischen Feuer, war Toms feste Überzeugung. Er schaltete den Apparat aus, streifte die Headphones ab, schleppte sich zurück in die Küche.

Eine schale Haut hatte sich auf der bleichen Instantbrühe gebildet. Er schüttete die ganze Plörre weg. Schwache Getränke, schwache Menschen. Die Mutter schob alles auf den Vater, der gegangen war. Der wieder hatte alles auf die Familie geschoben, seine dumme Gründung ohne Plan. In einer Band spielen? Hätte er doch tun können, mit seinen Voraussetzungen, seinem Ersparten, seinem Aussehen.

Tom Crissauer jedenfalls würde in einer Band spielen. Es gab sogar schon ein Angebot, von seinem Nazifreund Keiler. Der wollte eine »nationale Gruppe« gründen, »so was wie Endstufe oder Oithanasie«.

Bislang ließ sich Tom noch bitten. Das lag erstens daran, dass ihm die Leute um Keiler im Grunde ebenfalls schwach vorkamen: Das martialische Getue dieser Rudis und Torstens und Kalles stieß ihn ab, es stank nach Angst. Die Typen waren picklig, schief oder schmächtig, anders als Keiler selbst, dem Wotan die Knochen eines Ochsen verliehen hatte.

Der zweite Grund, warum Tom noch nicht bereit war, mit Keiler eine Band zu schmieden, war dessen enger musikalischer Horizont: Einfach »rechter Rock«, das reichte Tom nicht, er wollte vertracktere, gezacktere Musik spielen als »Eins-Zwei-Drei-Vier-HEIL!«

Deshalb hatte er Keiler, der in der neuen Band natürlich singen – also brüllen – wollte, neulich zunächst mal ein paar NSBM-Platten mitgegeben.

Wie aber konnte er sich Keiler verständlich machen, wenn jener das, worum es ging, auf diesen Platten einfach nicht hörte? Gesetzlosigkeit mit eigenen Gesetzen, chaotische Schönheit, nicht dieses kleinliche Nazizeug, das auch nur Lüge und Feigheit war: Wie überzeugte man Dumme?

Tom zog die Jeansjacke an, wickelte sich seinen roten Schal um den Hals. Dann schlüpfte er in die zwei Nummern zu große Lederjacke und ging aus dem Haus.

Drei Straßen weit wehte ihm nachlassender Wind aus Nordost ins Gesicht.

Der Ort, den er aufsuchte, war ein bescheidener Ersatz für einen Friedhof, den er bevorzugt hätte. Trostlos genug immerhin war's hier: der Sandboden graubraun, die Drehscheibe festgeschweißt, funktionsuntüchtig, die Wippe von Grünspan und Rost entstellt, die Schaukel an stumpfschwarzen Eisenketten aufgehängt, die Bänke elend dreckig – ein Spielplatz für Kindergespenster, dachte Tom. Nie hatte er in den zwei Jahren, die er hier im Viertel wohnte, irgendwen hier spielen gesehen. Manchmal rauchten Leute abends ihre Giftpfeifchen oder setzten sich im fadenscheinigen Gebüsch einen Druck. Tom fand immer wieder Spritzen und Kondome. Tagsüber strich kränkelnder Wind übern Platz. Auch ohne Regen wirkte der meist wie aufgeweicht, mit Trübsal vollgesogen.

Tom legte sich rücklings auf eine der feuchten Bänke. Er sah blinzelnd nach oben. Der Himmel war aus nassem Klopapier.

Tom schloss die Augen und sah sich seinen Puls an, als rhythmische Lichtveränderung unter den Lidern. Blut, das sein enges, hartes, stolzes Herz durch ihn pumpte. Er spürte feine Nieselnadeln auf den Wangen, das Helldunkel auf der Netzhaut, Kälte in den Knochen.

Dann sagte eine helle, schöne Mädchenstimme: »Geiler Anstecker.«

Tom gab ein Schmatzschnauben von sich. Das Wort »Anstecker« war ihm zu billig für den emaillierten Pin mit der Ziegenmenschenfratze von Venoms »Black Metal«-LP mit dem Pentagramm der linken Hand auf der pelzigen Stirn und dem Schlangenschriftzug der Band drüber. Das Schmuckstück hatte bei eBay fünfundzwanzig Euro gekostet – die Hälfte der Summe, die Toms Mutter ihm zum Geburtstag für CDs gegeben hatte.

Er öffnete die Augen und sah Lippen wie frische Beeren, nicht voll, nicht geschminkt, hellrot, darunter ausdrucksvolle Augen von nicht genau bestimmbarer Irisfarbe. Wangen und Stirn waren blass, ganz leicht sommersprossig, eingerahmt von zwei Vorhängen aus rot glatt langem Haar, alles verkehrt herum, ein Zauber.

Tom schnellte in die Höhe wie ein zurückschnappendes elastisches Holzrohr und schaute die junge Frau an, die vor ihm stand. Sie konnte nicht älter als fünfzehn sein. So unverschämt wie in Ruhe gerade noch möglich stand sie da, in einen dünnen schneeweißen Mantel mit straffem schwarzen Stoffgürtel eingewickelt wie eine Spindel in Garn, auf Krücken, je eine unter jeder Achsel, metallisch, mit breiten dunkelroten Griffen oben.

»Was willst du?«, blaffte Tom beeindruckt.

»Deinen Anstecker«, sagte das Mädchen.

»Du weißt doch gar nicht, was das ist.«

»Venom«, sagte das Mädchen, »vom Cover von ›Black Metal‹. Wahrscheinlich die beste von denen, wenn man die Liveplatte – die goldene, Hammersmith und Ritz – nicht mitzählt.«

Sie meinte »Eine kleine Nachtmusik«, auf der Toms Venom-Lieblingsstelle war: das unendlich langsame Sich-ins-Riff-Arbeiten bei »Bloodlust«.

Das hatte er bestimmt tausendmal gehört, hundertmal nachgespielt, das heißt: synchron begleitet. Er beschloss, die bockige Zurückhaltung aufzugeben und nach etwas zu fragen, das er tatsächlich wissen wollte: »Du hörst so Musik?«

Sie lachte tonlos und sagte: »Ich bin ein depressiver Krüppel. Ich höre nur so Musik.«

»Nämlich?« Der Nieselregen hatte sich verflüchtigt. Dunst und Nebel sammelten sich im Gewölle kahler Hecken.

Die junge Frau lächelte und sagte: »Cradle of Filth. Moonspell. Nachtmystium. Paradise Lost.«

Er zog die Oberlippe zurück, ein böser Hund: »Schmalz. Gothic-Ecke.«

»Und du frühstückst Nägel und Stacheldraht«, es war keine Frage.

Sie lächelte immer noch. Er musste grinsen und sagte: »Kaba.«

Dann gab ihm der Zufall etwas ein: »Ich bin in ’ner Band.«

»Echt? Cool. Und was machst du dann hier auf dem Spielplatz, oder dauernd an der Unterführung? Ich kenn dich. Ich seh dich, von meinem Fenster aus.«

»Du wohnst ...«

»In einem von den Reihenhäusern, den kleinen. Einfamilienhäusern.«

»Bist du meine Stalkerin, oder was?« Er brauchte nicht zu zwinkern. Sie verstand auch so, dass das ein halber Witz war, der sich allerdings keine Mühe gab, lustig zu sein.

Sie sagte: »Ich wohn bei meiner Mutter, und du wohnst bei deiner Mutter. Deshalb ist uns langweilig.«

»Ja«, sagte er, wie man sagt: schön gesehen.

Sie sah ihn an, als sähe sie ihn gar nicht.

Dann sagte sie: »Ist aber nicht meine richtige Mutter.«

Er nickte, als verstünde er, und sagte: »Meine Mutter ist eine Lügnerin. Ich hab heute Geburtstag. Sie hat mir einen Scheiß-Fünfzig-Euro-Schein geschenkt. Ich soll mir CDs kaufen.«

»Verbrenn’s doch. Das Geld. Für Satan.«

Erstaunlich geschickt bewegte sie ihre rechte Hand durch den Krückenrahmen zur rechten Manteltasche, griff hinein, grabbelte drin rum und holte ein schlankes, kleines, grünes Feuerzeug heraus.

»Okay«, sagte Tom.

So schloss er Freundschaft mit Nathalie Echle, die ihm zwei Minuten später half, den glimmenden Restrand des Fünfzig-Euro-Scheins im Spielplatzsand auszutreten.

Im Sommer fuhren am Cricketfeld nicht viele Autos vorbei.

Fast nie sah man in Woolloongabba Fahrzeuge wie den Jaguar, in dem der Milliardär Wyatt Richard Spencer sich zu einem Arzt chauffieren ließ.

Der Arzt hatte dem reichen Mann aus einer Klemme geholfen. Dieser wollte sich bedanken. Angestarrt wurde sein Wagen, so selten dergleichen in der Gegend war, an diesem vierten August 2005 nicht. Die Leute, die hier lebten, hatten andere Sorgen.

Der Fahrer ließ sich Zeit, die Geschwindigkeit blieb unter vierzig Stundenkilometer. Am Ende der Stanley Street erreichte er ein dreistöckiges, gepflegtes Apartmenthaus mit hellem Säulenvorbau, palmengesäumt.

Sein Passagier sagte: »That's the one. Right 'ere.«

Der reiche Mann stieg allein aus dem Wagen. Er war gekleidet in eine offene dunkelblaue Satin-Fliegerjacke und ein weißes T-Shirt, auf dessen Brust an einer Kette ein goldenes Kruzifix hing, außerdem trug er hellblaue Jeans und solide braune Halbschuhe.

Das weiße Haar leuchtete, militärisch knapp geschnitten.

Er grüßte den Hauswirt, der den Rasen sprengte, und wurde auch von ihm gegrüßt:

»G'day.«

»Hello.«

Schnell öffnete Spencer das Gitter, trat ein und ging den lichten, kühlen Treppenaufgang hoch zum zweiten Stock.

Die Tür war leicht angelehnt. Der deutsche Arzt mochte keine Klimaanlagen und lüftete per mildem Durchzug. Er saß an seinem Schreibtisch und drehte sich im Bürostuhl, als der Milliardär eintrat und ihn auf Deutsch begrüßte: »Guten Morgen!«

»Guten Morgen. I saw you when ...«

»Sprechen wir deutsch. Ich ube ... ich übe gerne.«

Spencers Geschäftsbeziehungen nach Deutschland waren hervorragend. Er liebte es, alles, was bereits gut war, fleißig zu verbessern, auch seine Fremdsprachenkenntnisse. Diskret schloss er die Tür. Die Angelegenheit, um die es ging, sollte nach seinem Willen nicht mehr Menschen bekannt werden als den dreien, die sie betraf: Ihm selbst, der jungen Dame und dem Mediziner.

Auf ein Kopfnicken des Arztes hin setzte Wyatt Spencer sich. Wenn jener nickte, war viel gesagt: Sein Charakterkopf, der große Schnauzbart, die dichten Brauen, das alles strahlte natürliche Autorität aus.

Die grüne Couch war bequem, aber nicht so weich, dass Spencer allzu tief in ihr versunken wäre. Es war ihm recht; seine bullige Präsenz sah er ungern gemindert.

»Just a ... einen Augenblick noch«, sagte Doktor Schöpflin und wandte sich wieder dem Schirm zu. Tippte etwas ins Keyboard. Dachte nach. Las. Tippte.

Wie schon bei früheren Besuchen schweifte der Blick des Milliardärs im Raum umher und blieb nach flüchtiger Beachtung der Standesdokumente, der Pflanzen, Uhren und Bücher auf Regalen schließlich an dem Schaustück hängen, das auf einem mit schwarzem Samt überzogenen kleinen Sockel in der Mitte des breiten weißen Bords unter dem großen Spiegel stand. Es handelte sich um eine Hand aus Holz, dunkel, mit Scharnieren an den Gelenken der Finger, fünf Marmorplättchen als Fingernägeln und einem weiteren Marmorsplitter auf dem Handrücken: »Ist das ...«, fragte Spencer, als er bemerkte, dass der Doktor fertig war und ihn beobachtete, wie er die Hand betrachtete, »... eine richtige ...«

»Sie wollen wissen, ob es ein Kunstwerk ist oder eine Prothese?«

»Yes«, der Milliardär lächelte.

»Um die Wahrheit zu sagen«, antwortete der Deutsche, »I haven't decided yet.«

Spencer nickte bedächtig.

Dann räusperte er sich und sagte: »Well, ich ... ich wollte mich bedanken. Sie hat es ... gut verarbeitet, denke ich.«

Schöpflin erwiderte nichts, sah den andern nur an, ohne Urteil.

Die junge Frau, um die es ging, hatte auf eigenen Wunsch von Schöpflin den Eingriff vornehmen lassen, der ihre Schwangerschaft beendet hatte.

Wyatt Spencer war der Vater, aber verheiratet mit einer anderen Frau, zugleich einer der angesehensten Katholiken im Großraum Brisbane. Weder mit Ehebruch noch mit Abtreibung durfte und wollte er in Verbindung gebracht werden.

Als er nichts weiter sagte, äußerte sich der Arzt: »Sie verlässt das Land?«

»Mmpfh«, machte Spencer, »sie wollte ... will sich ...«

»... ein bisschen Bewegung verschaffen, scheint mir. In ihrem Lieblingsbereich arbeiten: Film.«

»Yeah, but ... Arthouse stuff, right? None of that there ... pornography nonsense she's been doing.«

Aus Spencers Grummeln war für die sensiblen Ohren des Arztes etwas wie Liebe herauszuhören. Fast fand Schöpflin ein wenig tragisch, was sich ihm da enthüllte: Der reiche Mann hielt sich für einen Zyniker; in Wirklichkeit hatte er ein weiches Herz, das er bloß nicht gebrauchen konnte.

Der Arzt sagte: »Ich habe ihr geraten, es in Deutschland zu versuchen. Berlin, oder München. Auf der anderen Seite der Welt.«

»You're a good friend, Doc.«

Schöpflin winkte ab: »Ach, ich weiß nicht ... it was just ... on my mind a lot. The old country, as they say. Das Vaterland. Ich gehe nämlich auch zurück, wissen Sie. Several years of this thing here ... Ich war im Regenwald, in der Wüste ... wollte Abstand gewinnen von meiner ... meinem alten Leben. Which, come to think of it ... kinda worked. So now ...«

»Wir werden Sie vermissen«, sagte Spencer, der verstanden hatte, dass das Gespräch am Ende war. Der Milliardär stand auf – er hatte genug Erfahrung mit Meetings aller Art, um zu wissen, wann jemand, wie er selbst sonst, einfach zu beschäftigt war, sich auf verdeckte Beichtstunden einzulassen.

Die Männer reichten einander die Hände.

Schütteln, Nicken.

»Well, you really helped me a great deal, although you might never understand it«, sagte der Ältere zum Abschied.

Der Jüngere dachte: Ebenfalls, mate.

Die Blätter an den Ranken im Gitter an der Wand neben dem Eingang waren grau, nicht grün. Das Gewächs schien aus Mief gemacht. Staub hüllte es ein.

Die Klingel unterm Namensschild »Echle« sah aus, als hätte man sie vor zwanzig Jahren oft gedrückt, dann aber vergessen.

Anja Weirich hatte Angst, als sie läutete.

Ein schmales Haus ist das, dachte sie: von den beiden Nachbarhäusern bedrängt wie ein Schmächtiger von zwei Starken. Trotzdem: ein ganzes Haus, keine bloße Wohnung.

Wenn die zwei Frauen, Mutter und Tochter, hier alleine gewohnt haben, dann muss Geld da gewesen sein. Geld, wusste Anja, stärkt das Rückgrat. Es macht Leute stur. Dieser Besuch, schloss sie daraus, wird nicht einfach.

Anja klingelte zweimal, verlagerte ihr Gewicht vom linken Fußballen, der wie auf Scherben stand, zum rechten, der wie auf Messern stand. Die Tür ging auf.

Die Mutter der Erschlagenen sah freundlich aus. Sie war leicht übergewichtig, das helmartige Haar von stumpfem Glanz, die Wangen etwas zu rot, geplatzte Äderchen im Gesicht. Anja kannte die Zeichen für einsamen Alkoholismus, sie ahnte Cognacpralinen und Obstschnäpse.

Frau Echle begrüßte die Besucherin: »Guten Tag.«

Das Gesicht mit den erloschenen Augen, dem selbstgefälligen Mund und der welken Haut sagte: Du bist niemand, du bist nicht hier, du sollst nicht sein. Und bevor du etwas sagst: Mir ist alles egal. Anja sagte: »Bank. Dank ... Dankee baff wie mwich ... ssssich bie Pei ... Zeit mehm.« Selbstlos, bar jeder Rüstung, trat die Bittstellerin ein und folgte der Hausbesitzerin, die sich noch während der Begrüßung abgewandt hatte. Jetzt führte sie Anja einen leicht nach Klebstoff und Nussöl riechenden Flur entlang, in ein mit schäbigen Möbeln und Topfpflanzen vollgestelltes Wohnzimmer. Anja setzte sich, weil ihr der Platz mit wegwerfender Handbewegung angewiesen wurde, in einen Sessel, der roch wie ein Braunbär, den niemand liebt. Durchs rückwärtige Fenster leuchteten gelbe Beete im Garten, auch rote Rosen mit langen Trieben, schmerzhaft unwirklich violettes Gezücht, dessen Namen Anja Weirich nicht kannte, obwohl sie viel von Blumen wusste.

»Möchten Sie Tee?«

Anja verneinte. Ein Hund aus Porzellan aus einem Bord sah sie an, als wäre er verrückt und würfe ihr das vor. Eine hohe Wanduhr tickte böse.

»Ich habe Ihre Briefe gelesen«, sagte die Gastgeberin kühl, als sie mit einem heißen Kännchen und, der ausgeschlagenen Einladung zum Trotz, zwei Tassen auf einem mit blassem Blumenkitsch bedruckten Plastiktablett aus der Küchennische zurückkehrte. Sie stellte den Segen ab. Dann ließ sie sich mit Behagen auf einer unförmigen Couchgarnitur aus felsfarbenem Kunstleder nieder. Als Anja schwieg, dabei aber guckte, als sei sie noch nicht sicher, was sie sagen sollte, fuhr Frau Echle in belehrendem Singsang fort: »Ihre Loyalität ist bewundernswert. Ihre Beharrlichkeit. Und als Christin«, das hoffnungsvolle Erstaunen in Anja Weirichs Gesicht schien der verhärteten Seele, die da sprach, kaum aufzufallen, »kann ich Ihnen nur meine Hochachtung aussprechen. Ich spüre die Nächstenliebe. Ich sehe, das ist der Grund, warum Sie Herrn, Herrn ... Herrn Schulte helfen. Helfen ... wollen.«

Anja deutete ein Nicken an. Das Eis war brüchig, der Porzellanhund heimtückisch. Etwas wollte geschehen, das sich nicht überblicken ließ. Anja hätte es nicht benennen können. Sie sehnte sich nach Sprache, hatte zu wenig davon.

Die selbstgerechte Frau sagte: »Ich gebe offen zu, eine so außergewöhnliche Person wollte ich kennenlernen. Dass ich Sie sehen ... sah ... empfange, das haben Sie sich hart erarbeitet.«

Das Gerede saß nicht perfekt, es trug die Dame manchmal aus der Kurve. Im Tee, an dem sie nippte, war wohl kein Schnaps. In ihrem Blut dagegen sicher jede Menge.

»Aber. Aber ... aber ich möchte Ihnen auch nicht verhehlen ...« Frau Echle schenkte sich nach und der Beklommenen auch etwas von der matten Brühe ein, die sie aufgegossen hatte. Sie räusperte sich bedrohlich. Dann fuhr sie, stolz aufs Wort »verhehlen«, kühl fort: »... dass ich kaum Aussichten sehe für einen ... Erfolg Ihrer ... Bemühungen. Selbst wenn ich Ihren Argumenten folgen könnte, selbst wenn ich ... meinen ... meinen natürlichen Widerstand gegen die Vorstellung überwinden könnte, Sie dabei zu unterstützen, mit Eingaben und Appellen eine ...«

»Em fwa Ihme Kobcha«, fasste sich Anja Weirich ein Herz.

Sie war erstaunt, dass die Kontrahentin den Ball spielend aufnahm und keine Probleme damit hatte, der schwerverständlichen Sprechweise zu folgen: »Da haben Sie recht. Es war meine Tochter. Wenn Sie also glauben, dass mein Wort daher besonderes Gewicht hat, dann mag das stimmen. Aber überlegen Sie sich nur ...«

Die hochgezogene Augenbraue, das Tässchen, ein Schlürfen, ein Saugen als Einatmen, die roten Wangen, die tiefliegenden Augen – das ganze arme Böse straffte sich und sprach: »Sie sind ja nicht nur eine mitfühlende, sondern, wenn schon nicht gebildete, so doch auffällig intelligente ...nein, kein Grund, sich zu genieren, ich weiß, wovon ich rede. Ich war viele Jahre lang im Schuldienst, im höheren Schuldienst, jedenfalls war's noch ein höherer Schuldienst seinerzeit, als nicht alles aufs Gymnasium durfte, was da kreucht und fleucht. Deutsch und Latein, das Rückgrat der Bildung, humanistischer ... Bildung ... und was Sie mir da über Herrn Schulte geschrieben haben, über seine seelsorgerische Begabung ... darüber, wie er die Liturgie mit Geist erfüllt hat, seine inneren Kämpfe, seine Hilfe für die Gemeinde, nun ... Nun. Ich. Ich ... ich bin selbst Protestantin, ich weiß«, sie wiederholte diese Wendung nicht aus Nachlässigkeit, sondern aus Bêtise, »wovon ich rede ... Man kann das, was wir jetzt haben, ja keine Volkskirche mehr nennen. Solche Menschen tun not, ganz sicher, die ihre Pfarrstelle mit aller Kraft ausfüllen, die sich öffnen für die Sorgen der Notleidenden ... die ... die Nöte des Lebens. Das alles ist sehr löblich.«

Die violetten Pflanzen wippten schwach. Kleine Flämmchen an verschiedenen Loci in Anjas Kopf blitzen still. Es begann eine stille Empörung.

Die Lehrerin spitzte die Lippen: »Und, wissen Sie ... abstrakt, wohlgemerkt: abstrakt verstehe ich, warum man einen solchen Mann, immer gesetzt, er sei tatsächlich so, hüten will wie den ... Augapfel, warum man sich für ihn einsetzt ... aber ich muss Ihnen im selben Geist der Nächstenliebe, der Sie hierhergeführt hat, doch auch sagen, dass Sie in sich gehen sollten. In sich. Ja, dass ... Ich muss Ihnen sagen, dass sie mit sich zu Rate gehen sollten, ganz grundsätzlich. Dass Sie sich fragen sollten, ob nicht mehr Schaden als Nutzen darin steckt, wenn jemand aus falschverstandenem, aber aufrichtig empfundenem …«

Das schwallte so fort, dass sich in Anjas Ohren etwas wie eine dünne Schicht Nichthören auf die Worte legte. Das dumme Geschwätz verdeckte etwas, das Anja nicht wissen konnte: Nathalie, erschlagen von Wolf Schulte, war nicht die leibliche Tochter der Hausbesitzerin gewesen, sondern ein Findelkind. Man hatte sie als Baby auf genau der Schwelle abgelegt, über die Anja Weirich eingetreten war, mit einer Auskunft und einem Brief.

Das hatte sich in der schwärzesten Stunde ereignet, die Frau Echle je durchleiden musste: kurz nach dem frühen Herztod ihres Mannes, eines Studienrats, der seine Umwelt noch ausdauernder belehrt hatte als seine Frau.

Zwei Kakteen auf dem Bord wollten dringend schrumpfen.

Lichtreflexe, eisnadelblau, stachen vom Hund aus Porzellan ab.

Anja spürte eine Trockenheit im Mund, dann Speichel. Es war, als müsste beides nacheinander sein, damit der Mund die Worte gleich würde sagen können – welche Worte? Die richtigen, die in der heiligen Zunge, von der Rabbi Jochanan gelehrt hatte, dass nur sie, keine andere, von den Engeln verstanden wird. Etwas wie Hunger spürte Anja Weirich: den Hunger des Schamanen am Rand der Wüste auf Maispfannkuchen in Bärenfett, den Hunger des Verurteilten nach Gnade, den Hunger des vierzehnjährigen Jungen nach Superheldencomics.

Anja sah sich im Spiegel des schwarzen Glases vor der Wanduhr, sah dort die hartherzige Frau sparsam gestikulieren, sich nach vorne legen, spürte Zeichen. Was für Zeichen? Schriften, Symbole einer souveränen Eile, lange Züge von langer Hand.

Das Ungeheure wollte sich verständlich machen, es duckte sich und atmete in ihr lebendig, rechtschaffen ungeduldig. Die Worte der Gepanzerten, die nicht an sich heranlassen wollte, was geschehen war, fühlten sich jetzt für Anja an, als würden sie leiser. Aber das war es nicht. Sie wurden leichter, nein, das stimmte auch nicht. Eigene Worte, Anjas Worte, wie Bilder, wie einen leicht lesbaren Text, wickelten sich um die Sätze der Gastgeberin.

Anja sah hin, sah Glyphen in der Luft leuchten, eine neue Sprache.

Die Wörter in ihrem Kopf, bislang ihre Peiniger, waren wie Früchte oder Fische, etwas Gesundes, Klares, in das man beißen konnte, komm und sieh.

Ein Segen gab ihr Vollmacht, ein Bündnis zwischen all ihren Absichten und all ihren Möglichkeiten war geschlossen, so dass sie den Mund auftat: »Frau Echle. Das geht nicht. Sie lügen. Sie sind alt. Sie sind über sechzig, bald siebzig.«

Anja wusste nicht, woher sie das nahm, sie wusste nur, dass es stimmte. Die Gastgeberin, verstummt, war ein Gesicht geworden, ertappt, beschämt, geöffnet für die Zurechtweisung, als hätte es so etwas seit Jahren erbeten.

Anja sprach: »Sie sind zu alt zum Lügen. Ich habe nichts für Sie. Kein Geld. Keine schönen Belohnungen. Niemand wird Sie loben. Ihr Kind kommt nicht zurück. Aber Sie können helfen. Und wenn man helfen kann, dann muss man helfen.«

Die eitlen Rosen staunten. Der künstliche Hund blinzelte. Die Zeit zwischen den beiden Frauen änderte sich. Die Begegnung, die Frau Echle nur hatte vortäuschen wollen, um sie zu verhindern, fand statt. Anja sagte noch mehr.

Frau Echle hörte zu, wie sie nie vorher zugehört hatte.

War das Freude, in den trüben Augen der Trinkerin?

Cyan sah sexy aus in ihren Herrenanzughosen, in teuren italienischen Schuhen, weißen Businesshemden mit kurzen Ärmeln, in den gedeckten, nie bunten oder gar grellen Krawatten. Sexy, fand Abel: eine Himbeere mit Pfeffer an den Härchen.

Seit London hatte sie ein bisschen zugenommen.

Die Hemden spannten reizend überm Bäuchlein. Das Reich der für Geld abgefilmten Sexualität, durch das sie ihn führte, hatte viele seltsame Stationen, *a magical journey from Kether to Malkuth.*

Abel Reinhardt, blonder Perser, *thin white duke,* ließ sich mitnehmen wie ein Maskottchen.

Fast ging der Umstand ganz an ihm vorbei, dass zur selben Zeit sein Film »Wald statt Bäumen« in Deutschland anlief, mit mehr Kopien, als Abel zu hoffen gewagt hatte – die Granden beim Verleih hatten sich von Ceecee beschwatzen lassen; sie war auch als Managerin Gold wert. Wenn er nicht gerade Mails mit Filmleuten und Journalisten in Deutschland wechselte oder deren Telefonate entgegennahm, kam sein Film Abel indes kaum je in den Sinn, obwohl er mehr Arbeit in das Projekt investiert hatte als je in irgendein anderes. Die Pornopilgerreise verlangte Neues von ihm. Dem ergab er sich ganz.

In Los Angeles wäre er, kaum war es losgegangen, beinahe wieder abgesprungen. Denn dort, am zweiten Drehort, den Ceecee mit ihm besuchte, herrschte ein ekelhafter Mann: Produzent, Regisseur und Hauptdarsteller in einer Person.

Die jungen Frauen, denen er Gift zum Rauchen und zum Schnupfen gab, bevor er sie benutzte, verließen den Schauplatz meist aufgelöst, weinend, verwirrt. Nicht nur physisch wurden sie wie Dreck behandelt: eingeschüchtert, psychologisch gequält, vor, nach und zwischen den Takes.

Cyan verriet nicht, wie sie das fand. Aber Abel wusste es und war ihr böse, weil sie's nicht sagte. Er betrank sich mit Tequila und machte ihr danach im Hotelfoyer eine Szene. Sie ließ ihn toben, beschwichtigte die Security, führte ihn auf den Parkplatz und gab ihm dort eine schallende Ohrfeige.

»Better now?«, fragte sie, kein bisschen lustig.

Er nickte, beschämt und ernüchtert.

Sie nahm ihn mit zu einem besonderen Diner, der von *Native Americans* betrieben wurde. Das Essen dort, kleine, salzige, trockene Törtchen, gehörte zum Besten, was er je probiert hatte. »Was ist das?«

»Corn pancakes. Pfannen ... Pfannkuchen aus Mais. In Bärenfett. Eigentlich ist das was für Zauberer. Medizinmänner.«

Er lachte. Dann fing er lautlos an zu heulen. Es schüttelte ihn zehn Minuten lang.

Ceecee sagte: »Das heute, das war die Wahrheit. Nicht die ganze Wahrheit, aber some ... Wahrheit. I wanted you to understand exactly what it is we're doing in this business. Was wir zulassen. Every day. Was da los ist.«

Er nickte wieder, wie ein kleiner Junge, der nicht weiß, wie man sich entschuldigt. Sie nahm seine Hand und sagte: »It gets better. It does. Das ist nicht alles, was ich dir zeigen wollte.«

In New York wechselte Ceecee beinahe täglich den Job. Weil sie mit den maßgeblichen Leuten – hauptsächlich bis in den Haarspliss zugekoksten lebenden Leichen in eleganter Kleidung – gut bekannt war, ließ man sie abwechselnd als Tonmeisterin, Boom Operator, Produktionsassistentin und sogar Kameraführerin arbeiten. Abel hatte den Eindruck, sie könnte sich das aussuchen. Auch er selbst machte sich nützlich, beim Schnitt. An freien Tagen bummelte er ziellos herum und war erfreut darüber, wie schnell er in Bars, auf Ausstellungseröffnungen und Partys Menschen fand, die ihn dafür bewunderten, dass er ein *foreign filmmaker* war. Auch die Pornoregisseurinnen und -regisseure hier hatten künstlerische Ambitionen. Dass er diese Träume mit ihnen diskutierte, führte dazu, dass Abel in ihren Kreisen bald fast so wohlgelitten war wie Ceecee.

Ein kurzer Abstecher nach Hawaii brachte frische salzige Luft, Sonne, Spaß im Meer und für Abel eine kleine Affäre: Juan war gutmütig, ein bronzener Apoll, jung, lustig und nicht halb so naiv, wie er tat.

Er arbeitete als Produktionsdesigner für einheimische Pornodrehs und hatte Freude daran, sich von Abel das deutsche Lispelwort »Szenenbildner« beibringen zu lassen. »A fancy word for a simple job«, sagte er, denn seine Aufgabe bestand im Wesentlichen darin, robuste Couchgarnituren und Betten einzukaufen, die dann »smashed up« und eingesaut auf die Straße gestellt wurden, für die Armen.

Sex wollte Juan oft. Man lief ohnehin den ganzen Tag halb nackt herum und war immer in Bewegung, der Übergang vom Surfen zum Vögeln und zurück eine einzige geschmeidige Welle, bis zum Abschied ohne Klebrigkeit.

Juan schenkte ihm, als Abel und Ceecee aufbrachen, ein Buch von Wahida Clark; der Szenenbildner war von schwarzen Kriminellen fasziniert.

Im Gegenzug ließ er sich eine Uhr schenken. Man würde einander nicht vergessen, aber auch nie wiedersehen.

In San Francisco erlebte Abel selbstsichere Décadence als dreckige Klassik.

Gefilmt wurde in einem exklusiven Club. Den hatte man in einem großen, fest gemauerten Haus eingerichtet, das wie eine Ritterburg aussah. Es handelte sich dabei, wurde Abel aufgeklärt, um ein historisches Baudenkmal. Der Kaufpreis sollte rund fünfzehn Millionen Dollar betragen haben. Die erfolgreiche Pornofilmfirma, die Ceecee und ihn eingeladen hatte, schien gar nicht zu wissen, wo sie ihr vieles Geld anlegen sollte.

Dunkel war's im Innern der Burg, aber nicht duster, sondern schön schummrig beleuchtet. Abel bestaunte Holzdachträger, eine Nussbaumtheke, bequeme Sitzreihen an den Wänden, mit echtem Leder bespannt, dazwischen niedrige, praktische, schöne Tische.

Etwa ein Dutzend Leute war schon da. Noch einmal so viele trudelten langsam ein.

Man brachte eine nackte junge Frau herein.

Abel kannte sie schon. Ceecee hatte sie ihm zuvor, in der Umkleide, als »gay«, also lesbisch, vorgestellt. Das Publikum besah sie neugierig. Abel riet richtig, dass die meisten dieser Menschen im Laufe des Abends zu Akteurinnen und Akteuren des geplanten Bacchanals werden sollten. Sie waren zwischen Mitte zwanzig und Ende dreißig – urbane, gepflegte, kosmopolitische, gut gekleidete, außerhalb der Burg wohl oft gelangweilte Leute.

Die junge Frau, vielleicht ein paar Monate jünger als die jüngsten der Leute im Publikum, mit rötlich braunem, hinterm Kopf zum kurzen *ponytail* zusammengebundenem Haar, war nicht groß, aber sportlich, mit festem Hintern und nicht sehr großen Brüsten. Sie hatte ein reizendes, entwaffnendes Lächeln. Ihr Gesicht wies, fand Abel, einerseits leicht asiatische, andererseits nordeuropäische Züge auf.

»We're going to play with you«, sagte eine blasse, schöne Schwarzhaarige, die Ceecee gut zu kennen schien, wie man eine Mentorin oder ältere Schwester kennt.

Die junge Frau war also ein Spielzeug, aber ein wissendes, kein dummes, erkannte Abel, eine Performerin, Artistin.

Die langhaarige, strenge Erscheinung im schwarzen Minikleid, die sie jetzt in die Mitte des Raums führte, gab mit Blicken zu verstehen, dass Übergriffe nicht geduldet würden. Was folgte, war eine lässige, kraftvolle Orgie, in katzengleich gestreckter Eskalation.

Die Kunst bei der Sache, die das Abgleiten in grunzende Enthemmung verhinderte, war eine sorgfältig eingehaltene, offenbar außerhalb der Szene verabredete Ritualisierung. Die Frau im Mittelpunkt kroch auf allen vieren, leckte Schuhspitzen ab, dazwischen gab sie den Menschen hier und da ein Bussi.

Kann man sich ironisch herschenken? Abel sah: Das gab es. Einer sitzenden, stattlichen Schwarzen mit auf sechs Millimeter Länge gestutztem Haupthaar saugte die Artistin den umgeschnallten Gummipenis. Die Schwarze ließ ihr Becken sich aufbäumen, als spürte sie's bis in die Zehen. Man fesselte die Artistin und vögelte sie, erst auf dem Rücken, dann auf dem Bauch. Ein Bock mit schwarzem Lederkissen stand dafür zur Verfügung. Zwei schlanke, sehnige, gutaussehende Männer wechselten sich ab. Dann kam eine sehr schöne, fuchsgesichtige Frau mit teerschwarz glänzendem kurzem Strubbelkopf in schwarzen Jeans und schwarzem Hemd dazu, die, wie zuvor die Schwarze im Abendkleid, einen Dildo umgeschnallt hatte, einen elfenbeinweißen diesmal.

Als die Artistin von ihr gevögelt wurde, erst zögerlich, dann energischer, wobei die Fuchsfrau ihren Blick tief in den der Artistin senkte, sich schließlich das Hemd aufknöpfte, die Füße der Artistin an ihre Brüste legte, an den Zehen nuckelte, lachte, bald aus der Hose stieg und zwischendurch Bauch und Muschi der Gefesselten küsste, war die Veranstaltung an genau dem entrückten Punkt, auf den sie von Beginn an zugesteuert worden war.

Das Paar gefiel allen, nicht nur sich selbst.

Ohne Hast näherten und entfernten sich die Leute, nahmen mit ihren Smartphones Bilder oder Filmchen auf, behinderten aber nie die beiden Frauen mit den Handkameras oder die Langhaarige, die hin und wieder selber eingriff, mit geschickten Händen, mit der

Zunge, mit einem militärgrünen Vibrator, der offenbar das Neueste und Wunderbarste aus der Beglückungsbranche war. Die Artistin war von dem Gerät begeistert: Ob sie in Seilen hing, von anderen getragen wurde oder auf einem niedrigen Tisch lag, immer entlockte man ihr Seufzer.

Abel verstand nach einer Weile, dass um ihn her unter den etwa vierzig den Film mit Statisterie versorgenden Partygästen nicht wenige Schwule und Lesben waren, die sich abseits der eigentlichen Attraktion teils selbst, teils gegenseitig halfen.

Er nahm nicht teil. Die berauschenden und verwirrenden drei Stunden, die das Fest währte, verbrachte er stattdessen in nie gekannter Stimmung, mit überhitztem, vibrierendem Glück im Bauch, im Kopf, massiv erregt und doch beherrscht.

Es war das erste Mal seit Jahren, dass er beim Anblick von Frauen so nah ans Außersichsein kam. Besonders die Artistin und die knabenhafte Jeans-und-Hemd-Lesbe hatten es ihm angetan. In Letztere meinte er schließlich sogar verliebt zu sein, als sie den letzten Rest ihrer Johnny-Cash-Uniform auszog, sich über die auf dem Tisch kauernde Hauptdarstellerin stellte und sich mit furioser rechter Hand zu einem bebenden Höhepunkt verhalf. Knabenhaft war sie da nicht mehr, eher amazonengleich. Abel sah mit Bewunderung, jetzt, da sie ihre Kleidung wie etwa ein Fünftel der Anwesenden abgelegt hatte, ihren muskulösen Rücken, ihre starken Bauchmuskeln und hörte ihr jubelndes Auflachen, als sie kam.

Verblüfft dachte der blonde Perser: Was für ein schöner Junge, der eine schöne Frau ist. Man kann gar nicht großartiger aussehen. Anders als andere Drehs, denen Abel beigewohnt hatte, lief dieser Abend nicht einfach irgendwie aus.

Es war Ceecee, die am Ende mit Bestimmtheit sagte: »Alright! Thank you, everybody. It's been great. We're done for tonight.«

Lachen, Applaus, Glückwünsche.

Zurück in der Garderobe setzte sich Ceecee mit einem der Make-up-Künstler und Abel zur Artistin, als diese geduscht hatte. In größter Freundlichkeit und Offenheit wurde erörtert, was gut gelaufen war und was weniger gut. Die Artistin wirkte weder erschöpft noch niedergeschlagen wie so viele, denen Abel unter ähnlichen Umständen begegnet war.

Stattdessen sagte sie Sachen wie, dass sie zwar selten Schwänze im Mund hätte, es heute Abend aber okay gewesen sei, ja: sogar ganz interessant.

Zurück im Hotel nahm Ceecee, wie oft, noch einen Drink mit Abel in dessen Suite.

Er schüttelte verblüfft den Kopf und sagte: »Das war ... mir neu. Anders als sonst.«

Sie nickte, lächelte: »Yeah. Ja, besser. So ist es aber sehr selten. Und ... I'm afraid these things don't last. Ich meine, sure, ich hab's bei Abby Winters in Australien erlebt, dass man die Mädchen auch anständig behandeln kann, ihnen ein Umfeld schaffen, in dem sie ... sich wohlfühlen. Spaß haben. Winters ... es fehlt dieser Testosteronscheiß, although ... da gibt's dann halt andere Machtspiele. Aber Geld und Sex, das zusammen ... It turns sour by necessity.«

»Ich dachte nur«, sagte Abel nachdenklich und schaute aus dem Fenster auf die vielen weißen Lichter an den vielen schwarzen Türmen, »es gab diesen einen Moment ... da wurde das, ich weiß nicht ... als diese Frau, die das schwarze Hemd angehabt hatte, über ihr stand, da wirkten beide so, als ob ...«

»You mean Tricia.«

»Ja, richtig, so heißt ... so heißt sie. Und da war es ...«

Ceecee schenkte ihm ein süßes Lächeln und sagte: »Ich weiß, was du meinst. Liebe.«

Das Wort schockierte ihn, weil es stimmte. Er schwieg. Ceecee nahm einen tiefen Schluck. Abel sagte: »Es war ... weißt du, ich hatte so Vorstellungen vom ... was man halt so weiß, oder gelesen hat, bei Faldbakken oder beim Houellebecq, von der Sexwelt der Heteros in ihrer ... von ihren Fantasien, von ihrer Pornoscheiße. Aber in diesen drei, vier Minuten ...«, er stockte.

Ceecee half ihm: »Yes, everybody in the room was totally in love with both of them.«

Er nickte, trank Scotch und sagte: »Und so was ... nicht so ... nicht so leuchtend und ... mit so viel ... Glanz wie heute Abend, aber es gab doch immer wieder ähnliche Momente bei den Drehs, zu denen du mich mitgenommen hast. Wo mitten in dem Pornoblödsinn auf einmal eine Idee von … wo die Menschen ihre … ihre Leidenschaft so …«

Sehr ernst sagte Ceecee: »Ja, sure. There is something there, my friend. Aber das heißt nicht, dass die Sexindustrie ein guter Ort ist. Das heißt das Gegenteil: Dass Menschen sogar an ganz grauenhaften, falschen, blöden Orten plötzlich … something … erleben und zeigen können, das es vielleicht nur bei Menschen gibt, die keine Angst haben.«

»Love«, sagte er, und Cyan griff ihm schwesterlich an den Kopf und zerwuschelte, dabei schnaubend wie ein kleiner Dackel, sein wildes Haar.

»Wald statt Bäumen«, Abel Reinhardts zweiter Spielfilm, lief seit drei Wochen.

Die Kritiken waren euphorisch: »David Lynch, nimm dich in Acht« (»Spiegel Online«), »Lebende Malerei« (»Süddeutsche Zeitung«), »Die schönsten Bilder des Jahres« (»Frankfurter Allgemeine Zeitung« am Sonntag).

Auch das Publikum lief, obwohl es diesen als Film verkleideten Psalm, in dem zwei der drei Rollen mit außerordentlich beliebten heimischen Stars besetzt waren, fast so wenig verstand wie die begeisterte Filmkritik, gern in die zahlreichen Vorstellungen. Bis jetzt waren es knapp fünfundneunzigtausend Besucher, es wurden aber von Woche zu Woche mehr.

Abel hatte beschlossen, dass ihn das nicht viel anging.

Mails, Anrufe auf der Mailbox des deutschen Handys (Abel hatte sich außerdem ein neues, amerikanisches besorgt, dessen Nummer nur Cyan und ein paar hiesige kurze Liebschaften kannten) und SMSe gratulierten. Man machte ihm Angebote, bettelte ihn an. Er ließ es geschehen, reagierte nicht.

Stattdessen las er Cyan lustige Zuschauerkritiken aus dem Netz vor: »Hier, der hat's gemerkt. Der weiß Bescheid. Pass auf: ›Leute, das ist doch die totale Verarsche! Zwei Typen und eine Frau im Wald, oder ist das überhaupt ein Wald? Grasdschungel? Und sind die Typen jetzt schwul oder nicht? Wenn ein Film je eine Message transportieren wollte, ist es diesem mal absolut nicht gelungen. Meine Freunde fanden ihn auch Mist.‹ Der sagt die Wahrheit.«

»Aaaahhh! Bitch, please! Lies das nicht vor, neeiiiin!«, kreischte Cyan, und weigerte sich schließlich ganz, ihm zuzuhören, woraufhin er ihr nur noch Links zu dem Unsinn mailte, die sie sofort löschte.

Wie das Buch es erzählt, hat alles sich tatsächlich zugetragen.

Der Prophet hatte die Anhänger Baals mit dem Schwert gestraft. Die böse Königin hatte ihn dafür jagen lassen. Weil er um sein Leben fürchtete, floh er nach Beerscheba in Juda. Von dort ging er in die Wüste. Seinen Diener ließ er im Beerscheba zurück. Der Prophet schlief unterm Wacholder. Ein Engel kam und gab ihm geröstetes Brot und Wasser. Da ging der Prophet zum Berg Horeb. Ein großer, starker Wind kam von dem HErrn her, ein Wind, der Berge zerriss und Felsen zerbrach. Aber der HErr war nicht in dem Wind. Nach dem Wind aber kam ein Erdbeben, der HErr aber war nicht im Erdbeben. Dann kam ein Tsunami, aber der HErr war nicht im Tsunami. Immerhin richtete das alles weniger Schäden an, als man befürchtet hatte. Selbst der Tsunami ließ sich ertragen. Denn zivile Schiffe, die zu großen Handelsflotten gehörten, hatten den Tsunami mit ihren GPS-Systemen ausgeflaggt. Die Menschen hatten nämlich gelernt, sich nicht allein auf die Messbojen zu verlassen. Sensoren stellten zehn Zentimeter Höhenunterschied bei den GPS-gerüsteten Schiffen fest, das genügte als Warnung für die Küstenanlieger.

Der Prophet atmete auf.

Nach dem Tsunami kam allerdings ein Feuer. Auch in dem Feuer aber war der HErr freilich nicht. Nach dem Feuer schließlich kam ein sanftes Säuseln.

Als der Prophet es spürte, verhüllte er sein Antlitz mit seinem Mantel und ging hinaus und trat in den Eingang der Höhle, in der er Schutz gesucht hatte.

Und siehe, da kam eine Stimme zu ihm und sprach: Was hast du hier zu tun, Elia?

Kalte, schwere Luft sank auf den Gefängnishof.

Bleiche und grünliche Wirbel drehten sich aufreizend langsam darin.

Nur Wolf konnte sie sehen. Er wusste das und behielt es für sich. Die Wirbel hatten religiöse Bedeutung. »Danilo Pasko ist nicht dein Freund«, sagte ein Mann namens Schaffer von links in Wolfs Ohr. Die Behauptung störte Wolf beim Meditieren.

Von den grünen Wirbeln ging Musik aus, leise und schön. Er hatte sie hören wollen, jetzt war sie zerrissen. Zu Schaffer, der wegen Beteiligung an den Machenschaften eines Rings von Autodieben, also wegen Hehlerei, in dieser Anstalt saß, sagte er: »Was ist das jetzt, deine blöde Politik wieder?«

Schaffer war »der Politische« im Trakt. Man duldete seine Tiraden gegen die Banken, die Politiker und eine Einrichtung, die er »Großkapital« nannte. Man schätzte sie manchmal sogar, weil es im Knast sonst so wenig Abwechslung, so wenig Übersicht, so wenig Außenwissen gab. Heute aber wollte Wolf den Kollegen nicht anhören.

Der jedoch ließ sich ungern abwimmeln: »Nix Politik. Pasko ist nicht dein Freund, Pfarrer.«

»Schön.«

»Nein, im Ernst«, sagte der drahtige Mann, dessen Alter Wolf nicht ganz falsch auf etwa fünfzig Jahre schätzte, »du denkst, er ist dein Freund. Aber ich höre Sachen.«

Ich würde, dachte Wolf, auch Sachen hören, wenn du mich nicht bequatschen würdest. Schaffer stand in der Hierarchie höher als Wolf, weil er besser vernetzt war mit der Welt des Verbrechens, körperlich kräftiger und überhaupt: *cooler*.

Aus allen diesen Gründen behielt Wolf seine zweite Widerrede für sich.

Schaffer blinzelte. Es sah lustig aus, weil er sich unter beiden Augen je eine blaue Träne hatte stechen lassen. Wolf tat schließlich, was sich gehörte – er fragte nach: »Was für Sachen hörst du denn?«

»Dein Alter, der Nazi ... der hat Probleme. Mit Paskos Leuten. Dein Alter zahlt nicht pünktlich. Und er zieht 'ne dumme Fresse.«

Wolf versuchte, seine trüben Augen schärfer einzustellen. Er wollte dem Mann, der ihm diese Auskünfte zuraunte und dabei den Blick nicht von dem stämmigen Ukrainer nahm, der keine sechs Meter weit weg einen Tischtenniszirkel mit fünf Teilnehmern dominierte, gerne ins Gesicht sehen, um ihm zu erklären, dass Wolf, so bedröhnt er hier seit sieben Monaten lebte, es dennoch nicht mochte, wenn man derart herablassend mit ihm redete.

Wollte Schaffer wirklich suggerieren, er verstünde mehr von Wolfs Angelegenheiten als dieser selbst? Alles, was Wolf zustande brachte, war ein Nölen: »Schaffer, du ... wär gut, wenn du über meinen Vater nicht so reden würdest.«

»Wie denn?«, fragte Schaffer gleichmütig.

»Na ja, ›der Nazi‹ und so«, gab Wolf unentschlossen zurück.

»Isser keiner?«, fragte Schaffer.

Wolf machte ein gepresstes Geräusch.

»Was denn? Isser keiner?«, wiederholte Schaffer.

Wolf jammerte: »Duu ... Ich finde, als Autoknacker und ... und was nicht alles ... solltest du mir nicht moralisch kommen. Echt.«

»Pff«, machte Schaffer und steckte sich eine Zigarette an. Er paffte zweimal und kaute auf etwas. Wolf dachte: Er kaut Spiegel. Er kaut Scherben.

Dann sagte Schaffer: »Hat einen Scheißdreck mit Moral zu tun. Das ist politisch so Kacke, Alter. Kapier das. Pfarrer, das is so Scheiße jetzt, wo der deutsche Imperialismus die Griechen und die Spanier und die armen Schweine in Zypern würgt. Dass so ein Rentner und verstrahlter Pisser ... Nee. Sogar Arbeitslose, und Typen hier drin ... machen einen auf Deutschland, Deutschland. Scheißdeutschland. Ich könnt heulen, weißte? Sechs Jahre Krise. Ne, Produktionsrückgang, Pleiten, Geldentwertung, und diese ganze Scheiße hier. Lies mal Marx. Ich mein Pfarrer, ehrlich, Bibel und diese Scheiße, nein. Lies wirklich mal den Marx. Ich mein, der Handelssaldo von Deutschland, bitte, der Export.«

Wolf dachte: Hätte man sich auch denken können, dass man Ihnen hier begegnet, im Gefängnis, lieber Professor Marx. Wollen wir zusammen nicht ein bisschen Opium des Volkes rauchen?

Allerdings: Das müssten wir von Pasko kaufen, und den mag der linksradikale Autodieb nicht, einer von Ihren Leuten.

»Was? Is so. Pfarrer, nix mit Märchen vom Mond. So ist es. So«, sagte Schaffer, selbst schon nicht mehr richtig interessiert an seinen Wahrheiten.

»Ja. Schon. Ja, aber ... Na ja«, sagte Wolf schwammig, »mein Vater macht den ... diesen ... den Handelssaldo da auch nicht schlimmer.«

Kurzes, hackendes Lachen Schaffers, der ihm auf den Rücken klopfte: »Nee, schon klar. Is klar, Pfarrer. Macht er nich. Du bist in Ordnung, Pfarrer. Du bist okay. Kannst ja nix für deinen Vater. Kannste ja nix für«, und lachte weiter und trollte sich.

»Abel, ruf mich mal an. Hörst du? Mal abgesehen davon ... mal ganz abgesehen davon, dass es eine Schweinerei ist, dass du mich mit diesem Anrufbeantworter abspeist, dass deine ... deine deine deine Berliner nicht wissen oder lügen, sie wüssten nicht ... dass sie mir nicht sagen, wo du steckst, dass du dich da ... da einfach ... einfach in Luft auflöst, wenn hier alle Welt die Arme hochwirft und auf und ab springt wegen dem Film ... ruf mich zurück, und zwar sofort! Es geht um eine dringende Familienangelegenheit, und ich bin dein Vater und, und, und das, das geht nicht! Nasrin ist mit ihrem Islamisten irgendwo ... Da ... ist ... ist verschwunden und ... Ruf. Mich. Zurück.«

Ludger Schlegel war Aufregendem bis jetzt aus dem Weg gegangen.

Mitte dreißig, dicklich, bärtig, Stirnglatze, verheiratet, zwei Kinder: Schlegel wollte nichts anderes sein als deutscher evangelischer Journalist. Wer so umgänglich war wie er, durfte Margot Käßmann interviewen, dem Generalinspekteur der Bundeswehr kritische Fragen hinterhertragen, eine Festanstellung beim öffentlich-rechtlichen Rundfunk ergattern, diese Festanstellung wegen gewisser Dellen im Betriebsklima wieder abstoßen, sich eine Weile für den Landesbischof im Rundfunkbeirat tummeln und schließlich Buchprojekte planen, für die man bei den größten Verlagen des Landes, die meist Töchter von Weltmedienunternehmen waren, mit Wohlwollen rechnen konnte.

Im Frühjahr 2013 war Ludger Schlegel mit zweierlei beschäftigt: einem esoterischen und einem exoterischen Vorhaben. Das exoterische war ein Projekt zur Ökumene.

Dahinter steckte eine Art informeller Forschungsauftrag, mehr oder weniger deutlich erteilt von den Weltanschauungsspezialisten bei der EKD. Jene nämlich waren in Sorge, dass die in den letzten Jahren weltweit zu verzeichnende Rückkehr der Religionen auf die politische Bühne der Glaubenssubstanz mehr schaden als nützen würde. Sie nahmen an, es werde sich in der Weltgesellschaft über kurz oder lang ein breiter Strom erst synkretistischer, dann fundamentalistischer Lehren und Praktiken zeigen, der halbwegs vernünftigen, leidlich aufgeklärten religiösen Bekenntnissen wie ihrem eigenen große Scherereien machen konnte.

Gegenstand der Untersuchungen Schlegels waren zunächst einige aus christlichen deutschen Elternhäusern stammende Konvertiten zu radikalen Spielarten des Islam. Schlegel besuchte sie zum Teil sogar in Haft, in die sie geraten waren, weil die Organisationen, zu denen sie hielten, sich am Rand der politischen Legalität bewegten.

»Der Anteil der von ihrer Geburtskonfession abgefallenen Protestanten«, musste Schlegel seinen Gönnern betrübt melden, »ist unter diesen Jugendlichen wirklich hoch. Ich habe einen Burschen kennengelernt, ungefähr so alt wie ich, der hat als Kind beim christlichen Teewagen geholfen. Wissen Sie, was das ist, der christliche Teewagen?«

Der junge Theologe, den Schlegel sich für seine kleine Studie als Erstleser und inoffiziellen Lektor hatte empfehlen lassen, wusste es nicht. Schlegel erklärte: »Das waren so Busse ... Ich weiß gar nicht, ob es die noch gibt. Die standen in kleinen und kleinsten Städten auf Marktplätzen und an ähnlichen Orten.«

»Kleinbusse?«

»Nicht so richtige Kleinbusse, nicht die von VW, wenn Sie das meinen. Schon größer, so Zweistöcker, wie in England. Und vor denen stand dann meist ein Zelt, oder im Sommer, wenn es heiß war, passierte das Ganze auch einfach im Freien. Bibelstunden, Singstunden, Erzählen. Mit Kindern. Es war sehr populär.«

»Wie diese Rockerpfarrer? Die gab es doch damals auch, nicht?«

Der Theologe schmunzelte. Ludger dachte: Du wirst dich noch wundern, und sagte: »Diese radikalen Muslime ... die wissen, wo sie bei solchen Menschen anknüpfen müssen.«

»Sie meinen ... bei frommen Menschen, die mit ihrem Glauben ringen.«

Ludger zuckte mit den Schultern: »Na ja, wir Deutschen ... es gibt immer Leute, die über so eine Innerlichkeit, über Luthers ewige Gewissensprüfung ins Rutschen geraten. Dann wissen sie nicht mehr: Wer zeigt die Richtung? Christus? Oder der Prophet, dem der Koran diktiert wurde, und dessen Glaube wenigstens vital scheint? Hat Christus nicht den Parakleten angekündigt, und könnte nicht der Paraklet eben ...«

»Bitte, verschonen Sie mich!«, scherzte der Priester abwehrend, weil er nicht wusste, dass hier das zweite, das esoterische Projekt anklang, mit dem sich Ludger beschäftigte: die Suche nach einem Muster, dessen Bruchstücke die vorhandenen Religionen waren.

Der Theologe erläuterte seine Abwehr: »Davon hört man jetzt täglich: Jesus, sagen irgendwelche kreativen Philologen irgendwelcher Sekten, habe den Propheten, den letzten Boten Gottes, den ... das ... wie sagen sie, die Moslems?«

»Das Siegel der Propheten.«

»Ja. Diesen Mann angekündigt. Ein hanebüchener, schon bei geringer Textkenntnis unentschuldbarer ...« – und so weiter.

Ludger wandte sich also, bis der Landesbischof eines Tages persönlich Zeit haben mochte, ihn in der esoterischen Angelegenheit anzuhören, wieder dem exoterischen Arbeiten zu: einem möglichst populär geschriebenen Buch über die Rückkehr der Religionen ins öffentliche Bewusstsein nach der Diskreditierung säkularer Heilslehren wie Liberalismus und Sozialismus.

Im Frühjahr 2013 fuhr er zum Weltsozialforum nach Tunis.

Dort führte er aufschlussreiche Gespräche, stellte Beobachtungen an, sammelte Tonaufnahmen, fotografierte, machte sich Notizen: Dreißigtausend Menschen auf dem Campus der El-Manar-Universiät, zahllose NGOs, aber weniger Attac und Occupy als vermutet, stattdessen tatsächlich sehr viele Religiöse, auf der Eröffnungsdemo mehr als tausend Islamisten.

Geplanter Slogan der Demonstration: »Arbeit, Freiheit, Umverteilung«.

Die Leute riefen aber: »Arbeit, Freiheit, Scharia«.

Ludger flog zurück nach Deutschland, wo ihn sein Landesbischof, ein Mann namens Biesle, endlich zu sich kommen ließ. Ludger erzählte ihm, was er in Tunis erlebt hatte und was er sich dazu dachte.

Der Bischof wurde sehr nachdenklich.

Ludger nahm sich eine Meringue vom Kaffeetisch und ergänzte seinen Bericht um ein letztes Detail: »Das Motto ... das Motto haben sie auch geändert. Bisher wehte über diesen Treffen die Parole: Eine andere Welt ist möglich. Jetzt heißt es: Würde.«

Der Bischof legte die Stirn in Falten und sann: »Na, das wollen wir doch begrüßen. Immaterielle Güter statt der kruden materialistischen Utopie. Es ist ein Fortschritt.«

Der Bischof war kein flacher Kopf.

Ludger nickte und brummte: »Mmmh. Wahrscheinlich werden wir bald wieder Heilige erleben. Ich meine nicht diese strategisch kanonisierten Figuren, die man in Rom auswürfelt. Ich meine Menschen, die begeistert sind und begeistern können. Menschen, die Wunder tun. Tröster der Armen. Befreier der Gefangenen.«

Der Bischof spielte mit seinen Ringen. Dazu sagte er: »Be ... freier ... Gefangene. Da war doch was. Ja. Moment.«

Der geistliche Herr stand schon im siebten Lebensjahrzehnt und war daher nicht übertrieben flink. Vorsichtig erhob er sich aus seinem Sessel. Dann ging er zu einem schwarzen Sekretär, ließ seine Finger einen Papierstapel vertikal abtasten, fand eine Zeitung, zog sie heraus und hielt sie seinem Medienmann hin.

Der Bischof sagte: »Hier. Haben sie von dieser Geschichte gehört?«

»Der Schlägerpfarrer? Der Pastor, der …«

»Ehemaliger Pastor.«

»Klar. Jedenfalls kein Heiliger.«

Der Bischof setzte eine undurchschaubare Miene auf, zwischen Amüsement und Besorgnis, und sagte: »Vergessen Sie den Totschläger. Lesen Sie diesen Artikel. Der Mann hat einen Engel. Eine Frau. Diese Frau ist … wie sagt man in Ihrem Beruf? Diese Frau ist die wirkliche Story. Nehmen Sie. Lesen Sie.«

Ludger Schlegel nahm und las.

Nach einer halben Stunde bekam Kurt Kopfschmerzen.

Seit zwei Jahrzehnten war der alte Mann nicht mehr im Kino gewesen. So konnte er nicht sicher sein, ob das, was ihm hier zugemutet wurde, heutzutage normal war. Als aus den Schwindelgefühlen, dem Taumel im Innenohr, dem flauen Magen schließlich ein Gesamteindruck größter Widrigkeit entstanden war, fragte er sich, welcher Teufel ihn eigentlich in diesen schrecklichen Saal getrieben hatte.

Zwanzigjährige in den vorderen vier Reihen spielten während des ersten Viertels der Vorstellung mit ihren Handys, zogen sich dann umständlich ihre drei übereinander getragenen Jacken aus und warfen bald mit Popcorn – immer nur eine sparsame Handvoll: Man war zwar unartig, aber nicht verschwenderisch.

Was für eine blöde Jugend, dachte Kurt. Selbst wenn sie Scheiße bauen, bauen sie immer nur ganz kleine Scheiße. In den beiden ersten von fünf Abschnitten des Films schien für Kurt, der kein Dummkopf war, noch so etwas wie ein Zusammenhang auf, gar ein Sinn: Dieser Roland war also mit dieser Leonie zusammen, oder sie hatten eine Affäre. Gemeinsam arbeitete man in einem Forschungszentrum für Pflanzen – Gräser oder Farne. Der ganze Film war in Grün getaucht. Dann gab es eine dritte Person, diesen Marek oder Malik – wieso nuschelten die Leute eigentlich so, verlangte das der Kunstanspruch? Malik oder Mahud war verbandelt mit Roland (oder doch: Ronald?), es handelte sich um etwas mehr oder weniger Schwules. Außerdem hatte das obskure Institut noch eine Direktorin.

Aber die bekam man nie zu sehen. Die hörte man nur reden, und zwar so, dass man absolut kein Wort verstand. Zwischen den Abschnitten wurde ein österreichischer Computerfachmann oder Mathematiker interviewt. Der redete von einem englischen Philosophen. Dieser Teil ging Kurt vollständig über den Verstand. Durchbrochen war der Blödsinn immer wieder von Großaufnahmen und Kamerafahrten in Bodennähe. Wege durch Blätter, die so hoch waren wie Menschen, lockere, von Einschlägen irgendwelcher Steine oder Stiefelschritte auseinanderspritzende Erde, dann endlose Varianten von fliegendem, schwebendem, wirbelndem Grün: Opalkrisseln in Moosen, pfefferminzfarbene Farnrippen, ein Sturzbach von Jade, Pistazienstürme, Schleier und Vorhänge, ein Widereinander und Ineinander, ein Aufeinander und Auseinander vegetativer Zellen, schlanker Halme, wuschelnder Wedel. Der Wechsel von Blinzeln und langsam abgetasteten Wirklichkeiten, dann Spielszenen, dann Interviewsegmenten bannte schließlich selbst das Rumoren der Handytrottel – nicht direkt andächtig, aber doch schweigend verfolgten sie den wuchernden Film, aus dessen grünem Wust die drei Hauptgestalten immer wieder auftauchten, dabei aber jedes Mal andere Beziehungen eingingen, sich andere Aufgaben vornahmen, andere Absichten zu hegen schienen: Wer sich eben noch gehasst hatte, schlief jetzt miteinander (die Bilder waren an diesen Stellen recht deutlich), aus gegenseitigem Ignorieren wurden Küsse und umgekehrt. Und so fort.

Kurt konnte schließlich überhaupt nicht mehr folgen. Seine Schläfen pochten. Er spürte, dass sein körperliches Unbehagen am Widerstand dagegen lag, sich etwas zeigen zu lassen, das für ihn keinen Sinn ergab. Er bezwang diesen Widerstand daher mit Vorsatz. Wie Sirup durch einen feinmaschigen Filter drang jetzt Undefinierbares in seine Seele.

Erst beim Abspann kam er wieder leidlich zu sich.

Neongrün, in serifenloser Schrift, leuchteten die Namen des Ensembles, des Regisseurs, der Kameraleute und ihrer wichtigsten Helferinnen und Helfer. Langsam wanderten sie von unten nach oben. Dann normalisierte sich die Typographie, weiß auf schwarz, als die weniger wichtigen Leute genannt wurden. Mätzchen, dachte Kurt.

Bevor er sich, beim Aufstehen und Sich-vorbei-Drängeln an Menschen, die auch den langen Nachklapp noch bis zum Ende absitzen wollten, richtig aufregte, wurde ihm klar, dass er dem Regisseur ein weiteres Mal in die Falle tappen würde, wenn er jetzt in Wut geriet.

So ließ er das bleiben und beschäftigte sich lieber mit seinen Gelenkschmerzen. Als er in die Nacht hinaustrat, ihre schneidende Kühle, ihre unbestreitbare Wirklichkeit aus Reklame und dunklem Himmel, Autos, Fahrrädern, Idiotinnen samt ihren Idioten und viel grauem Stein, atmete er auf wie ein geretteter Schiffbrüchiger.

Dann fing er an, zur Bahnhaltestelle zu tippeln. Immer noch leicht verstört nahm er sein Handy im Gehen aus der vorderen rechten Jackeninnentasche. Er schaltete es ein und tippte, ohne hinzusehen, mit dem Daumen die vier Ziffern der Freischaltekombination. Kurt wollte das Gerät schon wieder an seinen Platz gleiten lassen, da fing es an, zu summen und zu vibrieren. Das Licht an den Seiten pulsierte. Kurt blieb stehen. Er bekam eine SMS.

Nein: zwei. Er öffnete die Mitteilungen. Es waren Bilder. Texte gab es keine.

Was er sah, war nicht schwer zu verstehen: Keilers Gesicht, bunter als ein Blumenstrauß, gelb, blau, violett, beide Augen zugeschwollen. Eine Hand, stark und haarig, hatte sich ins kurze Haar des früher kahlen Jungen gekrallt. Keiler sah in die Kamera, so gut es ging, seine aufgeplatzten Lippen glänzten rot und schwarz. Torsten, auf der zweiten Aufnahme, hatte eine offene, klaffende Wunde im Kinn. Das linke Auge war ein schwarzer Fleck. Kurt blieb stehen. Es fühlte sich an, als fielen seine Eingeweide vorne aus dem Leib und klatschend auf die Straße. Was ist das, den Verstand verlieren? Wenn man nicht mehr weiß, wo man hinwill oder wie man heißt?

Meine Helfer. Sie haben sie erwischt. Sie haben sie halb totgeschlagen. Ich bin schuld. Wichtiger: Ich bin der Nächste.

Soll ich zur Polizei? Was erkläre ich denen? Dass ich zwei Schläger aus dem nationalen Milieu angeheuert habe, damit sie mir Geld von Drogenhändlern zurückrauben, das ich für die Sucht meines inhaftierten Sohnes ausgebe?

Lachen auf der Wache. Und dann komme ich selbst ins Gefängnis, und da warten die Ukrainer. Es ist nicht echt, es ist wie eine Szene in diesem Film gerade, ich bin noch drin, es ist alles inszeniert, das sind nur weitere sinnlose Bilder.

Er rief sich zur Ordnung: Was bist du, eine Memme?

Einatmen. Ausatmen. Ich habe es angerichtet, ich muss es ausbaden.

Den Russen, den Ukrainern erklären, wie es kam, was ich mir dabei gedacht habe, wie ich dafür bezahlen will: Das muss ich tun. Die Sache regeln.

Die Hand, die eine halbe Stunde später den Schlüssel im Schloss der Haustür umdrehte, zitterte zwar, aber das kam, sagte sich Kurt Schulte, vom Alter. Er stieg die Treppe hoch, in aller Ruhe, ein Verurteilter.

Die Hand am zweiten Schloss zitterte kaum mehr.

Auf dem Flur sah er, dass es im Wohnzimmer nicht dunkel war. Er schaltete das Korridorlicht ein und zog die Tür hinter sich zu. Er wusste, dass er das Licht im Wohnzimmer nicht angelassen hatte, und hoffte doch einen Moment lang, es sei so gewesen.

Es zischte: Ein Bierdosenverschluss wurde geöffnet.

Kurt lächelte bitter: Ich könnte die Tür wieder aufreißen, ich könnte zurück ins Treppenhaus stürzen. Um Hilfe schreien. Die Stufen hinunterspringen. Fallen. Mir etwas brechen. Rettung durch Selbstschädigung. Befreiungsschlag ins Wasser. Nein.

»Hallo?« Er wünschte sich, die brüchige Stimme klänge fest genug. Niemand antwortete. Er öffnete die nächste Tür, fester Rahmen, in der Mitte geripptes Glas.

Drei Männer standen in Kurt Schultes Müll.

Breite Schultern, rasierte Köpfe, rote Augen, fleischige Nacken, goldene Ketten.

Sie wirkten gelangweilt.

»Was brauchst du so viel Feuerzeug?«, sagte der mit dem breitesten Mund. Er lag auf dem Sofa, wie ein Sultan auf seinen Ruhekissen liegt. Ein anderer, mit großer Nase und haarigen Händen – die kannte Kurt, von einem Foto –, schritt über zwei verrutschte Papierhaufen auf Kurt zu. Kurt trat zurück. Aber der Mann bewegte sich schneller, als man ihm zugetraut hätte, fasste um Kurts Kopf herum, packte ihn im Genick.

Der Griff hielt ihn nicht allzu grob fest. Es erinnerte Kurt daran, wie man ein Kätzchen hochnimmt. Kurt musste husten. Der Mann, der ihn gepackt hatte, fühlte sich davon angegriffen und wurde gewalttätig.

Die kräftigen Männer brauchten eine Dreiviertelstunde für ihre Arbeit. Es wurde dabei fast so laut wie bei den Partys der beiden Studenten drei Stockwerke tiefer.

Bei denen war nie jemand eingeschritten. Auch jetzt rührte sich nichts im Haus.

Kein Mensch wollte wissen, was lärmte, auch der Hausmeister nicht. Niemand rief die Ordnung an. Am Ende lag Kurt wie eine verdrehte, in falschen Winkeln zusammengesteckte Drahtfigur auf seinem gelblichen Teppichboden. In Blut, in Schmutz. Die Hälfte der zerschlagenen gläsernen Tischplatte bedeckte seine Beine, seine Hüfte.

Der Mann mit dem breiten Mund gab jedem seiner beiden Untergebenen je eines von Kurts Feuerzeugen. Das Dritte hielt er an die Wohnzimmergardine. Er ließ es schnappen und klicken. Er schnaubte. Es klang bedauernd. Etwas geschah, das nicht vorgesehen war.

Die Ukrainer waren überrascht, aber sie wurden auch damit fertig.

Kurt weinte oder lachte. Er war sich nicht sicher, was besser passte.

In Kyoto in Japan lebte ein Mann namens Itoh.

Gemeinsam mit anderen kümmerte er sich um eine Tempelanlage, die tagsüber auch dem Tourismus zugänglich war. Itoh war Priester und Gelehrter.

Als Zuschauer nahm er via Internet am geistigen Leben der Welt teil. Gut informiert war er über Geistes- wie Naturwissenschaftliches, als Surfer, Gelegenheitsleser, eine Art Student noch mit siebenundsechzig Jahren.

Am Tag, als Kurt Schultes Wohnung ausbrannte, ging Itoh um fünf Uhr morgens auf dünnen, aber kräftigen Beinen am Oshidori-ike-Teich vor dem Tempel vorbei.

Geduldig erklomm er die Stufen zum Haupthaus. Als er sie bewältigt hatte, blieb er stehen, am Bambusgeländer, auf der Plattform vor dem Steingarten, und drehte den Kopf kaum merklich, um zu begutachten, was sich vor und unter ihm dem prüfenden Blick darbot: Kies, Sand, beides wie Wasser, darin Inseln aus Stümpfen von schwarzem und grauem Fels.

Itoh verneigte sich ein wenig, vor nichts Speziellem. Dann wackelte er rechterhand ums Hauptgebäude und den Hof der Abtei herum, bis er das Moosfeld von Unryu-no-niwa erreicht hatte. Als Mann mit guten Deutschkenntnissen, der Heidegger las, dachte er: Unryu, das klingt wie Unruhe. Eine Falle.

Auf papierdünnen Sohlen schlich Itoh zum Brunnen. Da setzte er sich, als wäre er ein Schatten des Baumes, der dahinterstand. Mit einer hölzernen Schöpfkelle entnahm er aus dem viereckigen Loch in der runden steinernen Trommel einen kühlen Schluck. Itoh trank, dann legte er die Kelle hin, stand auf, ging an sein Tagwerk.

Leute kamen. Leute redeten. Er hörte zu und antwortete, wenn er konnte.

Leute hörten auch ihm zu, antworteten auch auf seine Fragen.

Leute gingen wieder.

Abends fuhr er mit dem Bus nach Hause.

In der Nische, an deren Wand sein Flachbildschirmfernseher befestigt war, lag ein Stapel Bücher. Zuoberst lag eins von einem Mann namens Galen Strawson.

Das nahm Itoh und setzte sich damit auf den Balkon, ohne Stuhl, Kissen oder Matte.

Was Strawson schrieb, fand Itoh richtig.

Er wusste, dass nicht nur er selbst das so sah.

Der Teich, die Treppe, das Bambusgeländer, der Steingarten,

das Moos, die Wurzeln, Kies, Sand, Felsen, Wasser, Schöpflöffel: Alle Dinge, denen Itoh vertraute, sahen die Welt wie dieser Mister Strawson.

Ich möchte bloß wissen, dachte Itoh, was wir damit tun sollen.

Wir drei: die Dinge, die Ideen und ich.

»Abel, hallo. Ich bin es. Ich weiß, dass du nichts mit uns zu tun haben willst. Mit deinem Vater nicht und mit mir auch nicht. Aber deine Schwester ist in großen Schwierigkeiten. Sie suchen nach ihr. Die ... Und sie suchen nach ihrem Mann. Du stehst in der Öffentlichkeit. In Deutschland, das hast du selber mal gesagt, ist es immer so: Wer Erfolg hat, wer angehimmelt wird, der wird bald auch wieder runtergerissen. Und jetzt sagen sie, und schreiben es schon, die Schwester und der Mann der Schwester von dem Mann, der diesen Film gemacht hat, die sind in einer Sekte, und sie sind Islamisten. Und sie sagen, dein Film ist vielleicht ... Du kannst es nachlesen. Im Internet, bei ›Spiegel Online‹, und in der Frankfurter Zeitung, in der ›Frankfurter Allgemeinen Zeitung›, war auch was drin. Da sagen sie, da fragen sie, ist dein Film vielleicht von ihr beeinflusst? Von der Sekte, von dem Islamismus? Weißt du, was sie schreiben? Sie schreiben im Internet, in deinem Film ist alles grün, weil der Islam ... weil diese Fahne grün ist. Solche Sachen!«

Abel spielte es Ceecee vor, das Handy auf Lautsprecher geschaltet.

Ceecee sagte: »Sie macht sich Sorgen, deine Mutter. Nicht um sich, um dich. Ganz anders als dein Vater.«

Cyan wusste, dass sie mit diesem Anruf feinfühlig umgehen musste. Abels Dickschädel war imstande, sich etwas völlig Destruktives einfallen zu lassen, wenn er einen Rat nicht hören wollte. Der blonde Perser kaute auf seiner Unterlippe und stierte wie in Trance durch die gebogene Fensterfront der Suite auf die hügelige Stadt, auf die Hochhäuser, in die Straßenschluchten. So leise, als wäre er ein alter Soldat, der gelernt hatte, dass man bei strategischen Besprechungen auf Behutsamkeit setzen sollte, sagte er: »Es ist bizarr. Am besten sind die beiden Denker, die mich da jetzt verteidigen. Ich hab mir das angeschaut, typischer Sturm im Wasserglas, Wahnsinn im Feuilleton. Ich glaube, das gab es noch nie in Deutschland, dass so zwei Modephilosophen ... ein Vernunftprediger aus Hessen und ein Hippie aus Süddeutschland ... sich für ein Kunstwerk starkmachen, das im Verdacht steht, islamisch oder islamistisch zu sein. Überhaupt, es ist ... eine neue Situation, oder? Bis jetzt war doch der Islam immer das Böse, das die Kunstwerke verbieten will.«

Cyan wollte, dass er die Lage klar sah, dass er sie an sich heranließ: Es ging nicht um feuilletonistische Kuriositäten, sondern um sein Leben. Abel kratzte sich am Hals.

Dann sagte er: »Es sind halt alles Missverständnisse. Ich dachte, mit Kunst kann man ... ich wollte mich eher lustig machen, wenn überhaupt was, mit dem Film, über Nasrins Durcheinander von Wissenschaft und Glauben ... Das war so ein Subtext ... nicht der einzige ...im Film. Die Frage war, wie wahrscheinlich ist das alles? Dieses Übernatürliche. Was ist Wahrscheinlichkeit? Die Interviews sollten dann halt sagen, Freunde, man kann das auch gemütlich sehen, wie der Österreicher. Der hat Kassim und Nasrin ja eigentlich auf die Idee gebracht: Der liebe Gott redet aus den Winden. Mit den Pflanzen, nicht? Dieses sanfte Säuseln ... in der Atmosphäre. Nein, schau, mein Film hat ja eben keinen.«

»Keinen was?«, fragte Cyan und kramte in seiner Schale mit gemischten Nüssen nach denen, die ihr schmeckten.

»Keinen Gott«, sagte er.

»So, what's it gonna be?« Sie kam zur Sache.

Er sagte nichts. Sie wiederholte es auf Deutsch: »Was wirst du machen?«

»Was werde ich machen? Was ich seit Wochen hätte machen sollen. Ich kümmere mich mal ein bisschen. Ich rufe ein paar Leute an.«

Sie hob ihr Glas, er seins.

Es klirrte vorsichtig.

Nicht aus dem Leben, nur aus Papier, bedroht von allem, was schneiden kann: Schere, Scherbe, Spiegelkante. Ein Umriss auf diesem Papier formte eine Behauptung von ungewöhnlichen Dimensionen. Was man erkennen konnte, war ein Gott aus Stein. Neben ihm stand ein kleiner Mann mit Brille.

Der Gott aus Stein war zwölfmal so groß wie der kleine Mann mit Brille.

Der kleine Mann mit Brille stand neben dem linken Fuß des Steingottes. Wenn der Steingott sein Gewicht verlagerte, verlagerte auch der kleine Mann mit Brille sein Gewicht.

Wenn der Steingott die Faust ballte oder den Arm hob, ballte auch der kleine Mann mit Brille die Faust oder hob den Arm.

Der Steingott brüllte: »Ich will, dass dieser ganze Platz freigeräumt wird.«

Der kleine Mann mit Brille wiederholte, so laut er konnte, obwohl man die dröhnende Stimme des Gottes bis an die Felswände ums Tal gehört hatte: »Der Gott will, dass dieser ganze Platz freigeräumt wird.«

Nun brüllte der Steingott: »Ich will einen Thron aus Gold, der hundert Fuß hoch ist!«

Der kleine Mann mit Brille rief: »Der Gott will einen Thron aus Gold, der hundert Fuß hoch ist.«

Da brüllte der Steingott: »Ich will, dass ihr Tag und Nacht an meinem Thron arbeitet, bis er fertig ist!«

Der kleine Mann mit Brille rief: »Der Gott will, dass ihr Tag und Nacht an seinem Thron arbeitet ...«, der Rest des Satzes ging im Tosen des Windes unter.

Da brüllte der Steingott: »Jeder, der sich drückt und erwischt wird, verfällt dem Bann und wird in die niedere Stadt geschleudert!«

Der kleine Mann mit Brille schrie, so laut er konnte: »Jeder, der sich drückt und erwischt wird, verfällt dem Bann und wird in die niedere Stadt geschleudert!«

Da ballte der Steingott seine große Faust und schrie: »Jeder, der Gold versteckt, wird zerquetscht!«

Der kleine Mann mit Brille ballte seine kleine Faust und kreischte: »Jeder, der Gold versteckt, wird zerquetscht!«

Da senkte der Steingott den Kopf und sah hinunter auf den kleinen Mann mit Brille und sprach mit lauter Stimme: »Jeder, der vorgibt, für mich zu sprechen, wird zu einem nassen kleinen Fleck auf dem Pflaster zertreten!«

Da schrie der kleine Mann: »Jeder, der ...«, und stockte, und dachte nach, und fuhr viel leiser fort: »... für den ... Gott ... vorgibt ... für ... äh ...«

Und der kleine Mann mit Brille blickte empor, und er besann sich, und dann sah er auf die staunende Menge, und fixierte einen Mann in Lumpen, und herrschte ihn an: »Du! Ja, du! Steh da nicht rum! Hilf mir besser, ein paar von diesen Steinen dort wegzuräumen!«

Meistens wusste der Junge, wenn er ein Gesetz oder eine Regel brach, nicht einmal recht, ob ihm das Spaß machte.

Traurig oder fröhlich: Das bin ich eben, die scharfe Schlüsselkante, die an der Seitentür des Mercedes eine auffällige, dünne weiße Wunde hinterlässt.

Der zertretene Briefkasten.

Dic gestohlene, dann über die Brücke auf die Gleise geworfene CD.

Was, wenn der Autobesitzer zufällig ein anständiger Mensch war?

Das meiste im Leben ist Zufall. So geht die Scheiße.

Nicht immer schlief der Junge in dem Haus, in dem seine Großmutter lebte.

Wo dann? Am Bahnhof. In dunklen Ecken. In Hotels, mit Männern. Manchmal nahm er etwas in den Mund, manchmal schnupfte er etwas, manchmal rauchte er etwas, manchmal schmiss er etwas ein.

In Hauseingängen am Park oder zwischen den SULO-Containern an der Realschule konnte man immerhin ruhig schlafen, wenn auch wie auf Scherben, wenn auch im Staub.

In einer richtigen Großstadt hätte das schon Ärger gegeben, so nah am Winter. Wäre die Polizei gekommen, um nachzusehen, wer sich in die Winkel drückte, so hätte der Junge bald keine freien Reihenhausflure mehr gefunden mit offenen Türen, gegen das Frieren.

Mittlere Kreisstadt, das hieß, vom Spielplatz her kam immer noch wer heim, auch abends, und man schlich hinterher, durch die Tür. Falls einen jemand sah, tat man, als gehöre man ins Haus. Es gab viele Mietparteien, die einander kaum kannten. Dann ging man in den Keller und bettete den Kopf auf die eigene Jacke, bei den Fahrrädern oder direkt neben der Treppe.

Drei-, viermal hatte Kassim auch bei Nick übernachtet, den er aus der Schule kannte. Nick war der beste Freund von Jasper, mit dem Magdalena jetzt ging. Magdalena war in Ordnung. Kassim hatte sie mal angepumpt, auf dem Schulhof – nicht in der Schule selbst, da ging er wirklich nicht mehr hin. Aber wenn man um zehn Uhr morgens schon wach war, schaffte man's auf den Schulhof, und sie kannten ihn da noch, sie mieden ihn nicht alle. Magdalena hatte gesagt: »Klar. Hör mal, Kassim, ich leih dir natürlich was, aber du musst mir zuhören, okay?«, und dazu hatte sie ihren großen feuchten braunen Blick pulsieren lassen, wie ein körperwarmes Herz, und er hatte genickt.

»Kassim, ich mach mir ... wir machen uns hier alle Sorgen, verstehst du das? Geh doch mal zum Siechert, weißte. Gibt ja nicht nur Scheißlehrer, und der Siechert zum Beispiel, der kennt sich mit so was aus. Gib dich nicht so total auf, ja? Du siehst total verhungert aus. Wo treibst du dich überhaupt rum? Man sieht dich gar nicht mehr. Gehst ja nicht mal mehr ins ›City‹!«

Das stimmte, war aber nicht unbedingt Ergebnis einer freien Entscheidung.

Man ließ Kassim, weil er jetzt ziemlich stank, nicht mehr in die Discotheken und Clubs, die eigentlich für Studenten da waren, in die aber Gymnasiasten der höheren Jahrgangsstufen nicht selten eingelassen wurden, wenn sie relativ aufwandsarm gefälschte Studentenausweise vorzeigten. Hatte er nicht auch so einen gehabt? Hatte Nick ihm den nicht verkauft? Wo war der hingeraten?

»Meine Tür steht dir immer offen!«, hatte die Oma gesagt. Klang gut, fast so besorgt wie bei Magdalena. Warme Milch mit Honig für die Ohren. Aber es änderte nichts.

Kein »City«, kein Zuhause, manchmal tatsächlich nur noch die berühmte Brücke, unter der man schlief, wenn man ganz erledigt war. Kaum noch falsche Freunde. Denen war Kassim peinlich. Am Ende, jetzt, heute, dann doch das Amt.

Es war eine idiotische Idee. Aber die Sonne schien, das schmeckte wie Schwimmbad, roch wie frisches Gras, obwohl schon Herbst war. Unter großen, halbkahlen Bäumen ging Kassim bedröhnt durch ein Farbenspiel, als wate er in verdünnter Rum-Cola. Er mochte seine Baggy Pants, sein Tar-Heels-T-Shirt, von Nick gestohlen, seine Ravens-Mütze, sein Ziegenbärtchen.

Kreiswehrersatzamt, Spaß.

Haben die eigentlich Panzer?

Ich würde gerne Panzer fahren.

Die Bäume deuteten an, sie würden ihm das schon zutrauen.

Kassim blieb stehen, musste lachen.

Ging langsam in die Knie, kippte ein bisschen nach vorn, in der Hocke. Sah sich einen der Bäume etwas genauer an. In der aufgeplatzten rauen Borke des Stamms krusselten rote Käfer mit ellipsoiden schwarzen Punkten auf den Flügeln. Die Käfer waren auch auf Drogen, auf dem Weg zum Soldatenruhm. Heer, Infanterie, Verbände, dachte Kassim und wusste zugleich, dass das Effekte von Pillen waren, die er am Montag oder Mittwoch (oder wann?) genommen hatte, um im Wasser des Flusses beim Blick von der Brücke runter die Wolken einander streifen und aufreiben zu sehen und dabei schwarze Geräusche zu hören, im Haar, im Hinterkopf, schwarze Geräusche, die ihn zwickten, wenn er beim Gehen den Mund und die Augen schloss.

Verlangsamte Reaktionsgeschwindigkeit, wollwuselnde Müdigkeit, maue Darmträgheit, trockener Mund, das häufig verschwommene Sehen, hartnäckige Kreislaufschwäche, manchmal auch Schwindelgefühle und das Empfinden, dass in der Musik bei den fettesten Tracks alles irgendwie wegbrach, wenn er sich auf den Bass zu konzentrieren versuchte, der sein Rückgrat durchwalkte: eine echte Kampfmaschine, ein zerspaltenes, halbverdautes Leben, ein roter Käfer mit ellipsoiden Punkten.

Gleich würde man ihn begutachten. Dann bekäme er das alles schriftlich.

Vom Staat. Vom Staatsarzt. Nein: Stabsarzt, so hieß das. Hieß das so?

Es waren, als Kassim schließlich das Amt gefunden und hineingegangen war, mehrere Leute zugange beim Menschenprüfen. An der Wand auf dem Gang hing ein Foto von einem Baum mit einer dichten Krone. Das Foto schien Kassim gefolgt zu sein, nein, der Baum, na gut. Keine Käfer, alles klar. Kassim lachte lautlos.

Als fremde Leute ihm die schwarze Kelle aufs rechte Auge drückten, damit er Buchstaben und Zeichen von der Wand ablas, war ihm, als könnte er gar nicht wissen, ob es das linke oder das rechte Auge war, mit dem er wahrnahm, was dort drüben flimmerte.

Halt, nein, wie konnte das sein, mit wem verwechselte er sich da gerade, und außerdem, wieso roch es jetzt nach verbrannten, zusammengeschmolzenen Halsbonbons?

»Deutsche Eiche, haha«, scherzte die spürbar untermotivierte MTA labbrig, als er an der Messlatte stand, in einer Unterhose, von der er sich fragte: Habe ich die jetzt eigentlich heute Morgen wie geplant gewechselt oder nicht?

Die Statistik war gegen ihn. In den letzten Jahrgängen der bundesdeutschen Wehrpflichtigenära wurden jeweils immer nur rund fünfzig Prozent der Gemusterten für diensttauglich erklärt, ganz anders als etwa in der Endphase des Kalten Krieges, in der damaligen Westrepublik, als das Verhältnis in etwa gedrittelt gewesen war: Ein Teil der Jungs war zum Grundwehrdienst geschickt worden, ein ungefähr gleich großer zum Ersatzdienst, der Rest ausgemustert.

Die Sonne funzelte durchs Panoramafenster. Kassims Kifferkopfweh brummte. Der Junge blinzelte. Die Nadel wollte nicht recht in die Vene.

Gepresste Flüche der MTA. Staubig heißes Lichtprickeln auf der Haut: Sonne, wirklich? Die Frau setzte die Nadel ab. Sie maß lieber erst einmal den Blutdruck, vielleicht gab's ja sogar einen. Doch, ja, es klopfte, wie es sollte, »im Normbereich«, grunzte die MTA. Okay, dann röntgen. Das Gerät wollte aber auch nicht, eine Vorrichtung blitzte, eine andere roch nach Reifengummi. In Kassims Schädel blühten krause Rüschenrosen. Bald mal wieder viele Pillen, das wär's. Ein Arzt stresste rum: »Das ist ein Witz für euch hier, ja? Ist es auch. Bis zum nächsten Krieg, dann lacht ihr nicht mehr. Migrationshintergrund, fabelhaft. Nee. Wirklich.«

Natürlich würde Kassim das ferne Land Afghanistan, oder eins der anderen Spielfelder, höchstens als Tourist je sehen, vielleicht als Kriegsreporter – auch so ein aussichtsloser Tagtraum: Bei seinen Deutschnoten war eine Journalistenlaufbahn nicht wahrscheinlicher als eine Nacht mit Pink. Kassim kicherte.

»Ja, lach noch blöd. Mein Gott, dich hätte ich schon auf Augenschein ausmustern können. Ich weiß echt nicht, warum ich mir das hier überhaupt noch antue«, rief der Arzt beleidigt. Die MTA warf Kassim sein verseuchtes T-Shirt zu.

Ach so, dachte der Junge, als er ihren Gesichtsausdruck sah, Rassismus. Hätte ich ja gleich drauf kommen können. Zu dunkel, um für Deutschland zu sterben. Zu viele Verwandte in Pakistan, in Iran, in anderen Zeiten. Kassim prustete. Ließ sich verjagen, geriet wieder unter Bäume. Diesmal waren es blanke Eichen, die ihren abgefallenen Blättern vor dem Verlust bereits alle abkömmlichen Nährstoffe entzogen und sie in die Stammspeicher gesogen hatten. Er starrte sie an, auf der breiten Straße. Kassim trat einen Schritt zurück, um noch mehr Baumkronen sehen zu können. Ein Kleintransporter kam ihm reichlich nahe, hätte ihn wohl auch fast gestreift, vielleicht überfahren, wenn keine Hand ihn am Arm gefasst und weggezogen hätte.

Kassim legte den Kopf schief. Ein fremdes Gesicht sah ihn an, als wäre er ein Selbstmörder, und teilte ihm mit, dass man das nicht sein durfte: »Sich umbringen, das ist Sünde. Und es gibt immer einen Weg. Es gibt immer einen Weg.«

Den, der das gesagt hatte, taufte Kassim bei sich nach der Formel mit dem Weg, den es angeblich immer gab, augenblicklich den Wegmann.

Der Wegmann stellte sich nicht vor. Er wollte auch nicht wissen, wie Kassim hieß. Stattdessen führte er den Jungen in ein Haus mit einer Parterrewohnung von beachtlicher Größe, wo Tische und Betten und Bücherregale standen, zum Teil durch Laken an Seilen getrennt. Die Parterrewohnung hatte ein Schaufenster. In dem standen Bücher, aufgeschlagene Zeitschriften und mehrere große Kreuze. Der Wegmann redete mit Jugendlichen, die in den Betten zwischen den Laken geschlafen hatten. Diese Jugendlichen schüttelten Kissen aus und legten sie dann zurück aufs jeweilige Bett. Der Wegmann sagte Sachen wie: »So, Markus, und gehst du dann jetzt heute auf Mission mit der Alina und der Bianca, ja?«, oder »Der Herr möge dir's vergelten« oder »Lies es nur nach, im Buch Samuel«.

Der Wegmann war der Chef hier, obwohl er kein Handy hatte.

Sein Gesicht konnte Kassim nicht erkennen, vielleicht fehlte es ganz.

Die Jugendlichen kannte Kassim teilweise vom Sehen. Sie wohnten, dachte er, im Grunde da, wo er eigentlich auch wohnte, weitgehend überall, neuerdings also beim Wegmann. Drei von ihnen bereiteten in zwei großen Kesseln eine Suppe zu, in der Backerbsen und Flädle schwammen. Kassim durfte essen, mit den andern. Er befand sich, wurde ihm erklärt, im »Zentrum« – so nannte diesen Ort eine zwar junge und schöne, aber in ledriger Strenge zugleich leicht staubige Gefährtin des Wegmanns, die Frau Ludic hieß.

Ehe er recht zu sich kam, war Kassim schon vier Tage da.

Frau Ludic predigte von Gott und Jesus, manchmal am Klavier. Sie hatte, konnte Kassim gut erkennen, einen an der Waffel. Aber ihr Gemeinschaftskunde-Unterricht – so nannte Kassim es bei sich, mit irgendetwas Bekanntem muss man das Neue ja vergleichen – war anders als in der Schule, freundlicher, eher Religionsunterricht, in den Kassim aber nie gegangen war, weil er das nicht musste.

Hängengeblieben war bei Kassim aus der schulischen Gemeinschaftskunde, dass Geschichten wie die, die sich in diesem »Zentrum« abspielten, unter den Fachausdruck »Sekte« fielen.

Im Schoß der Sekte wurde für Kassim wahr, was er sich von der Bundeswehr versprochen hatte. Man gab ihm ein Lager. Man teilte ihm etwas von der Welt mit, auch wenn es Quatsch war. Man übertrug ihm Aufgaben – zunächst in einer Druckerei, die auf einem alten Industriegelände unweit des Bahnhofs stand, umgeben von maroden oder schon geschlossenen anderen Unternehmen. Da legte er Hand an, da wurde er schmutzig, da gefiel es ihm. Frau Ludic, die ihren Posten am Klavier oder auf der kleinen Holzbühne im Zentrum nur verließ, um die Arbeiten in der Druckerei und an anderen Arbeitsplätzen zu kontrollieren, war angenehm von Kassim überrascht.

Sie nannte ihn »begabt« und lächelte, wenn sie dem Wegmann sagte: »Der Junge weiß die halbe Zeit über nicht, was er da tut, und kann es auch nicht erklären. Aber der haut die Falzblätter raus und sortiert Druckbogen ein, als wäre er selber eine Maschine.«

Der Wegmann ließ seine Jugendpflege gerade »expandieren«, und obwohl Kassim nicht genau wusste, was das bedeutete, war ihm doch klar, dass er sich nun würde »hocharbeiten« können, ein Wort, das ihm die Großmutter früher oft vorgebetet hatte.

Bald nahm die Druckerei Aufträge von Privathaushalten (Hochzeitsbücher, Visiten- und Weihnachtskarten, Jahresplanung) ebenso gern an wie Geschäftliches (Werbematerial, Rollenoffsetdruck, Firmenjahresplaner, Plakate und Poster).

Kassim bediente und wartete die himmelblau gelackten Maschinen, die anfangs nur das religiöse Zeug des Zentrums ausgeworfen hatten, jetzt aber die halbe Stadt mit Material für alle Gelegenheiten versorgten. Gab es Schmierstreifen, Papierstau oder eine Erfassungsklemme, dann stieg er aufs jeweilige Gerät, klopfte irgendwo, drehte an etwas, flüsterte und murmelte, als wollte er dem Apparat gut zureden, schon ging es wieder.

Kaum kaufte er noch Pillen, fast nie mehr ging er auf den Strich.

Erwischte man ihn doch dabei, schimpfte Frau Ludic, und es gab manchmal auch einen Knuff von Albert und Ernst, den beiden ältesten der Jungs im Zentrum. So etwas nahm Kassim mit einem gewissen Stolz hin: Endlich war er jemandem wichtig genug, dass es Strafe nach sich zog, wenn er die in ihn gesetzten Erwartungen enttäuschte.

Nicht immer hieß Arbeit für die Sekte auch Arbeit an den Druckern. Manchmal half Kassim in der Küche: Gemüseputzen, Suppenzubereitung. Schließlich, nachdem der erste Schnee gefallen war, unterstützte er die Mädchen auch beim Kochen von Grieß für festliche Barmherzigkeiten in der Vorweihnachtszeit.

Eher unangenehm waren ihm das Verteilen von Flugschriften und das Singen. Er sang ungenau, nicht melodiös, aber doch kraftvoll, in kleinen Gruppen, auf der Gitarre begleitet von Frau Ludic, die wesentlich schlechter Gitarre spielte als Klavier, meist auf öffentlichen Plätzen, im heraufziehenden Winter sogar in der Bahnhofsvorhalle, wo ihn ein, zwei seiner alten Kunden erkannten und rasch vorbeihuschten.

Übertrieben züchtig ging es in der kleinen Gemeinde des Wegmanns, der in Wirklichkeit Bäumler hieß, nicht zu. Kassim und die anderen *kids* von der Straße teilten nicht selten Drogen (dafür gab es, wenn man sie erwischte, Kloppe), gelegentlich auch die Betten.

Am liebsten mochte er Bianca mit den aschblonden, glatten, langen Haaren und dem Muttermal am Hals. Anfangs wollte sie Marihuana dafür haben, dass sie ihm einen runterholte, später vögelten die beiden aus Zuneigung. Einmal geschah das sogar in der Wohnung von Kassims Großmutter – »meine deutsche Oma ist katholisch, meine Mutter ja auch, deutsch mein ich, und katholisch, und verrückt« –, weil die alte Frau zu jener Zeit im Krankenhaus lag.

Sie hatte sich mit Kassims Berufung zum unmittelbaren Diener des Wegmanns und mittelbaren Jünger Jesu Christi recht schnell und gar nicht widerwillig abgefunden: »Wer weiß, wozu 's gut ist. Sekte? Ach, was ich alles geglaubt habe in meinem Leben. An deinen Opa, an deine Mutter und an die CDU. Wer weiß, wozu 's gut ist.«

Kassim besuchte sie gelegentlich, nie in der Klinik zwar, oft aber zu Hause, wo er vor kurzem noch hin und wieder gewohnt hatte.

Manchmal nahm er aus dem Zimmer, das seine Großmutter immer noch für seines hielt, etwas mit, seltener stahl er ihr Kleinigkeiten. Klamotten, die er nicht mehr mochte, gab er Albert und Ernst. Die reichten sie weiter »an Bedürftige«, wie Frau Ludic erläuterte (»wird verscheuert«, übersetzte Bianca).

Einmal, beim Abendessen, fragte Albert: »Möchte deine Großmutter vielleicht mal was spenden?«

Kassim verstand, dass er mehr klauen sollte.

Als eine Uhr unter den Spenden war, etwas Besteck, Schmuck auch, stellte die Großmutter, nicht mehr erfreut über den Gang der Dinge, Kassim enttäuscht zur Rede: »Was stellst du dir vor? Dieberei? Einen Beruf willst du nicht mehr?«

»Ich bin Drucker.«

»Kriegst du Lohn, du Drucker?«

»Ach, leck mich.« Er schlug die Tür von außen zu und beschloss, das ärmliche Reihenhäuschen nicht mehr zu betreten, dachte aber auch: Lohn, nein, nicht wirklich.

Das Zentrum war zuletzt schnell gewachsen.

Es gehörten jetzt zwei weitere große Wohnungen im selben Straßenzug dazu. Rund vierzig Menschen lebten permanent unter der Obhut des Wegmanns, den man nunmehr meist »Bruder Bäumler« nannte, weitere sechzig zählten zum Umfeld. Alle machten sich nützlich.

Frau Ludic erklärte dieses Wunder: »Das kommt daher, dass ihr alle ehrenamtlich arbeitet. Ihr tut eure Christenpflicht.«

Als Kassim Streit mit Bianca hatte, ging er wieder zur Oma, um dort zu übernachten.

Sie sah in schweigend an. Er sagte trotzig: »Ich bin ehrenamtlich.«

Sie fragte: »Und wovon lebst du?«

»Lebensmittel stellt uns das Zentrum. Und Taschengeld gibt es auch.«

Das stimmte nicht.

Es gab nur alle paar Wochen Geschenke, meist Sachen, seltener zwanzig Euro.

»Taschengeld!« Die alte Frau warf die dürren Hände in die Luft und schnaubte. »Ein fast erwachsener Mann! Du warst doch mal so gut in ... in Mathe, und gut in Physik!«

»Das war die achte Klasse, die neunte Klasse, Mann«, schnauzte er, aggressiv verlegen, und sie musste schmunzeln, weil er sie

»Mann« nannte. Dann sah sie ihn so ermutigend, wie sie konnte, direkt an und sagte: »Also. Kassim. Dein Vater wird dich nicht aufnehmen. Er ist ein Alkoholiker, und er ist ... er hat keine Zukunft. Du hast einen Onkel, aber von dem weiß ich wenig. Was machst du, wenn du über achtzehn bist, kriegst du dann mehr Taschengeld?«

»Was heißt das, später? Nix. Ich krieg das hin. Wenn gar nix geht, geht Hartz IV«, erwiderte Kassim angriffslustig.

»Und wenn das nicht klappt, bestiehlst du mich wieder«, sagte die Oma. Es war ein Seufzen, kein Schimpfen. Kassim zog ein Gesicht.

Sie lenkte ein, aus Schwäche: »Komm wenigstens am Samstagmittag. Ich koche, deine Mutter kommt vorbei aus dem betreuten Wohnen.«

Kassim murmelte Unverbindliches, Unverbesserliches. Er hatte keine Zeit.

Der Wegmann trug sich mit einer neuen Idee. Die gefiel Kassim besser als sogar Biancas Knabberküsse. Der Wegmann sagte: »Kämpfen müsst ihr! Kämpfen müssen wir.«

Bruder Bäumler hatte genug davon, Kinder von der Straße zu holen, nur um sie dann dorthin zurückzuschicken, bewaffnet mit Flugschriften und Liedern.

»Kämpfen werden wir täglich, gegen die Sünde in uns, das haben wir immer getan, mit Gebet und Barmherzigkeit. Aber kämpfen müssen wir vermehrt auch gegen die Sünde draußen.«

Furchtbar konkret war das noch nicht, und es folgten erst einmal Ausführungen zu einer kruden Bäumler'schen Spezialtheologie, die von den Lehren der Amtskirchen in alle möglichen und unmöglichen evangelikalen Richtungen abwich. Merken konnte sich Kassim diese Sachen nicht, es ging da um das Weltende und irgendwelche Tore, die mit irgendwelchen Edelsteinen besetzt waren. Wichtige Rollen spielten auch Feuer und Schwert. In der Druckerei kümmerte Kassim sich jetzt um Stempel und Mappen, ein neuer Diversifizierungsschritt. Wieder machten alle Apparate, was er wollte.

»Kannst du das nicht auch mal den andern beibringen? Stell dir vor, wie das wird, wenn du mal krank bist! Außerdem wäre es doch gut, du hättest mehr Zeit zum Kämpfen gegen die Dämonen!«, mahnte Frau Ludic.

Kassim zuckte mit den Schultern: »Kann man nicht beibringen. Ich hab das im Gefühl.«

Er dachte: gut in Mathe, gut in Physik. Das hatte denselben Grund gehabt, im Gefühl.

Frau Ludic fragte: »Was?«

»Wie die Dinger laufen. Hab ich im Gefühl.«

Natürlich hätte man einige der Fertigkeiten, die Kassim sich durch Hinsehen und Nachahmen angeeignet hatte, analytisch in ihre Arbeitsschrittbestandteile zergliedern und so anderen begreiflich und erlernbar machen können. Eine unbestimmte Furcht davor, er könnte sich damit langfristig selbst überflüssig machen, hielt Kassim davon ab.

Das war es indes nicht allein. Er hatte wirklich etwas im Gefühl, und die Maschinen, glaubte er bei sich, erwiderten ebendieses Gefühl, wie auch immer das möglich war.

Das neue, militantere »Kämpfen« der Zentrumsleute bestand zunächst im Briefeschreiben – an das Gericht, das eine HIV-infizierte Popsängerin zu milde bestraft hatte, ans Radio wegen der Musik, die es spielte, an irgendwelche Politiker wegen irgendeiner Prostitution auf irgendeinem Autobahnparkplatz, an die Deutsche Bahn wegen Drogen und Unzucht am Bahnhof, ans Fernsehen und den Autor eines Fernsehspiels, das Gott lästerte.

Die Dämonen reagierten sofort.

Sie schickten einen Sektenbeauftragten aus der Landeshauptstadt, der dem Lokalblättchen ein Interview gab, das »den zweifelhaften Aktivitäten des Herrn Josef Bäumler« gewidmet war. »Es gibt aufrichtige, aber auch zwielichtige Evangelikale, und man wird Herrn Bäumler, wenn man sich seine karitativen Aktivitäten und sein kommerzielles Gebaren etwas genauer ansieht, wohl zu den Letzteren rechnen müssen.«

Überschrift: »Ein schwarzes Schaf«.

Frau Ludic bebte vor heiligem Zorn. Der Wegmann sah bekümmert aus. Albert und Ernst hatten weiße Fingerknöchel vom Fäusteballen. Bianca machte sich ihre eigenen Gedanken und flüsterte bei der Suppenausgabe: »Jetzt wird's aber doch ein bisschen gaga hier. Ich mein, wo soll das hinführen? Dämonen?«

Ernst, der hinter der Theke stand, baute sich drohend auf. Er wusste nicht, dass sie einen Spitznamen für ihn hatte – »Ernst der Lage« –, aber verdächtig war sie ihm schon lange. So bellte er sie jetzt an: »Passt dir was nich, kannste gehen!«

Bald darauf ging Bianca wirklich oder wurde weggeschickt. Kassim bekam es nicht so richtig mit, er hatte wieder angefangen, heftiger zu kiffen. Ein Typ aus der Vorstadt, neu zum Zentrum gestoßen, war mit gutem Gras bestückt.

Die Druckerei erhielt Besuch vom Finanzamt und von der Polizei. Schuld waren der Sektenbeauftragte und der Vater eines Mädchens, das im Zentrum gewohnt hatte und dann wieder nach Hause zurückgekehrt war, ein schäbiger Dämonentrick.

Frau Ludic musste den Beamten zeigen, auf welchen Rechnern welche Ordner waren. Bruder Bäumler galt als verreist. Man suchte ihn im Ausland.

Kassim wollte arbeiten. Die Beamten hinderten ihn daran. Er verstand nicht, wieso, aber es hatte etwas mit der Unterstellung zu tun, er wolle »Beweismittel« vernichten.

Ernst sagte: »Der, da, he, lassen Sie den in Ruhe! Der weiß nicht mal, was Beweismittel sind!«

Dann machten die Beamten Ernst klar, dass sie wussten, dass er wusste, was Beweismittel waren.

Kassim wurde aus dem Gebäude geführt, gerade, als es einen Kurzschluss in einer Stanzmaschine gab, der einen der Beamten elektrisch verbrannte.

Kassim fand das lustig. Ein Polizist schubste ihn. Dann stand Kassim vor dem Gebäude im Regen und fragte sich, was von ihm erwartet wurde. Da die anderen, die hier sonst arbeiteten, eher kopflos durcheinanderwimmelten, ging Kassim erst einmal nicht zurück zum Zentrum, sondern zum Bahnhof. Er verschaffte sich etwas Geld, er besorgte sich ein paar Drogen. Die Nacht verbrachte er in einer Dachwohnung bei einem Freier. Dann kaufte er weitere Drogen. Rasch nahm er die, gleich ging es besser.

Zurück im Zentrum lasen alle wie verrückt in lokalen Zeitungen.

Auch im Internet wurde Böses über den Wegmann behauptet. Frau Ludic befand sich in Untersuchungshaft. Es ging um viel Geld. Ernst und Albert deuteten an, das Weltende sei nicht mehr fern. Dämonen und Hexen steckten dahinter.

»Wir können die Ludic nicht hängenlassen. Da muss man was machen«, sagte Kassim, um sein Gruppenzugehörigkeitsgefühl zu belegen. Es war klar, dass er nicht ans Briefeschreiben dachte. Man stimmte ihm zu, aber mehr fiel zunächst niemandem ein.

Zwei Tage lang kochte die Gruppe – nur noch rund zwanzig Leute, der Rest war verschollen – im eigenen Saft. Dann gingen Alina, Ernst, Walter und zwei Mädchen, deren Namen sich Kassim nicht merken konnte, auf die Straße, um etwas zu unternehmen.

Es gab offenbar einen Plan. Aus Angst warf Kassim gleich drei Tabletten auf einmal ein. Sie machten ihn mutig und dumm.

Alina hatte das Ziel ausgespäht. Man ging quer durch die Stadt und zog sich Kapuzen und Mützen so tief ins Gesicht wie nur möglich. Schnee fiel, als wollte er die Erde gar nicht stören. Ein Parkplatz war der Ort, wo die Dämonen tanzten. Menschen schützten sie zunächst, Männer und Frauen, die man schonen musste. Die liefen weg, als das Handgemenge anfing. Die zwei Dämonen wollten in ihren Wagen steigen. Würde es ihnen gelingen, so wären sie außerhalb der Reichweite von Albert und Ernst. Ein kleiner und ein großer Dämon, erkannte Kassim, waren das: ein Mann und ein Kind, vielleicht seine Tochter. Man griff sie an, als keine Leute mehr störten.

Man schrie, man trat und schlug. Die Dämonen wehrten sich kaum. Das schrie man: »Glaubste, wir tun keinen Kindern was? Wir tun Kindern was!«, und das schrie man auch: »Kindern von Dreckschweinen wie dir!«

Dann machte man beide Dämonen fertig, so gut es ging.

Als das erledigt war, fühlte sich Kassim, als wäre er ein Baum, der sich mit seinen Zweigen selbst verdroschen hatte.

Man war vor dem Anschlag flüsternd übereingekommen, dass man getrennt zurück zum Zentrum gehen wollte. Kassim ging nicht zum Zentrum, sondern zum Haus der Großmutter.

Das Schneetreiben war jetzt sehr dicht geworden, flockte wie Eischaum in Suppe. Das orange Straßenlicht mochte schuld daran sein, dass diese Flocken für Kassim nach Butter rochen, falsch, nicht rochen: klangen?

Der Schlüssel passte nicht mehr.

Die Großmutter hatte das Schloss ausgewechselt. Zum Klingeln war Kassim zu stolz, blieb also wieder nur der Bahnhof. Es kam aber kein Freier, der ihn mitnahm. Daher verschaffte sich Kassim mit Tricks, die er nie verlernen würde, Zutritt zum Heizungskeller eines nahen Wohnhauses und schlief dort unruhig.

Reumütig kehrte er am nächsten Morgen ins Zentrum heim.

Frau Ludic war zurück. »Sie können mir nichts nachweisen. Es war ein Beugehaftversuch. Sie wollen wissen, wo Bruder Bäumler ist. Aber ich weiß es nicht.«

Die kleine Schar – es waren nur mehr ganze acht Personen –, die ihr und der Sache des Wegmanns die Treue gehalten hatte, sah sehr mickrig aus. Selbst Ernst, beim Verhauen der Dämonen noch engagiert dabei, hatte sich abgesetzt. Alle im Raum verstanden deutlich, was Frau Ludic nicht ausgesprochen, aber indirekt gesagt hatte: Ich weiß natürlich doch und ganz genau, wo unser Chef steckt, aber niemals werde ich das dem Feind verraten.

Es gab Essen aus Dosen, tage- und wochenlang, fast nie Ravioli oder Ochsenschwanzsuppe, auch kaum noch die Flädle von Knorr, dafür furchtbar viel Erbsen, Eintopf und Bohnendreck. Im Februar kamen Leute, um die Maschinen aus der Druckerei abzuholen. Die Maschinen waren verkauft. Kassim überlegte, ob er sich an einen der geliebten Apparate ketten sollte oder mit dem Gürtel festbinden. Aber war das für einen Soldaten, für einen Kämpfer das Richtige? Frau Ludic durfte ihr Klavier behalten.

Bruder Bäumler wurde auf Mallorca gefasst und ein paar Wochen später an die deutschen Behörden ausgeliefert. Frau Ludic, Kassim und Albert, die Letzten aus dem harten Kern, besuchten ihn mehrfach im Gefängnis, während der Untersuchungshaft. Dann verlor der Wegmann seinen Prozess und wurde in eine andere Stadt verlegt, wo er offenbar seinen Missionswerkhauptsitz und zwei sogenannte Briefkastenfirmen unterhalten hatte.

Von da an besuchte ihn nur noch Frau Ludic. Den restlichen Getreuen, es handelte sich um Albert, Kassim und sieben bis zehn Jugendliche, fehlte das Fahrgeld. Der Immobilienrestbestand war reduziert auf die rostfarbene Wohnung mit Betten, Küche und Klo, in der Kassim seinen Glaubensbrüdern und -schwestern vor anderthalb Jahren vorgestellt worden war.

Die beiden Bäume, bei denen Kassim den Wegmann zum ersten Mal gesehen hatte, blühten wieder. Die Käfer kamen nicht zurück.

Aus Traurigkeit darüber und weil es sonst nicht viel zu tun gab, erhöhte Kassim die Drogendosis. In ihm trieben dunkle Pflanzen.

Das Frühjahr kippte wie ein fauliger Teich in einen muffigen Sommer.

Kassims Geld, sehr wenig, oft schmutzig, zerfiel ihm in der Hand.

Am heißesten Tag des Jahres, der zugleich der heißeste seit fünfzehn Jahren war, kam die Polizei zum Zentrum. Es ging um die Geschichte vor dem katholischen Krankenhaus, auf dem Parkplatz, im Winter. Eines der Opfer, der erwachsene Mann, hatte schon vor einiger Zeit Anzeige erstattet. Die Ermittlungen hatten sich lange hingezogen, weil die zuständige Polizei irgendeiner anderen Polizei vor die Füße gestolpert war, die sich um Bruder Bäumlers Verfehlungen hatte kümmern müssen.

Zuerst fing ein Uniformierter Albert, als der schon den Hinterhof erreicht hatte und auf den großen Müllcontainer gestiegen war, um über das Fahrraddach ins Nachbarhaus zu klettern und zu entwischen. Kassim rannte in den Keller, was nicht besonders klug war. Er hatte den Kopf nicht frei. Da waren Mäuse drin.

Zwei Uniformierte, ein Mann und eine Frau, gingen ihn suchen.

Sie hielten ihn für gefährlich. Er hatte sich, ohne es recht zu merken, bereits einem ihrer Kollegen entwunden und dem dabei einen Ellenbogenstoß ins Gesicht versetzt.

»Komm raus.«

»Komm schon raus, es passiert dir nichts.«

Darauf fiel Kassim nicht rein.

Es war schummrig im Gewirr der Gänge, zwischen den mit Holzlattenrosten aufgeteilten Abstellkammern. Kassim hatte den Deckenlampen, mit denen er sich gut verstand, beim Stolpern und Hasten, die Treppe hinab, knapp mitgeteilt, sie sollten bitte nicht leuchten, damit er sich im schwachen Schimmer, der von draußen durch die verdreckten schmalen Fenster in den Keller fiel, besser zwischen den ausrangierten Möbeln, Gerätschaften und Andenken verstecken konnte.

»Das hat doch keinen Zweck. Komm raus.«

Kassim schwitzte kalt und horchte angestrengt, ob vielleicht etwas zu hören wäre, das einen Ausweg versprach. Aber da war nichts als die vorsichtigen Schritte der Polizei. Es roch nach Sägespänen, feuchten Tüchern.

»Komm raus. Es muss doch niemand verletzt werden. Es passiert dir nichts.«

Männlich widerstand Kassim dem Wunsch, die Augen zu schließen, um nicht gesehen zu werden. Er fühlte sich, ja, wie genau?

Umstellt.

»Es passiert dir nichts. Hallo? Verstehst du mich?«

Da schloss er die Augen schließlich doch und spürte in den Fingern die hundertachtzig Millimeter Länge, die hundertsiebenunddreißig Millimeter Höhe, die zweiunddreißig Millimeter Breite der gezogenen Dienstwaffen der beiden Verfolger, die sechshundert Gramm Gewicht.

Er dachte sich ins Stangenmagazin hinein, in die fünfzehn Patronen, in den Rückstoßlader, und sagte, ohne die Lippen zu bewegen, etwas zu den Dienstwaffen. Die gingen los.

Ein Mann kreischte, eine Frau brüllte.

Splitter flogen hölzern hell.

Einer der vier schwarzen Schuhe rutschte auf Blutschmiere aus. Mehr Schüsse. Kassim schrie jetzt auch, schrie wie ein Verrückter, trampelte, fuchtelte mit den Armen. Er wusste nicht, was passiert war, und wollte es nicht wissen. Leute trampelten die Treppe runter.

Etwas blitzte und kippte, dann schlug jemand Kassim mit einer heißen Hand ins Genick. Schon wurde er herumgerissen. Es war eine große Verwirrung, für die der kleine Keller viel zu wenig Platz hatte.

Kassim kam in ein Krankenhaus oder in ein Gefängnis, das zu einem Krankenhaus gehörte. Man gab ihm Brei und leuchtete ihm in die Augen und nähte die Wange und stellte Fragen. Er schlief in einer Zelle, die war von der Farbe, die ein Metall hat, das erst silbern ist, dann schwarz, dann rot und am Ende grün wie diese Wände.

Der Entzug war von Schütteln und Weinen, auch wieder von Schreien begleitet. Kassim wollte damit, wie überhaupt mit sich, nichts zu tun haben.

Dann wurde prozessiert.

Er saß brav dabei, sagte, was er wusste, erhielt eine Jugendstrafe wie Ernst und Albert.

Vier Monate später bekam er das erste Mal Besuch.

Es handelte sich um einen Mann, den Kassim überhaupt nicht kannte. Der Mann war der einzige Nichtrassist, den er seit drei Jahren zu Gesicht bekommen hatte.

Der Mann sagte: »Ich bin dein Onkel. Ich finde, du solltest das Abitur machen und studieren, anstatt ohne Perspektive hier rauszuspazieren, in einem halben Jahr, um am Bahnhof zu krepieren. Klingt das okay?«

Das klang okay, fand Kassim, **Sela.**

3 : Galen Strawson

Anja Weirich lernte sprechen, indem sie sich und anderen die Glyphen laut vorlas, die um die Leute lebten. Anja sah diese Glyphen in Worten, auf der Haut, in Augen, im Gespräch, durch einen Spiegel, in einem dunklen Wort. Auf diese Weise, als eine Art Vorlesen, hatte Anja Weirich schon das erste Mal in ihrem Leben klar gesprochen: bei der Mutter der Erschlagenen. Sprechen hieß für sie seither: sehen und sagen, was die Leute nicht ahnten.

Eine Richterin saß an ihrem Bürotisch, täuschte äußerste Konzentration vor und starrte zwischendurch immer wieder auf den Bildschirm ihres Rechners oder auf Kleinigkeiten im geräumigen Arbeitszimmer.

Ein Anwalt, der Anja einlud, sich zu ihm auf sein flusspferdgroßes Kanzleisofa zu setzen, wurde alle zehn Minuten von seinem Smartphone unterbrochen. Jedes Mal rief er, während es dudelte, etwas wie »verdammt aber auch« oder »wer ist denn das schon wieder?«.

Dann sah er aufs Display und sagte: »Oh, das ist leider wichtig« oder »Mist, da muss ich ran«. Am Ende verscheuchte er die Unwillkommene mehr mit Blicken als mit Worten.

Eine Verwaltungsgröße der Justizvollzugsanstalt redete mit würdiger Miene langatmig an Anja vorbei: »Wissen Sie, Bett, Tisch, Stuhl. Ein vergittertes Fenster, sicher, aber auch ein Klo, ein kleines Waschbecken, wir reden von keinem mittelalterlichen Kerker.«

Anja schüttelte den Kopf: »Sie verstehen nicht. Ich will wissen, ob Ihnen etwas einfällt, was Sie tun können, damit er freikommt. Er sitzt zu Unrecht im Gefängnis.«

Die Verwaltungsfrau nickte sehr kräftig und fing an, mit ihrer warmen Altstimme zu singen: »Sicher, man muss tun, was man kann, für diese Menschen – und das tun wir, Frau Weirich, glauben Sie mir das, wir tun das. Es gibt hier alles, es gibt eine richtige Demokratie, wir haben hier eine sogenannte GMV, Gefangenenmitverwaltung. Die können hier Freizeitgruppen gründen, die können Sachen beantragen, wir sind keine Unmenschen.« Sachen beantragen, dachte Anja.

Sachen.

Wo soll ich einhaken, was soll ich mit solchen Menschen besprechen, wenn sie die Gegenstände ihrer Rede nicht schärfer einstellen als: »Sachen«?

Anja sah genauer hin, auf den langen Bahnfahrten, in Vorzimmern, auf der Straße.

Viele redeten so unscharf miteinander, viele waren nicht ganz da.

Einige Wochen lang beschäftigte sie sich mit dem Internet, weil ein Junge namens Morten Reuse, der den gefangenen Pastor als einer seiner Konfirmanden kannte, ihr Hilfe zugesagt hatte: »Ich bin der Webmaster, wir machen eine Site, ein Forum, alles.«

Das Internet, verstand Anja Weirich nach vielen Besprechungen mit dem enthusiastischen Herrn Reuse, war eine Art Nirgends, wo sich alle versammeln konnten, die nicht ganz da waren. Wer dies tat, brauchte nicht mal mehr ein Gegenüber, um nicht ganz da zu sein. Sie merkte sich, für irgendwann, falls sie vielleicht selber einmal nicht ganz da sein wollte: Wenn du Musik übern iPod hörst, bist du nicht ganz da. Wenn du deine Freundinnen und Freunde auf Facebook unterhältst, bist du nicht ganz da. Wenn du dich in irgendeiner virtuellen *community* bewegst oder im Web etwas einkaufst, bist du nicht ganz da. Wenn du ein interaktives Spiel spielst oder eins mit anderen, im *Multiplayer*-Modus, bist du nicht ganz da. Wenn du deine E-Mails checkst oder tweetest, bist du nicht ganz da. Eine Firma oder ein Staat weiß dann genau, wo du bist. Aber du selbst wirst es nie erfahren.

Nach drei Wochen Meetings und Vorbesprechungen verlor Morten Reuse das Interesse am Kampagnenwesen und verschwand für immer. So konnte sich Anja wieder den Journalisten und Polizisten, den Richterinnen und Schlichterinnen zuwenden. Das war zumindest nicht so sinnlos wie dieses Internet.

Je zügiger alles voranging, desto weniger Illusionen machte sie sich. Bei Interviews, beim demütigenden Vorsprechen auf Behörden, beim Beantworten von Briefen und Mails, beim Verwalten der Website, die ihr schließlich zwei Frauen einrichteten, die sie aufrichtig bewunderten, fand sie heraus: Menschen wollen immer belohnt werden.

Am liebsten für einen Gesinnungsmischmasch: brav, lieb, aber andererseits auch mutig, wichtig, kritisch. Jede und jeder wollte so sein: individualistisch gehorsam.

Völlige Zustimmung erntete man daher sofort, wenn man gegen »die da oben« redete oder gegen »die Mächtigen« wie gegen irgendeine möglichst nicht genau bezeichnete Unterdrückung. Dabei hatte Anja in ihrem Leben nie wen kennengelernt, der »oben« saß und wirklich gern wen unterdrücken wollte: Die Oberen waren, etwa in der Kirchenleitung oder in der Metzgerei, in der sie mal gearbeitet hatte, als Chefs und Unterchefs ganz im Gegenteil eher Drückeberger, immer darauf bedacht, nicht schuld zu sein an Unfällen und Notlagen.

Autoritäten, die Autorität tatsächlich ausüben wollten, gab es eigentlich nur in Filmen.

Viele, die Anja mehr aus Versehen als mit klaren Absichten halfen, waren »links«.

So hieß das knappste Kürzel für den individualistischen Gehorsam, erfuhr sie, und wurde mit Stolz ausgesprochen. Was bedeutete das Wort? Es bedeutete: Niemand war trotziger gegen die unauffindbaren Machthaber als diese seltsamen Menschen; zum Beispiel die Journalistin, die Wolf mit dem Interview mit seinem Vater während der Hetzphase zu Prozessbeginn am schlimmsten »reingeritten« hatte, wie sie selbst das inzwischen bedauernd nannte. Anja machte diese Frau in Berlin ausfindig, wo sie inzwischen beim Fernsehen arbeitete. Von der lauten Zeitung war ihr gekündigt worden: »Ich war ihnen halt zu links«, sagte sie.

»Jetzt fragen Sie sich wahrscheinlich, warum ich dann da überhaupt hin bin. Zynisch«, seufzte sie, »doch, leider, ich war ganz schön zynisch damals. Ich meine, wissen Sie, viele Stories, die ich damals gemacht habe, die würde ich also heute nicht mehr machen.

Ich dachte: Wer so geil drauf ist ... Na, ich hab fast nur Artikel geschrieben über Personen, die mit mir auch wirklich geredet haben, das habe ich mir ja nicht ausgedacht. Das habe ich nie gemacht. Das ist Borderline, das mache ich nicht, aber der Vater von dem Herrn Schulte ... Und die Leute, die da mit mir dann also geredet haben, nicht, die wussten ja doch auch alle, was das für 'ne Zeitung ist, hab ich recht? Das soll jetzt keine Entschuldigung sein, ich will nur, dass Sie sehen, was das da so für Denkprozesse waren bei mir. Ganz zynisch. Also. Ich hab das aber dann immer recherchiert. Ich war damals sehr unglücklich, auch in der ganzen Hektik dann, ich habe da viel gesoffen und gekokst. Entschuldigung, wenn Sie das jetzt vielleicht schockiert.«

»Aber mit Wolf«, fragte Anja Weirich, »mit Wolf selber haben Sie nicht gesprochen?«

Die Journalistin erwiderte affig: »Touché.«

Da verstand Anja, was der ganze Monolog über Zynismus hatte bedeuten sollen: Diese Frau ging kokett um mit einer unbekannten, imaginären, jenseitigen Instanz, von der sie glaubte, dass sie die Belohnungen verteilte fürs kritische Bravsein, auf das sie, wie all diese Linken, hinauswollte.

Von der grünen Landtagsabgeordneten über den arbeitslosen Tierarzt bis zum versoffenen Parkwächter am Bahnhof waren diese Leute samt und sonders, so las Anja Weirich an ihren Glyphen ab, in ein permanentes Zwiegespräch mit ausgedachten Wesen verstrickt, mit denen sie sich ständig selbst verwechselten: frommen Teufelinnen und Teufeln, getauft in der Kirche der ununterbrochenen Selbstrechtfertigung.

Der sicherste Weg, sie zu irgendetwas, das man von ihnen wollte, zu überreden, war daher der, ihnen durch Andeutungen, Gesichtsausdrücke und mittels Sprachmelodie glaubhaft zu machen, dass das, was man von ihnen wollte, zu den Geboten jener Kirche passte.

Anja probierte es aus. Der Erfolg war überwältigend.

Als sich absehen ließ, dass Wolf aufgrund der Bemühungen seiner ehemaligen Haushälterin tatsächlich früher als am Ende der ihm zugemessenen Haftzeit in Freiheit gelangen würde, betete Anja nur noch darum, dass das alles bald vorbei wäre.

Am Morgen nach dem zwölften dieser Gebete – Anja führte Buch darüber – meldete sich bei ihr ein Ludger Schlegel.

Der Mann sagte von sich, er arbeite »für einen großen deutschen Publikumsbuchverlag«.

Er machte ihr ein gutes Angebot für »die Rechte«.

Was das denn für Rechte seien, wollte Anja wissen.

»Ach, es geht nur um Ihre Bereitschaft«, sagte Herr Schlegel, »mir die Geschichte zu erzählen. Wir machen dann ein Buch.«

»Ein Buch?«

»Es wird ›Die Befreierin‹ heißen. Zu catchy?«

»Nein ähm ...«

»Na super!«

Damit saß sie in der Falle. Während langer Sitzungen mit Schlegel und seinem elektronischen Verhörgerät berichtete Anja dem Mann von ihren Erfahrungen mit der offenen, heimlichen oder »zynisch« verdrehten trotzigen Bravheit fast aller Menschen.

»Bravheit?«, fragte Schlegel.

Anja sagte: »Ja, sie wollen alle von ... irgendwem ... belohnt werden. Den es für sie aber gleichzeitig gar nicht gibt.«

Er lachte. Dann sagte er: »Gott ist das wohl nicht, diese Instanz, an der sich die Leute orientieren, die Sie meinen, oder? Eher vielleicht ... die Gesellschaft? Da wollen sie nicht rausfallen.«

Anja Weirich fand das eine gute Zusammenfassung der unheimlichen Dinge, die sie seit Beginn ihrer Arbeit für Wolf über Menschen gelernt hatte.

Was wohl Wolf selbst dazu gedacht hätte? Er hatte sie in dieser ganzen Zeit ihrer Kampagne, um die Wahrheit zu sagen, nicht eben gut behandelt – ihre Briefe und Besuchswünsche ignoriert, überhaupt geschwiegen.

Am Tag, als er freigelassen werden sollte – wann das war, hatte ihr unter dem Siegel der Verschwiegenheit ein Wachbeamter der JVA erzählt, der sie mittlerweile scheu und dezent liebte –, machte sie sich vormittags zwei Stunden vor dem Spiegel hübsch.

Nach einem genaueren Blick auf Schminke, Schmuck und Jäckchen, mit denen sie sich verkleidet hatte, entfernte sie das Ganze wieder. Dann ging sie auf die Straße, um zur Bushaltestelle zu laufen, da sie niemals ein Taxi bestellt hätte, und fing beim Gehen völlig sinnlos an zu weinen.

Als sie bebend stehen bleiben musste, zwei Straßenkreuzungen weit von ihrer Wohnung entfernt, als sie schluchzte und mit sich kämpfte, öffnete sich rechts von ihr die Beifahrertür eines dunkelblauen Mercedes.

Ludger Schlegel saß darin.

Er sagte: »Ich fahr Sie hin, wenn Sie unbedingt wollen. Aber eigentlich halte ich das für keine gute Idee. Der Mann verdient Sie nicht. Lieber würde ich sie woanders hinfahren.«

»Wohin denn?«

»Die Kirche ... die evangelische Kirche ... der Rat ... man interessiert sich sehr für Sie. Ich habe mit dem Landesbischof über Sie geredet, fürs Buch. Und der hat mich an zwei Ratsleute verwiesen, die ... na, sagen wir, Sie wären da willkommen. Ich fand es immer ungerecht, dass die Kirche nichts mehr von Ihnen hat. Sie waren ja nicht bereit – oh, ich weiß, aus Prinzip –, dem neuen Pastor in Ihrem Pfarrhaus so zur Hand zu gehen wie Herrn Schulte.«

»Der Neue hat Familie. Der braucht mich nicht«, sagte sie.

Ludger Schlegel stimmte unverbindlich zu: »Mag sein. Aber die Kirche ... die braucht Sie.«

Erwischt, dachte Anja: Er weiß, was ich hören will.

Sie stieg ein.

Zeit wälzte sich mit Mühe hin und her.

Der Steingott sagte: »Ein Thron aus Gold ist nichts wert, wenn sie einen vergessen. Man sitzt darauf, und wenn man sich nicht mehr bewegt, wird man starr. Das ist kalt, und es ist ungemütlich.«

Der kleine Mann mit Brille erwiderte: »Dass du lebst, kannst du nur wissen, wenn du deine Macht spürst. Und deine Macht spürst du nur, wenn du die Welt änderst. Aber die Welt, das sind die Menschen, nicht die Dinge. Daher brauchst du Gläubige.«

Der Steingott sah es ein.

Er gab Gebote aus. Der Brillenmann trug sie in die Welt. Nach einer Weile blieben die Gebote in jeder Himmelsrichtung im Schlamm stecken oder verhedderten sich in sich selbst.

Der Steingott war unzufrieden. Er wollte wissen, wie das zugegangen war.

»Gebote sind Sätze«, sagte der Mann mit der Brille, »und Sätze erzeugen schnell Widersprüche.«

Der Steingott ärgerte sich sehr.

Der Brillenmann wartete ab, bis sich der Gott beruhigt hatte. Dann sagte er: »Mach es anders. Arbeite nicht mit klaren Geboten. Ordne es von unten her. Mach jeden Chef abhängig von seinem Unterchef. Tu das mit Satzungen, die niemand versteht. Nenn es Selbstorganisation. Setze auf Schuldgefühle und ungreifbare Angst.«

So geschah's. Das ging etwa hundert Jahre lang gut.

Dann sagte einer: Es ist nur im Kopf.

Über diese Aufklärung freuten sich die Leute.

Der Steingott war enttäuscht.

Er sah seine Felle davonschwimmen. Er brüllte.

Der Mann mit der Brille saß den Sturm abermals aus. Dann sagte er: »Nur ruhig. Das Gebieten und das Verbieten – die Sache hat sich erledigt. Sie sind zu stolz auf ihre Aufklärung. Aber du hast noch eine laute Stimme, und du hast mich, und du hast viele Desorientierte, die von dir etwas erwarten. Wir sollten diese Stimmen, auch deine, dazu nutzen, die Leute über ihre Aufklärung aufzuklären. Das hält besser als jede Angst und jedes Schuldgefühl, glaub mir.«

Der Steingott konnte nicht folgen: »Hä?«

Der Mann mit der Brille erzählte den Gedanken noch einmal, einfacher jetzt: »Vermiesen ist wirksamer als Verbieten.«

»Wer kontrolliert, ob das klappt?«, fragte drohend der Steingott.

Der Mann mit der Brille sagte: »Lass sie einander kontrollieren. Nicht von oben, nicht von unten. Jede und jeder kontrollieren jede und jeden. Lass sie den Inhalt ihrer Köpfe mit deren Form verwechseln und sich selbst mit allen anderen. Lass sie glauben, sie wüssten was, weil man doch irgendwas weiß, irgendwer, irgendwo.«

»Wenn man dir so zuhört«, sagte der Steingott, »bekommt man es mit der Angst zu tun.«

Noch in der Nacht, nachdem Nathalie ihm geholfen hatte, den Fünfzig-Euro-Schein für Satan zu verbrennen, geschah ein Wunder für Tom Crissauer.

Keiler rief an und japste: »Du, pass auf, Tom, die Idee mit der Band, ja, das muss doch keine Idee bleiben, ja, das machen wir einfach. Wir haben Leute, ich hab Leute. Kalle kann Bass spielen, was, ist doch wahr, ja, kann er, und ich kenne auch einen zweiten Gitarristen, den Robert Schories, ja, und dann brauchen wir nur noch einen Schlagzeuger, wenn ich singe, den kriegen wir per Anzeige in der Deutschen Stimme.«

Dass er dauernd »ja« sagte, fand Tom besonders süß: Es war ganz klar die Kurzform von »Jawoll«.

Tom half: »Deutsche Stimme, okay, aber vielleicht suchen wir auch im Internet.«

Sehr viel später erst wurde ihm klar, dass es schon in diesem Moment darum ging, dem Nazikram, den Keiler im Sinn hatte, etwas entgegenzusetzen, das die Sache erweiterte, öffnete und modernisierte – »Internet« eben.

Wenn man den Mann, den man brauchte, im NPD-Blatt fand, ging's nach Gesinnung. Suchte man aber im Netz nach ihm, so würde Tom, unausgesprochen schon jetzt musikalischer Leiter der Band, von Anfang an mehr mitzureden haben. Keiler stimmte fahrig zu.

Dann schlug er vor, spätestens in drei Wochen, zum Beginn der Herbstferien, mit dem Proben anzufangen, mit oder ohne Schlagzeuger: »Sonst kaufen wir eben einen von diesen Drumcomputern. Da gibt es noch ganz andere, richtig berühmte Bands, die damit kein Problem haben.«

»Hab ich auch nicht«, sagte Tom.

Kaum war das Gespräch vorbei, schickte Tom eine SMS an Nathalie: »Meine Band sucht einen neuen Namen. Fällt Dir einer ein?«

Das »Dir« war mit Bedacht so geschrieben: Anfangsbuchstabe groß. Er nahm sie ernst. Er wusste, sie würde ihm und der Band Glück bringen.

Sie antwortete, wie um das Bild von der kleinen Pythia, das er sich heimlich bereits von ihr machte, zu bestätigen, in jener Nacht nicht mehr. Am nächsten Morgen, einem Sonntag, rief sie an. »Du willst was Mystisches, was Dunkles? Wie hieß die Band denn vorher?«

Er überlegte mit geschlossenen Augen, seitlich auf dem Teppichboden liegend, beim Einatmen von Kunstfaserduft, ob er sich ihr als Schwindler zu erkennen geben sollte und gestehen, dass es keinen alten Namen gab. Er hatte aber das Gefühl, es wäre besser, er kapitulierte nicht sofort vor ihrer Ausstrahlung. So sagte er die ersten beiden Wörter, die ihm in den Kopf kamen und nach traditioneller Black-Metal-Bosheit klangen: »Dark Axe«.

»Dunkle Ex? Was? Ex-Freundin?«

Er korrigierte: »Dunkle Axt« und spürte ein Lachen, tief im Bauch.

»Mmmh«, machte sie, »gar nicht schlecht, weißt du das?«

Er nahm sich zusammen, das Weiterlügen fiel nicht schwer: »Schon, aber ... ähm ... das ist halt, also, es gibt ja dieses Parfüm für ... ähm ... Männer, das heißt halt auch Axe und ...«

»Okay, verstehe. Hmm. Tja, was machen wir da? Was soll es sagen? Finsternis.«

»Aber germanisch«, ergänzte er.

»Klar, du brauchst die germanischen Götter und Satan und Hitler, alles zusammen, sonst bist du Kommerz.«

»Natürlich nicht wirklich. Mit dem Hitler, meine ich.« Es war das Eingeständnis einer Meinung, die er vor Keiler noch eine Weile würde verbergen müssen.

Nathalie erwog den Punkt vernünftig: »Klar, Musik, wie du sie machen willst, das würde der Hitler verbieten. Okay. Also was mit Wald vielleicht? Richtung Carpathian Forest.«

»Die mag ich nicht«, er zog einen sauren Mund.

Sie sagte: »Hey, pass auf, ich erforsch das mal, okay? Bei meiner Mutter steht ein Haufen altes Zeug rum. Bücher, die ... sogar echter Nazikrempel. Wusstest du, dass der Goebbels einen Roman geschrieben hat? ›Michael‹ heißt der. Und dann gibt es hier ... ich hab hier was über preußische Architektur in der Hand, von dem ... vom dem Mann, der den Ausdruck ›Drittes Reich‹ erfunden hat, und ...«

»Da drin willste rumlesen und was finden? Im Naziregal von deiner Mutter?«

»Ich steht grad davor. Das heißt, ich sitze. Rolle hin und her.«

Er wusste, dass sie zu Hause und manchmal auch draußen einen Rollstuhl benutzte.

Die Krücken waren nur für die wenigen, kurzen Spaziergänge da, die sie sich gönnte, wenn ihre Mutter nicht in der Nähe war, ihr das zu verbieten.

Tom hörte Nathalie rollen.

Etwas klopfte dumpf, dann raschelte Papier. Tom musste grinsen, als ihm einfiel, dass das vielleicht nur eine Art Radiotheater war, für ihn allein veranstaltet. Im Kopf zählte er bis zehn. Als immer noch nichts passierte, sagte er gedehnt: »Aaaalso? Hast du was?«

»Hier, das ist gut«, sagte sie und las mit überraschend dunkler Stimme vor: »Im Mondlicht schwimmen lauter Kinderleichen, / Es halten viele zwar die Augen offen / Doch im Krystallsarg kann man nimmer hoffen / und sucht bloß Friedensmeere zu erreichen.«

»Wow. Freunde, das ... Oh je. Was ist das? Goethe?«

»Theodor Däubler. Kein Nazi, aber so ein Bartmensch. Wie die Typen von Amon Amarth oder Enslaved. Spätes neunzehntes, frühes zwanzigstes Jahrhundert. Das Buch ist superdick. Und das heißt genau so, wie deine Band heißen könnte.«

So empfing das Projekt »Nordlicht« seinen Namen. Keiler hatte erst Sorgen damit: Hatte so nicht schon mal eine Band geheißen? Man fand mehrere im Netz, aber keine war sehr bekannt. Der Name wurde beschlossen, »provisorisch«, wie Keiler brummte.

Vier Schlagzeuger meldeten sich auf die Suchanfrage. Zwei waren rettungslos unfähig. Ein dritter erschien besoffen zur Vorstellung. Der vierte endlich war Tom gleich sympathisch: blass, einsilbig, sehr lange, schwarze Haare, weißes Herrenhemd, enge schwarze Jeans, schwarze Weste, brauner Mantel, hohe Schnürstiefeletten, einfach *truly evil*, nämlich auf sehr reservierte Weise Feind von allem, was nicht Böse Musik hieß.

Sein Name war Heiko.

Die andern, Robert, Kalle und Keiler, saßen schweigend und verdattert da, als der Bewerber sich durch sein Repertoire stampfte, bizarre Fills trommelte, denen sie nicht folgen konnten, und sich schneller bewegte als ein Blinzeln.

Tom engagierte Heiko vom Fleck weg, ohne Diskussion.

Schon an Weihnachten trat man zum ersten Mal gemeinsam auf, in einem »national befreiten« Jugendzentrum, einer Bruchbude, neben zwei Rumpelbands, die deutscher waren als Keilers Kopf, deren Deutsch man aber nicht verstand, weil sie so laut rumpelten, während sie ihre Hassparolen auskotzten.

Nordlicht hatten noch keine eigenen Songs. Man spielte daher zwei Nummern von Burzum aus alter Zeit, »Det som engang var« und »Hvis lyset tar oss«, weil Tom und Heiko sie spielen konnten und die Akkordfolgen für die andern zwei Instrumentalisten nicht allzu schwierig waren. Den Text improvisierte Keiler wütend als hirnloses Geschrei, es ging stark ums Vaterland und dergleichen.

Danach dröhnten die fünf noch ein Weilchen nach, legten etwas Fuzz und Feedback auf, verloren sich im diffusen Radau. Tom und Robert rifften ab und zu zackig herum, Keiler machte den Abschluss mit einer langen, pathetischen Moderation über »Affen« (gemeint waren Nichtdeutsche), unter allerlei Bellen, Jaulen und Röcheln.

Das Publikum war betrunken genug, die Band zu lieben. Doch, das wird was, dachte Tom hinterher erstmals, als um ihn und die anderen Bandmitglieder beim Biertrinken und Rumhängen so etwas wie eine Respektszone entstand. Niemand rempelte sie an. Es kam freilich auch niemand auf sie zu, um mit ihnen zu reden – umso besser.

Besonders aufgeregt schien er nicht, als er es Nathalie erzählte.

Die war inzwischen wohl seine Freundin.

Sie redeten beide nicht darüber, und gingen nie irgendwo hin, wo es andere Menschen gab, um sich als Paar zu erleben. Sie saßen nur bei ihr, einmal auch bei ihm, aber da kam seine Mutter früher heim und nahm ihn hinterher in den Arm und sagte: »Toll, das mit dir und dem Mädchen.«

»Äh, wieso jetzt?«, er sträubte sich. Da ließ ihn die Lügnerin los und erläuterte: »Na, das ist mutig von dir, dass du so jemanden wie einen ganz normalen Menschen behandelst.«

Er sah die Frau an, als wäre sie ein Stück benutztes Klopapier, und schnauzte: »Was? Scheiße. Sag das nie mehr, hörst du? Sie ist nicht normal. Und ich bin es auch nicht. Wir sind böse und Krüppel und depressiv.«

Darauf fiel der Mutter nichts ein außer ein kleinlautes: »Okay.«

Tom erzählte es am nächsten Tag Nathalie, die sofort in sein Lachen mit einfiel: »Okay ... hahaha ... okay, okay.«

Nathalies Zimmer wurde die geheime Wohnung der beiden, ein Geruch von Nussöl auf alten Möbeln, Wasserkasten auf der Heizung und frischem Bettzeug. Als sie anfingen, einander zu küssen und zu berühren, geschah das behutsam. Nie gingen sie weiter als bis zu angezogenem Streicheln in großer Hitze, aufreizender Ruhe. Endlose Zungenküsse, leise Stimmen im Ohr. Zuhause onanierte Tom manchmal zu der Vorstellung, mit Nathalie zu schlafen, und hoffte dann, sie täte vielleicht dasselbe. Mehr zu fordern schien ihm verkehrt; hätte er es so ausdrücken mögen, dann hätte er vielleicht gesagt, es wäre der Wahrheit dieser Beziehung nicht angemessen.

Jetzt nicht, so nicht. Noch nicht.

Verschworenes Gelächter, gemeinsame Überlegenheit über all die Wimmler und Wusler auf der großen Welt, Strenge und Stolz, die beide keine allzu große körperliche Intimität vertrugen, geschweige gemeinsame Freunde oder Bekannte.

Auch Nathalies Mutter bekam den Freund ihrer Tochter nur selten zu Gesicht.

Nathalie wurde von ihr zu Hause unterrichtet, »wegen der vielen Krankheiten«, erklärte Nathalie, »die ich immer habe. Und weil ich ja außerdem auch noch verrückt bin. Wir haben das immer wieder ausprobiert, in der normalen Schule, das gab nur Stunk – und weil meine Mutter eine ausgebildete Lehrkraft ist und so was alles, wird das irgendwie erlaubt. Was weiß ich.« Sporadisch kamen Amtspersonen vorbei und kontrollierten ihre Fortschritte.

Nathalies reguläre Schulbesuche hatten sie zuvor immerhin bis zur Mittleren Reife geführt, auf einem richtigen Gymnasium. Das

Abitur wollte sie irgendwann an einer anderen lokalen Schule absolvieren. Der Mutter erzählte sie, Tom helfe ihr, neben anderem, auch dabei, »ein bisschen mitzukriegen, was derzeit für Sachen laufen, an so Schulen«.

Er saß dabei und versuchte, nicht zu lachen, was nicht einfach war, denn der Tee, den Nathalies Mutter servierte, stank nach Katzen, und die Lügen, die Nathalie mit der größten Selbstverständlichkeit aussprach, waren völlig durchsichtig.

Das erste Demo von Nordlicht enthielt vier Stücke: »Tausend Jahre Ketten«, »Böser Wind«, »Tot Still« und »Rache«.

Die Arrangements brachten gegenüber den zunächst live aufgeführten Versionen dieser Stücke eine wichtige Neuerung: Tom Crissauer sang mit Keiler, nicht immer im Hintergrund, oft bereits vorn, in einer Mischung aus Sprech- und Klargesang, ohne die *growls*, die er, bisher reiner Backingsänger, anfangs beigesteuert hatte. Nathalie hatte ihm den neuen Stil nahegelegt: »Hör dir mal Trivium an. Ich weiß, du magst weder Thrash noch dieses Moderne da, aber die klaren Vocals von dem Heafy ... Vergleich das mal mit dem Gegrunze bei Trivium vorher und dazu dann dieses präzise Brett. Das passt viel besser.«

Sie hatte recht, wie meistens.

Tom brachte ihr die fertige Nordlicht-CD persönlich vorbei. Nathalie hatte das Cover gezeichnet – einen Frauenkopf auf einem Skelett. Der Kopf ähnelte ihr. Das Skelett irgendwie auch. Er liebte das Bild, es hing über seinem Bett.

»Und was macht ihr jetzt damit? Schickt ihr das wo hin, zum Besprechen?«

»Na ja, an Websites halt, und Keiler schickt es an seine Fanzines für Adolf und an die ›Deutsche Stimme‹ und die ›Nationalzeitung‹ ... so was.«

»Toll. Seid ihr bescheuert? Was ist mit ›Legacy‹ und ›Orkus‹ und ›Metal Hammer‹ und ›Rock Hard‹?«

»Hat doch eh keinen Sinn«, maulte er.

Sie drang nicht weiter in ihn.

Am nächsten Abend, beim Bier mit Heiko, wiederholte er seine

Sicht der Dinge so, dass es sich beinahe anklagend anhörte: »Hat doch eh keinen Sinn, ›Legacy‹ und ›Orkus‹ und ›Metal Hammer‹ und ›Rock Hard‹, das ist doch nix. Die würden nie ... Dir kann ich's ja sagen. Meine ...« Fast hätte er gesagt: meine Freundin, aber das verschluckte er lieber und setzte neu an: »Meine Meinung ist ... es könnte doch Leute geben, die uns hören wollen, oder? Aber die törnt das ab, dieses Nazigeficke, diese dummen Connections von Keiler ...«

»Und dabei kommt es in deinen Texten ja eigentlich nicht mehr vor. Das Nazimäßige«, sagte Heiko gelassen. Der Blick seiner dunkelbraunen Augen schien Tom auszuforschen, so dass der seine Zurückhaltung schließlich aufgab: »Klar, also ... kann man schon mal reinmachen, Volk und Reich und so, weil es düster klingt. Aber ich sehe uns da nicht. Als Band. Und wenn der Keiler uns nur als Kapelle für seine ... na ja ...«

»Du musst bei mir nicht vorsichtig sein«, überraschte Heiko seinen Bandleader. »Ich weiß, was hier los ist. Du schreibst die Songs, du schreibst die Texte oder ... oder holst sie dir irgendwo ... und Keiler will uns als Parteikapelle haben. Nee, musst nix sagen, weißt du was: Dafür ist mir meine Zeit auch zu schade. Für den Naziquatsch. Schau, ich will ja nicht reich werden damit oder auch nur davon leben. Aber als Musik ernst nehmen können muss ich das schon.«

Um diese Stimme summten die dicken Ausredenfliegen nicht, die Tom an allem, was fast alle Leute andauernd sagten, so sehr hasste.

Hier war Rechtschaffenheit.

Heiko, der Erwachsene in der Band, dreiundzwanzig Jahre alt, ausgebildeter Kraftfahrzeugmechaniker, arbeitete in der Werkstatt seines Onkels.

Er war lebensklug, aber auch belesen von Douglas Adams bis Bukowski, und seine Musikreligion war eine zwar orthodoxe, aber nicht sektiererische. Das hatte er, dämmerte Tom jetzt, mit Nathalie gemeinsam, die Tom während der letzten Monate kundig eingeführt hatte in einiges, das jenseits seiner strikten Metal-, vor allem

Black- und Death-Interessen lag: Gothic, Industrial, Electro, Techno, sogar ein wenig R'n'B und Hip Hop.

Für Leute, die an Musik glaubten, aber anderen keine Zensuren auf der Basis der Rechtgläubigkeit erteilten, wollte Tom spielen, schreiben, vielleicht singen.

Er gab sich einen Ruck: »Was du vorschlägst, ist ... wir sollen Keiler loswerden.«

Ohne Zögern erwiderte Heiko: »Und den Kalle gleich mit. Der bringt's nicht, das hast du doch auch schon gemerkt. Und er geht eh, wenn sein ... sein Gauleiter geht, oder was der Keiler für ihn ist.«

»Führer«, witzelte Tom.

Heiko winkte ab: »Kalle ist nicht wirklich gut, als Bassist. Und entweder du oder Robert ... ihr könnt umlernen. Guck mich nicht so an. Es gibt legendäre Bassisten als Bandchefs. Lemmy. Cronos. Phil Lynott. Dann haben wir Gitarre, Bass, Schlagzeug, Gesang.«

»Wie Venom«, sagte Tom, ganz einverstanden.

Es war beschlossen: Nazis raus.

Einer der Männer trug ein gestärktes Hemd, das er nicht ordentlich gebügelt hatte.

Das war der fantasielose Polizist. Er hieß Jakob Scholz.

Der andere trug einen hässlich gelben Rollkragenpullover. Das war der fantasievolle Polizist. Er hieß Stefan Dohr.

Abel antwortete ihnen, so gut er konnte. Länger als nötig wollte er in dem kahlen Zimmer, in das sie ihn eingeladen hatten, auf keinen Fall bleiben.

»Malek Sharastani, in Ihrem Film, der steht für diesen Kassim, ja?«, wiederholte der Fantasievolle.

»Malek Sharastani«, sagte Abel, »ist eine erfundene Figur. Erfunden wie alles in meinem Film. Erfunden, verstehen Sie? Ich weiß über diesen Kassim ...«

»Kassim Afshar«, sagte Dohr.

»Über diesen Typen so gut wie nichts, gar nichts, außer dass er ... na ...«

Scholz kläffte in Abels winzige Sprechpause: »Na? Was, na?«

»Na, dass er diese Windgeschichten gemacht hat. Mit Nasrin. Nach diesem Vorbild habe ich mir dann eben dieses ... das Institut im Film ... diese ... diese Wahrscheinlichkeitsrechner aus Pflanzen ... das sind so Science-Fiction-Gleichnisse auf die sehr komplizierte Arbeit, die Nasrin und ihr Typ ...«

»Windfelder, ja«, fiel ihm der Fantasievolle ins Wort. »Afshars Windrose und ein Vorhang, der aufwirbelt, im heißen Geist der größten Neuigkeiten.«

Das war nicht Deutsch, das war auf Farsi gesagt. Aber Abel verstand es, als wäre es Deutsch, und erkannte sogar die Ausdrucksweise seiner Schwester wieder, obwohl er von der Sprache aus Kindertagen nur ein paar Worte behalten hatte. Farsi, aus Dohrs Mund? Schon jetzt, keine drei Sekunden nach den Sätzen, erinnerte Abel sich daran, als wären es deutsche Worte gewesen. Was geschah hier?

Abels Gaumen juckte trocken. Seine Füße taten weh.

Scholz sagte, als wäre nichts Ungewöhnliches geschehen: »Sie haben eine Menge wissenschaftlicher Papers auf ihren Rechnern. Arbeiten der Gruppe. PDF-Dokumente.«

»Nasrin hat's mir immer gemailt, das Zeug. Ich konnte das alles eh nicht gebrauchen. Ich meine, wie soll man das im Film zeigen oder erklären? Windfelder, Landwinde, Seewinde ...«

Der Fantasievolle sagte: »Das wären sicher schöne Grafiken geworden, mit dem Computer. Stromlinien, Teilchenbahnen...«

»Vielleicht. Was weiß ich. Ist mir zu ... Computerspiel.«

»Aber Ihr Film enthält eine Menge solcher Sachen. Sachen, die nichts bedeuten, die nur schlau aussehen oder tief«, sagte Dohr.

Abel musste bitter grinsen und hörte Ceecee verächtlich sagen: *Everyone's a critic.*

Der Fantasielose setzte wieder seine Angriffsmiene auf.

Der Fantasievolle nahm ihn beiseite. Sie flüsterten. Abel bekam nur mit, was er mitbekommen sollte: ».... keine Zeugnispflicht ... Zwangsmittel ... Beschlagnahmung der Rechner ... Zuständigkeit ...«

Um ihnen zu zeigen, dass er so leicht nicht einzuschüchtern war, rief er halblaut dazwischen: »Mal was anderes: Krieg ich eventuell 'ne Cola hier?«

Der Fantasielose machte ein anzügliches Geräusch mit den Lippen. Der Fantasievolle hob die Rechte, beugte sich über den Tisch, an dem Abel saß, und sagte mit gefurchter Stirn: »Lieber Herr Reinhardt, die Rechtmäßigkeitsvoraussetzungen für Maßnahmen, die weit über ein Gespräch unter sechs Augen hinausgehen, sind gegeben. Schön, Sie sind freiwillig nach Deutschland zurückgekehrt. Sie haben sich bei der Polizei gemeldet. Das wirkt sich zu Ihren Gunsten aus. Aber die zwangsweise Durchsetzung von ... Nachforschungen in Ihren Finanzen, Ihren persönlichen Verhältnissen, ist ... der Gefahrenabwehr halber ... erlaubt, verstehen Sie? Wir können Beugemittel anwenden. Wir können Zwangsgeld verlangen. Wir könnten Sie sogar eine begrenzte Zeit lang in Haft nehmen. Es ist aber so, dass wir das alles gar nicht wollen.«

»Was wollen Sie denn?«

Der Fantasievolle sagte väterlich: »Wir wollen Ihnen nicht drohen und nichts antun. Sagen Sic doch einfach nochmal, was Sie wissen. Woran Sie sich erinnern.«

»Okay, gut, also nochmal von vorn«, sagte Abel. »Kassim und meine Schwester wollten so Wettersimulationen rechnen ...«

»Wetter? Nicht Klima? Nicht diese moderne Weltuntergangsforschung, in der so viel Geld ...« Das war der Fantasielose.

Der Fantasievolle schnitt ihm mit einer entschiedenen Handbewegung das Wort ab. Abel räusperte sich, bevor er fortfuhr: »Klima ist ... Klima ist eh zu kompliziert, sagt Nasrin ... hat Nasrin immer gesagt. Es ging um Wetter, konkretes, kurzfristiges Wetter. Sogar ganz speziell um ... Wind. Sie wollten drei Ebenen der Forschung miteinander vergleichen: erstens die Empirie, also ... wirkliche Befunde von draußen. Zweitens so Holz- und Steinmodelle in künstlichen Windkanälen und Windlabors, nach dem Vorbild ... na, nach diesem Kanadier, den ich wiederum als Modell genommen habe für meine unsichtbare Direktorin im Film ...«

»Alan Davenport«, der Fantasielose wusste also auch mal etwas.

»Schh ...«, dämpfte ihn der Fantasievolle, der offenbar der Chef war.

Abel stimmte zu: »Ja, Davendings. Diese Modellbauten halt. Das war das Zweite nach der Messung im echten Wind. Und das Dritte waren dann die Computersimulationen. Und beim Abgleich ...«

»Beim Abgleich haben sie gemerkt«, beschleunigte der Rollkragenpulli die Unterhaltung, »dass nicht nur die Tunnelexperimente einige Zufallsfaktoren zeigten, die im Computer nicht vorkamen, sondern dass die Wirklichkeit wiederum andere Zufallsfaktoren beisteuert, die das Ganze dann noch unübersichtlicher machen.«

»Ich weiß nicht, ob Zufall das richtige Wort ist«, zweifelte Abel und hätte sich im selben Moment selbst treten mögen dafür, dass er den Zweifel laut ausgesprochen hatte.

»Wieso nicht?«, fragte Dohr und kam näher.

Toll, dachte Abel, Volltreffer, Scheiße. Er leckte sich über die trockenen Lippen und sagte: »Na ja ... ich arbeite schließlich auch mit Computern, und wenn man etwa Bilder mit dieser Art Zufall verändert, manipuliert ... also, der Fachausdruck für diese besondere Art Zufall ist eben nicht *coincidence*, sondern *randomness*. Es geht um den Unterschied zwischen, ich weiß nicht, dem Abzählen von Daten einerseits und zufälligen Samples andererseits und ... na ja, und wie ... reduzibel die Prozesse sind. Ob man ein Phänomen auf eine einfache Rechenvorschrift reduzieren kann, oder ob ... Also, Nasrin und dieser ...«

»Afshar«, beide Polizisten sagten das nahezu gleichzeitig.

»Afshar, ja ... die kamen irgendwann zu dem Ergebnis und haben das auch veröffentlicht, dass der Unterschied zwischen dem Labor und der Wirklichkeit sozusagen nochmal größer war als der zwischen dem Rechner und dem Labor. Da tauchten dann so Ideen auf wie ... wenn man eine Lösung für eine Gleichung findet, kann man dann leichter beweisen, dass es eine richtige Lösung ist, als man diese Lösung selbst finden kann, oder wie ... wie ist das genau ... Jedenfalls, es ging darum, Vorhersagen zu machen und Vorhersagen zu checken, und da haben sie dann den Österreicher kontaktiert.«

Dohr sagte dessen Namen, Abel nickte.

»Ja. Den. Die Frage war: Kann es sein, dass es in einigen dieser Windbilder, wenn man sie nur hoch genug auflöst, wenn man sie nur genau genug nimmt, absolut keine Kompressionsmöglichkeit gibt, weil da keine Muster, keine Strukturen mehr drin sind?«

Der Fantasielose sagte verträumt: »Chaostheorie.«

Abel widersprach: »Nein, das hat damit nichts zu tun. Das ist viel schlimmer als Chaos, weil ... also, der Österreicher hat irgendwie zeigen können, dass es zwar eben doch Muster gab, aber solche, die ... es gab da einen Beweis, den er programmiert hatte, der sagte, es sind zwar Muster, aber es gibt offenbar kein zweites Muster, das einfacher ist und als Kürzel ... als Prognose ... Keine Abkürzung, sondern, also ... Nasrin nennt es eine Schranke. Es gibt da diese informationstheoretische ... Schranke ... obwohl man diese Kolmo-Dingsda-Komplexität nicht berechnen kann, weiß man doch, dass ...«

Er merkte, dass er die beiden verloren hatte und den Faden.

Abel holte schaute die Tischplatte an und schwieg entmutigt.

Der Fantasievolle half aus: »Dann merkten sie, dass sie bei mehreren Durchläufen des Zyklus, des Übergangs vom Erfahrungsbefund zur Laborsimulation zur Computersimulation, und wieder zu den Realbefunden, eine Veränderung ...«

Abel hatte sich gefangen: »Ja, genau, bei jeder ...bei jeder Iteration war der wirkliche Wind auf einmal noch komplizierter geworden. Als ob er ...«

»Als ob er auf die Simulationen und Versuche und die aus diesen gewonnenen ... neuen Fragen ... reagierte«, sagte Dohr.

»Als ob der Wind mit ihnen spielt, ja. Als ob er denkt«, sagte Abel.

»Wie einer, der beim Verhör ausweicht und dem Befrager Fallen stellt.«

Dohr lächelte.

Die beiden Männer zogen sich abermals in ihre Munkelecke zurück.

»Der ... künstlich ... Wahrnehmungsstörung ...«

»Hat er ... seine ... Afshars Problem ... nicht zwei Pistolen mit dem Hirn ...«

»... besonders gut ausgeprägte Mustererkennung, lebhafte Fantasie ... gespürt, als die erschrocken sind und auf ihn geschossen ... ähnliche Wahrnehmung ... Datenclustern ...«

»... halt eine Meise ...«

»... Projektion, die durch sein Charisma ...«

»... folie à deux ...«

Als sie vom Flüstern wiederkamen, sah der Fantasievolle Abel mit klarem Blick ins Gesicht und sagte: »Herr Afshar spielt ein Geheimdienstspiel. Da nennen wir so was Operation und Gegenoperation. Für Herrn Afshar heißt das: unser Verstand gegen den Wind.«

Abel hatte längst verstanden: Die Ermittler, mit denen er es hier zu tun hatte, waren Staatschutzleute.

Spione.

Filmklischees also – damit kannte er sich aus, das schüchterte ihn nicht ein: »Schön, James Bond und die verrückten Forscher. Aber das sind durchgeknallte Science-Fiction-Ideen, das ist ja nun nicht, ich weiß nicht ... Al-Kaida oder RAF.«

Der Fantasievolle hustete diskret, warf seinem Untergebenen einen vielsagenden Blick zu und wandte sich dann wieder an Abel: »Wer an den Klassenkampf glaubt oder an Allah oder das Baskenland, den können wir verstehen. Aber helfen Sie uns: Was glauben Ihre Schwester und dieser Mann eigentlich? Dass der Wind denken kann?«

Abel nahm sich zusammen: »Ehrlich, ich weiß es nicht. Keine Ahnung.«

Der Fantasielose schnaubte. Der Fantasievolle seufzte.

Abel fiel etwas ein: »Warten Sie. Dass ich es nicht weiß, heißt ja nicht, dass ich nicht helfen will.«

»Ach?«, machte Stefan Dohr.

»Ja, also ... es ist doch so: Ich habe ein Interesse. Es ist meine Schwester. Ich will es wissen.«

»Sie werden also, da Sie's nicht wissen, eigene Nachforschungen anstellen?«, fragte Dohr.

»Muss ich wohl. Auch wenn ich nicht weiß, wo ich ...«

»Fahren Sie nochmal zu dem Österreicher. Mit uns redet der

nicht. Und hören Sie sich um, und halten Sie uns auf dem Laufenden. Damit ist allen gedient«, sagte Dohr.

Abel las am Gesichtsausdruck des Beamten ab, dass ihm jetzt gestattet war, aufzustehen.

Das tat er. Die Verabschiedung war formlos.

Auf der Straße zog er sofort sein Smartphone aus der Jacke und wählte Ceecee an.

Sie ging nicht ran.

Abel dachte: Farsi?

In einer großen Suite des besten Hotels von Kerala saßen einige Geschäftsleute und tranken heißen, stark gewürzten Tee.

Im reichen Norden und Westen gab es nicht viele Menschen, denen die Existenz dieser Geschäftsleute bewusst war.

Zwei der Geschäftsleute hatten in Indien große Summen an den hinduistischen Radikalismus gespendet, obwohl nur einer von beiden jener Religion angehörte. Ein anderer, der aus Saudi-Arabien stammte, zahlte freigiebig stattliche Summen an Wahabiten. Ein Kollege aus Sri Lanka unterstützte den indischen Maoismus, zwei weitere ließen sich ihre Drogeneinkünfte bereitwillig von einer mittelamerikanischen Guerilla mit noch unklarem Programm besteuern. Einer, der aus Kambodscha stammte, jetzt aber in Südkorea lebte, machte einerseits in Mädchenhandel und andererseits in sektiererisch christlicher Frömmigkeit.

Er war unter anderem der Arbeitgeber des Arbeitgebers des Bruders Bäumler gewesen, der einst die schöne Frau Ludic beschäftigt und Kassim Afshar bei sich aufgenommen hatte, inzwischen aber in Dortmunder Erde ruhte, nach einem Unfall im Gefängnis.

Ein Diamantenhändler aus dem Süden Afrikas saß ebenfalls in der Runde. Sein politisches Profil wies ihn als Schutzherrn seltsamer Gewerkschaften aus. Ein Energiewirtschaftler, aus Koh Phangan angereist, glaubte von ganzem Herzen an einen altmodischen Liberalismus, den er in mehreren rückständigen Ländern subventionierte. Dieser ergriff nun zuerst das Wort.

»Vierunddreißig Milliarden Dollar«, sagte er.

Alle wussten, was er meinte. Der Mann redete von Geschäften und vom Weltmarkt, der zurzeit zitternd schrumpfte. Er redete davon, dass die Welt so eingerichtet war wie das Meer und dass er keine Lust hatte, ein kleiner Fisch zu bleiben, den die großen Fische aus dem Norden und Westen fressen konnten, ohne ihn dabei auch nur zu bemerken.

Alles trieb jenen großen Fischen zu, so verhielt sich, sagte seine Zahl, das Geschäftswetter. Blind schwammen, sagte sein Bild, die großen Fische in ihren stehenden, trüben Gewässern, mit weit aufgesperrten Mäulern. Was frommte es den kleinen Fischen, wenn sie die großen hassten? Was nützte es, wenn sie glaubten, sie böten ihnen die Stirn, aber dabei zusehen mussten, wie jährliche Verluste abflossen, die der Mann aus Koh Phangan soeben nüchtern beziffert hatte?

Die Anwesenden sahen aus, als wäre ihnen das nicht neu.

Der Mann aus Saudi-Arabien sagte: »Einundfünfzig Milliarden Dollar.«

Das war kein Versuch der Überbietung. Es war ein Schulterschluss.

Der Mann aus Koh Phangan sah zufrieden aus. Er fühlte sich verstanden, nahm vom Brot und aß. Dann legte er seine Handflächen mit den schönen geraden Fingern vor sich auf den Tisch und erklärte: »Wir tun, was wir tun, um frei zu sein. Die Welt hat eine korrupte Polizei. Diese Polizei ist von sich selbst ernannt. Sie droht uns mit Vernichtung, Exil oder Gefängnis. Kleinere Polizeiwachen beschweren sich bei uns über sie, weil sie wollen, dass wir ihnen Macht schenken. Was wir tun, um uns ihnen allen zu widersetzen, baut das Gefängnis, mit dem sie uns drohen. Ich will nicht mehr.«

Der Mann aus Afrikas Süden, der Phaswane Serote hieß, sagte: »Philosophieren wir? Sind wir dafür hergekommen? Ich fahre morgen nach Tehran. Dort tun sie was. Dort bauen sie Menschen um, wie die Amerikaner und die Deutschen ihnen das vorgemacht haben. Sie bauen Menschen um, und das wird Kriege entscheiden, die heute noch keiner sieht, obwohl sie schon stattfinden.«

Der Mann aus Koh Phangan, der Vasan Anwar hieß, lächelte

und sagte: »Ja, das muss gemacht werden. Ich möchte aber einen Schritt zurücktreten. Ich will, dass wir gemeinsam darüber nachdenken, wem die Welt gehört. Dafür, meine ich, seid ihr hergekommen. Sie machen uns zu Kriminellen, weil wir anders mit ihren Großverbrechen nicht mithalten können. Und dann bestrafen sie uns dafür. Ob sie uns erwischen und wobei – zum Beispiel die Leute in Tehran, beim Nachbau ihrer Maschinen –, ist die technische Frage. Die kurzfristige. Ich will über die langfristigen Dinge reden.«

Phaswane Serote stimmte zu: »Sehr gut. Wäre es nur ums Geschäft gegangen, ich hätte mich gelangweilt und euch alle umbringen lassen.«

Man lachte gutmütig.

Die Spielordnung war festgelegt: Der eine hatte den Vorsitz, der andere führte die Widerrede, die Restlichen durften sich einmischen, wenn sie Gründe dafür wussten.

Es wurde ein lehrreicher Abend.

»Tut mir leid, kriegst nix. Kriegst nix mehr, Junge. Is nix.«

Der Ukrainer sah aus, als täte Wolf ihm tatsächlich leid.

Wolfs Blick schwamm in Tränen. Durch den feuchten Schleier sah er Schaffer in einiger Entfernung am schwarzen Gitter stehen.

Der schüttelte den Kopf. Das hieß: Erniedrige dich nicht, Idiot.

Wolf erniedrigte sich. Er war drogenabhängig, das gehörte dazu.

»Aber ... aber mein ... aber mein Vater«, sagte er, albern einstudiert. Dicker Schleim würgte Wolf im Hals. Pasko zog die Brauen zusammen.

Sotto voce: »Hör auf. Tut mir leid für dich. Is so. Schlimm, ne. Hast Vater verloren. Ich bin kein Heilsarmee. Pasko, das heißt: schenkt nix. Merkst du dir.«

»Ich zahl dir ... ich kann dir später ... wenn ich ... du, ich komm raus. Hast du das schon gehört? Ich komm bald raus.« Verschnupft kaute Wolf auf den Worten herum.

Anja Weirich war im Fernsehen aufgetreten. Auch über den Schicksalsschlag, der Wolf jüngst ereilt hatte, den Tod seines Vaters, hörte man medial jetzt ganz andere Töne, als über Schulte senior und junior zuvor öffentlich üblich gewesen waren.

Nicht unbedingt feinere – eine andere Boulevardzeitung als die, die ihn vormals als Bestie gemalt hatte, verglich ihn jetzt mit Hiob, unter der Überschrift »Der Unglückspastor: Vater im Mietshaus verbrannt«.

Der Unglückspastor nuschelte, vom Ukrainer nicht beachtet.

Dann erschien ein Schließer, der, wie man sich erzählte, von Pasko Geld nahm.

Er drängte Wolf sanft ab.

»Mensch«, sagte Schaffer, als Wolf an ihm vorbeischlich, »reiß dich halt zusammen.«

Am nächsten Morgen saß beim Frühstück niemand bei Wolf am Tisch. Blicke wichen ihm aus. Auf der Sitzbank lag ein Umschlag, klein, ausgebeult. Er öffnete ihn erst abends, nach der Arbeit. Es waren drei kleine Plastikfeuerzeuge darin, etwas, das Wolf nicht verstand.

Außerhalb der ihm zugestandenen Fernsehzeiten wurde ein bewegendes Interview mit Hedwig Echle, der Mutter der Erschlagenen, gesendet. Mehr Menschen, als je zuvor von dem Fall erfahren hatten, sahen zu.

Anderthalb Wochen lang erfuhr Wolf nichts davon, weil ihn jetzt alle mieden. Dann erzählte ihm ein Wachmann, der ihm seit jener Sendung wohlgesonnen war, eines Morgens doch davon, mit ergriffener Stimme: »Die war fix und fertig. Rache bringt nix, du, das war die Message. Sie sagt jetzt, ihr Leben und deins wären doch eh schon so kaputt. Man muss jetzt sehen, dass es nicht noch schlimmer wird. Tolle Frau. Wenn alle so dächten, wir bräuchten keine Gefängnisse mehr.«

»Ich brauch so schon nicht unbedingt welche«, witzelte Schaffer müde, als Wolf es ihm erzählte. Der mitfühlende Wachmann hielt Wolfs wachsende Indolenz für Niedergeschlagenheit und Zerrüttung. Er klopfte dem Häftling, der drei Jahre älter war als er, jetzt oft väterlich auf die Schulter.

Binnen kurzer Zeit setzte man Wolf zweimal in Anhörungen.

Draußen fiepten Vögel. Es mochte Frühling sein. Wolf hatte das Gefühl, aus der einen Anhörung eben erst in die Zelle zurückgekehrt zu sein, da rief man ihn schon zur zweiten. Von guter Führung war die Rede.

Er sah verkümmert aus, fand das Gremium. Seine Maulfaulheit interpretierte man als Reue. Auch Gedächtnislücken, Tics der Gesichtsmuskulatur, leicht schiefsitzende Affekte wurden zu seinen Gunsten ausgelegt, als Traumaspuren, statt, was sie waren, Folgen des Medikamentenmissbrauchs.

Die Mitinsassen rückten immer weiter von ihm ab.

Man redete nicht mehr mit ihm, ließ ihn nicht zu beim Tischtennis oder Kartenspiel. Er musste jetzt stets allein essen. Nichts davon jedoch fiel ihm auf, weil er mit Übelkeit, Zittern, Blutdruckschwankungen beschäftigt war, weil er schreckhaft wurde, schlecht schlief und regelmäßig äußerlich anlasslose Beklemmungszustände durchstehen musste. Dem Schließer, der ihn adoptiert hatte, fiel das schließlich auf. Ein Gefängnisarzt wurde konsultiert. Wolf bekam Überbrückungsmedikamente. Stimmen von Amtswaltern, deren Namen und Ränge er sich nicht merken konnte, sprachen offen von vorzeitiger Entlassung. Diese Vorzeit, die sie meinten, streckte sich noch ein halbes Jahr.

An einem Sonntagabend saß Wolf, eins der drei Feuerzeuge in den Händen, auf dem Bänkchen in einem kleinen steinernen Kapellenerker.

Wind tat in Ritzen so, als wäre das Gemäuer ein Raucher, der scharf an seiner Zigarette zog. Morgens, beim Gottesdienst, hatte Wolf wie immer gefehlt. Die Geistlichen, die hier ihr Amt versahen, konnte er alle nicht leiden. Am späten Nachmittag aber pflegte er herzukommen und das große Wandkreuz vorwurfsvoll anzuschauen.

Schaffer kam rein, setzte sich neben Wolf.

»Mensch, Pfarrer. Echt. Ich komm morgen raus, haste das gewusst? Ich zieh nach Berlin. Hauptstadt. Werde sauber. Abendschule. Gerettet, resozialisiert. Gut, ne? Hör mal, pass auf dich auf, ja? Du Spinner.«

Er legte Wolf die dürre Hand auf den krummen Rücken, zog sie aber, als drei Minuten lang keine Reaktion kam, wieder zurück. Der ist wie Keith Richards, dachte Wolf; schade, dass ich nicht wie Mick Jagger bin.

Tonlos sagte er: »Nee, ich mein ... nee ... ich weiß es ja. Ich weiß ja ... was ... die Feuerzeuge ... ich weiß, was die bedeuten. Der Pasko. Die Schweine vom Pasko. Die haben meinen Vater angezündet. So war das. Alles.«

»Junge«, sagte Schaffer betrübt, »warum tuste dir das an? Hmm? Alter Scheiß. Ist doch gelaufen. Ich hab's dir gleich gesagt. Der Pasko, der is nich dein Freund. Das ist nix für dich. Diese Leute.«

Wolf nuschelte: »Mmwo? Wo sind die, draußen? Wo ... was haben die draußen eigentlich für Treffpunkte, für ... Kneipen?«

»Damit du, wenn du dann auch bald frei bist, da hinkannst und dich abstechen lassen? Für was? Du hast deinen Alten nicht gebraucht. Und du hast ihn nicht gemocht. Er war ein Nazi und ein Idiot. Er hat dir immer nur geschadet. Das is die Bilanz.«

Es stimmte. Wolf weigerte sich, es zu glauben.

Noch immer traf alle zwei Wochen ein Brief von Anja Weirich ein.

Die gesamte Korrespondenz, einseitig wie sie war, lag, von der Anstalt geöffnet, vom Empfänger aber ungelesen, unter Wolfs Bett.

Er wollte Frau Weirich nicht sehen, war bei ihren sieben angemeldeten Besuchen nicht erschienen.

Wolf blinzelte.

Schon wieder waren drei Monate durch seinen Kopf ins Nichts gefallen.

Ein verwaschener Engel sprach in einem Feld aus Licht, das Tor des Kerkers werde sich auftun. Der Engel war aber nur der Wachmann, der Wolf bemutterte.

Langsam wurde der Schließer ihm lästig.

Das Feld aus Licht war die Zellentür. Den Kerker hatte Wolf inzwischen eigentlich ganz gern. Wohin, übrigens, sollte er gehen? Einen kurzen Monat später kam der alberne Engel wieder und sagte Wolf ein Datum und eine Uhrzeit für das Wunder.

So sehr, wie der sich für mich freut, dachte Wolf, könnte ich mich gar nicht freuen, über nichts. Der Direktor der Anstalt ließ den Häftling zu sich kommen. Hier wurde ihm eröffnet, dass Journalisten nach ihm gefragt hätten.

»Wir haben ihnen vorsichtshalber einen falschen Zeitpunkt mitgeteilt. Sie werden schon weg sein, Herr Schulte, wenn die kommen.«

Als Wolf wieder zu seiner Zelle schlich, saß ihm eine neue Angst im Genick: Was war mit Anja Weirich? Wusste die womöglich die richtige Zeit? Genoss sie Sonderrechte, als Befreierin? Würde die Frau ihn abpassen und, oh nein, lieben? Das hätte er nicht ausgehalten.

Auf der Pritsche, im Dunkeln, wachten Gedanken auf, um die er sich drei Jahre lang erfolgreich gedrückt hatte.

Abel.

Nasrin.

Die langsamen, hellgrünen Wirbel, die er das erste Mal draußen beim Hofgang gesehen hatte, saßen auf seiner Brust. Am nächsten Tag waren sie überall: auf den Gängen, an der Decke, in der Küche, zusammengedrückt zu fast zweidimensionalen Spiralen, eine Art Pressblumen, in Ecken, im toten Winkel, im Schatten, in der Peripherie des Gesichtsfeldes.

Wolf dachte: Es ist eine Art Schrift, es sind Zeichen.

Ihm war, als könne er sie beinahe entziffern, und als sei es leichter, sie laut vorzulesen, als es gewesen wäre, sie ohne Stimme zu entschlüsseln. Er wollte beides nicht, er weigerte und fürchtete sich: Was, wenn es draußen noch mehr von den Wirbeln gab und sie ihn zwingen würden, sie auszusprechen, zu beten, zu singen?

Mit kriechendem Schrecken wurde Wolf bewusst, dass er mehr oder weniger deutlich gehofft hatte, er werde für immer im Gefängnis bleiben – nein, nicht für immer, nur: bis zum Tod.

Die Drogen, sah er jetzt, hatte er genommen, weil er Risiken eingehen wollte, mit dem Hirnstoffwechsel, mit dem Herzen, mit Leib und Leben.

Danilo Pasko war nicht mehr da. Wolf hatte gar nicht mitbekommen, wann man den Apotheker entlassen hatte. Wäre er noch da gewesen, dachte Wolf wirr, hätte er ihn angreifen können. Dann wäre er vielleicht länger dabehalten worden, oder der Ukrainer hätte ihn getötet. Am Tag der Entlassung regnete es.

Eins der Feuerzeuge gab er dem fürsorglichen Schließer, der ihn anschaute wie ein Geißbock einen Propheten, ein anderes einem katholischen Gefängnispfarrer, der die kirchliche Bannmeile um den Verfluchten durchbrochen und ihm ein paar Adressen gegeben hatte, unterkunftshalber. Auf der Straße vor der Strafanstalt klickte er an dem einzigen Feuerzeug herum, das ihm verblieben war. Wolf dachte, dass es vielleicht doch schöner gewesen wäre, wenn Anja Weirich ihn abgeholt hätte.

Er ging nicht zur nächsten Bus- oder Bahnhaltestelle, sondern anderthalb Stunden lang zu Fuß geradeaus. Das tat er, um herauszufinden, ob er wirklich nicht mehr eingesperrt war, nicht mehr im Kreis herumgehen musste, nicht mehr von Uniformierten bewacht, von Mitgefangenen gemieden wurde.

Als er etwas erreicht hatte, was man Vorstadt nennen konnte, hatte er genug vom Gehen. Inzwischen war er ganz durchnässt und fror. Der Regen ließ nach. Wolf stieg in eine S-Bahn und fuhr zu einem Wohnheim, wo er angekündigt war. Die Wiedereingliederungszuständigen hatten sich Mühe gegeben. Ein Angestellter der hiesigen zentralen Anlaufstelle für Ex-Gefangene, eines nahen Jobcenters der Bundesagentur für Arbeit, hatte ihn während der letzten Haftmonate zweimal besucht. Man wusste alles.

Deshalb war nicht nur sichergestellt, dass er ein Dach über dem Kopf hatte. Wolf kannte auch seinen Sachbearbeiter beim Sozialamt und hatte bereits etwas Geld auf dem Konto, vom Arbeiten in der Küche der Strafanstalt her.

Er würde Bewerbungen schreiben. Er würde Männchen machen. Das hatte er sich geschworen. Er würde sich aber vor allem einen Schlafsack kaufen.

Denn Wieland Schulte rechnete fest damit, dass Behörden und sonstige Sorgeberechtigte früher oder später das Interesse an ihm verlieren würden. Das musste spätestens dann geschehen, wenn sich schließlich herausstellte, dass in ihm nichts mehr lebte – dass da niemand war, der sich während der angeordneten Bewährung würde bewähren können. Dann würde er frei sein, sich zu verkrümeln, auf der Straße zu leben, irgendwann besoffen zu erfrieren. Alles zu seiner Zeit.

»Um Gottes willen«, griente die Pförtnerin, als er in dem nichtssagenden, eher nach verkommenem Hotel als nach neuer Chance riechenden Riesenblock eintraf.

»Herr Schulte, wer hat sie denn eingeweicht?«

Ja, genau, ha ha.

Lächeln, nicken, Schäfchen spielen. Alles klappte wie bestellt.

Schlafsäcke, fand Wolf am nächsten Tag heraus, waren schon für dreißig Euro zu haben. Die teuersten im Laden kosteten um die achtzig Euro. Er war erleichtert, hatte er doch befürchtet, unter hundert Euro wäre nichts zu machen.

Gemäß der Gesetzesdefinition des Totschlags, nämlich, dass dieser begangen wird von einem, der jemanden tötet »ohne Mörder zu sein«, das heißt ohne Vorsatz und niedere Beweggründe, war bei der Strafzumessung unter Anwendung des § 212 StGB seinerzeit auf eine sechsjährige Haftzeit erkannt worden.

Rund zweieinhalb Jahre davon hatte Wolf abgesessen. Wenn es ihm gelang, zwei weitere Jahre lang brav zu sein, durfte er in eigener Verantwortung an selbstgewählter Buße zugrunde gehen. Schön, dachte er, wenn man etwas hat, auf das man sich freuen kann.

Die Zusammenarbeit in der Band verlor Farbe.

Man lärmte nebeneinanderher. In anderthalb Jahren änderte sich nichts an den Voraussetzungen der immer noch geheimen Absprache zwischen Heiko und Thomas, die übereingekommen waren, man werde Keiler demnächst verabschieden müssen.

Endlich aber war es Keiler selbst, der seinen Abschied bei Tom Crissauer einreichte: »Ich will mehr politisch machen. Direkt. Diese Fahrten von Frankfurt hier ins Kaff und zurück, die Proben, der ganze Aufwand an Zeit und Geld, tut mir leid ... sorry. Ich wohn jetzt da.«

Tom dachte: Deutschsein heißt, niemals ›sorry‹ sagen zu müssen.

Keiler bat rührend um Verständnis: »Es ist halt, ich weiß nicht ... es ist einfach nix für mich. Schau, ich respektiere das, dass du das alles anders siehst, Alter. Klar, du hast auch deinen Weg hinter dir. Ja. Bist früher mit den Kanaken abgehangen, da an deiner Unterführung, und das war deine Sache, und ... Alter, ich seh mich nicht als Musiker primär, ja? Ich seh mich als Vorkämpfer für den Nationalen Sozialismus, ja. Und da will ich aber niemanden unter Druck setzen mit.«

Sein Kamerad, der erschreckend talentlose Kalle, war schon ein Vierteljahr früher bei Nordlicht ausgestiegen. Er hatte Geldsorgen, gegen die ihm nicht mal seine Saalordnerdienste für die klamme NPD Schutz boten.

Die Bandkollegen waren es längst satt, ständig angepumpt und, falls sie etwas springen ließen, von seiner Dankbarkeit verfolgt zu werden. Zurück gab er das Geld nie. Selbst Keiler hatte genug von Kalles Lied und seinem Doppelrefrain: »Das vergesse ich dir nie! Wirst sehen, das wird belohnt!«

Robert erklärte freimütig, er habe »eh immer lieber Bass« spielen wollen und stieg auf dieses Instrument um. Als zweiten Gitarristen holte Heiko, dem eine Vier-Mann-Besetzung dann doch zu schmal vorkam, einen Sparkassen-Azubi namens Fritz Dümpfelleu ins Boot.

Der war, seinem lustigen Namen zum Trotz, ein »für sein Alter sauguter Musiker« (Nathalie). Thomas und Fritz teilten schon nach wenigen Wochen nicht nur die Läufe, sondern auch die kompositorische Arbeit: »Der Junge hat's kapiert. Vielleicht besser als ich«, staunte Tom. Dergleichen zuzugeben fiel ihm nicht schwer. Seine anderthalb Jahre mit Nathalie hatten ihn erwachsen werden lassen, weniger fahrig, weniger bitter. Für seine Freunde war Nathalie nach wie vor »praktisch unsichtbar«, wie er sich ihr gegenüber einmal wunderte.

»Ach, du hast doch überhaupt keine Freunde, du Penner«, sagte sie, »außer mir.«

»Stimmt, aber dafür hab ich jetzt sogar ein Auto.«

Der hässliche, aber fahrtüchtige und nicht allzu alte kleine VW-

Bus, den er meinte, war der letzte Beitrag zum Bandprojekt, den der chronisch überschuldete Kalle leistete: Er verkaufte ihn dem Bandleader für neunhundert Euro.

Siebenhundert stammten vom letzten Rest des väterlichen Geldes auf dem Crissauer-Konto, die übrigen zweihundert hatten Heiko, Fritz, Robert und Nathalie zusammengekratzt. Ein richtiger Tourbus. Tom sah sich mehr als Verwalter denn als Besitzer. Das Auto verbesserte aber auch sein Liebesleben. In der warmen Jahreszeit suchte er sich mit Nathalie neue Ausflugsziele. Dort kam man einander näher.

Im Laufe der Zeit begegnete sie nun zumindest den Bandmitgliedern hin und wieder. Zu einem ihrer Geburtstage gab es ein exklusives Kellerkonzert. Aber außer Tom hatte nur Heiko ihre Handynummer, »falls mal was ist«.

Heiko hielt viel von Nathalie. Obwohl er sonst wortkarg war, riet er Tom: »Die solltest du behalten. Die ist dein Herz und dein Hirn – und alles, was dir sonst noch fehlt.«

In einem japanischen Garten im Taunus, unter einer Azalee, zwischen Kamelien und Himmelbambus, auf weichstem Moos, bewies Nathalie, neben Tom lang hingestreckt im mächtigen Sommerlicht, bei einer Schmuse- und Schnäbelpause, die Richtigkeit dieser Auffassung, indem sie sagte: »Jetzt könnt ihr doch eigentlich mal anfangen. Demos ans ›Rock Hard‹ schicken. Eine richtige Tour planen. Ich kann das managen. Weißt du, Locations.«

»Willst du übers Land fahren und mit Clubleuten reden?«

»Nee, du Arschkopp. Das geht heute alles mit Netz und Telefon. Ich hab doch sowieso nix zu tun außer, ähm, nach dir zu schmachten.«

»Schmachten, okay.« Er küsste ihren Hals.

Die Finger seiner Rechten flochten sich zwischen die Finger ihrer Rechten.

»Ja«, sagte sie heiter, »und umbenennen solltet ihr euch mal. Und andeuten, in deinem Blog, warum die Band sich neu formiert hat.«

»Äh war... warum sollen ...«

»Das sollte ein richtiger Karrieremove sein jetzt, diese Trennung von der Nazischeiße. Ruhig mit so Statements, wie der Typ von Watain inzwischen ja auch ganz richtig sagt und du eh schon lang: dass man euch unterm Adolf verboten hätte. Nicht direkt plump auf Keiler und Kalle einhauen. Aber denen, die es wissen wollen, ein Licht aufstecken. Und eben auch den Namen ändern.«

»Den Namen ... aber der ist von dir, Schatz«, das letzte Wort sprach er übertrieben mundspitz aus. Sie stöhnte, dann sagte sie: »Dreh's doch einfach um: Lichtnord. Das klingt ...«

»Das klingt ... strange«, sagte er.

»Gut strange oder schlecht strange?«, wollte sie wissen.

Er überlegte länger, dann sagte er: »Weißt du was? Gut strange.«

»Eben. Und über eure Bühnenshow müssen wir uns auch nochmal unterhalten. Dieses nur so Dastehen und Das-Zeug-Runterzocken ist schon ganz gut, keine übertriebenen Gesten und Hopsereien. Aber wir brauchen Dekor, wir brauchen eine ... Inszenierung.«

Tom kicherte, ließ Nathalies Hand los, fuhr ihr durchs Haar. Sie pfiff, er ließ das Wuscheln bleiben und sagte: »Wir? Inszenierung? Du meinst so wie der Typ von The Devil's Blood, der Leute zusammenschlägt, wenn sie die Stimmung beim Ritual stören?«

Sie zog ein Gesicht, dann grinste sie, ließ sich aber nicht von ihrer Idee abbringen; »Ja, Mensch. Überleg mal. Ritual. Zeremonie. Was Religiöses, was Überdrehtes, was, das die Leute nie mehr vergessen. Wie bei Waitain, mit den Fackeln und dem Blut, mit dem sie sich übergießen.«

»Ich höre.«

Er hörte wirklich. Sie sprach.

Das erste Demo von Lichtnord, »Feuerstern«, wurde Demo des Monats im ›Rock Hard‹.

Vier Monate später schickte Heiko per Mail das Angebot einer kleinen, fanatisch dem wahren Black Metal ergebenen französischen Plattenfirma an die Bandkollegen.

Das erste Album sollte in der Schweiz aufgenommen werden.

Nathalie sagte zu Tom: »Siehst du? Es geht los.«

Er dachte: Endlich.

Ceecee wartete auf der Terrasse eines langweiligen Cafés.

Das Lokal stand frei auf einer Anhöhe, mäuerchenumringt, etwa fünf Meter überm Ufer der Donau. Sie las in den Gedichten der Friederike Mayröcker. Die hatte Abel ihr geschenkt. Ceecee rauchte wie besessen, weil die Sonne so schön schien.

Gedichte: leichter und reiner als die Wolken. Als Abel die Treppe von der Wiese her hochkam zur Aussichtsplattform, freute Ceecee sich über seine lustige Frisur, zerfahrener denn je, jetzt, da er die Haare wieder länger wachsen ließ.

Er sah aus, als könnte er sich nicht mitfreuen.

Wie vergiftet fiel er neben sie auf den grünen Plastikstuhl.

»Nicht gut?«, fragte sie.

Abel ächzte: »Schlag ins Wasser.«

»Er redet nicht?« Sie rollte mit den Augen. Er schmatzte. Sie fragte nach: »Was ist passiert? Haben ihn die Geheimdienste erwischt und ... zum Schweigen gebracht und ...«

Abel verzog den Mund, so dass sie verstand: Es war ernster.

Er bestellte einen starken Kaffee. Bis der kam, wartete er schweigend. Cyan ließ ihm die Zeit, die er brauchte. Sie drückte ihre fast vernichtete Zigarette im flachen Messingaschenbecher aus. Abels Hände lagen nutzlos auf dem Tisch. Sie nahm seine Linke. Er sah sie an.

Hob mit der Rechten seine Kaffeetasse zum Mund und nippte. Ein Hitzeflimmern vor seinem Gesicht, ein Blick, der sich klärte. Dann stellte er die Tasse ab und sagte: »Ganz große Scheiße. Seine Frau hat mir ... die Tür aufgemacht. Ein liebe alte Dame, geschrumpft und verhutzelt und ... Es muss alles wahnsinnig schnell gegangen sein. Er hat ... immerhin hat er den Film noch gesehen. Hab ich dir erzählt, oder?«

»Ja. Er hat dir gemailt, right?«

»Total freundlich. Sogar, na ja, begeistert. Und natürlich mit seinem Dauerhinweis, ich sollte wirklich mal diesen Strawson treffen. Galen Strawson. Den Philosophen. Tja. Hab ich nicht gemacht.«

»Was ist passiert?«

Abel schaute übern Fluss hin zum andern Ufer, zum hohen Gras, zu Bronze und Stein, als suchte er nach Text.

Dann sagte er: »Hat ja … hat ja überhaupt viel gemailt, und viel so mit …. Seine … die Frau, seine Witwe sagt, er war zuletzt praktisch die ganze Zeit im Netz. Hat da gelebt. Man denkt ja, nur die jungen Leute wollen ihre … und dann hatte er plötzlich diese Rückenschmerzen und dachte natürlich erst mal, das kommt vom vielen Sitzen am Keyboard. Okay, Salbe und … aber es ging nicht weg. Da ist er zum Arzt gegangen. Und da hatte er schon eine … eine Gelbsucht, und das haben sie festgestellt, dann kam … Blutuntersuchung, Ultraschall, Kernspintomographie. Es hatte in der Gallenblase angefangen und dann … dann Leber und Bauchspeicheldrüse und Lymphknoten und … Das volle Programm. Alles inoperabel. Okay, ein bisschen Chemo noch, und … ich meine …«

»Dass die sich nicht schämen. Chemo. Bei so einem alten Mann.« Ceecee verzog das Gesicht. Abel zuckte mit den Schultern: »Ich weiß nicht. Falls dann … ich mein, wenn er noch was mit der Zeit macht, die er gewinnt? Arbeitet?«

»Aber ob er gearbeitet hat, weißt du nicht.«

»Nee, weiß ich nicht. Werde mal suchen. Mal schauen, ob ich seine … Kontakte im Netz … sie hat mir ein paar Adressen gegeben. Irgendwelche … einen Japaner und einen … Indo … Irokesen, was weiß ich.«

»Alright. Das ist die nächste … Stufe der Recherche?«

»Ja.«

»Und du denkst, du findest Nasrin und Kassim, indem du …«

»Nee, das ist nur, wie sagt man? Eine flankierende Maßnahme.«

»Und die Hauptsache? Diese Wissenschaftlersekte? Wie willst du …«

»Na, was können wir machen? Was ich längst hätte machen sollen. Wir gehen zu diesem Galen Strawson. Du und ich. Holmes und Watson.«

Anja Weirich wollte nicht anders heißen als Anja Weirich.

Sie hätte Schlegel heißen können. Ludger war bereit, sie ihn seine starken Arme zu nehmen, leiblich wie geistig, »ja sogar: geistlich«, wie er sagte.

Als Protestant, erklärte er ihr oft, als ob sie das nicht wüsste, durfte man wieder heiraten, wenn man geschieden war. Sie las die Zeichen um ihn und sagte: »Da warten wir noch.«

Er strahlte sie an, weil sie fehlerfrei sprach.

Wie weit der Weg gewesen war, den sie mit ihm zurückgelegt hatte! Wie erhoben und gesegnet fühlte er sich, weil er von sich glauben durfte, dass er ihr zu allem verholfen hatte, was sie jetzt war. Der ganzen Welt erzählte Ludger Schlegel seit zwei Jahren etwas anderes und schwieg von seinen Verdiensten. Stattdessen sprach er ununterbrochen vom neuen Pfingstwunder, oder vom »besseren Pfingsten«, wie es in seinem zweiten Buch stand, auf das Ludger sehr stolz war, der sich nun, da er nicht mehr nur Fakten zusammentrug, sondern sie bewertete, wirklich wie ein Schriftsteller fühlte: »An Pfingsten lernten Jünger, die nur eine Sprache sprachen, plötzlich alle Sprachen sprechen. Anja Weirich hat lange Zeit zu viele Sprachen gleichzeitig gesprochen. Sie kamen einander in ihrer Seele in die Quere. Niemand außer Gott hat sie verstanden. Aus diesen Sprachen aber hat das Wunder ihr jetzt eine Sprache ausgewählt: die Sprache, mit der ein unbarmherziger Justizapparat sich bewegen ließ, eine Fehlentscheidung zu korrigieren; die Sprache, mit der man Gestrauchelte und Verzweifelte anreden kann, um sie zu retten; die Sprache, mit der man den Kampf für einen Benachteiligten erweitern kann zum Kampf für die Würde der Alleingelassenen. Die Sprache, mit der sie Gutes tut.«

Zum Glück für seinen nicht an Dichtung, sondern an Verkaufszahlen interessierten Verlag folgte auf diese lyrische Passage eine sachliche Aufzählung der konkreten Leistungen seiner Geliebten fürs Gemeinwohl. Zu denen, er erinnerte sich und sie daran gern, hatte er sie hingeleitet, in ihrer labilen Zeit.

Damals war sie trübsinnig gewesen: »Er will mich nicht sehen. Er lehnt jeden Kontakt ab. Warum?«

»Nimm es«, hatte Ludger Schlegel gesagt, »als Zeichen. Du dachtest, deine Arbeit sei beendet, wenn du ihn befreit hast. Aber was, wenn es eine Generalprobe war? Wenn es nur gezeigt hat, was du mit deiner neuen Zunge tun kannst? Du hast die Mutter der toten Frau rumgekriegt. Du hast die Behörden rumgekriegt. Denk doch, was du erreichen könntest!«

So hatte er ihr, mit einem sanften Schubser, zu ihrer Lebensaufgabe verholfen, und sich selbst zu neuen Jobs als ihr *life coach*, ihr Twittermundstück und der Chefredakteur ihrer Website »Die Stimme der Stummen«.

So hieß auch die Organisation, die er um Anja aufzog.

Wenn er ihr riet, Einladungen zu Veranstaltungen oder Talkshows anzunehmen – und dabei hielt er Maß –, legte er bald Wert darauf, dass von »der Sache mit dem Schulte« nicht mehr die Rede war.

Spätestens als ein vierundzwanzigjähriger Salafist »dem Radikalismus, nicht aber dem Koran« (Ludger Schlegel) abschwor und stattdessen in Anjas neuer NGO mitarbeitete, verschob sich der öffentliche Focus tatsächlich.

»Die Stimme der Stummen« half allenthalben. Man half den Krebskindern. Man half den Analphabeten. Man half den geschlagenen Frauen, den Drogenopfern, den ausstiegswilligen Rechtsradikalen.

Die Stiftung, die Ludger mithilfe von EKD-Bekannten juristisch wasserdicht einrichtete, wuchs schnell. Anja Weirich wurde ein Markenzeichen des guten Gewissens.

Ludger Schlegel handelte nach Gelegenheit und aus spontanen Eingebungen. So verließ er Frau und Kinder für die neue Aufgabe, die neue Liebe, war bald rechtskräftig geschieden, verlor dank mehr Arbeit und mehr Sport einiges an Gewicht, rasierte sich seinen Bart ab und fand schließlich, zu seiner ungeheuchelten Überraschung, dass er sich nie besser gefühlt hatte. Noch schöner war, dass ihn das offenbar anziehend machte – auch für Anja.

So gut er konnte, sorgte er für sie.

Obwohl Anja nur den kleinsten Teil der Einkünfte aus der Arbeit als Stiftungsvorsitzende und der Honorare für Medienauftritte als persönliche Entlohnung annahm, reichte das für eine komfortable Fünf-Zimmer-Eigentumswohnung in bester Lage, wo die beiden jetzt lebten, außerdem für schöne Kleidung, gutes Essen (inklusive

Ernährungsberaterin), eine Masseuse, eine Logopädin und sonstige bezahlte Freundinnen und Freunde. Anja revanchierte sich bei Ludger mit Zuneigung, vor allem aber Aufmerksamkeit und Bewunderung für große Ideen und größere Pläne.

Die meisten formulierte er als Angebote: »Denk doch nur«, »Stell dir vor«.

Anja wusste, was er vor sich verbarg: dass all diese Angebote, ganz wie der Heiratsantrag, in Wahrheit Forderungen waren.

Sie musste ihre Augen leuchten lassen, staunen, sich freuen, wenn sie nicht auf dünnes Eis geraten wollte. Das alles tat sie, sprach wenig, lächelte viel, ließ die Schultern etwas nach vorn fallen, sah, wenn möglich, zu ihm auf.

Dies hatte sie nicht in der Logopädie gelernt, sondern beim Zusammenleben.

Die Sprechtrainingssitzungen wurden trotzdem fortgesetzt, meist als *Bull Sessions* in den spärlichen Urlaubszeiten, die Anja sich zugestand.

Das neue Pfingstwunder war ausgesprochen wartungsintensiv.

Manchmal hatte sie eigene Ideen darüber, wie sie zu ihm aufschließen konnte. So ließ sie sich eine Zeit lang in Buchhandlungen anspruchsvolle Bücher von freundlichen Fachkräften empfehlen, las Paolo Coelho und den Dalai Lama.

Als Ludger diese Bücher auf ihrem Nachttisch liegen sah, fragte er danach.

Anja erklärte: »Ich muss ja auch mal was anderes lesen als Lebensberichte. Ich versuche es mit anspruchsvollen Büchern.«

Da erfand er ein kleines Lied:

Dis is anspruchsvoll, dis is anspruchsvoll,
Da find ich ja allein schon den Anspruch toll,
Dis is anspruchsvoll, dis is anspruchsvoll,
Bloß weiß kein Mensch, was der Anspruch soll.

Sie sah sofort ein, dass das lustig gemeint war, und lächelte scheu.

Er dachte: Gut, dass sie mich hat, sonst würde sie verbissen versuchen, alles richtig zu machen. Anspruchsvoll, schrecklich.

Dass er ein herrschsüchtiger Sadist war, ahnte er nicht.

Sie ließ die Bücher bleiben und trainierte weiter, mit Menschen- und Engelszungen zu reden, in Rückzugsferienhäusern im Norden, Sylt, Norderney, weg von den meist in Süddeutschland gelegenen Operationsbasen der Stiftung.

Der Hauptsitz der »Stimme der Stummen« befand sich jetzt in Stuttgart, wo Ludger geschäftliche Verbindungen und eine Geliebte unterhielt, von der Anja wusste, ohne dass er wusste, dass sie von ihr wusste.

»Lass dich mal wieder rhetorisch pimpen«, sagte er, wenn sie nach Norden aufbrach. Als die Stuttgarter Geliebte frech wurde, verlegte man den Stiftungssitz erst nach Köln, dann nach Frankfurt, dann wieder nach Stuttgart und so weiter. Das kostete Geld, aber es hatte auch Verwaltungsvorteile, die Anja nicht begriff und auch gar nicht begreifen wollte. Sie folgte ihren eigenen Plänen.

Nachdem sie Wieland Schultes Undankbarkeit hinter sich gelassen hatte, gab es, wie sie bei genauem Horchen auf ihr Herz entdeckte, doch noch etwas, was sie wollte. Bald sah es sehr gut damit aus.

Die Periode brach ab. Morgens war ihr manchmal schlecht. Ihre Brüste waren größer und empfindlicher als zuvor. Sie wandte sich an Gott: Lass es wahr sein.

Ein Test bestätigte ihre Hoffnung.

Die Aktion war rechtens, obschon katastrophal.

Dieser Schluss beruhigte später zumindest Teile der Öffentlichkeit. Man ließ sich die Untersuchungskommission, die ihren Bericht mit diesem Trostwort, »rechtens«, abschloss, einiges kosten. Der unordentlichste Zugriff auf vom Staat gesuchte Personen seit dem Grenzschutzgruppeneinsatz in Bad Kleinen am 27. Juni 1993 war damit zumindest verwaltungstechnisch aufgearbeitet. Nasrin Alizadeh Reinhardt sollte den Bericht freilich nie zu lesen bekommen. Sie selbst erinnerte sich später vor allem an einen Tag voller kleiner Fehlentscheidungen. Wäre sie nicht zum Spielzeugladen gegangen, hätte alles auch anders kommen können. Wäre sie nicht direkt danach heimgelaufen, dann hätten sie und Kassim einander vielleicht vor dem Zugriff getroffen. Wären sie in diesem Moment zusammen gewesen, dann ... was?

Wenn sie diese Überlegungen anstellte, versuchte sie, die Sache von außen zu sehen.

Wem war das alles denn geschehen?

Karin und Paolo, nicht Nasrin und Kassim.

Die Pässe waren gut, sie sahen echt aus.

Wenn ihr Mann seine Frisur so glatt trug wie auf dem Foto und den Bart rechts und links ein wenig stutzte, sah er tatsächlich eher wie ein Italiener, jedenfalls wie ein Südeuropäer aus, nicht nordafrikanisch oder arabisch. Karin, sagte sie auf Nachfrage, hatte einen iranischen Vater, den sie nicht kannte. Er hatte ihre Mutter ein Jahr nach ihrer Geburt verlassen. Sie trug kein Kopftuch, was ihr anfangs unbehaglich war, dann gleichgültig.

»Die innere Haltung zählt, in einer Lage wie unserer«, sagte Paolo.

Manchmal, in Träumen, trug sie es doch. Wesen wollten sie in diesen Träumen fressen. Vor denen hatte Nasrin aber keine Angst.

Vier Monate lebten Karin und Paolo in jener Stadt, für die sie sich entschieden hatten, als feststand, dass sie Deutschland nicht verlassen wollten. »Flüchtling sein, das geht nicht. Und wenn man einmal Grenzen überschreitet«, sagte Nasrin damals, »interessieren sich auch nicht mehr nur die deutschen Behörden für einen, sondern bald die Amerikaner.«

Ãieneh doniã rã be do nim taghsim mikonad. Haghighat dar yek sou va roiã dar digar souie ãn ast. Vier Monate, ein neues Leben: Er arbeitete in einem Fahrradladen, sie an der Rezeption eines Jugend- und Rucksackhotels.

Alles war organisiert von Kassims Onkel und seinen Leuten. Die Angst hielt man in Schach, gemeinsam, durch Gespräche und Nähe.

Diese Angst kam dennoch immer wieder. Vor allem aus dem Fernsehen sickerte sie in die Räume, die Karin und Paolo bewohnten.

Ein Anschlag auf den Marathonlauf von Boston, Zusammenstöße von Eiferern mit deutschen Ordnungskräften, Abscheulichkeiten in aller Welt raubten Karin den Schlaf und lösten bei Paolo Wut aus: »Idioten. Natürlich wird es heißen, die Religion ist schuld.«

In diesen Momenten waren sie Kassim und Nasrin.

Es dauerte dann immer ein, zwei Tage, bis sie wieder Karin und Paolo wurden. Die Umgebung half dabei. Sie wurde ihnen allmählich vertrauter: das Wohnhaus, in dem abends die stinkenden Schuhe hart arbeitender Gebäudereiniger auf Matten vor den Apartments standen, die taz-Menschen im Fahrradladen, die »Jungle World«-Menschen im Rucksackhotel, die Banker in der Stehpizzeria, Paolos und Karins Lieblings-Nachbarschaftslokal: ein Leben.

Die Zwei-Personen-Familie war beliebt, wurde gegrüßt und fühlte sich infolgedessen bald so wohl, dass sie wachsen wollte.

Was, wie die beiden sehr wohl wussten, unmöglich war. Denn man lebte im Versteck, auf der Flucht. Ihre Arbeit hatte man ihnen genommen – »Nein, nicht ganz«, sagte Kassim, als Nasrin das einmal beklagte, und eins stimmte: Noch schrieben sie auf ihren eigenen Laptops, aus denen sie persönlich alle W-LAN- und sonstigen Außenverbindungsvorrichtungen entfernt hatten, damit niemand spionieren konnte, an den Lernalgorithmen weiter, glichen Makro-, Mikro- und Spotdaten, die sie den Medien entnahmen, damit ab, skalierten nach, untersuchten globale Energiehaushalte von Wettersystemen und hydrologische Zyklen, schrieben Indizes der *performance* beim *behavioural learning* aus – und stellten immer wieder dasselbe fest, das Nasrin schließlich mit den Worten zusammenfasste: »Wir haben recht. Aber wir dürfen es keinem sagen.«

Das war zu ertragen, leichter als das Ziehen im Herzen jedenfalls, die Trauer, weil sie keine Kinder haben konnten.

Karin und Paolo bewältigten diese Not *in character*: Sie wurden einander Kinder – kindlich, nicht kindisch. Sie kauften Überraschungseier (»Aber nicht«, bat Karin, »diese neuen für Mädchen, das ist fies, ich will dasselbe wie die Jungs«), sie schauten gemeinsam Kindersendungen oder kauften Kinder-DVDs (das Kikaninchen und das Haselhörnchen hatten sie bald besonders ins Herz geschlossen), sie spielten Brettspiele (am liebsten »Dracula«, wo man abwechselnd der Vampirkönig und sein Feind Dr. Van Helsing sein konnte), sie dekorierten Bad und Küche mit Aufklebern und kleinen Postern. Zu festlichen Gelegenheiten – etwa den eigenen fiktiven Geburtstagen – schenkten sie einander Spielzeug. Das wurde meistens in der Innenstadt besorgt, etwa im Kaufhof.

Schöner freilich waren die Sachen, die man im kleinen Spielzeugladen zwischen Karins Hotel und der Stehpizzeria bekam. Dieser Laden lief nach einer Mischkalkulation: Er bot einerseits hochwertiges Holzspielzeug, Metallpuzzles und Verwandtes, andererseits lustigen Quatsch an der Grenze zum Scherzartikel. Zur letzteren Warengruppe gehörte eine kleine schwimmende Schildkröte, die Paolo einmal, im drückendsten Hochsommer, für die Badewanne mitgebracht hatte. Sie war grün und sichtlich unvertraut mit allem Bösen. Auf ihrem Rücken saß ein goldener Stern. Da konnte man sie aufziehen, damit ihre Flossen sich drehten, als Paddel.

Hinten am Panzer war ein Knopf, den drückte man, dann spielte die Schildkröte Musik. Nasrin, nicht Karin, lag in der Badewanne. Viel Wasser, wenig Schaum, so mochte sie's. Kassim, nicht Paolo, kam dazu und setzte die Schildkröte ins Wasser.

Nasrin küsste Kassim und schaltete die Musik ein.

Beiden gefiel das, und der Gesichtsausdruck der Schildkröte behauptete, dass auch sie sich freute. Das aufgezogene Paddeln freilich, fand Nasrin, war nicht nötig: »Das macht mich nervös, wenn sich in der Wanne was bewegt, was ich nicht bin und was du nicht bist.«

Die beiden Menschen lachten, aber es steckte Ernsteres dahinter: Sie wussten genauer als andere Leute, dass Dinge nicht nur Dinge waren.

Dinge waren ein Leben, wie unsere Sprache eins ist.

Die Schildkröte sah das ganz ähnlich und reagierte auf Nasrins Irritation: Das Aufziehen funktionierte auf einmal nicht mehr richtig. Sie paddelte nur noch, wenn man sie nicht ins Wasser setzte, sondern in der Luft festhielt. Dann drehten sich die Flossen vorn, und die hinteren bewegten sich aufeinander zu und wieder auseinander.

Die Musik, batteriebetrieben, war von dieser Unlust nicht betroffen.

Nasrin tat das leid: »Hab ich ihr jetzt den Spaß am Paddeln vermiest?«

Kassim tröstete sie halb ernsthaft: »Vielleicht mochte sie's selber nicht. Ist ja nicht schlimm.«

Eine Weile erwog Nasrin, einfach eine neue, zweite Schildkröte zu kaufen und sie heimlich auszutauschen, damit Kassim nicht dachte, sie wüsste sein Geschenk nicht zu schätzen.

Schließlich fiel ihr, da sie fast täglich an dem Spielzeugladen vorbeiging, dort auf, dass außer dem breit gefächerten Warenangebot noch etwas anders zur Mischkalkulation gehörte: die Reparatur von beschädigtem Spielzeug. Die versprach ein selbstgemaltes Schild.

Nach der Arbeit brachte sie die Schildkröte hin. Übermorgen, sagte man ihr, sollte sie wiederkommen, um sie abzuholen. Eine Viertelstunde dauerte die Unterhaltung mit der jungen Frau, die ihr Hilfe versprach. An dieser Viertelstunde lag es, dass Nasrin zu spät kam zur Verabredung in der Stehpizzeria – später sogar als die fünfzehn Minuten geplanter Verspätung, denn zunächst ging sie nach Hause und machte sich frisch.

Kassim war nicht verärgert. Er wartete geduldig.

Als sie zwanzig Minuten nach der vereinbarten Zeit noch nicht da war, sagte er zu dem Mann an der Theke: »Ich geh Zigaretten holen – falls jemand mich sucht.«

Der Mann lachte. Er kannte die beiden.

In den zwei schwarzen Kleinbussen vor der Schnellwäscherei gegenüber liefen bereits die Zugriffsvorbereitungen. Präzisionsschützen erfassten Nasrin durch Geräte mit Restlichtaufhellervisieren. Diese Geräte waren nötig, weil der frühe Herbst dieses Jahres ein ungewöhnlich dunkler war – wolkenreich, mit eiligem Einbruch des Abends.

Ãbel Ãieneh i rã be Nasrin hadieh mikonad. Nasrin ãieneh rã be Wolf midahad. Wolf negãhi dar ãieneh miandãzad va dar ãn pedarash rã mibinad.

Nasrin sah Kassim nicht. Im Laden war alles wie immer: fünf

hohe Hocker an Brettern, auf die man Teller stellen konnte, in der Mitte ein freistehender Tisch.

Nur zwei Gäste aßen da, schweigsame Leute, vielleicht Banker aus dem nahen Businesskarree, die Nasrin nicht kannte – in Wirklichkeit eine Art Soldaten, auch eine Art Polizisten. Der italienische Teddybär an der Kasse fing an, Nasrin zu necken: »Na, und wo ist der Meister heute?« Dabei wusste er's ja.

Nasrin gab zurück, nicht unfreundlich: »Der wird noch bei den Fahrrädern sein.« Sie fragte sich aber, wo er wirklich steckte. Denn unpünktlich war Paolo so wenig, wie Kassim es je gewesen war. Zerstreut sah sie hinauf zum Flachbildschirm an der Wand. Der Küchenchef, fleißiger Partner des Teddybären, hielt die Fernbedienung in der Hand. Er zappte zwischen Nachrichten, Sport und Boulevard hin und her. Dann sah er Nasrin hinschauen und sagte: »Was willst du sehen? Ich schalt dir alles ein.«

Er zog sie auf – sie dachte an die Schildkröte und die Wendung: jemanden aufziehen.

Kassim, zum letzten Mal als Paolo, sah sie lachen und den Kopf in den Nacken werfen, durch das nicht makellos saubere Frontfenster des kleinen Lokals, als er auf der anderen Straßenseite vom Kiosk zurückkehrte.

Das ist sie, meine, und der sie sieht, bin ich, ihrer, dachte Kassim.

Jetzt drehte sie den Kopf in seine Richtung, blinzelte und zeigte die Zähne. Ziemlich dunkel, diese neue Lipgloss-Farbe, dachte er, und dann sah er die schwarzen Haare und den schlanken Hals und hob den Arm zum Grüßen.

Dabei trat er, wie oft beim Überqueren von Straßen, unbekümmert mitten in den Verkehr, wie von einem Radarsinn beschützt – er wusste, dass er, obwohl er weder nach rechts noch nach links sah, von keinem Auto erfasst werden würde. Das ging immer gut, was entweder an seinen Reflexen oder an Gottes Gunst lag.

Jeder, der zum Kommando gehörte, war mit den Plänen für den Zugriff bis in die Nerven vertraut. Selbst wenn Nasrin und Kassim sich in der Stehpizzeria verschanzt und dort Geiseln genommen hätten, wäre man mit ihnen fertiggeworden. Gebäude, wusste die Einsatzleitung, nimmt man von oben nach unten. Deshalb saßen sechs Mann im Dachgeschoß des Hauses, in dem das Lokal untergebracht war, und wogen ihre Waffen in den Händen. Leichte Waffen, durchschlagstarke Munition.

Nichts konnte schiefgehen.

Etwas ging schief.

Einer, in Kauerstellung hinter einem Gerät von Heckler & Koch, sah durchs Fernrohr. Kassims Arm, den er hob, um Nasrin zu winken, schien dem Schützen auf die Männer im Dachgeschoß zu zeigen. Kassim hatte zu Nasrin ohne Worte sagen wollen: Hallo, Schatz!

Der Kauernde aber sah ihn ihr bedeuten: Da oben sind sie!

Die Hand an dem Arm, der so falsch verstanden wurde, hielt eine eben gekaufte Zigarettenschachtel. Der Kauernde sah eine Waffe, wo keine war (nach einer anderen Version, die später in Protokollen von Ausschüssen auftauchte, sah er einen Zündmechanismus: »Die Islamisten mit den Selbstmordattentaten ...«).

Damit Kassim nicht schießen (oder sich und andere nicht in die Luft sprengen) konnte, trat der Kauernde die Tür des Wagens auf, in dem er kauerte, und schoss, mehr oder weniger (da variierten die Aussagen wieder) ohne Befehl.

Kassims missdeutete Hand wurde zuerst getroffen, obwohl der Schütze nicht auf sie, sondern auf Kassims rechte Schläfe gezielt hatte. Zwei Finger riss die Kugel ab, den kleinen und den mit dem Ring. Auch ein Stück Handballen wurde zerstört. Kassim fiel nach vorn, drehte sich im Sturz halb um sich selbst. Nasrin fasste sich mit beiden Händen ins Gesicht, als wollte sie eine Maske festhalten. Die Pizzamänner stöhnten auf, sie hatten alles gesehen. Die getarnten Agenten waren zu überrascht, Nasrin zu ergreifen, als sie die Arme fallen ließ und dann aus dem Lokal lief, wobei sie laute, unartikulierte Schreie ausstieß.

Kassim krümmte sich auf der Straße.

Es hätte keine Schüsse mehr geben sollen.

Nie wurde geklärt, warum zwei weitere Schützen ihre Abzüge

nicht in Ruhe ließen – vielleicht im Muskelreflex, vielleicht aus schierer Verblüffung. Kassim wurde noch viermal getroffen. Nasrin fiel auf ihn zu wie vom Wind nach vorn geworfen. Sie breitete die Arme aus und sank über ihm zusammen. Ein Kleinbus krachte in eine Reihe am Straßenrand geparkter Autos. Sein Hals ist offen, das ist falsch, dachte Nasrin, und fummelte an ihrer Jacke. Da waren Taschentücher. Ein Schnitt, tiefrot, aus dem dunkles Leben quoll, vom Nacken bis zum Brustbein, entsetzte sie. Kassims linker Arm schlug aus, traf Nasrin an der Hüfte. Schaum und Blut an seinen Lippen. Weißes und Zähes im Auge. Hupen, Geschrei und Rufe. Sein Blut an ihren Händen, der Versuch, die Tücher aufzufalten, ihn abzutupfen, irgendetwas irgendwohin zu pressen.

Ihr war schlecht. Sie hatte Angst und dann einen Hass wie ein gehetztes Tier, als zwei Kerle in Schwarz, mit kniehohen Stiefeln, Waffen in den Händen, auf sie zu rannten, die Waffen schwenkten wie Dompteurstöcke, brüllten. Blut an Nasrins Armen bis zum Ellenbogen, Kassims davon getränkte Hemdbrust, sein Gurgeln und gequetschtes Brummen. Ein Mann trat nach Nasrin, traf sie oberhalb der linken Niere.

Zwei der Schwarzgekleideten stießen sie von Kassim weg, überwältigten sie, die jetzt strampelte und kreischte, pressten sie auf die Straße.

Ein Zahn vorn, oben, brach.

Sie hörte Kassim würgend nach Luft schnappen, an seinem Blut ersticken.

Sie riss den Mund so weit auf, wie sie konnte. Dabei zappelte sie wie eine Cartoonfigur, durch die ein Stromstoß fährt.

Der nächste Tritt, gegen den Kopf, machte Zeit und Welt dunkel.

Am dritten Tag der Basler Aufnahmen waren es Robert, der Bassist, und Heiko, der Schlagzeuger, die aussprachen, was alle vier Bandmitglieder von Lichtnord deutlich spürten: »Die Nathalie«, erklärte Robert, »die ist unser guter Geist.«

Heiko ergänzte: »Und unser böser.«

Die Erkenntnis wurde bei Kürbissuppe in der Kantine des Studios ausgesprochen.

Das Studio war recht groß und gehörte zum Schweizer Radio, mit dem die französische Plattenfirma »un Deal« hatte, wie der Producer Remy sagte.

Nathalie war dabei, als man sie lobte, auf Toms rechte Schulter gestützt, sitzend, hellwach, und lachte ihr dreckigstes Lachen. Tom und Heiko hatten mit gemeinsamer Fürsprache bei der strengen Mutter erreicht, dass sie hatte mitkommen dürfen.

»Es ist ja nur knapp eine Woche. Ich rufe jeden Tag zweimal an.«

Die pensionierte Studienrätin war noch nicht recht überzeugt gewesen, aber dann war Heiko etwas Kluges eingefallen: »Da kommt sie doch mal raus und lernt was. Es ist ein anderes Land, aber nicht so weit weg wie Frankreich oder Spanien.«

Nathalies Mutter räumte ein: »Das stimmt, du warst noch nie in einem anderen Land. Du sollst ja auch mal die Welt kennenlernen.«

Tom hatte diese Wirkung der Idee seines Schlagzeugers erwartet. Ältere Leute mochten Heiko aus irgendeinem Grund. »Ich bin Arbeiter, ich rede keinen Schmus«, begründete er selbst diese Erfolge, aber Tom vermutete, eher als an Klassenfragen lag es daran, dass Heiko inzwischen sehr kurze Haare hatte und weder Piercings noch Tattoos brauchte, um sich wie ein Rockmusiker zu fühlen. Außerdem konnte er allen, die jeweils vor ihm saßen, direkt in die Augen gucken und sprach mit fester, sympathischer Stimme.

Von der Schweiz bekam Nathalie nicht viel mit.

In einer der Wohnungen, die das Label bereitstellte, standen ihr zwei Zimmer und ein eigenes Bad zur Verfügung. Mittagessen ging man gemeinsam in der Studiokantine, abends gab es bestellte Pizza und kleine Feten, oder man ging in eine der Spießerkneipen auf den vielen Hügeln mit den irren kurvigen Straßen, die man jeden Morgen im kleinen Bus zusammen hochfuhr, um gegen neun Uhr mit einer Arbeit zu beginnen, die dann meist nicht vor achtzehn Uhr beendet war.

Hinterm Studio konnte man rauchen, mitten in der Landwirtschaft, das heißt: vor einem großen Maisfeld. Da riss man Witze, trank Alkohol. Tom und Nathalie küssten sich oder schmusten –

nie im »Hotel«, denn, wie Nathalie das mit ihrem Flair fürs Paradoxe ganz treffend benannte: »Für Sex bin ich hier viel zu scharf dauernd.«

Zu Hause hatten die Liebenden immer noch nicht miteinander geschlafen.

»Das kommt erst«, sagte Nathalie, »wenn alles stimmt. Und wir wissen ja gerade noch nicht, ob irgendwann mal alles stimmt.«

Im Studio stimmte alles.

Remy war ein angenehm zurückhaltender Produzent, der nur gelegentlich bescheidenste Vorschläge in fehlerfreiem Deutsch machte: »Tom, wir probieren noch einen Take, aber jetzt versuchst du mal, nicht gleich am Anfang so wild zu singen. Sprich die ersten zwei Strophen mehr wie ein Gedicht. Das ist viel stärker, wenn das erst aufgebaut wird.«

Tom tat's, und es war tatsächlich stärker.

Beim täglichen Durchhören der Ergebnisse des Vortags am frühen Morgen trug Heiko jetzt immer eine Brille mit kräftiger schwarzer Fassung. Tom hatte sie noch nie gesehen, aber er dachte bei sich: Das Gestell steigert Heikos Autorität.

Dass Heiko die Arbeit leitete, gefiel allen, auch Fritz, der als dritter Songwriter ebenfalls an den Prüfsitzungen teilnahm.

In die Texte redete den beiden für sie Hauptverantwortlichen allerdings niemand rein.

Jedes Wort, das die Botschaft der Band greifbarer machte, schrieb Tom zusammen mit Nathalie oder ließ es sich von ihr aus Büchern fischen.

Selbst der Tontechniker fand das, was dabei herauskam, beeindruckend. Er hieß Pascal, half, wo immer er konnte, saß dabei meist hellwach hinter seinem riesigen Pult und deutete, wie Tom verstohlen aus den Augenwinkeln bemerkte, gelegentlich durch rhythmisches, sachtes Kopfnicken an, dass ihm die Musik tatsächlich gefiel.

Pascal hatte, wie sich später herausstellte, sogar mit Merrimack gearbeitet, einer Band, deren Album »The Acausal Mass« von 2012 zu Toms »All-Time-Faves« gehörte.

Lichtnord arbeiteten sich aus ihrer Burzum-artigen Frühphase allmählich zu einem etwas volleren, freilich nie künstlich zu mehr Volumen »aufgepumpten« (Fritz) Klang hin. Pascal begriff diesen Ansatz mühelos und setzte ihn klug um.

Jeder der Musiker hatte seinen eigenen Raum zum Proben und Spielen.

Fritz schrubbte und dudelte direkt neben dem Technikraum in einem Zimmer voller alter Rumbarasseln und Ziegenfelle.

Robert arbeitete in einer Art Empfangshalle, in der sogar ein Klavier stand.

Heiko hatte zwei Zimmer, für die beiden großen Schlagzeug-Kits, auf denen er sich abwechselte – das größere stand zu Hause für gewöhnlich unter der Werkstatt, in der er arbeitete, und war noch nie mit auf Tour genommen worden, sein wertvollster Besitz, eigentlich nur zum Üben da, aber diesmal war es mit einem zweiten Bus, den Remy organisiert hatte, hergeschafft worden, für die komplizierteren Parts.

Das schnelle Gedresche der normalen Songteile erledigte Heiko nach wie vor auf dem kompakten Kit, das die Restband von Auftritten her kannte und gegen das Tom live schon mehrfach angetrunken gefallen war.

Tom selbst stand, durch eine Glasscheibe vom Cockpit getrennt, in dem Nathalie mit Remy und Pascal saß, am Fuß einer Treppe, die zu einer die Räume überwölbenden Galerie führte.

Die Platte wurde besser, als die Band gehofft hatte.

Das letzte von acht Stücken, der Ausklang, »Wüste«, fast zwölf Minuten lang, schien gar, lobte Remy, »eure Antwort auf ›Waters of Ain‹«.

Tom war über diesen etwas übertriebenen Vergleich sehr glücklich.

»Du freust dich wie die Hexe auf dem Besen, was?« – das war Nathalie, auf der Heimfahrt.

Man hielt an jeder Raststätte, betrank sich, feierte.

Nur Nathalie und Heiko, der Fahrer, blieben nüchtern.

Vier Monate später wurde die Platte veröffentlicht.

Ein Erfolg: In Europa verkaufte das Label in den alles entscheidenden ersten zwei Monaten knapp über zweitausend Stück, dank rühmender Notiz, die man in Zines, im Netz und bei den größten Magazinen davon nahm. Danach war das Album, das »WAESTEN« hieß, ein »sehr gesunder steady-seller« (Heiko, der sich zu informieren wusste).

»Vergiss dein Abitur«, sagte Nathalie zu Tom. »Du wirst Rockstar.«

Toms Durchschnitt von neun Punkten beim Schulabschluss legte ihm das Vergessen ohnehin nahe. Nathalie aber wusste: »Das ist nicht die Reifeprüfung für dich gewesen. Die Platte war's. Und jetzt wird die Welt erobert.«

»Ludger?« Anja lag im Bett und fragte vorsichtig.

Er las ein Buch über Eros und Tod und machte: »Mmhäm?«

Die Frau, die er zu lieben glaubte, stützte den Kopf auf die Hand, die Hand auf den Ellenbogen. Dann sah sie ihn hilfesuchend an, wie er's mochte.

Ludger Schlegel ließ das Buch auf seine behaarte Brust sinken. Der Band war von Hemingway und noch behaarter. Ludger lächelte, drehte den Kopf geduldig zu ihr und fragte: »Ja?« Anja schlug den Blick nieder, dann sah sie ihm in die Augen: »Ich mache mir ...«

»Du machst dir Sorgen?« Er liebte es, ihre Sätze zu beenden, mit einem Unterton von Ungeduld. Ludger zeigte ihr gern Grenzen, von denen er nicht wusste, dass es seine waren. Leicht schnaufend rutschte er an der Kopfstütze hoch, bis er aufrecht saß. Sie schälte sich derweil aus den Laken, schwang die Beine von der Matratze und setzte sich schließlich in Kinderhocke neben ihn. Er legte Hemingway auf den Nachttisch, zur bronzebraunen Flasche, in der seine Medizin war. Seit gut zwei Jahren hielt sich Ludger Schlegel für ununterbrochen erkältet. In Wirklichkeit war er unterwegs zum Alkoholismus.

»Ich hab da was gelesen.«

»Du hast was ... gelesen.«

An seinen Mundwinkeln und zwischen den Brauen erkannte sie Anzeichen von Unwillen. Sie kam zur Sache: »Im ›Stern‹ stand was.«

»Im ›Stern‹.« Er wiederholte es, als sei das erstaunlich. Sie holte Luft: »Ja, über die Heime und die ... Über das, was die Stiftung macht. Seminare ...«

Er schloss die Augen, öffnete sie wieder und sagte in einem Ton, der mitteilen sollte, dass er sich für ausgesprochen geduldig hielt: »Welche? Die Hebammenausbildung, die Entgiftungsberatung, die Kurgruppen für Leute mit Burnout, die Mediationen, die Familienaufstellung?«

Das alles nämlich, sagte sein Blick, hatte er für sie aufgebaut, das alles geschah in ihrem Namen. Die anfängliche Nähe der Stiftung zur evangelischen Kirche hatte sich längst erledigt. Es gab, wie Auszeichnungen für Integration und Zivilcourage belegten, die man Anja – immer Anja, niemals ihm, er wirkte im Hintergrund – dafür verliehen hatte, keine ökumenische Veranstaltung vergleichbarer Reichweite in Deutschland.

»Das größte Übel«, ließ er Anja immer wieder sagen, in Reden, in Talkshows, in Interviews, »ist Intoleranz.«

Deshalb achtete die Stiftung beim Ausbildungs- und Hilfspersonal streng auf interreligiöse Quotierung: Muslime, Christen aller Bekenntnisse, Juden, Buddhisten, Hindus, Bahais arbeiteten für Anja – allerdings keine Scientologen, Jünger Oshos oder dergleichen.

Anja war dankbar. Es fiel ihr schwer, von dieser Dankbarkeit abzusehen, um Ludger mitzuteilen, was sie beschäftigte. Aber sie fand, dass sie keine Wahl hatte: »Sie sagen ...«

»Sie schreiben höchstens. Es ist kein Radio.«

»Sie schreiben, wir sind nicht, was ... was du sagst. Sie schreiben von Steuerflucht und ... und von Verschachtelungen. Dass man's nicht durchschaut. Das Geld.«

Aus seinen Nasenlöchern entwich heiße Luft: »Pff ... Willst du dir wirklich den Kopf damit krank machen? Glaubst du, Torsten und Selena beraten uns schlecht? Schatz. Du kennst sie. Du hast ...«

Er zwinkerte, dann klang er plötzlich pastoral: »Du hast in ihr Herz geschaut, oder nicht? Ich vertraue dir, das weißt du, Anja. Dir kann man nichts vormachen.«

»Na ... na ja, aber Torsten und Selena wissen ja vielleicht selber nicht immer ...«

Er zog die Brauen hoch. Sie erkannte, dass es nicht ratsam war, an diesem Punkt weiter zu forschen, bog also ab, auf einen noch gefährlicheren Pfad allerdings: »Die Seminare ... schau, ich hatte ... dir schon gesagt, dass ich es nicht gut finde, dass sie immer diese DVDs gucken am Anfang. Und dass überall die großen Fotos hängen ...«

Er grunzte leise. Anja hielt inne.

Auf den DVDs, die sie meinte, waren kleine Ansprachen und Grußworte aufgezeichnet, die einzuspielen sie auf Ludgers Anregung in Köln vor etwa einem Jahr begonnen hatte.

Das Studio gehörte der Stiftung, »eine Investition. Wir brauchen ja auch ein Wort zum Sonntag irgendwann, oder?«

Anja hatte nie eingewandt, was daran nicht stimmte: dass die Filmchen jeden Tag, nicht nur sonntags, gezeigt wurden, in den Dependancen der Stiftung, in den Suchtkreisen, wo sich Leute das Rauchen oder Schlimmeres abgewöhnen sollten, in Motivationsgruppen für Mobbingopfer, in Kursen für Kommunikation, in Selbsthilfezirkeln, wo man lernte, wie man mit allen möglichen Sorgen des Lebens fertig wurde, von der Trennung bis zur Überschuldung.

Oft war Anja in den Räumen, wo die DVDs vorgeführt wurden, sogar doppelt symbolisch anwesend: An Wänden hingen zusätzlich die verherrlichenden Fotos, von denen sie gesprochen hatte.

»Nur auf dem Klo gibt's keine«, hatte Selena Ludic, Co-Leiterin der Finanzverwaltung der Stiftung, neulich bei einer internen Abstimmungssitzung gescherzt und war dafür von Ludger Schlegel mit einem strafenden Blick bedacht worden.

Jetzt sagte er: »Lass gut sein, Anja. Du bist bescheiden, das wissen alle. Das schmückt dich, das zeichnet dich aus. Aber du musst auch lernen ... wie soll ich dir das erklären? Menschen sind träge, sie wollen sich nicht bessern. Deshalb brauchen sie Vorbilder. Vorbilder, wie der Name schon sagt, sind Bilder. Du bist ein solches Vorbild. Und ich kann ...« Er rückte seinen Oberkörper zurecht und fuhr fort: »Ich kann es manchmal immer noch nicht glauben, dass ich dich gefunden habe.« Seine Züge entspannten sich.

Sie versuchte es noch einmal: »Aber sie schreiben und über mich und sagen ... sie schreiben, dass Leute von uns sagen, das Kind mit den Flecken im Gesicht, das hätte ich gesund gemacht, weil ich es geküsst habe. Auf die Stirn. In Köln, weißt du?« Er grunzte wieder, nickte unwillig.

Sie sagte: »Und die Frau, die diese Gelenkschmerzen hatte, da wäre ich ...«

Er fiel ihr grummelnd ins Wort: »Ja, hmmja. Aber sage ich nicht genau das? Vorbild. Legenden. Lass sie doch. Sie brauchen das.«

»Im ›Stern‹ steht, es sind Wundergeschichten. Im ›Stern‹ steht ...«

»Die Medien leben von diesem Genörgel. Ich weiß, wie das geht. Medien, Anja ... das ist ... wir sind so ganz langsam verblödet da, bei dieser Arbeit. Jeden Tag ein bisschen ärger. Es hieß immer öfter: Weiche Themen, die Aufmerksamkeitsspanne der Menschen hat sich verringert, sie wollen nicht mehr überfordert werden von Meinungen, die sie noch nicht kennen. Weiche Themen, das war ein Codewort für: poröser Keks. Es bedeutet ... Wir haben alle durchlässige Hirne, die immer nur hören wollen, wie es nun mal ist. Frauen wollen was fürs Herz, Männer Autos und Fußball, zwischendurch das, was sich ein Kretin unter Politik vorstellt: Die da oben in Berlin, oder es gibt zu viele Sozialbetrüger oder zu viele gierige Manager und so weiter, auch mal zu viele Einwanderer, dann wieder zu viele Nazis ... Hitler, DDR, Krankheiten, Muslime, Euro, Krise. Gebetsmühlen. Die neue Religion, eigentlich. Aber eine sehr flache Religion. Die Idee war: Wir machen uns eine Menge Sorgen, aber weil wir uns Sorgen machen und uns dabei schön mies und ohnmächtig fühlen, geht der Kelch immer noch mal an uns vorüber. Denn diese ständige Sorgenmacherei, das ist unsere Form der Buße. Und dass die Medien morgen wieder von einer anderen Scheiße reden ... Entschuldige ... von einem anderen Skandal oder einer anderen Besorgnis ... Das ist Ablass, Vergebung und Sühne in einem. Man interessiert sich nicht dafür, ob irgendetwas wahr ist.«

Als er fertig war, sank er wieder ein wenig in sich zusammen: Es ist vollbracht.

Anja wusste, dass sie jetzt besser schwieg. Es ging nicht: »Ist das denn besser ... ist es denn wirklich besser, wenn die Leute glauben, ich könnte Wunder ... Oder wenn sie glauben, mein Kind wäre ... könnte ... Der ›Stern‹-Reporter schreibt was ... von Seminaren ... in denen einige gesagt hätten, ich wäre noch ... noch wunderbarer, seit ich das Kind erwarte, und die Stiftung würde ... sie sagen, es ist der ...«, sie verzog den Mund, als hätte sie auf einen Pfeffer-Zitrone-Keks gebissen.

Ludger hustete, wie man aus Verlegenheit hustet, dann sagte er: »Na. Na, aber ... sicher, ich hab's auch gehört. Ich wollte dich nur nicht ... es ist ein bisschen albern, und ein bisschen peinlich, aber es ... selbst das gehört dazu. Der Paraklet ... dass der sich zeigt ... ja, ich weiß, es heißt wohl, dein Kind ... unser ... na ja ... und die Muslime warten auf den Mahdi, und die Juden ... die warten immer noch auf den Meschiach. Na, und bei uns, das ist dann eben eine mildere ... eine, wenn du mich fragst, sogar ein bisschen ansäkularisierte ... diesseitige ... weltliche ... Form davon. Sieh es doch mal so: Du bist ihre Prinzessin Diana, ihre Königin der Herzen. In jedem Staat, was sage ich: In jedem Großbetrieb, der auf sich hält, wenn er denn gut und liebevoll geführt wird ... da gibt es dann eben ein gewisses natürliches Interesse an sozusagen dynastischen ...«

Sie sah ihn fragend an, während er nach Worten suchte. Schließlich fand er, was er meinte: »Das Familienleben der symbolischen Eltern ... sieh mal, die ganze Klatschpresse, Königin Maxima, Fürstin Charlene und wie das alles heißt ... da ist man dann ja auch immer ganz besonders am Nachwuchs interessiert. Es ist so eine Erwartungsform der Bewunderung: Sie wollen, dass jemand kommt, der einlöst, was sie im Grunde von sich selber und für sich selber hoffen. Ihr besseres Ich.«

Er hatte diesen Ausdruck im Gesicht, der ihr verriet, dass er sie jetzt gar nicht mehr richtig wahrnahm, sondern wieder einmal seine ganz persönliche Wehmut darüber streichelte, dass er ihr gegenüber Worte aus seinem Theologiestudium wie »Soteriologie« nicht verwenden konnte. Er griff nach der bronzenen Flasche, schraubte sie auf, nahm einen tiefen Schluck, schraubte sie wieder zu, wischte sich den Mund, sah Anja an. Sie gab nicht nach: »Ich habe nur ... Ich hab nur Angst, wir werden eine Sekte.«

Er wurde nicht wütend. »Anja. Überleg mal. In einer Sekte muss man doch ... muss man doch zumindest alles aufgeben und ablegen, was man vorher geglaubt hat, nicht?«

Sie nickte schwach, aber hoffnungsvoll.

»Siehst du. So ist das. Und bei uns? Die Muslima bleibt Muslima, der Katholik bleibt Katholik. Sie mögen dich, was ist falsch dran?«

Sie legte die Hände schützend auf ihren Bauch, spürte das nächste Leben.

Er sagte: »Du machst dir auch ums Kind Sorgen, nicht?«

Das gab sie zu: »Ja, mache ich.«

Er strich ihr übers Haar: »Dann lass dich beruhigen. Nicht von mir, sondern von jemandem, der was davon versteht. Geh zu Matthias. Lass ihn zu dir kommen.«

Man hatte eigene Ärzte; es fehlte an nichts.

»Lass noch 'ne Sonographie machen, lass dein Blut noch mal anschauen, noch 'ne Amnio.« Anja sagte leise: »Also du findest nicht, dass ich zu ... wie heißt das, wenn man ... nicht für sich selber, sondern für jemand anderen Hypochonder ist?«

»Liebe«, sagte Ludger.

Denn dumm war er nicht.

Nach drei Jahren Parteiarbeit für die Linke kleidete sich Anna immer noch gern in das, was Marion »die Uniform« nannte: das alte Ensemble der androgynen Herzlichkeit.

Es passte, weil es Verlässlichkeit versprach, sogar zur Parteiarbeit, deren Begriff Anna durchaus weit fasste: Nicht nur die aus der Fusion von alter PDS und neuer WASG entstandene Partei Die Linke konnte mit ihr rechnen, sondern auch manche kleine und kleinste Organisation.

Anna half ihnen vor allem in der Blogosphäre.

Ihr Blog »Komm mal wieder runter« war bald die angesehenste

deutschsprachige Plattform für den Wechselgesang zwischen Organisierten und Unorganisierten. Zwar ließen sich Wahnsinnige, Kauzige und besonders Misstrauische dafür nicht gewinnen. Aber vor jeder Rosa-Luxemburg-Konferenz der »jungen Welt« brummte Annas kleiner Laden, und sie selbst gehörte zu den wenigen Personen, die sowohl im Umfeld der »Jungle World« wie dem der »jungen Welt« wohlgelitten waren.

Im eigentlichen Bloggerkosmos war sie dabei eher ein von Brown'scher Bewegung gelenktes Schwebeteilchen als eine Fädenzieherin.

Wer dort ausdauernd monologisierte, griff sie früher oder später an, wobei recht widersprüchlich geschimpft wurde: Ablehnung erfuhr sie sowohl als »Stalinofeministin« (»Ofenschlot«) wie als »eklektische Plappertasche ohne den Hauch eines Konzepts oder einer marxistischen Bildung« (»Lyziswelt«).

Auch sonst gab es Höhen und Tiefen in der öffentlichen Resonanz auf Anna.

Das Jahr 2011 fing eher schleppend an.

Eine Zeit lang eierte Anna am Rand des halbautonomen Antirassismus herum, dann lud Arthur, der Trotzkist, der 2009 am Rand jener für Anna augenöffnenden Wahlparty den Satz gesagt hatte, der zum Titel ihres Blogs geworden war, sie auf ein Meeting seiner »Marx21«-Gruppe ein, das »Marx is muss« hieß: »Kannst du ja vielleicht für dein Dings drüber berichten. Es gibt zumindest einen Abend mit 'nem Podium, wo auch Prominenz sitzt, sogar einer von deinen postmodernen Theoriemenschen, der Žižek.«

Anna Interesse an Slavoij Žižek konnte man nicht stürmisch nennen. Da ihr aber Arthur, der in irgendeinem leitend konferenzausrichtenden Ausschuss sein Wesen trieb, unbegrenzten Zugang zu allen Ebenen der Veranstaltung gewähren wollte, ließ sie sich dennoch darauf ein. Der Abend, an dem Žižek seinen Auftritt haben sollte, stand unter dem Motto »Die Aktualität der kommunistischen Idee«.

Stattfinden sollte das Ding in einem langen und breiten, aber stimmungsvoll (das heißt: schlecht) ausgeleuchteten Saal. Im Freien davor ereignete sich zunächst eine Fress-, Grill- und Sauf-Stehparty, die ganz nach Annas Geschmack war. Sie hatte dafür getrommelt, dass auch ein paar ihrer Unileute erschienen. Die stellten sich tatsächlich ein, und Arthur holte Anna bei ihnen ab, um sie zu einer kleinen Gruppe zu führen, die sich um Žižek und den britischen Trotzkisten Alex Callinicos geschart hatte.

Anna schaltete ihr Hirn in den Aufnahmemodus und fragte Arthur flüsternd: »Und wer ist jetzt dieser Calimero?«

Der Genosse antwortete: »Das ist so der Cheftheoretiker von der SWP, Socialist Worker's Party, das sind unsere britischen Genossen. Wie du siehst, kennt er Žižek schon persönlich.«

Im Nähertreten zeigte sich, dass es da tatsächlich eine Art rauherziger Kameraderie gab, obwohl Callinicos als orthodoxer Trotzkianer natürlich nicht mit allen Exaltiertheiten und freien theoretischen Assoziationen des berühmten Slowenen *d'accord* ging. Der inhaltliche Abstand äußerte sich als ein spielerisches gegenseitiges Ausbremsen und Muskelvorzeigen.

Der Stardenker demonstrierte dabei größere Beweglichkeit, der Parteimann dafür mehr Ausdauer. Neben diesen beiden wirkten die anderen zwei, die, abgesehen von einer gut vorbereiteten Moderatorin in der Mitte, am langen Tisch der kommunistischen Idee sitzen sollten, von Anfang an eher blass. Es handelte sich dabei um die hessische Linksparteifrau Janine Wissler und einen Schriftsteller namens Dietmar Dath, von dem Anna nur wusste, dass er im Ruch des irgendwie Marxistischen stand, andererseits aber ausgerechnet bei der »FAZ« gearbeitet hatte oder noch dort arbeitete.

Janine Wissler nickte Anna im Vorbeigehen zu, dann ging sie hinter die Bühne. Anna war von einem gemeinsamen Frankfurter Abend gegen Flüchtlingsabschiebungen her mit ihr bekannt. Jetzt stellte ihr Arthur den Schreiber vor. Der wirkte zerstreut und konnte mit dem Namen Anna Steiger, den Arthur aufsagte wie den einer berühmten Hula-Hoop-Weltmeisterin, nichts anfangen. Hin und wieder lenkte ihn die Unterhaltung der beiden Ausländer ab. Als Arthur wiederholte: »Anna Steiger, weißt du, der Blog, ›Komm mal wieder runter‹, kennst du das nicht?«, hellte sich das Gesicht des

Mannes auf: »Ach, klar, hab ich gebookmarkt. Das gehört zu den Sachen, die ich täglich anschaue, also, ähm, lese.«

»Zitierst du sie denn auch in deiner ›FAZ‹?«, fragte Arthur.

Anna verlor das Interesse an dem Wortwechsel. Sie sah vorn in der schummrigen Halle Leute sitzen, die sie kannte – Georg, Tamara Blau vom SDS und Nicole Gohlke von der Bildungsarbeit der PDL.

Nicole winkte ihr und gab mit Handzeichen zu verstehen, dass bei ihr und den ihren noch ein freier Platz war. Die Unileute hatte Anna aus den Augen verloren, Marion war auch nicht mitgekommen, also gesellte sie sich zu Nicoles Bekannten und plauderte mit denen, bis das Licht noch schwächer wurde und die Bühnenstrahler angingen. Das Panel war in Ordnung: Die vier Leute, von der Moderation jeweils dazu aufgefordert, sich zu äußern, diskutierten nicht, sondern wechselten einander mit mehr oder weniger ausführlichen Statements mehrere Durchgänge lang jeweils von links nach rechts ab.

Eine Art Austausch kam, weil sie sich irgendwann zunehmend auf bereits von den andern Gesagtes bezogen, so immerhin doch zustande.

Besonders aufmerksam folgte Anna dem indes nicht. Sie hatte ein neues Smartphone, mit dem sie im Netz rumturnte, obwohl Georg ihr dafür zwei, drei missbilligende Blicke herüberschoss. Nach dem Event stand man eine Weile im Fressgarten vor der Halle, zwischendurch relativ nah an Dath und irgendwelchen Damen, die ihn kannten oder die er kannte. Als Arthur sah, dass Anna und der Mann ein paar Blicke wechselten, sagte er: »Das mit dem Zitieren vorhin hab ich nur gebracht, weil er sich tatsächlich mal auf dich bezogen hat – so ein Artikel über Frauen mit Waffen im Kino, da kam er auf den Fall Florence Rey zu sprechen und hat dich eben ... das war aus dem Aufsatz, dieses Ding, was du ganz am Anfang mal auf ›Komm mal wieder runter‹ gestellt hast.«

»Hmhm«, machte Anna unverbindlich und googelte das zu Hause nach.

Die Stelle lautete: »Solche Inszenierungen der phallischen Frau haben ihre eigene, manchmal misogyn aufgeladene ikonographische Grammatik – nicht nur im Fiktiven, sondern auch im Nachrichtenwesen, wie etwa die Berichterstattung und später auch fiktionale Verwertung des Falles Florence Rey zeigt, die man zum ›Situationistischen Flintenweib und rücksichtlosen Autonomenliebchen‹ (so die Internetpublizistin Anna Steiger) stilisiert hat, um entsprechende Angstlust zu freizusetzen.« Die Wendung mit der aufgeladenen ikonographischen Grammatik fand Anna zu wild, aber »Internetpublizistin«, das hatte was.

»Weißte, jetzt lass mich mal rein, ich hab nicht den ganzen Tag Zeit, ich bin schließlich Internetpublizistin!«, probierte sie's bei Marion am nächsten Morgen aus, als die wieder zu lange Bad und Klo besetzt hielt.

Die Antwort kam schlagfertig: »Was bist du, Interpolizistin?«

Ein paar Monate später schickte Arthur ihr einen Link zu einer Filmrezension, die Dath geschrieben hatte. Es ging um einen Kunstwahnsinn namens »Wald statt Bäumen«, Anna hatte einiges darüber gehört; der Regisseur und Drehbruchautor dieses Werkes hatte wohl eine ansehnliche linke Bewegungsvergangenheit und war eigentlich von Haus aus Dokumentarist. Daths Besprechung las sich eingeschränkt wohlwollend.

Er schrieb darin von »überzeugender Entfaltung eines Science-Fiction-Szenarios ohne Schablone« und einem »Niveau, das in Deutschland sonst niemand, im Ausland allenfalls Shane Carruth erreicht«. Am Ende gab's dann aber doch was zu motzen, und das war auch die Stelle, um derentwillen Arthur ihr das Ding gemailt hatte: »Kunstwillen gerade im kassenträchtigen SF-Genre bewusst gegen Blockbuster-Erwartungen zu setzen, wie Abel Reinhardt das hier unternommen hat, ist ein ehrenwerter Ansatz. In seinen ausufernden Bildräuschen aber gerät ihm sein Film stellenweise außer Kontrolle, oder um eine der vielen bei ihm visuell präsenten hortikulturellen Metaphern zu gebrauchen: Er wächst ihm über den Kopf – ausufernd, einschüchternd, mäandernd, exzessiv, kanzerös, wild, leviathanisch, satanisch, irisierend, frakturiert, beängstigend, nerdcore, hier und da auch ein wenig self-indulgent, quecksilbrig, quicklebendig, (zu) hell. Die Schauwerte verdrängen das eigentlich Interessante, das Spiel und Widerspiel der Figuren durch verschiedene wahrscheinlichkeitstheoretisch, aber bewusst nicht quantenmechanisch grundierte Permutationen – man möchte dem Schöpfer mit dem Titel eines der besten, weltzugewandtesten politischen Blogs im deutschen Sprachraum zurufen: Komm mal wieder runter!«

Ein Kompliment war das irgendwie schon.

Anna verzog den Mund, bis ihr einfiel, wie man diese Mimik nannte, die ihr da passierte: Das war ein Schmunzeln. Nee, dachte sie, um Gottes willen, geschmunzelt wird nicht, wir sind doch nicht bei Willy Millowitsch.

Der Philosoph hob seine rechte Hand und spreizte die Finger: »Dies ist Zwischenraum.«

Hinter der Hand erkannte Abel Wetter. Kühlere Winde als zuvor ergaben sich und fuhren in die Bäume, abgelenkt und geformt von Corioliskraft. Wind in Form, Größe, Position, Abstand, lokaler Bewegung: Wirklichkeit außerhalb des Fensters hinter Galen Strawson.

Eine saftig grüne Wiese, zwei päpstlich rote Mohnblumen.

Mohn, dachte Abel. Haschisch.

Strawson: schmale Nase, schlank, jungenhaftes Gesicht, volles Haar, das zu einem Segler gepasst hätte und Abel teils an seine eigene Sturmfrisur, teils an alte Fotos von Ludwig Wittgenstein erinnerte. Der Mann thronte im gut sitzenden, dezenten Hemd mit hochgekrempelten Ärmeln an seinem Schreibtisch und zeigte sich zu jeder Erörterung bereit.

Abels Mund war trocken. Er wünschte sich, Ceecee wäre nicht im Hotel geblieben.

»Ich glaube«, sagte Strawson, die Finger immer noch erhoben, »so ist die Welt. Unabhängig von mir. Es gibt Abstände. Zwischen meinen Fingern, zwischen allem. Verschiedene Sachen sind auch darin verschieden, dass sie nicht an derselben Stelle zu finden sind.«

Abel sah hinunter auf den Tisch aus hellgeputzter Eiche, auf zwei der drei geschwungenen, laminierten Beine, auf das Mittelstück, das sich zum Rand hin verjüngte.

Er betrachtete das alles, wie man ein Lebewesen betrachtet. Was atmete es? Möbelpolitur. Wie riecht die? Betäubend. Haschisch. Mohn.

»Zwischenraum ist Raum. Also Wahrnehmung, aber auch eine Kategorie der Wahrnehmung, Kriterium der Wahrnehmung. Woher habe ich das Kriterium?«

Es schien, als würde Strawson zwinkern.

Abel antwortete: »Philosophisch kann ich Ihnen das nicht beantworten. Aber praktisch, als Filmemacher sage ich: Das Kriterium wird hergestellt. In der Tiefe des Bildes, im Focus und vor allem im Ton – Schallwellen in Raum und Zeit. Ich habe eine gewisse Kontrolle darüber, ich meine, wo sind wir? Im Film, wenn das eine Szene wäre, ergäbe sich die Rauminformation aus der Kombination von Verzögerung im Schall, Nachhallzeit und Klangverfärbungen wegen der Wände, der Böden, der Decke. Schallabsorption. Ich kann das Volumen hören. Also Raum ...«

»Aber das sind Beschreibungen«, sagte der Philosoph. »Sie, als Filmemacher, stellen die Größen her, die solche Beschreibungen erlauben. Es ist deskriptiv, aber nicht ontologisch oder metaphysisch oder ...«

»Aber bei der Kunst haben wir ...«, fiel ihm Abel ins Wort, und hörte ihn zugleich weiterreden: »... oder sonst was, das zu dem gehört, was Kant das ›Ding an sich‹ nannte.«

Abel dachte: Ding an sich. Frequenzen von Beton, Mauern, Putz, Holz, Linoleum. Was passiert, wenn das Fenster gekippt ist? Sind die Winde stark genug, dass diese Vorhänge dann rascheln? Wie würde sich das anhören? Wir reden übereinander, durcheinander.

Stimmt, so hatte er es auf der Akademie gelernt: Überlappende Dialoge erzielen desorientierende Effekte, indem sie Sprache kontrapunktisch behandeln und die Klangdichte erhöhen, ohne hinreichend hochauflösende Raumkorrekturen anzubieten, die sich schon rein technisch weder herstellen noch im Zusammenspiel von

Ohr und Hirn im Publikum realisieren ließen. Galen Strawson legte die Hand auf den Tisch, zwischen Maus und Keyboard.

»Es ist aber eben doch nicht nur deskriptiv gemeint. Wir reden schon über Strukturen. Form, Größe, Position, Abstand, lokale Bewegung. Es ist was dran.«

Es ist was dran, dachte Abel. Was drin.

Mein Hirn liegt in feuchtwarmen Tüchern.

»Dann streiten sie sich. Die Substantivalisten, die sagen, Raum ist eine Sache, und die Relationisten, die sagen, Raum ist eine Beziehung zwischen Sachen. Streit um das, was man erst mal in Ruhe lassen könnte, um zum Punkt zu kommen.«

Zum Punkt. Eine kleine schwarze Fliege auf der Scheibe vor dem Wetter, vor der Wiese. Eine kleine schwarze Fliege ist der Punkt.

Mohn. Abel sprach es aus, halblaut, deutsch, um auch mal was zu sagen: »Mohn.«

»Ja«, nickte Strawson, »Monismus, genau. Im Gegensatz zum Dualismus. Das war mein Punkt. Sobald man sich überhaupt darauf einlässt, dass es ein Leib-Seele-Problem gibt – wie kann der Leib denken, empfinden? –, hat man die dualistische Voraussetzung akzeptiert, dass es mentale Wirklichkeit gibt und davon verschiedene nichtmentale Wirklichkeit. Ich will das nicht. Ich bin Monist. Nur eine Wirklichkeit, mehr gibt's nicht, Punkt. Wenn man aber Monist ist, und Physikalist, dann muss man sagen: Dass es eine Erfahrungswelt gibt, dass es Gedanken und Gefühle gibt, das kann man nun mal nicht bestreiten. Wenn also die Welt physikalisch ist, materiell, und wir gleichzeitig wissen, dass es Empfindungen und Gedanken gibt, dann sehe ich nicht, wie man anders Monist sein kann als so, wie ich das bin: Ich glaube, alles Physikalische und Materielle macht Erfahrungen und erlebt Gedankenartiges. Denn wenn alles, was es gibt, nur eine Sorte Sache ist, dann gibt es bloß zwei Möglichkeiten: Alles denkt und empfindet oder gar nichts. Die zweite Möglichkeit müssen wir ausschließen, wir denken und empfinden ja. Also bin ich, was die Leute einen Panpsychisten schimpfen. Alles ist beseelt. Alles.«

Der Raum, der Schreibtisch, die schweren Vorhänge, dunkelgrün, der breite Spiegel oben, neben dem die alte Uhr mit den galeriegeschmückten Fächern und den schlanken Spindeln hing, die massiven Regale aus viktorianischer Zeit, die Anrichte aus Palisander, schwarz gelackt, mit Paneelen, vergoldeten Messingbeschlägen, der ganze Unsinn – alles beseelt.

Im Spiegel sah Abel Strawsons Hinterkopf schräg über seinem eigenen, merkwürdig schwindsüchtigen Gesicht schweben.

Strawson stellte fest: »Wir können nicht ausschließen, dass der Raum Gottes Sinnesapparat ist, oder etwas anderes, ebenso schwer Vorstellbares.«

»Was ist mit Sprache?«, hörte Abel einen sagen, der er vielleicht selbst war.

»Sprache, ah. Noch so ein Irrtumsmagnet. Wittgenstein sagt, wenn der Löwe sprechen könnte, könnten wir ihn nicht verstehen. Dabei ist es doch offensichtlich so: Wer behauptet, dass das, was der Löwe da tut, sprechen heißen kann, behauptet auch, dass er ihn prinzipiell verstehen kann. Er tut's vielleicht nicht – so wie Sie vielleicht nichts von dem verstehen, was ich gerade sage –, aber es ist möglich, sonst darf man das nicht Sprache nennen, was da passiert.«

Die Fliege teilte sich. Es waren jetzt zwei.

Abel blinzelte: Sind das die zwei Gläser des doppelten Fensters, ist das eine optische Täuschung? Denkt die Fliege jetzt auch, sie ist zwei? Denkt das Glas, es wäre zwei Fliegen?

»Aber beim Löwen ist es doch wenigstens ein Tier, da kann ich mir ...«

»Die Dualisten tun so, als wäre der Unterschied zwischen dem Physikalischen und dem Mentalen so groß, wie man sich früher den Unterschied zwischen Mensch und Tier dachte. Darwin hat uns erklärt, so groß ist der Unterschied nicht. Und ich sage, das Physikalische ist eine besondere Art von Erfahrungsweise, und die Erfahrung ist ein besonderer physikalischer Vorgang, der ...«

Abel sagte: »Ich kann mir vorstellen, der Löwe denkt. Ich kann mir vorstellen, die Fliege denkt. Aber ich kann mir nicht vorstellen, das Glas, auf dem die Fliege sitzt, denkt. Und Sie werden, wenn Sie mit den meisten Leuten reden, feststellen, dass die auch nicht ...«

Strawson winkte lachend ab: »Entschuldigen Sie, aber diese meisten Leute, die sind ein altes Argument. Ich habe sie nie kennengelernt, diese meisten Leute.«

»Die meisten Leute ...«, setzte Abel, ein bisschen atemlos, neu an.

Strawson ließ ihn nicht ausreden: »Diese meisten Leute da, also die müssen schon pretty stupid sein, wenn sie wirklich denken – und wenn sie, schlimmer noch, denken, dass sie wirklich wissen, nicht nur vermuten oder glauben –, dass physische Sachen an und für sich und durch und durch etwas sind, das keine Erlebnisse hat, keine Erfahrungen macht. Woher wissen die das? Es kommt mir vor wie diese phantasielosen Tierquäler, die denken: Ist ja nur ein Hund, der spürt das nicht.«

Pretty stupid – Abel nahm sich vor, sich diese Formulierung zu merken, irgendwas hatte es damit auf sich. Was? Richtig, sie war englisch. Und redete der Philosoph sonst nicht deutsch? Wieso weiß ich das nicht, in welcher Sprache wir uns gerade unterhalten? Abel räusperte sich und sagte, bewusst auf Deutsch: »Aber ist das, was Sie da erzählen, nicht diese uralte Philosophie, die man Idealismus nennt?«

Strawson antwortete: »Die Idealisten sagen, die Welt ist aus Gedanken und Empfindungen. Das sage ich nicht. Ich sage, was die Materialisten sagen: Gedanken und Empfindungen sind Eigenschaften von Materie. Aber ich sage: Wenn es eine Materie gibt, die diese Eigenschaften hat, dann haben alle Sorten von Materie sie, nur in unterschiedlichem Grad. Ich sage: Empfindungen, Gedanken, das ist so was wie eine Farbe. Die Dualisten sagen: Es gibt farblose Sache und vielleicht noch platonische Farben, ohne Sachen, deren Farben sie sind. Das glaube ich einfach nicht – was die Dualisten farblos nennen, das nenne ich dann halt weiß oder grau oder schwarz oder glasfarbig. Und ich mache das so, weil es die Terminologie vereinfacht und die Anzahl der Sorten von Sachen, die es gibt, reduziert. Weil es die Welt übersichtlicher macht. Farben, Überzeugungen, Depressionen ... Zustände und Ereignisse der Materie. Sachverhalte, oder nicht?«

Übersichtlicher, okay.

Statt: pretty stupid.

Halt, hatte Strawson wirklich »übersichtlicher« gesagt? Auf Deutsch? Auf Englisch? Französisch, Latein, Farsi? Warum weiß ich das nicht, warum entgleitet mir das dauernd, liegt es am Thema? Überlappende Dialogsätze. Raumwirkung. Paneelen, Vorhänge.

»Aber Farbe ist nicht gleich Farbe«, fasste sich Abel ein Herz. »Selbst wenn ich nicht ... pretty stupid bin ...« Strawson lächelte nachsichtig. Abel meinte es grimmiger, als der Philosoph sah. Er fuhr fort: »... und die Möglichkeit einräume, dass eben alles irgendwie farbig ist, irgendwie bewusst ... erstens, wie wollen Sie das ... wie soll man das falsifizieren? Wenn alles eins ist, kann man nichts Spezifisches mehr sagen, kann man keinen Test erfinden, es ist eine bedeutungslose Behauptung. Und zweitens: Der Tierquäler ... he may be wrong, aber natürlich spürt, sagen wir, eine Fledermaus zum Beispiel andere Frequenzen, macht andere akustische Erfahrungen im Raum«, fast hätte er gesagt: im Kino, »als ein Mensch. Es gibt verschiedene Arten von Erfahrung und Bewusstsein. Ich kann mir nicht abgewöhnen, zu glauben, dass eine Fliege ein weniger reiches Erleben, ein weniger kompliziertes Bewusstsein hat als ich, und wenn wir dann noch von Intelligenz reden ... die man zum Teil ja sogar messen kann ... dann liegt es ja auf der Hand.«

Strawson nickte: »Sicher, man kann sagen: Ein knallroter Ball, das ist schon was anderes als ein verblasst grauer. Und beim Bewusstsein: Sicher, ein Gott neben einem Idioten, da gibt es einen Kontrast.«

»Götter ...«

»Natürlich, was sonst? Wenn Ihnen intuitiv einleuchtet, und ich sage nicht, dass diese Intuition trügt – wenn Ihnen intuitiv einleuchtet, dass im Wasserfloh weniger los ist als in Ihnen, dann müssen Sie doch zugeben, dass es sehr unwahrscheinlich ist, dass die Bewusstseinsskala bei Ihnen aufhört.«

Abels Augäpfel taten weh. Irgendetwas Barometrisches war mit dieser Insel hier nicht in Ordnung. Er rieb sich die Augen, sah Strawson jetzt mehrmals: Facetten, Insektenblick, ich bin mehrere Fliegen, auf mehreren Scheiben, und I am prepared to grant that we cannot rule out the possibility that space is God's sensorium, or something even more unknown, ein sachter Drehschwindel, im Lichte der Tatsachen, am Strand des einsamen Zu-sich-Kommens nach einem zu langen Traum.

Die Blicke der beiden Männer trafen einander, und Abel nahm allen seinen Mut zusammen: »Alles vorstellbar, nichts davon messbar, oder?«

Strawson schloss kurz die Augen, schien in sich nachzusehen. Dann wieder das freundliche Lächeln und die Auskunft: »Das war es eben, weshalb unser gemeinsamer, leider verstorbener österreichischer Freund Ihren ... Schwager und ... Ihre Schwester an mich verwiesen hatte. Es gab einen Ansatz, mit dem die beiden meine ... Ansichten ... erhärten wollten. Einen informationstheoretischen, mit dem man die Beobachtung natürlicher wie menschengemachter komplizierter Systeme danach abtasten konnte, ob sich enthüllte, wie sehr diese Systeme etwas empfinden, vielleicht auch denken. In welchem Grad ...«

»Systeme?«, fragte Abel und dachte: Wasserflöhe.

Götter.

Mohn.

Or something even more unknown.

»Das Wetter«, sagte Strawson, ein bisschen wegwerfend, und machte gleich, bevor Abel etwas einwenden konnte, eine Aufzählung daraus: »Und das Geld und die Verbindungen im Internet ... Pferderennen. Was Sie wollen. Wie gesagt, Natürliches und Menschengemachtes gleichermaßen. Das war sogar der ... der interessanteste Ansatz, fand ich: Menschen könnten, gleichsam aus Versehen, ja längst etwas gemacht haben, das intelligent ist, vielleicht schon intelligenter als sie selbst. Solche Veränderungen ... das, worauf diese Idee abhebt, ist die Gemeinsamkeit von allem, was wir Erfahrung oder Denken nennen: Lernen. Diese Sachverhalte lernen, wenn sie Erfahrungen machen. Sonst gäbe es ja keinen Unterschied zwischen vor und nach der Erfahrung.«

Abel hatte schrecklichen Durst. Er wollte sich aber nicht die Blöße geben, gerade jetzt davon zu reden, war das Gespräch doch zum Herzen dessen gelangt, was er wissen wollte.

Mit entschuldigender Handbewegung sagte Strawson: »Ich bin kein Informatiker. Wirklich nicht. Aber die Formalisierung ... es sah alles sehr gründlich und logisch aus. Beeindruckend. Sie hatten drei Grundvarianten des Lernens isoliert und formalisiert, hatten Codes geschrieben, eine Art Filter. Die drei Varianten waren ... es gab belief-based learning, es gab reinforcement learning und schließlich evolutionary learning. Die Parameter ... ich weiß nur noch, dass man beim belief-based learning bestimmte Automatenregeln identifizieren konnte, die eine Art Setting des Systems darstellten, während es beim reinforcement learning nicht um interne Zustände des Systems ging, sondern nur um sein beobachtbares Verhalten, und das evolutionäre Ding war schließlich ... das ging sogar über unsere menschlichen Intuitionen vom Lernen hinaus, das griff über mehr als ein System in die zeitliche und räumliche ... na ja, es ging viel um Wahrscheinlichkeiten dabei. Sehr ausgetüfteltes mathematisches Zeug, Massen von Daten, ein Flutland der Information, eine breite Welle von ...«, und vage, enthusiastische Handbewegungen, Segel im Sturm.

»Es ist ein bisschen drückend hier drin, finden Sie nicht?«, sagte er dann, stand ohne weitere Umschweife auf, wandte sich der niedrigen Anrichte zu und sah kurz über die Schulter zu Abel, einladend: »Kommen Sie mit? Wir wollen ein wenig spazieren gehen und die Spinnweben aus dem Kopf vertreiben, was meinen Sie?«

Abel erhob sich ebenfalls von seinem Stuhl.

Er sah zu der niedrigen Anrichte, die so niedrig gar nicht war – ihre oberste Ablagefläche blieb, eigenartige Optik, auf Horizonthöhe, als Abel aufstand.

Jetzt öffnete Strawson die vom schwarzen Lack glänzende Lade seitwärts, wie eine Tür, denn das war sie: Abel hatte sich ganz verschätzt, die scheinbare Anrichte war ein Ausgang, was für eine peinliche Störung des räumlichen Sehens. Wie hatte er denken können, diese Anrede, falsch: Anrichte, sei etwas anderes als mannshoch? Moment, Orientierung – er blickte nach rechts, zum Fenster. Die Fliege war fort.

Abel schritt durch die Tür. Der Philosoph hatte ganz recht, die Spinnweben mussten fort. Ein wenig Spazierengehen half, am besten schweigend, damit man verarbeiten konnte, was man besprochen hatte. Geduldig erklomm er hinter Strawson die Stufen zum Hauptgebäude der Universität. Als Strawson sie bewältigt hatte, blieb er stehen, am Bambusgeländer, an der Plattform vor dem Steingarten, und drehte den Kopf kaum merklich, um zu begutachten, was sich vor und unter ihm dem prüfenden Blick darbot: Kies, Sand, beides wie Wasser, darin Inseln aus Stümpfen von schwarzem und grauem Fels.

Abel stand neben ihm und wunderte sich, dass es so aussah, als verneigte sich Strawson eine Spur, vor nichts Speziellem. Dann ging der Denker, ein bisschen langsam, rechterhand ums Hauptgebäude und den Hof herum und setzte seinen Spaziergang fort, bis er ein Moosfeld erreicht hatte, das er in offensichtlich kontemplativer Stimmung eine Weile betrachtete – so lange, bis Abel nicht mehr versuchte, am Gesichtsausdruck des Philosophen dessen Gedanken abzulesen, sondern selbst das Moos anschaute.

Da sagte Strawson: »Haben Sie Durst?«, und als Abel nickte, führte er ihn zu einem flachen, steinernen Brunnen im Schatten einer großen Weide.

Mit einer hölzernen Schöpfkelle entnahm Strawson, der sich auf den Rand des Brunnens gesetzt hatte, aus dem viereckigen Loch in der runden steinernen Trommel einen kühlen Schluck und reichte ihn Abel.

Der trank ohne Hast. Dann legte Strawson die Kelle hin und stand auf, wobei er den rechten Arm in weit ausgreifender Gebärde das Panorama zeigen ließ, das sich Abel darbot, der es anders sah als Landschaft sonst, da sich sein Blick jetzt klärte, vom besonderen Wasser. »Nichts, was wir wissen, steht dem Weg entgegen. Dass die Atome denken, sagen alle Forscher. Aber gemeinsam, schon in Molekülen. Nichts, was hier Stoff heißt, ist dem Denken feind.« Er sagte: Farben. Oder Depressionen. Vielleicht ein Windstoß, kann auch sein: die Gleichung für alle spatiotemporalen Pfade am Zaun aus Bambus. Something yet unknown.

Mohnblumenköpfchen nickten klug wie Ceecee. Ich brauch kein Wasser, lieber Schnaps und Bier und Weine. Aurikularisierung ohne Mikrofone: Als ein Regiefehler bin ich im Bild.

Man ging zurück in die Gelehrtenstube.

Mäßig gepolstertes Gestühl besaß noch Wärme. Nichts, was gewusst war, blieb vom Weg erhalten, in Abels Kopf, in Abels Angst, zum Schluss. Noch ein paar Höflichkeiten, dann der Abschied. Mehr Wolken oben, draußen auf dem Vorplatz. Ein bisschen Niederschlag auf Abels Haaren. Ganz wenig Regen nur, Erfrischung, Licht.

Als Abel vor dem Hotel aus dem Taxi stieg, sah er einen Mann in ein anderes Taxi einsteigen, den er kannte, aber nicht sofort einordnen konnte.

Jemand aus dem Filmgeschäft?

Ceecee öffnete ihm die Tür, noch bevor er die Suite erreicht hatte.

Sie musste ihn durchs Fenster unten gesehen haben, wie er sie damals in London am ersten Tag des Jahres 2013.

Sie umarmte ihn. »Du hast ihn erkannt?«

Abel stutzte: »Wen, Galen Strawson?«

»Nein, unten. Am Taxi. Den Stefan Dohr. Aus Deutschland.«

»Der ... ich nannte ihn bei mir immer: Der fantasievolle Polizist.«

Abel hatte ihr vom Verhör erzählt und von den Namen, die er den beiden Beamten gegeben hatte: der Fantasievolle und der Fantasielose. »Und wie ... woher kennst du ihn?«

»Er hat sich vorgestellt. Und eine Nachricht überbracht, eine Art Warnung. Ich glaube, er ... he likes you. He wants to help. Genuinely.«

»Wobei?«

»Es ist etwas passiert, in Deutschland. Mit Kassim und Nasrin.«

»Wa...«

»Sie ist verhaftet.«

»Und ... sie ist ... und er? Was ist mit ihm?«

»Komm rein, Abel. Setz dich hin. Der Reihe nach.«

Sie erstattete Bericht und half ihm dabei, mit dem Herzen, dem Verstand und allen ihr verbliebenen Kräften, die nächste schlimme Gegend zu betreten, **Sela.**

4 : Wie eine heilende Hand

Wenn der Boden regennass war, auf dem Wolf schlief, hing ein Geruch wie Zigaretten dicht darüber. Sah man den Asphalt aus großer Nähe, erkannte man, dass es das Städtische, Menschengemachte gar nicht gab. Denn überall wuchsen Moos und Flechten. Überall hielt sich Gras an kleinsten Wurzeln in Erde fest. Überall liefen Mäuse aus Löchern über U-Bahn-Plattformen in andere Löcher. Überall krabbelten Käfer. Und immer wehte Wind. Die Stadt war eine Art Natur. Für Menschen schien sie kaum geeignet. Hier überlebte man schwer, wenn man keinen anderen Menschen hatte, der einen brauchte. Wolf hatte keinen.

Er suchte allerdings auch nicht danach. Sogar wenn er bettelte, geschah das zerstreut und lustlos, als ungewolltes Engagement beim städtischen Freilichttheater.

Sein Gesicht machte er sich für diese Auftritte mit Dreck vom Fluss schmutzig. Dann setzte er sich hinter ein Schild aus Pappe, dessen Aufschrift in schlechtem Deutsch um Unterstützung bat. Erst wenn sein Blick glasig wurde und seine Beine einschliefen, fingen die Leute an, ihm Münzen zu schenken. Wie die Stadt hieß, in der er lebte, wusste er nicht. Manchmal wähnte er, sie habe viele Namen: Hassburg, Angstfurt, Kandor und Carcosa. Vielleicht waren es auch mehrere Städte mit nur einem Namen.

Es kam Wolf vor, als reiste er hin und wieder mit Zügen von der einen Stadt zur andern, war das nicht so? Er trank zu viel, es war schwer, sich zu konzentrieren. Wenn man Regionalbahnen bestieg und stadtauswärts bis an den Rand der Region fuhr, in der man eben noch gebettelt hatte, fing dort eine andere Region an, und man konnte fortan stadteinwärts fahren, bis man einen Platz erreichte, auf dem man betteln durfte. Falls die Leute länger nichts gaben, machte sich Wolf sauber. Dann ging er arbeiten.

Der Weg ins Arbeitsleben führte ihn stets zunächst zur Bahnhofsmission, für Körperpflege und Rasur. Dort holte er die bessere

Kleidung aus dem immer mitgeführten Plastikbeutel. Dann meldete er sich an Orten, wo es flexible Arbeit gab, versicherungs- und steuerfrei.

Ein thailändischer Schnellimbiss ließ ihn Essen ausliefern.

Der Besitzer mochte Wolf und gab ihm die Autoschlüssel inzwischen sogar ohne die Ermahnung, sich keine Verkehrsdelikte zuschulden kommen zu lassen – »sonst muss ich dich erklären«, hatte er anfangs gern gesagt. Den Satz fand Wolf putzig und dachte: Ich kann mich ja selber nicht erklären.

Eine Bau- und Wartungsfirma setzte ihn für die häufigen Instandsetzungsarbeiten vor allem an öffentlichen Gebäuden, Verkehrsknotenpunkten ein. Nicht Mäuse, wohl aber Marder und inzwischen Füchse fraßen dort Kabel.

Wolf brachte das in Ordnung.

Auch auf Festen und bei der Kirmes half er aus, an Crêpeständen oder bei der Bratwurst. Seine Kontakte zu den Betreibern einschlägiger Buden waren indes nicht sonderlich stabil. Für solche Jobs brauchte man ein Handy, und das wollte und konnte er nicht bezahlen. Ohne festen Wohnsitz ging es ihm ansonsten leidlich. Die größte Angst hatte er in der Frühzeit dieser Existenz vor dem Krankwerden gehabt, besonders vor Mundproblemen. In seiner Pastorenära war ihm Zahnärztliches jährlich Abertausende Euro wert gewesen, weil er sehr zu entsprechenden Erkrankungen neigte: Seit der Pubertät litt er im Winter, in der Erkältungssaison, schnell an entzündetem Zahnfleisch, was mitunter zu schweren Zahnleiden führte, nicht selten zu Fisteln, die Wurzelbehandlungen erforderten. Brüder im Obdachlosenstand halfen ihm jetzt mit unbezahlbaren Hinweisen: Wodka desinfiziert, Zähneputzen lieber lassen, wenn es schon zwickt, und dergleichen.

Bald hatte er herausgefunden, dass er eine Art Tauschgeschäft eingegangen war: Das Leben auf der Straße bescherte einem zwar chronische Schäden, von Gelenksorgen bis zu Atemwegserkrankungen, dafür verschonte es ihn aber mit vielen akuten Erkrankungen. Nicht einmal die Knochen brach sich jemand oft, der betrunken genug irgendeine Treppe hinunterfiel. Selbst wenn man von

Jugendlichen zusammengetreten wurde, blieb selten mehr als eine Schmucknarbe zurück. Es war, als gäbe es spezielle Schutzengel, die dafür sorgten, dass Elend sich durchstehen ließ.

Auf Scherben lag Wolf manchmal auch. Dabei zerschnitt er sich, wenn er Pech hatte, das Gesicht oder die Hände. Das Gewebe des Schlafsacks immerhin hielt stand.

Sogenannte gesunde Ernährung war, lernte er erfreut, nicht nötig. Den Gaskocher, den er sich während der Wohnheimperiode gekauft und mit dem er anfangs noch hin und wieder Konserven warm gemacht hatte, verschenkte er.

Das Beste an Suppen waren Backerbsen, die er schließlich trocken aus der Tüte aß. Wasser lernte er neu schätzen – wie Brot oder kalte Würstchen aus dem Mülleimer schmeckte es besonders gut, wenn man wirklich hungrig, ehrlich durstig war.

Ab und zu wollte er außer Wasser und Alkohol mal Limonade. Er fand sie auf Treppen oder Mauervorsprüngen rund um Burger King und McDonald's, in Bechern abgestellt.

Nach einer Weile schmeckte das Zeug ihm nicht mehr.

Vielleicht, dachte Wolf schließlich, bin ich für Cola und Fanta zu alt, oder es ist ein Schutzmechanismus speziell für Obdachlose, der sich in meinen Geschmacksnerven geltend macht, weil das Zeug meinen Zähnen schadet.

Die grünen Wirbel waren stark verflacht.

Jetzt sah er sie nur mehr als graue Flecken und las sie dann meist als Einladungen zu spontanen Entschlüssen. Manchmal kaufte er sich also, von den Wirbeln eingeladen, die ihn zu Supermärkten lockten, an Tagen, an denen er zwei, drei Euro übrig hatte, Mikrowellenreis von Uncle Ben's oder Cerealien.

Man konnte das direkt aus den Schachteln und Folien essen.

Die graugrünen Flecken sagten, was die Kollegen auf der Straße auch sagten: Zähneputzen, wenn das Zahnfleisch gesund ist, sonst Mangokaugummi. Im tiefsten Februar jedoch geriet das ganze Zahnfleisch, oben und unten, in die befürchtete Höllenröte.

Wolf ging in die Apotheke, kaufte sich Chlorhexamed Forte und musste ertragen, dass die Frau an der Apothekenkasse, obwohl er in seiner besten Kleidung erschienen war, ihn nach seiner schorfigen Haut am Hals und nach seinem gelblichen rechten Augapfel fragte. Mit schwachen Resten des Charmes, der ihm über die Jahre als Pfarrer hinweggeholfen hatte, konnte er abwiegeln. Die drei Tage der Selbstmedikation, die auf diesen Apothekenbesuch folgten, waren seine qualvollsten seit der ersten Gefängniszeit – ein ständiges Lutschen an glühenden Rasierklingen. Als die Schmerzen langsam nachließen und er beim Tasten mit dem Finger keine Beulen, Auswüchse oder sonstigen Abnormitäten im Mund mehr bemerkte, war er auf seine Findigkeit und Disziplin sehr stolz.

Das Hochgefühl verleitete ihn zu einem Fehler.

In der Nacht ging er zur Bäckerei auf der Nordseite des größten Platzes der Stadt.

Eigentlich mied er den Ort, wegen »schlechter Ausstrahlung« – genauer ließ sich das nicht sagen. Wolf hatte während seiner gut zweieinhalb Dutzend Berbermonate die Vorteile privater Varianten des Aberglaubens schätzen gelernt: Manche Orte waren falsch.

In jener Bäckerei kauften vornehmlich Börsianer ein, halbwache Bürowesen mit gelaserten Augen, zu großen Uhren, zu gelben Röcken und zu knappen Anzügen, unter deren Hosenbeinen geschmacklose Socken wohnten. Am schlimmsten fand Wolf die Damen, die nach halbstündigem Anstehen das Wort »gerne« nicht mehr aussprechen konnten und stattdessen »ich hätte geeahne« sagten, worauf stets etwa zwei Minuten lang gar nichts folgte, weil sie ihr Hirn neu booten mussten. Am Ende war's dann meist was Fettarmes, auf keinen Fall Croissants.

Wolf, mit neuerdings gesundem Zahnfleisch, hatte Appetit.

Das war gefährlicher als Hunger. Über sein erprobtes Obdachlosenwissen – man isst nie aus Appetit, man wartet auf den Hunger – setzte er sich hinweg, weil es schon ein Uhr nachts war. Er sah das Tier nicht, als er die beiden großen, prall gefüllten blauen Plastikbeutel auseinanderschob, um nachzusehen, ob dort unten eingeschweißte Trockenkuchenstücke mit abgelaufenem Haltbarkeitsdatum in Pappkartons lagen.

Er hörte den Hund nicht schnauben.

Wolfs Sweaterkapuze lag eng am Kopf an, straff festgezurrt mit den beiden Kinnbändern. Er war leicht angetrunken; bis gegen zehn hatte er sich mit zwei portugiesischen Bekannten hinter den Pornokinos am Hauptbahnhof betrunken. Der Hund streifte ihn von rechts, ein Schatten. Die bauchigen Tüten waren sein Bau gewesen. Das Tier hasste alles, was atmete. Man hatte es oft misshandelt – mit dem Halsband gewürgt, schlecht gefüttert, getreten. Deshalb war es seinem Besitzer davongelaufen, während einer Schlägerei, die sich aus einem missglückten Drogengeschäft auf dem Parkplatz einer nahe gelegenen Discothek entwickelt hatte. Das Ereignis lag drei Tage zurück. Dass der gefährliche Hund abgängig war, wusste keine Polizei. Der verantwortungslose Halter steckte in ausreichenden Schwierigkeiten; er meldete nicht gern weitere an. Wolf schrak zusammen: Flanke und Rücken des wütenden Tiers spürte er rau am Schienbein. Er sah nach unten. Das Dunkel winselte.

Ein japsender Knoten bewegte sich zunächst von Wolf weg. Wolf tat einen unsicheren Schritt nach rechts, zugleich nach vorn, direkt an der Schnauze des Hundes vorbei. Der sah sich nun angegriffen. Die Kiefer schnappten zu. Sie erwischten nur das Hosenbein. Es riss auf. Wolf geriet aus dem Gleichgewicht und kippte gegen einen der Plastiksäcke. Weicher Fall, lautes Knacken. Wolf trat nach dem Hund, der schnappte wieder, diesmal in Oberschenkelhöhe, und schlug seine Zähne, harte Dornen, durch Hose und lange Unterhose ins Fleisch. Wolf streckte die Arme aus, kippte, rutschte an der Tüte nach vorn.

Er schrie auf, war schlagartig nüchtern.

In jäher Panik rief er sinnlos: »Schoo! Scha!«

Der Hund hielt das für einen weiteren Angriff.

Schnappen, loslassen, schnappen. Wolf schlug mit den Knien aufs Pflaster, drehte sich nach links. Verblüfft hielt der Hund inne. Wolf bekam Hartes, Langes zu fassen – ein Baguette, wie leichtes, trockenes Holz. Als Schlagstock wollte er es schwingen. Schmerz im Bein und in der Hüfte zog sich quer durch seinen Körper, dass die Finger vor Schreck losließen. Das Brot fiel hinter Wolf gegen die Wand und zerbrach. Der Hund tat einen Satz.

Wolf zog reflexhaft die Knie an und schlug mit der freien Hand nach dem Hund; eine Ohrfeige wie für einen Menschen. Es klatschte. Geifer und heißer Blutschaum regneten Wolf ins Gesicht. Panisch nahm er die Hände vor die Augen. Der Hund biss zu, ins linke Handgelenk, und zuckte dann zurück. Wolf flatterte mit den Armen. Die Hand, deren Sehnen und Muskeln der Hund durchgebissen hatte, knickte ab, so dass Wolf sich selbst mit den Fingern die Wange aufkratzte.

Grunzend arbeitete das Tier sich auf Wolfs Brust hoch. Tapsen, Kratzen. Wolfs Gesichtsfeld kippte nach rechts. Nein: dableiben, kämpfen. Er rollte sich nach links in den Dreck ab. Der Hund biss in die Kapuze, ins rechte Ohr, dann in die rechte Wange. Körperkraft floss aus Wolf wie Blut, aber er gab nicht auf, wütete fahrig. Der Ellenbogen des Arms, an dem die verstümmelte Hand hing, traf den Hund am Hals, dass der sein Maul blöd aufsperrte, wobei ein Teil der Kapuze an den Hauern seines Unterkiefers hängen blieb und sich mit lautem Ratsch vom Sweater ablöste.

Wolf stemmte sich am Müllberg hoch und trat mit beiden Beinen aus. Dann zog er sie wieder ein, trat erneut zu und bekam dabei mit der freien Hand einen Metallreifen an einem Regenabflussrohr zu fassen. Daran riss er sich hoch, während der Hund im Schmutz herumtobte. Beim Treten nach dem Tier schlüpfte Wolfs rechter Fuß aus dem locker sitzenden Turnschuh. Der Hund schnappte zu. Wolf brüllte. Flucht unmöglich, Abwehr unsinnig: Gegenangriff. Wolf ließ den unsicheren Halt los, kippte vorwärts, den Mund weit aufgerissen, schreiend. Mit der Faust schlug er nach der Schädeldecke des Tiers, traf aber das Genick. Pfeifend japste der Hund. Der Mensch fiel auf das Tier. Der Hund biss wieder und wieder zu, schnell und stark wie eine Maschine. Wieder bekamen seine Hauer den bereits verstümmelten Unterarm zu fassen. Wolf drückte das rechte Bein durch, stieß sich so mit aller Kraft von der Mauer ab und schleifte den Hund mit sich von der Gasse auf die Straße. Der Mensch krümmte und drehte sich, kam auf die Knie, zog und riss, schlug mit der freien Hand, mal zur Faust geballt, mal offen, wie besinnungslos auf Rücken und Kopf des Tieres ein. Sie schoben und drückten gegeneinander. Jetzt traf Wolfs linke Schulter eine Litfaßsäule. Der neue Stich den Rücken runter weckte ihn. Eine letzte, ungeheure Kraftanstrengung folgte: Er wischte den Arm, in den sich der Hund verbissen hatte, gegen die Säule.

Der Aufschlag des Tierkopfes krachte wie ein Haus, das einstürzt. Ersticktes Jaulen, glitschendes Gebiss, loslassen. Wolf schlug zu. Als er das linke Ohr des Hundes zu fassen bekam, zog er daran, dass der Kopf erneut die Säule traf, knirschend und knackend, mehrmals. Der Hund drehte den Kopf, als wäre es ein Korkenziehergriff.

Er versuchte, sich aus seiner Lage zu winden. Es gelang nicht. Das Tier war zu desorientiert von den Erschütterungen. Wolf ließ nicht ab. Immer wieder hieb er den Kopf des Hundes gegen die Säule. Die beiden Leiber rutschten in einer Lache aus Blut herum. Schließlich spannte sich der kleinere Körper, die Hinterbeine wurden steif, ein Strahl Urin schoss auf den Boden. Das Maul klappte zu. Klappte auf. Wolf ächzte, würgte, schüttelte den Arm, bis der Kiefer ihn freigab. Wolfs Mund füllte sich mit Erbrochenem.

Aus Maul und Nasenlöchern des Tiers trat weißlicher Schleim. Rote Flecken tanzten vor Wolfs Augen. Er sank zitternd an der Säule zu Boden, bedeckte den Kadaver halb.

Bibberte wie im Frost.

Dann verlor er das Bewusstsein.

Es dauerte vier Stunden, bis ihn jemand fand.

Das waren zwei Jugendliche, die ihn amüsiert bestaunten, mit dem Fuß antippten, umdrehten, alles mit ihren Handys fotografierten und filmten. Dann durchwühlten sie seine Taschen, wobei sie unterm zerschlissenen Pulli den Plastikbrustbeutel fanden, in dem er Geld, Sparbuch und Ausweise aufbewahrte. Alles nahmen sie mit, die Ausweise warfen sie in den nahen Fluss. Das Feuerzeug im rechten Sockenbund hatten sie nicht gefunden.

Anderthalb weitere Stunden später kam wieder jemand vorbei.

Diesmal war es ein Durchreisender aus Samaria.

2013 wurde bald mühsam, traurig, sogar schrecklich.

Anna Steiger hatte sich für dieses Jahr vorgenommen, »mein internationalistisches Profil zu pflegen«. Das gelang ihr in den ersten beiden Monaten gut. Schon früher hatte sie auf ihrem »Komm mal wieder runter«-Blog gelegentlich englischsprachige Inhalte verlinkt, etwa bei den Demonstrationen, die in Ägypten schließlich zur Verjagung Mubaraks führten. Ihr per Lektüre und Serienfernsehen via Stream gepflegtes, sehr gutes Englisch hatte sie in Flüchtlingsangelegenheiten oft gebrauchen können und dabei immer wieder bedauert, dass sie nicht auch Rumänisch, Ungarisch oder Polnisch sprechen oder schreiben konnte.

Annas neue internationale Ausrichtung begann als Neugier darauf, wie das eigentlich in Europa aussah: Sie fragte sich und andere, ob irgendwer bemerkt hatte, dass die Flüchtlingssituation, die jüngere Kriegspolitik und die imperialistische deutsche Austeritätserpresserei in größerem Umfang als je zuvor die nationalstaatsübergreifende Koordination linker Gegenaktivitäten nötig machte.

Was war das mit dieser »Nordischen Grünen Linken« und der »Vereinigten Linken«-Fraktion im europäischen Parlament? Wie sah es aus mit europäischen Parteien, die in keinem über- oder zwischenstaatlichen Parlament saßen, dafür aber Kontakte zu Linken in anderen europäischen Staaten pflegten?

Der öffentliche Meinungsklima-Umschwung nach links, der im Gefolge der Hypotheken-, dann Banken-, schließlich Währungskrise seit 2008 in den reichen Ländern zu beobachten gewesen war, hatte Menschen wie Anna und ihren Genossinnen und Genossen zunächst unerwarteten Rückenwind geschenkt. Als aber in den reichen Staaten keine nennenswerten politischen Machtgewinne für irgendetwas Linkes, erst recht keine legislativen Folgen dabei herauskamen, nicht einmal eine spürbare Veränderung des Kräfteverhältnisses im Zivilen, stellten sich bei den schwankenden, von der linken Zeitstimmung gestreiften Menschen Ermüdungserscheinungen ein.

Etwas so Erzbanales wie das Wetter, etwa die drückende Hitze bei Barack Obamas Besuch im Juni in Berlin, in dessen Umfeld

Anna zahlreiche Protestveranstaltungen besuchte und im Netz anheizte, schien über alle menschlichen Versuche, den großen Zug des Weltgeschehens umzulenken oder aufzuhalten, nur zu spotten.

Bald investierte Anna, um nicht untätig zu sein, die meiste Zeit in die Vorbereitung der Bundestagswahl.

Die Umfrageergebnisse der Linkspartei waren nicht berauschend. Neue *player* und Faktoren, vor allem die sogenannten Piraten, ferner die Euroskepsis junger populistischer Rechtsgruppierungen, machten die Angelegenheit mindestens zittrig.

Auch die für denselben Tag wie die Bundestagsentscheidung angesetzte, strategisch nicht unwichtige Hessenwahl schien vorab alles andere als eine sichere Bank. Es bestand die Möglichkeit, dass die Fraktion es nicht wieder in den Landtag schaffen würde. Daher war Anna, die, als inzwischen ordentliches Mitglied der Partei, ihren Lebensunterhalt mit Arbeiten für die Rosa-Luxemburg-Stiftung und in der Parteibildung verdiente, unruhig im Bundesgebiet unterwegs, unter anderem in Frankfurt, Bremen, Stuttgart, und besuchte mehr Veranstaltungen denn je. Dabei sah sie im Rahmen einer Buchvorstellung in der »JW«-Ladengalerie den Journalisten Dath wieder. »Was glauben Sie, wie die Wahl ausgeht?«, fragte der sie im kleinen Kreis hinterher. »So gerade noch«, sagte Anna.

Es kam etwas besser.

Eines Abends in der Kneipe, kurz nach den Wahlen, schlug Arthur ihr ein neues Thema vor: »Sag mal, Anna, hast du eigentlich mal was im Blog über Nasrin Alizadeh gemacht? Diese Schwester von dem Regisseur da?«

Anna hatte die Geschichte selbstverständlich mitbekommen. Die Wahlarbeit aber hatte sie so beansprucht, dass ihr dazu bislang nichts eingefallen war, zumal sie im Übrigen auch nicht besser wusste als die Mediengläubigen, worum es dabei genau ging: »Wieso? Findest du, ich sollte?«

Arthur antwortete: »Ich mache gerade aus anderen Gründen mit denen von der Roten Hilfe rum. Bin ja demnächst zugelassener Anwalt, da war es irgendwie logisch, in die Richtung zu gehen. Rechtshilfe und Rechtsschutz für Linke.«

»Aber die Frau ist doch nicht links, oder? Die ist irgendwie Al-Kaida oder so was?«

»Das ist der Punkt, Anna. Genau das ist der Punkt. Was sie ist und was sie getan hat, weiß eigentlich niemand. Und trotzdem sitzt sie da in diesem Hochsicherheitsding, als wäre sie mindestens die Ein-Personen-RAF. Ist doch komisch. Interessiert keinen – also, auf der Linken, meine ich.«

»Das stimmt ja nun so auch nicht«, widersprach Anna. »In der ›jungen Welt‹ waren mehrmals …«

»Ja, die haben da ein Faible für, weil sie das mit Mumia in Verbindung bringen, der bei ihnen eine Kolumne hat. Aber ich muss immer an die Französin denken dabei, über die du mal geschrieben hast: Die schöne Terroristin, weißt du, dieses Klischee …«

»Florence Rey?«

»Genau, so hieß die. Und es sind diese Bilder, weißt du, und diese Kommentare: Schöne Frau, geheimnisvoll, fanatisch … und da dachte ich …«

»Ist die denn so … schön? Hab sie gar nicht richtig im Gedächtnis.«

»Ja, dann google das mal.«

Anna versprach's und tat es in derselben Nacht.

Da saß sie dann vor ihrem Schirm und dachte: Sich in Fotos verlieben, darf man das?

»Wen wollen diese Leute eigentlich für blöd verkaufen?«

Abel schlug mit dem Paperback auf den Tisch, als wollte er ein Insekt zerschmettern.

Ceecee sah ihn teils besorgt, teils leidend an, nach einem Seitenblick rings ins halbvolle Café und aus dem Fenster, als hätten selbst die Passanten auf dem Potsdamer Platz den Ausbruch bemerkt.

»Na, was?«, blies er sich wütend auf. »Was denn? Da schreibt er erst so großartig wichtig«, der rechte Zeigefinger tippte auf dem Buch herum, »es sei ja nur eine Legende, dass die Taliban und diese ganzen Irren ein Produkt der Amerikaner sind, dass die CIA das alles bezahlt hat – und dann? Dann fällt ihm nichts Blöderes ein, als ... Es war nämlich so, sagt er, das Geld haben damals die Pakistanis bekommen, und dass der pakistanische Geheimdienst es dann den Irren gegeben hat, dafür kann ja niemand was. Wie kleine Kinder, die man beim Lügen erwischt hat. Ekelhaft.«

»Schon«, sagte Ceecee. »Aber musst du das so laut am frühen Morgen ...«

Abel kniff die Augen zusammen und zischte: »Was? Die Leute hier? Hast du mal in den Spiegel geguckt? Was du für einen zwei Zentimeter breiten Rock anhast und wo du überall gepierct bist, und deine Tattoos? Meinst du wirklich, du bist die Richtige, mir zu erzählen, wie man in der Öffentlichkeit keinen Anstoß erregt? Deine verfickten Haare sind hellgrün!«

Ceecee hatte Mühe, ihre liebevolle Zurückhaltung noch mit dem Sinn für die eigene Würde zu vereinbaren. War sie nicht eben noch die »allerweltbeste Assistentin, die es geben kann« gewesen? Nein, das exaltierte Lob lag lange zurück – nicht nach Tagen gezählt, aber nach Ereignissen und Stimmungen.

Vor der Festnahme seiner Schwester und dem Tod – »der Hinrichtung«, sagte er – ihres Liebsten hatte Abel sich ferngehalten von allem Öffentlichen.

Nicht mal Lob für »Wald statt Bäumen« war ihm einen Auftritt in irgendeinem Forum wert gewesen. Als Privatmann hatte er leben wollen und war deshalb für Ceecee ein angenehmer, wenn auch manchmal leicht verstörter Gesellschafter gewesen. Nach der familiären Katastrophe aber schien der Mann in tausend Scherben zerplatzt.

»Ich darf Nasrin nicht besuchen? Das gibt's nicht. Selbst nach Stammheim durften Verwandte. Ich werde das entlarven. Ich mache einen Dokumentarfilm. Da können sie gar nichts tun. Wir sind hier nicht beim Hitler. Und wenn sie Nasrin hinter zehn Meter dicke Mauern wegschließen, dann sollen sie das mal machen. Sie hat eine Stimme, sie hat einen besseren Anwalt, als wenn alle Rechtsverdreher dieser Scheißrepublik für sie ... Die werden mich nicht anrühren. Wahrscheinlich haben sie von mir sogar noch den Hinweis, der sie zu Nasrin und Kassim geführt hat! Aber sie haben einen Fehler gemacht, die Herren Schweine. Dieser ... Stefan Schwein und das andere Schwein, der Scholz. Ich bin Künstler. Und zwar ein beliebter Künstler. Die ›FAZ‹ und diese Scheiße da, das liebt mich alles! Das wollen wir doch mal sehen, ob sie die Schwester von Rainer Werner Berühmtheimer irgendwo in ein Erdloch stecken können!«

Es folgte manische Recherche. Heraus kam dabei vor allem, dass Kassims obskurer Onkel, die einzige tatsächlich mit dem organisierten politischen Islam in Verbindung stehende Figur im Umfeld der beiden »Überfallenen« (Abel), schon vor Monaten in Kaschmir »verschwunden« war – »wahrscheinlich in einer amerikanischen Outsourcing-Folterkammer«. Unterstützt von einer »SPIEGEL«-Journalistin, ferner einem Mann vom »Guardian«, zwei Freischaffenden für n-tv und einigen alten linken Bekanntschaften, die zum Teil bei bürgerlichen Medien »weit rechts vom Mittelstreifen« (Abel) untergekommen waren, gewann der wütende Bruder schließlich ein Bild: Jener Professor Afshar hatte mit dem Österreicher eine Weile in Oxford studiert, war später viele Jahre lang Lehrstuhlinhaber in Konstanz gewesen, hatte zwei Bücher über das hochheikle Fachproblem »P = NP« verfasst, eins davon als Ko-Autor mit einem sehr berühmten Russen.

Afshar war seit 1995 verwitwet. Kurz nach dem Tod seiner Frau hatte er sich der islamischen Frömmigkeit zugewandt. Regelmäßige Moscheebesuche, Spenden für Prediger, Förderung junger Doktoranden aus mehrheitlich islamischen Ländern. In jene Zeit fielen auch einige bescheidene Börsenspekulationserfolge mit Finanzprodukten, die Abel nicht recht durchschaute. Die Gewinne aus diesen Transaktionen behielt Afshar nicht. Abertausende spendete er stattdessen zunächst einer 1979 in Saudi-Arabien auf Erlass des dortigen Monarchen hin gegründeten Wohlfahrtseinrichtung namens IIRO (»International Islamic Relief Organization«). Nach der Emeritierung unternahm Afshar 1998 eine Pilgerreise nach Mekka. Kurz danach scheint er eine Weile in Peschawar in Pakistan gewesen sein; es gab Fotos im Netz von einer naturwissenschaftlichen Bildungskonferenz dort. Die »SPIEGEL«-Frau wies auf Kontakte zu Personen hin, die sich im Umkreis von etwas namens Sipa-e-Sahaba bewegten, einer islamistischen pakistanischen Gruppe. »Umkreis« hieß, dass es eine mit diesem Verein verfilzte Universität gab, an der ein ehemaliger Student Afshars Informatik lehrte. Bei diesem Studenten, so erzählte jener selbst seiner deutschen Bekannten, übernachtete der Gelehrte während seiner pakistanischen Zeit und lernte dort wohl auch zwei Mitarbeiter einer kuwaitischen Gruppe namens Lajnat al-Da'wa al-Islamia kennen, »Komitee für den Ruf zum Islam«.

Von denen – es waren drei, einer davon der Schwager des Gastgebers des Gelehrten – schliefen zwei während ihrer vierzehn Tage in Pakistan in Gästehäusern in Peschawar, die der saudische Bauunternehmenserbe Osama bin Laden bezahlt hatte.

Nach dem 11. September 2001 erhielt Professor Afshar, wie sich rekonstruieren ließ, in dieser Angelegenheit eine »Einladung zu einem informellen Gespräch« bei einer deutschen »Sicherheitsbehörde« (welche das war, konnte der n-tv-Mann, der von dieser Einladung über Mittelspersonen in deutschen Diensten erfahren hatte, nie herausbekommen).

Von seinen Protegés – viele davon mittlerweile in den Vereinigten Staaten, England oder anderen westlichen Ländern engagiert – nahm Afshar nach der Unterredung, deren Veranlasser ihn offenbar als ungefährlich eingestuft hatten, erst einmal Abstand.

Der einzige junge Wissenschaftler, an dessen Tätigkeit er weiterhin Interesse zeigte, war sein Neffe Kassim. Dafür suchten nun Universitäten und Forschungseinrichtungen seinen Rat – pakistanische, iranische und ägyptische.

Ceecee ließ sich das alles darlegen und urteilte: »Komplizierte Story. Viel *intrigue* und *trickery*. Aber was machst du damit? Wohin soll ... das ...«

Sie nahm einen Schluck vom Lagavulin und ließ den Satz verhungern. Schon vormittags im Café Scotch zu trinken war ihre Art, Unerschütterlichkeit zu demonstrieren. Außerdem machte es den Kopf weich genug, dass die Giftpfeile der Anklagen, die Abel gegen alles und jeden schleuderte, nicht in ihr steckenbleiben konnten.

Sie verzog das Gesicht, dann setzte sie neu an: »Wohin bringt dich das alles?«

»Keine Ahnung.« Abel war bockig.

»Keine Ahnung? Das heißt doch, du bist dir nicht mehr so sicher, dass das alles, wie du anfangs dachtest, wirklich ein Film wird. Dass es sich dafür eignet.«

Er sagte nichts. Sie hakte nach: »*Spill it, my friend*. Wird's einer oder nicht?«

Er blinzelte, zog einen Flunsch: »Wahrscheinlich nicht. Jedenfalls nicht schnell. Bei einem so weitläufigen ... ich weiß gar nicht, wie ich diesen irren Haufen Material organisieren soll.«

»That's because you're too close.«

»Wha-?«

»Es hat nichts mit zu viel Information zu tun oder damit, wie kompliziert es ist. Es hat damit zu tun, dass du zum Organisieren und Dramaturgiefinden Abstand brauchst. Und wenn du etwas nicht hast, in dieser Sache, dann ist es Abstand.«

»Ah ja. Und was soll ich jetzt machen, deiner Meinung nach?«

»Dich nicht in blindem Aktionismus verausgaben. Du kannst im Moment nichts für sie tun. Deine Schwester. Nichts, außer: dein Gewicht in der Öffentlichkeit vergrößern. Du hast nämlich recht: Das schützt sie wenigstens ein bisschen. Dass ihr Bruder ein bekannter Mann ist, ein bekannter Künstler.«

»Und was soll ich bitteschön bekannt weiterkünstlern?«

»Mach einen Film. Aber über was anderes.«

Auf diese Idee hatte sie ihn schon mehrfach angesprochen.

Er wusste, dass sie um seinetwillen sogar einige Vorarbeiten erledigt und ein paar Kontakte geknüpft hatte, und sagte es ihr auch: »Deine Idee ist fertig, richtig? Und du hast das Ding auch schon fast finanziert, am I right?«

»Na ja, finanziert ... not really. Aber ich habe Leute, die ...«

»Wen denn? Da deinen ... deinen fränkischen Weingutbesitzer? Und diesen ... halb bankrotten Verlag und diese anderen komischen Leute? Ich krieg das doch alles mit. Wen du da ins Studio schleppst und ... Ceecee, was ist das?«

Sie schwieg, ließ sich von seinem Tonfall nicht provozieren.

Er dachte nach, dann sagte er, etwas weniger stachlig: »Ich dank dir ja dafür, dass du ... und stimmt, wir hatten es auch so ausgemacht – du sollst ein ganzes Projekt mal entwerfen, von der Stoffauswahl bis zum ... ich hab dich ja immer dazu ermutigt, ich vertrau dir ... aber ... ich denke nur ... also ... he, was das da für ... was du da für neue Freunde hast, ich ... Das sind doch alles so ... so Anzugträger mit Geld und ... katholische Frömmler. Die halbe CDU-Spendenmafia wahrscheinlich. Das passt halt irgendwie nicht zu Amir Films.«

Er sprach vom für die private Filmförderung in Deutschland wirklich eher ungewöhnlichen Patchwork, das Cyan ihm in den letzten Wochen peu à peu erläutert hatte.

Es handelte sich um Menschen, die in einer sehr konkreten Angelegenheit helfen wollten, für die sich Cyan als Dokumentaristin interessierte: der Erforschung von Beschaffenheit und Wirkung einer seltsamen Stiftung namens »Stimme der Stummen« rund um eine schräge Prophetin namens Anja Weirich.

Es gab auch eine persönliche Verbindung zu Wolf, die diesen vor der Sache etwas zurückscheuen ließ: Diese Frau Weirich war Wolf Schultes Haushälterin im Pfarrdienst gewesen und hatte ihn auf dem Weg einer Mitleidskampagne aus dem Knast geholt.

Ceecees Instinkt, der ihr sagte, dass da eine interessante Geschichte drinsteckte, konnte er nichts vorwerfen.

Die wachsende Popularität und schwammige Mission der Stiftung gefiel längst nicht allen. Cyan hatte deshalb ein Verzeichnis der Skeptikerinnen und Skeptiker angelegt: Vom Katholischen Pflegeverband e.V. und der Kommission für karitative Fragen der deutschen Bischofskonferenz, in der besonders ein Caritas-Präsident und päpstlicher Rat die Weirich-Schlegel-Organisation mit einiger Sorge beobachtete, über eine Bundesvorsitzende der Katholischen Frauengemeinschaft und Programmdirektorin beim Rundfunk sowie einen Direktor der Hauptabteilung Bildung und Medien beim Erzbistum Köln bis hin zu einem emeritierten Professor für Pastoraltheologie und Kerygmatik (»Klingt wie Kybernetik«, hatte Abel gewitzelt, »total Science-Fiction«) in Bamberg (Abel schüttelte sich: »Bim-Bam-Berg!«) war eine eindrucksvolle Liste entstanden.

»Es sind alles Katholiken, das stimmt, Abel. Keine Pornoleute. Ein neues Umfeld für mich, weiß der Himmel. Aber ihr ... hostile ... feindliches Interesse an dem Laden ist selbst ein Aspekt der Sache, eine Seite, die dieser Stoff hat. Und keine langweilige. Ich wundere mich auch, dass du dich da so raushalten kannst. I mean, this Weirich woman ... she's ... sie ist immerhin die Retterin von deinem verschwundenen ...«

Abel wehrte das sofort ab: »Don't go there, Ceecee. Er ist verschwunden, Punkt eins. Also wissen wir schon mal nicht, ob er sich selber wirklich ›gerettet‹ findet, wie du das nennst. Vielleicht denkt er ja, im Knast war er besser aufgehoben.«

Ceecee widersprach nicht. Sie fand, dass es Abels gutes Recht war, so zu denken, und die Leute nicht zu mögen, die sie als beratende, zahlende und logistische Hilfe gewährende Unterstützerinnen und Unterstützer für den Film, zu dem sie ihn überreden wollte, hatte gewinnen können. Nach wie vor war er ja der toleranteste Chef, den man sich vorstellen konnte; »Carte Blanche« war keine Redensart bei ihm.

So hatte sie Abel vorschlagen können: »Ich dreh einfach mal ein paar Sequenzen. Dann kann man den Leuten was zeigen, wenn sie wissen wollen, was bezahlen wir denn da? Ist bei Dokumentarfilmen ja machbar. Interviews zum Beispiel sind nicht so aufwendig, nicht so teuer.« Er war ihr nicht im Weg gestanden.

Das Buch über Al-Kaida, das er die letzten fünf Minuten mit beiden Händen durchgeknetet hatte, als wäre es ein Stressball, ließ Abel jetzt los und sagte: »Du willst mir also in Wirklichkeit einfach schon mal was zeigen, stimmt's? Du hast Material. Zur Weirich-Sache.«

»Ja. Heute Mittag am besten. Im Studio. Damit du weißt, was das ist. Was da drinsteckt, welches Potential. Als Film. Ich habe Leute interviewt, Aussteiger zum Beispiel, die ...«

Abel, entkrampfte sich und sagte lächelnd: »Du ... Cyan, ich ... ich versteh schon, was ... was du da versuchst. Ich weiß das auch zu schätzen. Du machst dir Sorgen und ... du willst, dass ich auf andere Gedanken komme. Aber ich muss dranbleiben. Ich will ... selbst wenn es kein Film wird, muss ich das sammeln, diese Schamschim ... Afshar-Sachen. Und deshalb baue ich mir ...«

»Du legst einen großen Ordner an. Baust eine Data Base ... sagt man auf Deutsch überhaupt so? Data Base, Datenbasis?«

Er schloss die Augen, als erinnere er sich an etwas Schönes: »Datenbank heißt das deutsche Wort dafür. Wie Parkbank oder Landesbank, Volksbank ... und weißt du was, Ceecee?«

Er öffnete die Augen wieder, sah sie direkt an und sagte: »Daher kommt auch das Wort Al-Kaida. Data Base. Das wird ja immer ... sie übersetzen es verschieden: Die Grundlage, das Fundament, die ersten Grundsätze, das sollen Übersetzungen von ›Al-Kaida‹ sein. Aber der saudische Geheimdienst sagt ... Scheiße, ich habe diesen ganzen Müll in meinem Kopf ... es heißt, 1988 habe dieser Bin Laden eine solche Data Base angelegt, um die Namen zu verzeichnen, die ... die Namen der Leute, die in seinen Gästehäusern in Peschawar unterkamen, auf der Durchreise von Radikalität zu Militanz, von Kommando zu Kommando, von Einsätzen gegen die Russen zu was weiß ich ... Damit die Familien, wenn sie nach ihnen fragen, Auskunft kriegen: Wo ist mein Neffe, wo ist mein Vater? Al-Kaida. Das war das Wort.«

Sie legte die Hände auf seine Rechte, wie früher. Er lachte übermüdet.

Sie sagte: »Komm, let's split. I'll show you my stuff at the studio.«

Abel sagte: »Alright, gehen wir.«

Im kühlen Dunkel, das beide liebten, saßen sie kurz danach nah beieinander.

Wer sie so gesehen hätte, ohne sie zu kennen, wäre auf den Gedanken gekommen, den in ihrem Bekanntenkreis und am Berliner Arbeitsplatz viele dachten: ein Pärchen.

In Wahrheit bestand Abels Liebesleben derzeit aus einer Folge kaum befriedigender Gelegenheitsbegegnungen im halböffentlichen Raum – Clubs, Bars, Hotelzimmer.

Ceecee wiederum lebte nahezu zölibatär, wenn man von einer Tontechnikerin absah, für die sie sich vorsichtig interessierte. Die nannte sich selbst bisexuell, war aber nach Ceecees Einschätzung »just a girl who wants to know what it's like«.

Abel und Ceecee wohnten zusammen.

Das riesige Luxusapartment hing voller Spiegel, Abels Geschmack gemäß.

Man konnte von dem Neubau im Theaterviertel aus die Spree sehen; drei der sieben Zimmer boten Ausblicke. Die beiden langen Flügel der Wohnung, die fast das ganze fünfte Stockwerk einnahm, waren annähernd autonome, voneinander schallisolierte, separat zugängliche Wohnungen. Wenn die beiden Menschen, die hier lebten, mal jemanden mit nach Hause brachten, hörte die Mitbewohnerin oder der Mitbewohner auch bei größtem Lärm nichts.

So nah wie hier, im eigenen Kino, waren Ceecee und Abel einander daheim nie.

Die Ausschnitte aus den Vorarbeiten zum Weirich-Schlegel-Film waren hochprofessionell eingerichtet: Framing, Schnittrhythmen, das Dreieck der Lichtquellen – nichts davon hätte Abel selbst besser machen können.

Er staunte: »Und du warst das immer alles, hinter der Kamera? Ich meine ... nicht nur die Interviewfragen – das ganze Arrangement, die, wie sagt man?«

»Regie, du Arsch.«

Er nickte lachend.

Ceecee sagte: »So, jetzt kommt eine Aktive.«

»Aktiv in was?«

»In der Stiftung. Eine fleißige Biene. Jüngerin. Schön unkritisch.«

»Leg los.«

Die Aktive saß selbstbewusst im White Cube, in scheußlicher grüner Bluse, mit Betonfrisur, moribund bleichen Wangen, erkennbar überschminkt. Abel gruselte sich: »Hast du das gemacht? Diese ... Fratze? Mit Schminke?«

»Never. Das war sie selber. Documentary, remember?«

Die Frau sprach leicht weinerlich: »Ach je, was soll ich sagen? Nich? Nu, also. Das Wichtigste is, dass man den Leuten die Angst austreibt, ne. Ich hab auch so viel Angst gehabt, vor Ausländern und vor Arbeitslosigkeit und vor Krankheiten. Das is ja zum Lachen, wenn man sich das anschaut, wovor man alles Angst hat, und warum? Weil man sich die Sachen nur vorstellt, statt tätig zu sein, ne? Die Anja sagt, man versteht keinen, bevor man ihm nicht hilft und bevor man sich von ihm nicht helfen lässt. Ich war vorher ja schon aktiv, auch als ich noch in der ganzen Angst gelebt hab. Auch politisch, auch in Bürgerinitiativen, und ich war sogar, das ist keine Schande, wenn man sich bessert, wenn man was dazulernt, ein bisschen so rechts engagiert, ne. Gegen die Überfremdung, haben wir gesagt, bei uns. Also das war ... man hat dann im Mietshaus ja auf dem Flur kein Wort mehr verstanden, nur noch Libanesen und Vietnamesen und alles das, ne. Aber die Muslims, das habe ich damals nicht verstanden, die Muslims sind ja, ne, denen geht es doch genauso: Die haben ja auch keinen echten Kontakt mit Christen und Deutschen, das is der Fehler eben, ne, die helfen uns nicht, und wir helfen denen nicht, und dann hören sie halt auf die Imams und die Mullahs aus diesen Ländern, und die haben aber ja keine Ahnung, wie es bei uns läuft, dass die Frauen auch arbeiten dürfen und wie man in der Demokratie dann lebt, ne. Aber das ist doch so, dass es gar nicht so verschieden sein muss, das is 'ne Sprachlosigkeit, die verbindet doch irgendwie dann auch. Die Anja sagt: Für den Muslim und für den Christ ist es genau dasselbe, sie müssen einerseits offen sein dafür, was sich verändert in der Demokratie und in der Gesellschaft, und andererseits müssen sie zu ihren Prinzipien halten – und da kann der Christ ja dann sogar dem Muslim helfen dabei, weil er doch dasselbe Problem hat, und der Muslim dem Christ. Wir lernen respektvoll miteinander reden, es gibt diese Regeln: Man soll immer sagen, ich seh das so, und nie, es ist so. Man soll immer Geschichten erzählen, also: Ich hatte mal eine Patientin, als ich da Pflegehelferin war in dem Hospiz und so. Also, man soll lieber so anfangen, mit Geschichten, mit den Erfahrungen, die man gemacht hat, und nicht mit ›Das ist so‹ oder ›Das muss so‹. Anja sagt, wir machen keine Gesetze, die macht der Staat und die Demokratie, und die macht der liebe Gott, wir einfachen Menschen machen Erfahrungen, wir machen Fehler, ne, keine Gesetze. Ne.«

Der nächste Zeuge, ein Aussteiger, schien sich seiner Sache weitaus weniger sicher zu sein. Das machte ihn indes kaum sympathischer als die Aktive: nikotingelbe Zähne, eingefallene Wangen, dunkle Ringe unter den Augen, ein Mann unbestimmbaren Alters (Ende dreißig? Anfang fünfzig?), die Frisur mit Kamm und Klebstoff übers Haupt geplättet, der ganze Mensch ein Unglück. Er redete lahm, leiernd, mutlos.

Abel war still entzückt: Das Casting war Zeugnis hoher dramaturgischer Intelligenz.

Zerknirscht, zerknautscht sprach der Mann: »Es läuft nicht offiziell. Es läuft so, dass man die Sachen nicht elektronisch vervielfältigen darf. Und man darf sie nicht kopieren. Das Seminarmaterial, die Kurse, es ist alles im Urheberrecht. Ich verstehe nichts davon. Aber ich musste das unterschreiben. Alle mussten das unterschreiben. Du unterschreibst das, sobald du hauptamtlich wirst. Voll bezahlt. Sobald du nicht mehr ... es funktioniert ja wirtschaftlich nur, weil es so viele Helfer gibt. Mehr Frauen als Männer, glaube ich. Die werden zum Teil am Anfang aus kirchlichen Sachen rausgelockt, von Leuten, die in den Kirchen rumlaufen, in den Kulturvereinen, auch den islamischen Kulturvereinen. Da haben wir ja die Sprachengruppe. Das bieten wir ... das bietet die Stiftung ja an. Übersetzungen. Und dann gibt es da aber diese Theorien. Diese ganze Mystik. Das sind alles solche Sachen, die der Schlegel erfunden hat. Das ist sozusagen ... das läuft so, dass die freien Leute ... die Teilamtlichen, die Helferinnen immer nur diese Sätze hören. Die Anja sagt das, die Anja sagt dies, die Anja sagt jenes. Das geht in Fleisch und Blut bei den Leuten. Aber das ist dann bloß der äußere Gürtel. Der äußere Ring. Sobald du dann hauptamtlich bist, gehst du auf die Fortbildungen. Das ist im bayerischen Wald oder im Schwarzwald oder da bei Potsdam. Das ist abgeschottet. Klausur. Drei Tage. Da gibt es dieses Schulungsmaterial. Da heißt es ... die Anja, mit ihrem Sprachfehler früher ... es geht um so eine Art ... Erweckung. Der

Schlegel nennt es: die Zunge gelöst. Und das hat da also dann stattgefunden, als sie die Frau Echle besucht hat. Die jetzt gestorben ist, an dem Herzinfarkt. Die Mutter von der Frau, die der Schulte totgeschlagen hat. Da gab es die Erweckung. Und die kann man aber lernen, heißt es auf der Fortbildung. Man kann die Erweckung lernen. Aber nur, wenn ... das kann man nur lernen, wenn man die ganzen Techniken macht. So nennen sie es, Techniken. Weil, es darf ja nicht ausgesprochen werden, dass das Regeln und Gebote sind. Weil nach außen heißt es ja immer, keine Regeln, keine Gebote, keine Sekte. Nur immer mit gutem Beispiel. Oje. Und eine Technik ist zum Beispiel, man schläft nicht mehr als vier Stunden. Denn das wäre ungesund, wenn man länger schläft, als Erwachsener. Dann gibt es die Gebete. Das heißt, sie nennen es: frei sprechen mit dem Höheren. Das kann man individuell gestalten. Gott, Allah, alles erlaubt. Theoretisch könnte man da für sich auch den Satan anbeten oder den Iron Man oder so was. Aber es ist fünfmal am Tag, wie bei den Muslimen. Die gehen dann und ... mit ihrem Teppich ... Oder wir Christen, wir wenden uns an Gott. Oder man meditiert. Aber es ist ... Schlegel sagt, man schaltet damit einen Kanal frei. Eine Frequenz. Und davor gibt es immer diese sechs Minuten gemeinsame Einstimmung: Man soll da denken, wie ... oder wenn man alleine ist auch ... man läuft da im Kopf durch so eine Litanei. Die geht so: Ich rede nicht von Dingen, ich rede von Menschen. Ich rede nicht von Gesetzen, ich rede von Erfahrungen. Ich rede nicht vom Siegen oder Verlieren, ich rede vom Helfen und davon, mir helfen zu lassen. Wie so ein Mantra. Und davon wird das zusammengehalten, denke ich. Ach so, und dann auch ein Essensplan, wie viel Kalorien, wie viel Proteine. Empfehlungen nennen sie es. Und davon wird das zusammengehalten. Aber das Wichtigste ist eigentlich längst der Kult mit der Anja. Alles kommt von Anja, auch die Sachen, über die jeder weiß, dass sie vom Schlegel erfunden sind und dass die Anja es vielleicht nicht mal kennt. Und die Gerüchte. Der dauernde Klatsch. Was die Anja wieder geträumt hat, und was das bedeutet. Was sie zu irgendwem gesagt hat, einem kranken Kind oder einem Arbeitslosen irgendwo. Oder das mit ihrem eigenen Kind jetzt. Das ist total ... das ist richtig unheimlich. Als ob das jetzt der neue Heiland wäre oder ... diese Geschichte mit dem Parakla ... Pareklet oder wie es heißt. Ich weiß es nicht genau, es gibt ja noch ... ich bin ja nicht in der allerinnersten Gruppe gewesen. Und nur ein halbes Jahr hauptamtlich. Dann haben sie mich runtergestuft, wegen dem Glücksspiel, weil ich immer noch online ... also es gibt ... noch weiter innen was. Ich weiß nicht genau, wie es da läuft. Jedenfalls reden sie da, bei den Allerinnersten, wo vielleicht der Arzt dazugehört und diese Frau Ludic ... da reden sie dauernd über das Baby. Dass das jetzt ein Wunder sein wird und dass sogar die Kaputten ... ja: so heißt das, die Kaputten. Das war ... so hießen am Anfang intern nur die Leute, die Hilfe brauchen, die Patienten und in den Gruppen diese Menschen. In den verschiedenen Zweigen. Aber inzwischen, für die meisten Hauptamtlichen sind das einfach alle, die nicht schon für die Stiftung was tun. Die nicht dabei sind. Die Normalen. Das sind die Kaputten. Und dann heißt es, wenn der Anja ihr Kind erst mal auf der Welt ist, dann werden es auch die Kaputten merken, wer wir sind. So läuft das da.«

Noch während die beiden seltsamen Tierchen, die Ceecee eingesammelt hatte, ihre Geschichten ausbreiteten, begann es in Abel zu arbeiten: mögliche Spielhandlungen, die man in die Dokumentaraufnahmen riegeln konnte; Bildideen, damit man nicht nur redende Gesichter zeigte; Musik. Dies alles fiel ihm fast gegen seinen Willen ein. Ceecee hatte ihn am Haken. Als das Licht anging und beide aufstanden, umarmte er sie spontan.

Sie quiekte lustig, wie angeekelt.

Er lachte sie an und sagte: »Schrecklich! Das ist ja furchtbar! Ich bin dabei.«

Er hielt Wort und arbeitete sich rasch ein.

Außer Filmmaterial gab es von Cyan beschaffte Dokumente, die er studieren konnte und denen er anderthalb Wochen lang seine gesamte Aufmerksamkeit widmete: Presseartikel, Recherchen von Ceecee und anderen zu Verflechtungen der Stiftung mit Unternehmen im Bereich kommerzieller Pflege, Motivationsreden und Medien (es gab DVDs und CDs mit Anja Weirich), aus dem Gedächtnis von Ausgestiegenen aufgeschriebenes Schulungsmaterial, sogar einige wenige authentische Fotokopien.

Die Arbeit tat Abel gut.

Bald hingen nicht mehr nur Diagramme islamistischer Absurditäten, sondern auch Fotos von Anja Weirich an den Wänden zwischen den Spiegeln im Apartment.

Auch Ceecee ging es immer besser: Die Affäre mit der Tontechnikerin schien doch noch auf Ernsteres hinauszulaufen, was Abel daran zu erkennen meinte, dass Ceecee das erste Mal, seit er sie kannte, die paradiesvogelhafte Aufmachung zurücknahm, nicht mehr morgens stundenlang im Bad stand und sich zurechtmachte, sondern immer häufiger in nichts als Jeans, T-Shirt, Turnschuhen und guter Laune durch Berlin flitzte.

War sie zuvor allein zuständig gewesen für die Geldbeschaffung und überhaupt alles irdisch Geschäftliche, weil das seit ihrer Arbeit mit dem sagenumwobenen Finanzier »Onkel Wyatt« aus Australien bei »Wald statt Bäumen« so gut geklappt hatte, ließ sich jetzt auch Abel darauf ein. Er traf Unterstützerinnen und Unterstützer, weil er die Befragung dieser Leute über ihre Motive dafür, sich mit Anja Weirichs Stiftungsimperium anzulegen, als Teil seiner eigenen Nachforschungen begriff.

Die Begegnungen waren amüsant, merkwürdig und aufschlussreich.

Der Herr vom Katholischen Pflegeverband e.V. zum Beispiel machte sich Sorgen, die »karitative Arbeit der Stiftung, die ich im Prinzip schätze«, sei »am Ende nur der Fliegenleim, auf den Arme und Kranke gehen. Das gab es auch in der Vergangenheit, dass im Entstehen begriffene Sekten etwa in der Drogenhilfe Seelen fischen wollten.«

Der Caritas-Mensch und päpstliche Rat dagegen sah das Hauptproblem in der »Undurchsichtigkeit des Ganzen. Ist Frau Weirich wirklich der gute Geist, der das alles leitet? Zieht dieser Herr Schlegel die Fäden? Was für ein Mensch ist er, welche Ziele hat er?«

Die Frauengemeinschaftsvorsitzende ahnte eine »besondere Bedrohung in der Vorbildfunktion für fromme Frauen« – das merkte sich Abel, weil es so ein schöner Zungenbrecher war: Vorbildfunktion für fromme Frauen –, »da es ja dieses Klischee gibt, leider, über unsere katholische Kirche, dass Frauen darin nicht mitzubestimmen hätten. Das macht es dann umso verlockender, wenn hier ein zumindest scheinbar stark christlich und moralisch motiviertes Tun von einer Frau vorgelebt wird, die in ihrer Schlichtheit, in ihrer ... ungekünstelten Frömmigkeit so anziehend ist.«

Der Direktor der Hauptabteilung Bildung und Medien beim Erzbistum Köln betrachtete die Öffentlichkeitsarbeit der Stiftung als »gut geölte, perfekt funktionierende Propagandamaschine, bei der mich gar nicht so sehr beschäftigt, was sie ausstreut – das sind ja alles überwiegend erfreuliche Inhalte, Nächstenliebe, Selbstlosigkeit, Demut –, sondern die Wirkung als solche. Das kann sich bei solchen Organisationen – womöglich ist das richtige Wort bereits: Bewegungen – bekanntlich schnell ändern, wofür sie stehen. Und wenn sie jetzt lernen, wie man Wirkung erzielt, wer weiß, was sie dann für Wirkungen mit weniger angenehmen Inhalten erzielen.«

Der emeritierte Professor für Pastoraltheologie und Kerygmatik schließlich hatte Bedenken strategischer Natur: »Die schwierigste Arbeit wird für die Christenheit in Mitteleuropa auf mittlere und lange Sicht gewiss die Verständigung mit dem Islam sein. Da brauchen wir, wenn ich so sagen darf, präzise Begegnungschoreographien, das muss sehr klein-klein, Schrittchen für Schrittchen versucht werden. Und dieser schwärmerische Synkretismus und Eklektizismus, dieses ›Wir glauben ja alle an einen Schöpfer und wollen gute Menschen sein‹, das da von der Dame und ihrem Kavalier verbreitet wird, das richtet auf die Dauer, glauben Sie mir, mehr Schaden an, als es nützen kann.«

Bei den ersten drei dieser Zusammenkünfte wurde Abel von Ceecee begleitet. Später ging er allein hin. Nach einer Weile wies er Ceecee an, sich eher um die künstlerischen Voraussetzungen des geplanten Films zu kümmern und »richtige Rechercheurinnen« zu beschäftigen: »Schau zu, ob du noch Leute findest, die in der Stiftung sitzen, tiefer drin, und entweder ihr Herz erleichtern wollen oder Geld brauchen.«

Sie fand das vernünftig.

Er verfolgte dabei allerdings Absichten. Denn seine ersten Gespräche mit den Katholiken, und seine Beobachtung des herzlichen Einvernehmens, das dabei zwischen jenen und Ceecee geherrscht hatte, waren Auslöser von Überlegungen gewesen, deren sorgfältige, diskrete Überprüfung schließlich zu Resultaten führte, die ihn erst ängstigten und dann empörten.

Im Frühjahr, als die Pollen flogen und Berlin nach Messing und Staub roch, kam Ceecee eines Abends nach Hause und fand Abel auf dem hellen Teppichboden sitzend, inmitten hunderter Seiten von Papierausdrucken und dreier geöffneter Laptopmonitore.

Er wirkte derangiert, hockte da barfuß, in Pyjamahosen und einem kaffeefleckigen weißen Herrenhemd, die Haare unordentlicher als seit Jahren, und sah sie mit rötlichem, übernächtigtem Blick an.

»Abel? What's wrong? Are you alright?«

»Nein«, sagte Abel nicht sehr laut.

Da wurde Ceecee wütend, weil sie sich so lange zurückgehalten hatte, diesem Egomanen gegenüber – wütend, weil sie ihm durch all seine Stimmungen geholfen hatte, die schlechten und die entsetzlichen, nur weil er zu glauben schien, dass alle Welt ihm Aufmerksamkeit schuldete.

So fragte sie ihn, als gäbe es darauf eine Antwort: »Was hast du getan?«

Er lachte hässlich und patschte mit der rechten Hand auf die Ausdrucke.

»Nachgeguckt hab ich. Ich hab ... Ceecee, ich hab einfach mal nachgeguckt. Wie man sich Kontoauszüge anschaut, nicht? Ich hab's wissen wollen. Sehen wollen. Wer für wen arbeitet, Ceecee. Und weißt du, was ich rausgekriegt hab?«

»Lass das, Abel. Ich weiß schon ...«

»Weißt du das, echt? Mensch, Ceecee. Ich war so blöd. So blöd. Dein großes Kruzifix immer auf der Brust, am Anfang. Und die Ohrringe. Ich hab so ... ich staune wirklich. Dass man ... dass es einem so gehen kann. Findet man ja nicht jeden Tag raus, so was – hier sitze ich und erfahre, dass ich doch tatsächlich für die katholische

Kirche arbeite, ohne Absicht, aber auch nicht irgendwie als Opfer einer Verschwörung, sondern ... na, wie sagt man, die beste Art, etwas zu verstecken, war immer schon ...«

»*In plain sight*«, sagte Ceecee müde und setzte sich auf den Bürostuhl an dem Tapeziertisch, den Abel als Schreibtisch benutzte.

Abel sagte: »Im hellen Tageslicht. Du musst mich für einen sehr großen Blödmann halten.«

Sie winkte ab, machte: »Pffft.«

Er leckte sich die Lippen und sagte: »Ich hab einfach ... na, ich dachte, du arbeitest für mich und bringst all diese Leute dazu, auch für mich zu arbeiten, oder, wie sagt man, ihr Geld und ihre sonstigen Mittel ... für mich arbeiten zu lassen ... Ressourcenallokation. Aber in Wirklichkeit ... Ich arbeite für diese Leute, so ist das. Und zwar, das ist die eigentliche Bombe: schon ganz schön lange.«

»You went back to the first film.«

»Es war nicht mein erster. Nur mein größter Erfolg.«

»What I mean is: you traced it to Uncle Wyatt. Wyatt Spencer. You checked him out.«

»Ja. Ich hab ihn ... ich habe nachfragen lassen, in Australien, als plötzlich ... Ich habe mir die Lebensläufe besorgt von all unseren Sponsoren, zunächst mal denen bei dem Weirich-Ding. Und bei zwei von denen von der Wohlfahrt, denen von der Caritas – stand dann was von längeren Besuchen in Australien, von dieser dortigen Sozial- und Familieneinrichtung, diesem Dingens ... Cere ... Centi ... wo ist die Scheiße jetzt ...« Er wühlte im Papier.

Ceecee sagte: »Centacare.«

Sein Gesichtsausdruck entspannte sich, er hörte auf zu wühlen: »Centacare, genau. Und dann dachte ich halt, Australien, interessant, Ceecee kommt da her und dieser, ihr ... dieser Wyatt, der hat ... ich wusste ja zuerst nicht mal seinen Nachnamen. So blind habe ich ... ich habe alles nachgeschaut.«

»Und jetzt weißt du den Nachnamen.«

»Ja. Und vor allem weiß ich jetzt, dass er einer der größten Spender für Centacare war und dass er ... und das war eben das Wahnsinnige: Der war dann auch in Mediensachen big und in der Sexindustrie. Papst und Porno. Crazy. Und dann seine Skandale. Seine Bankgeschäfte. Das IOR, die Vatikanbank, dieser Angelo Sowieso, den sie entlassen haben, und davor die Chicagoverbindung ... unsere Amerikareise. San Francisco. Hawaii. Alles. Du. Du bist eine Vatikan ... Agentin oder so was. So wie im Film, wie im ...«

»Bullshit. Agentin, ach was. Ich bin bloß eine brave Tochter der Mutter Kirche. Well, vielleicht nicht ganz so brav ...«

»Undercover. Für so Da-Vinci-Code-Leute oder wie?«

»Come on, Abel. So ist die Welt nicht. Keine Verschwörungen, keine Dunkelmänner. It's all public record stuff. You can check it out on Wikipedia. Jeder kennt die fünfzehn Kardinäle, die im Consiglio ...«

Abel schüttelte den Kopf: »Ich brauch das nicht. Eine lesbische Papsthexe ... ich meine, fein, Gertrude Stein war rechtsradikal, aber ... Ich brauch diesen Mummenschanz nicht, und ...«

»Was denn?«, schrie sie plötzlich und sprang auf: »Wen hast du denn sonst? Was willst du denn, du? Who do you think you are, fuckin' Stanley fuckin' Kubrick? You little shit!«

Abel, kalt: »Ich brauch dich nicht. Dich. So jemanden brauch ich nicht, nicht in dieser Lage, wenn meine Schwester ... ich brauch dich nicht, kapier das jetzt!«

»Well, you may not need me. But you sure do need somebody, mate! Because you can't ... you just cannot ... weil du deinen Scheiß nämlich alleine weder regeln kannst noch aushältst. Das ist die ganze Wahrheit, Mister Abel Amir Reinhardt. Du steckst bis über beide Ohren in etwas, das du nicht verstehst. Dein fuckin' talent passt auf dich auf, aber das geht nicht für immer gut, denn du bist ... du bist völlig unkalkulierbar in deiner ... intelligenten Dummheit! I mean, what kind of an idiot do you have to be just so you can be this ... this kind of genius that you are, this ... this ... this hopeless, stupid, horrible person ... with so much insight and talent and ...you know what? Fuck you, matey! Fuck you!«

Damit stampfte sie davon, zur Dusche.

Abel sank zurück, legte sich auf seine Querverweise.

Er sah zur schneeweißen Decke hoch. Horchte in sich hinein,

erst mit offenen, dann geschlossenen, dann wieder geöffneten Augen.

Ein paar Sekunden lang versuchte er, an nichts zu denken. Dabei war er sogar erfolgreich.

Dann dämmerte ihm, was die Szene eigentlich bedeutete, die er gerade erlebt hatte: Er war ihr nicht egal. Cyan sorgte sich um ihn. Sie mochte ihn, hatte ihn vielleicht wirklich so gern wie er sie. Das hätte er für heute Abend nicht erwartet: etwas, worin er sich theoretisch sogar wohlfühlen konnte.

Da schlug ein Krachen von innen gegen die Wand zu seiner Rechten. Auf der anderen Seite dieser Wand war das Badezimmer.

Der Schlag krachte so laut, dass Abel vor Schreck nicht einmal wagte, zusammenzuzucken. Bevor er begreifen konnte, was geschah, folgte ein zweiter, noch lauterer. Und dann ein dritter. Abel hielt den Atem an, als fürchtete er, dem Ungeheuer, das da lärmte, sonst zu verraten, wo er lag. Noch ein Rumms, diesmal etwas leiser.

Atemholen, ganz vorsichtig, in bleicher Bestürzung.

Atemausstoßen, als Abel die Luft nicht mehr bei sich behalten konnte.

Das nächste Krachen bebte in allen Wänden, danach ein Brechen. Dann ein Knacken wie vom Bersten eines Spiegels, zerspringenden Kacheln.

Trat sie gegen die Wände? Das konnte überhaupt kein Mensch sein, es war zu laut, zu stark. Oder warf Ceecee sich mit dem ganzen Körper gegen Glas und Keramik? Aber selbst dann – für einen solchen Aufprall, mit dieser Brutalität, von der Abel die Zähne im Mund klapperten und der Tapeziertisch wankte, hätte man einen gewaltigen Anlauf gebraucht. So viel Raum bot das Bad gar nicht. Noch ein ungeheurer Schlag.

Dann völlige Stille. Abel horchte. Wartete. Setzte sich auf. Horchte weiter. Das Herz klopfte ihm laut im Hals. Nichts Neues geschah. Er stand auf und ging die beiden Treppenstufen hoch zum Flur, den Flur entlang, die Arme halb vom Leib weggehalten, als wollte er sich wehren können, falls es zum Kampf käme. Kampf gegen wen, gegen was?

Die weiße Tür zum Bad war geschlossen.

Er sagte vorsichtig: »Ceecee? Alles okay?«

Schweigen. Stille.

»Cyan?«

Keine Antwort.

Er klopfte an, nicht sehr heftig, und sagte: »Du, Ceecee? Bist du ... ist ... Es tut mir leid, ja? Komm, lass uns ... lass uns nicht mehr streiten.«

Er wartete anderthalb Minuten. Dann hörte er sich sagen: »Ich ... ich komme rein. Kann ich? Kann ich, ähm ... kann ich reinkommen?«

Nackt habe ich sie oft genug gesehen, dachte er wirr, daran soll's nicht scheitern. Aber vielleicht, fiel ihm ein, als er die Hand um die Klinke schloss, werde ich da drin gleich was wesentlich Heftigeres finden als eine nackte Frau, etwas, das ich nicht sehen will.

Er gab sich einen Ruck, drückte die Klinke durch, trat ein.

Dampf. Nebel. Kacheln und Spiegel, auf denen lange, schmale Spritzstreifen von Blut glänzten, wie von Tierklauen in die Wände gerissen. In der kleinen Mulde am Boden, unter dem hoch in seiner Aufhängung befestigten Duschkopf, aus dem wenig druckvoll etwas lauwarmes Wasser regnete, kauerte in der Tat ein nackter Körper.

Es war nicht Cyan.

Es war Abel selbst.

Leichenblass, benetzt von tausend Wasserperlen. Ein Leib, den er gut kannte, Knie hochgezogen, Arme um die arrhythmisch ein- und ausatmende Brust geschlungen, die Haare in die Stirn geklatscht, die Augen zu, die Beine zitternd.

Das dort bin ich. Und hier bin ich auch, gegenüber.

Was ist passiert?

Die Musik stammte von Tom, Fritz und Heiko, die Texte von Tom oder aus der moorschwarzen Vorzeit.

Die Bühnenshow jedoch war bis ins Kleinste Nathalies Kopf entsprungen.

Was ihr einfiel, wurde gemacht – auch das Abwegigste, etwa die Verzierung von Toms Oberkörper mit runenartigen Zeichen.

Diese Runenmale stammten, behaupteten Tom und Nathalie, aus dem sogenannten »henochischen Alphabet«. Das angeblich uralte Zeichensystem hatte Nathalie bei ihren Recherchen zur Geschichte der Magie in staubigen Schwarten aus der Unibibliothek entdeckt. Es handelte sich dabei um eine Schöpfung oder einen Fund eines Hofzauberers der Königin Elizabeth I. von England, ungefähr zu Shakespeares Zeit. Mit jener Königin identifizierte sich Nathalie gern ein wenig – ihre Gesichts- und die Haarfarbe, fand Tom, passten jedenfalls.

Das Ritual, bei dem Tom verziert wurde, hatte wie alles Dazugehörige Nathalie erdacht: Sobald die Zeichen mit dem schwarzen und dem silbernen Stift auf seiner Epidermis angebracht waren, wurden sie sofort wieder von Hand verwischt. Das Publikum bekam sie niemals zu Gesicht. Auch fotografieren sollte Tom so niemand, verlangte Nathalie. Das Ganze diente ausschließlich der »Präparierung«, der Einstimmung des Sängers. Abgewaschen wurden die Symbole mit etwas, das hochabsichtsvoll als »absolutes Gegenteil von Seife« ausgesucht worden war, nämlich mit dicken Batzen erkalteten Frittierfetts.

Robert Schories hatte verwandtschaftliche Kontakte zu Hähnchenbratern mit Imbisswagen, man kam also leicht an diese Ware.

Wenn Nathalie von einer Inspiration wie der mit dem Fett gezwickt wurde, meist in ihren stillen Stunden, alleine am Rechner oder bei den Büchern, meldete sie sich zu jeder Tages- und Nachtzeit bei Tom, per Mail oder SMS: »Ich hab was.«

Diese Art Botschaft ereilte ihn nicht nur in Sachen »Liturgie«, wie Nathalie die Show nannte, sondern auch bei anderen Imagefragen. Die Resonanz von Fans und Medien bestätigte ihre Einfälle stets. Einmal stieß sie um zwei Uhr morgens bei der Google-Bildersuche auf Jeffrey Jones, auch bekannt unterm Namen Jeffrey Catherine Jones. Das war eine als Mann geborene Frau und Künstlerin, deren Zeichnungen und Aquarelle inzwischen fest zur *Corporate Identity* der Band Lichtnord gehörten.

Die Rechte an diesem Bildmaterial waren gar nicht so teuer, wie Nathalie anfangs fürchtete. Heikos ebenso schnelles wie gewissenhaftes Vorgehen – er sah sich, außer als Drummer, inzwischen auch als »das Management« von Lichtnord – klärte alle diesbezüglichen Fragen rasch. Dabei fiel sogar ein Songtitel ab, »I bled the sea«, Name eines Bildbands von Jones.

Wenn ein neuer bandrelevanter Einfall zu besprechen war, unterhielten sich erst Tom und Nathalie darüber, dann wurde Heiko hinzugezogen, schließlich fragte man die Übrigen, deren Zustimmung im Grunde Formsache war und immer rasch erfolgte.

Nach drei Jahren, einem Demo und einem erfolgreichen Album spielten Lichtnord, wie Heiko sagte, »in der Oberliga« jüngerer deutscher Metalbands zwischen Metal Inquisitor und Atlantean Kodex.

Längst wurden sie nicht mehr an ihren Black-Metal-Ursprüngen gemessen.

Was davon übrig war – die rituellen Auftritte, die starken »visuals« (Heiko), also Nathalies Anteil –, wurde Toms Freundin jetzt auch finanziell vergütet. Da Heiko und Tom ohne Widerrede der anderen Bandmitglieder von den Einnahmen zusammen ohnehin stets etwas mehr beanspruchten als die Hälfte, beschloss Tom, seinen Anteil um genau die Differenz zu dem, was der andere Gitarrist und der Bassist bekamen, wieder zu verkürzen und diese Summe bei jedem Konzert und jeder Labelabrechnung Nathalie auszubezahlen.

Der einzige Widerspruch, der je gegen Nathalies »Art Direction« (Heiko) vorgebracht wurde, kam von Robert, der wissen wollte, ob das nicht »peinlich, wie bei Cradle of Filth« sei, wenn, wie Nathalie schließlich anordnete, eine unbekleidete Frau, möglichst mit langem schwarzen Haar, zwischen Heikos Drumkit und Toms Mikrofonstellplatz auf einem Stuhl saß und während der bösen Feierlichkeiten weiter nichts tat als mit Rotwein und Kerzenwachs getauft zu werden, sich während des Sets sonst aber »absolut still« verhielt, »also nicht schlängeln oder posen« (Nathalie) durfte.

Nathalie konnte es ihm plausibel machen. Nicht herrisch, sondern in vernünftigem Ton setzte sie das Konzept auseinander: »Ich weiß, was du meinst, von wegen peinlich. Aber wenn sie nichts tut, ist das genau richtig, nämlich irritierend und ... es wirkt wie Hypnose. Man wundert sich, dass diese ... Nacktheit eben nicht, wie soll ich sagen ... auftrumpft, sondern sich auch zurückziehen kann. Dass das eben nicht stimmt, dass eine nackte Frau sich automatisch anbietet oder prostituiert.«

Heiko räusperte sich.

Als alle Blicke auf ihn gerichtet waren, zuckte er mit den Schultern und sagte: »Ist ja eh erst mal rein theoretisch, die Diskussion. Ich meine, woher sollten wir denn eine nackte Frau kriegen?« Tom wusste zur Überraschung der Jungs eine Antwort: »Ähm, ich ... ich war auf 'ner Erotikmesse und hab da ein paar von den Agenturen und Videofirmen angesprochen, ähm ...«

Fritz fand's sehr lustig: »Pfff, auf einer ... was?«

Jetzt war Heiko verstimmt: »Sag mal, Tom, also dass du da jetzt ... das musst du schon mit mir absprechen, so was, das ... hast du das in unserem Namen gemacht oder ...«

Tom sah den Freund so an, dass kein Verdacht aufkommen konnte, er wolle den Einwand gar nicht erst hören, wies ihn aber doch zurück: »Du, nee, nix in unserem Namen, ich bin erst mal alleine hin, okay? Du weißt das, ich hab noch nie irgendwas abgemacht, geschweige unterschrieben, ohne dass wir drüber geredet hätten. Wir alle.«

Heiko lenkte nickend ein: »Ja, is wahr. Bloß, überleg bitte ... nein, das ist echt nicht so schön, ich meine, weißt du, viele von diesen Leuten da in dem Sexgewerbe haben echt mit Kriminellen zu tun, mit Menschenhandel und ... wir haben es bis jetzt geschafft, sauber zu bleiben, was bei unserem naiven Eigenbooking am Anfang mehr Glück war als Plan. Wenn du an einige der Locations denkst, wo uns Keiler damals noch hinverkauft hat, diese Kotzkneipen auf dem flachen Land oder die Kirmes in Dings ...«

»Ja, boah, bei Weimar draußen das Ding«, Robert erinnerte sich gut. Tom verdrehte die Augen, damit alle sahen, dass er durchaus noch wusste, wie leicht man an die falschen Leute geriet. Ehe er recht drüber nachgedacht hatte, setzte er eine Erklärung hinzu, die ihn rechtfertigen sollte: »Okay, stimmt wahrscheinlich. Erotikmesse und Pornoproduktionsfirma, kein cooler Weg. Aber ich hab mir das nicht selber ausgedacht. Das war Nathalie.«

Das Schweigen, das diese Enthüllung zunächst beantwortete, hatte zu gleichen Teilen etwas Befangenes und Überrumpeltes: Die drei Jungs hatten zu viel Respekt vor der jungen Frau, die ihnen ihre Shows choreographierte, als dass sie hätten glauben wollen, dass sie wusste, was eine Erotikmesse ist.

Derlei passte einfach nicht zu dem schwarzen, DIN-A-5-großen, in Kunstleder gebundenen Buch, in das sie ihre Skizzen malte oder ihre Showabläufe notierte, es klang falsch: »Erotikmesse«. Nathalie benutzte eher Worte wie »mein Rapiarium« – so hieß ihr Buch, und Heiko fand den Ausdruck dermaßen gut, dass er sich mit der Absicht trug, bei den Aufnahmen zur nächsten Platte baldmöglichst anzuregen, man solle das kommende zweite Album so nennen: Rapiarium.

»Ist wahr. Es war meine Idee«, sagte sie und lächelte verschmitzt.

Robert sagte: »Tja. Damit isses offiziell: Auch die Nathalie hat mal eine Scheißidee.«

Man kam überein, die Sache mit der Nackten auf dem Stuhl vorerst »auf die lange Bank« zu schieben (Fritz) bzw. zu »bookmarken« (Heiko).

Tom erklärte abends seiner Freundin bei ihr zu Hause ohne Umschweife, dass er in Anbetracht des Verlaufs des heutigen Treffens von den Visitenkarten und notierten E-Mail-Adressen der »Sexleute« (Fritz) lieber keinen Gebrauch machen wollte.

Nathalie sah einen Augenblick schweigend zum Fenster hinaus, auf den sommerlichen Garten ihrer Mutter mit den kräftigen Farben der Blüten und den zahlreichen Insekten, die wie unter Strom ihre komplizierten Flugverständigungsbahnen abarbeiteten. Dann sagte sie leise: »War ja eigentlich auch nur so ein Test. Ob du da wirklich hingehen würdest.«

Er tat empört: »Was? Wie so 'n Ritter, der in jeden Dreck reitet, wenn das Burgfräulein ihn …«

»Ja. Hohe Minne.«

»Hohe was?«

»Vergiss es. Aber das mit der lebenden Statue, das solltet ihr trotzdem machen. Die Fackeln haben funktioniert, oder nicht? Die ausgestopften Tiere und Fellcapes mit Köpfen haben funktioniert, richtig? Du kannst mir da schon vertrauen.«

»Vertrauen ist nicht das Thema. Wir vertrauen dir eh alle. Haste doch gesehen heute. Nur manchmal ... na ja, die Sachen sind alle gut, aber diesmal war das einfach nix, wegen ... Schwierigkeiten bei der Ausführung, würde ich sagen.«

»Kunsthochschulen«, sagte Nathalie ruhig.

Wieder machte er ein Geräusch, das leichte Überforderung verriet.

Sie sah ihn nachdenklich an, dann winkte sie ab, mit ihrer schmalen, blassen, schönen Hand, die er so gern auf seiner Stirn spürte, und sagte: »Andermal.«

Anja wollte gerne glauben, dass sie »in guten Händen« war, wie Ludger sagte.

Sie wollte auch glauben, dass es »keinen Besseren« gab als Matthias Schöpflin, »den besten Frauenarzt, Geburtshelfer und Säuglingsarzt der Welt«, wie Ludger fand, weil er ihn ihr »beschafft« hatte.

Wo beschafft? Anja fragte nicht nach.

Kurios und eine Spur bedrohlich fand sie ihn dennoch, diesen knapp fünfzigjährigen, sehr großen Mann mit dem Bauchfässchen überm stets zu eng gezogenen Gürtel in der schlammfarbenen Cordhose und den kurzärmeligen karierten Hemden.

Basedowblick, graue, feine, leicht gelockte Haare (Petersilie über den Ohren, dachte sie), blanke Stirnglatze, und der Schnauzbart war absurd: viel zu dicht, viel zu groß.

Am allereigenartigsten fand sie seine Stimme.

Die klang wie durch elektrisierte Wolle gefiltert, als hätte er einen Motor oder sonst etwas Nichtmenschliches im Kehlkopf stecken: »Wie geht's uns denn heute?«

Uns, das waren angeblich Anja und das Kind, in Wahrheit aber, das wusste sie, meinte er dabei gar keine Redensart, sondern erkundigte sich buchstäblich nach dem Befinden mehrerer Leute, zu denen auch er selbst zählte – denen des Inneren Kreises um Ludger, Sutun, Carla, Torsten, ihn selbst, Selena und Anja, denn Letztere bestimmte in gewisser Weise, wie's dem Rest ging.

Da sie auf die stets gleiche Frage nicht viel mehr antworten konnte als entweder »gut« oder »nicht so toll«, ging sie, weil er die Fragerei trotzdem nicht bleiben ließ, schließlich zum Gegenangriff über: »Was könnte denn schiefgehen?«, »Wie muss ich jetzt essen?«, »Wie muss ich schlafen?«

Dass sich alle, die sie um sich hatte, aufführten wie Betreuer und Bevormunder, auf Empfehlung Ludgers natürlich und mit nichts als den besten Absichten, ging ihr auf den Geist.

Seit das Geschlecht des Kindes feststand – ein Mädchen –, war der Zinnober eher mehr als weniger geworden.

Die Idee, gegenüber Dr. Schöpflin in die Offensive zu gehen, zahlte sich nicht aus.

Denn er war nur zu bereit, mit Antworten aufzuwarten: »Es gibt viele Gefahren. Genetische, solche im Mutterleib, schließlich welche bei der Geburt, und an sie alle müssen wir natürlich denken. Fehlbildungen sind manchmal kein Drama. Kleine Ohren, enge Augen, Pigmentierung in Fleckenform, das kann man alles ausgleichen. Aber Fehlbildungen sind eben auch eine recht häufige Todesursache, manchmal noch recht spät im Leben. Und deshalb passen wir auf und tun, was wir können – Herzschäden, Gliederschäden, Veränderungen im Aufbau der Organanlagen, da beugen wir vor, vermeiden Teratogene, sorgen für Entspannung.«

Und so fort.

»Er klärt eben gern auf«, sagte Ludger, als Anja sich bei ihm beschwerte, dass sie die Ausführungen des Arztes eher beklemmend fand als beruhigend.

»Aber das klärt ja gar nichts auf«, klagte Anja, »das macht mir nur Angst. Das ist, als ob er irgendwie Macht ...«

»... aufbaut? Festigt?«, riet Ludger, der genau wusste, wie unangenehm es ihr war, wenn er ihre Sätze beendete.

Jede Fruchtwasseruntersuchung, jedes Ultraschallbild teilte ihr mit: alles in Ordnung. Gleichzeitig riet Schöpflin, sie solle »kürzer treten«.

Also reduzierte sie die Zahl der Veranstaltungen, an denen sie für die Stiftung teilnahm, was aber auch bedeutete: die Zahl der Außenkontakte.

Nach einer Weile setzten ihr klaustrophobe Anwandlungen zu. Besonders wirksame Nahrung erhielten diese Ängste, als Ludger ihr Anfang des siebten Monats der Schwangerschaft im Beisein Schöpflins mitteilte: »Du solltest das Fernsehen ... und Zeitungen und Zeitschriften und Internet ... einschränken. Du weißt ja, wie viel die lügen und hetzen über uns« – da war es wieder, das persönliche Fürwort –, »und das musst du dir nicht antun.«

Eine Glocke senkte sich über sie und schloss luftdicht auf dem Boden an, auf dem sie stand und ging. Ludger nahm ihre Hand, als wäre sie eine Greisin, und fragte: »Wie soll sie eigentlich heißen?«

Anja staunte, als sie in sich hineinhorchte: Sieh an, ich habe das wohl schon lange gewusst. Dann sagte sie: »Nathalie«, leise und bestimmt.

Es gab keinen anderen Namen, der in Frage kam.

Ludger erinnerte sich, dass Nathalie auch der Name der jungen Frau gewesen war, die Wieland Schulte im Zorn erschlagen hatte. Er behielt für sich, was er dabei dachte.

Mehrere Monate lang kippten Tage träge ineinander. Schwere Augenlider, warmes Rauschen in den Ohren: Wie von fern fragte Anja sich, was man ihr gab.

War etwas im Ingwertee? Wurde sie betäubt?

Sie wollte sich empören. Die Energie fehlte.

Unangenehme Sachen wurden hinter halboffenen Türen besprochen.

Man respektierte Anja nicht einmal genug, dachte sie, um diese Türen zu schließen, wenn von Überwachung, von Aussteigern, V-Leuten, Spitzeln und dergleichen geredet wurde.

Dann fing ihr Unterleib plötzlich an, fürchterlich wehzutun – so schlimm, als zöge man ihr das Becken durch die Beine. Etwas drehte sich dort, eine mahlende Schraube.

»Ludger? Oh Gott, was ist das?«

Ludger holte Doktor Schöpflin.

Bevor der da war, hörte es wieder auf.

»Das sind vielleicht Wehen. Vielleicht echte, vielleicht falsche«, mutmaßte der seltsame Arzt.

Dass der Schmerz nur etwas Echtes, nichts Eingebildetes sein konnte, wusste Anja, als es kurz darauf wieder losging.

Sie verhielt sich, wie sie's gelernt hatte: zwang sich ins halb sitzende Liegen, ins richtige Atmen. Wieder hörte der Schmerz nach einer Weile auf. Als er einige Tage später zum dritten Mal einsetzte, schien ihr Kopf wie durch eine fusselige Barriere vom Restkörper isoliert, obwohl Anja kein Medikament bekommen hatte. Das Kind, die Tochter, der Schmerz – abstrakte Größen: eine Art Denkarbeit, durch die man hindurch musste.

Es war so weit.

Schöpflin half.

Sie war zum ersten Mal froh, dass es ihn gab. Ludger stand hinter ihr, Selena Ludic saß auf der Bettkante, hielt ihre Hand, tupfte ihre Stirn ab. Ludger filmte, wie ein Seitenblick Anja enthüllte, unglaublicherweise alles mit einer Kamera und fragte erst, als er das schon fünf Minuten lang tat, ob es »in Ordnung« sei.

Nein, war es nicht. Aber Anja brauchte ihre Kräfte, wie so oft, für Wichtigeres als für Diskussionen mit ihm, bei denen man ohnehin nicht gewinnen konnte. Andere Leute kamen und gingen, vielleicht ein halbes Dutzend.

Schemen, Worte, eins ins andere, und das Licht im Fenster war flüssig.

Geräte blinkten. Gehilfen halfen. Zeuginnen machten sich bereit, Zeugnis abzulegen. Anja dachte: Was habe ich von den Scientologen gelesen? Dass man Geburten da schweigend durchstehen muss, damit die Kinder nicht traumatisiert werden von den Schreien der Mutter. So war es hier zum Glück nicht.

Schöpflins belangloses Geplauder – »Sie atmen ja wie eine Sängerin, prima!« – war Anja, obwohl sie den Mann sonst nicht mochte, ein Trost: Er quatscht, so schlimm kann es also nicht sein. Was war das hier? Es war Anstrengung, und es war Angst, und es war Trotz, Entschlossenheit und die Entdeckung einer Kraft in Anja, deren Existenz und Ausmaß sie nicht für möglich gehalten hätte.

Schließlich schrie und atmete ein klein-knallroter Körper, ein Gesicht, in dem Augen und Nasenlöcher und Mund wie mit dunklem Stift aufgemalt aussahen, wie das allererste Menschenwesen aller Zeiten.

Man nimmt es in den Arm, und es lebt, auf der Brust und an der Wange, es lebt und ist so müde wie man selbst, aber bereit für alles, was kommt, das Leben.

In den ersten gemeinsamen Wochen durften beide vor allem viel lernen: das Halten, das Flüstern, das Stillen, das Saubermachen, das Schauen und Wegschauen und Schlafen und nie Schlafen. Mit erstaunlicher Geschicklichkeit gelang es Anja, zu verhindern, dass man ihr die Nähe störte, um das mit viel messianischem Unsinn erwartete Mädchen vor was auch immer zu schützen und damit von dem einzigen Schutz, den es wirklich brauchte, zu trennen.

Die Sprache, mit der sich Nathalie und Anja verständigten, war nah an dem Geheimnis, das Anja besser kannte als die meisten Menschen: Wir sind kein Ding, wir sind eine Tür zum Unsichtbaren.

Links-rechts-Lateralisierung, greifende Finger, der Geruch einer Blume, eine unausgesprochene Mehrdeutigkeit des Nichtwissenmüssens.

Die Milch ist warm, sie ist im Mund.

Weil die Gehirne von Mutter und Tochter so direkt miteinander kommunizierten, dauerte es eine Weile, bis die Mutter den kleinen Körper sehen konnte, wie man etwas Irdisches sieht, das man versorgen muss: als ein Ding, das funktioniert oder nicht.

So hätte eigentlich Schöpflin den neuen Menschen anschauen müssen, um Fehlentwicklungen zu bemerken. Aber der saß, weil Anja ihn mit einer plötzlich erworbenen, so deutlich nie zuvor verspürten Autorität von sich fernhielt, gleichsam auf der Ersatzbank.

»Du solltest ihn nicht so ausbremsen. Ich meine, du snobst ihn ganz schön an«, quengelte Ludger, seiner eigenen Macht über Anja nicht mehr recht sicher.

Sie zuckte nur mit den Schultern. Er musste sich zufriedengeben.

Der Arzt wog Nathalie also zu selten, sah sie zu selten an, betastete sie zu selten.

Schließlich war es daher Anja, die bemerkte, dass der kleine Bauch zu groß war und dass die Abstände, in denen Nathalie weinte oder nicht schlafen konnte, kürzer wurden. Dann kam das Erbrechen. Anja schlug Alarm: »Schau halt hin!«, sagte sie zu Ludger.

Der sah es nicht: »Sie sabbert ein bisschen mehr. Na und? Lass doch, sei nicht so übervorsichtig.«

Anja gab nicht nach: »Dann hol Matthias. Lass ihn erklären, warum sich so ein kleines Kind alle paar Stunden übergibt, warum es so mit dem Köpfchen nickt, warum es so einen großen Bauch hat.«

Doktor Matthias Schöpflin war ein weit besserer Arzt, als Anja vermutet hatte.

Gegen Ludgers Proteste forderte er sie sofort auf, mit ihm und Anja ins Krankenhaus zu kommen, und wehrte die Anmaßung des Vaters ab: »Geburt daheim gut und recht, wir wollen keine Journalisten und keine Störer. Aber jetzt hört der Spaß auf, Ludger. Wir sind keine Klinik. Wir haben nicht die Mittel. Gut, noch nicht, kommt alles. Ich weiß, wie sehr sich Selena das wünscht, unser eigenes privates Krankenhaus. Aber dieses Kind braucht eine ordentliche Versorgung.«

So brachte man Mutter und Tochter in eine teure, nicht konfessionell gebundene, private Klinik in Thüringen, deren Leitung gegenüber der Stiftung »neutral« war, eine schöne Spende aber gern annahm.

Ultraschall. Magnetuntersuchung.

Man erwog das Strahlenrisiko; dann wurde das Baby geröntgt. Anja wich nicht von Nathalies Seite, Matthias Schöpflin nicht von Anjas, Ludger lauerte.

Ein Knoten unter der Bauchdecke des Kindes: Der einfache Tastbefund, den Anja mitgebracht hatte, entpuppte sich als Kern des Problems.

Eine Frau Dr. Schier, die das Team leitete, das Ludger für Anja und Nathalie eingekauft hatte, wollte ihr erklären, womit man es zu tun hatte. Aber Matthias Schöpflin nahm Anja beiseite, und Ludger gab der Ärztin ein verschwiegenes Signal – auch er hielt für besser, dass jemand, den Anja gut kannte, mit ihr über das Problem redete.

Der Arzt und die Mutter standen auf dem Balkon im fünften Stock des gläsernen, stählernen, sehr modernen Gebäudes am Rande einer kleinen Kreisstadt, über einer ungewöhnlich großen Wiese, an deren nördlichem Ende ein dunkel bewaldeter Berg sich gegen den Himmel drückte, als wollte er ihn aufbrechen.

»Ist es was Schlimmes?«, fragte Anja, ohne Schöpflin anzusehen.

»Eher etwas sehr Seltenes«, antwortete er.

»Sie haben Krebs gefunden, oder? Das Mädchen hat Krebs, und es ist selten, dass man so früh ...«

»Nein. Sie haben etwas gefunden, das ... Regen Sie sich nicht auf. Es hat ... Knochen und, ähm, Körperteile, und ... es ist sozusagen ein Kind im ... im Kind.«

»Ein ... ein Zwilling?«

»Nun ja ... Fetale Inklusion lautet der Fachausdruck oder foetus in foeto: Zellen, die ...«

»Was heißt das?«

Sie drehte sich zur Seite, er sich auch, so dass sie einander direkt gegenüberstanden.

»Was heißt das?«, wiederholte sie. »Was bedeutet das, was passiert jetzt?«

»Man kann operieren. Es ... das andere Kind wird nicht leben. Es wird mit Blut versorgt von ...« Er hörte auf zu sprechen, als sie sich wieder abwandte. Anja hielt sich am Geländer fest. Die Symptome kannte er: Schwindel, weiche Knie.

Schwarze Flecken fielen in ihrem Gesichtsfeld aus dem Himmel auf den dunklen Berg, der sie aufsaugte. Das erste Wort, auf das sie kam, als die Sicht sich klärte, war: »Selten.«

Es klang verlegen, als er sagte: »Nun ja, es gibt Geschichten ... der schwangere sechsunddreißigjährige Inder, bei dem sie statt einem Tumor einen Haufen mit Haaren und Zähnen ... Egal. Müssen Sie nicht wissen. Etwa hundert dokumentierte Fälle, bis heute.«

»Einer mehr«, sagte sie. »Und Ludger hat ja vor der Geburt schon alle auf ein Wunder eingestimmt. Vielleicht macht Gott einen Witz mit dieser Sekte, die wir da haben.«

»Worüber redet ihr?«, fragte Ludger, der von drinnen hinzutrat.

Anja verstand den Blick, den Schöpflin ihr zuwarf: Bitte nichts mehr von Sekten, Witzen oder Gott. Sie beschloss, sich zu merken, dass sie den Mann falsch eingeschätzt hatte: Er war kein Instrument Ludgers, sondern jemand, der in dieser Sache wohl auf Wege geraten war, die sich von ihrem eigenen Weg nicht so sehr unterschieden – einer, der vielleicht einfach nur Gutes hatte tun wollen.

»Er hat mir erklärt«, sagte Anja, »was das ist. Fetale Inklusion. Und dass es nichts ... nichts ist, wogegen man hilflos ist. Dass man das operieren kann und Nathalie dann ...«

Ludgers Handy dudelte. Er verzog den Mund und sagte: »Tut mir leid, hektisch heute.«

Damit nahm er das Gerät aus der Hosentasche und gab den beiden ein Zeichen, sie sollten ihm den Balkon überlassen – richtig, drinnen war Telefonieren ja verboten. Matthias nahm Anja sanft am Arm, führte sie ins Gebäude und murmelte: »Seien Sie nachsichtig mit ihm. Wir haben Ärger. Die Stiftung. Das ist ein großes Problem ...«

»Nicht meins«, sagte Anja. Der Arzt nickte schweigend.

Nathalie wurde operiert.

Anja schlief in der Klinik, im selben Zimmer wie das Kind, auch an den beiden Tagen, da sie es nicht halten durfte. Ludger fuhr weg. Schöpflin übernachtete in einem Hotel nahebei.

Drei Tage später kam Ludger zurück und stritt sich auf dem Korridor der Klinik mit Schöpflin, zischend, scharf – in ihrem Zimmer verstand Anja nur die Worte »Verantwortung«, »Aufrollen« und »Gefängnis«. Als sie, das Kind auf dem Arm, den Raum verließ, fletschte Ludger die Zähne in angriffslustigem Grinsen.

Schöpflin wirkte gedemütigt, besiegt. Er wurde weggeschickt. Selena Ludic wartete mit Auto und Chauffeur unten am Eingang, um Ludger, Anja und die rekonvaleszente Nathalie zu einem kleinen Flughafen zu bringen, wo ein zweimotoriges Flugzeug stand.

Mutter und Kind stiegen ein. Selena und Ludger blieben zurück.

Man flog Anja und Nathalie in Begleitung einer Assistentin Selenas nach Süden, in den Schwarzwald, wo Ludger ein Ferienhaus gemietet hatte: groß, licht, Flachdach, Swimmingpool. Zwei junge Männer – einer davon ein strenggläubiger Muslim, der seine Gebetszeiten sehr ernst nahm – und zwei junge Frauen standen als Umsorgerinnen und Umsorger zur Verfügung, wohl auch als Bewacherinnen und Bewacher.

Jedenfalls telefonierten sie viel.

Nathalies Schlafenszeiten waren bald wieder beruhigend ausgeglichen. Auch Anja kam allmählich zur Ruhe. Vor ihrem Fenster roch es nach Tannennadel, Farnen, Kastanien.

Sie las Gedichte von Goethe und einen argentinischen Liebesroman.

Nach zwei Wochen wurde ihr langweilig. Sie entschied sich dafür, die Theorie, wonach sie eine Gefangene war und die Villa ein goldener Käfig, auf ihre Stichhaltigkeit zu überprüfen.

Nathalie schlief nachmittags jetzt lange. Ob das normal war, wollte Anja nicht zu genau wissen. Es schien ihr eine berechtigte Aufholmüdigkeit nach den schweren Prüfungen der jüngsten Vergangenheit. Normalerweise legte sich Anja während dieser Ruheperioden selbst aufs Sofa, mit einem Buch, oder sah den Helferinnen zu, wie sie Wäsche auf altmodische Spinnen spannten, oder den Helfern, wie sie den Pool reinigten.

An dem Tag aber, an dem sie ausprobieren wollte, wie frei sie war, gab sie dem Baby, das auf dem Rücken lag, einen Kuss auf die Stirn, schlich sich den Flur hinunter und öffnete die Tür. Es ging ganz leicht. Schon war sie draußen.

Das Haus stand an einer Bergstraße, die zwar asphaltiert, aber sehr schmal war. Soweit Verkehr vorkam, sah diese Straße kaum je Gegenverkehr. Links fiel der Berg steil ab. Die Häuser rechterhand gehörten reichen Leuten. Eines, fachwerkgeschmückt, beherbergte eine konservative Studentenverbindung. Das Wappen an der Südfront des Gebäudes leuchtete hellgelb und kräftig wie zu Raubritterzeiten.

Anja ging daran vorbei, dann an hohen Hecken, Bäumen mit hellen Stämmen und dunklen Kronen. Die ersten zwanzig Minuten des Spaziergangs auf dem gewundenen Weg rechnete sie ständig damit, dass ihr jemand hinterherlaufen würde. Niemand kam. Schließlich erreichte Anja den Rand einer kleinen Stadt.

Sie setzte sich mit Goethe auf die Wiese, lehnte sich an eine Tanne, las, zog die Schnallenschuhe aus. Klappte das Buch zu. Träumte ein Weilchen. Dann stand sie auf und ging barfuß, die Schuhe in der Hand, bis zu einem Café. Sie hatte Geld – das, was sie bei sich trug, zum Beispiel die Geldbörse, war nie kontrolliert worden.

Als sie sich setzte, fiel ihr ein, dass sie in Deutschland medienbekannt war. Die Kellnerin aber schien sie nicht zu erkennen. Vielleicht hat man mich schon vergessen, überlegte Anja, oder die Stadt ist erfreulich verschlafen.

Sie aß ein Hörnchen und trank ein Wasser, dann bestellte sie eine Orangina in kleiner, bauchiger Glasflasche – »die gelbe bitte, nicht die rote.«

»Darf ich mich zu Ihnen setzen?«

Ein Fremder lächelte sie an.

Ein Geck: Die Haare dieses Mannes waren hell und schulterlang, sein angedeuteter Bartschatten schimmerte golden, sein Anzug strahlte vanillefarben.

Die Sonnenbrille nahm er ab. Anja dachte: Er steht mir nicht im Licht, sondern genau richtig, halb zum Himmel gedreht, als ob er wüsste, wie man sich hinstellen muss, wenn man fotografiert wird oder gefilmt.

Als sie seine blauen, freundlichen Augen sah, erkannte sie ihn: »Sie sind ... ich kenne Sie. Aus dem Pfarrhaus. Reinhardt. Abel Reinhardt. Sie haben diesen ... berühmten Film gemacht? Über Gras?«

»Nein. Nicht Abel Reinhardt. Aber etwas Ähnliches«, erwartungsvoll – was will er? Ach so: »Ja ... setzen Sie sich doch.«

»Danke.«

Er setzte sich und atmete durch, als wäre er auf einen hohen Berg gestiegen.

Sie sagte: »Ich habe gelesen, Sie ... Sie machen jetzt einen Film über mich. War bestimmt nicht einfach, mich zu finden.«

»Ach, Filme ... Nö.«

Er winkte ab und fummelte Kaugummi aus einem Papierchen frei, steckte sich den Streifen in den Mund, hielt das Gesicht in die Sonne, mit geschlossenen Augen, sah dann Anja an und sagte: »Kommen wir zur Sache. Ich bin hier, um Sie rauszuhauen.«

»Raus zu ... wo? Wie ... wieso?«

»Ihr Laden wird abgerissen. Verzeihung: Ludger Schlegels Laden. Der Staat greift durch. Schluss mit den, wie sagt man? Machenschaften.«

»Was meinen Sie? Ich habe nichts ...«

»Sie haben nix gemachenschaftet, stimmt. Aber das wird man nicht gelten lassen. Sie können sich nicht hinstellen und sagen: Ich weiß nicht, was bei mir los ist.«

»Was ... was ist denn ... bei mir los?«

»Wo soll ich anfangen? Beim Steuerlichen? Oder beim Betäubungsmittelgesetz? Mein lieber Scholli ... Der Herr Schöpflin hängt in bösen Drogengeschichten. Die Frau Ludic ist nur deshalb so versessen darauf, dass es endlich eine eigene Klinik für die Stiftung gibt, damit das besser versteckt werden kann, was längst läuft. Anfangs waren es sozusagen Notfälle, aber ... eure Leute lernen gerade: Man kann Abhängigen nicht wirklich helfen, wenn man sie nur in eine andere Abhängigkeit führt. Und dann dieser Innere Kreis ... Nötigung, Freiheitsberaubung, Psychoterror. Zu schweigen von den sexuellen Geschichten. Die älteren, leitenden Männer, die jungen, nicht nur wirtschaftlich abhängigen Frauen ...«

Er schien das, was er da redete, weder zu verabscheuen noch zu genießen.

Anja wehrte es ab: »Sie, ich muss mir das nicht anhören ...«

»Nicht von mir, nein. Aber irgendwann, und eher bald, von der Staatsanwaltschaft, wenn Sie Pech haben. Große Durchsuchungen stehen bevor, der Papierkram ist geregelt. Morgen oder übermorgen geht es los. Es wäre mir ... aus meinen ganz eigenen Gründen ... sehr recht, wenn Sie dabei nicht unter die Räder kämen.«

»Was wollen Sie tun? Mich verstecken?«

»Ich will Sie aus dem kleinen, gehässigen, dummen Spiel nehmen, das hier läuft. Ich will Sie ins große Spiel holen, wo Sie hingehören.«

Ein Irrer, dachte Anja, mit einem Anflug von Resignation.

Sie stellte die Frage nach dem, was ihr das Wichtigste war: »Meine Tochter. Was soll ich tun, wenn ...?«

»Ja, stimmt, das müssen wir. Das Kind in Sicherheit bringen.«

»In Sicherheit, wo?«

»Das Mädchen kann nicht mit ins größere Spiel. Jetzt nicht. Noch nicht. Schauen Sie mich an. Schauen Sie ... ich weiß nicht, auf welche Weise Sie das wahrnehmen, wie Sie das sehen, was Sie sehen, diese besonderen ... Anzeichen für ... mehr als das Gegebene. Aber ich nehme sie auch wahr, diese Zeichen. Und ich sende sie bewusst aus. Ich weiß nicht, ist es für Sie Schrift? Schauen Sie, oder horchen Sie, oder was immer Sie tun. Erkennen Sie die Zeichen, und begreifen Sie, dass ich kein Spinner bin.«

Anja tat, was er verlangte, und erkannte und begriff.

Fenster, Spiegel, Schwärze, viele Leben.

Sie staunte, und sie fürchtete sich, und sie war aufgeregt, weil es hier offenbar um etwas ging, von dem sie gedacht hatte, sie würde damit lebenslang alleine bleiben.

Er lächelte und sagte: »Sehen Sie das Auto da drüben?«

Es war ein schwarzer langer Wagen, geparkt auf anderthalb Parkplätzen, direkt neben einer Bushaltestelle. Er sagte: »Wir warten noch drei, vier Stunden. Dann bringe ich Sie zurück zu dem Haus, aus dem sie heute ausgebüxt sind. Ich kann uns hineinbringen, so, dass uns die vier Leute nicht sehen, obwohl die schon ziemlich ... nervös sind ... gerade. Dann nehmen Sie das Kind aus dem Bettchen.«

»Nathalie.« Es war Anja wichtig, den Namen zu sagen.

»Ja. Nathalie«, bestätigte er respektvoll.

»Und dann?«, fragte Anja.

»Dann fahren wir dahin«, sagte der Fremde, »wohin man eigentlich nicht fahren kann.«

Anja dachte nach. Dann fiel ihr ein: »Sie sind nicht dieser ... dieser Regisseur, haben Sie gesagt. Obwohl Sie ihm ja wirklich sehr ähnlich sehen. Aber wenn Sie der nicht sind, wer sind Sie dann?«

Er streckte ihr über den kleinen Tisch die rechte Hand hin: »Kain Alizadeh. Schön, Sie kennenzulernen.«

Anja ergriff die Hand.

»Dambpe«, schniefte Ludger Schlegel.

Seine schwere Erkältung hatte das Wort zerquetscht, es sollte »Danke« heißen.

Selena schüttelte Ludgers Kissen auf, dann drückte sie es an die Kopfleiste des Hotelbetts. Er sank zurück und sah sie staunend an. Er hatte so viele Fragen: Woher war der Hinweis auf die Razzia gekommen? Wieso half sie ihm, wieso rettete sie nicht nur sich selbst? Und: Was jetzt?

Der Fernseher, ein uraltes Röhrengerät, das stumm vor sich hin flimmerte, zeigte den beiden, dass sie tatsächlich nur knapp entkommen waren: Polizisten führten Hunde, die nach Sprengstoff, Waffen, Munition und Drogen schnüffelten, in den Büros der Stiftung herum. Die Beamten bauten Computer ab, stellten Festplatten sicher. Ein Schnitt, und man befand sich im Therapiezentrum, dann vor dem Hauptgebäude, wo ein Herr in metallicgrauem Anzug, weißem Hemd und weinroter Krawatte erklärte, was man bei der Stiftung suchte.

Hinter ihm wurden Passfotos von Menschen eingeblendet: Ludger, Selena, Anja.

Ludger sah im Bett anders aus als auf dem Bild. Er trug jetzt eine Brille, die Selena ihm gegeben hatte, seine Haare waren widerspenstiger frisiert als sonst und hellblond.

Auch Selena hatte beim Einchecken anders ausgesehen als auf ihrem Fahndungsfoto. Ihre Perücke lag jetzt auf ihrer Doppelbetthälfte.

»Hier, trink.«

Die Tasse dampfte, roch nach Kamille, ein bisschen nach Rum.

Ludger wusste, dass sie von der Pflege kranker Menschen viel verstand. Er trank den Sud dankbar, in kleinen Schlucken.

Selena sagte: »Mach dir keine Gedanken. Es sind Freunde hier. Der Hotelbesitzer. Freunde aus ... aus einem vorherigen ... Leben.«

»Aum Ombfem?«

»Bitte?«

»Kennst ... du ... sie aus ... dem ... Osten?«

Selena lachte trocken. Ludger blinzelte, lächelte entschuldigend: Es hatte nicht herablassend klingen sollen. Manchmal konnte er diesen Ton bei sich einfach nicht abstellen.

Sie sagte: »Nochmal: keine Sorge. Ich habe Pässe. Wir sind vorbereitet.«

Er schüttelte den Kopf, Tränen standen ihm in den Augen: Wie loyal meine Leute sind! Wie viel besser meine Organisation längst funktioniert als früher!

»Abaa ... Ammna?«

Selena Ludic ging zum Fenster, zog mit drei Fingern den Vorhang etwas beiseite, schaute auf die Straßenbahn, die Menschen, die abendliche Geschäftigkeit und sagte halblaut: »Anja. Das wird schwieriger. Andererseits: Selbst wenn die Polizei sie ... holt und ... festhält ... wird man sie wieder freilassen müssen. Weil sie nichts weiß. Und es wird Proteste geben, wenn man sie zu hart anfasst. Dankbare Menschen werden sich erinnern.«

Ludger schloss die Augen. Er war zu schwach zum Nicken.

Selena Ludic ließ den Vorhang vors Fenster fallen. Sie ging zum Kranken, setzte sich an den Rand des Bettes. Er schniefte noch einmal, blinzelte benommen. Dann sah er sie an, nicht mehr fragend, nur erleichtert. Schloss die Augen erneut.

Selena nahm seine rechte Hand. Fühlte nach seinem Puls. Als der langsam und stetig genug war, beugte sie sich über den Schlafenden, griff nach dem Kopfkissen ihrer Betthälfte und legte es auf seine Brust. Dann zog sie ihre Pistole mit dem langen, gedämpften Lauf aus der Mantelinnentasche, nahm mit der Linken das Kopfkissen, drückte es auf sein Gesicht, setzte die Waffe dicht darüber auf den Stoff und schoss zweimal.

Er bekam es nicht mit.

Sein Blut war fast schwarz.

Recht viel davon quoll durch Laken und Matratze. Bevor es auf den Boden fallen konnte, hörte Selena das verabredete Klopfen an der Tür.

»Ja«, sagte sie.

Zwei Männer traten ein.

Die Mörderin stand auf und gab den Männern einen Wink mit der Hand, in der sie immer noch die Waffe hielt. Die Männer wussten, was von ihnen erwartet wurde.

Sie hatten dicke Plastiksäcke mitgebracht und transparente Planen.

Ruhig gingen sie an ihre Arbeit.

Der Mann, der aussah wie er selbst, war aufgestanden und zu Abel gekommen.

Er hatte ihn umarmen wollen. Abel war zurückgewichen. Er wäre aus dem Bad gelaufen, vielleicht schreiend, wenn der Mann nicht gesagt hätte: »Ich bin nicht Ceecee. Und ich bin nicht du.« Das war immerhin eine Antwort auf eine Frage, die Abel hätte stellen wollen, wenn er nicht so entsetzt gewesen wäre.

»Wer ... wer bist du ... dann?«

Der nackte Fremde hatte für Abel etwas größer ausgesehen, als er sich selbst empfand.

Das war aber nur die Haltung gewesen, die Selbstsicherheit: »Ich bin der Einzige, der dir noch helfen kann.«

Mit diesen Worten war der Mann an Abel vorbeigegangen, glänzend vor Wasser, mit ruhigem Tritt, barfuß, verstohlen lächelnd.

Abel war ihm gefolgt, in die Küche.

Sah man sie von außen? Abel fragte sich: Was denkt man, wenn man uns sieht?

Der Nackte hatte sich die Karaffe mit dem Orangensaft aus dem Kühlschrank geholt, im offenbar sicheren Wissen, dass sie dort war. Bin das also doch ich? Ist das, trotz allem, irgendwie Ceecee? Der Mann trank direkt aus dem schön geschwungenen Krug und sah Abel dabei herausfordernd an. Ein Schluck, noch einer, großer Durst, hüpfender Adamsapfel.

Der Mann stellte den Krug auf den Boden. Richtete sich auf, näherte sich dem Ebenbild.

Abel, verstört: »Was heißt helfen, wer …«

Der andere strecke den Arm aus, legte Abel einen Finger auf den Mund.

Abel, verwundert, ließ ihn näher kommen.

Ließ sich küssen.

Ließ sich auf den Flur drängen, nicht grob, spielerisch, mit einem Kuss, der nicht aufhörte.

Ließ sich wie von einer kühlen Strömung im Meer zu Boden ziehen, auf den langen Teppich. Verspieltes Ringen. Mehr Küsse auf den Hals, den Nacken. Gelöste Gürtelschnalle.

Stoff auf Haut, Stoff weg von der Haut. Der andere kannte ihn, wusste alles, konnte mehr.

Zwanzig Minuten Kampf und kein Kampf, fünfzehn Minuten Befreiung, als löste sich eine Fessel, die Abel so gewohnt gewesen war, dass er vergessen hatte, dass es Freiheit gab.

Liebkosungen, geschickte Rücksicht auf seine Empfindlichkeiten, dann plötzlich gar keine Rücksicht mehr, dann wieder doch, schließlich etwas wie ein Sieg, mehr Wellen, Feuer, Salz, Dank, Wut. Kleiner Jubel.

Erschöpfung. Flüstern.

Verwunderung, Schwindeldrehen.

Hände, die wie seine waren, nahmen seine.

Zogen ihn in die Höhe.

Zwei, die sich sehr glichen, gingen ins Schlafzimmer.

Langsamer, anders, geschah noch einmal, was Abel nicht verstand, aber schön fand und gefährlich. Handballen an der Wange, Flanke an Flanke, Zähne frech am Ohr.

Noch einmal. Und wieder, jetzt wie geblendet und betäubt, danach ein Versinken in Schlaf wie in Treibsand aus grünem Zucker.

Nach fast zehn Stunden schlug Abel Reinhardt die Augen auf.

Das Schlafzimmer wurde geflutet von strahlendem Sonnenschein. Vor den Kleiderschrankwandspiegeln stand Kain und trug seinen besten, teuersten, maßgeschneiderten Anzug, darunter ein weißes Hemd, offen, und jeansblaue Turnschuhe ohne Socken.

»Hey«, sagte der Dieb freundlich.

»Ah. Ahm. Hämm«, machte Abel.

»Bleib liegen. Nee, wirklich, bleib besser liegen. Ganz ruhig. Ich geh was erledigen. Und beide können wir ja schlecht draußen rumlaufen. Gibt nur Durcheinander.«

Abel wollte sich auf die Ellenbogen stützen und energisch widersprechen. Aber er kam nur halb hoch. Da schnippte Kain mit den Fingern. Abel fiel nach hinten, als hätte ihn ein riesiger Boxhandschuh voll Watte getroffen.

Kain lächelte: »Nein, nein. Nicht plötzlich den Aktiven spielen jetzt, nach vier Monaten Hamletnummer. Von Null auf Hundert, das geht nicht, Abel. Lass mich mal machen. Ich muss ein paar Schleifen zuziehen. Und das geht nicht, wenn ich hier rumkuschle. So gern ich würde, in dieser ... Gegenwart.«

Heiser krächzte Abel: »Chhhwaa ... wieso kannst du nicht in ... chh in meiner ... Gegenwart.«

Kain ging zum Bett, setzte ein Knie auf die Matratze. Streckte die Hand aus, berührte Abels nackte Brust, streichelte mit zwei Fingern die warme Haut. »Nicht in deiner Gegenwart, Dummi. In *dieser* Gegenwart. Die Zeit, die nicht Vergangenheit ist und nicht Zukunft. Du weißt doch: Das Grundprinzip ist, wir glauben nicht, dass man die Sachen auf eine Perlenschnur gezogen kriegt. Das Grundprinzip ist, wir wissen: Niemals nacheinander. Vergangenheit und Zukunft gibt es allerdings trotzdem. Bloß die Reihenfolge steht nicht fest. Jedenfalls nicht auf der lokalen Kurve.«

»Auf ... was ... für ... einer ... lokalen ...«

»Ruh dich aus.« Sehr schnell beugte Kain sich über Abel, küsste ihn flink auf die Stirn. Dann war er an der Tür. Er drehte sich noch einmal um: »Du hast zu essen hier. Und zu trinken. Kannst fernsehen. Die Computer sind offline, WiFi gibt's auch nicht. Telefon, Handy genauso wenig. Sicherheit muss sein. Wart hier auf mich.«

Abel versuchte noch einmal, sich aufzurichten. Diesmal ging es.

Kain sah geduldig zu, bis Abel aufgestanden war.

Abel fand das seltsam peinlich. Er sah sich im Raum um. Dann fiel ihm ein, dass seine Kleidung von gestern wohl noch auf dem Flur lag.

Kain sagte: »Gut. Aber keinen Quatsch machen. Ich mein es ernst. Schau ... wenn du versuchst, aus der Wohnung zu gehen ... wenn du dich der Wohnungstür näherst oder den Fenstern ... sagen wir so: Katerkopfweh ist ein Dreck dagegen. Als ob du auf giftige Bitterwurst beißt. Als ob du an Knorpelpüree erstickst. An Ravioli mit Maden. Ätzende Rührkotze.«

»Klingt ... nicht gut«, gab Abel zu.

Kain machte ein zufriedenes Geräusch.

Dann ging der Dieb fort.

Ganz vorn stand Tom.

Unter ihm Chöre, Taumel. Ihr Wogen elektrisierte den Skalp. Gitarrenfuzz kroch unter die Kopfhaut des Sängers. Er fasste das Mikro an, als der Boden wie Kopfsteinpflaster rollte, grollte, von Heikos Tritten. Armeen in Eisen. Tom hielt das Mikro über ihnen in der Halterung fest, damit es nicht davonflog wie eine abgefeuerte Kugel.

Dann deklamierte er streng:

Das Land befreit sich in Begeisterungsgewittern
Denn jede Seele ist für sich ein Element
Sie wälzt die Erde um und will als Stern erzittern

Sämtliche Augen leuchteten.

Hinter ihm, auf dem Stuhl, saß Nathalie.

Es war das zweite Mal, dass sie das tat. Niemand wusste es, niemand erkannte sie, die Nackte, die Priesterin, die seinen Rücken las, auf dem die verwischten Zeichen lebten, die sie keineswegs aus dem henochischen Alphabet hatte – das war eine Lüge gewesen –, sondern aus einem Brief ihrer leiblichen Mutter, in dem neben diesen Zeichen die Sätze standen: »Achte darauf. Wenn du sie bei den Leuten siehst, in der Luft, in dem Raum um sie. Das sind die Glyphen – so nennt sie dein Vater, seit ich ihm erklärt habe, dass es sie gibt und wie sie aussehen. Erzähle niemandem davon.«

Verschmiert, dachte Tom.

Das Frittierfett war dazu da, dass er wie etwas roch, das Raubtiere essen wollen. Tom spannte seinen Leib, holte tief Luft. Ließ das Mikrofon los, breitete die Arme aus.

Wie jedes Mal bei diesem Eröffnungsstück der nächsten Platte, die nun nicht, wie Heiko wollte, »Rapiarium«, sondern »Astarte« heißen sollte, weil Nathalie das Wort in Büchern gefunden und zum Albumtitel erklärt hatte, war Tom verblüfft, dass das, was ihm vorab immer wie eine riesige Hürde vorkam, ganz leicht zu nehmen war – der Schritt vom Deklamieren zum Singen und zum heiligen Geschrei, das nicht mehr aus seinem Kopf oder seiner Brust, sondern aus Verstecktem und Verbotenem kam:

Der Gluthenwusch, der wutverschluchtet, hell entbrennt …

Und kurz danach das Stärkste:

ICH BIN DIE ERDE, DIE ALS NORDLICHT SICH ERKENNT!

Robert hatte diese Zeilen »Zungenbrecher« genannt.

Tom verhaspelte sich nie. Vielleicht hatte Nathalies abwesende Mutter recht mit den Glyphen in der Luft, die Tom nur schnappen musste, mit den Zähnen, mit kräftigem Kieferbiss.

Zum siebten Mal seit Beginn der Tour warf sich Tom in die Worte, ins Herz der Aufführung – ein Moment, der hinterher in allen, die auf der Bühne standen, und allen, die vor ihnen auf und ab schwankten, nachhallen würde, auf Tage hinaus, nein: für immer.

Am Schlimmsten und Schönsten bewegte das alles wohl Nathalie selbst, glaubte Tom. Sie tat dafür, was sie konnte. Sie hatte sogar, für die ersten fünf Male, ein geduldiges Model an der Kunsthochschule beschafft, dem das anstrengende Sitzen auf dem Stuhl, im Krach, nichts ausmachte: eine harmlose junge Frau mit dem prosaischen Namen Marlies.

»Also, es ist schon arg laut«, fand Marlies nach dem ersten Gig, aber mit Ohrstöpseln und für zweihundert Euro pro Auftritt –

eigentlich zu viel fürs Budget der Band, aber Nathalie und Tom ließen ihre Gage um diesen Betrag schmälern – hatte sie sich bereitgefunden, den Mittelpunkt im Toben abzugeben, der den inzwischen legendären Bühnenshows von Lichtnord als letzte Verfeinerung noch gefehlt hatte.

Fünfmal, abgemacht.

Dann aber waren die beiden Zusatzgigs in Berlin ausgemacht worden. Heiko, der anfangs kein Freund der Idee mit der nackten Sitzprophetin gewesen war, hatte sich mit Marlies angelegt, als die meinte: »Sorry, ich muss nach Hause. Meine Mutter hat Geburtstag. Und von einem Konzert mehr hier in Berlin oder jetzt sogar zwei war nie die Rede.«

Heiko wurde ungehalten: »Lass uns nicht hängen, Marlies. Das ist echt schwach.«

Marlies blieb stur.

Nathalie schwieg, dachte nach.

Sie war seit vier Tagen mit Erlaubnis ihrer Mutter auf der Tour dabei, obwohl sie bislang immer nur die erste Stunde backstage im Rollstuhl gesessen und dann von einem der Roadies ins Hotel gefahren worden war, weil sie das ihrer Mutter versprochen hatte.

Als Marlies ihre Sachen zusammenpackte, unter feindseligem Gegrummel von Heiko, flüsterte Nathalie Tom zu: »Biet ihr mehr Geld.«

Das versuchte er, ging sogar bis »je dreihundert Mücken, nur für diese zwei Mal.«

Heikos warnender Seitenblick entging ihm nicht. Es war ohnehin vergebens. Marlies verzichtete: »Jungs, ich mag euch, ehrlich, inzwischen gefällt mir sogar die Musik, und, Mensch, ich bin auch ein bisschen stolz. Ist ja fast Kunst irgendwie, also jedenfalls mehr Kunst als einiges, was die Studis da machen, wo ich sonst bin. Aber meine Mutter ... Nathalie, erklär du ihnen das, wie das ist, mit Müttern und Töchtern.«

Nathalie lächelte und sagte: »Fahr nur. Ich mach's für dich.«

Der Aufruhr, den das bei der Band auslöste, war beträchtlich.

Am vehementesten wehrte sich Tom, noch bis spät in die Nacht, auf Nathalies Bett im Hotel, wo sie diesmal fast wirklich miteinander schliefen. Ihre Liebe und Klugheit führten ihn aber schließlich dahin, wo sie ihn haben wollte: So weit, dass er einsah, sie gehörte auf die Bühne.

Jetzt gab sie ihm Kraft. Er sang:

Oh Sonne, strahle nun aus meiner Innenferne:
Empor, oh Sohn der holden Weiblichkeit der Wesen,
entringe dich …

Die Feier der Stürme und Blitze zog silberne Fäden durch Ohren und Hirne.

»Wüste«, das Finale, streckte sich auf eine Viertelstunde, ohne eine Sekunde Spannungsabfall.

Auch das lag an Nathalie. Es kam aus ihrer Kraft, aus ihrem Kopf und ihrem Herzen.

Es gab eine Zugabe: Lichtnords Version von Voivods »Tribal Convictions«, ein weiterer Wunsch Nathalies. Nach dem Exzess von Stammestrommeln fiel die Band hinter der Bühne auseinander wie ein Raumschiff, das von Gezeitenkräften eines schwarzen Loches zerrissen wird. Fritz und Robert stolperten als dehydriert Berauschte in die Garderobe und schütteten sich Wasser aus großen Eineinhalb-Liter-Flaschen über die Körper.

Heiko und Tom trugen die kopfschüttelnd glückliche Natalie unter den Armen zu ihrem Feldbett am Waschbecken, das man nach Erfahrungen mit Marlies jetzt stets hinter der Bühne stehen hatte. Während Heiko sich einen Joint baute und ihn ansteckte, wusch Tom seine Freundin mit einem großen weichen Schwamm in körperwarmem Wasser.

Dann half er ihr beim Anziehen. Sie küssten sich gerade, als zwei Polizisten ohne anzuklopfen den Raum betraten, dicht gefolgt von Nathalies Mutter, die rief: »Junge Dame, jetzt ist Schluss! Das wird Folgen haben!«

Fritz musste lachen.

Heiko ließ den Joint unterm Stuhl verschwinden. Die beiden Polizisten interessierten sich gar nicht dafür, genauso wenig wie für irgendjemandes Personalien oder für Toms und Nathalies Proteste. Die junge Frau wurde »in Sicherheit gebracht« – so nannte das ihre Mutter, die sich Nathalies Beschimpfungen mit grimmiger Zufriedenheit gefallen ließ.

Diese Beschimpfungen waren nicht harmlos: »Scheißkuh! Du bist überhaupt nicht meine Mutter! Du brauchst dich hier nicht so aufzuspielen!«

Als die Flüche keine Wirkung hatten, wurden sie noch gröber: »Fass mich nicht an, du dumme alte Fotze!« Es half nichts.

Wer hätte ahnen können, dass die pensionierte Lehrerin Blogs las, dass sie daher alles wusste vom letzten Gig wie vom ersten mit Nathalie, auch das Geheimnis, wer da auf dem Stuhl saß, weil ein mit dem Smartphone aufgenommenes und ins Netz gestelltes Fanfoto es ihr verraten hatte? »Wir hätten ihr eine Perücke aufsetzen sollten, wie sie's vorgeschlagen hat.«

Heiko sah die Sache später ganz pragmatisch.

Tom schaute ihn fassungslos an und sagte: »Jetzt kapier ich das erst. Du ... Das Einzige, was dich interessiert, ist immer, was das für die Band heißt. Dass mich das eventuell umbringt, das geht dir komplett am Arsch vorbei.«

Der Vorwurf war ungerecht. Heiko verteidigte sich nicht dagegen.

Ungerecht war auch, was den Liebenden geschah: Hausverbot für Tom, Kontaktverbot überhaupt, ein schrecklicher Brief an Toms Mutter von einem Anwalt, den Nathalies Mutter sich nahm, Schreiereien beider Mütter, schließlich der Befehl von Nathalies »Kerkermeisterin« (Nathalie), sie sollte »das Land verlassen«.

Die pensionierte Lehrerin nahm Nathalie das Handy weg und überwachte ihre Zeit am Computer persönlich. Natürlich konnte sie trotzdem nicht verhindern, dass Nathalie mit Handys von Bekannten, die sie besuchten, ein Minimum an Verbindung zum Liebsten hielt, der vom Landesverweis erschüttert war.

Sie sagte: »Nicht so wild. Ich muss mich zum Jahresende nach England verschicken lassen, zu einer ... Studienfreundin von der Alten. Da darf ich dann einen Monat unter strenger Bewachung alles bereuen und so.«

So kam es, dass Nathalie Echle zum falschen Zeitpunkt auf dem Korridor am Frankfurter Flughafen einen verwirrten ehemaligen Geistlichen mit ihrem Rollstuhl rammte.

Tom Crissauer verlor das Schönste, was ihm je begegnet war.

Er konnte es nicht fassen.

Ein Vierteljahr danach versuchte er, sich umzubringen. Es misslang. Er kam in eine Klinik für Jugendliche mit schweren seelischen Problemen. Nach einem weiteren halben Jahr verließ er diese Einrichtung, geheilt oder zerstört, je nach Blickwinkel.

Lichtnords »Astarte« erschien nie.

Je besser das Metall sich als Spiegel eignete, desto lieber hielt sie es in der Hand, als wäre es das Beste, was diese kluge Frau, die zu viel wusste, kannte.

Hat Wolf sie gleich gehört? »Ich bin Selena Ludic.«

Erst rührte er sich schwach. Die linken Finger fehlten. Hatte er sie gespürt, als schmerzende Phantome? Wolf träumte stumm im Bett, die Augen schließlich offen.

»Hier bleiben Sie nicht mehr«, befahl Selena Ludic. Jäh aufgeweckt aus Nacht und Abels Geisterarmen. Hatte ein Traum dem Armen die Wirklichkeit gezeigt? Wolf blinzelte bestürzt. »Ich kenne Ihren Namen.« Hörte er zu, als sie ihm das erklärte?

Den Spiegel hielt die Frau, die vor zwei Tagen den Idioten Ludger Schlegel hatte töten und verschwinden lassen, dem Benommenen unters eingefallene Gesicht. Wolf sah darin seinen Mund, seine Nase, seine Augen. Für Landschaftsmalereizwecke hatte man ähnliche Spiegel seit dem achtzehnten Jahrhundert hergestellt, wenn auch seinerzeit bevorzugt aus Glas, nicht Metall – daher der Name: »Claude-Glas«, mit dem Fachleute diese Spiegel bezeichneten. »Wieland Schulte. Man nennt Sie Wolf.« Er hatte keine Lust, zu nicken.

»Es wird für Sie jetzt Zeit. Ich fliehe, und Sie sollten ... leicht wird das aber ... nicht ... jetzt schleunigst mit mir kommen.«

Obskur sprach sie ihn an. Er wollte beinah lachen. Hast war ihm fremd. Er wäre fast gestorben. In seinem Herzen war ein Tod geschehen.

Mehr als der Komatraum konnte sie ihm nicht bieten. Ein Griff der schönen Frau an ihrem dunklen Spiegel. Lang wurde das Ding jetzt, es schien auf einmal Klinge.

»Ob Sie bereit sind, nein, das kümmert mich sehr wenig.«

Hart griff sie links den Arm. Dann schnitt sie untern Ballen. Im Fleisch fand sich kein Blut, es trat auch keins nach außen. Mit ganz verrücktem Blick sah Wolf sie ihn verstümmeln.

»Das brauchen Sie nicht.«

Selena Ludic nahm Wolfs abgetrennte Linke, die ohnehin nur noch ein Rudiment gewesen war, von der Bettdecke, auf die sie vom Stumpf weggefallen war, und stopfte sie mit wachsamen Seitenblicken in ihre rechte Trenchcoattasche.

Eine Haarsträhne fiel ihr vors Gesicht. Sie blies sie gereizt weg, griff dann mit der freien Linken danach, zwang sie zurück in den straffen Pferdeschwanz. Mit weit aufgerissenen Augen starrte Wolf die Besucherin an, als sie sich daranmachte, die Gurte zu lösen, die ihn auf dem Bett fixierten, weil er sich in seinen Fieberträumen während der ersten fünf Tage nach der Einlieferung als unbekanntes Gewaltopfer gelegentlich hin und her geworfen hatte.

Alkoholdelir, hatte der zuständige Arzt vermutet.

Als die Lederriemen gelöst waren, kniete Frau Ludic neben Wolfs Bett, legte den Spiegel, der ein Messer geworden war, auf den Boden und machte sich an einer schwarzen, langen, großen, abgeschabten Ledertasche zu schaffen. Sie zog einen Reißverschluss auf, kramte, entnahm schließlich eine hölzerne Hand, aus deren Armgelenk feine silberne, kupferne und schwarze Spitzen guckten: Drähte, Fäden, helle Nesseln.

»Mhmamrrm«, machte Wolf. Er versuchte, sich ihr zu entwinden, und sah aus den Augenwinkeln, dass das Werkstück offenbar aus kostbarsten Materialien gearbeitet war, die Fingerglieder aus Nuss oder Mahagoni, im Handrücken saß ein Plättchen aus weiß geädertem Marmor. Weitere solcher Plättchen dienten als Fingernägel. Der Hauptkörper der künstlichen Hand war Ebenholz mit facettierten Splittereinlagen, vielleicht aus demselben Metall wie die Klinge, der Spiegel.

Frau Ludic griff den Arm, den sie wollte, und bog ihn ohne Mühe zu sich. Sie setzte die künstliche Hand an die Schnittstelle. Die Fäden fingen an zu wimmeln. Sie stachen in den glatten, von Haut vorhin augenblicklich verschlossenen Stumpf. Elektrisch flüssiger Feuerschmerz schoss Wolf von der Kontaktstelle bis in die Schulter, in den Nacken.

Er schnappte nach Luft, krampfte und schloss die künstlichen Finger zur Faust, im Reflex. Und öffnete sie. Und sah hin. Staunte, erschrocken.

»Je ärger Sie sich jetzt so grundlos heftig wehren ... desto mehr wird's wehtun.«

Wie sie so sprach, war klar, sie wusste, wie Wolf dachte.

Er sah es ein, ergab sich. »Jetzt stehen Sie mal auf.« Sie kniete an der Tasche. Holte Klamotten raus: Erst Trainingshose, Sneakers. Weich war die Hose, glatt. Dann noch ein T-Shirt, graublau. »Hier, reiben Sie es ein.« Da war ein flaches Fläschchen.

Jasminduft roch Wolf gern. Das Wässerchen im Fläschchen half seinem Handgelenk. Die Schmerzen schwanden wirklich. Wolf zog die Schuhe an. Die neue Hand griff sicher, half ihm, als wäre sie aus Fleisch und Blut und stets schon seine.

An der Tür des Ein-Bett-Krankenzimmers sah Wolf, als er sich von Selena Ludic entführen ließ, auf einem Plastikschild, mit Edding geschrieben, den Namen stehen, dem man ihm, weil er nicht identifizierbar gewesen war, gegeben hatte: »N. N.«

Seine Entführerin trug ihre schwere schwarze Tasche über die Schulter, von ihrer Linken festgehalten. Die Rechte holte im Vorbeigehen den organischen Abfall, der seine alte linke Hand gewesen war, aus der Manteltasche und warf sie in eine niedrige Säulenmülltonne. Dann sah er Selena Ludic mit ihrem Messer spielen, die Finger drüber kreuzen. Das Messer wurde dunkler, wurde runder, war wieder Spiegel.

Er wollte die Frau, die er nicht kannte, die aber offenbar ihn kannte, fragen, was sie mit ihm vorhatte. Es ging alles zu schnell: der Aufzug, die Tiefgarage, der grüne Mercedes, die Fahrt durch die Stadt, die Autobahn.

Am allerstillsten Abend fuhren sie zusammen, die Frau am Steuer, Wolf im Schock, im Staunen, ohne ein Wort von Wolf, aus allen seinen Städten fort.

Der Arme sah nicht hinter sich, kein Abschied, aus seiner Obdachlosigkeit war er von ihr genommen. In einen Plan, den nur sie kannte, fuhr der Wagen.

Am nächsten Morgen: Licht wie nie überm Hotelbett. Die Fremde neben ihm schlief ganz entspannt, zufrieden. Oben die Decke, weiß, ein Blatt, noch unbeschrieben. Nichts mehr von Schmerzen spürte Wolf in seinen Gliedern. An seinem Körper schien alles zu stimmen. Im Bad ein Spiegel: Ja, er sah gesund aus.

Er versuchte zu sprechen, seinem Spiegelbild etwas zu sagen, etwa: Hallo, ich bin du. Es ging nicht, er hatte Brummbrei im Mund.

Hatte der Hund seine Kehle verletzt? Wie war das gewesen? Die alte Hand, die angeborene, tastete nach Narben, fand eine sehr lange unterm Adamsapfel, längs, die sich rechts und links fortsetzte bis fast um den ganzen Hals, sich dann aber hinten nicht schloss.

Selena Ludic stand in der Badezimmertür, lächelte, ging zu ihm, küsste seinen Nacken. »Komm frühstücken.«

Sie hatte Ausweiskarten für ihn dabei.

»Papiere kann man's nicht nennen. Die Papierzeit ist ja vorbei«, sagte sie. Er hieß auf diesen Karten Hans Badura. Als er den Mund aufmachen wollte, obwohl er wusste, dass nichts Artikuliertes dabei herauskommen würde, sagte sie: »Musst du nicht. Kannst du nicht. Noch nicht, jetzt nicht.«

Er sah sie fragend an. Ihr Blick, den er so kurz erst kannte, schien ihn gleichzeitig zu bemitleiden und zu bewundern.

»Ich werde dir alles erzählen, und einiges erklären.«

Er hob die neue Hand, zeigte mit dem künstlichen Zeigefinger auf die Frau. Sie lachte leise: »Was? Ich? Na ... ich bin einem Heiligen hinterhergelaufen, der keiner war. Der ist abgehauen, mit meinem ... mit etwas, das mir gehört und sehr wichtig für mich ist. Mit meinem Enthusiasmus, könnte man sagen. Dann war ich orientierungslos, jahrelang. Ich brauche ... das, was ich brauchte, dachte ich, gibt's gar nicht. Dann habe ich angefangen mit ... Ich habe Drogen genommen und ... na, irgendwie bin ich dann auf der Suche nach ... Heilung ... bei Anja Weirich gelandet. Einer wirklichen Heiligen. Aber sie ... da waren Leute bei ihr, die ... so ein Idiot namens Ludger Schlegel, der hätte beinahe alles kaputtgemacht, was an ihr ... heilig war. Und dann hatte ich endlich mal Glück – dann habe ich einen Arzt kennengelernt, der bei Anja Weirich gearbeitet hat. Matthias. Matthias Schöpflin. Der hat diese Hand gemacht. Deine. Und der hat deine Stimme ... der hat etwas mit deiner Stimme gemacht, das ... nötig ist. Mach dir keine Sorgen. Es wird alles gut.«

Das hieß: Vertrau mir. Er hatte sonst nichts vor.

Jonglieren ließ sich leicht mit neuen Emotionen. Wolf fand sie schön. Sie nahm ihn mit auf Reisen. War Lissabon erforscht, ging's weiter nach Havanna. Hatten sie Rom gesehen, zog es sie nach Belgrad. Jemandes Mündel sein gefiel Wolf gar nicht übel. Hörte er auf sein Herz, fehlte ihm nie die Stimme. Was sie ihm zeigte, war ihm neu, ein Leben.

Handy und Rechner: Text. Bald schrieb er Tagebücher. Jungfräulich war sein Sinn, auf seine Zeit gerichtet. Häusliches Sich-Erinnern übte er auf Reisen.

»Wenn wir gerufen werden, werden wir gerufen.«

Hast, meinte dieser Satz von ihr, war jetzt nicht nötig.

Der Steingott hörte auf, sich zu bewegen.

Er sprach nur selten noch zu seinen Leuten. Bald schwieg er ganz. Am Ende fiel er.

Die gesellschaftliche Stellung des kleinen Mannes mit der Brille, der längst keine Brille mehr trug, sondern sich die Augen laserchirurgisch hatte richten lassen, litt unter dem Sturz der Gottheit nicht. Der kleine Mann war wandlungsfähig: Bevor irgendjemand sonst auf die Idee kommen konnte, verkündete er allem Volk, es müsse nun die Leiche des Steingottes untersucht, aufgesprengt und erforscht werden.

Dabei käme vermutlich viel Nützliches und Lehrreiches ans Licht. Als dieser Gedanke breite Zustimmung fand, setzte sich der kleine Mann selbst als Leiter des zuständigen Gremiums ein und ging an die Arbeit.

Mit Sprengladungen und Hochdruckbohrern wurde der äußere Granitmantel zerbrochen. Unter der Haut des Riesen fand man Trümmer und Splitter alter Kirchdächer, Tempelsäulen und Außenhüllen von abgestürzten Raumstationen.

Nach Sichtung, Katalogisierung und Vergleich dieser Spuren diktierte der kleine Mann seinem Stab ein Protokoll, dessen Fazit lautete: »Der Götze hat diese Dinge aus den Bauten und Vorrichtungen entfernt, in die sie gehörten, und hat sie im Verborgenen verschlungen. Dabei saß er in Verstecken, wohin wir ihm nicht folgen konnten. Er hat die Beuteteile aber nicht verdauen können. Sie strebten aus seinem Leib wieder heraus und wären früher oder später durch seine Haut gebrochen. Nicht unwahrscheinlich ist, dass er auch an dieser Bewegung, die langsam, aber stetig in ihm geschah, gestorben ist.«

Als man aus der roten, dichten, wenig porösen Schicht, in die sie eingebettet gewesen waren, alle Artefakte und Fragmente entfernt hatte, stieß man am unteren, inneren Rand dieser Schicht auf eine weitere aus Bildern, Gestalt ohne Stoff.

Ein Mann und eine Frau in Roben waren zu erkennen, ein schwarzer Bogen, Pfauenfedern, Spiegelscherben, Glas in verschiedenen Farben, Gesetzesblätter, Schlangen, Pferde mit acht Beinen. Einige Leute aus dem Stab des kleinen Mannes gingen beim Eintauchen in diese Bilder auf Nimmerwiedersehen verloren. Es war kein Verlust.

Als aber neu rekrutierte Spezialistinnen und Spezialisten sich in Schutzanzügen, an Seilen und Kabeln, in das eigenartige Medium hinabließen, passierten sie es schließlich in Richtung Tiefe. Als man sie daraus wieder nach oben zog, berichteten sie von Eis, Staub, Hitze, Dampf, vom neutral Guten, vom gesetzmäßig Guten und vom chaotisch Guten, dann vom neutral Bösen, gesetzmäßig Bösen und chaotisch Bösen, dass alles Volk sich erregte und rief: »Die Substanz des Gottes, das Versprechen von Macht und Glück, ist unser Heiligtum! Wir sind dem Geheimnis ganz nahe!«

Da ließ der kleine Mann durch einen Trupp Bewaffneter, den er in der Zwischenzeit umsichtigerweise aufgestellt hatte, die Spezialistinnen und Spezialisten öffentlich zu Tode bringen. Danach erklärte er: »Was wir gefunden haben, ist in der Leiche besser aufgehoben als auf der Welt. Wenn wir klug sind, werden wir das alles ganz und gar vergessen.«

Der Ton, in dem er dies bekanntgab, ließ keinen Zweifel daran, dass er der Klugheit, die er den Leuten empfahl, zur Not mit strengen Mitteln würde nachhelfen können.

Hinter Mauern, Zäunen, Türmen fand Nasrin eine unerwartete Ruhe.

Kein Himmel konnte kühler, beruhigender sein als das Grau dieser Mauern. Nasrin wollte keine Wiesen mehr, weil Kassim tot war, mit dem sie auf Wiesen gelegen hatte. Sie wollte keine Rosen mehr, weil Kassim rot auf ihre Hände geblutet hatte.

Vier Männer, als Roboter verkleidet bis in die Muskeln, mit Maschinenpistolen und Gasgranaten bewaffnet, führten sie von einem Hubschrauberlandeplatz durch eine Schleusenlücke in einem Zaun, der größer war als jeder Zaun, den Nasrin in ihrem Leben bisher gesehen hatte. Drei Frauen nahmen sie in Empfang. Wolken oben drohten.

Nasrin dachte: Ihr traut euch nicht.

Windstille: Die Wolken reglos, plausibel Nasrins Ahnung, wonach das Wetter, das sehr langsam beim Denken war, erst einmal innehielt, da es die Menschen, die im Begriff gewesen waren, es zu verstehen, nicht mehr aufhalten musste. Nicht mehr irreführen. Nicht mehr zerstreuen.

Tamãme zendegi az vazheh hã sãkhte shodeh.

Andere Menschen waren gegen die allzu neugierigen Menschen vorgegangen. Das Wetter konnte sich zurückziehen in den Anschein, kein Gott zu sein.

Nur eine der drei Frauen redete mit Nasrin.

Sie war klein, dick und damit beauftragt, Nasrin den Ort ihrer Haft zu erklären: Hier ist das Tor, da die Verwaltung, dort ein Verbindungsflur, danach kommen zwei Flügel für Zellen, eine Seite mit Gemeinschaftszellen für schwer und lange Bestrafte, eine Seite mit Gemeinschaftszellen für leichter und kürzer Bestrafte, daneben ein eigener Trakt nur für Nasrin. Dies ist die Treppe. Dort sind Höfe zum Spazieren. Man würde beide räumen, wenn Nasrin raus durfte, wurde ihr erläutert.

Auch eine Kirche gab es.

»Keine Moschee, keinen Meditationsraum«, sagte die kleine dicke Frau, und Nasrin spürte, dass sie nicht entscheiden konnte, ob das einfühlsam oder beleidigend gemeint war.

Die Flure waren dunkel, die Wände kalt.

Nasrin streifte eine davon verstohlen mit den Fingerspitzen. Sie dachte: So was hab ich als Kind gemacht; als ich noch nichts selber entscheiden durfte und für die meisten Sachen noch keine Worte hatte, habe ich viel mehr Dinge angefasst: Mauerwerk auf dem Schulweg, Briefkästen, Schaufensterscheiben. Jetzt darf ich wieder nichts mehr entscheiden und habe nichts mehr zu sagen. Der Tastsinn darf wiederkommen. Wenn jemand das jetzt merkt, die Frau vor mir, die redet, oder die beiden Frauen hinter mir, werde ich dann geschlagen?

Es roch schwach schlecht.

Als die Gruppe an einer Zellentür in der Mitte des zweiten Stockwerks des dreistöckigen, für Nasrin vorgesehenen Trakts ankam, sagte die dicke Frau: »Keine Gemeinschaftszelle, keine Nachbarinnen. Ein WC und ein Waschbecken.«

Nasrin sah an zwei Wänden je ein Bett stehen. Die Zelle war also einmal belebter gewesen.

Vorne an der schmalen Wand die Tür, hinten an der schmalen Wand das Fenster.

Dieses Fenster war sehr klein, in der Mauer zurückgesetzt, seine vier Seiten waren von Betonschrägen eingerahmt und außen mit einem sehr starken, engen Gitter maskiert.

»Haben Sie eine Frage?«

Nasrin trat über die Schwelle. Dieser Raum, dachte sie, ist jetzt alles, mit dem Bett und dem Schrank und dem viel zu blank geputzten Metallklo, das nicht an der Wand steht, sondern zwischen den beiden Betten, damit die beiden Leute, die hier sonst eingesperrt waren, immer wussten: Zwischen ihnen kann es keine Freundschaft geben, zwischen ihnen ist nur ein Klo.

Nasrin fragte: »Gibt es besondere ... besondere Kleidung?«

Die Frau sagte nichts, sah nur aus, als hätte Nasrin angefangen, eine Rechenaufgabe zu lösen, wäre aber entweder noch nicht weit genug damit, dass sich eine Hilfestellung oder eine Kritik hätten lohnen können, oder so völlig weitab vom richtigen Verfahren, dass die Frau überhaupt nicht wusste, was sie dazu sagen sollte.

Nasrin verspürte das Bedürfnis – lächerlich, auch ein wenig ärgerlich –, ihre Frage zu erläutern: »In den Fernsehserien, die ich immer schaue, gibt es eigene Gefängniskleidung, orange. Ich dachte ... na ja.«

»Wenn dann sonst nichts ist. Handtücher und alles finden Sie im Schrank.«

Die Tür wurde von außen verschlossen. Nasrin setzte sich auf das Bett links, legte die Hände in den Schoß und dachte: Handtücher und alles.

So einfach war das.

An den Händen klebte Blut, wie im Theater bei Lady Macbeth. Nasrins und Abels Vater war mit Abel in das Stück gegangen, 1990. Aber Lady Macbeth hatte das Blut selbst vergossen, es war ihre Schuld. Keine Rosen. Bãd harf mizanad, ammã harf hãiash vãzeh va roushan nistand. Momken ham hast ke bãd dorough miguiad.

Nasrin stand auf, ging zum anderen Bett, setzte sich und dachte: Beide Betten gehören mir.

Luxus. Handtücher und alles.

Sie blickte nach oben, fand die Kameras nicht, wusste aber, es gab sie.

Bestimmt auch Mikrofone.

Sie beobachten mich, wie ich mit Kassim das Wetter beobachtet habe.

Ich bin ihr Wetter. An einer der Wände hing ein fleckiger Spiegel.

Nasrin stand auf, ging hin.

Das erste Mal seit fünfzehn Jahren sah sie in diesem Spiegel einen alten Freund, Wolf Schulte. Die Farben waren falsch. Sein Haar war hell statt dunkel, die Augen leuchteten. Einiges entsprach ihrer eigenen augenblicklichen Welt, dort um ihn ein Fensterviereck zum Beispiel. Wolf erkannte sie nicht. Er schaute jetzt, da sie Miene machte, ihn anzureden, nicht mehr strahlend, sondern seltsam schlierig, wie verschleiert ins schmutzige Glas und war nicht hier, nicht jetzt, nicht irgendwie drüben, so nah, wie er wirkte, sondern, wie Nasrin richtig riet, in einem anderen Gefängnis, anderswann.

Nasrin wandte sich ab und griff ein wenig geistesabwesend in ihre langen Haare – zu lang, beschloss sie. Ein paar Minuten riss sie daran herum, dann kamen Frauen und hielten sie fest.

Damit fing an, was nun ihr Alltag wurde.

Geschubst, geknufft, schließlich mit einem harten Gummistock geschlagen, später gezwungen, Medikamente zur Sedierung einzunehmen, dann wieder in Ruhe gelassen, weil sich ihre Unruhe gab, bald leergeweint und stumpfgeschlagen sah sie ein, dass sie die Rosen brauchte. Ich darf nicht wählerisch sein mit meinen Erinnerungen, ermahnte sie sich.

Sonst verlassen mich alle.

Also malte sie mit dem Blut an ihren Händen Rosen auf die Wände der Zelle.

Kassim hatte ihr von den Derwischen erzählt, die von Wüstlingen und Halunken geschmäht und geschlagen worden waren, und von dem Sheikh, bei dem sie sich beschwert hatten, und von dessen Worten: Der Mantel des Derwisches sei das Gewand des Hinnehmens, und wer dieses Kleid trage und nicht damit leben könne, wenn sich seine Wünsche nicht erfüllten, sei ein Heuchler und das Gewand stehe ihm nicht zu.

Sie kleidete die Zelle ins Gewand des Hinnehmens, besetzte sie mit Rosen.

Einmal blickte sie über ihre Schulter in den Spiegel, um zu sehen, ob Wolf noch da war. Er war noch da. Er sah neugierig in ihre Zelle. Die hatte er jetzt also bemerkt. Aber Nasrin, die einmal für ihn geschwärmt hatte und deshalb wusste, wie sie seine Gesichtszüge lesen musste, konnte genau erkennen, dass er sie dabei nicht sah.

Dafür sah er die Rosen an den Wänden, die sonst nur Nasrin sehen konnte.

Wenn es ihm geht wie mir, dachte sie, sind sie falschfarben. Nicht rot, sondern türkis: Nachbilder, grünlich wie seine Lippen von hier aus.

Ob er weiß, dass es Rosen sind? Ob er etwas anderes sieht, vielleicht etwas, das er nicht versteht? Wölkchen, grüne Wirbel?

Man schnitt ihr die Haare sehr kurz, weil sie sonst immer wieder daran herumriss.

Als sie mit dem Haarereißen dennoch nicht aufhörte, wurde sie fast kahl rasiert.

Das gefiel ihr, weil sie mit den Händen über die Stoppeln fahren konnte.

Da sie nun ruhiger wurde, durfte sie schließlich auf den Hof, zu festen Zeiten.

Die Sonne beobachtete, wie Nasrin langsam im Kreis ging. Der große Stern sah hinter lockeren Quellwolken hervor, er wollte von Nasrin nicht gleich erkannt und durchschaut werden. Der Wind kam aus Nordwesten, mäßig. Nasrin konnte hoch oben sehen, wie er Unterhaltungen mit sich trug und Verträge und Garantien.

Menschenrechte, Forschungsprogramme.

Erstaunt nahm sie einen Geruch wie Ampfer wahr, und noch erstaunter wurde ihr bewusst, dass ein Teil ihres Gehirns seit dem Mord an Kassim gänzlich unbeirrt an den alten Lernprogrammen weitergeschrieben hatte. Zum Verlernen der Arbeit war es zu spät, das wusste sie von den Worten des Sheikhs her: Einen grünen Stecken biege, wie du willst; ist er erst einmal trocken, wird er nur noch im Feuer gerade.

Manchmal pflückte Nasrin die für Kameras wie Razzien unauffindbaren Rosenblüten, die sie auf den Beton gemalt hatte, von ihren Zellenwänden und legte sie sich auf die Handfläche. Dann ging sie zu dem Spiegel und blies die Blüten hindurch, zu Wolf, der nicht immer in seiner Zelle war, dem aber sein Spiegel stets folgte.

Manchmal sah sie einen Hof, später ein Wohnheimzimmer, noch später eine Straße hinter ihm. Nasrin rechnete fleißig. Sie hatte Daten: Das bisschen Ausschnitt der Großwetterlage, das sie durchs Fenstergitter oder beim Hofgang mitbekam, und das bisschen Geodätische als Parallele zu zeitförmigen Unendlichkeiten, in denen sie sich lokalisieren konnte, wenn sie mit Augenmaß den raumzeitlichen Abstand schätzte, der sie von Wolf in seinem anderen Gefängnis trennte, aber auch mit ihm verband, in sauberer Selbstdurchdringung ihrer Weltlinie, verrieten ihr genug darüber, was jenseits der Mauern, jenseits der Zäune geschah. Norwegischer Regen. Fallende Häuserpreise in Spanien. Politische Verhärtung in Ungarn. Vorwärts und rückwärts durch die Zeit kräuselten sich diese Wellen. Modulräume bebten.

In einem Zimmer, das bis auf zwei Lampen, deren Schirme genau abgezirkelte Lichtkegel von oben auf Nasrin und von hinten auf zwei Bewacherinnen warfen, ganz dunkel war, sagte Nasrin zu Stefan Dohr, der sie freundlich ansah und direkt vor ihr saß, und zu Jakob Scholz, der sie mit großem Widerwillen betrachtete und neben dem Tisch stand: »Ich bin zufrieden hier. Der Ort beschützt mich. Die Großen werden mir nichts mehr tun, wenn sie sehen, ich bin keine Gefahr.«

»Die großen was?«, fragte Stefan Dohr.

»Das Wetter. Das Geld. Netze, Parteien, Verträge. Alles, was denkt, aber klüger ist als Menschen. Alles, was Menschen gemacht haben und was von den Menschen nicht … nicht erkannt werden will.«

»Verrückt ist sie also, schön. Zeitverschwendung«, sagte Jakob Scholz.

Stefan Dohr ließ Nasrin nicht aus den Augen, als er den Kollegen zurechtwies: »Dann hau ab. Geh rauchen.«

»Gern«, sagte Scholz, ließ sich von einer der Schließerinnen die Tür öffnen und ging.

»Sie müssen verstehen«, sagte Stefan Dohr, »der Kollege hat's nicht so mit den Hintergründen.«

Nasrin war erschöpft, darum kam sie zur Sache: »Ich kann Ihnen nicht helfen. Am Ende werden Sie ihn erschießen, oder er erschießt Sie. Eine andere Konvergenz lässt sich nicht rechnen, das sind die zwei möglichen Grenzwerte. Und Ihr Arbeitgeber hat das genau so einkalkuliert. Die brauchen nur einen, und der, der den andern erschießt, darf dann den Abschlussbericht schreiben. Aber es gibt Variablen. Eine aus ... Asien irgendwo, vielleicht Thailand, eine aus dem Süden, wahrscheinlich der Südspitze von Afrika. Leute aus Iran auch. Die sind schon sehr weit. Wir haben das Menschenähnliche im Wetter erkannt, die Iraner bauen jetzt das Wetterähnliche in ein paar Menschen ein. Neue Computer. Das müssten Sie Herrn Afshar fragen, wenn Sie ihn finden.«

Der Beamte räusperte sich.

Shahri rã ke nasrin va Kasim dorost kardeh and bãiad bãd rã be dãm biandãzad.

Nasrin war so kooperativ, wie sie eben sein konnte. Sie hätte ihm sogar die Namen Pashwane Serote und Vasan Anwar verraten, wenn sie diese Namen gekannt hätte.

Sie kratzte sich am Hals, dann sagte sie: »Kann ich jetzt gehen? Ich muss mich um die Rosen kümmern. Sie wachsen rückwärts. Bald schließen sich die Blüten. Werden Knospen. Ich nehme an, ich wurde eingesperrt, damit ich hier drin älter werde und ... damit das Leben irgendwie ... in mir ... verwelkt und kaputtgeht. Aber wenn die Rosen ... wenn das ein Zeichen dafür ist, was für ein Raum um mich herum entsteht, weil ich ... ein wichtiger Teil der Sache bin, dann ... dann werde ich hier nicht älter, sondern jünger. Und je nachdem, was für eine Funktion das ist ... es könnte sich beschleunigen. Es wäre einfacher, wenn ich Stift und Papier hätte und nicht alles im Kopf rechnen müsste.«

Stefan Dohr schwieg. Sie wurde deutlicher: »Können Sie da vielleicht ... was für mich besorgen? Stift? Papier?«

»Ich glaube nicht«, sagte Stefan Dohr sanft.

Nasrin zuckte mit den Schultern. Sie ließ sich von einer der Bewacherinnen aufhelfen und ging zurück zu den Rosen, **Sela.**

5 : Documentary, remember?

Marion fühlte sich nicht wohl. Von gestern Nacht her taten ihr Nacken, Schultern und Steißbein weh. Sie war verspannt und gereizt. Dass Arikan sich den ganzen Vormittag anstellte, als wäre man nicht beim Ein- und Ausräumen im Lebensmittelmarkt, sondern auf irgendeinem Spielfeld seiner bescheuerten amerikanischen Sportarten, machte den Tag nicht besser. Der Kollege warf mit Waren um sich, statt sie einzuräumen, und schrie dazu Quatsch: »Ey Marion, fang halt, wenn ich was werf! Haste keine Muckis?«

»Alter, wenn ich so Muckis hätt, wie du Hirn hast, könnt ich morgens nich ma allein uffstehn«, schnauzte sie zurück.

Statt einem Ei aus Leder, von dem er träumte, warf er ihr daraufhin zum dritten Mal zwei Vierhundert-Gramm-Packungen Tortelloni für neunundneunzig Cent zu; also wieder nicht die Sechshundert-Gramm-Beutel für ein Euro sechzehn, die eigentlich in die Regalnische gehörten, vor der sie stand. Die Marktleiterin, Frau Kaindl, saß heute auf irgendeinem verschnarchten Amt. Der Blödsinn würde also wohl den ganzen Tag so weitergehen. Die Pappkisten mit No-Name-Cola (»koffeinhaltiges Erfrischungsgetränk«) zum Beispiel würde Arikan vorn einsortieren, wo eigentlich die Fantas und Sprites hingehörten, also zu den Dreiunddreißig-Cent-Flaschen statt zu denen für siebenundsiebzig Cent. Die Flammkuchen würde er mit den Wagner-Pizzen verwechseln, die Tiefkühlhamburger mit den Fleischbällchentüten, den milden Sahnejoghurt für neunundzwanzig Cent mit dem Grießpudding für fünfzig Cent, die Iglo-Schlemmerfilets Sylter Art mit dem Tiefkühlgemüse: »Wat willste, isch seh dit nisch, die Packung sieht voll gleisch aus, Alte.«

Anstatt ihn dafür anzumeiern, dass er Kaindl gegenüber seine Leseschwäche immer noch nicht zugegeben hatte, ließ Marion das alles fatalistisch über sich ergehen und rückte die Fehler zurecht, so gut es ging.

»Hasse escht so null Muckis? Isch denk ihr Lesben seid alles so Kampfpanza?«

Marion seufzte und überlegte, ob sie etwas völlig Absurdes entgegnen sollte, aus Langeweile: Selber Lesbe.

Wenn die Ein-, Aus- und Umräumerei ausgestanden wäre, würde Arikan sich vierzig statt dreißig Minuten Zigarettenpause herausnehmen, das kannte sie auch schon. Da stand er dann vor dem Laden in der Schweinehitze mit den Alkis. Und falls ihn das nicht ausfüllte, ging er auf dem Parkplatz im Kreis und brüllte ins Handy: eine neue Schlacht im Dauerkrieg mit seiner geistesgestörten Freundin. Von der hatte Marion die unglaublichsten Geschichten gehört. Sie verdrosch ihn offenbar gelegentlich mit Hockeyschlägern. Sportliches Paar, dachte sie, bestimmt kerngesund. Anders als ihre Mitbewohnerin Anna fand Marion, dass man sich nie darum reißen sollte, Leuten zu helfen oder sich mit ihnen anzulegen. Das Diesseits ist ein heikler Ort, wer Messer im Mund hat, küsst schlecht, am besten, man hält sich raus. Nichts dergleichen dachte die schreckliche Christin Gitta, die gerade an der Kasse saß, an der Marion sie gleich ablösen musste, um dann wieder die zehn Minuten lang, die Arikan seine Pause überzog, darauf zu warten, dass er sich an die zweite Kasse bemühte, an der heute eigentlich Frau Kaindl hatte sitzen sollen.

Die Christin warf sich, statt sich rauszuhalten, für Marion in die Bresche: »Arikan, nee, jetzt hör aber mal auf!« Dabei zog sie absurde Schokoladenmassen für einen fetten, schwitzenden Pinguin übern Scanner. Arikan rülpste. Gitta wiederholte ihr Anliegen, noch klagender als zuvor: »Du, nee, aber hör jetzt wirklich mal auf, da die Marion zu diskriminieren. Die Marion ist nicht homosexuell, nur weil sie mit einer zusammenwohnt, die homosexuell ist. Und wenn sie es wäre, dann wäre das auch nichts, worüber du schimpfen darfst. Das ist ihre eigene Sache, Arikan!«

Der ganze Markt vernahm die Beschwörung. In der Schlange hinter dem Pinguin grinsten die Dümmsten und verdrehten die Hälse nach der Frau, die da homosexuell war oder eben auch gerade nicht. Arikan bellte zurück: »Mach dein Job, blöde Sau. Und isch heiß für disch Hurrikan und nisch Arikan, merk dir das!«

»Sei nicht immer so pubotär!«, rief Gitta, als gäbe es dieses Adjektiv wirklich.

Mit dem Instinkt eines Geschöpfs, das immer und überall vor allem seine Ruhe wollte, erkannte Marion ihre einzige Deeskalationschance: Sie musste sich sofort mit ihrem Peiniger gegen die idiotische Helferin verbünden: »Zieh die Schokolade ab und bedien die Leute. Der Hurrikan und ich sind hier am Arbeiten.«

Ein paar der Leblosen lachten.

Gitta schüttelte mit Duldermiene den Kopf. Der Pinguin stopfte seine süßen Schätze in eine Riesen-Knitterplastiktüte. Marion bückte sich, um die Spaghetti und die Makkaroni richtig einzukeilen. Es war zu heiß heute. Das Hirn dörrte aus, die Haut unter den Achseln brannte.

Ein Blick nach draußen wollte wissen, ob der Asphalt schon aufgebrochen war.

Wie viel Grad Celsius maß man heute eigentlich, vierzig, fünfzig? Als Marion sich bückte, spürte sie stechende Schmerzen im unteren Rücken. Ein wenig Ärger über sich selbst empfand sie, weil sie diese Schmerzen selbst verschuldet hatte: Sie war gestern wieder die ganze Nacht an Annas Laptop gesessen.

Da hatte sie alte »Star Trek«-Folgen, »Babylon 5« und anderen Weltraumschrott, zum Schluss dann, bis frühmorgens, lauter Space-Dokumentationen angeschaut, auf YouTube und anderen Plattformen, weil sie nicht einschlafen konnte, wenn die Wohnung leer war. Anna hatte unterdessen einen ihrer Allnighter abgezogen, erst auf irgendwelchen Verschwörungsmeetings gegen die ungerechte Behandlung streikender ver.di-Kämpfer, dann, einer SMS zufolge, in Bars. Zum Schluss wird sie wohl im Bett irgendeiner Zufallsbekanntschaft gelandet sein, nahm Marion an: Spaß war für Anna Teil der Pflicht.

Marions Liebesgeschichte mit Anna lag in staubiger Vergangenheit. Vor Anna hatte Marion keine Frau geliebt, und es mochte, dachte sie bei sich, gut sein, dass Anna für sie auch die letzte war. Aber obwohl sich aus diesen und anderen Gründen die Unterschiede zwischen ihnen beiden mit jedem Tag deutlicher geltend machten, blieb Anna ihr der nächste Mensch – näher als ihre Schwestern, näher als sogar ihr Cousin David, immerhin die Liebe ihres Lebens.

Als Marion und Anna vor etwa zwei Jahren gemerkt hatten, dass der erotische Zauber verflogen war, hatte Anna unabsichtlich – nach Marions Einschätzung: gehorsam eher ihrem kontrollversessenen Charakter als irgendwelchen Überlegungen – einmal ein kleines Verhör mit Marion veranstaltet: »Isses deswegen, weil ich eine Frau bin? Ich meine, fühlst du dich bedroht von dieser anderen Art von Sex?«

»Haste dann das Gefühl gehabt, mich bedroht was?«, hatte Marion zurückgefragt, ein bisschen gekränkt. Das hatte Anna immerhin entwaffnet: »Oh. Nein. Sorry. Stimmt. Du bist ja ziemlich super. Wie man so sagt: im Bett, meine ich.«

»Ja, toll, herzlichen Dank auch«, hatte Marion sich herauswinden wollen, aber da war die Prüfung weitergegangen: »Ist es eine Identitätsfrage? Ich meine, ist es so, dass du dich einfach nicht als lesbisch sehen willst?«

»Ich mag schon Männer, klar. Aber auch wieder nicht alle, ne? Und bei Frauen, keine Ahnung. Dich, aber das ist ... ich weiß es nicht.«

Liebe, hatte sie sagen wollen, aber irgendwie fand sie dann, dass Anna das Wort gerade in diesem Moment beim besten Willen nicht verdient gehabt hätte.

Die merkte das nicht, sondern fuhr fort: »Also würdest du jetzt sagen, du bist bisexuell oder nicht?«

»Ich bin vor allem achtundzwanzig. Ich meine, was soll ich dir ... ich trenne mich gerade von meiner Freundin, das reicht mir erst mal.«

Da hatte Anna gesagt: »Achtundzwanzig, super Antwort eigentlich. Das ist wie die Geschichte bei Brecht, wo der Mensch vor Gericht gefragt wird, ob er katholisch oder evangelisch ist, und er antwortet, ich bin arbeitslos.«

»Ja, spitze, kannste deinem Brecht ja mal mailen«, hatte Marion die Unterhaltung beendet.

War es an diesem Abend losgegangen, dieses Nachtleben mit den Computersitzungen in ungesunder Haltung, auf der Matratze ohne Bettgestell, mit Annas Laptop, während Anna um die Häuser zog? Dieses Hinausschauen durch die Fenster des Netzes, in den unendlichen Kosmos? Der vierte Quadrant des Mondes, die winzigen Eisteilchen in den inneren Saturnringen, die Wasserstoffgeysire auf dem dritten Planeten von Cygnus Vier, die zusammenstürzenden Sterne, die Betaexplosionen, die ausgebrannten, im Vakuum treibenden romulanischen Angriffskreuzer, die zwinkernden Pulsare?

In äußersten Erdfernen musste Marion suchen, was sie allein in der Wohnung nicht fand.

Marion suchte sich auch ein wenig selbst, ganz weit draußen, im geheimsten Gegenüber, in der mythischen Patentante, der Kosmonautin Swetlana.

Die Geschichte dieser Frau, dieser Erinnerung, dieser geheimen Faszination hatte Marion in Berlin, wo sie vor sechs Jahren hingezogen war, noch nie jemandem erzählt – seltsam eigentlich. Swetlanas All, Ort des Ursprungs, die Stunde der Geburt ...

»Isch geh mal rauchen, ne?«, quakte Arikan.

Marion, mit Ziehen in sämtlichen Gliedern und Brandlöchern im Herzen, richtete sich unter Schmerzen auf. Nicht träumen, räumen. Zur Kasse. Setzen. Schlüssel.

Die Kasse sprang auf, schloss sich, das Display erwachte.

Ein Blick übern Gang zu Gitta trug Marion das abgedroschenste Lächeln ein – stimmt, jetzt verzeiht sie mir natürlich auch noch, dass ich mir vorhin nicht von ihr habe helfen lassen, das gehört ja alles zur Show, zu diesem Sektenscheiß, dieser beknackten Anja-Weirich-Beterei. Nicht mal die Tatsache, dass die Polizei den Spuk dieser sogenannten Stiftung, der Gitta vertraute, jetzt endlich ausgehoben hatte, änderte was an jener schäbigen Nummer. Gitta glaubte wohl wirklich, dass der Skandal um die Weirich-Stiftung eine Prüfung für Fromme wie sie war, dass »Anjas Worte die Wahrheit« waren, womit sie platteste Kalendersprüche meinte: »Das, was das Herz weiß, ist ganz einfach. Einfach wie Wasser oder Licht. Wasser und Licht sind Leben, das Licht und das Wasser der Wahrheit des Lebens. Dass ich das habe, das macht mich frei, das macht mich glücklich. Das hat mir Anja geschenkt.«

Und zu Hause, dachte Marion, hat sie wahrscheinlich ein Foto von der Weirich hängen, vor dem sie Fischstäbchen opfert oder Weihrauch kaut.

Zum Kotzen, fand Marion, dass jetzt nicht Spätschicht ist. Da kommt wenigstens um fünf der Sicherheitsdienstarsch, stellt sich ans Drehkreuz und flirtet mit Gitta. Selbst diese Primel nämlich hat, was ich nicht habe, ein Herz, das sich für sie interessiert – ja, schon gut, Schluss mit dem Depriblödsinn, Jacobs Krönung drei Euro siebenundsiebzig, zwei Froop zu neunundzwanzig Cent und eine Flasche Freixenet-Kleister drei Euro neunundneunzig, »Kassenzettel?«

Nee, die Kundin will ihn nicht, okay, next, Zigaretten, Apfelsinen, Putenfilet, Chai Latte, Mini Muffins, Golden Toast, thermonuklearer Sprengkopf, Tomatenmark, Kassenzettel nein, Rahmspinat, fettarme H-Milch, In Style, Kassenzettel, Absolut Vodka, Tesafilm, Paprikachips, Lenor, Kassenzettel? Nö.

Nach einer Dreiviertelstunde verabschiedete sich Britta zwitschernd.

Endlich nahm Arikan seinen Platz am zweiten Band ein.

Während Anna das langsame Auseinanderfallen einer langen Reihe von Kundinnen und Kunden in Details von rechts nach links geschehen ließ – die fleckigen T-Shirts, rasierten Nacken, blassen Wangen, hübschen Lippenstifte –, entdeckte sie wieder, was sie so oft nachts in Swetlanas Fernen suchte: den Sinn für sich selbst, dafür, wie Marion sich fühlte, wer sie war, jetzt, in diesem Moment, an diesem Nachmittag, im Supermarkt, über den Anna sich immer so aufregte: »Das ist doch die größte Verschwendung aller Zeiten – du, in diesem Schuppen, mit deiner Intelligenz, deiner Energie. Ich sag ja nicht, dass du unbedingt studieren sollst. Ich weiß, hast du versucht, hat dich angekäst. Aber Verkäuferin?«

Ja, Verkäuferin – mit fast ganz kahlgeschorenem Kopf (nur ein Schatten vom sandfarbenen Haar, mit präzis ausrasiertem Rand, für den sie einen Nasenhaarentferner benutzte), das blaue Shirt, das hier alle tragen mussten, fest weggestopft unterm roten Uniformjäckchen, mit eigenen schwarzen Jeans samt weißen Schrabbelflecken auf den Knien, Lederarmbändern, silbernen Ringen, wachen Augen trotz stumpfsinnigem Job, Lippen, die weder schmal noch sonderlich voll waren, gut genug durchblutet, so dass sie den Lippenstift, der ihr an der Kundin so gefallen hatte, eigentlich nicht brauchte.

»Hi, Marion.«

Der Mann kam ihr bekannt vor, sie erkannte ihn aber nicht sofort.

Er hielt ein Sechser-Plastikfolienpack mit Eineinhalb-Liter-Flaschen Medium-Mineralwasser am ausgestreckten, dünnen, aber sehnigen und muskulösen Arm. Der Mann lächelte sie an, als wüsste er, dass er zwar nicht geschniegelt, aber sehr gut aussah, mit seinem Salz-und-Pfeffer-zwei-Millimeter-Bart, den grauen Schläfen und schwarzen Locken, dunkelbraunen Augen, markanten Wangenknochen.

Das Shirt mit den abgerissenen Ärmeln leuchtete weiß wie Kokain auf Glas.

Wahrscheinlich hat er sie eigenhändig weggerissen, diese Ärmel, mit seinen langen Händen, dachte Marion und sagte: »Ah, das ist ja …«, und bevor sie wusste, was sie sagte, hatte sie's: »Der Bücherwurm.« Sofort kam sie sich blöd vor. Denn das war natürlich nicht das genaue Wort, mit dem Anna ihr diesen Walter Schaffer vor etwa einem halben Jahr auf ihrer komischen Marx-Dingsbums-Konferenz vorgestellt hatte. Aber irgend so etwas, nicht? Bücherwurm? Sie korrigierte sich selbst, laut genug, dass er's hören konnte: »Bibliothekar.«

Er lächelte. Der Scanner sprach an, sie ließ sich das Geld geben, er hatte es genau abgezählt.

»Jeht dit dann ma weiter? Fickt doch zu Hause!« Der Krummhals aus dem Computerladen gegenüber sprach aus, was drei, vier andere Lemuren in der Schlange so ähnlich wohl auch dachten.

»Was willste, ich tanz hier, so schnell ich kann.« Marion beugte sich leicht aus ihrem Cockpit nach rechts. Bevor die kleine Reiberei sich zu echtem Ärger auswachsen konnte – Arikan schien sich schon darauf zu freuen –, legte jemand eine ruhige Hand von hinten auf Marions Schulter, und eine sichere Frauenstimme sagte: »Mach mal hier noch fertig den Herrn, dann übernehm ich das.«

Marion war froh, die Chefin zu sehen.

Gittas Verehrer, ein gemütlicher Rent-a-Cop, hatte mit der Marktleiterin den Laden betreten; die Discounter-Elite war komplett.

Als Marion aufstand, sah sie Schaffer mit seinen Wasserflaschen durchs Drehkreuz den Laden verlassen. Auf dem Parkplatz, neben dem Unterstand für die Einkaufwagen, drehte er sich nach ihr um. Mit dem Kopf und der freien Hand lud er sie ein, sich mit ihm neben die Poller auf den Betonrand der Wiese zu setzen und eine der Wasserflaschen zu köpfen.

Als sie neben ihm saß, sagte er: »Für halbsechs unglaublich heiß, nich?«

»Stimmt«, sagte sie und schälte sich umständlich aus dem Uniformoberteil. Dann räusperte sie sich: »Chrrrm. Hch. Schaffste wahrscheinlich gar nicht nach Hause mit deinen sechs Flaschen. Wenigstens zwei davon müssenwer austrinken.«

Geschwisterlich teilten sie das Wasser.

Nach etwa zwanzig Minuten war die erste Flasche leer. Marion wischte sich dezent den Mund, als wär's Rotwein gewesen, und sagte: »Schießen die da jetzt Alk rein, oder wieso bin ich so drömmsel? Ich könnte hier direkt vom Mäuerchen nach hinten kippen und im Gras drei Tage durchratzen.«

»Na jaaaa, Sonne is ja so was wie Alkohol«, sagte Schaffer gedehnt, »also irgend so 'ne Statistik gibt es da, glaub ich, soundso viel Grad über dreißig sind gleich soundso viel Promille Beeinträchtigung.«

»Was du alles weißt, Bibliothekar.«

Marion winkte Arikan geziert, der hastig ins Auto einstieg, in dem sein Drache saß. Dabei guckte er, als wollte er auf gar keinen Fall gesehen werden. Beim Anfahren brüllte der Wagen laut aufröhrend los. Schaffer sagte: »Die fährt ja wie ...tschtschtschtschak.«

»Tschktschk was?«

»Ähm, das is ... die Titelmusik ... das ist das Geräusch vom Anfang von der Titelmusik von ›Miami Vice‹.«

»Miami ... was?«

»Fernsehserie. Krimi. Oh Gott. Achtziger. Ich bin alt. Ich bin demnächst Mitte fuffzich. Scheiße.«

»Keine Angst, du darfst mit mir hier hocken. Bin volljährig. Und Wasser is kein Schnaps. Und kein Krimi.«

»In Berlin schon«, murmelte Schaffer düster.

Marion wusste sofort, wovon er redete: »Macht ihr immer noch den Rabatz? Wegen der Wassersache?«

Er knurrte. Sie fand's niedlich.

Dann bot er ihr eine Zigarette an, die sie gern nahm. Er holte sich auch eine aus der Schachtel, zündete beide an und sog fleißig den Rauch ein.

Schloss die Augen, öffnete sie wieder. Schließlich sagte er: »Die Franzosen haben vierundzwanzig Prozent an der ... an der Wasserversorgung hier, und der Senat, also CDU und SPD ... die Regierung schlägt jetzt vor, das wieder zurückzukaufen. Den RWE-Anteil haben sie ja schon gekauft, und die Privatisierung, die muss rückgängig gemacht werden.«

»Aber so, wie die CDU und die SPD das wollen, isses euch auch wieder nich recht, ja?«

»Wie, nicht recht? Die Stadt hat das verscherbelt, jetzt kauft sie es total überteuert zurück, und das heißt, Wasser bleibt teuer oder wird teurer, wir zahlen dann alle schön die Scheißkredite ab ... also, die Konzerne haben einmal gewonnen, das war bei der Privatisierung selber, da haben sie sich was untern Nagel gerissen, das alle brauchen. Und jetzt gewinnen sie zum zweiten Mal, beim Rückverkauf. Das ist doch wohl die korrupteste Scheiße überhaupt. Wenn es sogar die Grünen einsehen, und wenn sogar die Piraten es geregelt kriegen, dagegen ...«

Er seufzte. Zum Redenschwingen war es immer noch zu drückend.

Jetzt meldete sich Marions Neugier: »Wie bist du da eigentlich rein? In das ganze Politikding? Bist du da Mitglied, bei Annas Leuten, in dieser Linkspartei?«

»Man sagt«, machte er Annas manchmal leicht lehrerinnenhaften Ton gekonnt nach, mit einem ihrer liebsten Bonmots, »nicht Linkspartei, das heißt die Linke. Oder PDL, Partei Die Linke.«

»Also biste jetzt inner Linke die Partei oder nicht?«

»Nee. Das bringt nichts. Weißte, 'n Amt oder sowat krieg ich eh nie, beziehungsweise wenn, dann schadet das dem Verein nur, wenn ...«

»Wenn wat?«

»Ich war mal Knasti.«

Sie wandte ihm den Kopf zu und staunte: »Echt? Gefängnis? Wieso, wegen Brandanschlag oder so was?«

Dass man von Schaffer sagte, er habe irgendeine antike Militanz auf dem Buckel, hatte Marion bei früheren Begegnungen aufgeschnappt.

Er schüttelte den Kopf: »Nee. Ganz normale kleinkriminelle Kacke. Autoklau, Hehlerei, bisschen Einbruch, in Hessen, na ja ...«

»Überhaupt nichts Politisches?«

»Doch, schon, ich meine ...« Er merkte, wie sich in seiner Brust der alte Trotz regen wollte. In seiner autonomen antiimperialistischen Vergangenheit hatte er gelernt, alle Menschen, die aus der Sorte von Gründen inhaftiert waren, wie sie ihn damals ins Gefängnis gebracht hatten, als »soziale Gefangene« zu betrachten – eine Art Vorstufe zu »politischen«, jedenfalls nicht weniger; nur anders verfolgt als jene. Schaffer drehte den Verschluss der zweiten Wasserflasche übern Knackpunkt hinaus und sagte: »Mein älterer Bruder war noch 'n richtiger Hausbesetzer.«

»Hausbesitzer?«

»Besetzer. Mittlere Achtziger. Damals ham mich die Autonomen politisiert und ... Fuck, vergiss es. Ich war Treibgut, wa? Hab mich so ... gehen lassen, weil dieses Leben da, dieses System, der Staat und die Lehrstellen und der Mist ... nee, lieber Drogen nehmen und Autos knacken und ... Aber dann war mir das ... also beim zweiten Mal Knast, da hab ich gesehen, so, jetzt kommste vielleicht nochmal raus, aber wennde dann wieder einfährst, dann kannste auch gleich dableiben, dann is das Leben gelaufen. Da bin ich dann nach Berlin, und hab ... ich hab bei so 'nem Freund gewohnt zuerst, der war irgendwie auch früher so ein Anarchopunk gewesen, und jetzt ... auf einmal ganz brav, engagiert in so Mitmachscheiße vonner SPD für Arbeitslose, also das hat mich aufgeregt ... da wollte ich ... da hab ich gedacht, so darf das nicht enden, Lumpenproletariat, Stütze und dann noch abgespeist mit Kreativklimbim. Also auffe Abendschule, Abi nachgemacht und gleichzeitig auf Veranstaltungen gegangen und in die Buchläden, rauskriegen, was kann man hier machen, mal so ernsthaft, war auch eine Art Old School, zu den Roots ... das war eben das Politzeug, Drogen und Kriminalität, und die beiden Letzten hatte ich ja nu gestrichen ... da bin ich dann über 'n Dozenten hier auf der VHS, der Kontakte hatte, erst mal bei der Rosa-Luxemburg-Stiftung gelandet. Nebenher wie gesagt Abi, und dann ...«

»Du hattest aber doch irgendwie auch was mit Bundestag zu tun, oder?«

Schaffer gab ein unbestimmtes Geräusch von sich, zwischen Schnaufen und Grunzen. Er sah nach oben, in den am Dachrand jetzt langsam blasser und gelblichrötlich werdenden, eben noch blendgranatenhellen Himmel, und sagte bedächtig: »Mitarbeiter. Wissenschaftlicher Mitarbeiter. Das war vor meiner jüngsten ... Seitwärtsbeförderung in die Bildungspolitik. Ich arbeite ja jetzt hauptsächlich mit der Nicole Gohlke zusammen ...«

»Nicole, die kenn ich ...«, nämlich von einem Treffen, bei dem Anna ein Seminar geleitet hatte, eine Art Diskussionsveranstaltung über neue digitale Arbeit und Geschlechterfragen.

»Die macht so Hochschulsachen, oder?«

»Ja, aber nicht nur, Bildung und Chancen halt, gegen Bologna, aber auch gegen die alten Klassenschweinereien im dreigliedrigen Schulsystem, oder eigentlich ja schon ab der Familie und der Kita ... und da fahr ich dann mit, bis Stuttgart oder München oder ... ich organisiere so bisschen, diskutiere auch manchmal mit, Saaldebatten kriegt man ja leichter in Gang, wenn einer mal was sagt mit persönlicher Erfahrung. Da fühlen sich die andern dann auch aufgerufen. Und ich hab ja nun mal meinen schönen zweiten Bildungsweg, mit dem ich angeben kann.«

»Aber die Bundestagssache?«

»Das war wieder ein anderer. Bodo Ramelow, der hat mich ... ja, das ist jetzt fast bisschen absurd, aber an den bin ich geraten, weil ich ... ganz am Anfang, als ich gejobbt hab bei so Paketzustellern und Fahrradkuriersachen und was nicht alles, um mir meine Abendschule zu finanzieren, da hab ich den Anschluss an die Partei auch deshalb gesucht, weil man so ein paar Freizeitmöglichkeiten ... na, das gibt so Wochenenden und ... es kostet halt weniger.«

»Pfadfinder.«

»Noch geiler: Kirchentag.«

»Was?«

»Ja, na, ich wollte mal raus wieder aus Berlin, und da war der Kirchentag, und da hab ich ... bin ich mit 'ner Delegation der Partei hin, und da hat Nino«, auch den kannte Marion und nickte, »mich dem Ramelow vorgestellt, weil das war zu der Zeit der oberste Religionspolitiker der Partei. So kam das alles, da hab ich dann hier erstmal angefangen zu Kirchensteuersachen und, ähm, ökumenischen ... und bei Zusammenarbeit gegen Nazis und ... so was, da war ich eben Hilfskraft bei dem Ramelow, aber das war, bevor mich die Nicole entdeckt hat, und einen Job außerhalb der Politsache hab ich ja jetzt auch wieder. Einen etwas schöneren als Radeln und Pakete.«

»Ja? Was machste denn?«

»Soundgeschichten. Das is ... wenn ... Aufbauen für Konzerte, da gibt es so eine kleine Agentur, wir machen ... hier in Berlin bei Kulturveranstaltungen.«

»Oh, cool. Ja. Verstehe. So was kenn ich. Ich hab mal Platten aufgelegt.«

»Ja, das hat die Anna erzählt. Sie ja auch.«

Jetzt war es an Marion, einen resignierten kleinen Laut von sich zu geben. Dann sagte sie: »Ach, die Anna. Wenn sie könnte ... die würde mich zwingen, das mit den Platten wieder anzufangen oder sonst was Kreatives. Sie hat immer Höheres mit mir vor.«

Er summte zustimmend, weil er wusste: Anna hatte mit allen Höheres vor.

Marion ließ ihr Thema aber noch nicht los: »Sie will mich unbedingt da raus haben, aus dem Discounter. Befreien, weißte. Retten.«

»Ja, so isse. Die denkt halt, sie is Rosa Luxemburg oder Ulrike Meinhof oder Assata Shakur.«

»Assa ...?«

»Schwarze Genossin aus Amerika. Sitzt auf Kuba rum, weil se sonst verhaftet wird.«

»Ja, die Rolle würde Anna nehmen«, grinste Marion und reichte ihm seine Zigarette zurück.

Er spann den Faden weiter: »Oder Phoolan Devi, die indische Räuberkönigin, oder Louise Michel von der Pariser Kommune, oder Emma Goldman, die Anarchistin, oder ...«

»Lara Croft von links«, sagte Marion, und er erwiderte: »Penthesilea von den Amazonen, Cleopatra von Ägypten ...«

»Madonna als Björk mit Dings.«

»Tomiris von den Massageten, Ipikrathea von den Samiern ...« Er zwinkerte: Bibliothekar.

Sie sagte: »Captain Janeway vom Raumschiff Voyager.«

Ihm fiel nichts Besseres ein, er gab auf.

Marion sagte, nach kurzem Nachdenken: »Dabei wollte ich das immer werden.«

»Was jetzt?«

»Astronautin. Is meine geheime Fantasie. Meine Taufpatin, in meiner Vorstellung, ist Swetlana Sawitskaja.«

»Wer ... wer ist das?«

Sympathischerweise hatte Schaffer offenbar keine Probleme damit, zuzugeben, dass er auch mal etwas nicht wusste.

»Die erste Frau, die nicht nur mit einer Rakete ins All geschossen wurde, sondern dort spazieren gegangen ist. Wie Gagarin. Außerhalb der Kapsel.«

»Also ’ne sowjetische ...«

»Ja. 25. Juli 1984.«

Sie lächelte und schaute über die Straße, über die Häuser weg ins Rote, Blaue und Graue. Wolken quollen zwischen den Glas- und Stahltürmen auf als Vorahnung von Nacht; ziemlich schwere Wolken. Marion dachte an die Blitze, die sich in diesen Wolken gerade umeinanderwickelten, einander schon beißen wollten, sich darauf freuten, gleich mit viel Wasser abzustürzen. Schaffer schaute ihr Profil eine Weile an, dann riet er richtig: »Da biste geboren. An dem Tag, stimmt's? Als die Frau im All spazieren gegangen ist. Nächstes Jahr wirst du dreißig, oder?«

»Mhhm.« Sie bejahte das ruhig und setzte hinzu: »Mir tun die Wirbel weh. Bandscheibe. Bin jünger als du, aber wenn ich dich anschau, dann fühl ich mich älter, als du aussiehst.«

»Bandscheibe, echt?«

»Mein Rücken ist ein Arsch.«

Er lachte: »Anatomie ... Ich kenne Leute, da ist der Kopf ein Arsch. Rücken und Arsch, das passt ja wenigstens noch zusammen.«

Ein Tropfen auf der heißen rechten Schulter, einer auf dem Handrücken, einer auf Marions Fastglatze. Es hatte angefangen zu regnen. Marion deutete mit einem Nicken an, dass sie beide jetzt vielleicht besser aufstehen sollten. Schaffers Gesicht war plötzlich dunkler, ein großer Schatten hatte sich darauf gelegt. Marion erkannte dieselbe Dunkelheit, als sie an sich hinunterguckte, auf ihren Knieflecken und Sneakers.

Es krachte. Der Donnerschlag ließ beide zusammenzucken. Bevor sie etwas sagen konnten, fiel ein großer Guss aus dem Himmel, als dichter, harter Schwall. Marion japste und kiekste im Aufstehen. Sie schüttelte sich. Schaffer griff nach dem Flaschenpack und rief: »Baaah, Sauerei!«

Leute liefen über den Parkplatz. Eine Windkante schlug drei große Portionen nasse Kälte gegen Marions Brust.

»Waahh! Scheiße, das ist ja kalt wie ... wieso issen das so kalt? Wie kann ...«

»Hee, warte, fuck!«

Er hielt sie fest, als sie, im Weiterstolpern auf den Unterstand für die Einkaufswagen zu, Schutz vor dem Sperrfeuer der fetten Tropfen suchte und dabei fast ausgeglitten wäre. Eine Hupe warnte, Metall krachte: Ein BMW war in einen Hyundai gefahren, der aus der Ausfahrt vor dem Markt gekommen war. Marion fand ihr Gleichgewicht mühsam wieder. Einen Augenblick lang standen

Schaffer und sie einander gegenüber, in Verblüffung erstarrt, während hoch über ihnen in heftigen Turbulenzen ein Aufwind das Wasser zu Eis schockte und Luftblasen in die Tropfen schloss. So fielen Schläge, stürzten zur Erde, harte Hagelkörner, prallten von Autodächern ab, mal als Brocken, dann, im Zersplittern, als Nadeln.

»Aua! Scheiße!«

Tosender Wind trennte Marion von Schaffer. Das Brausen fuhr zwischen die beiden und wischte ihn gegen einen geparkten VW-Bus. Ein Hund, ein kleines Taschenrattenvieh, heulte auf: Eissturmsplitter hatten ihm eine Schnittwunde von der Nase bis zur Schnauze gerissen. Er bleckte im Kläffen hilflos die Zähnchen. Marion stolperte rückwärts unter den Plastikdachschirm über den Einkaufswagen.

Dabei rammte sie eine korpulente Frau, die wie wild den Kopf schüttelte, um die Eisregenstückchen loszuwerden, die ihr das Haar mit kaltem Strass besetzten. Schwankend machte die Frau kehrt und stürmte zum Laden, wo ihr der Sicherheitsmann mit vor Entsetzen geweiteten Augen die Tür offen hielt. Als sie sich ins Geschäft gezwängt hatte, schrie der Wachdienstleiter etwas in Richtung Marion.

Die winkte entnervt ab. Sie konnte ihn nicht verstehen. Marion sah zu Schaffer, der am Kleinbus in die Knie gegangen war, durchnässt, mit einer Platzwunde auf der Stirn und einem langen schwarzroten Riss in der rechten Wange. Wie losgelöst von der eigenen Wahrnehmung dachte sie: sexy, diese hohen Wangenknochen.

»Schaffer! Hey! Hey, komm da weg, steh auf, komm rüber!«, schrie sie ins Rauschen, Klappern und Pfeifen. Stafetten von Wasser- und Eisfetzenvorhängen trieben in rascher Folge quer über die Straße. Leute wurden herumgeschmissen, prallten gegeneinander. Autos rutschten, Pfützen schäumten. Marion sah Schaffer, der sie verständnislos anschaute, in seiner krummen Körperhaltung. Sie erkannte, dass seine Lider flatterten – hatte er einen so schweren Schlag abgekriegt, dass eine Gehirnerschütterung ihn begriffsstutzig machte? Sie schaufelte winkend im Toben herum, mit dem freien Arm, wollte Schaffer bei sich haben, im Unterstand. Da splitterte etwas schräg über ihr. Ein Stück trübes Plastik traf sie am Rücken. Erschrocken sah sie hoch: Hagel hatte ein Loch ins gewellte Dach geschlagen. Sie sah auf den Platz zurück, wo Schaffer jetzt nach vorn gekippt war und nach den Flaschen patschte, im Schwappen und Schmieren, Kopf, Gesicht, auch Hände blutig, auf allen vieren, zwischen weißen Eis-und-Schnee-Eiern, größer als alle Legebatterieprodukte, die der Supermarkt verkaufte.

Schaffer wusste nicht mehr, was er tat, so viel war klar: Schockzustand.

Marion schrie: »Verdammt noch mal! Schaffer!«

Dann warf sie sich in den Sturm, rutschte aus, fiel, fing sich, wurde von gefrorenen Klumpen wie von Steinen getroffen, erwischte Schaffer aber an der Jacke mit beiden Händen. Marion zerrte und zog, stürzte rückwärts zur Tür, wo eine entsetzte Gruppe um Kaindl und den Sicherheitstypen wild in ihre Richtung gestikulierte, wohl auch schrie. Mit allem Eifer zwang sie den Desorientierten, der sich taumelnd aufrichtete, in die richtige Richtung.

Weil sie vor lauter Wasser – und auch in ihrem Blick jetzt: Blut? – nichts mehr sehen konnte, prallten die beiden zunächst gegen die Scheibe neben der Tür.

Tränen des Zorns und der Frustration in den Augen und im Hals, bitter, ein schneidender Schmerz überm rechten Knie, ein Ausschlagen mit der Rechten – Marion wollte aufgeben, sich begraben lassen von dem Horror, den der Himmel erbrach.

Aber zwei Hände umfassten sie an den Hüften, und eine Stimme kläffte ihr heiser ins Ohr: »Rechts! Nach rechts jetzt hier von dir aus! Zwei Schritte noch, komm!«

Schaffer war aus seinem Stumpfsinn aufgewacht und rettete sie, wie sie ihn gerettet hatte.

Er zog und riss und fiel mit ihr und einem frostigen Wasser-und-Eis-Schwall in den Supermarkt, auf den Boden, weil niemand nach ihnen zu greifen wagte, als wäre die Todesgefahr ansteckend, in der sie sich eben befunden hatten. Schaffer verlor beim Aufprall das Bewusstsein. Marion, die auf ihn fiel, fing mitten im Lärm an zu lachen, bis sie krampfte, musste kichern und plärren und schlug den Bewusstlosen schließlich mit den flachen Händen, bis er sie staunend ansah: »Was?«

»Sintflut!«

»Okay.«

Beide lachten.

Die zwei Besucher näherten sich dem Tempel auf dem breiten Kiesweg.

Itoh war gerade damit beschäftigt, zwei Forstarbeitern, einbestellt von der Verwaltung des Schreins, geduldig zu erklären, was sie falsch gemacht hatten: »Die Bahn sollte kürzer verlaufen. Sehen Sie, hier.«

Er deutete mit der Hand, ohne ausgestreckten Zeigefinger, auf die Stelle an dem hundertzwanzig Jahre alten Baum, die er meinte. »Hier haben Sie eine Kurve in die Rinde gelegt. Da hätten Sie ruhig tiefer hineinschneiden dürfen. Der kürzeste Weg ist der richtige.«

Die Besucher blieben stehen. Der Hellhäutige sah den Dunkleren, den er begleitete, fragend an. Pashwane Serote erklärte leise, fast flüsternd, was sie da sahen: »Kupferkabel. Er lässt einen Draht in den Baum ziehen, in die äußere Rindenschicht, als Blitzableiter. Er rechnet mit Gewittern. Mit Stürmen. So wird die Elektrizität direkt in den Boden geleitet, höchstens die eine oder andere Wurzel angebrutzelt. Eine schöne Verbindung von Technik und Natur. Bedingung dabei ist natürlich«, er lächelte, und der andere tat es ihm gleich, »dass die Technik so einfach wie möglich bleibt.«

Die Arbeiter schnitzten, bogen und klemmten mit Haken den Kupferdraht fest. Der Priestergelehrte sprach gelegentlich anleitende Worte.

»Nicht hier drüben, weiter runter, richtig. So, ja. Sehr gut. Ja.«

Eine Pause.

»Das noch. Richtig.«

Dabei wurde sein Reden immer leiser, bis er schließlich ganz verstummte und einfach fortging, zur Plattform nah dem Steingarten, wo er sich setzte und seinen Tee zu sich nahm. Dahin folgten ihm die beiden Zuschauer. Serote räusperte sich, im Stehen, als der Priester die Männer, die den respektvollen Abstand zu ihm nicht verletzen wollten, lange genug hatte warten lassen, ohne sie zur Kenntnis zu nehmen.

»Sie suchen mich?«, sagte er und sah beide aus seiner Hocke aufmerksam an, als hätten sie ihn nicht bereits gefunden.

»Wir sind wegen eines Briefes da«, sagte Shamsher Afshar.

»Ah«, nickte der Priester und legte ihnen damit zugleich auf freundliche, vage Weise nahe, dass sie aufgefordert waren, sich zu ihm zu setzen, was sie taten.

Eine knappe Geste zu einem der Jungen, die bei allem halfen, was die Älteren hier wollten und nötig fanden. Der Junge holte mehr Geschirr. Itoh schenkte den Männern selbst ein. Nachdem alle getrunken hatten, sagte er: »Der Brief. Mein Fehler. Ich wusste natürlich, als ich ihn losschickte, dass jemand ihn verstehen würde. Eitelkeit. Ich dachte, es wäre doch wert, meine Beobachtung irgendwo zu fixieren. Vielleicht wollte ich mich auch bei den Göttern oder den Vorfahren einschmeicheln.«

»Sie haben Ihren Brief nicht auf Papier geschrieben. Das Abschicken war ein Mausklick, das heißt, Sie haben ...«, Afshar überlegte einen Augenblick, sah zu Serote, dann sagte er: »... die Götter, wenn Sie das so nennen möchten, damit auch gleich auf die richtige Spur gebracht. Computernetze sind nicht sicher, wenn man nichts verschlüsselt. Sie haben zugelassen, dass man Ihnen über die Schulter schaut, damit man sehen kann, dass Sie das, was Sie in dem Brief schreiben, auch wirklich meinen. Dass Sie selbst danach ... Ausschau halten. Nach den ... Göttern.«

Itoh senkte den Kopf. Serote legte eine schwarze Pappschachtel auf das niedrige Tischchen zwischen den Besuchern und dem Priester.

»Ein Gastgeschenk«, sagte Afshar, als bedürfte das der Erklärung. Unaufgefordert hob er das Deckelchen an. Alle drei Männer betrachteten die beiden transparenten, geschliffenen, harten, flachen kleinen Gegenstände, die da auf einem dünnen Wattekissen lagen. Linsen, spiegelnde Splitter. »Flint und Krone«, sagte der Japaner leise.

»Ja. Der Computer«, erwiderte Afshar, »den ich mit einem österreichischen Kollegen zusammen entworfen habe, ist aus ... nun ja. Sie verstehen schon. Es war ein ... ein Anlass für das Interview mit Strawson, das Sie kommentiert haben, mit Ihrem Brief ...«

»Ich erinnere mich. In Amerika steht dieser Computer jetzt, richtig? Nach einer Idee eines Schriftstellers aus Australien ...«

»Der dachte allerdings, nur eine staatliche Wirtschaft, die chinesische, bringt die Mittel auf, so eine Maschine zu bauen«, sagte Afshar sanft.

»Er hat sich also geirrt«, sagte der Japaner. »Geld kann vieles, was ein Staat nicht kann. Sie haben es als Wettersimulator gebaut, dieses Gerät, richtig? Und dann aber irgendwann ... Simulationen darauf rechnen lassen, die das menschliche Hirn ... imitieren. Und dann ging man in die umgekehrte Richtung. Dann spielte man Programme auf Gehirne. Dann ließ man Menschen denken, sie wären das Wetter. Das ist in Amerika passiert.«

»Ja«, stimmte Serote zu. »Aber das war natürlich nicht der Grund, warum diese Philosophiezeitschrift ... den Mister Strawson gefragt hat, ob eine Maschine seiner Ansicht nach denn nun wirklich denken kann. Das hat man Strawson gar nicht erst erzählt, auch wenn sie's wussten, jedenfalls nach Andeutungen. Die Zeitschrift wird ja von Leuten an einer Universität gemacht, die auch ... Nein, der Grund war, dass das neue Prinzip der Maschine – kein Elektronenhirn, sondern ein Photonenhirn, ein Rechner, der aus Licht besteht, der nicht da ist, wenn es abgeschaltet wird, und der über Linsen und Brechungen aus solchem Glas, solchen Kristallen ...« Afshar beendete den Satz abrupt, der sich in Staunen über seinen Gegenstand auflösen wollte: »... na gut. Also. Der Grund war, dass die Philosophen sich plötzlich fragten, was ist eigentlich das passende Substrat fürs Denken. Muss das elektrochemisch sein, kann das Licht sein oder Wasser? Und da fiel ihnen Strawson ein, der sagt, im Grunde denkt alles. Also, wer wie Strawson der Meinung ist, dass ...«

Der Japaner tat, was man von Japanern nicht erwartet. Er fiel Afshar ins Wort, wenn auch in so gleichmütigem Ton, dass niemand eine Unhöflichkeit darin hätte sehen können: »Sie erzählen mir, was ich weiß. Und Sie wissen, dass ich weiß, dass Sie wissen, dass ich es weiß. Und sie bringen mir Schmuck. Ich muss folgern, dass Sie meinen Fehler auf mein Laster zurückführen: die Eitelkeit. Es ist das Laster eines Verstandes, der mehr verstehen will, als zum Leben nötig ist.«

Serote und Afshar, kluge Männer, erwiderten nichts.

Es war ihnen klar, dass er sie damit nicht herausfordern wollte, sondern vor ihnen einen Gedanken entwickelte. Der Priester sah zum Steingarten, um sich zu sammeln.

Dann blickte er zurück zu Serote. Der hatte das Pappkästchen verschlossen, die beiden Glasobjekte waren dem Blick wieder verborgen.

»Aber nicht alles war eitel daran«, sagte er schließlich. Es klang wie Ergebung.

Serote erwiderte: »But to have done instead of not doing ...«, er ließ das Ende des Satzes unausgesprochen. Afshar holte zwei Blatt Papier aus der Tasche, einen Ausdruck von Itohs Leserbrief.

Er las daraus vor: »The notion that there are other intelligences than us in the cosmos, even other – and, for want of a better term, higher – degrees of intelligence, might allow us to make a window out of a mirror. Mr. Strawson may be literally right: Money may be a thinking entity. So may the weather, or political organizations, as might all kinds of constellations, agencements and choreographies of people. The very idea of consciousness as something merely reflexive of a world of states of affairs speaks of such a mirror in the most dangerous sense: We have been conceiving of everything we now would call intelligent as being somehow modeled after ourselves, even the gods and ancestors we once worshipped. Thus we neglected the chance to include other forms and facts of thinking than our own into our view of what intelligence is. But we really should. Now we might look through these other mirrors, now we may see, following Mr. Strawson, that behind these other consciousnesses, there may be other cosms, other kinds of worlds, other arrangements of states of affairs than the ones evolution lets us see, just as it lets us hear certain forms of sound but not others and just as it lets us see certain wavelengths of light but not others. The most benevolent use of all this could be a farewell to the paranoid delusion of conspiracy, which has so helped sectarian, totalitarian and otherwise destructive politics in the last few hundred years. If we acknowledge that Judaism is indeed an intelligence – a God, if you will – we might stop believing in the Elders of Zion. Our neighbors' Gods, then, are not necessarily fabrications or machinations of evildoers, communists, islamists and so forth. They might quite literally be real, and it might be our task to come to terms with them, bargain with them, since their world and ours overlaps in crucial areas. We must find a way to accommodate each other as intelligences in surprisingly pragmatic ways.«

Ein langes Einatmen folgte dem ausführlichen Zitat, synchron mit einem Ausatmen Serotes und einem zart angedeuteten Kopfschütteln bei Itoh.

»Der Ton, in dem Sie mir das vorlesen, was ich da geschrieben habe, nimmt es ernster, als ich mir wünsche.«

Serotes Blick fand Itohs und fixierte ihn, als ginge es an ein Kräftemessen. Er sagte, sehr langsam: »Ich weiß nicht, ob Sie vorsichtig sind oder schlau. Vielleicht beides. Sie haben etwas gesehen. And once a thing is seen, it cannot be unseen.«

Itoh lächelte. »Was habe ich denn gesehen? Es sind Gedankenspiele. Keine Beobachtungen.«

»Dann spekulieren wir«, sagte Serote, durchaus schärfer im Ton als eben noch.

»Denken wir uns etwa eine schlaue Krankheit, die im Wettrüsten mit allen Heilungsversuchen allmählich lebendiger ... nun: lebensfähiger wird als das Leben, das sie angreift. Wird sie sich dann nicht Helfer suchen? Und ist nicht das Einzige, was ihr entgegenstehen kann, wenn sie das Leben, das sie angreift, schädigt und tötet, eine denkende, eine schlaue Medizin?«

Als Itoh nichts erwiderte, sondern auf die Steine sah, auf das Moos, auf den niedrigen Himmel, sagte Afshar: »Nehmen wir eine der Intelligenzen für voll, von denen Sie spekulativ reden: das private Geld. Vor dreißig Jahren hatte es vielleicht ein Handvoll Verstecke, wo es sich vor seinem alten Feind, dem Staat, verstecken konnte, vor den Steuern, den Kontrollen. Heute sind es über siebzig. Geschäftskapital, Privatvermögen, eine gigantische Schattenwirtschaft. Und die Banken, die das ermöglichen, ihre Vernetzung ... Wenn jemand das als Verschwörung sieht, dann gehen Menschen auf Menschen los, Beamte auf Bankiers, weil die Optik der ... Kommensurablen ... nur andere Kommensurable in den Blick bekommt, nicht den größeren, den abstrakten, den auf nichtmenschliche Weise denkenden Zusammenhang. Dann sind diese kämpfenden Menschen Bauernopfer im Spiel, das ...«

»Oder denken Sie an die Möglichkeit«, ergänzte Serote, »dass diese Intelligenzen, von denen wir reden, nicht nur miteinander kämpfen können, sondern auch Koalitionen eingehen, zusammenarbeiten ... alles ist denkbar, vom Bruderzwist zwischen den Göttern bis zu Hochzeiten, auch inzestuösen. Alles wie im Glauben unserer Ahnen, wie in Asgard oder auf dem Olymp. Wie in der alten Sagenwelt. Was machen wir mit einem Wetter und einer Krankheit, die einander helfen, die sich gegen die leidende Menschheit verbünden?«

Itoh sah mit undeutbarem Gesichtsausdruck von einem zum andern, dann seufzte er sehr leise und zitierte etwas, verblüffenderweise auswendig: »Sollte in diesem zweimaligen Zusammentreffen einer ungewöhnlichen Luftdurchsichtigkeit mit der stärksten Cholera nicht etwas mehr als Zufall liegen? Ich halte mich überzeugt davon, wiewohl wir noch weit entfernt sind, über diesen Zusammenhang zwischen atmosphärischen und Krankheitserscheinungen Näheres angeben zu können. Man ermesse, welche unendliche Dunstmassen täglich von der ganzen Erdkugel, aus ihren Pflanzen, ihren Thieren, ihren Gewässern, durch so viele Processe des bürgerlichen Lebens und so weiter in das atmosphärische Reservoir übergehen, und in diesem geheimnißvollen Laboratorium analysirt, umgeformt und zur Respiration neuerdings geschickt gemacht werden müssen! Wie viele stille Kräfte, von denen wir gar keine Ahnung haben, mögen da mitwirken! Die mindeste Störung dieser

Functionen aber, die Steigerung einiger derselben, wie sie sich nun durch das oben angeführte Phänomen einer ganz ungewöhnlichen und übertriebenen Luftheiterkeit ankündigt, auf Unkosten der andern, kann gleich den entscheidensten Einfluß auf die Gesundheitsverhältnisse der Geschöpfe äußern. Neue Bestätigung des alten Satzes, daß grade zwischen Himmel und Erde die meisten solcher Sachen vorgehen, von denen der beschränkte menschliche Verstand blutwenig begreift.«

Es fehlte nur, dass er gezwinkert hätte.

Sie sollten, legte das nahe, den Leserbrief, das Thema dieses Briefes, aus seiner Sicht vielleicht sogar ihr Hiersein als ein verzwicktes intellektuelles Spiel auffassen, eine Schachpartie, ein Buch des späten Nabokov oder eine philosophische Abhandlung.

Pashwane Serote griff sich in seinen makellosen weißen Hemdkragen und zog ein gereiztes Gesicht. Er verbesserte den Sitz der Krawatte, dann sah er den Priester unverwandt an. Es war Shamsher Afshar, der mit rauer Stimme, aber leise und höflich, der impliziten Ironie widersprach: »Es ist Ernst, Herr Itoh. Kein Spiel. Und wichtiger: Sie wissen das. Sie wissen von der amerikanischen Maschine und von den amerikanischen Menschenversuchen. Sie wissen aber nicht alles. Was würden Sie sagen, wenn wir Ihnen erzählten, dass der alte Rüstungswettlauf zwischen dem Westen und dem Osten nicht vorbei ist, sondern sich vervielfältigt hat? Wenn jetzt die ... Schurkenstaaten mitrennen in diesem Wettlauf und die einst Blockfreien? Und wenn sie gelernt haben, den Westen zu spalten? Wenn sich, sagen wir ... Iran einen ... westlichen Wissenschaftler gekauft hat, einen Ingenieur und Arzt, einen Deutschen, der für ein europäisches Rüstungsunternehmen die Erfolge der Amerikaner reproduzieren sollte – wenn den dieses Land, Iran, abgeworben hätte, ihm seine Kenntnisse bezahlt, ihn danach in einer Art Zeugenschutzprogramm in ein Land seiner Wahl gebracht hätte, sagen wir, Australien, wo er seine Sünden, an Menschen experimentiert zu haben, büßen durfte, als helfende Hand, als niedergelassener Arzt? Was wäre, wenn ich von ihm wüsste und wenn ich versucht hätte, ihn in sein altes Kerngeschäft zurückzuholen, für ein Joint

Venture, das weit über ... iranische Interessen hinausgreift? Ein Joint Venture, das auch einen Philosophen gebrauchen könnte?«

Itoh sagte gar nichts. Afshar lächelte: »Sie schweigen. Das hatte ich erwartet. Damit Sie etwas sagen, muss ich wiederholen, dass wir wissen, dass Sie wissen, wie ernst es ist. Als wir den Brief gesehen haben – nun, nicht wir, ein indonesischer Freund ... sehen Sie, man setzt jemandem schnell ein paar intelligente Bots in den Laptop. Dass Sie Spam immer ungeöffnet vernichten, ist vernünftig, aber als Schutz ganz unzureichend. Wir haben uns angesehen, was Sie so alles interessiert, beim ... Surfen. Die Geldbewegungen. Das Wetter. Zum Beispiel dieses ... kleine meteorologische und klimatologische Projekt, an dem ich einen gewissen Anteil hatte. Sie haben die Daten geholt, bevor sie nicht mehr erreichbar waren. Vorausschauenderweise. Und Sie haben andere Software beschafft, teils sogar gekauft, um verschiedene ... Muster, solche aus der Studie und solche aus anderen Datenbanken, etwa finanziellen, zu korrelieren.«

Das ließ der Gast sacken.

Nach einer Weile antwortete Itoh vorsichtig: »Was wollen Sie tun? Leute wie Ihren ... Arzt und mich einsammeln, vielleicht Leute wie ... Strawson selbst? Wozu? Möchten Sie etwas ins Leben rufen, das genau die Sorte Verschwörung ist, von der ich bewiesen zu haben glaube, dass sie nur schaden kann? Menschen gegen Götter? Menschen für Götter? Wollen Sie eine Priesterkaste zusammenstellen, einen Apparat der ersten Religion, die alle bisherigen Religionen ernst nimmt?«

»Priester«, sagte Serote traurig, »setzen ja voraus, dass wir schon eine Doxa haben. Davon sind wir weit entfernt. Was wir haben, ist ... bestenfalls auf dem Stand ... nun, nicht von Religion, sondern von ...«, er wollte das Ende des Satzes nicht sagen.

Itoh, der wusste, warum sie da waren, tat es selbst: »Magie.«

Von dem Augenblick an, da Anja ins Auto stieg, war nichts mehr, wie es sein sollte. Das begriff sie spätestens, als sie beim Einsteigen das Körbchen dort liegen sah, auf dem breiten Rücksitz, mit dem Kind darin.

»Sie schläft«, sagte der Mann am Steuer.

Anja, die hinten Platz genommen hatte, überzeugte sich mit genauem Blick und vorsichtigen Berührungen, dass das stimmte. Alles gut: Körbchen, blaue Deckchen drin (»Müssten die nicht rosa sein? Ist doch ein Mädchen«, ach, Ludger, was bist du für ein Esel). Die geflochtenen Weiden ließen sie an den kleinen Moses denken.

Das Auto fuhr los.

Als Anja mit dem Handrücken überprüft hatte, ob Nathalies Stirn zu heiß war – nein, gut –, sah sie nach vorn, dann nach hinten. Man war erst zwei Straßen weit gefahren.

»Es ist schon ... Nacht. Wie kann ...? Aber ... nein, es ist ... nicht Nacht ...«, sagte sie und schaute wieder nach vorn, wo es dunkel war, wo die Scheinwerfer bei den entgegenkommenden Fahrzeugen leuchteten und die Straßenlaternen.

Das Licht, das neben ihr aufs Körbchen fiel, blieb nachmittäglich. So schaute Anja durchs Heckfenster. Da war es hell, genau wie rechts und links.

Vorn dunkel, seitwärts und hinten nicht?

Sie sagte: »Vorn ... vorn ist es Nacht und hinten und auf der ... auf der Seite ...«

Aber auch das stimmte schon wieder nicht mehr. In Fahrtrichtung wurde es auf den Seiten jetzt ebenfalls rasch dunkel: ein flüssiges Abdämpfen des Lichtes, in dem elektrische Beleuchtung Schlierspuren zog. Anja starrte: eine Änderungsschneidereischaufensterauslage, eine Telefonzelle, so was hatte sie lange nicht gesehen: gelb, mit Playmobilrundungen, ohne Telekomdesign. Etwas stimmte nicht. Einiges. Alles?

Mit der rechten Hand hielt Anja den Griffbogen überm rotbraunen Bastkörbchen fest und wiederholte lauter, um gehört zu werden: »Da vorn wird's Nacht und hinten ... und hinten war es ... ist es Tag ... Was ist das?«

Sie spürte Angst im Hals, weil die Glyphen am Hinterkopf des Mannes so völlig nichtssagend waren. Sie las an ihnen nur zweierlei ab, obwohl sie sich konzentrierte: dass das ein Mensch war, der da saß, und dass er ihr sowie dem Kind nichts Böses wollte.

Er schien, wenn sie's genauer betrachtete, überhaupt nichts zu hegen, was Absichten glich, wie sie sonst an den Glyphen bei Menschen ablesbar waren.

»Hallo?«, sagte Anja, noch nicht panisch, auch wenn in ihr etwas rufen, vielleicht schreien wollte: Halten Sie an, lassen Sie Nathalie und mich raus, ich will aussteigen! Sie lehnte sich ein bisschen nach rechts, um die Augen des Fahrers im Rückspiegel sehen zu können. Das gelang ihr. Diese Augen kamen ihr ganz anders vor als eben vor dem Café.

Größer. Was noch? Hübscher. Waren die Wimpern länger?

Neben dem Rückspiegel, oben rechts, wo der Blendschirm hätte sein sollen, erkannte Anja zwei Smartphones, in Halterungen angebracht. Links neben dem Rückspiegel hing eine weitere, leere Halterung.

Die Augen entdeckten Anja. Eine Stimme, die anders klang, als der Mann sich vorhin angehört hatte, sagte: »Das braucht Sie nicht zu ängstigen. Es ist nichts, nur ... eine Art Weltlinienentsprechung zu ... sagt Ihnen Rotverschiebung was? Dopplereffekt? Blauverschiebung? Gestrecktes und gestauchtes Licht?«

»Nein«, sagte Anja. Es klang patziger, als sie wollte.

Ein Seitenblick aufs schlafende Baby beruhigte sie: Die aus Beklommenheit und aufflackernder Angst stammende Aggressivität der Mutter hatte sich nicht aufs Kind übertragen. Anja wollte Nathalie auf keinen Fall aufwecken.

»Muss ja nicht. Kann ich mal eben Ihr Handy haben?«

Was war mit dieser Stimme los? Sie hatte sich verändert, ganz wie die Augen – Anja betrachtete noch einmal den Hinterkopf, jetzt, da davon nur der Umriss zu sehen war, weil sich das Außerhalb des Wagens verfinstert hatte. Im Schattenriss irritierten sie Frisur und Ohrenform – vor allem lag das linke Ohr, vorhin von blondem, welligem Haar verdeckt, jetzt frei, und daran hing ein Ohrring, ein kleines Dreieck, aus etwas wie durchsichtigem Plastik, gefärbt, im Nachtlicht schwer erkennbar, womöglich grün, aber das konnte eine Fehleinschätzung sein, wegen der orange strahlenden Straßenlampen an langen Stielen, die man passierte. Unmodische Lampen sind das, dachte Anja, als der Wagen aus der Vorstadt auf die Schnellstraße fuhr.

Sie gab ihr Handy nicht her: »Nein, wie ... Hallo? Sie ... was ist mit Ihnen los?«

Warum bin ich bloß eingestiegen? Am Steuer saß jetzt eine junge Frau. Kein Kain Alizadeh mehr. Die Frau sagte: »Nur ruhig. Atmen Sie durch. Es ist ein ... Abenteuer. Wenige Leute erleben das.«

Die Glyphen, die sie dabei sah, entsprachen der spöttisch indirekten Rede nicht. Anja hatte noch nie erlebt, dass eine Person etwas sagte, was die Schrift um diese Person, der Körper ihrer Sprache, nicht nur nicht mit abbildete – Lügen gab's ja –, sondern nicht einmal berührte.

»Tut mir leid. Das ist gerade für Sie wahrscheinlich alles ganz besonders irritierend jetzt«, fuhr die Fremde fort. »Aber bevor sie mich irgendetwas anderes fragen – und bevor Sie mir hoffentlich geben, worum ich Sie gebeten habe –, fragen Sie sich bitte: Vertrauen Sie mir? Und falls nicht: Warum sind Sie dann mitgekommen?«

Die Bestimmtheit, mit der die Frage gestellt war, wirkte wie ein kalter Wasserguss. Anja klappte den bereits zur Widerrede geöffneten Mund zu. Dann sah sie hinaus: ein Film, ein »Road Movie«, wie Ludger gesagt hätte, in gewisser Weise das Beruhigendste auf der Welt, die altvertraute deutsche Autobahn.

Anja erinnerte sich an die langen Fahrten mit ihrem Vater, wenn vor ihren Füßen unterm Handschuhfach sein Musterkoffer gelegen hatte, und wie sie immer zusammen gesungen hatten, zum Radio, griechischer Wein, verdammt, ich lieb dich.

Vertraute sie dem Gespenst, dem Wesen, das erst Abel Reinhardt gewesen war, dann Kain Alizadeh zu sein behauptet hatte und sich jetzt als diese Frau, ja, was denn?

Zu erkennen gab? Die Person kannte den Weg aus dem Tag in die Nacht so gut wie den vom Stadtrand ins Offene, und jetzt, über einen Zubringer, wieder in eine Stadt: Anja sah gelbliches Gebüsch, hellbraune Häuser, eine Straße ohne die vielen Schäden und Teerflecken, die Anja aus den letzten Jahren, von den Busreisen oder Taxifahrten zu Fernsehstudios oder Veranstaltungen kannte und nicht mochte.

Sie sprach aus, was sie dachte: »Vertrauen ... nein. Ich kenne Sie ja nicht. Aber Angst ... habe ich auch keine. Und ... es ist ... Vertrauen ist ein Gefühl, das hat man für eine Person, die man ... aber bei Ihnen ... ich dachte vorhin, im Café: Was er sagt, ist wahr, das sehe ich, auch wenn ich nicht sehe, was er will. Es ist wahr, obwohl ich nicht verstehe, wie ...«, sie stieß an eine Grenze. Um mehr zu erklären, hätte sie von den Glyphen reden müssen, und davon hatte sie nicht einmal Ludger mehr erzählt, als absolut nötig war, damit er sie nicht einfach für wahnsinnig hielt.

»Also?«, fragte die Frau, und ihre erhobene rechte Hand wies nach hinten, mit spielenden Fingern. Richtig, das Handy.

»Es ist ... es ist aber aus«, sagte Anja.

Sie hatte es abgeschaltet, weil sie fürchtete, von Ludger oder seinen Leuten mittels Technik beobachtet und verfolgt zu werden.

Unsicher setzte sie hinzu: »Soll ich es ... anschalten?«

»Lassen Sie mal«, sagte die Frau. Anja kramte das Gerät aus der rechten vorderen Hosentasche und reichte es der ungeduldigen Hand. Als die es angenommen hatte, fragte sich die irritierte Mutter, wieso sie so folgsam war. Lag es wirklich daran, dass das vorhin alles wahr ausgesehen und geklungen hatte, jedes Wort dieser Person?

Die sagte jetzt mit weicher, melodischer Stimme: »Kein Problem. Ich brauche nicht mal die PIN. Schönes altes Nokia. Sie mögen keine Smartphones?«

Die Frau klickte das Mobiltelefon in die Halterung links neben dem Rückspiegel. Anja gab zu: »Ich mag diese Bildschirme nicht, über die man drüberwischen soll.«

»Kann ich gut verstehen«, sagte die Frau freundlich.

Anja blinzelte verdutzt, als sie sah, wie das Bildrechteck ihres Handys aufleuchtete, ohne dass der kleine Apparat berührt worden wäre. Sofort wurde das helle Feld von den Feldern der anderen Smartphones beantwortet. Auf allen dreien sah man jetzt ein grünes Sich-Drehen, in dem rote Schlieren bluteten. Es zog den Blick an und löste unangenehme Empfindungen aus. »Schauen Sie da lieber nicht hin«, sagte die Frau.

Anja blinzelte erneut, dann sah sie zum Kind im Körbchen. Das schlummerte, weidenkätzchenweich gebettet, und wusste nichts.

Anja fragte, ohne den Kopf zu heben, halblaut: »Wofür ist das? Wofür sind die drei Handys?«

»So was wie Kompassnadeln. Elektromagnetismus. Triangulation. Wir bewegen uns auf der gemeinsamen Weltlinie in der Geschichte ja gerade gegen die Intuition, damit ... damit wir Nathalie gut und sicher verstecken können, da, wo diejenigen, die auf der Jagd sind nach diesem ... nach dem Parakleten oder sonst einer albernen Legende ... damit diese Leute Ihre Tochter nicht finden können.«

Die Worte dehnten sich in Anjas Kopf, sie wiederholte: »Auf der gemeinsamen Welt ... linie in der ... Geschichte ...«

»Na, Geschichte«, die Frau schien ein Lachen zu unterdrücken, »das heißt jetzt natürlich nicht Weltgeschichte oder Heilsgeschichte oder ... eher schon: Biographie. Nicht unsere allerdings. Die einer ... Art ... Intelligenz mit ... Sagen wir einfach: Die Geschichte ist das, was wir gerade zusammen erleben, das Kind und ich und Sie und andere Leute, die ich vielleicht je nachdem auch noch sein muss oder die das Kind irgendwann wird. Es ist wie ... wir sind ja alle auf dem Erdboden, und wir denken, er ist flach. Dabei ist er gebogen. Eine Kugel. Aber aus der Nähe sieht er halt flach aus. So ist das auch mit der Geschichte. Aus der Nähe gibt es immer gerade Linien von Ursache zu Wirkung oder vorher bis nachher, und die Sachen sind ja auch wirklich verbunden, nur eventuell eben nicht flach und gerade. Man kann da durchaus zwischendurch an sich selbst irre werden. Das ist ungefähr so wie ...«

Sie machte eine Pause, überlegte. Anja schwieg. Dann setzte die Frau neu an:

»Ich hatte mal ... es gab da ein lustiges Buch, eine Einführung in die Topologie für Jugendliche. Da war das, was ich meine, ganz gut dargestellt. Wenn man sich zum Beispiel auf einer Boyschen Fläche bewegen würde, und sie hätte ... also, eine Boysche Fläche, das ist eine mathematische Konstruktion, die ... ich könnte Ihnen das mit einem Möbiusband zeigen. Das ist so ein Streifen ...«

»Der nur eine Seite hat.« Das wusste Anja. Wolf Schulte hatte es ihr mal gezeigt, im Pfarrhaus, als Spielerei, auf seinem Rechner.

»Genau. In den kann man einen Karton legen, in diesen Streifen, und dann ... egal, ich kann das mit Worten jetzt nicht, das müsste man aufmalen oder filmen. Jedenfalls ist die Boysche Fläche eine der drei nichtorientierbaren Flächen, die entstehen, wenn man ein Möbiusband als Grenze einer Scheibe nimmt – eine sextische Fläche, also ein Fläche gewordenes Sechserpolynom in x, y und z, wie bei den drei Handys. Und nichtorientierbar heißt, dass es auf dieser Fläche einen geschlossenen Pfad gibt, der sozusagen die Richtung ändert, ohne dass man ihn verlässt. Man geht immer geradeaus und trotzdem plötzlich verkehrt rum ... und das kann eben auch passieren, wenn man auf der Geschichte ... also, in dem Kinderbuch haben sie das sehr hübsch gemacht. Da lebt eine Spinne auf der Boyschen Fläche, und die geodätischen Linien – die kürzesten Verbindungen zwischen Punkten auf dieser Mannigfaltigkeit, auf dieser Fläche –, das sind dann Spinnennetzfäden, die Meridiane, die Breitenkreise ... Diese Spinne fängt eine Fliege, und dann geht die Spinne spazieren, immer schön geradeaus, bis sie denkt: So, bin ich jetzt also auf der anderen Seite dieser Kugelwelt, aha, hier ist ja auch wieder eine Fliege, allerdings verkehrt herum. Hier lebt also offenbar eine zweite Spinne, na, der fresse ich doch gleich mal ihre Fliege weg. Und das tut sie, dann krabbelt sie zurück nach Hause, aber ihre eigene Fliege ist nicht mehr da. Da denkt sie dann: Mist, war wohl die andere Spinne inzwischen hier und hat meine Fliege verputzt. Sehen Sie, dafür sind die drei Handys: Damit ich nicht vergesse, ich, die Spinne, dass es nur eine Spinne gibt und nur eine Fliege.«

»Wer ist die Fliege?«, fragte Anja.

Dabei dachte sie an Ludger, der sie einmal gelobt hatte: »Ich weiß nicht, wie du das machst – selbst wenn man merkt, du hast eigentlich nicht verstanden, was man dir sagt, findest du trotzdem immer den springenden Punkt.«

Die junge Frau verriet mit keiner Regung, ob Anja auch diesmal den springenden Punkt gefunden hatte. Stattdessen wechselte sie mit aufreizender Gelassenheit das Thema: »Schön, jetzt wieder Autobahn. Es sind noch etwa drei, vier Stunden Fahrt, in Eigenzeit, an dieser Stelle auf der Geschichte. Haben Sie eigentlich Hunger? Wir könnten auf eine Raststätte rausfahren und ein bisschen was essen.«

»Ja«, sagte Anja, denn es stimmte: »Ich habe Hunger. Aber wir sollten auch für Nathalie ...«

»Klar. Dran gedacht«, sagte die Frau und nahm einen kleinen Plastikkoffer vom Beifahrersitz, den sie Anja nach hinten reichte. Die drehte das Objekt erst etwas ratlos hin und her, fand dann die beiden Verschlüsse und öffnete sie mit dem Daumen – es lag ein warmes Fläschchen drin, gefüllt mit genau der Mischung aus Milch und Nahrungszusätzen, die Matthias Schöpflin empfohlen hatte.

Anja sagte: »Es ist noch nicht Zeit. Sie schläft ja.«

»Ich weiß«, sagte die Frau, »aber in zwei Stunden wird sie aufwachen. Dann geben Sie's ihr, und dann bringen wir sie in Sicherheit.«

»In ... Sicherheit ... Für wie lange?«

»Da vorn ist die Raststätte.«

Die Ausfahrt führte zu einer auffallend altmodischen Anlage: Kein McDonald's oder Burger King, kein Serways – da stand einfach »Rasthaus«, in Neonbuchstaben, an einem Altbau hinter einer Flachdach-Tankstelle. Es sah hier so aus, wie sich Anja den tiefsten Osten vorstellte. Die Frau hielt an, stieg aus.

Als Anja selbst sich bereit machte, den Wagen zu verlassen, warf sie einen Seitenblick auf die drei Mobiltelefone, deren Displays jetzt nahezu erblindet waren. Man sah nur ganz schwache Nachbilder der grünroten Wirbel. Anja kletterte aus dem Auto, nahm dann den Korb. Er war ganz leicht. »Ich nehm sie mit«, erklärte sie der Frau, die nickte.

Die Fremde sah gut aus, jetzt, im Nachtlicht der Tankstelle: schwarze Bluse, weinrote Jeans, teure Turnschuhe (Herrenturnschuhe? So schien es), schmales Gesicht, halblanges Haar. Anja schaute sie fragend an. Da zuckte die Fremde mit den Schultern und sagte: »Ich muss mal eben runter da. Diese Treppe. Auf die Toilette. Ich heiße übrigens Sein.«

Anja glaubte, sich verhört zu haben, und fragte nach: »Sein? Wie in: ›Was soll denn das sein‹?«

Die Frau wiederholte, so deutlich sie konnte: »Cy-an. Cyan. Es ist ein englischer Name. Es bedeutet blau.«

Ein reizendes Lächeln, einladend, zugleich geheimnisvoll.

Cyan ging die Treppe hinunter. Anja stand auf dem Gang im Foyer der Tankstelle und sah vor sich ein Plakat, an dem sie irgendetwas störte.

Zigarettenwerbung. Was war verkehrt? Als Nichtraucherin gefiel ihr das Motiv an sich schon nicht, aber lag's daran? Nein: Das Plakat wirkte deplatziert. Anja dachte: Ich habe schon eine ganze Weile keine Plakate wie dieses gesehen, sind die nicht inzwischen verboten?

Ludger hatte etwas in der Art erzählt. Er kannte, wie er das nannte, »Printjournalisten«, vor allem bei Zeitschriften, für die so ein Verbot eine Katastrophe gewesen war, irgendwann vor Jahren: »Ganz schlimm war das, als die Camel- und Marlboro-Dauer-U4s nicht mehr da waren.« U4, das hieß: vierte Umschlagseite.

Es rumorte in Anjas Kopf: Umschlagseiten, nichtorientierbare Flächen ... Sie verlor den Faden, konzentrierte sich also lieber wieder auf das, was sie vor sich sah: eine große Zigarettenschachtel, als Kühlschrank aufgemacht, mit falschem Eis, das daran hing, und darüber stand der Spruch: THE TASTE OF NOW, neben dem Logo der Marke West.

Unten las man, noch blöder: »Hot moments, cool cigarettes. West Ice Fresh'n'Cool«.

Anja konnte Ludger innerlich lästern hören: »Deppenenglisch!«

Dann fiel ihr etwas auf, das sie schon beim Drüberweglesen irritiert hatte, die Warnung unten am Rand des mannshohen Plakats: »Die EG-Gesundheitsminister: Rauchen gefährdet die Gesundheit. Der Rauch einer Zigarette dieser Marke ...« und so weiter.

EG? Was für ein Druckfehler war denn das? Es hieß doch: EU.

Cyan war wieder da: »Also los! Jägerschnitzel! Oder sind Sie Vegetarierin?«

Vielleicht war sie einfach ein Engel oder so etwas, überlegte Anja und ließ sich erneut die Tür aufhalten. Anja setzte sich an den Tisch, der am nächsten bei der Kassenecke neben der Theke stand. Über dieser Theke hingen Tafeln, auf denen in kindlicher Kreideschrift stand, was man hier essen konnte: Spaghetti Bolognese, Bratwurst, das versprochene Jägerschnitzel.

Anja sagte: »Gut, ich würde dann tatsächlich so ein Jägerschnitzel nehmen.«

Cyan zwinkerte und gab bei der mürrischen Kittelträgerin mit dem Gesicht voller geplatzter Alkoholikerinnenäderchen und sehr breitem Busen, die hinterm Tresen stand, die Bestellungen auf – für Anja das Schnitzel, für sich selbst eine Bratwurst mit Pommes.

Es waren kaum Gäste da.

Anja sah zwei Holländer mit großen Brillen, einen Fernfahrer, der die »Bild«-Zeitung las, ein Pärchen, er ungesund bleich, sie mit unglaublich langen, glatten, schwarzen Haaren, über der Stirn geteilt wie ein Vorhang.

Die Matrone an der Kasse rechnete bei Cyan ab: »Sechzehn fünfzig.«

Cyan hatte auch an Getränke gedacht, brachte für sich selbst eine Cola, für Anja das Wasser an den Tisch. Dann ging sie zurück zur Kasse, holte einen flachen, blauen, kunstledernen Geldbeutel hinten aus der linken Gesäßtasche und dort die Scheine raus – nein, nur einen Schein, braun, aber irgendwie zu rötlich, fand Anja und erkannte verblüfft das Wechselgeld: blaue Scheine, klein, weißlich, was war das? Zehner? D-Mark?

Anja streckte den Hals, wollte es genauer sehen. Aber da regte sich Nathalie im Körbchen auf dem lackierten Holzstuhl, und die Mutter musste nachsehen, wie es ihr ging.

Es war nur eine Art Schlafniesen, ein kurzes winziges Zucken in dem kleinen Körper. Das Gesicht träumte, die Augen blieben geschlossen.

Cyan kehrte zurück, nahm Anjas Teller vom Tablett, ließ ihren eigenen darauf stehen, stellte Anja auch das Wasser hin, legte Besteck und eine weiße Papierserviette dazu, lächelte und setzte sich. Anja schnitt sich ein Stück Fleisch ab, nahm einen Bissen auf die

Gabel, führte ihn zum Mund, biss hinein. Kaute, schluckte. Dann sah sie die andere Frau, die genüsslich ihre Bratwurst mampfte, ein bisschen herausfordernd an und sagte leise, aber nicht im Flüsterton: »Ist das eine Zeitreise?«

Als wäre das ein Signal, unnötige Förmlichkeiten endlich beiseitezulassen, begann Cyan Cerulean, sie zu duzen: »Du weißt zu viel über Wörter, um nicht zu wissen, dass ›Zeitreise‹ genauso ein verkehrtes Wort ist, für unseren Weg auf der Geschichte, wie ›Vertrauen‹ ein falsches Wort ist für das, was dich dazu bewogen hat, mitzukommen.«

Die Glyphen sahen aus wie bei jemandem, der etwas sagt, was er aufrichtig für wahr hält. »Wir sind nicht, wann und wo und wie wir waren«, fuhr Cyan Cerulean fort. »Zeit, wie Plato sagt, ist das bewegte Abbild der Ewigkeit. Wenn das stimmt, dann sind wir jetzt an einer anderen Stelle dieses Bildes ... you know ...«

»Ich verstehe nicht«, sagte Anja und überging damit den Wechsel vom Sie zum Du stillschweigend.

Cyan sagte: »Eben. Du verstehst nicht. Und deshalb bin ich mir so sicher, dass das hier das richtige Versteck für dein Kind ist. Weil nicht einmal du verstehst, wann und wie das hier ist. Denn dann verstehen es die, die das Kind in ihre Gewalt bringen wollen, diejenigen, die unsere Geschichte ändern wollen, noch viel weniger. Denn du ... ich meine, dir gehören alle Gegenwarts- und Vergangenheitsausdrücke. Für dich tanzt und springt die Grammatik zur Not bis ins Futur I und II und Konditional und ... ein Geschenk deiner Gottheit, sozusagen. So wie ... das Ausweichen-Können in dieses hier und jetzt ... eins meiner Gottheit ist.«

»Wenn du Nathalie versteckt hast«, fasste sich Anja ein Herz, beim Duzen gleichzuziehen, »dann bleiben wir nicht hier, hast du gesagt. Wann sehe ich sie dann wieder?«

»Das ist der Haken«, stimmte Cyan dem Gedankengang zu. »Aber ein Haken ist das nur für sie. Denn ... wenn alles gut geht, kann ich dich hinbringen, wo sie ... wo sie so weit außer Gefahr ist, dass ihr ... Du könntest sie, wenn ich das richtig überblicke, auf deiner eigenen Weltlinie, in deinem ... subjektiven Zeitempfinden sozusagen schon morgen wiedersehen. Oder in wenigen Tagen, wenn du an meiner Seite bleibst. Für sie könnten das aber viele Jahre sein, was dazwischenliegt.«

»Weil wir jetzt eben in der Vergangenheit sind, richtig? Und die muss erst vergehen, biff ... öhm ... bis ...«

»Wenn selbst du, mit deinen ... sprachlichen Möglichkeiten, von denen ich allerdings nicht weiß, ob du sie überhaupt selbst schon alle entdeckt hast ... wenn selbst du es ›Vergangenheit‹ nennst, dann ... ja, na gut, egal, dann will ich es einfach auch so nennen.«

»Wie soll man es sonst nennen? Was ist denn das Datum jetzt?« Anja wollte wenigstens wissen, wann sie ihr Kind zurückließ, wenn es denn sein musste.

»Das Datum?« Cyan schien die Frage ganz absurd zu finden. Dann dachte sie kurz nach und sagte: »Die Zeit gerade ist ... interessant, an diesem Ort, in diesem ... Zusammenhang. Man gibt hier gerade den Anstoß für eine Menge Dinge, die dich und mich direkt betreffen, unsere Freiheitsgrade und unsere Bindungen ... du weißt es vielleicht: Bindung, das heißt auf Lateinisch ›Religion‹.«

»Was hat Religion mit ...«

»Oh alles! Echt: Alles, Anja.«

Cyan war fertig mit ihrer Bratwurst, nahm sich die Pommes mit der Hand, dippte sie ins Ketchup-Eck, saugte kurz an zweien, aß sie auf und sprach: »Religion, Anja ... das ist sozusagen ... das sind einige der deutlichsten Breitenkreise und Meridiane der ganzen Story. Kommt hier gerade neu an, kommt wieder und verwandelt sich, diese ... Religion. Während wir reden, ist in einem der Bundesländer dieses Staates, den wir durch unsere ... wie sagst du? Unsere ... Zeitreise neu betreten oder ... gar nicht verlassen haben ... ein Streit ausgebrochen über eine Lehrerin. Das heißt, sie ist noch nicht Lehrerin, sie ist, wie sagt man, Referendarin ... mit Kopftuch: Ob die Sichtbarkeit eines Bekenntnisses zum Islam der weltanschaulichen, vor allem religiösen Neutralitätspflicht des Staates nicht widerspricht, das werden sie sich jetzt hier fragen, kurz nachdem ein Gerichtsurteil bestätigt hat, dass christliche Symbole wie das Kruzifix im Klassenzimmer eigentlich gegen dasselbe Gesetz verstoßen ...

und unterdessen schließt der Freistaat Sachsen, bis vor nicht einmal zehn Jahren das Territorium eines atheistischen Staates, einen Vertrag mit dem Vatikan, der großzügige Bedingungen für die Rückkehr der katholischen Kirche im großen Stil fixiert. Der Staat ermöglicht und bezahlt Sozialeinrichtungen der Kirche, Kindergärten, Altersheime, der Religionsunterricht wird auch generös geregelt, Sonderzahlungen in Millionenhöhe zur ohnehin staatlich eingezogenen Kirchensteuer, und an den Grundschulen wird der katholische Religionsunterricht wieder eingeführt, wovon auch die Protestanten profitieren. Lauter hochinteressante Begleiterscheinungen von ... Es interessiert dich nicht? Gut. Ich weiß, worüber du reden willst. Nicht darüber, was das hier für eine Zeit ist. Du willst wissen, wie der Weg geht, von dieser Zeit hier zu einer anderen, in der du Nathalie wiedersiehst. Klartext, Anja: Sie wird viele Jahre ohne dich leben. Das kann ich nicht ändern. Aber sie wird in Sicherheit leben. Sie wird eine Kindheit und Jugend haben, die sie nicht hätte, wenn sie bei dir bliebe. Wenn du bei ihr wärst. Eine Kindheit, in der sie nach ihrem eigenen ... in der sie erwachsen werden kann, ohne ausbaden zu müssen, was andere Leute zu anderen Zeiten angestellt haben. Ursachen haben Wirkungen, Entscheidungen haben Folgen. Aber wie ein Freund von mir immer sagt: Niemals nacheinander. Ursachen und Wirkungen ... sie stehen nicht in Reih und Glied, schließen nicht immer unmittelbar aneinander an, gehen nicht im Gänsemarsch. Sogar eher selten, mein Freund würde, wie gesagt, etwas überspitzt sagen: Niemals. Und dieses ›Niemals nacheinander‹, das erlaubt uns ... das bringt gewisse Freiheitsgrade mit sich. Die versuche ich für deine Tochter zu nutzen. In einem dieser Freiheitsgrade versuche ich sie ... zu verstecken. Aber das geht nur, wenn du zustimmst.«

Anja hatte ihr Schnitzel etwa zur Hälfte aufgegessen und keinen Hunger mehr.

Sie legte das Besteck hin und schob den Teller ein winziges Stückchen von sich weg, damit auf Cyan Cerulean zu, als wollte sie sagen: nicht meins, deins.

Dass Anja jetzt etwas zu entscheiden hatte, das die andere ihr so wenig abnehmen konnte wie überhaupt irgendwer, davor wollte sie sich nicht drücken. So fragte sie: »Wird sie von mir was wissen?«

Ceecee schwieg. Ihr Blick hielt dem der anderen stand, als wüsste sie, dass darauf eigentlich keine Antwort erwartet wurde.

Anja gab sich diese Antwort schließlich selbst, nachdem sie sich im Raum umgesehen hatte – Uhr an der Wand, die »Bild«-Zeitung, das rauchende Pärchen, das halbverzehrte Schnitzel: »Ich muss ihr einen Brief schreiben. Hier. Jetzt. Ich möchte, dass sie ... wenn ich sie weggebe, dann soll sie wissen, dass das nicht deshalb passiert ist, weil sie mir egal ist, sondern ...«

»Sondern ... im Gegenteil. Ja. Das ist gut«, sagte Ceecee.

Anja nickte, als wollte sie sich selbst Mut machen, und sagte: »Es muss alles schnell gehen, oder? Eine Nacht drüber schlafen, das ist nicht drin?«

Ceecee schob die Unterlippe ein klein wenig vor. Das sollte sagen: Nein, dafür ist keine Zeit. Dann drehte sie den Kopf zum Ausgang, und als sie ihn Anja wieder zuwandte, machte die ein fragendes Gesicht. Cyan erklärte: »In der Tankstelle. Da gibt es ... Grußkarten. Umschläge. Relativ groß.«

»Die sind aber zu klein für das, was ich alles ... was es zu sagen gibt«, sagte Anja, ziemlich kläglich, und sah dabei das schlummernde Baby an, nicht die Frau.

»Ich weiß«, sagte Cyan und setzte freundlich hinzu: »Viel kann man nicht machen. Aber was man machen kann, soll man machen.«

Damit stand sie auf, ließ Anja bei ihrer Tochter und war nur drei, höchstens fünf Minuten lang verschwunden, bevor sie wiederkam, mit einem Umschlag: DIN-A5, sah Anja, die sich mit solchen Formaten auskannte, weil sie für Wolf Schulte viel Papierkram erledigt hatte. Darüber hinaus brachte ihr Ceecee zwei A4-Blätter: »Hat der Tankwart spendiert. Die Karte hab ich weggeschmissen. Geburtstag, na ja.«

Der weiche Sarkasmus entlockte Anja ein Lächeln.

»Ich geh raus, rauchen«, sagte Ceecee und legte noch zwei Kugelschreiber aufs Papier.

Anja sah ihr nach. Dann schaute sie aufs Papier und wusste

nicht, was sie schreiben sollte oder wollte. Sie berührte mit Daumen und Zeigefinger ihrer Rechten die kleine halboffene Faust der schlafenden Tochter. Roch an ihr. Weinte fast. Schrieb dann schließlich lange. Malte Zeichen. Schrieb noch mehr. Wie viel Zeit dabei verging, nahm sie nicht wahr. Sie hatte sich nicht auf der Wanduhr vergewissert, wie spät es war. Als Cyan von ihrem Rauchausflug auf den Lastwagenparkplatz zurückkam, waren alle vier Seiten der zwei Blätter vollgeschrieben.

»Im Aufsatz«, sagte Anja verblüfft, »ging das nie, hab nie mehr als zwei Seiten vollgekriegt in der Schule ...«

»Na ja, die Schrift ist ja nicht klein. Und deshalb gut lesbar«, sagte Ceecee aufmunternd.

Ein bisschen erinnerte der Ton Anja an Matthias Schöpflin, dessen Zuwendung ihr zuletzt auch immer gut getan hatte. Ceecee nahm den Brief, Anja griff sich den Korb.

Zurück im Auto döste Anja, obwohl sie sich vorgenommen hatte, jede der verbleibenden gemeinsamen Minuten mit ihrer Tochter hellwach zu erleben, wegen der Monotonie der Fahrt bald ein, den Kopf an die kühle rechte Scheibe gelehnt. In der Dämmerung erwachte das Kind. Es schrie nicht, mümpfelte nur ein bisschen. Anja gab Nathalie zu trinken.

»Wir sind gleich da«, sagte Ceecee.

»Kann ich ... wirst du mich den Leuten vorstellen oder ...«

»Nein«, sagte Ceecee, nicht schroff, aber unzweideutig. »Es wäre nicht gut. Ich möchte, dass du im Auto bleibst. Es ist besser für dich, für das Kind und für den Menschen, der das Kind beschützen wird.«

Zaghaft und im Bewusstsein, dass es für Einwände jetzt eigentlich zu spät war – der Brief hatte alles besiegelt, wie ein Vertrag zwischen Anja und Ceecee –, widersprach die Mutter doch noch einmal oder versuchte es wenigstens: »Aber wenn ...«

Ceecee ließ sie nicht zu Ende sprechen: »Bleib im Auto. Sei vernünftig. Versprich es mir.«

»Ich ... gut. Ja. Ich versprech's«, sagte Anja. Es war ein schwieriger Satz, der schwerste, den sie hatte sagen müssen, seit ihr die Glyphen geschenkt worden waren.

Das Auto nahm eine Ausfahrt. Schon war man in einer Stadt.

Anja glaubte, diese Stadt erkennen zu können, obwohl sie nicht aufgepasst hatte, ob da ein Schild gewesen war. Schwächlich wiederholte sie: »Ich bleibe im Auto. In Ordnung.«

»Gut. So stimmt die Geschichte«, sagte Ceecee. Ein Blickkontakt im Rückspiegel. Aber die Augen, die Anja dort sah, waren wieder andere, nicht mehr die von Cyan Cerulean, sondern die von Kain Reinhardt, an dessen Existenz sie, wie an die ganze Reise, immer noch nicht recht glauben konnte. Die rotgrünen Wirbel auf den Handys waren zurückgekehrt. Anja wollte nicht hinsehen, ihr wurde davon flau im Magen.

Zwei große Straßen. Ein Abbiegen nach rechts, in eine kleinere Straße.

Die Gegend schien Anja immer vertrauter, eine Beklommenheit ging davon aus, ein Gefühl, als ob sich eine Passage verengte. Dann die Zufahrt, das Haus.

Anja erkannte es.

Der Wagen hielt. Anja versuchte, sich aufzurichten. Bei ihrem Nickerchen war sie ungünstig zusammengesunken. Da ging neben ihr die Tür auf und ein schneller, behänder Griff des fremden Mannes, der eben noch eine fremde Frau gewesen war, stahl ihr das Kind mit Korb, das Kind, das leise gluckste, gurrte.

Die Tür fiel zu.

Alles war weg, der Geruch des Kindes, der Briefumschlag mit Brief, den Kain Reinhardt in den Korb gesteckt hatte, da ging er hin. Anja entsetzte sich, als sie das Haus betrachtete: Die Blätter an den Ranken in dem Gitter an der Wand neben dem Eingang waren noch grün, nicht grau. Die Klingel unterm Namensschild »Echle« sah neu aus.

Anja fasste den Türgriff, riss daran, rüttelte und schrie: »Nein, das darfst du nicht! Komm zurück!«

Die Tür blieb fest verschlossen.

Stefan Dohr las den Ausdruck mit großem Interesse.

Er las ihn dreimal jeweils in einem Zug durch. Dann nahm er

einen Rotstift und strich Stellen an. Dass das, was er da las, kein vollständiges Drehbuch war, nur ein »Treatment« – den Unterschied spürte er, ohne ihn benennen zu können –, war ihm klar. Dennoch schien ihm das Wesentliche hier notiert, auch wenn nichts von den Bilderstrudeln dastand, auch wenn die Interviews mit dem Österreicher fehlten.

Dohr las:

Abel Reinhardt
WALD STATT BÄUMEN
Treatment 3.0

ROLAND JUNG, überlegen.
LEONIE WESTHAUS, ungeduldig.
MALEK SHARASTANI, gewissenhaft.

Außerdem

DIE DIREKTORIN: Man sieht sie nicht, noch hört man je klar ihre Stimme.

»Wenn dich eine Lüge beißt, mach sie wahr.«
Aleksander Farczády

EINS

Roland am Telefon / Headset

ROLAND Wir sollten nicht vornehm tun, sondern das Ding beim Namen nennen: Verrat. Malek hält es öffentlich mit den Frequentisten, mehrdeutig zwar, aber so, dass wir aussehen, als wären wir Betrüger. So lebt Malek: Er würde sich auch die Nase abschneiden und sie in der Mikrowelle kochen, wenn man ihm nur glaubhaft machen könnte, dass dabei Überraschendes passiert. Ein Toter unter Strom. Aber die Pflanzen im inneren Ring lässt er trotzdem in Ruhe. Direkte Sabotage, nein. Für so verrückt sollten wir ihn nicht halten. Hier, ich hab sie vor mir, die sensibelsten Farne. Ich könnte Schäden sehen, wenn er welche angerichtet hätte. Was seh ich? Flache Sprossen, kleine Ventralblätter, korrekte Ausrichtung. Die Büschel stehen dicht beieinander, wie Soldaten in der Kälte, die Körperwärme teilen. Gesund, normal, wintergrün. Die rührt er nicht an.

DIREKTORIN ****** ***** * **** **** *** ** **** *** ** ******

ROLAND Es geht ihm nicht um Schaden. Nur um sein Bild von sich. Er will ein Held sein. Das bedeutet unter anderem, er mag keine Schuld an Eskalationen tragen. Er spielt überhaupt nach Regeln, die er für ethisch wertvoll hält. Wir sollen ihn zu Attacken provozieren, die er längst vorhat. Er greift nie an, er stellt sich immer vor, alles, was er tut, sei Verteidigung.

DIREKTORIN *** ******** ** ***

ROLAND Sie könnten ihn entlassen. Das wäre dann das Ende seiner Laufbahn. Niemand wird ihn nehmen. Weil er aber seinen Wert kennt, wird er Hoffnungen hegen, man könnte ihn trotzdem wollen. Einer, der hier gearbeitet hat, im Zentrum des Umbruchs, der die Welt erfasst hat, im leisen Wind, zwischen dem hohen Grün und den weißen Stängeln, auf dem Moos der Chancen, ein Konditionalist von seinen Fähigkeiten, der müsste doch zu vermitteln sein. So wird er denken, ohne sich einzugestehen, dass er grundlos auf eine Rettung hofft.

DIREKTORIN ***** ****** *** ** ******* *** ** ******* ***** *** ********* *** ** * *** ** ********

ROLAND Stimmt. Okay, dann greifen wir eben in die niedrigen Pflanzen und … etwas Gewagtes am besten. Ich drehe an der Blattspindel, und eine Drohne irgendwo in einem Landkrieg feuert falsch. Eine Rakete geht aus Versehen ab, ein Satellit wird getroffen. Es regnet Trümmer, kleine und kleinste, sie glühen am Himmel wie Feuerwerk, ein Stückchen zischt in die Turbine oder in die Außenhülle einer Verkehrsmaschine, in der Malek sitzt, vielleicht unterwegs zu einem kleinen Einkaufsurlaub in London oder auf dem Rückweg, gut gelaunt, neue Schuhe, ein feingesponnener Anzug, ein Gürtel oder ein Schal, so fällt er brennend in den Kanal – und das Gegenteil von dem, was er wollte, ist erreicht: Alle trauen uns sofort zu, dass wir's gewesen sind, weil er uns in der Zeitung und im Netz angepinkelt hat. Man wird sagen: Ihr langer Arm war's. Niemand wird mehr an den Ringwäldern zweifeln.

Leonie.

LEONIE Hey.

Roland gibt Handzeichen, redet weiter.

DIREKTORIN ***** ******** ****** **** **** ** ** ******** **** ****** ***** *********** *** **** ****** **** ** *** *** ***** ******

ROLAND Schulklassen, bestens. Aber ernsthaft: Leonie ist grad reingekommen. Doktor Westhaus, meine ich. Ich müsste mit ihr mal eben …

DIREKTORIN ** ***** ****** *** * * ******** **** *** ***** **** **** ***** ***** ***** ******** *** ** *********** **** **** ****** ** ***** *****

ROLAND Richte ich aus. Danke. Und Ihnen ein schönes Wochenende.

Roland trennt die Verbindung.

ROLAND Na?

LEONIE Wie, na? Was willst du hören? Dein Freund da reißt uns richtig den Arsch auf, wenn wir nicht achtgeben. Das Fernsehinterview war erst der Anfang. Klar und methodisch geht er vor. Der Mann hat seinen Scheiß beisammen. Und ist geduldig.

ROLAND Aber doch schwer krank, oder? Baut stark ab?

LEONIE Hast du ihr das erzählt, um sie zu beruhigen? Du bist ein scheußlicher Stiefellecker geworden. Unterwürfig, opportunistisch, schleimig.

ROLAND Blödsinn. Ich hab's doch gesehen. Das ist doch keine Beruhigungsstrategie von mir, das ist ein totaler Rückfall in aller Öffentlichkeit. Wie er da saß, in dieser Sendung, alle Symptome …

LEONIE Du musst dich schon mal langsam entscheiden, Roland. Erst hieß es: Hör zu, Leonie, der Malek Sharastani, das ist ein Simulant, der hat den Psychotiker nur gespielt, weil er endlich was erleben wollte. Weil er wusste, dass ich durch die Gruppen gehe und Leute suche, die disponiert sind. Und jetzt erzählst du das Gegenteil: Wir brauchen ihn nicht zu fürchten, er ist ein armer, elender Psychotiker und bricht bestimmt bald zusammen, nur die Ruhe. Was stimmt denn nun?

ROLAND Hast du's gesehen?

LEONIE Ich wäre sonst nicht hingefahren. Ich versuche, ihm den Terror auszureden, nicht? Die Direktorin könnte ruhig kapieren, dass mein Ansatz der einzig konstruktive ist.

ROLAND Hast du's gesehen, oder nicht? Ist es ein Rückfall oder nicht?

LEONIE Er war schon schlimmer dran.

ROLAND Du weichst der Frage aus. Hast du's gesehen? Wie fertig der Mann war?

LEONIE Was willst du denn?

ROLAND Erschöpfung. Bleiche Haut. Kalter Schweiß, obwohl es doch sicher heiß gewesen sein muss, in diesem Studio da.

LEONIE Er nimmt sein Medikament wieder. Den Metaboliten. Ich war dabei. Schluckt die Kapseln brav, mit Wasser.

ROLAND Also spinnt er.

LEONIE Nicht, wenn's hilft. Außerdem bist du's, der ausweicht: Welche Version ist denn wahr? Dass er eine Psychose hat oder dass er eine Psychose spielt?

ROLAND Die Tatsache, dass er mit so viel Engagement und ohne Rücksicht auf Verluste eine Psychose spielt, ist selber psychotisch.

LEONIE Du solltest mit mehr Achtung von ihm reden. Er liebt dich.

ROLAND Siehst du? Wie ich dir's sage. Das ist doch schon so psychotisch, psychotischer geht's gar nicht. Wie kommt er denn bitte darauf?

LEONIE Was hast du ihr vorgeschlagen? Der Direktorin?

ROLAND Wir haben verschiedene Möglichkeiten diskutiert. Sie könnte ihn zum Beispiel schlicht feuern. Das macht man ja gemeinhin mit Leuten, die den Betrieb zerstören.

LEONIE Aber wenn sie das tut, wie käme der Schritt an? In den Medien? Überall?

ROLAND Hab ich auch gesagt. Es ist riskant, unterm Öffentlichkeitsgesichtspunkt. Da sagt sie: Wenn sie sich dafür interessieren würde, was in den Medien gut ankommt, würde sie gleich Tage der offenen Tür veranstalten und Schulklassen hier durchlotsen.

LEONIE Mit anderen Worten, sie war nicht hilfreich.

ROLAND Wie man's nimmt. Und du? Wie hilfreich warst du, Schatz?

LEONIE Sie könnte viel Schlimmeres tun als ihn zu feuern.

Malek.

ROLAND Guten Morgen, Malek.

MALEK Guten Morgen, Roland.

ROLAND Wie viel hast du gehört?

MALEK Nichts Wichtiges. Die Wahrheit.

****

Ab diesem Punkt wurde das Drehbuch sehr eigenartig und wich sogar vom fertigen Film ab. Am Ende des Textes fand Stefan Dohr ein

POSTSKRIPT:

»In the philosophy of logical probability, in non-deductive logic generally, and indeed in logic generally, the greatest single source of error and confusion is, in my opinion, the formalist tendency. I mean, for example, the hankering after relative-truth-frequency as a substitute, or ›foundation‹, for merely probable inference; the tendency to identify the validity of an inference with truth always being preserved by a schema of which the inference is an instance; and, at the bottom of it all, the delusion that we gain something, or lose nothing, by making ›logical forms‹ or inference-schemas, rather than the inferences themselves, the subject of our study.«

David Stove

Dohr legte alles sauber zusammen. Schob es in einer Klarsichtfolie. Ãieneh mesle kãrd ast. Einfach macht er's uns nicht, der Abel Reinhardt, dachte er, **Sela.**

6 : Steine schlafen

Kneipe? Das falsche Wort, dachte Wolf. Das richtige fiel ihm ein, als Selena ihn tiefer ins Gewölbe führte: Kaschemme.

Im dichten Rauch flogen ihm rasch mehr solcher Einfälle zu, Sätze aus grauer Vorzeit, aus irgendeinem Gedächtnis, nicht zwingend seinem eigenen: »Hier ist was los, hier boxt der Papst« zum Beispiel, oder »Im Ballhaus is Musike, da tanzt die alte Rieke«, aber auch »Tag X« – irgendwer hatte das immer gesagt, wenn ein Motorrad vorbeifuhr, die richtige Aussprache lautete allerdings: »Tach X«.

An diese Formel musste er denken, weil hier alles voller Motorradrocker war. Sie standen an der Bar oder saßen an niedrigen Tischen in schummrigen Nischen, mit ihren schmalen Motorradbräuten in hartem Motorradleder. Wo war der Papst, war Tach X eingetroffen, samt flammenden Tätowierungen und heftigen Piercings?

Ein Mann saß im Eck, massig, beeindruckend. Wolf dachte: Der thront hier.

Kein Hofstaat umringte ihn. Alles hielt Abstand, nur ein sehr hohes, sehr großes, mit einer Schaumkrone in genau der richtigen Höhe geschmücktes weizengelbes Bier leistete ihm Gesellschaft. Er war kahlköpfig, trug einen Schnauzbart im Stil Nietzsches, eine Lederweste, im rechten Ohr einen schweren goldenen Ohrring und eine Sonnenbrille auf der nicht allzu kleinen Nase. Selena lenkte Wolf im Gehen auf diesen Mann zu, mit kaum spürbarem Druck ihrer Flanke gegen seine, zwischen den Lungernden hindurch.

Der ehemalige Priester und ehemalige Strafgefangene Wolf Schulte fand sich nicht fehl am Platz mit seiner künstlichen Hand und dem Lachreiz im Herzen. Er beugte sich leicht nach rechts, ein wenig nach hinten und zischte Selena ins Ohr: »Wir wollen zu dem, richtig?«

Dabei lächelte er sie offen an: Weiß diese Frau eigentlich, fragte er sich, dass die Monate mit ihr die ersten waren, in denen ich etwas wie eine Beziehung erlebt habe? Liebe und Sex, klar, das kannte ich. Aber Zusammensein in gleicher Richtung, das war mir neu.

»Das«, erwiderte sie, »ist mein Boss. Und damit deiner.«

Der kräftige Mann sah sie beide kommen. Er nahm die Brille ab.

Seine Augen wirkten neugierig, belustigt. So schaute einer, der zu viel über die Menschen wusste, als dass er sich noch hätte wundern können.

»Sieht aus wie ein Einsiedler. Aber auf dem Mond«, sagte Wolf und dachte: Vielleicht sitzt er als Orakel hier. Wolf wunderte sich darüber, wie wenig von der befangenen Stimmung von vor ein, zwei Stunden übrig geblieben war, von diesem Empfinden, ausgesetzt und verfolgt zu sein. Das hatte ihn wie ein Pesthauch angeweht, als er am Berliner Hauptbahnhof mit Selena aus dem Zug gestiegen war. Seit Monaten hatte er nichts vergleichbar Übles empfunden, nicht mal in Lissabon, wo Selena und er in eine gewalttätige Demonstration geraten und von Sturmpolizei misshandelt worden waren, zum Glück aber nicht festgenommen.

Die Wanderzeit hatte viele Gefahren mit sich gebracht: einen ungeheuren Sturm auf dem Fußweg nach Aix etwa, dessen Blitze Oberlandleitungen zerrissen, Bäume gespalten und sie dabei zum Glühen gebracht hatten wie Holzscheite. Einen plötzlichen Kälteeinbruch in einem kroatischen Wald. Der portugiesische Krawall.

Erst Berlin aber ängstigte Wolf. Deutschland fühlte sich an, als hätte man ihn schutzlos in der Wildnis ausgesetzt. Sein Arm, unterhalb des falschen Gelenks, wo die Holzhand mit den Nerven verknüpft war, hatte bei der Einfahrt in den Hauptbahnhof angefangen zu kribbeln.

Erst beim Betreten der Kaschemme hatte sich diese Angst gelöst. Jetzt war sie fort.

Der freundliche Blick des Mannes, den Selena Ludic als »Boss« bezeichnet hatte, schien das zu wissen. Selena wich zur Seite, um Wolf den Vortritt zu lassen. Wolf rückte bis zur Wand nach rechts. Selena nahm neben ihm Platz und schnitt ihm damit wie nebenbei den Fluchtweg ab. An der Wand hingen einige Urkunden, ein Regal mit Zinngeschirr und ein Bild von, ausgerechnet, Bismarck.

Der beeindruckende Mann sagte mit einer Stimme, die wie Whisky klang, mit etwas Bourbonvanille: »Sprechen Sie nur aus, was Sie denken, Herr Schulte.«

Wolf wollte sich am Kopf kratzen, hinterm Ohr, ein seltsamer Impuls, bevor er antwortete.

Wie lange war das her, dass er diese Unart gehabt hatte? Schulzeit?

Mit Abel? Vor oder nach dem Kuss?

Wolf sagte: »Nö, ähm ... Ich denk nur lauter ... unordentliches Zeug.«

Der Mann erwiderte: »Vielleicht ist es ja die Wahrheit. Das unordentliche Zeug.«

Wolf sagte: »Kaum. Ich meine, jetzt zum Beispiel denke ich gerade, dass es ein ... dass es unvorstellbar ist, dass ich jemals Pfarrer war, wo ich ... also Sie zum Beispiel, Sie sehen trotz Tätowierung und Ohrring ... oder vielleicht auch gerade deswegen ... Sie sehen viel eher aus wie ein Mann, der an was glaubt ... ein Mann Gottes ... wie man so sagt ... mehr, als ich je danach ausgesehen habe.«

Der Mann schloss die Augen und sagte nicht laut, aber deutlich hörbar, trotz Joan Jett im Hintergrund: »Nur kalte, todte Götter faßt' ich an. / ›So geht es Jedem, den die selber arme Schaar / Der Götter, willenlos, an ihre Tafel ziegt, / Den goldnen Lebenstisch! Gesang erschafft umher / Uns unsern Traum lebendig. Lebst du morgen noch / So liebe morgen, frei und treu, nie menschenscheu; / Denn morgen sind sie ... bist du ...– sind die Götter todt!‹«

Selena machte ein leises Geräusch, etwas wie ein tadelndes »Tss«, es mochte aber auch ein behagliches Schmatzen sein. Wolf fragte, da der Mann die Augen wieder geöffnet hatte und ihn ansah, einfach das Dümmste, was ihm einfiel: »Sie zitieren ein ... Sie sind, ähm, Schriftsteller?«

»Leider zum Glück nicht. Ich bin Arzt. Allerdings habe ich, wie das so geht, wenn man außer Heiler unbedingt auch Forscher sein will, eine schlimme Krankheit auf die Welt losgelassen.«

»Forscher, mh. Sind sie ... Gentechniker oder so was?«

»Pataphysiker. But that, as Cyan Cerulean would say, is neither here nor there.«

Das Englisch klang wie ein hölzerner Leiterwagen voller Steine, der über Kopfsteinpflaster fuhr.

Tach X, dachte Wolf: der Tag, an dem Rocker Forscher sind, die Gedichte aufsagen.

»Das ist Doktor Matthias Schöpflin«, erklärte Selena endlich.

Wolf nickte der Erscheinung zu und erklärte sich: »Ich bin ... Wolf Schulte. Aber das wissen Sie schon, oder?«

»Sie könnten mir ruhig die Hand geben. Schließlich bin ich es, der Ihnen diese Hand geschenkt hat. Staunen Sie nicht so. Möchten Sie mir helfen, Leute zu retten? Alleine habe ich es nicht hingekriegt. Ich war vor langer Zeit zufrieden hier und wusste es nicht. Undankbarkeit. Hatte eine Frau, einen Sohn. Ich war ruhelos, habe mich an eine ausländische Regierung verkauft, die einen Kampf geführt hat, in dem sie jetzt ... sagen wir: erschlafft. Seither ist mir der Einfall in den Kopf gekommen, dass ich büßen will. Wenn das hier alles vorbei ist, will ich meinen Sohn und meine Frau suchen.«

»Das hier?«

»Wir sollten bei Abel Reinhardt anfangen mit dem Retten, dachte ich mir. Da können Sie gleich mitmachen.«

»Wieso muss Abel gerettet werden? Wovor?«

»Woraus, das ist die richtige Frage. Er sitzt gefangen.«

Stefan Dohr und Jakob Scholz kamen Nasrin noch viermal gemeinsam besuchen. Immer hatten die beiden Agenten Fragen dabei: Fragen nach Geld, nach dem Zweck der Berechnungen und Wettererhebungen samt »terroristischem Hintergrund«, nach den Programmen, nach der »Geheimlehre« von Kassims und Nasrins »Zelle«, nach Shamsher Afshar. Nie erhielten die Männer eine Antwort, die sie zufriedenstellte. Schließlich blieb der mürrische Scholz weg.

Die Abstände zwischen Dohrs Besuchen wurden größer.

Nasrin bat ihre Schließerin darum, sie möge den Spiegel in der Zelle abnehmen.

Als die Beamtin den Grund für diesen Wunsch zu erfahren wünschte, erklärte Nasrin, der Spiegel zeige »Unangenehmes«. Was sie der Wachfrau nicht verriet, war, dass sie inzwischen andere

Räume durch den Spiegel sah,als nur solche, in denen Wolf Schulte umging.

Manchmal bewegte sich ein dichtgedrängtes Publikum in einer nicht sehr großen Halle. Da sah Nasrin die von spärlichem Primärfarbenkunstlicht dämonisch gefärbten Gesichter zahlreicher Jugendlicher mit langen fettigen Haaren, eingefallenen Wangen und schweißglänzenden Stirnen, meist in abgetragener Ledermontur.

Einmal fand Nasrin im Spiegel eine Schnee- und Eisfläche, über deren Horizontlinie eine Gebirgskette aufragte. Dahinter stand etwas wie eine grüne Sonne an einem scheußlichen Himmel.

Man nahm den Spiegel ab, als Nasrin Hofgang hatte.

Sie bedankte sich.

Als Stefan Dohr das nächste Mal wiederkam, legte er ihr eine Zeitschrift auf den Verhörtisch. Der Agent sagte: »Ich dachte, vielleicht wollen Sie mal was lesen. Ich würde durchdrehen. In so einer Zelle.«

Das vordere Umschlagbild der Zeitschrift zeigte eine schöne Frau mit teils bemaltem, teils vielleicht von Chirurgie und chemischen Einspritzungen verändertem, teils digital bearbeitetem Gesicht.

»Danke. Das ist nett. Aber ich mache mir nichts aus so was.«

»Nun ja, Sie sind eine attraktive Frau. Ich dachte, Sie würden das lesen wollen. Entschuldigen Sie den Irrtum.«

»Darf ich mir denn Lektüre wünschen? Andere Lektüre?«

»Wünschen«, sagte Dohr und faltete die schlanken Hände auf dem Tisch zusammen, »darf man sich immer alles. Ob ich es besorgen kann, weiß ich nicht.«

»Ich hätte gerne einen Koran. Und andere religiöse Literatur, wenn Sie so etwas finden. Keine billigen Belehrungsschriften. Hadithe vielleicht.«

»Hadi ..?« Er wusste nicht, was das war.

»Aussprüche des Propheten, Friede sei auf ihm.«

»Okay«, nickte der Agent, »das müsste möglich sein. Ist ja nichts Verbotenes. Aber da wir hier schon so nett plaudern: Meine Vorgesetzten, bei denen ich das beantragen müsste, die ... werden mir natürlich Fragen stellen.«

»Über Religion?« Nasrin tat erstaunt.

Ãbel bigonãh ast. Wolf az Ãbel shekãiat mikonad, ammã Wolf khod moghasser ast.

Er zog eine Braue hoch, ließ sie wieder fallen und sagte: »Auch darüber, ja. Darüber, was Sie glauben, was Kassim Afshar geglaubt hat ... dasselbe, was ich Sie immer frage.«

»Nach dem Glauben haben Sie nie gefragt. Nicht ernsthaft.«

Er senkte den Kopf, dann hob er ihn langsam wieder und sagte. »Ich schau mal, was sich machen lässt. Und dann erzählen Sie mir, was Sie wollen. Ich will einfach ... na ja. Ihnen helfen.«

Sie schwieg dazu. Er stand auf. Als er fünf Minuten lang weg war, erhob sich auch Nasrin.

Die Zeitschrift, die ihr helfen wollte, attraktiv zu sein, ließ sie liegen. Drei Wochen später überraschte Dohr sie mit zwei Büchern: einem Koran und al-Nawawis Buch der Vierzig Hadithe.

»Ich bin kein schlechter Kerl. Kein Kerkermeister. Auch wenn Sie das glauben wollen.«

Sie studierte sein Gesicht eine Weile: Krähenfüße, lustige Augen, nicht unsinnlicher Mund, volles, helles Haar. Dann sagte sie mit derselben Ernsthaftigkeit, die sie an ihm schätzte: »Nein. Sind Sie nicht. Aber Sie arbeiten für dieselben Leute wie meine ... Kerkermeister.«

»Stimmt«, sagte Dohr, und, nach einer kleinen Pause: »Sind es die richtigen Bücher?«

Nasrin nahm eins in die Hand, prüfte es rasch blätternd, dann das andere. Dohr beobachtete sie dabei und sagte: »Sie wirken ... irgendetwas an dem Koran amüsiert Sie. Ist er falsch?«

»Nein. Nein, es ist nur ... er ist nicht arabisch. Ich hatte gehofft, sie brächten einen zweisprachigen. Sehen Sie, was hier draufsteht, direkt unterm Titel: ›Die ungefähre Bedeutung in deutscher Sprache‹. Aber nur auf Arabisch ist es das Buch, das der Erzengel Gabriel dem Propheten, Friede sei auf ihm, diktiert hat. Die Worte müssen stimmen.«

»Das ist Fundamentalismus.«

»Nein«, sagte sie milde. »Zunächst ist das Philologie. Sola Scriptura, nur die Schrift zählt. Eine Errungenschaft der Neuzeit, bei ... Ihnen. Und Fundamentalismus ... na ja, dieser Koran hier, er stammt ...«

»Von den Salafisten. Sie verteilen ihn in ganz Deutschland.«

»Das heißt, Ihr Geheimdienst ist zu knausrig, einen zu kaufen?«

Er kommentierte das nicht.

Sie sagte: »Das Hadithe-Buch ist dafür sehr schön. Es war vermutlich teuer.«

»Der Steuerzahler kommt dafür auf.«

Sie blätterte wieder, fand die Stelle, die sie suchte, legte das Lesebändchen hinein und schloss das Buch. Sah ihn an.

Er sagte: »Wenn Sie mir die Fragen nicht beantworten wollen, kann ich nichts machen. Verstehen Sie? Ich möchte gern glauben, dass Sie keine Bombenlegerin sind. Aber was mit Ihnen geschieht, hängt nicht davon ab, wie mir was vorkommt. Es hängt von den beweisbaren Fakten ab.«

»Darf ich Ihnen, um zu antworten, etwas vorlesen?«, fragte Nasrin.

Er zuckte mit den Schultern: »Wenn Sie meinen.«

Sie schlug das Buch der Vierzig Hadithe auf und las: »Wenn den Menschen gegeben würde, was ihren Behauptungen entspricht, dann würden manche die Besitztümer und das Blut – das heißt das Leben – anderer Leute für sich einfordern. Aber der deutliche Beweis obliegt dem, der behauptet, und der Eid obliegt dem, der leugnet.«

Wieder senkte er den Kopf in der für ihn charakteristischen, sympathisch nachdenklichen Weise: »Ja, da hat er recht, Ihr Prophet. Die Beweislast gegen Sie ... die läge eigentlich bei uns. Beim Staat. Aber seit dem 11. September 2001 hat sich die Welt geändert.«

»Sie haben die Welt geändert. Sie«, sagte Nasrin leise.

»Ich würde sagen, ein paar Irre in vier Flugzeugen haben die Welt geändert. Auch wenn das klingt wie im Sandkasten, aber: Ihr habt angefangen.«

»Das stimmt nur, wenn die Geschichte, die Sie erzählen wollen, am 11. September 2001 angefangen hat. Erstens. Und wenn es, zweitens, dieses ›Ihr‹ gibt, zu dem ich für Sie so sehr gehöre wie die Irren, von denen Sie reden. Und schon haben Sie vergessen, dass Sie das erst beweisen müssen.«

»Wenn Sie's mir widerlegen, bin ich froh. Benutzen Sie mal Ihren Verstand: Wer soll Ihnen helfen, wenn nicht ich?«

»Außerhalb des Systems, von dem Sie reden, sind meine Hoffnungen besser aufgehoben.«

»Sie meinen bei dieser Bloggerin und ihrer Kampagne?«

»Ich weiß nichts von einer Bloggerin. Und ich vermute, dass Sie wissen, dass ich das nicht weiß. Und ich vermute, dass man Ihnen befohlen hat, Sie sollen herausbekommen, ob ich es weiß. Mit der Bemerkung gerade zum Beispiel. Ich halte Sie für sehr klug. Sie tun, was Sie müssen. Und ich glaube, Sie denken, dass das, was Sie müssen, richtig ist. Sonst würde ein Mann wie Sie es nicht tun.«

»Sie kennen mich ja besser als ich mich selbst.« Es klang eher resigniert als spöttisch.

Nasrin va Kasim yek shahri rã dorost kardeh and ke hich kassi dar ãn zendegi nemikonad.

Wieder waren die beiden an einem Punkt angekommen, an dem es nicht weiterging. Also nickte Dohr und sagte: »Wissen Sie, es wird immer komplizierter, je länger wir keinen Weg finden, miteinander zu reden. Meine Vorgesetzten blicken langsam gar nicht mehr durch, und mir wird es auch bald zu viel – die Bloggerin zum Beispiel, diese Anna Dingsda: eine linksradikale Lesbe, die in einer Welt, die so aussieht, wie Sie und Ihre Religion das wollen, mindestens in einem Gefängnis wie diesem säße, wenn sie nicht gleich gesteinigt oder aufgehängt würde. Und was macht sie? Sie macht trotzdem einen Riesenrabatz für Sie, regt das ganze Netz auf, Menschenrechte, Folter ... Warum?«

Nasrin sah nach unten, auf die Tischplatte, als ob sie sich für ihn schämte.

Hörbar erschöpft sagte er: »Na gut, also wird's heute wieder nix. Mehr als es versuchen könnwer ja nicht, oder? Ich weiß, dass Sie nicht absichtlich störrisch sind. Machen Sie sich keinen Kopf. Ihr Verhalten ist das kleinste von meinen Problemen.«

Eine völlig absurde Eingebung wollte von Nasrin, dass sie gleichzeitig mit ihm aufstünde und ihn umarmte, um zum Ausdruck zu bringen, dass sie ihm nicht böse war, dass seine Besuche inzwischen zu den Lichtblicken in ihrem Leben gehörten. Aber sie blieb sitzen und wartete, bis er fort war. Dann erst stand sie auf, mit den beiden Büchern, und ließ sich, mit leichten Ketten an Händen und Fußgelenken wie im Fernsehen, bis zur Tür ihrer Zelle bringen, wo man ihr die Ketten wieder abnahm.

In der Zelle wartete ein Mann.

Er trug einen langen Mantel, ein raues Hemd, eine ebenso grobe Hose und klobige Schuhe. Sein Haar war dunkel, aber seltsam stumpf, wie geschmirgelt oder mit Sand gewaschen.

Er saß auf einer von Nasrins zwei Pritschen.

Als sie die Bücher auf dem Waschbecken abgelegt hatte und sich zu ihm setzte, sah er sie auf eine Art an, die ihr sofort Vertrauen einflößte. Sein Gesichtsausdruck verriet: Ihm war klar, dass niemand außer ihr ihn sehen konnte.

Er fragte zaghaft: »Könnten Sie ... ist es Ihnen unangenehm, in meine Haare zu schauen? Ob da etwas ... hängt? Sie haben mich geschrubbt und ... ich habe Angst, dass vielleicht ein Käfer oder ... ist Ihnen das ekelhaft?«

»Nein«, sagte Nasrin. Sie zupfte und suchte ein bisschen: »Nein. Hier ... nein. Ihre Haare sind ... na ja, nicht direkt in Ordnung, eher sehr struppig und ... in schlechtem Zustand, aber ... da hängen keine Insekten oder so was.«

Er sah sie dankbar an: »Ich hatte nur Angst, dass ... Wissen Sie, die wollten, dass ich blond bin, weil ihr Anführer gesagt hat, ich müsse blond sein. Da haben sie mich misshandelt und dann eingesperrt. Und da es auch heißt, Leute wie ich hätten Läuse und Ungeziefer in Haaren und Kleidern, dachte ich: Wenn sie dir die Haare färben, damit du zu ihrem Gerücht passt, warum sollen sie dir dann nicht auch Tiere ins Haar setzen?«

»Was meinen Sie, Leute wie Sie?«

»Ich bin eingesperrt, weil ich Jude bin. Sie fürchten sich vor Juden. Ihr Anführer, der Herr Luther, fürchtet sich vor einem blonden

Juden, den man ihm geweissagt hat. Ich bin ein Jude, da müsste ich nur noch blond sein, damit es passt. Das wollten sie erzwingen.«

Nasrin sagte: »Ich bin eingesperrt, weil ich Muslima bin. Genauer: Sie fürchten sich vor Muslimen. Ihren Anführer kenne ich nicht, aber am meisten fürchten sie terroristische Muslime. Ich bin Muslima, da müsste ich nur noch Terroristin sein, damit es passt. Das wollen sie erzwingen.«

»Sie sagen, ich sei Ungeziefer. Alter, ekelhafter Glaube, ekelhaftes Volk, so sehen sie's. Ein Kakerlak.«

Nasrin ließ die Schultern nach vorn sacken. Sie sagte: »Das ist das Problem. Wenn auch nicht das einzige. Diese Leute wissen zu wenig. Sie denken, Islam, das ist uralt, das ist aus dem Mittelalter und setzt das Mittelalter fort. Und sie denken, Juden, das ist älter als das Christentum, das ist uralt, und dann denken sie, Kakerlaken, das ist genauso alt und unverständlich und ... weil sie so wenig wissen und die Zeitunterschiede vernachlässigen und die biologischen Unterschiede zwischen Menschen und Insekten und die religionswissenschaftlichen Unterschiede und ...«

»Zeitunterschiede?«, fragte der Besucher.

»Kakerlaken ... die gibt es seit hundertsiebzig Millionen Jahren, oder was weiß ich wie lange, und es wird sie weiter geben, sie und die Krankheiten, die sie verbreiten. Sie werden uns alle überleben. Dagegen das Judentum, das ist damit verglichen erst fünf Minuten alt und das Christentum zwei Minuten und der Islam vierzig Sekunden. Man müsste doch erst mal sehen, was aus diesen dreien noch wird, bevor man sie zu Schädlingen erklärt.«

Der Mann verstand, dass das Sarkasmus war. Er fuhr sich mit der linken Hand durchs verklebte Haar. Nasrin sagte: »Sie sind ein Jude aus der Vergangenheit, und ich bin eine Muslima aus der Zukunft. Alles ein bisschen schwierig, nicht?«

Er antwortete: »Na, so schwierig auch wieder nicht. Wir können uns als Zukunft und Vergangenheit doch immerhin in der Gegenwart treffen.«

»Eine schöne Gegenwart, dieses Loch.«

Nasrin stand auf und ging zum winzigen, trüben Fenster. Das

Licht draußen war so schwach, dass sich nicht einmal das Gitter mehr gegen diese Nichtscheibe abzeichnete. Sie sagte, ohne sich umzudrehen: »Ich weiß nicht, ob ich gerade demütig oder hochmütig war, mit dem Polizisten. Ich weiß gar nichts mehr.«

»Aber demütig oder hochmütig«, wunderte sich der Mann auf der Pritsche, »das ist ein gewaltiger Unterschied. Sie sagen, man soll die Unterschiede beachten. Beachten Sie diesen.«

»So einfach ist das nicht. Ich war hochmütig, denn ich habe die Hilfe dieses Mannes abgelehnt. Ich war demütig, denn ich setze nicht auf die Hilfe solcher Menschen oder überhaupt auf die Hilfe von Menschen. Auch nicht auf die Hilfe der angeblichen Bloggerin, wenn es sie denn gibt. Sondern auf Allahs Hilfe, die Hilfe des Barmherzigen. Wie kann ich aber gleichzeitig demütig und hochmütig sein? Ich verstehe es nicht.«

»Ich wüsste eine Antwort. Aber sie ist ein Witz.«

»Das sind die besten Antworten. Erzählen Sie ihn.«

»In Tomaschow ist Überschwemmung. Als das Wasser das Haus des Rabbiners erreicht, kommt der Gemeindevorstand zum Rabbi. ›Rav, Ihr müsst hier weg, das Wasser steigt.‹ Der Rabbiner lehnt ab: ›Gott wird helfen.‹ Als das Wasser kurz darauf durch die Fenster ins Haus strömt, kommen ein paar Schüler des Rabbis in einem Boot angefahren: ›Rav, Ihr müsst hier weg, das Wasser steigt!‹ beschwören sie ihn. Der Rabbiner lehnt ab: ›Gott wird helfen.‹ Das Wasser hat schließlich das Haus überflutet, der Rabbi sitzt auf dem Dach und schaut betend gen Himmel. Ein Hubschrauber fliegt heran, eine Leiter fällt herunter, und der Pilot schreit: ›Rav, Ihr müsst hier weg, das Wasser steigt und steigt!‹ Der Rabbiner lehnt ab: ›Gott wird helfen!‹ Es dauert nicht lange und der Rabbi kommt im Himmel an. Er ist wütend und lässt sich sofort zu Gott führen. ›Ich habe immer nach Deinem Wort gelebt‹, schimpft er, ›ich habe meine Gemeinde nach Deinem Willen geführt, ich war immer Dein treuer Diener, ich habe auf Dich vertraut, und wie hast Du es mir gedankt?‹ Daraufhin schaut Gott ihn mitleidig an und sagt: ›Ich habe dir den Gemeindevorstand geschickt, ich habe dir das Boot geschickt und ich habe dir den Hubschrauber geschickt, was hätte ich denn noch tun sollen?‹«

Abel kämpfte mit der Wohnung.

Schmerzen, dann Schläfrigkeit, dann Drehschwindel. Seine Beine wollten durch seinen Kopfkompass hindurch in seinem Verstand verschwinden: So fühlte sich das an, wenn er versuchte, aufrecht zu gehen. Dreimal versuchte er's trotzdem und litt. Dann lag er flach auf den Boden gepresst oder kroch voran wie eine Schlange.

Aus seiner Wohnung rausfinden, darum ging's.

Er verstand den Plan dieser Wohnung nicht mehr. Ihr Schnitt war ein Rätsel geworden:

Entweder krempelten sich die Zimmer und Flure in sich selbst um, wenn er drei oder vier Meter geschlichen, gehumpelt, getaumelt, gekrochen war. Oder sein Hirn hatte eine flammende Entzündung an der Stelle, an der sein Orientierungssinn wohnte.

Wieso liegt hier, vor meinen gespreizten bleichen Fingern, jetzt die weiß gestrichene Spanplatte dieses elenden Tapeziertischs, auf dem ich meinen Laptop seit Monaten stehen habe? Nein, das kann nicht der Tapeziertisch sein. Das kann nicht diese Platte sein. Denn hier rechts ist die flache Heizung, an der Wand, und da vorne, oben, nein, nicht den Kopf drehen, sonst kommt die Übelkeit zurück, nein, doch ... Nein.

Dort ist die Küchentür, das heißt: die Türöffnung. Eine richtige Tür zum Schließen wollten wir nicht, die habe ich mit Ceecee zusammen ausgehängt, in der zweiten Woche, das weiß ich genau. Wir waren beim Heimwerkermarkt. Wir haben ... Nein.

Entkräftet kippte Abel gegen die Wand. Er schmeckte Schweiß und Trotz.

Benommen versuchte er, sich Rechenschaft abzulegen über den Weg, den er in den letzten drei Stunden zurückgelegt zu haben glaubte: Flur, links die Küche, Zusammenbruch am wuchtigen Kühlschrank. Raus, Drehschwindel, auf den Knien weiter, rechts das große Zimmer, heller freier Raum mit zwei Fenstern, die Regale mit Büchern und DVDs, auf der anderen Seite die Flatscreen, nein, nicht auf der gegenüberliegenden Seite, stimmt nicht, vorne, orthogonal zur Wand mit den Büchern oder doch zu den Fenstern, nein, den Fenstern gegenüber, hinterm Sofa, beziehungsweise davor, wenn man aus dem zweiten Flur kam, den er aber doch rechts liegen gelassen hatte, es sei denn, er befand sich in ebendiesem Flur, gerade jetzt. Konnte das sein?

Abel sackte zu Boden. Lange lag er auf der Seite und keuchte wie ein Hund mit Hitzschlag.

»Da drüben war aber ...«, raspelte kurzer Atem durch seine aufgesprungenen Lippen. Nicht einmal das Aussprechen half, sich zu vergewissern, wo er sich befand – was er »da drüben« nennen wollte, hätte ein Mathematiker vielleicht x genannt, was er »da vorne« oder »da hinten« nannte, vielleicht y, und was er »gerade eben« oder »nachher« nannte, hätte man auf einem reduzierten Grundriss der Wohnung, der zwei Raumdimensionen und eine Zeitdimension gehabt hätte, vielleicht z nennen müssen. Was Abel jedoch nicht wusste, war, dass sein Kopf die ganze Zeit vergeblich so etwas versuchte wie eine vollständige Beschreibung seiner Umgebung mittels eines instinktiv formulierten quadratischen Polynoms. Und was er erst recht nicht wissen konnte, war, dass genau so ein Polynom aus prinzipiellen Gründen nicht geeignet war, die besondere Fläche, über die sich seine Weltlinie quälte, angemessen zu beschreiben. Ein quadratisches also nicht, ein quartisches vielleicht – für Letzteres und für jede schlüssige Parametrisierung des Raums, in dem er litt, fehlte ihm die Abstraktionsausdauer. Wie die Spinne, die ihn hier gefangen hatte, ihre Netze aufzog, das war ihm unzugänglich. So zog er sich an der Wand hoch, mit beiden Händen.

Patsch, patsch. Zug und Druck und Keuchen.

Dann sagte er laut, damit es wer sagte: »Das hat er gemacht. Der Mann. Der Mann, der aussieht wie ich. Der ... Ceecee. Ich finde die Wohnungstür nicht.«

Diese einfachen Sätze sprachen die einzigen Gewissheiten aus, die er im Drehschwindelschraubstock noch kannte.

Schon spürte er wieder das bodenlose Absacken der Eingeweide. Diesmal wehrte Abel sich nicht – er wusste, dass das zwecklos gewesen wäre –, sondern hielt sich nur, Ellenbogen unter den Handflächen fest an die Wand gestützt, so aufrecht er eben konnte, bis die Übelkeit den Punkt erreichte, da er sie an die Wand spucken konnte.

Inzwischen war das ein ganz dünnflüssiges Spritzen, fast nur Wasser, kaum Essenreste. Ein Bibbern ging durch Abels Körper. Hilflos hielt er, als nur noch trockenes Würgen folgte, beim Anblick des wässrigen Flecks auf der Tapete die Tränen zurück. Geheult wird nicht. Kostet zu viel Flüssigkeit.

Essen? Obwohl ich weiß, wo die Küche ist, hat's keinen Wert. Wenn ich was schlucken würde, müsste ich wahrscheinlich nur noch öfter kotzen.

Wasser? Wie lange kann ein Mensch noch mal ohne Wasser leben, bevor er stirbt? Habe ich irgendwo gelesen oder gehört. Waren es nicht drei Tage? Wie lange bin ich hier schon unterwegs? Es fühlte sich an, als wären es zumindest zwei Tage, was freilich nicht sein konnte – ein paar Stunden höchstens. Es fiel genug Tageslicht von draußen in den Schrecken, dass Abel es wohl bemerkt hätte, wenn unterdessen die Nacht hereingebrochen wäre und danach ein neuer Tag. Drei Tage?

Wie weit dieser Punkt auch immer weg war, er würde ihn nicht abwarten. Abel tastete sich an der Wand weiter. In Konsequenz aus seiner Einsicht von gerade eben – alle Wege führen von der Haustür fort – gab er das, was ihm die schlimmsten Empfindungen des Fallens, des Gedreht- und Umgekipptwerdens antat, jetzt auf. Immer hatte er zum verwehrten Ausgang gestrebt. Jetzt aber ging er mutwillig in die entgegengesetzte Richtung, weg von der Tür. Ein Seitwärtsschritt. Noch einer. War das besser?

Nein. Aber es blieb wenigstens gleich schlimm. Das enthüllte ihm, dass das Schlimme am bisherigen Weg die langsame Verschlechterung war, die er jetzt für einen Augenblick aufgehalten hatte.

Er dachte an die Geschichte vom Kochen lebender Frösche, die Ceecee ihm in San Francisco in einer Bar erzählt hatte: Diese Tiere bleiben, während das Wasser immer wärmer wird, einfach drin sitzen, obwohl sie anfangs noch rausspringen könnten.

Zu dumm, die Verschlechterung ihrer Lage zu kapieren, bevor es zu spät dazu ist.

Andererseits: Dauerte es so, wie er es jetzt anging, nicht einfach nur länger? Darüber nachzudenken, wusste er, würde ihn in eine Depression saugen. Er tastete sich weiter an der Wand entlang.

Als Abel den Durchgang zur Küche erreicht hatte, setzte er vorsichtig einen Schritt um die Ecke. Erleichterung blieb aus. Er schüttelte den Kopf. Die Bleischwere von den Schläfen her, das Schwappen wie von dicker Suppe im Kopf – waren sie weniger arg geworden? Seine Augäpfel schmerzten. Er schwankte. Die Welt neigte sich nach rechts wie bei einem schlecht programmierten Ego-Shooter. Noch ehe er das Kopfschütteln recht bereuen konnte, fiel er nach links. Die Hände wischten im Sturz gegen Wandkacheln. Abel versuchte, irgendetwas fest zu fassen: den Türgriff, das Bord. Aber er streifte bloß einen leeren kleinen Kochtopf, der ihm gegen die Schulter prallte, so dass er zu Boden ging und sich die ganze linke Körperseite, Schulter, Arm, Hüfte dabei stieß. Der Schmerz schlug ihn an, als wäre er eine Stimmgabel.

Scheppernd kreiste der Kochtopf, bis er still lag.

In seinem Schock kam es Abel vor, als steckte ein Holzschwert in seinem Rücken, vom Ende der Wirbelsäule her, so durch den Leib gestoßen, dass es unterhalb der Brust wieder austrat. Er fing an zu weinen: »Scheiß ... Scheiße Cy ... Cyan und wer was ich da ... Schweine ... die ganze ... ich will jetzt tot sein. Tot. Ich halte das diesen Scheiß diese ... ich halte das nicht mehr aus.« Dann schwieg er. Brütete. Litt.

Abel biss sich auf die Unterlippe, bis sie dünn blutete. Er verdrehte die Augen, als wollte er nach innen schauen. Dabei zuckte er einen Moment lang mit Händen und Füßen, wie ein Fisch mit den Flossen, den eine Welle an Land geworfen hat. Als das verebbt war, dachte er bitter: Ich bin der Frosch. Raus geht nicht, Hierbleiben geht nicht. Es ist nicht nur ein dichtes Netz, es verengt sich auch noch. Was würde passieren, wenn der Frosch versuchen sollte, rauszuspringen? Sie würden ihn wieder einfangen und totschlagen.

Abel biss die Zähne zusammen, drehte sich unter leichten Krämpfen und erneutem Stechen auf die Seite, dann auf den Bauch. Dann erhob er sich, bis er auf allen vieren zitterte. Irgendwas muss ich machen. Einfach so liegenbleiben, bis ich anfange, meine inneren Organe auszukotzen, bis ich verhungere oder verdurste, das geht nicht. Um herauszufinden, ob an das, was er jetzt dachte und plante, überhaupt zu denken war, schlich er auf Knien und Händen sehr langsam Richtung Heizung, Richtung Fenster.

Es wurde nicht schlimmer.

Abel griff mit der Rechten über die Heizung auf die Leiste, auf der Ceecee anfangs Kakteen abgestellt hatte, die dann aber ins Wohnzimmer umgesetzt worden waren. Er zog sich hoch, stellte das rechte Bein fest auf, zog sich höher, die linke Hand an die Leiste, weiter. Kreuz gerade halten. Selbst das ging gut. Die Spinne hatte daran nicht gedacht: Aus dem Fenster springen. Fallen, in Freiheit und Tod. Abel sah die Straße unten, die Bahn, Leute.

Laufkundschaft der Dönerwelt. Tourismus.

Ihm wurde davon weniger schwindlig als vom Blick zu Boden im Wohnungsinnern. Er lehnte an der Gewürzkommode. Streckte die Hand aus, nach der Fensterklinke.

Noch nie, fiel ihm ein, während sich Bauch, Speise- und Luftröhre wieder mit dieser scheußlichen Sorte Dunst und Dampf füllten, die seinen Übelkeitsanfällen jedes Mal vorausging, hatte er ernsthaft daran gedacht, sein Leben zu beenden.

Abel spuckte Blut. Es geht nicht darum, mich hier rauszuhauen, wenn nötig, durch den Tod. Das ist bloß eine, wie heißt der Scheiß, Nebenwirkung, ein Kollateralschaden, na, wie heißt das? Es geht darum, dem Teufel, dem Wesen von Werweißwo die Rechnung zu versalzen, diesem Kain, der mich hier eingesperrt und vorher, kann man das so sagen, vergewaltigt hat?

Na gut: verführt.

Die Klinke war sehr kalt. Sie ließ sich runterdrücken.

Als es ihm tatsächlich gelang, das Fenster aufzuziehen, als er dahinter trat, gebeugt daran vorbeiwankte, es aufstieß, sich auf die weiße Leiste stützte und den Luftzug spürte, von den Riesenwolken her, von den Dächern, als er den Straßenlärm hörte, die abbremsenden oder beschleunigenden Wagen, ein Hupen von weiter weg, die Menschengruppen, ihr Gehen, ihre Stimmen, war Abels Erleichterung so groß, dass er den Würgreflex diesmal tatsächlich niederzwingen konnte. Ihm schien denkbar, dass er günstig fiel und sich bloß einige Knochen brach. Dann würde er sich erholen. Und später Rache nehmen. Selbst vom Rollstuhl aus ging das. Er würde Leute finden, die ihm halfen, gegen Kain, gegen Ceecee oder wen oder was immer sonst.

Wie fiel man günstig?

Sollte er um Hilfe rufen? He, hallo: Er versuchte es, aber dabei kam nur »heerch, harch« raus, zu leise, als dass jemand auch nur hochgeschaut hätte.

Abel spie wieder. Es war kein Speichel mehr dabei. Nur das Gefühl der Niederlage spuckte er aus und behielt es dann doch im Mund: metallisch und mehlig, wie der Nachgeschmack der Schlaftabletten, die er während der Arbeit an »Wald statt Bäumen« eine Zeit lang ausprobiert hatte, auf Ceecees Rat.

Nie war ihm das Einschlafen damit leichter geworden, immer hatte er sich mit diesen Tabletten im Leib nur ein, zwei Stunden länger herumgewälzt, Kopfkissen unterm Kopf, Kopfkissen auf dem Kopf, Kopfkissen weg, Kopfkissen wieder her.

Am nächsten Tag war er dann stets unangenehm gebremst durch sein Leben geschlichen und hatte Stunden gebraucht, bis dieser Geschmack weg war, auch nach noch so ausgiebigem Zähneputzen – jedes Wasser, jede Milch schmeckte danach.

Hinten in der Wohnung krachte etwas.

Ein Aufschlag, dumpf, ein bisschen wie der Lärm im Bad, als Ceecee verschwunden oder zu Kain geworden war.

Kam er, kam sie zurück? Abel sah nach unten. Wie tief war das hier? Fünf Meter, acht? Zehn? Abel konnte es nicht schätzen. Wieder das Krachen hinten. Richtung Haustür. Der Frosch spürt die ersten Kochbläschen unten im Topf, richtig? Keine Zeit mehr.

Aus den dumpfen Schlägen wurde ein Reißen, ein Schleifen. Zwei Polterlaute folgten.

Abels Beinmuskeln waren zu weich, als dass er aus dem Stand hätte über die Leiste und durch das Fenster hopsen können. Er war eben doch kein Frosch. Mit aller Kraft hielt er sich insektengliedersteif oben, innen am Fensterrahmen fest, zog sich gerade, drückte das Knie gegen die Leiste. Schloss die Augen, weil sich das jetzt doch ein wenig drehte da unten, dieser Ausweg, diese Lebensgefahr. Dann verlagerte er sein Gewicht mit klopfendem Herzen nach vorn und ließ los. Abel fiel nicht.

Stattdessen wurde er von etwas, das ihn links unterm Arm und gleichzeitig im Genick packte, nach hinten gezogen, so dass er überrascht japste: »Fffuck! Hey!«

Dann fiel er auf einen Menschen, der ihn zurück in die Küche riss.

Empörung. Widersetzlichkeit.

Ich lasse das nicht mit mir machen, sollte sein Zappeln sagen, sein Ausschlagen. Dann packte ihn das Würgen wieder, und er verschluckte sich fast an seinem entzündeten Atem, als der Mensch hinter und unter ihm ihn losließ, sich unter ihm nach links rollte.

Dann war ein weiterer Mensch da, ein kräftiger. Der sah Abel von oben her an, mit Besorgnis: ein kahlköpfiger, tätowierter Riese. Krachen von woanders, und der Kahlköpfige rief: »Selena? Was ist los?«

»Weiß nicht. Kommt wer, glaube ich. Treppenaufgang. Beeilung, bitte!«

Abel drehte den Kopf nach links und spuckte, erst trocken, dann doch noch Flüssigkeit. Der Mensch, auf den er gefallen war, half ihm, stützte ihn im Kreuz, setzte ihn gerade hin, kniete vor ihm. Es war Wolf.

Die Augenbrauen, der Blick: Erkennen und etwas schmerzhaft Schönes, dessentwegen Abel schwach lächeln musste und husten: »Hchach. Hey. Lange nicht ... lange nicht gesehen.«

»Ja«, sagte Wolf einfach und strich Abel mit dem Handrücken den Schmutz aus dem Mundwinkel. Das war ein eigenartiger Handrücken, kühl, zu fest. Abel war schwindlig, er musste sich sortieren. Wolf sagte: »Schhh, nicht. Wir können später ... Wir reden nachher. Jetzt ... wird's erst mal ... unangenehm, wenn ich das richtig verstanden ...«

Der Glatzkopf sagte: »Ja. Tut mir leid, Herr Reinhardt, aber das, was Sie ... in der letzten Zeit ... wahrscheinlich ertragen mussten, das kommt jetzt wieder. Denn wir werden Sie ... aus diesem Abschnitt der Geschichte hier ... rausstemmen. Mit Gewalt. Und weil dieses ... weil dieser Ort nicht will, dass Sie sich daraus ... entfernen, wird das schmerzhaft. Aber wir können das, wir sind von draußen reingekommen. Es ist eine Schneise. Aus eigener Kraft wär's nicht gegangen. Aber ... Sie müssen ...«

Die beiden Männer hatten ihn an den Hüften und unter den Schultern gefasst. Abel sagte, so laut er konnte, eine ächzende Tapferkeit: »Schon ... recht. Wird schlimm, is ... klar ... Holt mich raus, nix ... nix anderes ... will ich.«

Wolf sagte: »O.k. Eins ... zwei ... drei!« Dann rissen sie ihn hoch, und es war tatsächlich grauenhaft: als schlüge ihn jemand zu einem Punkt zusammen, per Stromschlag, Spieß im Leib und Quetschung, so dass Abel einen kurzen Augenblick in einer Explosion der Schmerzen das Bewusstsein verlor, als sie ihn in die Senkrechte hievten.

So wurde er nicht geschoben oder gezogen, sondern geschleift, aus der Küche, übern Flur, am Wohnzimmer vorbei, zur Tür und endlich hinaus.

Da stand Selena Ludic, in der Hand eine Pistole mit langem, geräuschgedämpftem Lauf und sagte: »Hört ihr das? Auf der Treppe ...«

Schritte, Klackern, Hall.

»Der Aufzug ...«, sagte Wolf.

»Klar«, sagte Selena. Das gelbe, kleine, runde Licht leuchtete schon. Sie hatte die Taste gedrückt, den Fahrstuhl gerufen. Kain Alizadeh sah zufrieden aus, als er aus der Tiefe des Treppenhauses emporstieg. Er hielt die Hände hoch: »Na, was haben wir denn da? Einbruch und Entführung.«

Ping. Der Fahrstuhl war da.

Kain nahm die letzten zwei Treppenstufen mit einem Schritt, dann stand er nur anderthalb Meter weit weg von der kleinen Gruppe.

»Der ... das ist der ... die ...«, delirierte Abel, der eben zu sich kam.

Wolf sagte ihm ins Ohr: »Lass, ist o.k. ...«

»Bleiben Sie da stehen«, sagte Selena Ludic. Sie schien sich ihrer Waffe überhaupt nicht sicher. Kain nahm die Hände runter und zwinkerte ihr zu.

»Lass ihn. Lass ihn nur«, sagte Schöpflin, wie man mit Schlangen redet.

Selena trat zurück. Kain rührte sich nicht, fixierte aber die Frau, die auf ihn hätte schießen können, mit klarer Kälte, und sagte: »Wissen Sie, dass ich Sie wegmähen kann wie einen Grashalm, ohne mich vom Fleck zu rühren? Hat er Ihnen das gesagt, der große Abtreiber und Prothesenmacher?«

»Sie sollen da ... stehen bleiben«, sagte Selena mit brüchiger Stimme.

Schöpflin wies sie an: »Lass die Waffe weg. Nimm sie runter. Komm her.«

Eine halbe Drehung, dann konnte der Arzt den Türgriff des Aufzugs anfassen. Er zog die Türe auf und sagte zu Selena: »Komm her. Nimm mir den Mann ab.«

»Ah«, sagte Kain. »Noble Geste. Du willst dich anbieten, damit ich sie gehen lasse, ja?«

Selena Ludic steckte ihre Waffe hinten in ihren Gürtel, tat den Schritt zum stöhnenden Abel, nahm Matthias Schöpflins Platz ein.

Der näherte sich Kain so weit, wie Selena von ihm weggegangen war, und gab ihm recht: »Das ist mein Angebot. Dein Rachefeldzug gilt mir doch eher als Abel oder Wieland Schulte oder meiner ... meiner Helferin.«

»Rachefeldzug. Pfff. Als ob es um so was Kleinliches ginge. Aber ... na gut. Lass ich sie halt laufen. Allerdings werde ich sie später wieder einsammeln müssen. Der Form halber, könnte man sagen.«

»Du meinst die Topologie«, sagte der Arzt.

»Ich nenn's Geschichte, wie du früher. A Story. The Story. Klingt menschlicher, nicht?«

Das Lächeln verschwand von Kain Reinhardts Gesicht, als die Aufzugtür sich hinter Selena, Abel und Wolf schloss.

Der Gast bestellte seinen dritten Whisky.

Es war der teuerste, zu zwölf Euro das Glas. Tom Crissauer steckte den Flaschenhals in den Tumbler und goss das Honiglicht rein, stellte es vor den Mann hin, der inzwischen alleine in dieser Bar saß, und sah ihm das erste Mal an diesem langen Abend in die Augen.

Doch, der verträgt noch ein paar mehr, dachte er beeindruckt: In diesem Blick ist so viel Wasser, das verdünnt noch ganz andere Schnapsmengen.

Der Mann trug einen teuren Anzug, mindestens zweitausend Flocken schwer, dachte Tom, der in seinen sieben Monaten hier im Intercity-Hotel derlei abzuschätzen gelernt hatte.

Schütteres Haar, Stirnglatze. Glatt rasiert, vermutlich nass, mit erstklassigen Klingen.

Starker Nacken – wie ein Wildschwein, fiel Tom ein und war irritiert von der Idee – beleidigend, und ohne Grund: Der Mann war den ganzen Abend sehr freundlich zu ihm gewesen, hatte sich still zugeschüttet, war wohl auf Bettschwere aus. Solche Kunden kannte und mochte Tom. Der Mensch da wollte, was Tom ebenfalls wollte, seit zwei Jahren: vergessen. Es gab keinen Anlass, ihn mit wilden Tieren zu vergleichen. Wildschwein, wie komme ich darauf?

Der Mann erwiderte Toms Blick, hob sein Glas und sagte völlig klar, als hätte er nicht einen einzigen Tropfen Alkohol im Blut: »Auf uns. Die Überlebenden.«

»Auf ...« Tom verstand nicht, spürte aber einen leichten Stich im Gewissen, einen absurden Verdacht: Macht er sich über mich lustig, weil er meinen Gedanken gelesen hat? Scheiße, immer wieder diese Rückfälle in Paranoia. Wie lange muss man die Psychiatrie denn hinter sich haben, bevor das aufhört?

»Kennste mich nicht mehr?«, fragte der Mann lächelnd. »Ich meine, haste mich wirklich nicht erkannt?«

Tom sah genauer hin und fand: Doch, jetzt sehe ich's. Den kenne ich. Den kannte ich. Der war mal ... was? Wer? Das Schummerlicht half wenig. Tom dachte: Ich hätte mir selber die zwei Bier vorhin nicht zapfen sollen. Ich bin eingetrübt. Mist. Der Mann stellte das

Glas ab, reichte Tom die Hand: »Mensch, Tom Crissauer, dich haben sie echt noch kaputter gemacht als mich, was? Ja. Hamse wohl, ja.«

»Joachim ... Jo ... Jochen?«, fragend wie ein kleiner Vogel im Nest, der von einem Ei wissen will, ob er es selbst gelegt hat.

»Jochen Fährig, genau. Mensch. Kannst aber ruhig Keiler zu mir sagen, ja. Hat seit Jahren keiner mehr gesacht, allerdings.«

»Wow.« Aus dem kleinen Vogel war ein Fisch geworden, der den Mund auf- und zuklappte.

»Ja. Wow. Hier hockenwer jetzt. Zwei ehemalige Supersänger.«

Er grinste einnehmend. Tom musste mitgrinsen. Selbstironie, dazu war Keiler damals ganz unfähig gewesen, ein gewinnender neuer Zug.

Ein paar Minuten schwiegen die Männer miteinander, und Tom ahnte, dass Keiler ihn wohl schon vor ein, zwei Stunden erkannt haben musste, sich aber zurückgehalten hatte, weil ebendieses Schweigen, dieses stumme, sehr männliche, erwachsene Einverständnis eine Vorstellung von Ehrenhaftigkeit, Raubeinigkeit und Lebenserfahrung ansprach, zu der sich sein alter Naziquatsch mit den Jahren offenbar abgeklärt hatte.

»Wie biste«, sagte der Mann im Maßanzug zu dem in der Hotelangestelltenuniform schließlich bedächtig, »eigentlich an den Job gekommen? Ich meine ... ich dachte immer, aus dir wird was. Ich dachte, ehrlich gesagt, immer, das Einzige, was dich zurückhält, ja, ist deine Wut auf deinen Alten und dein Leben. Und dein Hang zu so Typen wie mir. Zu so Wracks.«

»Teures Wrack«, kommentierte Tom trocken.

Keiler lachte. »Na ja ... bin die Treppe hochgefallen, sozusagen, ja. Mein Bruder. Älterer Bruder.«

»Mar ... Martin?«

»Fast. Markus. Der hat so einen ... der vermittelt ... also, wenn Finanzprodukte ... na, es geht um viel Geld. Ich bin jetzt seine rechte Hand. Weißte ... ich hab viel zu lang mit diesem Politikschrott rumgealbert, ja. Erst in dieser ... das waren ja so freie Kameradschaften ... im Prinzip einfach Banden. Da hab ich meine erste Abreibung kassiert. Buchstäblich. Ich sollte ... da war so ein alter Nazigreis, der hatte Trouble mit Ukrainern wegen Drogen ... ja, ich weiß, klingt wie ein schlechter ›Tatort‹. Wir sollten ... ich und paar Kamer ... Kumpels, wir sollten die Ukrainer vermöbeln. Stattdessen haben die uns vermöbelt. Echt zerlegt. Zwei Wochen Krankenhaus für mich, und einer von den andern hat sogar ein Auge verloren. Übel, und ... na, wir sind nicht zur Polizei, wie denn? Eine Warnung reicht mir, danke. Also bin ich ... du wirst es nicht glauben, ja, aber das erste halbe Jahr danach bin ich nicht mehr vor die Tür. Das ist ... Trauma, sagen sie, die Ärzte.«

Damit kannte Tom sich aus. Sein Trauma war Nathalies Tod. Er seufzte. Keiler hob den rechten Arm. Eine Sekunde lang dachte Tom, er werde ihm jetzt den deutschen Gruß entbieten. Stattdessen machte er eine kreisende Bewegung mit der rechten Hand, eine Art Dirigentenwirbel, und sagte: »Du, aber sag mal, ja, du hast doch hier bestimmt bald Feierabend, oder?«

»Halbe Stunde noch«, sagte Tom.

»Ja, hey, dann nimm dir doch auch mal einen. Ich zahl das. Schreib's auf, Zimmer 216, wie den Rest.«

Tom zögerte: »Ach, ich weiß nicht ...«

»Jetzt sei kein Frosch. Ich will das hier ... ich will dir das noch fertig erzählen, oder? Ja, schau mal, Alter, hier so 'n hübscher Zufall, da bleibste doch nich nüchtern, was soll denn das?«

Tom sah's ein. Sie stießen an, gentlemanlike.

»Das Bekloppte ist«, sagte Keiler, »dass ich den Warnschuss nicht richtig kapiert habe. Ich saß da in meiner Bude und ... na, ein deutsches Sprichwort sagt: Durch Schaden wird man klug. Ich wurde ja erst mal ängstlich, aber klug ... kann man nicht sagen.«

Die Sorgfalt, mit der er seine Worte wählte, das gute Deutsch, die Pausen: Tom war sehr beeindruckt, dieser Mensch hatte sich – wie sollte man das nennen? Geläutert? Gereinigt? Selbst erzogen: Das war's. Tom lehnte sich nach vorn, weil Keiler leiser wurde, denn was er sagte, faszinierte den Barkeeper: »Im Gegenteil, ich wollte noch mehr Nazi sein als vorher, ja. Denn es waren ja Ausländer, nicht? Ausländer hatten mich zerlegt. Und mich feige gemacht: Ich hab mich aus der Kameradschaftsszene erst mal ganz rausgezogen. Ausreden. Bin müde, bin krank. Hab mein Abi nachgeholt. Und dabei aber richtig losgelegt, im Heimstudium, mit dem Nazizeug: Den Rosenberg gelesen und den Julius Evola und ... ich hab dann angefangen, unter falschem Namen für die ›Deutsche Stimme‹ zu schreiben. Bin richtig in die NPD eingetreten, aber ... ganz komisch, immer fast alles online. Sehr selten zu Versammlungen, nie zu Demos. Und dann kriege ich da das Angebot ... die wollten ihren Webkram neu regeln und wollten einen Redakteur haben, der ... Da habe ich zu Hause angegeben: Jetzt werde ich der neue Superredakteur für den nationalen Widerstand, mit meinen Artikeln über Wagner und Ezra Pound ... ich hab sogar eure Platte besprochen. Lichtnord. Richtig abgefeiert.«

Tom lächelte wehmütig. Keiler schüttelte den Kopf: unglaublich, die alten Zeiten. Dass die Geschichte weiterging, war Tom klar. Aber Keiler nippte am Glas, stellte es hin, betrachtete es lange, schweigend. Also sagte Tom: »Und dann?«

»Dann ist das alles zusammengekracht. Mein Vater ... der hat gesagt, wenn ich so weitermache, anstatt mit meinem Abi was Vernünftiges ... wie mein Bruder ... dann schmeißt er mich endgültig aus dem Haus ... ich war da ja immer noch, obwohl das ja eben so ein Anbau war, dass ich mir immer einreden konnte: Wohnst ja nicht bei deinen Eltern.«

Tom kannte das Haus. Der Vater, ein mittelständischer Chemie-Kleinunternehmer, war ihm nur zweimal begegnet – streng, konservativ, kein Nazi.

»Und da hätte ich fast aus Trotz gesagt: Alles auf eine Karte, Keiler geht zur Partei, Keiler verdient seinen Lebensunterhalt da und gibt sich jetzt zu erkennen und wird brauner Webmaster ... und dann ... dann kam ja der Kollaps.«

»Du meinst diese ...«

»Ende 2013. Holger Apfel tritt zurück, weil schwul. Verbotsantrag. Neuer Parteivorsitzender: Dieser Kasper Udo Pastörs, der von ›Judenrepublik‹ und ›Krummnasen‹ schwadroniert. Apfel hatte ja noch ein Konzept: ›Seriöse Radikalität‹. Also ohne Witze über Gasgeben und so was ... der wollte in die Mitte, der wollte ... ich hätte da reingepasst. In den neuen Irrsinn nicht. Und da hat mich mein Bruder ... ich will mich nicht beklagen. Gutes Geld. Hab sogar 'ne Freundin jetzt, eine ... das glaubst du nicht, die studiert Pädagogik und ... wenn die wüsste, dass der Jochen mal der Keiler war ... sie will heiraten. Sie will Kinder.«

»Und du? Willst du das auch?«

»Ich will ... ich danke meinem Bruder, dass er mich aus dem Sumpf gezogen hat. Kinder, Ehe? Von mir aus. Was weiß denn ich.«

Tom glaubte, er könne sogar verstehen, was Keiler meinte. Es ließ sich nicht mit Worten sagen, aber es war okay.

Doch: Es ließ sich mit Worten sagen – mit denen, die Keiler vorhin gefunden hatte. Also hob jetzt Tom sein Glas, das nur noch zu einem Viertel voll war, und wiederholte: »Auf uns Überlebende.«

»Genau«, sagte Jochen Fährig und stieß mit ihm an.

Bevor die Verbrüderung ins Sentimentale abrutschen konnte, traten zwei Japaner, ein kleiner und ein großer, in Mafia-Anzügen aus dem Fahrstuhl und baten gut aufgelegt um »Some beer, yes, we like beer«, was Tom sofort erledigte, nicht ohne sie darüber zu unterrichten, dass sie nicht viel Zeit haben würden, ihre Schoppen zu genießen, denn es sei gleich »Sperrstunde« – das englische Wort fiel ihm nicht ein, bis sich ausgerechnet der ehemals so militante Ausländerfeind Keiler mit der Zwischenbemerkung nützlich machte: »It is closing time. Or very nearly so.«

Die Japaner nahmen das zur Kenntnis, setzten sich in die Ecke auf zwei Knautschsessel und tranken das frisch gezapfte letzte Bier des Tages zügig weg.

Als sie ein ansehnliches Trinkgeld gegeben hatten, seufzte Keiler: »So, ich hau mich dann auch mal hin. Obwohl ...«, er guckte verschmitzt, »ich sollte eigentlich diesem Heiko noch eine Mail schicken, dass ich dich gefunden habe.«

»Heiko?« Tom probierte den Namen aus wie eine neue Melodie.

»Ja, klar, Mensch. Dein John Lennon. Wenn du der Paul McCartney bist.«

»Wieso, hast du zu dem ... Kontakt?«, wunderte sich Tom.

»Nö. Nein, aber ich lese die Heftchen, weißte? Das ist das, was mir geblieben ist, vom wilden Mann, der ich war: Ich hör immer noch gerne laute Musik, wenn auch ... jetzt mehr so Hardrock. Da lese ich dann eben auch das ›Rock Hard‹ ... und da hat ... sag mal, du weißt schon, dass der und sein ... Fritz weitermachen, mit der Musik? Die sind ziemlich Kult inzwischen. Nennen sich ›ENOCH‹, aber es ist klar, dass ... also, alle Welt, und jedenfalls ihre Fans, trauern dir nach, das ist ... Lichtnord ist Legende, das weißte doch, oder? Ihr wart unglaublich. Ein, ähm ... ein Blitz in der Nacht.«

Es war nicht klar, ob das Keilers eigener poetischer Einfall war oder ein Zitat, aber Tom wehrte ab: »Nee, du ... ich hab das nicht mehr ... war im Krankenhaus. Psychiatrie, um genau zu sein.«

»Ja, so was hab ich vermutet. Man liest da ja ... es gibt Leute, die sagen, du hättest den Erfolg nicht verkraftet.«

Eine senkrechte Falte zog sich tief zwischen Toms Augenbrauen, als er leise erwiderte: »So kann man das auch sehen. Meine Freundin ist ermordet worden. Und meine Mutter hat sich einen neuen Typen ... einen von ihren Detektiven ... geangelt. Die sind verheiratet jetzt, und nach Südfrankreich gezogen. Ich habe keinen Kontakt. Auch nicht zu Heiko und ...«

»Fritz Dümpfelleu. Irrer Name, oder? Klingt wie ... als wäre das ein Witz gegen so Nazis, wie ich einer war. Na ja. Hey. Tom, mach dir keinen ... lass die Leute reden, oder? Kümmere dich nicht drum.«

»Eben. Ich hab das alles hinter mir gelassen.« Er fing an, seine Sachen zusammenzuräumen. Keiler stand auf, streckte ihm die Rechte entgegen. Tom griff zu, schüttelte sie, man mochte einander. Das war schön, nach all der Zeit.

Als sie losließen, und bevor Jochen sich zum Aufzug wandte, sagte er: »Trotzdem. Vielleicht solltest du ... vielleicht solltest du dich bei dem Heiko mal melden. Er sagt, seine Tür ist immer offen. Es klingt respektvoll. Er sagt, in diesen Interviews: Der Tom hat es schwer gehabt, aber ohne ihn sind wir nur die Hälfte.«

»Das sagt er?«

»Ja, Mann. Kein Scheiß. Ich meine, schau – ich hab's gerade

noch geschafft, nicht? Ich hätte ganz anders absaufen können. Aber du ... du hast dieses ... Talent. Dieses Feuer. Das ist ... wenn ich das hätte, Mensch, ich würde nicht als Laufbursche für meinen Bruder ... du, egal. Es ist dein Leben.«

Er nickte. Tom nickte zurück.

Jochen Fährig verschwand im Lift, fuhr nach oben.

Tom dachte: Mein Leben. Ist es das? Oder war's das schon?

Talent. Dieses Feuer.

Als er aufs Fahrrad stieg, um heimzufahren, summte er unbewusst eine Melodie, die außer ihm niemand kannte: Sie war seine Schöpfung, aber nie aufgenommen worden. Es gab keinen Text dazu. Noch nicht.

Erst half die Partei nicht besonders, dann immer weniger, zum Schluss überhaupt nicht mehr. Anna Steiger war der Organisation deswegen gar nicht böse: Für Nasrin Alizadeh, als Fall wie als Person, hatte man einfach nicht genug Ressourcen.

Wie hatte Walter Schaffer gesagt? »Die Frau ist eine *Story*, aber keine *Issue*« – das hieß: eine Mediensache, keine Parteiangelegenheit.

Anna sah das ein, wollte es aber zumindest noch einmal bei ein paar Medien versuchen, bei der »jungen Welt«, bei einer Freundin vom Radio, schließlich bei Dath von der »Frankfurter Allgemeinen«.

Für die Linke standen wieder Wahlen an, das mussten die Parteileute wichtiger finden – erst einige Landtage, dann bald schon wieder der Bundestag. Man wollte den Leuten draußen klarmachen, dass es um ihre Geldbeutel, ihre Sozialversicherung, ihre Bildung, ihre Infrastruktur ging. Die PDL konnte in solchen Zeiten nicht als NGO für politische Gefangene auftreten. Anna gestand sich ein, dass sie selbst nicht anders entschieden hätte, wäre sie Trägerin einer Funktion in der Partei gewesen statt nur, wie's bei Brecht hieß, Trägerin eines Wissens.

Immerhin, selbst Ackermann, der treue Betonmischer von kommunisten-online.de, verlinkte ihre Sachen in der Angelegenheit noch, was sie sehr nett fand, war er doch denen gegenüber, die er für ihresgleichen halten musste, sonst wenig aufgeschlossen. Ein paar Tage lang überlegte Anna, ob sie ihm vielleicht nochmal ausdrücklich mitteilen sollte, dass der Kampf für Nasrin Alizadeh immerhin auf striktester antiimperialistischer Linie lag, à la »Guantanamo in Deutschland«. Da Kassim Afshars Onkel inzwischen sogar international gesucht wurde, ging es wirklich auch gegen die USA.

Die »junge Welt« druckte zwei Textchen.

Das Radio traute sich nicht, etwas zu senden.

Blieb noch der Typ aus Frankfurt. Sie schrieb ihm eine kleine Mail, die mit einer erträglichen Lüge anfing:

Lieber Dietmar Dath,
ich bin in den nächsten Wochen öfter mal in Frankfurt. Da dachte ich mir, vielleicht können wir kurz über Nasrin Alizadeh reden. Es geht gar nicht so sehr darum, dass Sie einen Text schreiben, in der FAZ oder sonst wo, sondern mehr darum, dass ich mit Ihnen einiges, was ich selber noch schreiben will und vielleicht verschiedenen Medien anbieten, mal besprechen möchte, weil Sie sich da auskennen. Politisch zuverlässig sind Sie für mich aufgrund der Sachen, die ich von Ihnen gelesen habe. Das kam in Berlin vielleicht nicht deutlich genug rüber. Ich würde mir da gerne ein paar Tipps holen.
Ich hoffe, dass Ihnen die Mail und die Bitte nicht die Zeit stiehlt – schöne Grüße
Anna Steiger

Viel Taktik, etwas Schmeichelei: keine schlechte Mischung.

Unwahr war nur die Eingangsbehauptung, dass Anna sich ohnehin mal öfter in Frankfurt aufhalten würde. Sie plante in Wirklichkeit, nur dann hinzufahren, wenn er sich Zeit nahm. Nach vier Tagen mailte er zurück:

Liebe Anna Steiger,
wenn's kein Wochenende, kein Mittwoch und kein Freitag ist, können wir uns gerne treffen. Sagen Sie einfach Bescheid, am

besten – wenn das nicht zu unverschämt von mir ist – eine Woche vorher.

Herzlichen Gruß *Dietmar Dath*

In der Signatur dieser Mail stand die Durchwahl des Journalisten.

Von Schaffer, der für die RLS eine Weile Pressearbeit gemacht hatte, wusste Anna, dass man, wenn erst einmal ein Mailkontakt zu jemandem in dieser Branche hergestellt war, leichter etwas erreichte, wenn man den Menschen anrief. Mailverkehr verlangsamte sich nach Schaffers Erfahrungen ab dem dritten Austausch oft bis ins Schleppende.

Anna ließ zwei Tage vergehen und rief dann an: »Nächste Woche Dienstag, ist das gut?«

»Im Prinzip schon«, sagte Dath, »aber es kommt auf die Uhrzeit an. Dienstagabend hätte ich schon was vor.«

»Oh, gut, weil, da muss ich ja dann zurück.«

Eine Übernachtung war finanziell ganz ausgeschlossen.

»Na, dann vielleicht Mittagessen?«, schlug Dath vor. Obwohl sie wusste, dass das für sie eine sehr frühe Hinfahrt bedeutete, wollte sie sich nicht die Blöße geben, ihm zu verraten, dass sie eben nicht ohnehin in Frankfurt war. Daher sagte Anna: »So gegen zwölf?«

»Ähm, vielleicht erst um eins – um halb elf haben wir hier immer Redaktionskonferenzen, das geht bis etwa elf. Dann hätte ich gern ein, zwei Stunden für das, was da meistens anfällt. Um eins Mittagessen wäre gut. Am besten natürlich nicht weit von hier ...«

»Hier, das heißt: die Zeitung, ja?«

»Ja. Eine Station vom Bahnhof weg mit der S-Bahn. Ähm, Galluswarte heißt das. Die Station.«

»Ja, das kenne ich«, log Anna; wofür gab es schließlich Google?

Er war einverstanden: »Gut, dann ... dann denke ich mir was aus, wo man hier irgendwie essen kann, und, ähm, Sie kommen einfach gegen dreizehn Uhr hierher, unten an der Pforte steh ich dann. Hellerhofstraße 2 bis 4. Die Straße ist kurz, der Bau ist am Anfang, das können Sie gar nicht übersehen. Es gibt zwei Gebäude, an dem einen steht oben ›Frankfurter Allgemeine‹, es ist aber das andere, da, wo das nicht steht, da arbeite ich. Aus Metall und Glas. Sie finden es leicht.«

»Metall und Glas, okay«, sagte Anna.

Daths Beschreibung stimmte einigermaßen: Viel Glas und eine Schräge, wie man sie aus Lego nicht so einfach würde nachbauen können, dachte Anna, als sie eine Woche später vor dem Gebäude stand, pünktlich genug – »fünf Minuten vor der Zeit ist die wahre Pünktlichkeit«, wie ihre Mutter immer sagte.

Durch die transparente Fassade sah sie den Journalisten auf sich zukommen, durch eine Art sekundärer Absperrung oder Klappglasschranke, wie bei einem Saloon in einem futuristischen Western. So also sah das hier aus: Die Öffentlichkeit, dachte Anna, veränderte sich zwar schneller als die Tatsachen, für die sich diese Öffentlichkeit interessierte. Das geschah aber nicht einfach in der Art, erkannte sie jetzt, dass die alten Mächte sofort nachgaben und sich von den neuen stürmen ließen. Solange der traditionelle Journalismus noch in Bauten wie diesem veranstaltet wurde, während die Blogs in schäbigen Wohnungen wie ihrer entstanden, wo zwei Frauen zusammen nicht mal ein komplettes Bett besaßen, war die ganze scheißdigitale Scheißrevolution jedenfalls noch nicht vollendet.

Dath sagte: »Hallo. Ich kenne hier nur eine einzige Kneipe, wo wir ... also, wenn Ihnen nicht nach Schnellimbiss ist ...«

Anna sagte wahrheitsgemäß, ihr sei eigentlich alles recht.

Er führte sie zu etwas namens »Weinstein«.

Das war ein Laden für Architektinnen, Zahnärzte und Wirtschaftszombies, freundlich, nicht billig. Anna bestellte Penne Rigate in einer halbsüßen Chilisauce mit gebratenen Hähnchenbrustfiletstreifen und indischen Gewürzen, damit er sie nicht für arm hielt.

Er aß ein Fleisch mit modernen Ideen.

Als beide fertig waren, sagte er: »Es ist übrigens nicht so, dass ich das nicht auch selber schreiben würde, wenn ...«

Sie wehrte gleich ab, damit er sie nicht für zudringlich hielt: »Hey, nein, ist doch klar, es passt ja nicht richtig in diesen Kultur ... in dieses Feuilleton. Ist ja eher politisch.«

»Ach, das würde ich gar nicht sagen«, er schien nachzudenken, »wir haben solche Themen viel, seit es da diesen Reader-Scan gab. Das ist so ein astrologisches, metavernünftiges Beobachtungsverfahren, bei dem unsere Leserschaft maschinell viviseziert wurde oder so, wobei dann rauskam, dass die Leute viel, viel lieber was über die SPD oder den demographischen Panikhitler lesen als über Musik oder Bücher, die sie ja immer eh nicht begreifen. Es ist einfach viel Zeug gerade.«

Ach so, dachte Anna, der Grund – oder: Vorwand? –, weshalb er sich in Nasrins Angelegenheiten nicht aus dem Fenster lehnen wollte, war keiner, der aus den Spielregeln bei seinem Blatt resultierte, sondern irgendetwas Persönliches, Zufälliges.

Genau an diesem Punkt schloss er an: »Ich ... na ja, die Geschichte wäre dann doch ... also, wenn ich nicht einfach abschreiben und bisschen kompilieren soll, was Sie schon im Blog haben, dann wäre das ziemlich arbeitsaufwendig. Wenn man es richtig machen will ... ich müsste hinfahren, also erst mal versuchen, eine Erlaubnis zu einem Besuch bei ihr zu kriegen, und abgesehen davon, dass ich mir das schwierig vorstelle, müsste ich dann auch noch mit, ich weiß nicht, einem Anwalt reden, mir ist das ja nach der Blog-lektüre immer noch unklar, was ihr eigentlich vorgeworfen wird und ...«

»Mitgliedschaft in einer terroristischen Vereinigung, von der aber witzigerweise niemand weiß, wie sie heißt, was sie will, wer sonst noch drin ist, worum es sich handelt – das ist allen unklar, auch dem Staat«, warf Anna ein.

Das triste Lied hatte sie schon hundertmal gepfiffen.

»Ja, eben«, sagte Dath, »und diese ganzen Nachforschungen wären dann halt doch ... also, das klingt jetzt nicht so schön, aber dahinter steckt, dass ich nicht nur denke, es überfordert mich materiell, sondern ich bin auch einfach in so was nicht gut.«

»Klar, nein, ich wollte ja nur ...«

Aber bevor Anna sich noch weiter entschuldigen konnte, nahm sein Gedankengang eine andere Wendung: »Was ich damit eigentlich sagen will, ist ... Ich glaube, ich könnte erreichen, dass wir das drucken, wenn Sie das selber machen. Ernsthaft. Es ist doch so: Wir haben diese ... diese Öffnung zu nicht klassisch feuilletonistischen Themen eigentlich schon seit über einem Jahrzehnt ... und wenn jemals ... ich meine, das wäre doch ein richtig interessanter ...«

»Oh. Na es ... ähm ja, aber, ich weiß nicht. Ich bin ja in der Linken ... also in der Partei da, und ...«

»Sahra Wagenknecht auch. Oskar Dingensberger auch. Die haben wir beide gedruckt.«

Anna ärgerte sich, dass sie das nicht wusste, schluckte den Ärger aber runter und sagte: »Stimmt, das, es ... aber dann würde ich natürlich... also, man muss ja dann wahrscheinlich schon irgendwas machen, was nicht ...was nicht schon im Blog stand, richtig?«

»Ja, sehen Sie, das schon. Und ich ... das denke ich auch, aber da hab ich wenig Sorge, dass Sie ...und zwar wäre es natürlich, wenn man jetzt wirklich sagt, Reportage, dann wäre es am allerbesten, wenn eben Sie genau diese Nachforschungen, von denen ich vorhin geredet habe, machen würden, wenn Sie ... also, das Allerbeste, vom publizistischen Standpunkt aus gesehen, aber auch der Sache halber, wäre, wenn man eben Aufmerksamkeit für Nasrin Alizadeh will, wenn man erreichen will, dass diese Frau ... dann wäre das eben, wenn Sie ihr begegnen würden, wenn Sie einen Besuch ... wir können das vielleicht auch logistisch irgendwie mit der Autorität der Zeitung ... soweit es eine gibt ... Sie können da anrufen als Mitarbeiterin der ›FAZ‹, vielleicht haben die dann da so ein bisschen Respekt, diese Leute.«

Anna war auf der ganzen Heimfahrt im ICE gut gelaunt.

Erst als sie am Hauptbahnhof in Berlin ausstieg, fiel ihr ein, woran es lag: Sie hatte längst selbst versuchen wollen, Nasrin Alizadeh zu treffen.

Ein Auftrag, na bitte, so geht's.

Anja war nicht zahm. Sie schrie, sie strampelte.

Sie versuchte, den Mann vorn am Steuer zu schlagen, erwischte ihn aber nur einmal, seitlich, am Kopf. Ein schwacher elektrischer Schlag traf sie da, den spürte sie vom Handballen bis in den Ellenbogen. Es war, als patsche man gegen eine Kitzelwand aus Ionen. Anja erschrak. Dann wich sie in die linke Ecke auf der Rückbank und klagte stammelnd: »Das hast ... das kannst ... du darfst das nicht ...«, weil sie wusste, dass Nathalie jetzt in der Falle saß, dass sie sterben würde, von Wolf Schultes Hand.

»Teufel!« Sie legte alle Kraft in dieses Wort.

Kain Alizadeh schwieg.

Anja schüttelte die Hand aus, die der schwache Schlag getroffen hatte. Nervensingen: Sie nahm die Hand zum Mund, saugte daran, wie sie es als Kind getan hatte, nach Verletzungen – geschlagen, verbrannt, in der Tür eingeklemmt.

Eingeschüchtert, aber bitter wütend, kauerte sie im Winkel. Dann sah sie hinaus.

Tage, Nächte, fremde Wetter fielen am Auto vorbei, schneller als auf der Hinfahrt, aber auch unpräziser, gehetzt: Tiefe Wolkenstraßen über flackernden Dächern flüchtiger Häuser, feuchte Luftmassen über Waldfronten im Dämmer, Schnee vor dem Auto, Regen auf der Heckscheibe, Strahlungsnebel neben einem Fluss, der eine Autobahn war oder ein Kleefeld, Blinzeln vieler Gegenden, so dass es Anja den Magen hob und sie hinunterschauen musste auf ihre Knie, damit ihr nicht ganz und gar schlecht wurde.

Als sie sich wieder in der Gewalt hatte, trat sie von hinten nach dem Sitz, auf dem das Ungeheuer sie durch Zeiten, Räume, Stürme steuerte. Erst meinte sie, ein leises Schnauben zu hören, wie von einem Pferd, das sich für ein Stück Zucker bedankt. Dann wurde ihr klar: Das war sie selbst gewesen. Noch drei, vier starke Tritte. Keine Reaktion.

Da fing Anja an zu weinen. Es änderte fast nichts. So hörte sie wieder auf.

Holte tief Luft.

Jetzt musste sie toben: »Schwein! Du Schwein, hörst du! He, du Schwein! Aaaaaaahhhh! Schwein! Dreckschwein!«

Sie brüllte, strampelte, warf sich hin und her, als hätte sie Krämpfe oder Tollwut, als wäre sie besessen. Stieß sich den Kopf an einer Seitenscheibe. Grunzte. Schwieg. Das wiederholte sich, mit

Pausen stumpfer Aussichtslosigkeit, viermal. Dann krümmte sie sich zusammen, als wollte sie in sich verschwinden, und schloss die Augen. Blut pochte ihr durch den schweren Kopf. Noch zweimal maulte sie. Dann schlief sie ein, verausgabt.

Geweckt wurde sie von sanftem Ruckeln in den Knochen. Es war nicht schmerzhaft, eher wie Brandung. Sie hatte etwas Mühe, in eine aufrechte Sitzposition zurückzufinden. Die Augen waren verklebt. Anja musste sie ein paarmal öffnen und schließen, bis sie die Gegend draußen in den Blick bekam: wellige Hügel, eine Landschaft mit kurzem Gras, blaugrün, Reif darauf, im Morgennebel, ein Anflug von Eiswetter, weder Regen noch Schnee. Das Auto rumpelte, weil hier keine Straße war. Man sah etwa fünf Meter weit, dahinter Milchsuppe. Schließlich tauchten aus dem Trüblicht Steine auf, rechts und links.

Große graue Brocken. Stumm, bemoost. Findlinge, dachte Anja, und: Monolith. Menhir? Irgend so ein Wort. Steinzeit. Stonehenge. In großer Ferne, westlich, schwamm ein mattgelber Fleck in der Luft. Das musste die frierende Sonne sein.

»Wo ... was ist ... das ...«, murmelte Anja verschlafen.

Ceecee antwortete: »Das ist die Peripherie. Der Rand von allem. Wo man die Sachen abstellt, die verschwinden wollen oder sollen. Das, was zu keiner Wirkung mehr die Ursache sein kann. Das Erledigte.«

Anja riet richtig: »Mich.«

Das Schweigen, das ihr antwortete, spürte sie als Zustimmung.

Patzig begehrte sie auf: »Und was ist, wenn ich einfach nicht aussteige?«

»Dann steige eben ich aus und lass dich im Wage sitzen, als Pharaonin im Blechsarg. Es ist mir egal, ich komme hier schnell weg. Ich bin genaugenommen gar nicht hier. Ich kann hier nicht sein«, sie klopfte mit zwei Fingern der Rechten ans erste der drei blinden und schweigenden Handys in ihren Halterungen, »nur du bist es. Ich kann weggehen, wegfahren oder mich einfach wegbehaupten. Mir ist es gleich.«

»Aber das ist ... so einfach kannst du doch nicht jemanden irgendwo ...«

»Es kommt für mich nur darauf an, wie die Geschichte aussieht. Die Form. Alle Knoten und alle Lösungen. Invarianten für die Knoten und ... Anja, sorry, aber es geht auf. Die Leute werden sagen: Die Frau ist mit ihrem Kind verschwunden, nachdem die Sekte aufgeflogen ist. Sie werden ein paar Jahre suchen, die Ämter und die Medien. Es wird heißen: Sie muss wohl genug Geld beiseitegeschafft haben. Es geht auf.«

Anja gab einen verletzten Laut von sich, dann sagte sie: »Und was wird aus mir? Hier? Muss ich hier sterben oder ...«

»Sterben? Nö. Schau mal raus. Was siehst du?«

Das Auto wurde langsamer. Anja sagte: »Steine. Es sieht aus wie ...«

»Ja?«

»Bruchstücke. Trümmer.«

»Genau. Und so was wie das bist du jetzt auch. Du bist ... Du wirst einer von diesen Steinen. Unbehauen. Unmarkiert. Bruchteile eines ... einer großen Idee. Eines Gottes, könnte man sagen. Was hier rumliegt, sind die Fragmente eines der ersten Gedanken, die sich selber denken konnten. Götter, so würde Professor Afshar sie nennen.«

»Wer?«

»Egal. Wir sind so weit.« Cyan trat auf die Bremse. Das Türschloss neben Anja entriegelte sich von allein.

Anja sagte: »Hast du kein Gewissen? Kein ... Mitleid? Ich sehe ... ich sehe jetzt gar keine ... Zeichen ...« – Glyphen, dachte sie, so nannte Ludger das – »... keine mehr, wenn ich zu dir schau. Es ist, als ob du alles aufsaugst, was ... ich weiß nicht.«

Cyan drehte sich um und sagte: »Gewissen, Mitgefühl ... weißt du, das ist was für Leute, die leben. Ich hätte das auch gern. Aber leider bin ich tot.«

Anja zuckte mit den Schultern. Sie öffnete die Tür und stieg aus.

Schlug die Tür zu, so heftig sie konnte, ein letzter Protest.

Der Wagen fuhr davon, wendete in einigen Metern Entfernung, fuhr noch einmal an ihr vorbei – Anja erkannte den Menschen am Steuer nicht, es war ein Fleck, ein Fehler – und verschwand im Nebel.

Es war nicht so kalt, wie Anja erwartet hatte.

Sie lehnte sich an einen quer gefällten, baumstammartigen Stein und schloss die Augen. Wippte vor und zurück. Dann stieß sie sich, fast gedankenlos, im Öffnen der Augen wieder von dem Stein ab und ging ein paar Schritte, ohne jeden Plan.

Weicher Boden, angenehm. Nach rechts wurden die Steine dichter, die Abstände zwischen ihnen kleiner. Die Moosfronten dunkler. Scharten und Kanten schärfer.

Wieder schloss Anja die Augen, streckte aber die Arme rechts und links von sich, so dass sie die Steine mit den Fingerspitzen beinah streifte.

So ging sie minutenlang mehr oder weniger geradeaus und dachte: Es ist, wie wenn man ins Wasser geht, um zu ertrinken. In den Steingarten, Schlachtfeld ohne Blut, wie ins Vergessen.

»Du bist die«, sagte eine Stimme, so dass Anja fürchterlich erschrak und die Augen weit aufriss.

Vor ihr stand ein winziger Mann, der ihr nur bis zum Kinn reichte, in groben Leinensachen, wie aus einem Film übers Mittelalter. Der Mann mochte fünfzig oder sechzig Jahre alt sein.

Er hatte wenige Haare auf dem Kopf, teils ergraut, teils schwarz.

Er sah sie aus Augen an, die keine Iris, nur einen dunklen Rest von Pupillen hatten. »Du bist die«, wiederholte er.

»Ich bin ... wer? Und ... wer bist du?«

Sie wusste es fast schon, um seinen Kopf tanzten recht klare Glyphen.

»Ich war der Erste«, sagte der Mann. »Ich hatte eine Brille, und dann hatte ich keine Brille, und jetzt sehe ich gar nichts. Aber ich höre mehr denn je. Er lebt noch. Der Steingott.«

Auch das wusste Anja schon. Sie hatte die Steine atmen gespürt.

»Was ... wirst ... was soll ich ...«, sie traute sich nicht, ihn beim Denken zu stören. Sie sah, dass er dachte. »Ich führ dich hinaus. Das heißt«, er gluckste, fand etwas lustig, »ich führe dich so tief hinein, wie niemand je gekommen ist. Dann gebe ich dir einen Schubs. Dann bist du an einem Ort, wo ... Dann kannst du ... noch einmal ... sprechen. Das Nötige sagen. Ich wollte für den Gott sprechen. Das ging nicht. Das geht nie. Ich hätte für mich sprechen sollen. Du wirst für dich sprechen. Wenn du es erlebst.«

Anja wollte nicht fragen, aber er sah sie so erwartungsvoll an – stimmt das, sieht er mich? –, dass sie nicht wusste, was sie sonst hätte tun sollen als eben fragen: »Wenn ich ... Was soll ich ... was wird da ... passieren?«

»Das Konzert. Feuer im Tempel. Was sonst?«

Der Mann ohne Blick wandte sich ab.

Sie folgte ihm, weil sie sonst hätte hierbleiben müssen.

Die Gestalt wackelte. Weil der Boden so weich war, verwarf Anja das Wort »trippeln«, das ihr für diese Gangart zunächst eingefallen war. Das Männlein war blind und stieß sich doch kein einziges Mal an einer der vielen scharfen Trümmerkanten, blieb vielmehr vor zwei hochkant, aber schief in den Boden gerammten Felsmonstern, die aneinanderlehnten als gotischer Torbogen, urplötzlich stehen, als wüsste es genau, welchen Punkt im eintönigen Terrain es jetzt erreicht hatte, und drehte sich erneut zu Anja um.

Sie sagte: »Ja?«, zaghaftes Fragen.

»Ach, ich wollte nur ...« Das Männlein lächelte, ein kleines Kräuseln der Mundwinkel, das komischerweise etwas wie Mitleid in Anja wachrief, zumal die Glyphen ums zusammengeschnurrte Gesicht viel von Verlust und Reue sagten.

Das Männlein sprach: »Ich wollte mich nur sozusagen ... entschuldigen. Wenn ich gewusst hätte, was ich jetzt weiß ... es tut mir leid.«

»Was ... tut Ihnen ...«

»Dass ich mich erbarmt habe. Ich wollte ... Ich hätte Härte zeigen müssen, ja.«

»Gegen ...«

»Gegen einen, den ein Arzt aus der Welt geschnitten hat. Er ... oder sie ... ist Huckepack auf einer Schwester in die Welt geraten. Unbefugt. Der Arzt war im Recht. Er rettete ein Mädchen.«

»Nathalie.« – Das war Anjas Gabe: Sie verstand, was geredet wurde, auch wenn es Rätsel waren.

»Ja.« Das Männlein senkte den Kopf in Demut: »Du hast den Wechselbalg getroffen.«

»Kain Alizadeh.«

»Ein angemaßter Name, kein angemessener. Er ... oder sie ... verdient gar keinen. Aber warte ... Ich will dir einen Namen sagen. Den sollst du aussprechen, wenn er ... sie ... auf dem Konzert nicht auf dich hören will. Den sollst du wissen.«

Das Männlein wartete.

Anja zögerte.

»Komm her. Ich muss flüstern«, sagte das Wesen.

Gundolf Reinhardt sah seine geschiedene Frau Simin unten am Tor stehen, eine grau gepixelte Warnung. Er blinzelte. Der bis vor kurzem reiche Mann saß vor seinen drei Closed-Circuit-Überwachungsmonitoren wie ein Ritter im von der Pest umzingelten Schloss.

Er war in schlechter Verfassung: das Hemd zu steif, die Geliebte ausgeflogen, das Personal beurlaubt oder entlassen, die Villa um ihn unheimlich leer.

Gundolf Reinhardt, was war er noch?

Nicht mehr als die kaputte Geschäftsidee, zu der sein ärztliches Können bereits vor Jahren erstarrt war. Dieses Unternehmen, was war das?

Eine schwärende Wunde. Die Schlacht war geschlagen. Ihre schrecklichen Male sah man dem Mann mit dem zurückweichenden Haaransatz deutlich an. Deshalb schaute er seit Monaten lieber auf Monitore als in Spiegel.

Simin klingelte noch einmal. Gundolf sagte halblaut: »Das könnte euch so passen.«

Was er damit meinte, war, dass zum Zerfall seines Vermögens jetzt auch noch die verwünschte Mutter trat, deren telefonisch erklärte Absicht war, »drüber zu reden, was wir jetzt eigentlich machen müssen. Stillhalten geht nicht mehr, Gundolf. Es engagieren sich ja jetzt schon andere Leute öffentlich für Nasrin, und Abel tut's sowieso. Nur die Eltern sind abgetaucht. Du musst dir jetzt überlegen, wie du dich dazu verhalten willst. Ich weiß schon, deine Investoren – du möchtest nicht reingezogen werden, wie sieht das bloß wieder aus und so weiter. Aber das ist Vogel Strauß. Das musst du bleibenlassen.«

Wieder klingelte die Frau.

Das weiße Handtäschchen unterm Arm, die protzige Goldkette überm Dekolletee: Gundolf fand die Erscheinung geschmacklos. Verstecken, da hatte sie recht, durfte er sich nicht. Das würde er auch nicht tun: »Könnte euch so passen!«, wiederholte er, jetzt lauter, und legte das Handy weg, um das Feld auf der Touchscreen zu berühren, das sein Torgitter beiseiterattern ließ. Er konnte es nicht hören, meinte aber, er könne es spüren, so, wie er spürte, dass der Kampf um seine Firma gestern früh die erste gute Wendung seit Monaten genommen hatte.

Der Laden blieb nun doch im Dax notiert – am Mittwochabend erst hatte der Arbeitskreis Aktienindex der Deutschen Börse den lebensrettenden Entschluss gefasst.

Ende letzten Monats waren in wenigen Tagen vierzig Prozent des Werts weggeschmolzen.

Aber man glaubte Gundolf offenbar, oder dem Geschäftsklima, oder irgendwelchen Zeichen im Kaffeesatz, dass sich alles wenden wollte. So musste er wenigstens die Hoffnung auf neue Mittel, die Aussicht darauf, dass irgendwer »fett einstieg«, wie er das nannte, nicht begraben. Daher konnte er nun auch die Verhandlungen mit den Emissären des Herrn Anwar aus Thailand wieder aufnehmen, die sich vor den Erschütterungen so interessiert daran gezeigt hatten, über eine Düsseldorfer Holding ein Stück von Gundolfs Kuchen zu erwerben.

Er nahm das Handy wieder an sich.

Simin Alizadeh ging links an den dunklen Büschen vorbei, rechts am schwarzen Baum voller Amseln, auf grauen Trittplatten im Gras bis zur scheinmarmornen Treppe Richtung Veranda und der geöffneten Glasfront, in der sonst die jetzt beiseitegeschobene Hauptglasscheibe den Garten spiegelte. Das Wohnzimmer wartete auf sie wie ein Hinterhalt.

Für meine Tochter soll ich mich interessieren? Gundolf schnaubte.

Das war auch wieder eine dieser Selbstinszenierungen als Opfer, dachte Gundolf, die ihn an Simin immer so abgestoßen hatten – Dulderin, ha. Dabei waren die sachlichen Voraussetzungen jetzt wie damals ganz andere: Es hatte nie gestimmt, dass Gundolf es mit der Ehe und der Familie nicht ernst meinte. Er war nur schleunigst davon abgekommen, als er erkannt hatte, dass es Simin gelungen war, beide Kinder auf ihren Wahn zu verpflichten, in dem er die Rolle des Bösewichts ausfüllen durfte. Da war er dann eben gegangen.

Ohne viel Aufhebens hatte Gundolf seither Anteil genommen an Nasrins Schicksal, ja sogar erst unlängst für satte sechzehntausend Euro einen Privatdetektiv verschiedenen Spuren nachgehen lassen, die er bei dem Verhör aufgeschnappt hatte, das die beiden Staatsschutzmänner Dohr und Scholz mit ihm veranstaltet hatten. Es ging um Kassims Onkel.

Den hatte der Detektiv aus einer angesehenen Frankfurter Detektei, die sogar für Ministerpräsidenten arbeitete, als »vom Erdboden verschluckt« bezeichnet.

Desinteresse? Unsinn.

Niemand las die Updates der Anna Steiger aufmerksamer als Gundolf Reinhardt.

Er hatte sich sogar überlegt, den Detektiv noch einmal zu mieten und zur Autorin von »Komm mal wieder runter« zu schicken, auf dass er ihr den Vorschlag unterbreiten möge, sich mit Gundolf zu »koordinieren«. Er hätte ihr Geld angeboten, war sogar kurz davor gestanden, das persönlich zu tun, als Simin ihn angerufen hatte.

Was wollte sie? Von Anna Steiger, die er im Gespräch beiläufig erwähnte, als Simin ihn zu Wort kommen ließ, hatte die Panikmacherin nichts gewusst. Das lag natürlich daran, dass sie sich im Netz nicht auskannte, wie überhaupt eine der vielen widrigen Eigenschaften seiner Exfrau ihre völlige Hilflosigkeit gegenüber modernen Kommunikationsmitteln war:

Als er das Gespräch mit »Ich schick dir ’ne SMS, wann du kommen kannst« hatte beenden wollen, hatte sie widersprochen: »Nein, das bitte nicht. Ich hab zwar ein Handy, aber dieses SMS, das kann ich nicht.«

Gundolf stierte auf die beiden Schirme und atmete aus wie einer, der vom Holzhacken erschöpft ist. Dann knöpfte er die beiden spitzen Ecken seines Hemdkragens ans Hemd und dachte: Wie heißen die denn, diese zwei Knöpfe, wie nennt man das?

Er gab sich einen Ruck, wollte vor Simin im Wohnzimmer sein, zwischen dem Flügel und der großen Topfpalme, möglichst nicht außer Atem.

Rasch tippte er im Gehen Botschaften ins Handy: Anweisungen an seine Mittelsmänner bei der Bank, an seinen Broker und den Immobilienmakler.

Der hätte eigentlich Gundolfs italienisches Ferienhaus verkaufen sollen. Jetzt gebot ihm Gundolf, er solle abwarten. Der Ungeduldige erreichte das Wohnzimmer vor seiner Exfrau.

Als sie eintrat, fiel ein Lichtreflex aus dem großen Außerhalb auf die Spange in ihrem Haar. Das zog seinen Blick zu ihr.

Sofort sah er, dass ihre Make-up-Sitten sich seit der Trennung stark verbessert hatten: Er war auf eine verlebte, mit Schminke zugespachtelte Witwendarstellerin gefasst gewesen. Aber sie trug nur leichte Bronze- und Kupfertöne auf den Wangen, mit ein paar Glimmerpigmenten darin. Kein greller Lippenstift störte, sie hatte wenig Gloss aufgetragen. Keine Ohrringe prunkten. Die Bluse war dezent schwarz. Dunkelrote Jacke, hellblaue Jeans, unauffällige, halbhohe Schuhe mit nicht ganz flachen, aber keineswegs zu hohen Absätzen, ein paar Ringe, die Kette stilvoll und schlicht.

Die glänzenden schwarzen Haare hatten ihm immer gefallen.

War wenigstens die Tasche zu teuer? Louis Vuitton, nahm er an. Gundolfs ursprüngliche Strategie war damit erledigt: Er hatte ihr durch triefende Höflichkeit und ein bisschen Mitleid im Ton ein Gefühl der Unterlegenheit aufzwingen wollen.

Wie sie da nun aber stand, würde das einfach an ihr abprallen.

Also verlegte er sich auf eine andere Variante der Vorwärtsverteidigung: »Einen Plan hast du wahrscheinlich schon, was ich machen soll, in deinem kleinen Familienthriller da.«

Die Eröffnung sollte sagen: In deinem Leben scheint nicht viel los zu sein.

In unerwartet kühlem Ton erwiderte die Frau: »Klasse, ein Komödiant.«

Ehe sein Gehirn eine passende Erwiderung finden konnte, schnellte der Arm, in dessen Beuge eben noch die teure Tasche gehangen hatte, nach vorn und nach oben, den Bügel der Tasche fest in der Hand, so dass das Accessoire den völlig überraschten Mann mit großer Wucht an der Schläfe traf.

Er fiel zur Seite, über einen seiner blauen Ledersessel, und stolperte gekrümmt einen Schritt hauseinwärts. Dabei hielt er sich schützend die Arme vor den Kopf.

Als er wieder fester stand, erwartete er instinkthaft einen weiteren Schlag. Als der nicht kam, richtete er sich rasch auf und brüllte, dass die Halsadern hervortraten: »Spinnst du jetzt ganz, du verrückte Fotze?«

Sein Handy war hinter ihm klappernd auf die saubere Glätte gefallen.

Wütend sah er die Frau an, die es gewagt hatte, ihn nicht nur zu verletzen, sondern schlimmer: zu überraschen.

Simins Antwort auf seinen Ausbruch war erneut etwas, auf das er überhaupt nicht vorbereitet war: ein rascher, kraftvoller Tritt in seinen Unterleib, dann sofort noch einer gegen die rechte Hüfte, so dass er zu Boden ging, sich dabei auf die Zunge biss, zur Wand rutschte. Die Hüftknochen schmerzten. Im Unterleib pulste Feuer.

Die Frau tat einen Schritt auf ihn zu. Er krümmte sich mit weit aufgerissenen Augen und suchte ihren Blick. Da war keine Mordlust, nur Eile.

Sie redete ihn sanft an, wie man mit einem Kind spricht: »Können wir uns unterhalten? Ich muss was wissen. Mir läuft die Zeit davon.«

Der Kopf des Mannes am Boden nickte eifrig, noch bevor er sich recht erinnerte, was Nicken bedeutete. Am Boden sah er Blutfäden. Wenn ich ohnmächtig werde, dachte ein schwaches Tier in ihm, dann schlägt sie mich tot. Mit einer seltsam eckigen Bewegung des Beins zog die Frau den Klavierstuhl heran, als wäre sie ein Roboter, der das schon tausendmal getan hatte.

Sie brauchte nicht einmal hinzusehen.

Simin nahm Platz auf dem Hocker, warf die Tasche weg, sah auf den Verängstigten hinunter und sagte: »Willst du mir helfen?«

»Ja, auf jeden Fall, klar«, stammelte Gundolf Reinhardt. Er wusste nicht, wer oder was das da war. Seine Exfrau war es nicht, das wusste er.

Sie sagte: »Okay. Mein Problem ist Folgendes: Ich komm nicht rein. Ich kann sie nicht sehen. Deine Tochter. Die meisten anderen ... Ich sehe sie alle, verstehst du? Ihre Weltlinien, wie sie eingebettet sind in das Ganze ... ich kann es biegen. Ich könnte es auch brechen. Dieser Wieland Schulte und dein Sohn sind auch verschmiert, anders als zum Beispiel Anja Weirich. Die ist ein offenes Buch. Das ich jetzt allerdings, glaube ich, geschlossen habe. Und meine Mutter, die meine Schwester ist, die verschlingt sich selbst, da passiert nichts mehr. Nichts, was mich stören kann. Meine ... Kreise. Wenn ich aber jetzt was biegen oder brechen würde – man weiß am Ende nicht, welcher Teil wo hineinpiekt, welche Splitter wohin fallen ... unsichere Sache.«

Die Frau, die nicht Simin war, schien leise zu lachen.

Es war ein Gelächter, das ihre Augen nicht erreichte.

Anja Weirich, dachte Gundolf: Also ist Simin doch Simin, aber auf irgendwelchen Sektendrogen oder Opfer einer Gehirnwäsche. Diese Leute von der »Stimme der Stummen« waren schlimmer als die irrsten Satanisten, das hatte jeder erfahren, der in den letzten Monaten auch nur ein paar Minuten auf »Spiegel Online« verbracht hatte.

Simin stierte einen Augenblick lang da hin, wo die Topfpalme stand, ohne sie zu sehen. Die Glasfront war offen. Die gepflegte Gartenlandschaft draußen hatte sich leicht verdunkelt.

Morbide Wolken waren aufgezogen. Gundolfs rechte Hand tastete nervös nach dem Handy.

Die Polizei musste her. Wenn er nur die Notrufnummer wählen konnte und dann laut reden, sobald die Verbindung stand, damit die Irre nicht mitbekam, dass da jemand antwortete, und wenn die Person am andern Ende nur eine Spur Geistesgegenwart bewies, die Klappe hielt und zuhörte, und wenn die moderne Technik die Ortung des Anrufers per GPS tatsächlich erlaubte wie in den Filmen, dann war er schon fast gerettet.

Das Geschöpf in der Maske Simin Alizadehs schnellte rascher in den Stand, als Gundolfs Blick ihm folgen konnte, und trat mit dem nicht allzu hohen Absatz so heftig auf sein rechtes Handgelenk, dass er laut aufschrie.

Sie kickte das Handy zur Wand.

Das Raubtier sah neugierig auf Gundolf herab. Sehr freundlich sagte es: »Das lässt du, okay? Fein. Wo waren wir? Weirich, genau. Also, ihr Geflecht hat genügend abstrakte Einstiegszellen. Sprache, nicht wahr ... Sprachen. Alles das. Man muss sie eigentlich nur ansprechen, dann ist man in ihrer Geschichte, und sie ist automatisch in der nächstumfangreicheren. Nasrin dagegen ... Das ist völlig dicht. Die Fenster sind zu klein – Leibniz hatte zwar unrecht, es gibt sie, aber: Winzig sind sie, die Fenster. Kamel, Nadelöhr et cetera. Es muss beim ersten Mal ein Treffer sein. Ihre Mutter? Meine Güte. Die war echt nicht hilfreich. Ja, guck nicht so. Dir ist ja wohl klar, dass ich's nicht bin.«

Er hatte es tatsächlich gerade gedacht, also nickte er und sagte: »Ich ... wenn ... wo ist ... wo ist Simin denn?«

»In der Dusche ausgerutscht. Kopf angeschlagen. Verblutet. Sie hat übrigens mit dir geduscht, stell dir vor. War nicht schwer. Bin leicht an sie rangekommen.«

»Wa ...«

»Details, who cares? Zu wenig ... na, Zeit kann man es ja eigentlich gar nicht nennen, aber die Kette hat halt nur so und so viele Kettenglieder. Kausalität ist der Mörtel des Universums et cetera. Ich kann nicht beliebig oft beliebig viel Verschiedenes in beliebigen Gestalten tun, damit sich das alles schließt und mich ... mein, sagen wir: Nest ... oder Netz ... dass das dichthält und funktioniert und mich schützt vor ... Fehlern ... egal.«

Diese Person hatte Simin umgebracht, weil Simin, wie sie sagte, »nicht hilfreich« gewesen war. Demnach hing davon, ob es Gundolf gelingen würde, hilfreich zu sein, viel für ihn ab. »Nasrin, ähm ...«, fing er an, um zu signalisieren, dass er den Faden nicht verloren hatte.

Die Person erwiderte: »Ich weiß, euer Verhältnis ist nicht besonders. Hat mir die Mutter schon klargemacht. Das sind alles Menschen mit wenigen sozialen ... also, Wolf hatte nur Abel und später die Weirich und ein bisschen seinen herzlich widerlichen Vater, den ich sogar rösten musste, bevor er mir ein bisschen was erzählt hat. Rösten. Feuer. Immer ist es Feuer. Adidas-Trainingsanzug! Weißt du, wie übel das kratzt, fabrikneu? Schrecklich. Ich habe deiner Nasrin Fanpost schreiben lassen, von verhetzten Spinnern, explodierenden Käseselbstmordaffen, aber: nichts. Keine Reaktion. Dann dachte ich, vielleicht klappt es mit der Symmetrie, über Wolf, im andern Knast. Dualität. Aber sie hält sich fern von allen Wechselwirkungen. Schlau. Guckt nur immer so rüber, aus den Augenwinkeln. Mehrmals war ich bei ihr als Bulle, aber ich habe gar nicht erst versucht ... wenn es schiefgegangen wäre, wie gesagt, mein einziger ... nein. Zweimal dasselbe geht eben nicht. Keine Drohung zündet, keine Schmeichelei. Und deshalb bin ich hier. Ich hoffe sehr – auch für dich –, du kannst mir erzählen, wen sie an sich ranlassen würde.«

Er hustete: »Machhachh ...mi ... chh ... Mir ... mir fällt auch nur Wolf Schulte ein. Ich ... ich glaube nicht mal, dass die Beziehung zu diesem Kassim wirklich ... dass das noch ... wie ich Nasrin kenne, hat sie damit abgeschlossen. Tot ist tot für sie ... Als ihre .... Oma damals gestorben ist, war das nach drei Tagen kein Thema mehr, anders als bei Abel, der ...«

»Ja, so sind sie, diese ... die ich nicht sehen kann. Closed timelike curves, for the most part.«

Etwas in ihrem Gesicht arbeitete.

Gundolf sah es mit Schrecken.

Das war keine gewöhnliche muskuläre Arbeit, kein Zähne-Zusammenbeißen, Augenrollen. Es sah aus, als würde ein anderes, blasseres Gesicht mit dem vorhandenen um die Vorherrschaft kämpfen. Gundolf wollte nicht hinsehen und konnte nicht wegschauen.

»Anna Steiger! Die ist ... die könnte ... Anna Steiger!«, rief er, verzweifelt einfallsreich.

Die schlimme Person schien interessiert: »Wer?«

Der Fußboden war fast vollständig bedeckt: Tabulaturen, Songfetzen, Textblätter.

Dazwischen Nathalies Glyphen.

Es hätte alles auf die nächste Platte gepasst, damals, wusste Tom, der sich durchs Haar fuhr, das jetzt nach allen Richtungen abstand. Auf die Platte, die es nie gab. Er ging um sein Bodenfries aus Papieren herum, als wäre es ein Brunnen, in dem tief unten die Wahrheit glänzte. Zeichen für Feuer sprachen mit Nathalies Stimme zu ihm.

»Du musst singen, als würdest du brennen«, hatte sie gesagt. »Wusstest du, dass Atmung Verbrennung ist? In der Lunge. Das Hämoglobin in deinem Blut nimmt den Sauerstoff mit, aus der Luft, und bringt ihn zu den Muskeln. Da ist das Zeug, das wir essen, und das wird dann verbrannt – es reagiert mit dem Sauerstoff und setzt Energie frei.«

»Was du alles weißt«, hatte er sie geneckt, und sie hatte auf die zwei Glyphen gezeigt, die jetzt in der Mitte seines Teppichs lagen, in schwarzem Edding auf Klarsichtfolien gemalt: »Das hier ist ein Lichtstrahl, gebündelt in diesem Zeichen, der Balken hier hat einen, wie sagt man? Neigungswinkel ... es ist ein Brennglas. Du bist ein Brennglas, wenn wir dir das aufmalen. Auf den Rücken, auf die Brust. Du musst das alles ... du musst das Feuer anzünden. In den Leuten. Im Publikum. In allen.«

Vom Feuer hatte auch Keiler gesprochen, dachte Tom jetzt, und merkte kaum, wie er alle Muskeln spannte, während er in die Knie ging, um die Blätter genauer zu betrachten, und merkte noch weniger, wie scharf er den Atem einzog und ausstieß. Er war den Tränen nah, weil Nathalie nicht bei ihm war.

Er sah auf die Uhr am Fernseher: Noch zehn Minuten, dann würde Heiko hier sein.

War das eine gute Idee gewesen? Ihn einzuladen? Statt dass

man irgendwo was trinken ging, sich öffentlich verabredete? Nein, dann hätte ja jemand die beiden sehen können, dann käme vielleicht ein Gerücht auf – »Lichtnord: die Reunion«. Das wollte er nicht. Jetzt nicht, noch nicht. Er sah wieder zum Fernseher. Davor lag das Feuerzeug, mit dem er damals die fünfzig Euro seiner Mutter auf dem Spielplatz verbrannt hatte. Erinnerung, ein Leben, wie unsere Sprache eins ist.

Sollte er in den Keller gehen, zum schmalen Stellplatz hinter der Lattentür, und die Gitarre rausholen? Tom wollte rauchen, wollte lachen, weglaufen.

Es klingelte.

Er ließ den alten Freund ein.

Die Umarmung war nicht geplant, von keinem der beiden, und eben deshalb das Richtige.

Tom und Heiko klopften einander die Rücken ab, wie früher.

Weder weinen noch lachen, ermahnte sich der ehemalige Frontmann – keine großen Gefühle, sonst finde ich da nicht wieder raus.

»Hier, für nachher, wenn du so was noch magst«, sagte Heiko, der gesund aussah und sehr langes Haar hatte, und hielt eine Flasche Sipsmith-Gin in die Höhe. Stimmt, das war damals unser übliches Bandgetränk gewesen, weil Nathalie es mal bei ihrer ständig angesäuselten Mutter in der Hausbar gefunden hatte, nur noch ein Sechstel voll und gestohlen.

Tom sagte: »Du, ich bin schon so doof im Kopf, ich brauch keinen Alkohol mehr. Da, schau ...« Er machte eine weite Armbewegung, die das Ganze der Assemblage auf dem Boden, auf dem Sofa, auf dem Tisch umfassen sollte.

Heiko stellte die Flasche auf den Boden und ging daneben in die Hocke.

Er sah die Blätter an. Die Noten, die Glyphen.

Die Songzeilen.

Dann blickte er auf, Tom direkt in die Augen, und sagte aufrichtig: »Lange her, nicht? Pay to play.«

Der Ausdruck bezeichnete eine Praxis, mit der junge Bands selbst in auf Ehre, Treu und Glauben orientierten Genres wie Heavy

Metal inzwischen leben mussten: Für die ersten Auftritte, auch und gerade in schäbigsten Clubs, oft als Anheizer für etablierte Acts, zahlte man diesen anderen Bands oder den Veranstaltungsorten Geld. Das konnte manchmal jahrelang so gehen, bevor man selbst an Gage denken durfte.

Bei Lichtnord hatte diese Zeit nur ein paar Monate gedauert. Heiko war immer gut darin gewesen, angemessene Forderungen zu stellen, die Veranstalter hatten sie meistens erfüllt.

Tom zuckte mit den Schultern, lächelte, fast verlegen: »Das habt alles ihr gemacht. Du und Nathalie. Ich hatte den Kopf in den Wolken.«

Heiko nickte und sagte: »Wird wohl so gewesen sein. Aber, Junge, du ahnst gar nicht, wie uns dieser Kopf fehlt. Wie uns diese Wolken fehlen. Und das da.« – Sein Blick berührte die Blätter, die Zeichen, die Versprechen und Drohungen der Überschreitung des Diesseits.

Und das da, dachte Tom.

Das Feuer.

Wolf lächelte. Das sollte Abel trösten. »Es wird gut. Wird alles. Kommt alles in Ordnung«, sagte er, wusste nichts dergleichen, konnte nichts versprechen und tat es dennoch.

Er tupfte die Stirn des Fiebernden mit einem Schwamm ab. Der Mensch da war ihm das Liebste auf der Welt. Aber das hätte er sich nie eingestanden, auch jetzt nicht.

Den Schwamm hatte ihm Selena Ludic gegeben. Sie liebte er auch. Jedenfalls wollte er es so: ein Mutwillen, ein Scherbenschnitt. Sie stand am Fenster, als erwarte sie, demnächst von der Straße aus beschossen zu werden, grimmig bereit, jedes Feuer sofort zu erwidern.

Abel konnte sich nur deshalb nicht auf dem armen Lager hin und her werfen, weil es ihm dafür an Kraft fehlte. Er sagte wenig, und was er sagte, war kaum verständlich: »Tisch ... die Bilder ... die ... Sissi. Müsst ... Sissi ... stoppen ... Sissi hat ... ist ... böse ...«

Von Sissi war sehr viel die Rede. Vielleicht war das ein Regisseurswahn, mutmaßte Wolf, eine unverständliche Anspielung auf Romy Schneider.

Wenn er von dieser Sissi redete, flatterten Abels Lider.

Sekundenweise nur schien er dann bei Sinnen. Das sah Wolf an seinem Blick, der ihn wahrnahm und sich darüber zu freuen schien, dass es Wolf war, der bei ihm saß.

»Es wird alles gut«, sagte Wolf wieder.

»Nicht, wenn der Chef sich nicht bald meldet«, sagte Selena Ludic.

Was soll ich sagen? Er wusste, was ich mag: Salamipizza, Nicola Griffith, weiße Schokolade, Botenberichte. Und meine Handynummer hatte er auch, von wer weiß wo.

Sonntagabend, Ende einer zähen Woche – ab fünf war ich im Büro, Kollegen gab's da um die Zeit keine mehr, die sind direkt nach dem Umbruch nach Hause. Den Schreibtisch abräumen, Mailordner säubern, Post erledigen.

Dudelsignal.

»Hallo«, sagte ich, das heißt: sagte er.

»Wer ist das?«, wollte ich wissen.

»Du bist es selbst«, sagte er – eine kleine Anspielung: Ich hatte mit einem Kollegen kurz vorher ein ziemlich abgedrehtes Gespräch über Petrarca, das moderne Ich und derlei geführt, da war die Wendung »Du bist es selbst« auch vorgekommen.

Er, der Schatten, das Spiegelbild, hat mich dann eingeladen, zum Thai-Onkel, wo es die komische Pizza gibt und den Riesenteller Pommes. Später habe ich mich oft gefragt, warum er mich nicht gleich zum »Weinstein« beordert hat, wo ich mit Anna Steiger gewesen war. Wäre das seinen Anforderungen an Symmetrie nicht entgegengekommen? Andererseits: Was weiß ich von den Ordnungen, in denen er, oder sie, zu denken gelernt hat, drüben, innen? Nichts. Wenigstens hatte er andere Klamotten an als ich und eine Schiebermütze und war glatt rasiert. Eine andere Brille als meine saß auch auf seiner Nase.

»Wer bist du und was bedeutest du?«

»Liegt ganz bei dir«, sagte er.

Dann hat er mir sein Vorhaben dargelegt.

Es dauerte nur vier Minuten, bis er zum Schluss kam: »Ein einfacher Handel. Du machst das für mich, und ich sage dir alles, was du wissen willst. Über mich, über dich, über alle.«

Ich fragte ihn, was das genau für ein Auftrag wäre, was meine Rolle sein sollte?

»Botenbericht, im Wesentlichen«, sagte er und erklärte den operativen Teil.

Ich hatte Einwände, das muss gesagt sein. Vor allem zweifelte ich daran, dass ausgerechnet ein Staatsschutzbeamter mich und Anna Steiger in eins der bestbewachten Gefängnisse der Republik einladen würde, damit wir dort mit einer hochprominenten Gefangenen reden konnten.

»Die wollen was rauskriegen«, sagte er, »und da sind sie in der Sackgasse. Die würden alles tun, um die Suppe nochmal umzurühren, damit was Neues nach oben kommt, das sie inspizieren können. Ein rührender Artikel in der ›FAZ‹ ist da so gut wie irgendwas anderes. Ich meine, wer weiß denn auch, was dann passiert? Wer sich meldet, wo sich was regt, wenn Nasrin Alizadeh redet? Dohr hat vorgefühlt. Die Gefangene ist in der Stimmung, Anna Steiger zu empfangen. Er hat ihr geschildert, was das für eine Frau ist. Das Politische. Vielleicht hat Nasrin sich darin selber wiedererkannt – wie sie früher war. Vielleicht ist ihr langweilig. Egal, oder?«

Egal, wandte ich ein, war da gar nichts. Das sei doch alles nicht ausgereift: Wie denn ein Feuilletonist an einen Geheimagenten gelangt wäre, zum Beispiel.

»Wenn du wüsstest«, er zwinkerte, »wie gut die Beziehungen zwischen den Medien und den Diensten sind. Pass auf, wir machen es so – du hast einfach einen aus eurer politischen Redaktion gefragt, an wen du dich wenden sollst, wenn du an Nasrin Alizadeh Reinhardt rankommen willst, und der hat dir zwar nicht die Nummer gegeben, aber deine Nummer dem Chef vom Dohr, und der hat dich angerufen«, er hielt sein Handy hoch, ein Klon des meinigen, und legte es wieder hin. Ich fragte nach dem Namen des Kollegen. Er nannte einen, den ich kannte.

Der Rest war geschäftsmäßig simpel; er schien es jetzt eilig zu haben.

Anna Steiger war unterrichtet, sie würde sich bei Walter Schaffer, dem Freund ihrer Mitbewohnerin, ein Auto leihen und mich, also den Doppelgänger, in Frankfurt abholen.

Es kam nur noch darauf an, dass ich den Tag über in meiner Wohnung blieb.

»Ich kann dich nicht schicken, es ist zu kompliziert.«

»Was denn?«, ich war gekränkt.

»Na ja«, er machte eine vage Handbewegung, die ich nie machen würde, war also doch nicht ganz rollensicher. »Ich muss sie dazu kriegen, dass sie nach der Überprüfung und Untersuchung alleine reingeht. Sonst glaubt Nasrin ihr nicht.«

»Das weißt du sicher?«, ich wollte ein bisschen wider den Stachel löcken.

Er lächelte: »Das weiß ich sicher. Die Geschichte, wenn sie erst mal auf der Schiene ist, läuft. Anna Steiger wird meine Nachricht an Nasrin überbringen, und zwar ohne von mir zu reden. Sie wird sie auffordern, sich wieder einen Spiegel in die Zelle hängen zu lassen. Sonst geht's nicht. Die Befreiung.«

Ich sollte mich bei Abel Reinhardt melden, der untergetaucht war, und ihm sagen, dass er seine Schwester wiederkriegt, wenn er mitkommt. Ich fragte nach: »Gut, ich und die Anna Steiger, wir beide gehen dann in diese Berliner Wohnung und treffen ihn dort und geben ihm seine Schwester zurück.«

Der Schatten stimmte zu und erklärte, der Schlüssel zu jener Wohnung würde mir rechtzeitig gegeben werden – »Ich werde da nämlich schon woanders gebraucht. Im Konzertsaal.«

Ich wollte mehr wissen. Er wies das ab: »Du weißt alles, was du wissen musst.«

»Nicht ganz«, widersprach ich noch einmal, obwohl ich sah, dass er aufbrechen wollte.

»Was denn noch?« Ich ging ihm jetzt offenbar auf die Nerven, ein Punkt für mich.

»Wie erreiche ich Abel Reinhardt, wenn er untergetaucht ist?«

Er gab mir einen Briefumschlag, länglich, flach: »Da steht die Nummer drin. Geheimhandy.«

»Woher hast du die Nummer?«

»Cyan hat die Nummer, und Cyan bin ich.«

Er ging.

Ich steckte den Umschlag ein.

»Du hast die Konten geräumt. Vor drei Wochen. Da wusste ich, jetzt muss ich mich sputen, sonst schlüpfst du mir durch die Maschen, Herr Doktor.« Cyan redete frei heraus.

Schöpflins Arme und Beine waren mit gelbem Elektrokabel an einem schweren Bürostuhl aus den sechziger Jahren gebunden, er war aber nicht geknebelt. Auch die Augen hatte Kain, der jetzt Ceecee war, ihm auf dem Weg ins Industriegebiet nicht verbunden.

Schilder draußen sagten, die leere, mit Schutt, Rost und Bruchholz malerisch dekorierte Industriehalle sei »provisionsfrei zu mieten«.

Dem Gefesselten war weder kalt noch heiß. Zwei elektrische Heiztafeln, zusammen kaum größer als ein Bügelbrett, strahlten so viel rötliches Licht wie Wärme ab.

Daneben stand ein Leuchter, batteriebetrieben, sehr hell. Draußen fiel Zwielicht zwischen halbtote Bäume, Ölpfützen, Nachbargebäude mit geplatzten Fenstern. Auf einem Tisch neben dem Stuhl, auf dem Schöpflin festgehalten wurde, stand unter einem schmutzigen Badehandtuch etwas Kastenförmiges, von dem eine Leitung ausging, die in einem Stecker endete, der in einer Mehrfachsteckdose steckte, von dem aus Kabel überallhin führten. Schöpflin räusperte sich, so stark er konnte; ein Territorialgeräusch. Dann sagte er: »Er hat's gut gemeint. Wyatt Spencer. Ich verstehe deinen Hass, aber ... er hat's gut gemeint.«

»Mit wem?« Ceecee saß auf einem hölzernen Esstischstuhl, die Lehne Schöpflin zugekehrt, die Beine seitlich ausgestellt, und spielte, ohne den Blick von ihm zu lassen, mit einem Feuerzeug aus Metall, das sie auf- und zuschnappen ließ.

Schnick.

Click.

Schnick.

»Mit beiden. Mit dir und mir«, sagte Schöpflin. »Du kannst ruhig grinsen. Ich glaube, er sah das wirklich so.«

»Ich hätte nie einwilligen sollen. Er wollte das Kind nicht, und er hat's mir in den schwärzesten Farben gemalt – was das sein könnte, ein Mischling von Mensch und Dämon. He really believed that, the poor sonofabitch. That I was a demon.«

»Kannst du's ihm verdenken? Er hat dich auf dem Meer gefunden. Mitten im Ozean. In einer Nebelbank. Nackt, im Wasser. Im Nichts. Er war ... Segeln, stimmt das? Er hat's mir so erzählt.«

»I think he wanted to die. That's what I think. Deshalb ist er da hin. Existenzkrise, Glaubenskrise. Er wollte rausfahren und ins Wasser gleiten. Und ertrinken. Da fand er mich, viel zu weit draußen.«

»Du warst eine Antwort auf seine Gebete. Er suchte nach ... er hat mir erzählt, er hätte gebetet: ›Gib mir ein Zeichen, wenn ich weiterleben soll.‹ Und als er sah, was du kannst ... wie du ... Raum und Zeit ...«

Sie lachte wiehernd, ein Zirkuspony: »Bwahaha! Raum und Zeit. Pff! Timey-wimey! Ich wusste doch gar nicht, was ich kann. Ich habe nur ... dass Menschen über Sachen nachdenken, die es nicht gibt, und Sachen gestalten, die es nicht gibt, und dass sie Sex haben, ohne sich fortzupflanzen, all diese Anzeichen, dass sie reif waren, aus dem Naturkram auszusteigen und mit ... dem zu verkehren, was jenseits davon liegt, das habe ich gesehen. Das ist für mich das Alleroffensichtlichste. Dass Menschen reif sind, sich mit den anderen zu unterhalten.«

Er senkte den Kopf und sagte: »Er hat dich einfach machen lassen. Wyatt. Deine Kunstporno-Kiste, deine Kenneth-Anger-Geschichten. Deine Neugier aufs Katholische. Er hat dir Leute vorgestellt. Er war verliebt.«

»Dann hätte er sich ja scheiden lassen können und mich heiraten.«

Der Forscher seufzte: »Es hat keinen Zweck, Cyan. Du und wir ... Du kommst von draußen.«

»Das hat mein Adoptivvater auch gesagt. Der beknackte Priester. Der halbblinde Mann. Der mich gefunden hat, als kleinstes … Häuflein. Der war selber draußen. Aber er fand offenbar, ich könne nur von noch weiter draußen gekommen sein. Da hattest du mich gerade aus meiner Schwester rausgeschnitten und weggeschmissen. So war das. Das hast du getan. Das Wegwerfen klappte ein bisschen zu gut. Ich bin am Rand gelandet. Und da fand er mich. Der hat einfach Gesellschaft gesucht, natch. Und mich, als ich wusste, was ich bin und kann … zurückgeschickt, damit ich mir einen Platz besorge. In Eurem Leben.«

»In unserem Tod, scheint mir.«

Sie antwortete nicht, sondern steckte das Feuerzeug in ihre Brusttasche. Sie trug ein sehr schönes, sehr schmal geschnittenes weißes Herrenhemd. Dann stand sie auf, ging zwei Schritte zu ihm, wühlte ihm im Haar herum und hauchte: »Ihr meint es immer alle nur gut. Leute wie du und Onkel Wyatt …«

»Er war nicht geizig. Und du hast ja dann mit seiner Hilfe sehr schnell eine neue Quelle aufgetan: das Heilige Offizium.«

»Die sind nicht ganz so lustig, wie du meinst. Aber sie mögen Wunder, in dem Laden. Und ich hatte welche dabei. Nur, jetzt knausern die auch. Der neue Papst ist ein Spielverderber. Ratzinger war aufgeschlossener.«

Schöpflin schloss die Augen, als müsste er in sich nachblättern.

Ceecee trat zurück zum Stuhl, drehte ihn richtig herum, setzte sich darauf und war Kain Alizadeh. Das ging jetzt immer leichter, immer schneller, auf der absteigenden Kurve, weg vom Zentrum der Geschichte.

»Wirklich«, ein Zungenschnalzen, »also allein der Name … Schöpflin … ich hab es nachgesehen. Das war ein Versandhaus, in der Nähe von Hagen, wo du aufgewachsen bist, richtig?«

»Ich musste den Iranern einen Namen vorschlagen. Und das ›ö‹ hat ihnen natürlich gefallen. Das war so deutsch.«

Kain grunzte schwach, dann sagte er: »Crissauer ging nicht, klar. Du wolltest ja deinen Chefs entschlüpfen.«

»Erzählst du mir jetzt meine Geschichte?« Es klang eher müde als herausfordernd.

Kain streckte die Hand nach dem Tuch auf dem Tisch aus, griff darunter, drückte auf einen Knopf. Es brummte, summte. Ein Blubbern war zu hören. Kain sah den Gefesselten an wie eine Kuriosität. Dann sagte er: »Es gibt eine Menge Lücken, die ich gern schließen würde. Dein Motiv für die Rückkehr beispielsweise. Der Sohn? Die Frau? Du hast keinen Versuch unternommen, sie zu kontaktieren. Ich hab's nachgesehen. Nicht einen.«

»Vielleicht wollte ich einfach so viel wie möglich wiedergutmachen.«

»Ah, Wiedergutmachung. Das gefällt den Iranern bestimmt weniger. Auch wenn es ebenfalls sehr deutsch ist.«

Kain stand auf, zog das Tuch vom Tisch und ließ es auf den Boden fallen. Dann ging er zu dem hellbraunen Plastikgerät, das auf dem Tisch stand.

An dessen Vorderseite blinkte ein oranges Licht.

Als Kain den roten Schalter darunter umlegte, erlosch es.

Er sagte: »Apfelbeignets mag ich ja sehr. Oder gebackene Auberginen. Pommes nicht so. Aber das Ding ... es kann wirklich alles. Weißt du, wie es funktioniert? Wahrscheinlich nicht. Obwohl du doch sonst so viel weißt. Über die Wissenschaft, und wie sie nichts anderes ist als ... Magie im Spiegel. Über Menschen, und wie sie nichts anderes sind als Rechner im Spiegel. Über die Götter, und wie sie nichts anderes sind als Wetter im Spiegel. Und über Spiegel selbst natürlich. Wie leicht man sich dran schneiden kann. Dieser kleine Apparat hier ... Man muss damit experimentieren, die Gebrauchsanweisung verrät einem nicht alles. Am besten, man taucht den Korb kurz ins heiße Fett, bevor man das reinlegt, was man frittieren will. Offen ist es eine Sauerei. Aber es geht, wenn man wenig Fett nimmt, damit es nicht zu arg spritzt. Und wenn man den Verschluss überlistet, mit Klebeband, dann denkt das dumme Ding, es wäre zu.«

Er schob die kleine, kompakte Fritteuse nah an den Tischrand, wo die Armlehne war, auf der die linke Hand des Gefangenen lag, und sagte: »Ist Folter ohne Verhör eigentlich menschenüblich?«

Die Begegnung fand in dem Raum statt, den Nasrin schon von den Befragungen durch Dohr und Scholz her kannte. Zwei Schließerinnen standen vor der Tür, eine wartete an der rückwärtigen Wand hinter Nasrin.

Anna Steiger war sehr aufgeregt. Nach zehn Minuten wurde beiden klar, dass es eine Verzerrung der Wahrheit gewesen wäre, zu behaupten, Anna engagiere sich nur deshalb gegen das Unrecht, das man Nasrin zufügte, weil sie für Nasrin schwärmte.

Man konnte es auch umgekehrt sehen: Die Anziehung, die für Anna von Nasrin ausging, hatte viel damit zu tun, dass diese Frau Haltung und Würde unter üblen Bedingungen bewahrte. Ihre Schönheit war für Anna selbst politisch.

Anna legte alles offen, was für Nasrin wichtig war: Dass Dohr den Besuch vermittelt hatte, dass ein Artikel in der ›FAZ‹ dabei herauskommen sollte, dass Anna »im linken politischen Spektrum aktiv« war, »das ist vielleicht nicht Ihre Richtung, aber ...«

Nasrin lächelte, dankbar für die Offenheit der Besucherin, und sagte: »Ich war selbst in meiner Studienzeit dabei.«

»Ja, habe ich ... gelesen«, sagte Anna, ein bisschen verlegen, bis ihr klar wurde, dass Nasrin damit hatte sagen wollen: Ich verstehe Sie, und ich freue mich, dass Sie hier sind.

Anna holte Luft und erklärte: »Ich bin also wegen Dohr hier. Aber das heißt nicht, dass der viel Einfluss darauf haben wird, was ich schreibe. Ich nehme an, wir werden abgehört. Es geht mir um den Skandal, dass Sie überhaupt eingesperrt sind, ohne verständliche Anklage. Hinter mir steht keine Organisation, kein Geld. Ich kann nur versuchen, denen, die für das alles verantwortlich sind, so unangenehm wie möglich zu werden. Diese Leute muss man zur Verantwortung ziehen.«

Nasrin sagte: »Zur Verantwortung ziehen ... das klingt nach Rache.«

Anna erwiderte: »Dann habe ich mich falsch ausgedrückt. Es geht zuallererst darum, dass Sie freikommen. Oder dass man wenigstens erklärt, warum Sie nicht frei sind. Denn dann kann man das vielleicht entkräften und so eben doch dafür sorgen, dass Sie freikommen. Haben Sie nicht das Gefühl, dass es wichtig wäre, klarzustellen, dass diese Leute nicht alles machen können, was sie wollen?«

»Ich weiß nicht einmal, wer das ist. Diese Leute. Und es interessiert mich auch nicht sehr. Denn was könnte ich mit diesem Wissen anfangen? Es kann nur das Bedürfnis wecken nach ... Rache. Und die will ich nicht. Wenn Sie mich wieder besuchen – und ich würde mich freuen ... wenn Sie wiederkommen und mir sagen, irgendwer ist bestraft, zur Verantwortung gezogen ... das wäre keine Nachricht, die ich brauche.«

Shahri rã ke nasrin va Kasim dorost kardeh and bãiad bãd rã be dãm biandãzad.

In Annas Gesicht sah Nasrin Zweifel. Sie schien sich an Nasrins letztem Satz abzuarbeiten und war wohl nicht sicher, ob sie ihren Einwand dagegen würde formulieren können. Nasrin schenkte ihr einen Blick, der sie dazu einlud: Scheuen Sie sich nicht, mir auch das zu sagen, was mir widerspricht.

Anna sagte: »Sie nehmen mir nicht ab, dass ich mit Ihrer Friedfertigkeit und Ihrer Fähigkeit, zu verzeihen, einverstanden bin. Es sieht ... es ist schön«, sie wurde ein bisschen rot, beschloss aber, Nasrin zu vertrauen und auszusprechen, was sie beschäftigte, »ich glaube, Sie wissen gar nicht, wie ... viel Kraft ich ... und vielleicht andere ... daraus ziehen könnten, aus Ihrem Stolz. Das ist alleine schon ein Grund, warum man sich empören muss darüber, wie Sie hier versteckt werden. Ich hätte diese Größe nicht – denen zu verzeihen.«

»Es geht nicht um Größe«, sagte Nasrin, die sich gleichzeitig freute und wunderte, wie hoch das Niveau dieses Gesprächs über dem der Unterredungen mit Dohr lag.

Anna war neugierig: »Worum dann? Ich meine, wenn Sie sagen, Sie wollen keine Nachrichten von Strafen für die Schuldigen ...«

»Im Rosengarten ... einer alten islamischen Dichtung ... gibt es dazu eine Geschichte.«

Eine kleine Pause.

Nasrin erzählte: »Einer kam zu Naushirwan, dem Gerechten,

und sagte: ›Ich habe eine gute Nachricht. Der Allmächtige hat deinen Feind bestraft und ausgelöscht.‹ Da sagte der Gerechte: ›Aber weißt du auch, ob der Allmächtige mich verschonen wird?‹«

Anna verstand den Witz.

Er war nicht zum Lachen.

»Sehen Sie«, sagte sie, »deshalb brauchen wir Leute wie Sie draußen. Weil Sie solche Geschichten wissen.«

»Ich weiß gar nicht mehr, was ich weiß«, sagte Nasrin, und Anna schaute sie direkt an, als sie erwiderte: »Ja, das kenne ich von Gefangenen ... von der Roten Hilfe ... dass das Schlimmste im Knast nicht ist, dass man die Außenwelt verliert, sondern sich selber.«

»Was soll ich dagegen tun?«, sagte Nasrin.

Das war ein Stichwort, fand Anna, und fragte, was zu fragen man ihr aufgetragen hatte: »Haben Sie einen Spiegel in ... Ihrer ... Zelle?«

In den rund sieben Minuten, die das Stück dauerte, änderte sich Marions Stimmung dreimal. Am Anfang saß sie skeptisch auf der Matratzenkante und wehrte Schaffers Enthusiasmus ab, als die zirpenden, harfenzarten Intro-Noten aus den Boxen perlten: »Du, wenn das so was Kitschiges ist ... ich meine, das ist überhaupt nicht meine Schiene, weißte. Ich bin mehr so auf Techno und Elektro und ...«

Aber er legte seinen Zeigefinger auf die Lippen und zwinkerte ihr zu. Da war sie bereit, sich anzuhören, was er »so groß, so finster« genannt hatte – nicht ohne Warnung: »Politisch gab's immer mal Gerüchte, dass die irgendwie ein bisschen daneben sind, rechts ... ich hab das im Knast entdeckt. Da hatte das einer auf dem verbotenen iPod. Also hör erst mal zu.«

Das tat sie.

Vom Skeptischen zum Unbehaglichen war's nur ein Hörschritt, als nach den kristallinen Auftaktperlen die kratzigen Achtel kamen, betont, unbetont, betont, dann die Bremse, ritardando, und dann das mächtige, teerschwarze Riff, mitten aus den Donnerwolken von Heikos Schlagzeug.

Da öffnete sie den Mund, um etwas zu sagen wie: Das ist mir jetzt aber doch zu düster. In diesem Moment aber verhallte der Akkord, und ins schwindende Dröhnen und den nachlassenden Stahlwind sprach Tom Crissauer einsam, kalt, wie jenseitig, aller Allüren von Männlichkeit oder Härte entkleidet, die sonst von Sängern zu solcher Musik aufgefahren werden:

Die Eiche hier ist Sternenwuchs. Ein Baum ein Stern.
Die Pappel zittert ihren Stern empor: wird schlank.
Der Wolf sucht seinen Stern und findet Fraß: zu fern
Ist der Gebieter ihm. Dein Sang sei Wolfesdank!

Was war das? Eigen war das. Fremd. Und unglaublich schön, auch als der Mann dann schrie, von »Traum« und »Thron« und »Weltumarmung«, dass ihn Milchstraßen aus metallischen Sounds umspülten wie Brandung und Marion sich hineinfallen ließ, nicht nur emotional, sondern physisch.

Sie legte sich rücklings hin, bettete sich auf die Decke des Lagers, auf dem sie die letzten drei Nächte verbracht hatte, in der Wohnung, in die sie umziehen wollte, auch wenn der Abschied von Anna ihr nicht ganz leichtfiel.

Anna allerdings verhielt sich großartig, kein Vorwurf war zu hören gewesen, vielmehr echte Glückwünsche, Freude darüber, dass es Marion gut ging, dass Marion Pläne hatte – mit Schaffer Events ausrichten, in die Musikszene gehen, vielleicht so ernsthaft und engagiert, wie Anna sich inzwischen im Politischen bewegte.

Das alles ging Marion ungeordnet als milde Euphorie durch Kopf und Leib, im Zwerchfell spürte sie's, den Rücken rieselte es rauf und runter, in den Armen war's wie Kraft, während der Sänger auf dieser CD aus dem Schreien ins Singen, ins Jubeln fand, von »Sonnenwohl«, von »Orpheus« – und dann, als nach sechs Minuten und zwanzig Sekunden die Lärmkulisse von der Stimme abfiel, wieder ins Sprechen vom Anfang:

... hat sich ein Wunder sanft in uns vollbracht.

Verwehendes Feedback, leichter Funkenflug – im Ausklingen des Stücks regte sich neben Marion jetzt Schaffer, der sich zu ihr gelegt, mit ihr zusammen dem Stück gelauscht hatte.

Er stützte den Kopf auf den Ellenbogen, sah sie an.

Marion grinste: »Okay. Ja. Wow. Das ist ... so was kannte ich nicht. Und die sind was? Aufgelöst, aber jetzt wieder da?«

»Es gibt eine Reunion, wie man das heute nennt. Sie haben ihren Sänger wiedergefunden. Und sie kommen nach Berlin.«

»In den Club, in dem du ...«

»Ja, genau. Gerade abgemacht. Die Tinte ist noch nicht trocken. Also, bist du dabei? Wir haben anderthalb Monate Vorbereitungszeit. Topsecret. Die Musikpresse erfährt es eine Woche vorher. Es gibt einen Fanclub, dessen ... Vorsitzende ... weiß Bescheid. Die lebt in München. Es wird über ... na, Facebook und diesen Kram ...«

»Virales Marketing.«

»Genau. Und ich soll zusammen mit dem ... mit diesem Bandchef, dem Sänger ... Tom ... die Show ausarbeiten. Nach einem Konzept von ihm, aber sie brauchen ... das muss jemand ... ich dachte halt ... du kannst ja ...«

Sie stützte sich auf, kam näher, küsste ihn.

Er sagte: »Das heißt, du machst es?«

Sie wiederholte die Antwort, damit er's glaubte.

Ganz so fantasielos, wie Abel und Nasrin ihn fanden, war der Agent Scholz nicht.

Er hatte eine grüblerische, nostalgische Seite, die er, im Auto auf einem Platz voller Schrott, nach zehn Jahren Zusammenarbeit erstmals seinem Kollegen Dohr zeigte, indem er sagte: »Ich wäre viel lieber früher geboren worden. Früher in diesen Beruf rein auch. Das war noch was: Spionage, BND, Kalter Krieg. Heutzutage ... Wir parken am Rand vom Industriegebiet und gehen nicht rein und wissen nicht, wer die da drinnen sind, was die da machen, was sie wollen, wer überhaupt die Gegenseite ist. Zeit absitzen. Dienst nach Vorschrift.«

»Wir gehen nicht rein«, sagte Dohr gleichmütig, um seine leichte Gereiztheit zu verbergen, »weil wir warten, wer wieder rauskommt. Du kennst die Berichte, und du warst bei der Personenüberwachung dabei: Mal ist es die Assistentin, mal ist es Reinhardt. Wer da rein- und rausgeht, scheint offenbar nicht ...«

Rüde schnitt ihm Scholz das Wort ab: »Ja, ›Twin Peaks‹, toll. Mein Vater hat immer gesagt: Scheiß im Teich, dann ham die Fische was zu fressen. Nur: Wir sind die Fische. Ich mein, was ist das? Für wen wird da gearbeitet? Früher, Mensch, als es zwei Blöcke gab: den Osten und den Westen, James Bond ... Das war noch was.«

»Das kannst du mit Reinhardt besprechen. Das sind Filme«, sagte Dohr offen abfällig.

»Nee, hör mal, das gab es alles wirklich. Das war spannend. Kim Philby! Horst Hesse! Das waren noch richtige Agenten. Die hätte man gern observiert. Aber so 'n Filmheini und seine schwule Schlampe ... nee.«

»Es geht nicht um die beiden hier. Es geht um den Motorradrocker, den die Frau dabeihatte. Mit dem sie da drin irgendwas ...«

»Ja, irgendwas. Super, schreiben wir so ins Protokoll: Irgendwas. Wenn wir jetzt aber ein Richtmikro ...«

»Mann, ich hab dir schon gesagt, das funktioniert nicht. Nicht bei diesen ... die haben irgendeinen Störscheiß. Ich weiß auch nicht. Hör mal«, er wandte sich dem Kollegen zu, weil ihm plötzlich bewusst war, dass der gar nichts für Dohrs Unmut konnte, ihn nicht verursacht hatte, und wollte sich deshalb gleichsam entschuldigen: »Ich weiß es doch auch nicht, Jakob. Ich ... mir sagen sie auch nicht mehr als dir. Leitung der Operation, gut, aber erst ziehen sie unsere technische Unterstützung ab, und dann heißt es, die Amis hätten ... der Typ da, der ist bei den Iranern stiften gegangen. Der große Typ. Die wollen ihn jetzt angeblich wiederhaben. Die Amis wissen nicht, dass er hier ist, die vermuten ihn in ...«

»Australien«, fasste Scholz zusammen, was man »von oben« wusste.

»Genau«, sagte Dohr, »aber kein Mensch weiß, ob ... also ich weiß nicht, ob wir den jetzt schnappen und den Amis ausliefern sollen oder weiter observieren, um rauszukriegen, wer die anderen

Player sind, weil ja ... also, er ist nicht zu den Amis gegangen, er ist nicht mehr bei den Iranern, wer hat ihm denn da die Pässe und diese ganzen ... Ich dachte, Nasrin Reinhardt wüsste was. Du weißt, dass ich das dachte. Nur deshalb hab ich monatelang ... aber dieser Shamsher Afshar ... Kacke. Sie hat keinerlei Kontakt, sie ist einfach die Ahnungslose, und ...«

»Nein, hör mal«, sagte Scholz kopfschüttelnd, in einem Tonfall der Kameraderie und Nachsicht, der Dohr zugleich verwirrte und rührte, »das ist doch alles gar nicht schlimm. Der Ahnungslose, das bist doch du.«

Wenn Stefan Dohr tatsächlich so fantasievoll gewesen wäre, wie Abel und Nasrin ihm aus unterschiedlichen Gründen unterstellten, hätte er den Angriff erwartet oder wenigstens nach seiner eigenen Waffe gegriffen, als Scholz nach dieser melancholischen Bemerkung die Pistole mit Geräuschdämpfer aus dem Hüfthalfter zog – erstaunlich agil bei derart beengten Platzverhältnissen – und den Kollegen und Vorgesetzten mit einem Schläfenschuss tötete, der eine große Sauerei auf der Innenseite der linken vorderen Flankenscheibe des Mercedes verursachte, in dem beide saßen.

Scholz überprüfte seine Jacke, seine Hemdbrust. Er hatte keinen Spritzer abgekriegt. Dohrs Kopf lag auf dem Lenkrad. Einen Augenblick lang war Scholz unschlüssig, ob er daran etwas ändern sollte, den Toten aufrecht hinsetzen vielleicht, der Menschenwürde halber.

Na ja: Dann würde er halt anders tot aussehen, aber immer noch doof.

»Scheiß im Teich«, wiederholte Scholz und stieg aus dem Wagen.

Die Tür ließ er offen.

Ein bisschen tat Dohr ihm leid, während er zwischen Pfützen und Schrott auf das Gebäude zu schlich, in dem jemand Seltsames jemand Seltsamen quälte.

Als Dohr ihm vorgestern erklärt hatte, man sei jetzt Schöpflin alias Crissauer dicht auf der Spur, hatte Scholz seine Chance erkannt. Er musste sie nutzen, er musste aus dem Spiel für Deutschland aussteigen, so sahen die Karten in seiner Hand aus.

Als er das Treppenhaus betrat, hörte er einen Schrei, in dem sich die verschiedensten Tierlaute – aufgeschlitzter Ochse, getretener Kampfhund, verbrannter Panther – markerschütternd zu einer Warnung verbanden, die andere beherzigt hätten.

Scholz tat das nicht.

Der westliche Tee war besser, als Itoh befürchtet hatte.

Sich die Mahlzeiten aufs Zimmer bringen zu lassen, tat seinem Mönchsgewissen nicht weh, Befürchtungen der Art hätte Pashwane Serote sich sparen können. Als der Südafrikaner zum dritten Mal etwas Abwiegelndes gesagt hatte, fernmündlich, per Webcam – »ich weiß, Sie sind ein weniger protziges Leben gewöhnt, aber die Sicherheit ...« –, erklärte Itoh nach einem Seitenblick aus dem Fenster auf den, wie er fand, schönsten Platz in Berlin: »Ich sehe das als eine andere Form von Askese. Ich muss auf diesem Zimmer bleiben. Kontakt mit Menschen ist nicht vorgesehen, wenn man vom Hotelpersonal absieht. Den Raum verlassen darf ich erst wieder, wenn entweder meine Analyse fertig ist oder wir dem Mann gegenübertreten, den Sie rekrutieren wollen. Diesem Arzt. Dem Forscher.«

Serote nickte. Dann wollte er wissen: »Und wie weit ist sie, Ihre Analyse?«

Itoh hätte lachen mögen.

Behielt man den Maßstab der Dinge im Sinn, in die diese Leute eingreifen und die sie bedenken wollten, dann war erstaunlich, wie ungeduldig sie waren.

Er wusste etwas, nach zwei Wochen Siebarbeit in den Daten, Abgleich des Materials der Gruppe um Kassim und Nasrin mit dem Wettersatellitenwissen der Amerikaner, Nachrichtenauswertung: »Sie haben es nicht. Die Amerikaner haben es nicht geschafft. Das Wetter ist zu ... es würde reagieren, wenn es bei den Amerikanern einen Menschen gäbe, der schneller weiß, was passieren wird, als die Techniken es wissen, mit denen Kassim Afshar gearbeitet hat.«

Serote runzelte die Stirn: »Das folgern Sie woraus?«

»Daraus, dass man so ein Vorauswissen nicht ungenutzt lassen würde. Ich habe mir die Logistik angeschaut – nur die staatliche, nur das, was Sie mich vom amerikanischen Militär und all seinen Gliederungen zwischen Marines und Bodentruppen haben wissen lassen, und von den Operationen der geheimen Dienste und von der Diplomatie. Man würde nicht die eigenen Leute bei Flutkatastrophen ertrinken oder bei Erdbeben umkommen lassen. Man würde Materialschäden vermeiden. Dünensand, Neuschnee, Tropen, es sind dieselben Bilanzen wie vor zehn Jahren.«

»Genau dieselben? Dann könnte es Täuschung sein. Vergessen Sie nicht: Im Zweiten Weltkrieg opferten die Alliierten Menschen und Material, das sie nach ihrem Wissensstand über die Feindbewegung hätten retten können, nur damit die Deutschen nicht zu früh wussten, dass ihre Codes geknackt waren.«

»Das Klima als Wehrmacht«, lächelte Itoh. »Gewagter Vergleich. Aber ich verstehe, was Sie meinen: Sie sagen, die Verlustraten müssen doch wenigstens so viel Abweichungen von älteren Daten aufweisen, dass sich darin die Fortschritte konventioneller Frühwarntechnik und gewöhnlicher Computersimulation niederschlagen. Und da haben Sie recht. Diese Abweichung weisen sie tatsächlich auf. Aber nicht mehr – ich habe das deshalb in meiner Antwort vernachlässigt.«

»Würden Sie also sagen«, fragte Serote und sah, während er diese Frage formulierte, mehrmals nach rechts, zu etwas hinter der Kamera, die ihn aufnahm, etwas, das ihn offenbar nervös machte, »dass auch die Iraner es nicht geschafft haben? Dass es die menschliche Schnittstelle zwischen unserer Sorte Intelligenz und ... gewissen ... höheren ... denkenden ... Wesen noch nicht gibt?«

Itoh erwiderte: »Jemand aus Ihrem ... Zirkel ... scheint überzeugt zu sein, dass solche Schnittstellen gewissermaßen zufällig ... nun, dass der Versuch, sie über Eingriffe in den Hirnstoffwechsel, die aus wenig genutzten Arealen des Hirns leistungsfähige Rechner machen, zu erzeugen ... ganz unnötig wäre, sofern man die nach den Gesetzen der Wahrscheinlichkeitsrechnung natürlich vorkommenden Personen fände, die ...«

»Propheten«, sagte Serote.

»So weit würde ich nicht gehen. Und so weit geht auch der Mann aus Ihrem Kreis nicht.«

»Sie dürfen Shamsher Afshar ruhig beim Namen nennen.«

»Das wusste ich nicht, dass ich das darf.«

Man hatte Itoh, der in den letzten Tagen mehrfach aus der Ferne mit Serote gesprochen hatte und von Vasan Anwar, dem Mann aus Koh Phangan, sogar in seinem Hotelzimmer besucht worden war, darüber unterrichtet, dass Afshar in Berlin besser nicht in Erscheinung träte – »jedenfalls nicht in diesem Hotel, auf öffentlichen Plätzen oder an anderen Orten, wo Kameras angebracht sind, er wird ja gesucht«.

Itoh fuhr fort: »Afshar denkt, sein Neffe könnte so ein Mensch gewesen sein. Und da ich nicht nur die neuen Daten, sondern auch den Code, den Kassim Afshar geschrieben hat, eingehend untersucht habe, wäre ich geneigt, ihm zuzustimmen.«

»Wäre? Das klingt nach einer Einschränkung.«

»Ja, aber sie betrifft nicht die Meinung über den Neffen.«

»Sondern?«

»Das Argument der Wahrscheinlichkeit. Mit einer Redeweise aus Abel Reinhardts bemerkenswertem Film: Es ist zu frequentistisch. Es tut so, als müsse nur die Anzahl Menschen groß genug sein, schon geschieht das Wunder. Aber ich bin noch nicht fertig damit. Mit meiner Kritik daran. Ich lasse die Dinge sich noch setzen.«

»Very Zen«, sagte Serote freundlich.

Itoh antwortete: »Bis morgen also. Ich schicke, was ich finde oder vermute.«

»Vielen Dank.« Serote trennte die Verbindung.

Itoh klappte den Laptop zu und tat, was ihm erlaubt, ja aufgetragen war – er sah die deutschen Tageszeitungen durch und dachte dabei daran, wie bei solcherart scheinbar zweckfreier, nicht zielgerichteter Suche alles ab einem vorher nicht bestimmbaren Punkt in seinem Denkleben immer auf die Muster hin konvergierte, in denen er am besten orientiert war. Wer nicht sucht, der findet.

Wirf weg, damit du gewinnst, hieß das bei den Christen.

Die Zeitungen schrieben viel über Geheimdienste und Computer.

Das interessierte ihn kaum.

Itoh trat ans Fenster. Sah die Menschen gehen, reden, arbeiten, sich irren, hoffen.

Zeit für mehr Tee.

Fünf Tage brauchte Abel zur Genesung.

Wolf half ihm dabei, aufzustehen und sich hinzulegen.

Wolf kochte, redete mit ihm und hörte zu. In fürsorglichem Abstand zu voreiliger Vertraulichkeit entstand erneut Vertrauen. Man sprach von Nasrin, von Ceecee und Kain.

Vom Gefängnis und der Obdachlosigkeit. Von Wolfs seltsamer Hand.

Abel berührte sie und staunte wortlos. Wolf fragte nicht, was er sich dabei dachte.

Selena Ludic ging auf Besorgungen.

Sie schien sich mit Leuten zu treffen, Nachforschungen anzustellen, saß dann wieder in ihrem Zimmer in der möblierten, mit Fernseher, Geschirr, Waschmaschine und auch sonst allem nötigen Komfort ausgestatteten Wohnung, die sie für Schöpflin angemietet hatte.

Baute Waffen auseinander und zusammen. Wolf versuchte einmal, als Abel schlief, sie auf dem Flur zu küssen. Auf Reisen war das nichts Ungewöhnliches gewesen. Jetzt wehrte sie's fast beiläufig ab. Abel hatte wenig Kontakt zu ihr.

Man konnte es kaum Umgang nennen.

Zweimal fragte sie ihn nach Ceecee: Wie er »an sie geraten« war, wann er erfahren hatte, dass sie Kain sein konnte, »wenn sie will«.

Die erste Frage konnte er beantworten, aus der Erinnerung. Die zweite nicht.

»Ist das mein Laptop«, fragte der beinah schon Wiederhergestellte am vierten Abend, als Selena fort war und ihm beim Weg vom Bad in ihrem Zimmer, wo die Türe offen stand, auf der Matratze, ein Gerät auffiel, das er zu kennen meinte.

»Wenn ja, hat sie den wohl aus deiner Wohnung mitgenommen«, sagte Wolf.

»Willst du ihn wiederhaben?«

Abel sagte: »Wenn das meiner ist, dann hab ich da was drauf, was ich dir gerne ... zeigen möchte.« Wolf holte das Gerät. Es war tatsächlich Abels Computer. Sie gingen in die Küche, wo Gratin im Ofen stand, von Wolf zubereitet. Abel klappte den Rechner auf, schaltete ihn an, gab sein Password ein. Wolf trat stumm hinter ihn, sah ihm über die Schulter, wie er Dateien durchging, dann eine fand, etwas anklickte. Es öffnete sich ein Programm, das Wolf nicht kannte. Oben an der Fensterleiste hießen Reiter »Composition« oder »Footage«, unten war ein Zeitzähler, auf dem Abel einen Index nach rechts schob, dann zweimal klickte: »Ein Film. Mein ... nächster Film.«

Es war die Dokumentation über Anja Weirichs Sekte.

Abel hatte eine Stelle angewählt, in der ein noch Aktiver, gestriegelt, brav, unauffällig, über Anja sagte: »Sie erzählt uns manchmal, dass sie überhaupt so viel für so viele Leute tut, und ihr starker Glaube, das kommt von Vorbildern. Von dem Pfarrer, den sie aus dem Gefängnis geholt hat. Sie sagt: Den solltet ihr mal kennenlernen, der weiß noch ganz andere Sachen über den Glauben als ich. Der hat sich durch Zweifel gekämpft. Aber ich denke, sie ist nur bescheiden.« Das lief so weiter, zehn Minuten.

Wolf rückte sich einen Stuhl heran, setzte sich zu Abel, gleichzeitig beschämt und gerührt.

»Ist das deins?«, fragte Abel plötzlich, und Wolf sah ihn desorientiert an, weil der Film weiterging und die Stimme aus dem Winzverstärker blechern zwergig weiter Zeugnis ablegte: Ist was meins?

»Das Handy, Wolf. Da klingelt ein Handy.«

Das Geräusch kam aus einem der andern Zimmer in der Wohnung, nicht schwach, nicht laut, irgendwo dazwischen. »Ich hab kein Handy.«

»Ah«, sagte Abel, mit einem Gesichtsausdruck zwischen Verstehen und Unwohlsein, den Wolf nicht deuten konnte.

»Wie, ah?« fragte Wolf.

Abel zuckte mit den Schultern: »Na ja. Ist dann wohl meins, oder? Ich dachte mir das schon. Ich kenn die Melodie. Den Klingelton. Gehört zu einer Pornofilmfirma in San Francisco. Lange Geschichte.«

Es hörte auf zu klingeln. Abel schaltete den Film auf Pause. Wolf sagte: »Es liegt neben deinem Bett. Auf dem Nachttisch. Dein Handy. Wir haben nie ... Selena und ich, wir haben gar nicht gecheckt, ob es an ist.«

Er stand auf, ging am Herd in die Hocke, schaute durchs Sichtfenster: »Essen ist gleich fertig.« Das Handy fing erneut an zu klingeln.

»Soll ich ...?«, bot sich Wolf an. Abel stand auf, das ging jetzt schon sehr gut, und sagte: »Nein, ich hab's schon.«

Er ging rüber. Wolf nahm Teller aus dem Geschirrhängeschrank und hörte Abel auf dem Gang ins Handy sprechen: »Nein. Was? Nein ... Wieso soll ... nein. Sagt mir ... hören Sie, Frau Stei ... Stein ... wie ... Sie ... Frau Steiger, ich ... Wa ... Nein, also sofort schon mal gar nicht, und woher weiß ich denn ... Ja, na ja, die Nummer, doch, das kann ich mir schon denken, woher Sie ... ich ...«, dann länger nichts.

Abel hörte zu, sagte nur selten »ja« oder »ja, stimmt«.

Dann wurde das Gespräch beendet.

Abel stand im Küchentürrahmen wie verprügelt.

Wolf sagte: »Was ist passiert?«

Mit leicht glasigem Blick erwiderte Abel: »Nasrin. Sie sagt ... eine Frau hat mich angerufen. Sie sagt, ich soll Nasrin abholen.«

»Ab ... abholen? Wo, wann?«

»Jetzt. Jetzt sofort. In ... da in meiner ...«

Ein Schlüssel wurde umgedreht im Schloss der Wohnungstür.

Abel drehte sich um, und Wolf trat an ihm vorbei auf den Flur, so dass beide Selena Ludic eintreten sahen, ihr Smartphone noch in der Hand. Sie warf die Tür hinter sich zu, sah beide Männer an und sagte: »Schöpflin. Der ... oder die ... Irre hat angerufen. Ich soll ihn abholen. Es geht ihm wohl schlecht. Er braucht medizinische Hilfe, hat der Irre gesagt. Jetzt.«

Damit lief sie an den beiden vorbei auf ihr Zimmer, holte eine Waffe, kam zurück und sagte zu Abel und Wolf: »Was ist, kommt ihr mit?«

»Ich kann nicht«, sagte Abel. »Ich muss zu meiner Wohnung. Nasrin. Sie ist ... ich muss hin. Wo sind wir, Schöneberg? Ich nehme ein Taxi.«

»Ich auch«, sagte Selena Ludic. Beide sahen Wolf an.

Er sollte sich entscheiden, hieß das wohl. Er entschied sich, noch bevor Abel nach seiner Jacke am Dielenkleiderhaken griff. Die Entscheidung war falsch, aber nie mehr zu ändern, **Sela.**

7 : Feuer im Tempel

Ihr Lächeln sah unsicher aus im neuen Spiegel. Das Glas hatte man Nasrin schnell gebracht. Sie hatte darum gebeten, weil sie ahnte, was die junge Besucherin ihr anbot, als sie ihr riet, darum zu bitten. Die Zelle zeigte sich im Spiegel als katoptrische Falle: Überall blühten die Rosen, die nur sie sehen konnte, Denkdickicht.

Nasrin überlegte: Stünde ich mit einem der Gebäudemodelle, die Kassim und ich in den Windkanal gestellt haben, vor diesem Glas, dann sähe man in der Katoptrik wohl alles vervielfacht. Die Rosensträucher würden sich als Netze durch Straßen schlängeln. Die Tiefe der scheinbaren Stadt wäre indes eine Täuschung, trügerisch. Wenn jeder Spiegel Licht nicht nur reflektiert, sondern auch ein bisschen schluckt, ist jedes Bild, das er zurückwirft, ein wenig falsch. Das war, was ihr Lächeln bedeutete. So wandte sie sich ab.

Eine Woche später teilte eine mürrische neue Schließerin ihr mit, dass sie erneut Besuch hatte: »Die Journalistin ist wieder da.«

Nasrin erschrak, als sie Anna wiedersah, ließ es sich aber nicht anmerken.

Brandmale am Hals und auf einer Wange der Jüngeren, ein Teil der rechten Augenbraue wie ausradiert, versengt. Die beiden Wachen wechselten Blicke.

Auch Annas Kleidung hatte sich verändert, wie ihre Frisur: Ein Rollkragenpulli, aus dessen Halsschutz eine der Narben wie eine Schlange bis hinauf zum Ohr verlief, schien noch ärgere Wunden verbergen zu sollen, die Haare waren etwas länger, mit unebenem Pony, sandfarben, glatt, so dass sich Nasrin fragte, ob es wohl auch auf dem Schädel, wo das Haupthaar früher so kurz gestutzt gewesen war, Verletzungen gab.

»Mein Gesicht? Nicht so wild«, sagte Anna in einem Tonfall, der Nasrins Besorgnis zu Mitgefühl wandelte: Die Frau war älter geworden, in kurzer Zeit. Sie hatte ein böses Erlebnis hinter sich. Nasrin erkannte das, weil sie selbst böse Erlebnisse gehabt hatte.

Anna stellte eine Frage: »Wissen Sie, was für ein Tag heute ist?«

Als Nasrin nicht sofort antwortete, präzisierte die Besucherin: »Das Datum. Tag, Monat, Jahr.« Nasrin sah Anna lange an. Es war ein stummes Zwiegespräch, das, hätte man es in Sprache explizit gemacht, aus komplizierten Wendungen zusammengesetzt gewesen wäre wie: »Ist der Grund für diese Frage von der Art, die ich vermute?« und »Ich kann Ihnen mit dieser Frage nur einen Hinweis darauf geben, dass das, was Sie lange vermuten, wahr ist.«

Schließlich sagte Nasrin: »Ja.«

Einer der Gründe dafür, warum sie schon in der Schule in den exakten Fächern glänzende Leistungen erbracht hatte, war ihr ausgezeichnetes Gedächtnis für Zahlen und Messungen.

Am Tag ihrer Verhaftung hatte sie sich das Datum eingeprägt und von da an in Kenntnis der Kalenderskala jeden Tag weitergezählt, nicht einmal immer bewusst, eher wie ein Computer oder sonst ein Gerät, das seine innere Uhr nicht verkommen lässt.

Der Grund dafür war einerseits gewesen, dass sie zu Recht erwartet hatte, man werde sie gewissen Formen von Isolation und sensorischer Deprivation aussetzen, um sie zu desorientieren. Dem, was damit bezweckt war, wollte Nasrin sich von Anfang an nicht beugen. Der Kerker hatte ein Fenster, war also nicht irgendwo unter der Erde, wo man sie über Tag und Nacht hätte täuschen können.

Anna nickte: Es war gut, dass Nasrin das Datum nicht ausgesprochen hatte, sondern lediglich bestätigte, dass sie es kannte. Anna sagte: »Sie haben mir mal verraten, wie Sie das machen. Wie Sie sich das merken.«

»Habe ich das?«, fragte Nasrin, die genau wusste, dass das nicht sein konnte, weil sie sich an jedes Wort erinnerte, dass Anna Steiger und sie bei der ersten Begegnung gewechselt hatten, und weil »mal« eine Wendung war, die auf etwas hinwies, das ebenfalls nicht stimmte: dass man einander schon länger kannte.

Ihre Gegenfrage sollte der Besucherin einen weiteren Hinweis darauf entlocken, ob das, was Nasrin gerade vermutete, wahr sein konnte.

Anna tat ihr den Gefallen: »Das haben Sie – oder genauer: Das werden Sie. Es kommt immer drauf an, von wo oder wann aus man das sieht.«

Da erst fiel Nasrin auf, was sich an Anna Steiger noch verändert hatte, abgesehen vom Äußeren: Sie wirkte nicht mehr verliebt. Das Schwärmerische war von ihr abgefallen, als hätte es einen Moment gegeben, in dem sie ihr Herz Nasrin hatte offenbaren dürfen, und als hätte Nasrin ihr daraufhin erklärt, dass daraus nichts würde werden können.

Das alles, ahnte Nasrin, war geschehen oder würde geschehen, je nachdem – wie Anna richtig gesagt hatte – von wo oder wann aus man das sah.

Anna griff in die Innenbrusttasche ihres dunkelblauen Herren-Cordsakkos und holte unter argwöhnischen Blicken der Wächterin ein zweimal gefaltetes, schneeweißes Blatt Papier heraus, das sie vor Nasrin auseinanderfaltete und glättete.

Dann entnahm sie der Brusttasche ihrer Jacke einen schwarzen Kugelschreiber und schrieb sehr schnell einen komplizierten Krakel auf das Blatt. Das beschriftete Papier drehte sie, schob es Nasrin zu und sagte: »Wissen Sie, wie das ausgesprochen wird?«

Noch während Nasrin, den Blick tief in Annas freundliche und dankbare Augen gesenkt, langsam nickte, trat die mürrische Schließerin mit zwei raschen Schritten an den Tisch und riss das Papier weg: »Keine Geheimbotschaften! Was glauben Sie denn?«

Das galt Anna.

Die zuckte mit den Schultern. Ihr Gesichtsausdruck teilte nicht mehr mit als: Mein Job ist getan. Die Schließerin platzte heraus: »Ihren Beschützer gibt's hier nicht mehr, den Dohr. Und der vom Amt, sein Chef und der Staatssekretär, die sind auch bald alle weg – das war Ihr letzter Besuch hier! Was ist das da?« Sie wedelte mit dem Blatt, als wäre sie eine Ente und der Zettel ihr rechter Flügel. »Ist das Persisch?«

Nasrin sagte: »Nein. Es ist nicht Farsi.«

Nasrin pirãhani rã mikhãhad ke mesle yek ãieneh bãshad.

»Ich nehme das an mich. Die Unterhaltung ist beendet!« Ihr Rucken mit dem roten Kopf war unmissverständlich. Anna erhob sich träge, provokant. Nasrin sah ihr genau zu, blieb aber vorsichtshalber sitzen. Anna sagte: »Sprechen Sie's vor dem Spiegel. Das Wort. Das Zeichen. Sie wissen ja.«

»Danke«, sagte Nasrin leise. Nachdem die Wütende ihre Besucherin weggebracht hatte, nahm eine andere Wächterin Nasrin unsanft unterm rechten Arm und riss sie hoch. Der Rückweg zur Zelle geschah in unüblicher Hast. Als die Türschlösser einrasteten, wusste Nasrin, dass sie nicht viel Zeit hatte: Sobald die Anstaltsleitung von den letzten Worten erfuhr, die Anna an sie gerichtet hatte, würde man ihr den Spiegel, in den sie so ungern sah, wegnehmen.

Nicht Farsi.

Nicht einmal etwas, das sie je zuvor gesehen hatte. Aber wie man es aussprach, wie der Lautwert dieses Zeichens war, das wusste sie dennoch und hatte sogar eine Vermutung, woher sie es wusste – wer einmal, nahm sie richtig an, mit dem, was denkt, aber kein Mensch ist, in Berührung gekommen war, dem konnten solche Zeichen nicht fremd sein.

Sie saß auf der linken ihrer beiden Liegen und seufzte leise.

Es gab keine andere Möglichkeit. Sie würde, wenn sie Anna Steiger glauben wollte, dass die es gut mit ihr meinte, sofort tun müssen, worum die Frau sie gebeten hatte.

So zog sie Schuhe aus und Socken, weil sie wollte, dass sich ihre Füße einmal würden erinnern können, wie es hier gewesen war. Dann stand sie auf, nicht länger widerwillig, und ging barfuß auf dem kalten Boden auf die Refraktionsfläche zu.

Nasrin sah in den Spiegel, sah in die Vergangenheit, ahnte, noch einmal zaudernd, dass dies hier einen hohen Preis hatte, dass aber nicht sie geopfert werden würde, wie sie heimlich gehofft hatte – denn nach nichts sehnte sie sich wie nach einem Ende, einer Ruhe –, sondern ein anderer, als Bezahlung für einen Fehler.

Nasrin sah ihren Bruder, mit der Kamera, und sah Anna, noch unverletzt vom großen Brand, in der Vergangenheit, vor wenigen Wochen, und sah den Überbringer des Botenberichts und sah, wie diese drei staunten, dass sie Nasrin sahen, dass Nasrin sie sah. Da sagte die Gefangene, was sie zu sagen versprochen hatte:

»Ialpirgah«, Reinigung,
»Ialpirgah«, Leuchten,
»Ialpirgah«, Ausbrennen der Wunde.

Die Zelle um sie wurde Sturmbö, die sie nach vorn schob, Nasrins Wahrnehmung schmaler machte, dichter, das Atmen zusammenpresste. Groß begann der Raum zu strömen, drängte nach vorn, schob sich von sich fort, erfasste die Frau, die nach vorher fiel, nach dann und dort, mit flatternden Lidern, die Arme hochwarf, um sich auszubalancieren, um nicht zu stürzen, im Bruch der Symmetrie, im Sog, schluckte, entsetzte sich und schrie.

»Rechts. Rechts rein. Herrgott nochmal!«

Selenas Ungeduld und die Rohheiten, mit denen sie Wolf spüren ließ, dass sie ihn als Fluchtfahrer für unfähig hielt, ließen ihn zusammenzucken.

Er riss das Steuer gerade noch herum, bevor der Wagen die Zufahrt zum Industriegelände verpasste. Selena lud einen frischen Clip in ihre Pistole.

Die stammte aus einem Koffer, den sie seit Monaten bei sich trug, in seinem Beisein aber nie geöffnet hatte. Der Lauf war auch ohne Geräuschdämpfer sehr lang, der Griff massiv.

»Was ist, willst du die Waffe bewundern oder fahren? Geradeaus. Da. Hier. So, um den ... nein, da um den Schrottberg rum. So. Anhalten.«

Sie kamen keine zehn Schritte von einem anderen Auto entfernt zum Stehen.

Selena stieg schneller aus, als Wolf seinen Gurt lösen konnte. Sie hielt die Pistole schon schussbereit. Umständlich vermied Wolf, als er ihr zu dem weißen Wagen vor dem langen Hauptgebäude der aufgegebenen Fabrik folgte, zwei große Lachen, beide aus dunklem Wasser. Die eine schimmerte, belegt mit Ölfilm.

Selena näherte sich dem fremden Fahrzeug vorsichtig, leicht gebeugt, und spähte nach dem, was hinter den Scheiben zu erkennen sein mochte.

»Dachte ich mir«, sagte sie schließlich. Auch Wolf war nicht überrascht, als er die Umrisse der Leiche entdeckte, obwohl er den Mann nie vorher gesehen hatte.

Tote. Verletzte. Darauf war es längst hinausgelaufen.

Selenas Pistole war Zeichen genug dafür, dass es jetzt ernst wurde. Wollte Wolf dabei sein? Er musste ihr zumindest beweisen, dass er nicht unnütz war. Also ging er hinter ihr her, durch die tote Tür, die verdreckten Betonstufen mit den rostigen Metallkanten hoch, zur Halle, ominösen Geräuschen entgegen. Hörte Selena scharf atmen. Sah sie am Zugang zum entkernten Aufzugschacht vorbeirennen, die Waffe im Anschlag. Hörte von innen einen Mann rufen: »Scheiße!«, und wollte stehen bleiben.

Aber die Beine hatten eine eigene Meinung, und so lief er hinter Selena her, als sie anfing zu schießen, während zwischen ihren lauten Schüssen eine andere Waffe knallte wie riesiges Popcorn. Putz stäubte von den Wänden.

Dann sah er, worauf Selena schoss: Da kauerte ein Mann bei einem andern, vor einem umgestürzten Stuhl und einem Tisch, auf dem Geräte standen, neben einer Heizplatte.

Der Lauernde hatte auch eine Pistole, die zeigte auf Selena oder Wolf und spuckte nochmal Projektile, während der Mann brüllte: »Stehenbleiben! Waffe runter!«

Es half ihm nichts. Selena blieb nicht stehen, sondern drückte im Laufen noch zweimal ab. Beim zweiten Mal riss das Gesicht des Mannes auseinander. Die rechte Hälfte flog in roten und weißlichen Puddingfetzen nach rechts. Jetzt blieb Selena stehen, dicht hinter ihr Wolf.

Der sah den Mann zur Seite kippen. Die freie Hand des Stürzenden patschte klatschend auf den Boden, neben dem Liegenden, der sich krümmte. Das war Schöpflin. Selena ließ die ausgestreckten Arme mit der Waffe nach rechts und links schwenken, als wäre sie ein Kran. Nichts rührte sich. Wolfs Beine wurden weich, die Waden kribbelten vor Hitze, rechts und links, oben und unten färbte sich sein Gesichtsfeld schwarz. Ihm war so schwach und übel, dass er dachte: Bitte nicht zusammenklappen, bitte nicht. Der Gedanke gab ihm den Rest.

Er sackte zu Boden und fing sich gerade noch mit den Händen ab, wobei die Holzhand kräftig in den Staub schlug, während die Handfläche der anderen, aus Menschenfleisch, am Stein schmerzhafte Risse empfing.

Fünfzehn bis zwanzig Sekunden lang verharrte Wolf in dieser unwürdigen Stellung und dachte: Ein Hund, ein Wolf, ein Witz bin ich.

Selenas Wut war, was ihn hochriss: »Hey! Hallo! Komm jetzt her, verdammt!«

Da gab er sich einen Stoß, richtete sich, etwas verstolpert, wieder auf, kam zu ihr und dem Arzt, der mit weit aufgerissenen Augen und bebenden Lippen seine verbrannten und verstümmelten Hände an angewinkelten Ellenbogen in die Luft streckte wie ein gefällter Tyrannosaurus die kurzen Ärmchen. Links neben ihm lag der tote Jakob Scholz, rechts ein metallischer Gegenstand – was war das? Es sah aus wie eine rechteckige Variante der Nierenschalen, die Wolf aus dem Krankenhaus kannte.

Eine klare Flüssigkeit stand bis zur dritten Markierung darin, etwa ein Viertelliter, und in der Flüssigkeit lag eine kurze Klinge mit Metallgriff. Eine Knochensäge, erkannte Wolf schaudernd. Die Welle der Ohnmacht, die er eben niedergekämpft hatte, regte sich erneut in seiner Brust, seinem Bauch, seinen Armen.

»Da liegt ein Handtuch«, sagte Selena. Wolf verstand nicht, was sie wollte. Er gaffte nur, fasziniert und voll Grauen, die Hände des leidenden Arztes an: rot und schwarz und bläulich, aufgerissen, so dass Fasern und violette Schwellungen zu sehen waren, von Blasen, gelblich und weißlich, übersät.

Fast stimmlos krächzte Wolf: »Was ... ist hier ... passiert?«

»Er hat ... pkkch ...«, grunzte Schöpflin, »meine ... kachh ... meine Hände ... frittiert ... der ... khachpckhhh ... Witzbold ...«

»Handtuch!«, herrschte Selena Wolf an. Der schaute auf den Tisch, sah das Handtuch neben der ausgeschalteten Fritteuse, griff es, gab es ihr. Sie legte es auf den Boden.

»Deine Linke«, sagte sie.

Er verstand wieder nicht: »Wa-?«

»Deine linke Hand. Die künstliche. Leg sie hin. Ich nehm sie ab.«

Schöpflin nickte schwächlich, das Kinn wollte nicht zur Brust, die Augen waren nach oben verdreht. Er sah aus, als kämpfte er damit, nicht das Bewusstsein zu verlieren.

»Meine ...«, Wolf dämmerte, worum es ging.

»Tut ... khaaa ... mir ... leid ... junger ... Frachhkk ... Freund ... er lässt uns ... kehchei ... keine ... an ...«

»Red nicht so viel«, sagte Selena streng, aber mit Liebe – Wolf konnte es nicht überhören und fragte sich, ob er verrückt war, dass ihn das jetzt ärgerte.

Er legte die Hand auf das Handtuch.

Es tat kaum weh.

Anna Steiger und der Mann aus Frankfurt warteten auf der Straße vor dem Haus, in dem Abel noch vor kurzem mit Ceecee gewohnt hatte. Als Abel im Taxi vorfuhr und dann ungelenk ausstieg, wobei er die Kamera unter einigen Schwierigkeiten vom Rücksitz nahm und schließlich schulterte, näherten sie sich ihm nicht. Erst als der Wagen fort war, kam Anna auf ihn zu und streckte ihm die Hand entgegen – eine Förmlichkeit, die eigentlich nicht ihrer Art entsprach, die er überraschenderweise aber mit einem Ausdruck von Dankbarkeit erwiderte: »Sie sind Anna Steiger?«

»Ja.«

»Ich lese Ihren Blog. Sie sind mutig. Nasrin und ich, wir schulden Ihnen Dank.«

Dath trat herzu.

Er hatte sich, sah Abel gleich, obwohl er nicht wusste, wer der Mensch war, offenbar verkleidet, mit getönter Brille, schwarzer Baseballkappe und zwei Jacken übereinander, einer aus dunklem Jeansstoff und einer grünen, fast mantellangen, mit Kapuze und unechter Pelzkrause.

»Und Sie sind wer?«

»Ich heiße Dath und begleite Frau Steiger, weil ... weil das hier eine Sache ist, die vielleicht besser abläuft, wenn sie etwas mehr

Öffentlichkeit bekommt als bisher. Ich bin Journalist. Und ich sehe, Sie denken ähnlich«, er meinte die Kamera.

Abel ging zur Haustür. Anna half ihm wortlos, indem sie ihm den Apparat abnahm. Der Journalist fragte, während Abel die Haustür aufschloss: »Das ist eine richtige Filmkamera, ja?«

»Eine DSLR-Kamera für HD-Videoaufnahmen, ja«, sagte Abel. Dann winkte er die andern durch die geöffnete Tür ins Gebäude und setzte hinzu: »Ich hab sonst nichts, das ist meine Waffe. Nasrin ist oben?«

»Sie wird gleich oben sein, glaube ich«, sagte Anna. Es klang ausweichend. Abel fragte: »Verraten Sie mir, was Sie glauben, was hier jetzt passiert? Und halten Sie sich nicht zurück, wenn sie denken, es ist was Irres. Ich habe so viele Sachen erlebt, seit ich das letzte Mal in der Wohnung oben war«, er führte die beiden andern zum Aufzug, drückte die Taste und beendete seinen Satz in zweifelndem Tonfall mit: »... dass ich schon froh wäre, wenn andere mir was erzählen würden, was auch nur halb so seltsam klingt wie das, was ich gesehen habe.«

»Gesehen ... aber nicht gefilmt. Deshalb die Kamera, nicht? Damit es andere glauben können«, sagte Dath. Der Aufzug kam. Die Tür aus grauen Platten glitt zur Seite. Dath ging zuerst hinein, dann Abel mit der Kamera, die er von Anna wieder entgegennahm, dann Anna, die fragte: »Was haben Sie denn erlebt?«

»Doppelgänger. Eine Wohnung, die sich in ein Labyrinth verwandelt. Einen Menschen mit Holzhand, die sich bewegt wie eine echte.«

»Doppelgänger«, sagte Dath, als wollte er sich das notieren.

Anna nickte, sah Abel an.

Die beiden verband wortloses Einverständnis.

Wieder nahm Abel beim Verlassen der Aufzugskabine die Kamera von der Schulter. Aber da er den Schlüssel noch in der Hand hielt und nicht mehr aus der Jackentasche kramen musste, gab er das Aufzeichnungsgerät diesmal nicht an Anna weiter, sondern stellte sich vor die Haustür, den Schlüssel in der Hand, die Spitze auf die Tür gerichtet, als genügte das – wie bei einem Zauberschlüssel, vor einem Zaubertor.

Zitterte die Hand leicht?

»Wenn es Ihnen nicht recht ist, dass wir mitkommen«, sagte Dath, »können wir auch draußen bleiben. Ich habe nur noch eine Botschaft, die ich Ihnen ...«

Anna merkte auf. Das mit der Botschaft hatte der Mann ihr noch nicht verraten, sie war also nur für Abel bestimmt. Der fiel dem Journalisten jedoch ins Wort: »Das isses nicht. Ich wäre im Gegenteil froh, wenn ich selber nicht da rein müsste. Wenn Sie beide ohne mich reingingen. Bloß, irgendwas sagt mir – und wenn es nur die schlechten Erfahrungen sind, die ich in den letzten zwei Jahren machen musste ... irgendwas sagt mir, dass das Spiel so nicht laufen kann. Und dass die Wohnung mich leichter reinlässt, als sie mich rausgelassen hat.«

»Spiel?«, fragte Anna. Sie spürte, wie aufgeregt sie selbst war: Würden sie wirklich Nasrin begegnen? War sie schon drin?

»Na«, sagte Abel und steckte den Schlüssel ins Schloss, »ich nehme an, er ... oder sie ... die Person, von der die Botschaft stammt, die er hat«, eine Kopfbewegung in Daths Richtung, »und von der Sie«, eine in Annas Richtung, »wenn ich das richtig sehe, bis eben noch nicht gewusst haben, dass es sie gibt ... Na, ich nehme an, die Person, die das hier alles arrangiert hat, wenn es denn eine Person ist, würde es so ausdrücken. Spiel.«

Er drehte den Schlüssel um. Es ging ohne Widerstand, und die Tür ließ sich ganz leicht öffnen. Er trat auf den Flur. Dath räusperte sich. Abel sagte: »Ja, kommen Sie mal rein. Beide, bitte. Und machen Sie die Tür zu hinter sich.« Er ging voraus, den Flur entlang, und rief, nicht allzu laut: »Nasrin? Bist du da?«

»Nein, Entschuldigung ...«, sagte Dath, und Abel drehte sich nach ihm um. Auch Anna schaute ihn erstaunt an: Was sollte das heißen, nein?

»Es ist so ... ich ... also, ich weiß, glaube ich, wie das gedacht ist ... er oder sie, die Person ... wie soll man sagen, ist mir auch ... erschienen, und ... wir sollen ... vom Schlafzimmer war die Rede.«

Anna vermochte nicht zu entscheiden, ob die Blicke zu Boden und die spürbare Unbehaglichkeit beim Reden, die sie an ihrem Begleiter bemerkte, etwas damit zu tun hatten, dass ihm der Vorgang peinlich war, oder eher damit, dass er Schwierigkeiten hatte, genau das weiterzugeben, was ihm aufgetragen worden war.

»Schlafzimmer. Right«, sagte Abel, riss die Kamera mit geübter Bewegung hoch und griff an deren Seite mit drei Fingern zu. Klicken. Ein leises Aufnahmegeräusch.

Keinen Augenblick zu früh: Er trat ins Schlafzimmer, sie folgten ihm, und die Spiegelwand vor dem Kleiderschrank war ein so vollkommenes Trompe-l'œil, dass Dath einen winzigen Laut des Erstaunens von sich gab, während Annas Magen das tat, was sie seit Kindertagen einen »Lupfer« nannte, und Abel die zweite Hand, die eben den Schlüsselbund in der Hosentasche verstaut hatte, hochnahm, um die Kamera, deren Linse er sofort auf die bizarre Glasfront gerichtet hatte, zu stabilisieren: ein Schnitt, der die Welt halbierte.

Diesseits standen die drei, jenseits war eine Gefängniszelle, darin stand Nasrin, mit Kummermiene.

Sie sagte »Ialpirgah«, so dass um die drei im Schlafzimmer ein elektrisches Summen aus dem Teppichboden stieg und ihnen die Beine und Rücken hochrieselte, schnell wie dünnes Blut. Nasrin wiederholte: »Ialpirgah«, dass sich die Luft zu verdunkeln schien und in Bewegung geriet, als ein Geraschel von Vorhängen aus Ungreifbarem.

Sie sagte noch einmal »Ialpirgah«, dass Anna dachte: Der Boden fährt, und Dath dachte: Die Richtungen springen, und Abel dachte: Ich will hier raus.

Aber dann stürzte in Abels Blick, den er durch den Bildfinder auf den Spiegel warf, während das andere Auge geschlossen war, das Violett um Nasrins Haar ins Rot ihrer Lippen, und der Moment schwankte, strahlte durch alle vier Körper als Sturz von Koordinaten in und durch ein gewaltiges Prisma, ein Fall in ein Niemals, und Abel ließ die Kamera sinken, ließ sie los, ließ sie fallen. Schwer, nicht polternd, aber mit einem dumpfen Schlag fiel sie zu Boden, und der Bruder breitete hilflos die Arme aus, und die Schwester fiel auf ihn zu, dass er sie festhielt, dass er sie barg, so sicher er konnte.

Nasrin setãreh hã´i rã be panjareh ash chasbãndeh.

Dath ächzte. Anna blinzelte. Sie sahen sich im Spiegel, in ganz normaler Reflexion des Raums, in dem sie sich befanden. Die Gefängniszelle war verschwunden.

Abel und Nasrin sahen nichts. Sie hatten die Augen geschlossen.

Eine Woche vor dem Konzert inspizierten Fritz und Tom gemeinsam die niedrige Halle. Heiko hatte keine Zeit. Er war schon mit neuen Deals beschäftigt, mit viraler Propaganda, Presse und dergleichen.

Ihm ging es um eine nächste Platte, um die Wiederaufnahme des unterbrochenen Weges. Tom hatte nichts dagegen, aber er weigerte sich, übers Konzert hinauszudenken. Das Konzert selbst war nicht für ihn, es war für Nathalie. Von der Platte konnte er das nicht sagen, deshalb kam sie in seinem Kopf nicht vor. Man übte allerdings neue Stücke.

An denen arbeitete er vor allem mit Fritz, weil Tom mit diesem harmonisch würde zusammenwirken müssen, wenn die neuen Räusche das Publikum ergreifen sollten, das dieses Material noch nie gehört hatte. Fritz hielt große Stücke auf Tom.

Er fand sich, wie der Bassist Harald und der zweite – falls Tom zur Gitarre zurückkehren sollte, was durchaus möglich war: dritte – Gitarrist Harkan, sofort im neuen Zeug zurecht und sah auch ein, dass man das alles nicht unabhängig von der Show planen durfte, in deren Rahmen es der Welt mitgeteilt werden würde. So ließen sich die beiden denn zeigen, was der erwählte Club zu bieten hatte.

Zuerst führte Walter Schaffer die beiden backstage.

»Wow, ganz schönes Gerät«, sagte Tom verblüfft.

Er meinte das Kuchenmesser, das neben einem schokoladenglasierten Marmorkuchen auf dem langen Tisch mit Knabberkram, Sandwiches und Obst für die Band bereitlag.

»Das bauen wir in die Show ein, da schlachte ich den Heiko mit«, fügte Tom, als die anderen zwei nichts dazu sagten, halblaut hinzu. Es klang, als hätte er das Interesse an dem Witz schon verloren, bevor der ganz ausgesprochen war.

»Wozu ist die Schräge da? Dieses Betonding mit dem verriegelten Tor?«, wollte Fritz wissen, und Tom witzelte: »Das ist das Tor zur Hölle, Mann. Was meinst du, wo das Publikum herkommt, wenn hier immer die Black-Metal-Partys toben?«

Walter schnaubte gutgelaunt und erklärte: »Das ist ein Durchgang zum Kohlenkeller und zum alten Heizraum. Da steht ein riesiger Boiler. Nicht mehr im Gebrauch. Ein Luftschutzbunker war das auch – das Haus ist neuer als … also, es wurde erst nach dem Zweiten Weltkrieg gebaut, aber sie dachten wohl, Bomben fallen ja immer mal wieder. Inzwischen hat's hier längst Zentralheizung, auch oben in den Büroräumen.«

»Da oben ist so ein katholischer Verein, das ist auch derbe, wenn man dran denkt, wer hier alles so aufgetreten ist.« Tom hatte sich die Schilder draußen genau angesehen.

Walter zuckte mit den Schultern: »Nu ja, die sind ja abends weg, die Katholen. Wichtig ist, dass niemand hier wohnt, sonst könnten wir nicht diesen Krach machen.«

Tom wurde ernster: »Wer ist eigentlich ›wir‹? Ich meine, wem gehört der Schuppen?«

»Ich bin noch nicht lange dabei. Ehrlich gesagt seid ihr das erste Konzert, das ich hier als Angestellter betreue. Vorher war ich Freischaffender.«

»Als Beleuchter freischaffend, geht das?«, wollte Fritz wissen, während sich Tom auf das Doppeltor des Höllenkellers setzte und sich eine Zigarette anzündete.

»Na ja, nicht nur Beleuchter. Alles, was mit Shows zu tun hat, auch Sound und … also, ich habe hier vorher zwei Konzerte betreut, Triptykon und Metal Inquisitor …«

Tom blies eine Drachendoppelwolke aus den Nüstern und sagte beeindruckt: »Wow, Triptykon. Und wie ist der so, der Warrior?«

»Ein Genie«, sagte Walter schlicht über Toms berühmten Vornamensvetter. Fritz setzte wie ein kleines Häkchen das schlichte Wort: »Klar« dahinter.

Dann fuhr Walter fort: »Und die waren so zufrieden mit meiner Arbeit hier, dass der Typ, für den ich Aushilfe gemacht habe, gar nicht mehr zurückkommen sollte. Die Besitzerin ist so eine ... na ja, noch ziemlich jung, nennt sich ähm Luzi Fellchen oder ...«

»Luziferchen?« Tom keckerte, Walter berichtigte: »Fellchen. Keine Ahnung. Vielleicht ein Künstlername. Sieht so 'n bisschen nach Goth-Schnecke aus, eigentlich nicht nach Metal, aber sie hat ziemlich klare Vorstellungen, wer hier spielen soll, und knausert, wie ihr wisst, nicht mit Accomodation und Gage.«

»Wir können nicht meckern«, bestätigte Fritz, reichte Tom die Hand, zog ihn von seiner schrägen Liege in die Höhe und folgte wie sein Sänger dem Licht- und Soundmann in die Halle, wo der Auftritt stattfinden sollte.

Tom stellte sich in die Mitte der Bühne und schrie, dass Walter Schaffer zusammenzuckte. Fritz kannte das, der nickte nur, und als Tom ihn fragend ansah, ein nadelspitzes Funkeln des rechten Auges unter dieser diabolischen Haarsträhne, nickte der Gitarrist beifällig und sagte: »Saugeile Akustik.«

»Ja«, bestätigte Tom, warf den Kopf zurück, kreischte, sah wieder geradeaus. Walter Schaffer entspannte sich. Fritz stellte Fragen zum Mischpult: »Seh ich den Mixer? Sieht der mich, wenn das da hinten zwischen den Gerüsten so eingeklemmt ist?«

Walter beruhigte ihn: »Erstens ist da eine Art Schattenkorridor, du wirst an der Stelle nicht geblendet, ich komme mit der Kreuzbeleuchtung von oben, und der eine Scheinwerfer ist mobil genug, den nehme ich immer wieder weg.«

Fritz fragte: »Der rechte da?« Walter nickte und sagte: »Ja. Und zweitens steht auf halber Höhe rechts noch die Marion auf dem Gerüst. Meine Freundin. Die hilft hier beim Ton. DJane. Versteht was davon. Sie kommt nachher und spricht mit dir noch paar Spezifikationen durch.«

»Spezifikationen. Wow«, sagte Tom neckisch. Fritz grinste und sagte: »Mann, Spezifikationen, das ist total Metal. Das ist alles tierisch Metal hier.«

»Ja. Very Metal«, bestätigte Tom, sah dann Walter forschend, aber nicht unfreundlich an und sagte: »Bist du auch Metal?«

Walter zuckte mit den Schultern: »Ich war mal im Knast, weil ich geholfen hab, geklaute Autos zu verscherbeln. Falls das zählt.«

Die beiden Musiker lachten anerkennend, und Walter, davon ermutigt, setzte hinzu: »Ansonsten finde ich euch einfach sehr gut. Nicht, dass ich den Überblick hätte. Ich höre nicht viel deutschen Metal und weiß auch nicht viel drüber. Ich meine, ich lese nichts, keine Heftchen oder Newswebsites oder so was. Ich bin eh erst seit kurzem irgendwie Musikszene. Vorher war ich kriminell und Kommunist.«

»Auch schön«, sagte Fritz, und Tom meinte nachdenklich: »Was willste auch lesen? Gibt ja nix mehr, seit der Götz Kühnemund nicht mehr Chefredakteur vom ›Rock Hard‹ ist. Man kann sagen, die deutsche Metalszene ist derzeit geistig abwesend.«

»Hey, das liegt nur an dir, weil du so lange im Winterschlaf warst«, frotzelte Fritz. Tom sagte nichts dazu, Bescheidenheit verbat es ihm.

Walter sagte: »Macht der jetzt nicht ein neues Heft, der Kühnemund?«

»Ja, mit iranischem Geld«, brummte Tom.

»Ah, da kommtse«, freute sich Walter Schaffer, als durch eine Nebentür aus dem Backstagebereich Marion die Halle betrat.

»Hi«, sagte sie und nahm die Bandmitglieder nur flüchtig zur Kenntnis, bevor sie Walter mit einer Kopfbewegung bedeutete, sie müsse ihn mal eben alleine sprechen.

Charmant war das nicht, aber Tom sprang, als wäre er wieder neunzehn, vom Bühnenrand und begab sich auf eine im Trabschritt absolvierte Schnellbegehung der Halle, während Fritz sich auf seinem Smartphone ein paar Daten und Skizzen der Raumabmessungen und des möglichen Bühnenaufbaus samt denkbarer Choreographie notierte.

»Was ist denn? Du solltest nicht einfach …«, fing Walter an, aber Marions brüsker Ton brachte ihn sofort zum Schweigen: »Hör mal, es ist ernst. Es geht um Anna und die Frau im Knast. Nasrin Reinhardt.«

»Oh.« Er war besorgt, wach und bereit zu helfen – dieser Gesichtsausdruck, dachte Marion, das ist es, in was ich mich bei ihm verliebt habe. Sie küsste ihn kurz und zart, er lächelte. Dann sagte sie halblaut: »Sie ist frei. Ich weiß nicht wie, aber diese Nasrin ist frei. Anna hat sie. Irgendwie war ... irgendeine Befreiung. Keine Verletzten und Toten wohl, und komischerweise ist auch noch nicht ... also, man hört keine Nachrichten, dass da ... es ist, als ob ... die wollen wohl noch nicht, dass es bekannt wird. Aber sie muss irgendwie ... wir müssen sie irgendwo ... ich dachte halt ... in Annas Wohnung kann sie nicht.«

»Du willst sie bei mir unterbringen«, sagte er.

»Nee, weißt du«, sie sah plötzlich leicht verschämt aus, wenn auch keineswegs unerwachsen, »ich dachte halt, weil du ... mal im Knast ... vielleicht weißt du, wo und wie man ... ich meine, hast du keine Kontakte?«

»Mein Kontakt bist du, Baby. Das war's, zur Zeit.« Er lächelte, küsste sie ebenso knapp wie sie gerade ihn und sagte dann: »Wo sind sie?«

»Im Moment in unserer ... in deiner Wohnung. Alle. Anna, Nasrin, ihr Bruder, dieser Filmtyp und so ein Journalist.«

»Also 'ne richtige Party bei mir.«

Das klang jetzt doch ein wenig tadelnd. Marion seufzte. Dann sagte sie: »Tut mir leid. Das war nicht richtig von mir. Kommst du mit? Ich meine, können wir zu dir und das sortieren? Ich krieg das alleine nicht hin. Anna hat immer dieses autoritäre Gedrängel drauf, wenn sie mit mir ...«

»Und du glaubst, mich nimmt sie ernster?«

»Vielleicht ein bisschen. Du bist ja gelernter Gangster, oder?«

»Hmpf. Okay. Gleich. Aber vorher ...« Er wandte sich Tom und Fritz zu, die jetzt auf dem Bühnenrand saßen, in ein Gespräch über den geplanten Auftritt vertieft: »Jungs, tut mir leid, es ist nur ... mir ist was dazwischengekommen. Wenn es noch Fragen gibt, vielleicht mailt ihr die, wir haben das meiste aber eigentlich schon durchgesprochen, oder?«

Fritz setzte nach Körperhaltung und Mimik schon an, seine Zustimmung zum Ausdruck zu bringen. Da widersprach Tom, wenn auch nicht heftig: »Das für mich Wichtigste ist noch nicht klar. Die Fackeln. Das Feuer.«

»Fackeln?«, sagte Marion, als hätte sie das Wort zum ersten Mal im Leben gehört. Walter sah sie an, als wollte er sagen: Ist schon in Ordnung. Dann wandte er sich Tom zu und sagte: »Du meinst wegen der Lightshow. Feuerpolizeilich sind wir ja klar mit der Sache, da hat euer …«

»Heiko«, half Tom.

»Ja, genau«, fuhr Walter fort, »dieser Heiko, der hat das alles ausgefüllt und abgegeben und geklärt. Ihr habt da Erfahrung, oder?«

»Es ist ein Kernelement der Show«, sagte Fritz und kam sich für das Wort »Kernelement« augenblicklich albern vor – ein unschuldiger Patzer, den auch Tom bemerkte, der ihm dafür aber brüderlich auf die Schulter klopfte, dann aufstand und zu Walter ging, dem er die Hand entgegenstreckte: »Ja, ist geklärt, von der Sicherheit her, ich wollte nur, dass wir nochmal ausmachen: Wenig Strahler am Anfang und am Ende der Show, damit die Fackeln wirken. Und in der Mitte auch – bei der langen Pause.«

»Bei der Rede«, sagte Walter, ergriff die ihm dargebotene Hand, schüttelte sie.

»Ja, wenn ich das spreche. Das, was mit dem Satz anfängt: Ein Lied erreicht …«

»… den Stern«, setzte Walter korrekt fort. Tom lächelte, ließ die Hand los, gab sie Marion und sagte: »Alles klar. Schön, dich getroffen zu haben. Wir wollen euch nicht länger festhalten als nötig, wir sind so weit fertig hier.«

Marion nickte, sagte: »Gut. Hey, danke.«

Fritz stand auf: »Ja, wir sind durch, erst mal. Soundcheck und so klären wir am Telefon, und Restfragen per Mail.«

Auch er gab den beiden vom Club die Hand, dann verließ man den Keller gemeinsam. Die Männer von Lichtnord stiegen in den Bus, den Heiko in der Zeit ohne Tom mit treuhänderischer Gewissenhaftigkeit behandelt, gewartet, geschützt hatte, nicht als Museumsstück, sondern als jederzeit wieder einsatzfähiges Wahrzeichen.

Schaffer und Marion fuhren mit Marions neuem Auto.

Sie saß am Steuer – er fuhr nicht gern, auch wenn sie ihn gelegentlich damit aufzog, dass das für einen ehemaligen Autodieb und -hehler ein seltsamer Zug war.

Sie schwiegen gemeinsam.

In der Wohnung lief Musik, was Schaffer seltsamerweise nicht provozierte, sondern freute: Anna hatte also keine Scheu, sich hier einzurichten, das nahm der Sache gleich viel von ihrem Räuberpistolencharakter. Die Musik war nicht laut, obwohl es die Sorte Musik war, die man eigentlich laut hören sollte:

You want them to notice
The ragged ends of your summer dress
You want them to see you
Like they see any other girl
They just see a faggot
They hold their breath not to catch the sick
Rough surf on the coast,
Wish I could have spent the
Whole day alone with you

Der Sound kam aus dem CD-Player im Schlafzimmer, eine der Boxen stand in der Küche. Alle saßen dort: Anna, Nasrin, ihr Bruder, nur der Journalist stand am Kühlschrank und schrieb, albernes Klischee, mit einem Kugelschreiber in ein Moleskine-Büchlein.

»Hey, Anna«, sagte Walter freundlich.

»Hey, Schaffer. Sorry wegen dem Ganzen hier. Ich hoffe, wir versauen dir nicht das Leben.«

»Ich hab keine Polizei gesehen, auf dem Weg«, erwiderte er kryptisch und erläuterte dann selbst, was er damit sagen wollte: »Marion hat so was angedeutet wie ... sie wird noch gar nicht gesucht?«

»Ich werde noch wochenlang nicht gesucht werden. Ich bin nämlich eigentlich noch im Gefängnis. Ich komme nicht nur aus der Haft, sondern auch aus der Zukunft«, sagte Nasrin.

»Äh?«, sagte Schaffer, und auch Marion schaute Anna fragend an.

Nasrin erklärte: »Ich habe im Gefängnis einiges herausgefunden über ... die ... Intelligenzen, die das alles hier mit uns anstellen. Ich habe durchgespielt, was wir, mein Mann Kassim und ich, über eine dieser Intelligenzen wussten: dass wir immer dann, wenn wir ihr auf der Spur waren, plötzlich neben der Spur lagen, weil sich das Verhalten dieser Intelligenz wieder völlig verändert hatte. Viele der Daten habe ich im Kopf, und irgendwann fing ich an ... eine der Beschränkungen bei der Deutung dieser Daten wegzudenken. Das sind Schranken, die uns Menschen natürlich vorkommen, die aber gar keine Eigenschaft der Welt sind, sondern nur unsere menschlichen Anschauungsweisen. Die erste Beschränkung, die ich weggelassen habe, war das lineare, nur in eine Richtung weisende Vergehen der Zeit. Und als ich das weggelassen habe, ergaben die Daten Sinn.«

Schaffer sah, wie der Journalist beim Mitschreiben die Lippen bewegte, und glaubte, davon ablesen zu können, was er tonlos formulierte: »Das lineare ... nur in eine Richtung ... weisende ...«

»Tut mir leid, nö. Raff ich nicht«, sagte Schaffer. »Intelligenzen? Was für Intelligenzen?«

»Sie meint das Wetter. Und das Geld. Und ein paar andere. So Götter halt«, sagte Abel, der dabei aus dem Fenster schaute, während seine Hände auf Nasrins Händen auf dem Küchentisch lagen. »Wir haben gerade schon ... länger drüber geredet.«

»Es klingt verrückt«, sagte Anna, »und es ist auch verrückt, glaube ich, aber ... ich hab heute was gesehen, das noch viel verrückter ist. Und wenn du uns hilfst«, sie sah Walter direkt an, »dann wirst du wahrscheinlich auch einiges zu sehen kriegen, was total verrückt ist. Ich kenne niemand sonst, dem ich vertraue, außer Marion und dir.«

Marion sah zu Boden, um zu verbergen, dass sie bewegt war von diesem Satz. Es war daher Schaffer, der in der Stille, die Annas Worten folgte, die rechten Worte finden musste – und sie auch fand: »Ist doch gut. Ich meine, soll ja auch nicht langweilig werden, das Leben. Ich hätte heute eh nichts zu tun gehabt als ein Konzert vorzubereiten.«

Anna sagte: »Was hätte ich gemacht? Gebloggt, meine Fresse.«

Marion war erleichtert. Der leicht ironische Ton, zwischen Anna und ihr seit Jahren die bequemste Art des Umgangs, ließ sie zurück ins Gespräch finden: »Also tust du jetzt wenigstens was Konkretes, statt immer nur für den Kommunismus im Netz und so.«

»Ach, der Kommunismus im Netz ...«, Anna streckte sich, ein Gähnen des ganzen Körpers, auch Abels und Nasrins Mienen hellten sich auf, und Anna beendete ihren Satz: »... der ist ja, wie auch der Kommunismus im Print und überhaupt, nicht mehr derselbe, seit Werner Pirker gestorben ist und die ›junge Welt‹ ihn deshalb weder ins Netz stellen noch drucken kann.«

Walter erlebte ein schräges Déjà-vu bei diesen Worten, besann sich kurz, wo er etwas ganz Ähnliches heute schon einmal gehört hatte, dann fiel es ihm ein, und er sagte: »Ist wie mit dem deutschen Heavy Metal, seit Götz Kühnemund nicht mehr Chefredakteur vom ›Rock Hard‹ ist.«

»Wer ist Götz Kühnemund?«, fragte Abel Reinhardt.

»Ach«, sagte Walter und ging zum Kühlschrank, wo ihm der Journalist Platz machte, so dass Walter in die Knie gehen und sich ein kühles Bier holen konnte, »das hat mir heute ein Sänger erzählt, der Sänger von Lichtnord, die demnächst ein Konzert hier spielen. Eine Metalband. Ein Comeback.«

»Oh«, machte Dath, und weil er diese Silbe nicht leise, sondern sehr deutlich sprach, sahen alle zu ihm, als er sein Büchlein in die Jackentasche stopfte und verlegen sagte: »Ähm, ja. Wegen ... wegen diesem Konzert. Das ist nämlich ... die Nachricht, wissen Sie. Ich habe da eine Nachricht. Von meinem Doppelgänger, oder wer das sonst alles ist. Er erwartet Sie da. Auf diesem Konzert.«

Wieder die Stille.

Nasrin nickte, als wäre ihr das klar gewesen.

Anna sah den Journalisten an, dann Walter und sagte: »Siehste? Solche Sachen mein ich.«

Marion fragte: »Was schlägst du vor? Sollen wir da hin, weil dieses ... Monstrum das will? Sollen wir was anderes machen, sollen wir den ... Reporter ausfragen, was er sonst noch weiß über ... seine Botschaft und den, diesen ... wo er sie her hat?«

»Alles zusammen«, sagte Anna, überraschend entschlossen, »und alles nacheinander.«

Da lachte Abel und schüttelte den Kopf: »Nee, alles zusammen vielleicht, aber ... wenn ich eins gelernt hab über diese Person, dann ... niemals nacheinander.«

»Niemals nacheinander«, wiederholte Anna.

Es schien, als gefiele ihr das nicht schlecht.

Ceecee zog in ein Hotel.

Mit gutem Geld, das noch von der Mutter Kirche stammte, mietete sie einen Raum hoch oben und ärgerte sich, als sie feststellte, dass sie die Fenster dort nicht öffnen konnte.

Es war Nacht. In ihr trieben viele schöne, diamantklare Lichter, und Ceecee dachte an den Wind. »Do not move. Let the wind speak. That is paradise«, flüsterte sie. Das hatte ein Mensch geschrieben, den sie gerne las.

Diesen Wind wollte sie sprechen lassen, aber darüber hinaus wollte sie dem Wind auch etwas mitteilen. Kein Paradies. Sie suchte und tastete die Fensterrahmen ab, ob da etwas wie eine Verriegelung oder ein Schloss wäre. Mit derlei hatte sie es immer leicht gehabt.

Nichts davon war da.

Sie zog Stiefel an, verließ das Zimmer, ging auf den halbdunklen Fluren auf und ab, die geschmackvoll von gedämpften elektrischen Leuchtern erhellt wurden – kein Neonschund.

Sie fand die Tür zum Treppenhaus. Da ging sie drei Stockwerke höher, zur Spitze dieses Turms. Ganz oben fand sie eine Tür nach draußen, die ließ sich leicht öffnen, trotz Magnetsperre. Ceecee trat hinaus aufs Dach, in den Wind über Häusern, unter Sternen. Ging bis zum Rand. Der Wind war vielgestaltig, hatte Straßen, kreuzte sich selbst. Luft glitt auf Luft dahin, schob sich unter ihre Wege, fiel zwischen andere, trug Nachrichten aus allen Richtungen, selbst daher, wo kaum Menschen wohnten, im Eis, am Rand.

Ceecee konnte das alles riechen, schmecken. Sie stieg über den Rahmen des Gebäudes und hängte sich dort in das, was da wehte, hing an starken Fingern, lachte.

Sie ließ die Winde sagen, wer sie waren.

Dann schloss sie ihre Augen, bat um etwas.

Sie brauchte Wirbel, bald, in einer Woche.

Das war nichts, was man einfach bitten konnte: Die Wetter gingen eifersüchtig um mit ihren Wirbeln. Es gab, wie überall und für alles, das einmal aufgewacht war, eigene Gesetze. Ceecee sprach aus den Erhaltungssätzen der Physik, sprach aus Vertrauen zum Unveränderlichen hinter dem Veränderlichen, sprach das Veränderliche dabei direkt an: die Winde im Einzelnen, die Druck- und Temperaturschwankungen, den Regen da und dort.

Die Wirbelneigung einer thermisch von anderen Bereichen des Gesamtwetters isolierten Luftsäule wie derjenigen, die um ihr Hotel jetzt zu sich kam, variierte. Es war eine alte Musik zwischen Ceecee und dem Wetter, in Übereinstimmung zur jeweiligen Streckung und Stauchung der Säule, im Rhythmus des Gesprächs.

Ceecee fühlte das Kitzeln bis unter die Lederjacke.

Das Wetter machte ihr Vorwürfe.

Ceecee wusste, wann so etwas ernst gemeint war und wann nicht. Sie sagte den Winden, dass es ihr selbst nicht recht war, einige Leute so tief in diese Sache zu ziehen und die Balance insgesamt so schwer zu stören.

Das Wetter trug das, was Ceecee zugab, wusste und wünschte, schließlich nach Osten, Westen, Süden, Norden fort.

Ceecee zog sich nach oben, rollte sich ab, dass sie schwer atmend und mit laut im Hals hämmerndem Herzen auf dem Rücken liegen blieb.

Sie konnte nichts dafür; es war die Schuld der Menschen selbst: Wenn sie nur wandelbarer gewesen wären, stärker in ihrer Liebe und in ihrem Willen, dann hätte man keine opfern müssen und keinen. Es war alles andere als ein schönes Geschäft, aber die Wunden in der Geschichte, im Ganzen, waren leider vorhanden, kleine und große.

Ceecee war die Aufgabe zugefallen, diese Wunden zu schließen, und das auf eine Art zu tun, die verhinderte, dass etwas Giftiges in den Körper der Geschichte eindringen konnte, etwas, das weitere zwingende Prozesse infizieren und schädigen konnte.

Was blieb ihr übrig, als die Wunden auszubrennen, sie zu sterilisieren? Wie anders aber konnte sie diese Wunden sterilisieren als mit Feuer?

Es pfiff und rauschte oben, bis es sich wieder legte. Als Stille auf allem lag, so weit man sehen und hören konnte, ging Ceecee zurück in ihre Suite und ließ sich ein Bad ein.

Einer der Männer hatte nur mehr eine rechte Hand, der andere nur mehr eine linke.

Die rechte war echt, die linke künstlich.

Der die künstliche hatte, war tapfer, fand der mit der echten.

Er erinnerte sich, wie er selbst seine echte linke Hand verloren hatte: im Suff, von einem Hund zerstört. Sein Gegenüber hatte beide auf einmal verloren, erst durch grauenhafte Verbrennungen, dann von der Hand Selena Ludics, die sie ihm abgeschnitten hatte, nachdem der mit der verbliebenen echten Hand eingewilligt hatte, seine künstliche herzugeben – und sich dann hatte abwenden müssen und übergeben, beim Eingriff der Helferin.

Der mit der linken und der mit der rechten Hand verstanden sich inzwischen gut.

Sie hatten kaum noch Geheimnisse voreinander.

Dass der mit der linken Hand in Wahrheit nicht »Doktor Matthias Schöpflin« hieß, sondern Jochen Crissauer, hatte er ihm schon am Abend nach der hastigen Operation im gemeinsamen Versteck verraten, als sie gemeinsam eine Flasche Gin mit stillem Wasser vernichtet hatten, während Selena Ludic die ganze Nacht am Telefon mit Notmaßnahmen beschäftigt gewesen war. Jochen und Wolf waren zweifellos weniger eilige, weniger gehetzte Leute als ihre Beschützerin. Meistens spielten sie Mühle.

Es gab sonst nicht viel zu tun für sie, und man konnte sich dabei unterhalten.

Inzwischen duzten sie einander. Selena Ludic war der Meinung, dass es gefährlich wäre, wenn auch nur einer von ihnen draußen in Berlin gesehen würde.

Sie traf sich mit Leuten – solchen aus der Kirche, solchen aus der Welt der Dienste –, nach den Anweisungen Jochen Crissauers.

Der war ein sehr guter Mühlespieler. Meistens endeten die Partien mit einer mehrfachen Blockade, aus der Wolf seine verbliebenen Figuren nicht mehr befreien konnte. Mit gutmütigen Sarkasmus sagte der Mitversteckte dann meist: »Du kommst.«

Das hieß, dass Wolf erstens an der Reihe und zweitens geschlagen war. Etwa jedes fünfte oder sechste Mal gewann auch der ehemalige Pfarrer eine Partie. Er wertete die Regelmäßigkeit, mit der das geschah, bei sich als Indiz dafür, dass Jochen Crissauer ihn einfach ab und zu gewinnen ließ, damit er sich nicht ganz vom Spiel verabschiedete.

Eines Nachts, schon gegen halb zwei Uhr morgens, nachdem die beiden Männer beim Warten auf Selena, die wieder einmal in klandestiner Mission unterwegs war, sechs Folgen »House of Cards« hintereinander gesehen und sich dann einem Mühlemarathon hingegeben hatten, dessen siebte Partie andauerte, hatte Wolf das erste Mal den deutlichen Eindruck, aus der überlegenen Position zu spielen.

Der Arzt hatte Schwierigkeiten, den Verlust immer neuer Steine zu verhüten. Bald würde Wolf ihm, wie das sonst jener bei ihm tat, alle Wege versperrt haben. Jochen Crissauers Geheimhandy auf der Sessellehne fing an zu vibrieren.

Wolf dachte: Das ist wie vor drei Wochen, als Abel uns verlassen hat, um seine Schwester zu holen. Von den beiden haben wir nie mehr was gehört.

Er wollte den neuen Freund bitten: Nimm nicht ab.

Stattdessen wandte er den Blick dem Spielbrett zu und studierte die Konstellation der Steine.

Jochen Crissauer nahm das Mobiltelefon, erhob sich, ging auf den Flur. Wolf schloss die Augen und lauschte. Der Mann gab sich keine Mühe mit Heimlichkeiten; er sprach laut genug, dass Wolf dem Verlauf des Gesprächs, das heißt der Hälfte, die er hörte, einigermaßen folgen konnte: »Ah, du hast ... ja. In Berlin? Na gut, Potsdam, Berlin. Kein Hotel? Haus ... Wa ...? Ah. Villa. Gut. Nein, musst kein Foto schicken, ich glaub's dir. Na, da soll doch gleich 'ne alte Wand wackeln ... Afshar. Ich hätte gedacht ... ich meine, ich dachte, vielleicht nehmen sie dich gleich in Gewahrsam, foltern aus dir raus, wo ich stecke, kommen her und killen mich und den armen Schulte.«

Wolf musste lächeln: Daher also das schlechte Spiel – der Doktor rechnete den ganzen Abend schon mit einem Überfall.

»Nein, ich dachte, es ist das gefährlichste Gambit, was ich machen kann, aber wenn das Monster hinter uns her ist ... eben, lieber wieder zurück zu den Iranern, wenn ich ... ach? Wie, nicht mehr bei ... also Freelance? Eine ... eine Gruppe von ... wer ... nein ... nein, sagt mir ... wie hieß der? ... nein. Ich ... ah ... okay ... nein, sagt mir wirklich nichts. Aber er will, er wird ... ja. Für zwei. Dich und mich. Okay. Und Schulte? Ja ...gut. Hast du ihm gesagt? Gut. Ich dachte mir ja schon, dass ... nein, mindestens hunderttausend. Er muss ja ... eben. Und einen Pass, ja? Gut ... nein ... richtig ... österreichisch, gut. Ah. Nein, wenn ... der Typ hat die Wahrscheinlichkeit verbogen. Der hat ein Loch in die Welt gestochen, und du musst dir vorstellen, das sind jetzt alles so konzentrische Wellen des Unwahrscheinlichen, in einer Art Wirbel ... wie eine Luftsäule, die als Orkan ... genau. Genau, ich ... ja. Und du traust dir das ... Ja. Ich bin da. Ich komme mit. Selena, jetzt ... nein, jetzt kommst du erst mal zurück. Ich ... nein, ich danke dir. Das ist ... das ist mehr, als ich von dir verlangen darf. Danke. Bis gleich.«

Als er wieder ins Wohnzimmer kam, dachte Wolf: Er hat mehr verloren als ich, zumindest eine Hand mehr. Aber er sieht aus, als wäre er ganz bei sich, und macht sich dennoch Gedanken um Mitläufer wie mich, bedankt sich bei Leuten wie Selena.

»Was ist denn?«, fragte Jochen Crissauer.

Der ehemalige Geistliche antwortete: »Ich dachte nur gerade, du bist eine Art Held, oder? So wollte ich mal sein, als Pfarrer. Suchen nach Gott, wie diese fanatischen Erfinder, die nicht ablassen von ihrem Ziel, auch wenn es sie beide Hände kostet, ob ein Blitz sie niederschlägt oder eine Explosion sie in die Luft schleudert; wie die großen Kletterer und Steiger auch, sei's in die Höh', sei's in die Tiefe, oder die den Meeresgrund absuchen wie 'ne Wiese und die Weltdurchquerer und die Nordpolfahrer und die Kosmonautinnen.«

Der Arzt schüttelte den Kopf und ließ sich, während er das Handy, das jetzt abgeschaltet war, auf einen der Sessel warf, mit einem Grunzen an seinem vorherigen Platz auf der Couch nieder: »Abenteuer, darauf kann ich verzichten. Meine fingen erst an, als ich versucht habe, aus allen Abenteuern rauszukommen. Iran ... Ob du es glaubst oder nicht, ich war in der FDP, und da gab es, wenn man wollte, noch aus Möllemann-Zeiten erstaunliche Kontakte nicht nur in den arabisch-sunnitischen, sondern auch in den schiitischen ... wie sagen sie? Kulturkreis. Na, und die haben mich dann, als ich fertig gemolken war, in Australien installiert, wo ich so 'n bisschen rumgedoktert habe. Ich hatte ja auf Arzt studiert, bin dann leider umgeschwenkt auf Medizintechnik, gegen Ende des Studiums. O diese Luft- und Raumfahrtdeppen! Ich sollte Astronauten verbessern, weil klar war, die nächste Runde im Wettlauf, im neuen Kalten Krieg Europa gegen Amerika, läuft über GPS und über Satelliten und über unbemannte und bemannte Raumfahrt, und diese Gesundheitsprobleme, die man kannte, weil die Russen uns das verkauft haben, dieses Wissen, in der Öffentlichkeit war es ja nicht bekannt und im Kino verschwiegen, in ›Gravity‹ kannst du ... egal.«

Er winkte ab, was mit der künstlichen Hand erstaunlich lebensecht aussah.

»Und jetzt hat Selena für dich wieder Kontakt aufgenommen mit deinen Iranern?«

»Sie hat es versucht. Aber ich dachte mir schon ... Das ist alles Ende 2013 futsch gegangen, diese Kontakte, nachdem Obama so völlig überraschend den Syrienangriff erst mal abgesagt hatte und kurz darauf, im November, die Rede von Verhandlungen zwischen den Amis und den Persern losging. Da war mir schon klar, Rohani will was anderes als Konfrontation, und das Spiel mit Europa, das lassen sie jetzt. Das Lustige ist: Einer hat dann doch reagiert. Sich zurückgemeldet auf ... Signale, die ich über gewisse ... Kanäle hier in Berlin ... egal. Er heißt Afshar, und der Witz ist: Er hat sich zurückgemeldet, weil er offenbar erstens nicht mehr für die Perser arbeitet und zweitens Leute braucht, die das können, was Selena und ich können.«

»Mord und Forschung«, sagte Wolf.

Nach einer kleinen Pause setzte er hinzu: »Braucht er mich auch?«

Jochen Crissauer schloss die Augen, warf die Stirn in Falten, dann sah er den neuen Freund an und sagte: »Es tut mir leid. Aber für dich wird trotzdem gesorgt.«

»Ihr lasst mich zurück. Und ich weiß nicht, wo Abel ist.«

Der Ältere erwiderte: »Du musstest entscheiden. Es war dir klar, dass du vielleicht nichts mehr von ihm hören würdest. Er hat doch deine Nummer und die von Selena, oder?«

Wolf dachte nach, sah dabei wieder auf das Mühlebrett, ohne noch wahrzunehmen, was er sah. Dann wandte er sich Jochen Crissauer erneut zu und sagte: »Das stimmt. Er hat mich sitzengelassen. Ich weiß nicht mal, ob er noch lebt.«

»Es würde mich wundern, wenn nicht. Der Junge ist zäh. Und vielleicht siehst du ihn wieder.«

»Warum«, fragte Wolf, dem diese Frage jetzt das erste Mal einfiel, obwohl sie naheliegend war, »hast du das überhaupt gemacht? Ihn aus dieser Wohnung ... gerettet?«

»Um die Pläne dieser Person zu durchkreuzen. Cyan Cerulean. Weil alles, was sie tut, gefährlich ist und bleibt, und ich mich dafür verantwortlich fühle. Es gibt sie überhaupt nur meinetwegen. Oder ihn. Oder ...«

Wolf wechselte das Thema, weil ihm die Rede über diesen Menschen, in dessen Augen er nie wieder schauen wollte, grausig war: »Aber hat dein Geheimagent ... hat der nicht doch vielleicht eine Verwendung für mich? Ich hab's gehört, eben ... Selena sorgt für Geld für mich und einen Pass, aber wichtiger wäre mir, dass ich nicht schon wieder ... ich war zu lange allein, Jochen. Im Knast. Auf der Straße. Ich würde mich euch gern anschließen.«

»Kannst du Mord oder Forschung?«

Wolf ließ sich nach hinten in den Sessel sinken.

Ein Schlüssel wurde von außen in die Wohnungstür gesteckt und umgedreht.

Jochen Crissauer stand auf, um Selena zu begrüßen.

Es klopfte an der Tür.

Itoh drehte sich langsam zur Seite.

Gleich aufzuspringen entsprach weder seinem Naturell, noch war es das unter den gegebenen Umständen Richtige, schon gar nicht um diese Uhrzeit: Ein Blick auf die Anzeige am Fernseher verriet dem Priester, dass Mitternacht schon zweieinhalb Stunden zurücklag.

Es klopfte erneut.

Itoh stand auf und zog sein Longsleeve-Shirt an, schlüpfte in die Jeans. Die westliche Verkleidung gefiel ihm, in seinen Roben hatte er sich zu Hause in den letzten Jahren zunehmend wie ein Schauspieler oder Betrüger gefühlt.

Er ging zur Tür, schaltete das Licht ein, öffnete.

Vasan Anwar trug einen schwarzen Anzug, ein schwarzes Hemd, schwarze Schuhe, einen weißen Mantel darüber.

»Wir gehen. Sie packen und wir gehen.«

»Wohin?«

»Nach Potsdam. Safe House. Und morgen zum Flughafen, in aller Frühe. Serote hat mir ihre letzte Mail geschickt. Sie sind überzeugt, dass es hier passieren wird? Morgen Abend?«

»Sie wollten meine Meinung zu den Daten. Ich habe mir die Finanzbewegungen angesehen, die Börse in Frankfurt, die hiesige Statistik der Gewalttaten, auch der politischen oder mit Sportveranstaltungen verbundenen. Und das Wetter. Hier. Morgen.«

»Sie haben ... Gespür. Sie hatten es schon vor ihrer Mail an die Zeitschrift. Ich glaube, diese Mail damals, das war der Versuch einer Kontaktaufnahme. Habe ich recht?«

Itoh senkte den Kopf erneut, in Anerkennung der Richtigkeit von Anwars Vermutung. Dann sah er dem andern in die Augen und sagte: »Ja. Aber ich wollte nicht Kontakt mit Ihnen aufnehmen. Ich wollte Kontakt aufnehmen mit ... jenen ...«

»Seien Sie froh, dass ... jene ... das nicht beachtet haben, sondern wir.«

»Ich bin froh. Ich hatte ... mich überschätzt, oder die Vorgänge um ... jene ... unterschätzt. Sie bringen mich hier weg, sagen Sie. Wohin?«

»Nach England. Wir möchten, dass Sie für jemanden das tun, was wir für Sie getan haben.«

»Ich soll jemanden rekrutieren.«

»Sagen wir: jemandem sagen, dass das, was er vermutet, wahr ist. Wir hätten ihn gern an Bord. Große Dinge werden geschehen. Wir wollen uns vorbereiten. Ich erwarte Sie unten.«

Er war zur Tür hinaus, bevor Itoh recht begonnen hatte, zu überlegen, was von den Kleidungsstücken und den Büchern, die man ihm auf seinen Wunsch hier aufs Zimmer gebracht hatte, er auf seine Reise mitnehmen wollte.

Ich habe abgearbeitet, was vorlag, mehr nicht.

Ich habe mich erkundigt, ob Nasrin Alizadeh Reinhardt noch inhaftiert ist. Ich habe nach Stefan Dohr gefragt, aber ein anderer Beamter hat mich beruhigt, der mir sagte, wenn es die Vereinbarung mit Dohr gebe, dass das Amt bei Treffen mit der Inhaftierten helfen würde, dann gälte die noch, für mich und für Anna Steiger. Im Moment befände man sich allerdings in einer »Reorganisationsphase«. Dohr sei abberufen, man werde sich wieder melden, beziehungsweise: »Wenn Sie bis in drei Wochen nichts hören, sagen Sie Bescheid.«

Das klang alles nicht so, als wäre Nasrin frei.

Ich hatte sie aber gesehen, und ich hatte sie sagen hören, sie käme aus einer Zeit, die erst noch bevorstand. Medien meldeten nichts von einem Ausbruch.

Als Anna mich wieder anrief, erzählte ich ihr alles. Dann fragte ich: »Glaubst du ihr?«

Wir waren, nach all der Aufregung, per Du.

»Ich will nicht, aber ich sollte es glauben.«

Das leuchtete mir ein.

»Geht ihr hin?« Ich meinte das Konzert.

»Wir wollen nicht, aber wir sollten.«

»Soll ich, oder ... kann ich mit?«

Sie lachte: »Lass mal.«

Später erst, nachdem in Berlin alles geschehen war, was das Wesen gewollt und getan hat, habe ich angefangen, nach Spuren und Belegen zu suchen für die Veränderung der Geschichte. Ich fand nicht viel.

Die Brötchen etwa: Ich bin mir sicher, dass die Sesambrötchen beim Bäcker an der Galluswarte vor der Nacht des Lichtnord-Konzerts in Berlin länglich waren.

Jetzt sind sie rund. Ich habe nachgefragt, bei zwei verschiedenen Verkäuferinnen.

»Nein, wieso, war immer so.«

»Die sind rund, da hat sich nix geändert.«

Kleinigkeiten. Minimalabweichungen.

Ich werde mich hüten, nach etwas zu suchen, das deutlicher ist.

Man zieht ein eingeschlafenes Erdbeben ja auch nicht an den Schnurrhaaren, um es aufzuwecken, damit man es interviewen kann.

Wolf kam sich jämmerlich vor, wie er da im Bett lag und lauschte.

Viel gab es nicht zu hören: gedämpfte, ernste Stimmen, Taschenpacken, Waffenschrauben.

Ihm war, als wäre er ein Kind, das die Eltern morgen früh verlassen sollten.

Selena hatte ihm nüchtern, aber nicht herzlos, auseinandergesetzt, was von ihm erwartet wurde und wie er sich durchschlagen sollte. Drei Karten, zwei für Girokonten, eine Kreditkarte, dazu zwei Pässe, beide auf Rudolf Jarri, Schweizer Staatsbürger aus Luzern.

»Am besten wäre Afrika, aber wenn dir das nicht gefällt, Kanada und Australien gehen auch«, hatte sie gesagt. Crissauer hatte hinzugefügt: »Australien kann ich sehr empfehlen.«

Wie lange?

»Ein, zwei Jahre. Wir könnten uns irgendwann wiedersehen – wir müssen nur ein Verfahren ausmachen, wie man die Kontaktaufnahme regelt. Altmodisch. Print. Kontaktanzeigen. Wer weiß, was bis dahin mit dem Netz ist, und lokale Blättchen wird's weiter geben«, mutmaßte der Forscher. Die Mörderin ergänzte: »Wir können ja einfach sagen: Kennzeichen ist die Frage nach einem Buch von Anja Weirich in englischer Übersetzung. Das machen wir unter ›Wanted‹, dann weiß man, wir sind's. In ein, zwei Jahren. Südafrika, Kanada oder Australien.«

Wolf hatte zugestimmt.

Dann hatten ihm die beiden diskret, aber unmissverständlich angedeutet, dass es für sie heute Nacht noch mancherlei zu besprechen gäbe. Forschung und Mord.

Er zog sich auf sein Zimmer zurück, stellte nur noch die Frage: »Und die Wohnung hier?«

»Ist bezahlt bis übernächste Woche. Du kannst jederzeit abhauen«, sagte Selena, »aber am besten, du lässt dir gar nicht mehr allzu viel Zeit damit, wenn wir weg sind. Ende der Woche.«

»Gut«, hatte er gesagt. Linkische Umarmungen.

Alleine auf der Welt: die Aussicht. Da gab's nur die sofortige Offensive, redete er sich ein, in einem Tatendrang, der vor ihm selbst verbergen sollte, dass er seit Abels Verschwinden nur noch lethargisch vor sich hin vegetierte – sobald sie weg sind, werde ich aufstehen, keineswegs ein paar Tage warten, sofort mein Zeug zusammenpacken und dann Abel suchen gehen.

Darf ich das?

Die Euphorie wich sofort dem Zweifel: Gefährde ich damit mich, ihn, Nasrin und wer weiß wen noch? Wird er mich, falls ich ihn finde, auslachen und wegschicken, und könnte ich das aushalten? Ach: Was soll die Weinerlichkeit, ich bin doch endlich, was ich seit dem Theologiestudium immer sein wollte: ein freier Mann. Warum das nicht ausnutzen?

Weil – legte sich sofort eine neue innere Stimme mit der vorherigen an, da Wolfs ganzer Kopf nur noch die Kakophonie dieser Stimmen war – du aus allem, was dir geschehen ist, seit dich der Hund fast getötet hätte, hast lernen dürfen, dass Freiheit ein Wahn ist.

War das nicht das Hauptthema deines Lebens, dass du, statt hochmütig wie Abel deiner Selbstverwirklichung hinterherzujagen, immer geglaubt hast, was du jetzt sicher weißt: dass es mehr Dinge zwischen Himmel und Erde gibt, als der Hedonismus sich träumen lässt, dass du als Mensch die Bindung brauchst an das, was weiter sieht und mehr vollbringt als du?

Aber – widersprach er sich erneut – wenn ich das jetzt sicher weiß, wofür brauche ich dann noch den Glauben? Und sind die Mächte, die sich mir offenbart haben, auch nur von fern dem Gott vergleichbar, dem ich mich habe anvertrauen wollen? Ist dieser lebendige Götterhimmel, den ich gefunden habe, nicht für das christliche Bekenntnis, um das ich gerungen habe, schädlicher als selbst das entseelte, sinnlose Universum der Positivisten?

So warf Wolf sich aus Aufbruchs- und Klarheitsvisionen in Dunkelheit und Verzweiflung, nur um sich sofort daraus freizukämpfen und dann wieder zurückzufallen, bis er ein Rascheln und Tuscheln, ein Klicken und Klappern hörte.

Eine Tür fiel zu.

Beim Blick zum Fenster erkannte Wolf, dass der Morgen graute.

Wenn ich nur einen Gott hätte, wenn ich nur seinen Willen wüsste: Er wollte nicht mehr selbst entscheiden. Das Licht, das unter, über und neben den Vorhängen ins Zimmer sickerte, legte sich als gelbe Lavaglut auf seine Brust, seine Stirn. Er hielt es für möglich, dass ihm vielleicht nie mehr gelingen würde, aufzustehen.

Stöhnen: de profundis.

Ich habe gebüßt im Knast und auf der Straße, aber es war alles falsch.

Es war alles Wind.

Es waren grüne Wirbel.

Die Hand, die nicht da war, tat weh.

Er schwang sich ins Aufrechte, saß auf dem Bettrand, betrachtete den Stumpf: Als ich die Prothese hatte, konnte ich, wenn das Fleisch wehtat, das nicht da war, wenigstens willentlich die falschen Finger zur Faust schließen und die falsche Faust dann wieder öffnen.

Jetzt muss ich sehen, was ich weiß: dass ich einen Teil von mir verloren habe, den mir niemand wiedergeben kann.

Ins Bad schlich Wolf, weil das Bad der kühlste, nüchternste, sauberste Ort war in dieser Höhle. Da stand sein Zahnputzbecher, daneben seine Flüssigseife und auf dem Bord unterm Spiegel der Kamm: Stillleben des Verlassenseins. Das erste Mal seit der schrecklichen Zahnfleischentzündung in der Obdachlosigkeit dachte Wolf an Drogen.

Das Gesicht im Spiegel war suppig, weich, undeutlich.

Die Kacheln kippten, die er hinter sich sah – nein: Das Licht drehte sich, glitt von oben die Vertikale entlang nach unten. Wolf blinzelte, schaute genauer hin: Sein Gesicht war nicht seins, und der Blick war einer von unten statt von vorn.

Da schaute wer von oben in den Spiegel.

Das war ein fremder Mann, kahlgeschoren, in einer weißen Adidas-Trainingsjacke. Der sagte: »Was hast du überhaupt Geld für so große Tischplatte kaufen, alte Mann?«

Weiß wehte was rechts und links, Vorhänge. Etwas tänzelte in der Peripherie als freches Licht, paraxiale Strahlen.

»Nein«, sagte Wolf, weil ihn das ängstigte.

Das ist ein Flashback, nach zwei oder mehr Jahren, das ist die Droge, die mir das Hirn zerknautscht, zur Strafe dafür, dass ich sie mir zurückgewünscht habe. Aber das Licht zwinkerte, blinkerte schneller, durch die dünne Linse des Spiegels.

»Nein«, wiederholte Wolf, weil das Blinken sich blütengleich öffnete, »nein!«

Ein Ausbrennen der Wunde.

Das Badezimmer um ihn war ein Zug, der ihn nach vorn schob, der Wolfs Wahrnehmung schmaler machte, dichter, das Atemgeräusch gedrängt, und dann begann der Raum zu strömen, nahm Fahrt auf, drängte nach vorn, erfasste den Mann, der in Angst vor der Hölle, vor den Flammen, von Hitze mitgerissen nach vorn fiel, nach vorher fiel, nach dann und dort, mit flatternden Lidern, die Arme hochwarf, um sich auszubalancieren, um nicht zu stürzen, im Bruch der Symmetrie, im Sog. Er entsetzte sich und schrie.

Zwei tätowierte Arme griffen ihn, obwohl der Brandstifter schockiert war, dass da einer aus der Tischplatte stieg, mitten in den eben erst gelegten Brand.

Beide stürzten über den verprügelten Kurt Schulte, Wolf und einer der Peiniger, so dass ein Kampf begann, den die drei Schläger erst nach einer Viertelstunde für sich entschieden.

Am Ende war die Übermacht zu groß. Wolf blieb liegen, als zwei Verletzte einen Schwerverletzten aus der Wohnung zogen, in der die Vorhänge vom Feuer schon aufgefressen waren und zwei Schränke umgestürzt.

Vater und Sohn verbrannten, aber die Untersuchung ergab nur, dass Kurt Schulte nicht allein gestorben war.

Die anderen Gebeine wurden nicht identifiziert.

Von einer »mutmaßlichen Bekanntschaft aus dem Drogenmilieu« ging der amtliche Bericht aus. Nicht falsch.

Zwei Stunden vor dem Lichtnord-Auftritt färbte sich Nasrin im Waschbecken von Walter Schaffers Badezimmer die Haare blond, obwohl sie, wie sie sagte, sicher war, dass man sie nicht ergreifen würde: »Niemand von denen, die mich nicht in Freiheit haben wollen, glaubt daran, dass ich in Freiheit bin. Sie wissen, dass ich in der Zelle sitze. Und es stimmt. Da sitze ich.«

Nasrin setãreh hã´i rã be panjareh ash chasbãndeh.

»Du kriegst uns trotzdem als Leibwächterinnen, ob du willst oder nicht«, sagte Anna, die ihr beim Spülen half.

Sie meinte sich und Marion, die nervös im Türrahmen stand, das Handtuch zum Ab- und Einrubbeln in Händen, und mit halber Aufmerksamkeit der Debatte zwischen Walter Schaffer und Abel Reinhardt lauschte, die jene auf dem Flur austrugen: »Und all diese Sicherheitsmaßnahmen«, fragte Abel, »sind wirklich nötig?«

»Ich weiß nicht, was nötig ist. Ich bin nur gern so vorsichtig wie möglich«, antwortete Marions Freund, »alte Kleinkriminellengewohnheit. Man weiß nicht, wer wen sucht und überwacht, heutzutage. Und wenn diese Person mit den vielen Gesichtern die Finger drin hat, dann sind da auch noch mehr und schlimmere Finger drin. Vielleicht der Glatzkopf mit den Ohrringen, von dem du erzählt hast, und seine Killertussi, die dich aus deiner Wohnung geholt haben.« Abel schien das einzusehen und bat schließlich nur darum, das von Walter ausgeheckte Szenario noch einmal mit ihm durchzugehen.

Dazu war der gern bereit: »Ist nicht so schwierig. Nasrin kommt als Plus Eins auf die Gästeliste, mit Anna. Dich hole ich mit hochoffizieller Genehmigung rein, samt Kamera – die Lichtnordleute sind total geflasht und stolz. Denen hab ich nämlich erzählt, dass du eine neue Doku drehst, und mit der Chefin vom Club, Frau Fellchen, ist es auch abgeklärt. Der Heiko – das ist der Schlagzeuger –, der dich kennt und deinen Waldfilm, hat nur gefragt, ob du vielleicht was von deinem Material, das du filmst, rausrückst für seine Website, wo es ja das große Comeback ...«

»Meinetwegen gern, ich versteh allerdings immer noch nicht ganz, wieso die Filmerei ...«

»Wenn du die Kamera dabeihast«, mischte sich Marion ein und reichte dabei Anna das Handtuch, die es Nasrin nach dem Spülen um den Kopf legte, »traut sich dieser Kain vielleicht nicht ganz so dicke Dinger, und das Action-Duo bleibt vielleicht auch vorsichtig, die Frau mit Pistole und ihr Arzt oder was er ist. Terrorfiguren werden ja nicht gerne dokumentiert.«

»Du würdest dich wundern, wie gerne manche von denen dokumentiert werden«, sagte Abel, sah das Argument aber ein und ging für letzte Wartungsarbeiten an seiner Digitalkamera auf das Zimmer, das er seit einer Woche zusammen mit Nasrin bewohnte.

Anna war inzwischen, nach ein paar vorsichtigen Kontrollbesuchen, bei denen sie hatte ermitteln wollen, ob sie unerwünschten Besuch gehabt hatte oder observiert wurde, in ihre eigene Wohnung zurückgekehrt.

Das Röhren des Föhngebläses kam Walter, als der ans Küchenfenster trat, um hinaufzusehen in die Wolken mit farbigen Rändern, absurd häuslich vor: Was sind wir, Wohngemeinschaft, Schicksalsgemeinschaft, eine schrecklich unbegreifliche Familie?

Selena Ludic dachte ans Heiraten, keine zwanzig Autominuten weit weg von den vier Zimmern, die Walter Schaffer gemietet hatte.

Bei dem Gedanken fühlte sie sich das erste Mal seit dem Verrat durch Bruder Bäumler wie die Lenkerin ihres eigenen Geschicks.

Jochen Crissauer hielt mit der hölzernen Hand, die ein hirschroter Lederhandschuh vor fremder Neugier schützte, sein Glas in die Höhe: schwarzroter spanischer Wein.

Er prostete ihr zu, und sie dachte ans Wadenholster und die Waffe, die darin steckte.

Dann fiel ihr ein: Wenn ich das Ungeheuer erst erschossen habe, will ich keine Holster mehr, sondern einen Ring an meinem echten Finger, einen Ring an Jochens falschem Finger. Aus dem Echten und dem Falschen wird eine Ehe. Sie spürte das Gewicht der Waffe. Das war seine Idee gewesen: »Sie tasten uns vielleicht ab, aber sicher nicht am Bein. Es ist ein kleiner Berliner Club, nicht die Dortmunder Westfalenhalle. Lichtnord, nicht Metallica.«

Jetzt lächelte Jochen und sagte: »Ich habe Karten gekauft, das ging online, ich mache das mit dem Smartphone am Eintritt.« Was er nicht sagen musste, weil sie es ihm ansah, war, dass es ihn belustigte: Man konnte Karten kaufen für die bestmögliche Gelegenheit zu einem Anschlag auf ein unmögliches Geschöpf.

Viele waren schon im Club, noch mehr standen auf der Straße, als Anna und Plus Eins aus dem ersten der zwei Taxis stiegen, die sämtliche Leute aus Walters Wohnung zum Konzert brachten. Marion war bei ihnen, irritiert von Annas Gedaddel auf dem Handy: »Was machst du denn da noch dauernd jetzt?«

»Der Dath fragt, was los ist. Ich sag ihm jetzt, dass ich ihn heute Nacht noch anrufe. Dann kann ich das Ding abschalten.«

Am Eingang trennten sie sich.

Anna und Plus Eins stellten sich brav in die Schlange, Marion wurde durchgelassen. Das zweite Taxi brachte Walter und Abel. Beinahe wären sie beim Verlassen des Wagens und auf dem Weg über die Straße Toms Vater und seiner tödlichen Geliebten begegnet, wenn dieser nicht im letzten Augenblick Abel erkannt hätte, am Gerät auf seiner Schulter.

»Warte noch.« Jochen hielt Selena auf der Treppe zum Lokal fest, in dem sie eben gegessen und getrunken hatten. In seinem Bauch war's warm, in ihrem Kopf ganz kühl.

Anders als Marion, die runter in die Halle strebte, betrat Walter den Club nicht durch den Haupteingang, sondern durch eine Nebentür, durch die er auch den Filmemacher lotste: »Hier, direkt backstage, da kannst du ein bisschen mit der Band reden, bevor du mit Marion, Anna und ... der andern nach eurem Gespenst suchen gehst. Wobei ich immer noch nicht weiß, warum ihr nicht einfach wegbleibt.«

»Wenn dieser Mensch uns hätte ernsthaft schaden oder töten wollen, wären wir schon verletzt oder tot«, wiederholte Abel beim Treppensteigen auf dem sehr schmalen Gang unter bläulichem Neonlicht die Auffassung, zu der sich Anna, er selbst und Nasrin in langen Gesprächen während der letzten Tage durchgekämpft hatten.

»Wir sind hier ... vorgeladen und wollen wissen, wieso. Vielleicht wird's ja 'ne Offenbarung.«

Auf dem Korridor standen vier bleiche Gestalten in schwarzen Shirts, schwarzen Röhrenjeans und Stiefeln. Sie rauchten.

»Was macht ihr denn hier noch?«, fragte Walter.

Harkan, Fritz und Harald murmelten grummelig Verlegenes, Heiko sagte: »Unser Boss, der Tom, gibt eine Privataudienz da drinnen und zieht dabei noch irgend so ein heidnisches Ritual durch.«

»Henochisch«, korrigierte Fritz.

Abel wurde schroff: »Was? Privataudienz, mit wem? Wer ist da bei ihm?«

»Na, eure Dings. Eure Clubtante. Die Besitzerin hier.«

»Warte mal«, sagte Abel, stellte seine Kamera auf die Treppe und holte sein Smartphone aus der Jacke.

»Das ist übrigens der Abel Reinhardt«, sagte Walter und erntete dafür vage Geräusche und ein kühles: »Na, Künschtler, alles klar?« von Harkan.

Abel hielt Walter das Handy vors Gesicht, als hinge viel davon ab, dass der sich's ansah, und fragte: »Ist sie das? Ist das deine Luzi? Die da, neben mir?«

»Öhm. Was? Ich ... ja. Du kennst die? Strange. Wo ist das?«

Das Foto war vor über einem Jahr auf Hawaii aufgenommen worden. Es zeigte Abel und Ceecee an einer über und über mit Blumen und leeren Flaschen behangenen Bar im Zentrum von Honolulu. Abel sah die Tür an, als wollte er sie mit diesem Blick aufsprengen.

Hinter dieser Tür zeigte Ceecee Tom die Glyphen, die sie mitgebracht hatte, auf Papier.

Er zweifelte nicht, dass es die richtigen waren: die fehlenden, auf die er so lange gewartet hatte.

»Ich bin ihre Schwester. Aber gleichzeitig ihr Kind«, hatte Cyan sich vorgestellt. Wen das meinte, musste sie nicht sagen.

Das sah er.

»Was bedeutet das da?«

Tom hatte schon den Stift in der Hand, den er ihr geben wollte, damit sie die Zeichen auf ihn schreiben konnte. Erst hatte er darum Heiko bitten wollen, der sogar einen Batzen Pflanzenfett besorgt hatte. Als sie aber in den Raum getreten war, die Mappe mit den Blättern unterm Arm, genau wie früher Nathalie – ob sich Heiko und Fritz daran noch erinnerten?, fragte sich Tom –, hatte er sofort gewusst, wie es weitergehen musste, noch bevor sie die anderen angesehen hatte, noch vor ihren Worten: »Könnten Tom und ich ein paar Minuten alleine sein? Es geht um eine gemeinsame ... Freundin.«

Die anderen hatten sich davongestohlen.

Ceecee hatte das Pflanzenfett in der Plastikhülle betrachtet und gesagt: »Das brauchen wir nicht. Diesmal wird's nicht abgewaschen.«

Auch das war, fand er, ohne zu wissen, weshalb, absolut richtig.

Sie sah ihn an, als er sie nach der Glyphe auf dem mittleren der vier Papierbögen fragte. Leise sagte sie: »Wonach sieht es denn aus? Was könnte es heißen?«

Er hatte nie zuvor versucht, die Glyphen in alltägliche, deutsche Worte zu übersetzen. Zwischen Nathalie und ihm war das nicht nötig gewesen, man verstand gemeinsam und wusste, was man verstand. Außerdem waren nicht wenige der Texte, die er sang und sprach, die gefundenen, die bearbeiteten und die von Nathalie selbst erdachten, gute Näherungen und Umschreibungen des Sinns der Glyphen gewesen.

Er las, konzentrierte sich.

Dann machte er einen Versuch, unsicher, fragend: »Rache?«

Cyan klang traurig, als sie sagte. »So kann man's sehen. Wenn man's sehr eng sieht. Es wäre mir lieber, man sähe es nicht so.«

»Nein, warte«, er hatte es fast, »es ist ... anders: Gleichgewicht?«

»Besser. Es ist ... etwas, wovon Rache nur ein Schatten ist, Gleichgewicht ein anderer. Symmetrie, könnte man sagen.«

Als hätte sie das tausendmal getan, nahm Cyan den Stift entgegen.

Tom begann, sich das Hemd aufzuknöpfen. Er sagte: »Und die wollen wir, diese Symmetrie. Für Nathalie. Richtig?«

»Er ist schon tot«, sagte Cyan und begann zu schreiben, auf dem Rücken zuerst, zwischen den Schulterblättern. »Wer?« fragte Tom.

»Der Mann, der sie erschlagen hat. Der Pfarrer. Das erste Zeichen ist fertig. Du kannst dich bewegen«, sie setzte den Stift ab. Tom griff nach seiner eigenen Mappe: »Wir sollten auch von den alten welche nehmen«, sagte er.

Sie stimmte mit einem leisen Laut zu. Er blätterte, er fragte: »Wie ist er gestorben? Der Typ?«

»Verbrannt. Es war nötig, weil ... nun, wie gesagt, Symmetrie. Das Feuer hat ... die Geschichte musste an der Stelle in sich zurückgebogen werden, und die Wiederherstellung des Körpers musste ausgeschlossen sein. Das geht nur, wenn das, was man weghaben will, sich mit Luft verbindet. Wenn es verbrennt. Er hätte sie allerdings selber anders schließen können, die Wunde. Mit Liebe statt Feuer. Das hat er nicht. Aus Feigheit.«

»Es sind immer die Leute, die sich nicht trauen, die andere kaputtmachen«, sagte Tom.

Er hatte das Blatt gefunden, das er suchte: »Hier, das muss dabei sein. Du hast nämlich recht: Was weg muss, muss ins Feuer, sonst ist es nicht weg. Kennst du Rammstein?«

Sie verneinte, er zitierte: »Willst du dich von etwas trrrrennen, dann musst du es verbrrennen.« Beide lachten leise. Sie kannte das

Zeichen und seine Varianten: Ialpor, Ialpirgah, Idalav Avabo. Sie beugte sich vor. Er bog den Leib zurück. Sie küsste seine Halsgrube, was ihn nicht erstaunte, nur freute. Dann schrieb sie ihm die Flamme direkt übers Herz und küsste die Stelle, auch die Halsgrube.

Er wunderte sich selbst darüber, wie verständig er sie anlächelte, wie selbstverständlich er sie auf sich zog, wie gut das schmeckte, der Kuss, die Zunge: Heißes Zeug, auch etwas wie Brombeere, Süßigkeit jedenfalls.

Ihre Schulter an seiner, ihr Atem am Ohr. Dies hier war richtig, auch in der Unbeholfenheit, in der sie an ihm hinunterrutschte, um ihm aus der Hose zu helfen, in der unsortierten Hitze, mit der er zu ihr auf den Boden sank, sie dann mit dem rechten Arm hielt, während sie das schwarze Netzhemd abstreifte, dann das graue T-Shirt. Dies hier war der wahre Duft von Haut, die zu berühren, zu riechen, zu küssen ein Wiedererkennen war, obwohl sie einander eben erst begegnet waren. Die Liebe dieser beiden schien lange gewartet zu haben; sie war sehr gierig. Weg mit Hosen, weg mit dem Slip, der Unterhose, dem guten Benehmen, den Söckchen. Beide glänzten bald, kupferner Schimmer, das schlechte elektrische Licht summte strenger als eben. Dies alles geriet in den Brennpunkt sämtlicher Sinne.

Ceecee biss zart und verspielt in sein rechtes Ohrläppchen, zischelte Glückliches, das war der elfte henochische Schlüssel, ein Todesbote, und der Hinweis darauf, dass Tom nicht der Mann sein musste, sondern die Frau sein konnte, was er sich gefallen ließ, so dass sie gemeinsam zur Seite rollten und sie sich gegen ihn warf, als wäre er hilflos. Zwei Gefäße, zweimal Inhalt. Lust: eine in Schichten aufgetragene Glasur, etwas von sich selbst in vielen Feuern Modelliertes. Toms Schädel aus Keramik, darin Hall: dass sie ihn lang schon hatte singen und sprechen hören, dass sie ihn lang schon beobachtet hatte, lang schon kannte.

Er lag auf dem Rücken. Sie stieg auf ihn wie auf einen schlanken starken Schlitten, wippte und hockte, es sah so schön aus.

Er staunte, weil er, als sie die Augen weit öffnete und auf ihn hinuntersehen konnte, plötzlich wusste, dass es mehr Verbindungen zwischen ihnen beiden gab, als er begriff: »Du siehst aus wie ... du ... du siehst aus wie ...«, aber sie legte ihm den Zeigefinger der Rechten auf die Lippen und wippte und fraß ihn so auf, unmöglich und wirklich zugleich.

Auseinanderfallen, Atemholen. Keuchen, Lachen. Küsse.

Jetzt tranken sie hastig aus Wasserflaschen, so dass die Hälfte danebenging, übers Kinn floss, auf den je andern Körper spritzte. Aber nichts wusch die Glyphen von ihm. Ceecee spielte mit ihren Fingern zwischen seinen, in seinem Haar überall, er spielte mit ihren anderen, leichten Locken. Er sagte: »Es war ganz ... Du hast ausgesehen wie ... auf einmal wie eine Exfreundin von mir, Sina.«

»Ja«, sagte sie schlicht, »weil es hier keine Zufälle mehr gibt. Wir sind ganz nah am Herz der Sache. Da greift alles ineinander. Deine Sina zum Beispiel – ich hatte eine Affäre mit ihr, sie hat für Abel Reinhardt gearbeitet, hier in Berlin. In seiner Produktionsfirma. Sie fand dann aber, dass sie doch nicht sonderlich lesbisch ist.«

»Und du?«, fragte er.

»Ich bin alles, was du nicht bist, nicht kennst, nicht warst, nicht wirst. Und einiges, was du suchst.« Sie küsste seine Nasenspitze, da drehte sich die Figur, die sie zusammen waren, um sich selbst, und noch einmal gerieten sie sehr dringlich aneinander.

Ein unvorsichtiger Tritt ihres rechten Beins ließ eine Schale mit Chips vom Tisch fallen.

Tom lachte. Ceecee hatte Krümel im Haar, sie bog sich auf ihm, lachte mit, ein Aufstand und ein Festhalten, Wasserfall und Silber: Verletzung vieler Sitten, eine Übertretung, es zerstörte Gut und Böse. Sie sagten zusammen Worte, die Echsen gewesen waren, Falken, Schlangen und Fische.

Hände, dann Fäuste schlugen von außen gegen die hintere Tür. Stimmen wollten Ceecee und Tom hindern, einander zu kennen. Da umklammerten sie einander fester, da grub sie ihre Finger in seine Hüften, da bäumte er sich auf.

»Hey! Hey, ihr da drinnen! Ceecee? Ich hör dich da drin! Was ist das? Was machst du da mit dem ... diesem ... hallo? Kain? Cyan? Du ... HEY!« Im Schub der Wut, unterm Dampf der Angst polterte

Abel. Schließlich trat er mit aller Kraft unten gegen die massive Tür, deren dicke Platte das meiste vom Aufruhr verschluckte, während Walter Schaffer mäßigend auf den Wütenden einzureden versuchte und Heiko mehrmals wiederholte: »Fünfundvierzig Minuten. Dreiviertelstunde. Bald is Showtime. Dreiviertelstunde. Hört doch mal auf zu spinnen. Dreiviertelstunde.«

Schließlich gab Walter ein langes, klagendes Seufzen von sich und sagte: »Ich kann das nich aufbrechen. Obwohl ich irgendwo ’n Schlüssel hab hier anner Kette ... wenn sie ihren drinnen reingesteckt hat, is das für ’n Arsch.«

»Was machen wir dann?« Fritz klang ängstlich.

»Vorne rum. Wir gehen durch die Halle über die Bühne.«

Walter übernahm die Führung, die ihm aus Ortskenntnis ohnehin zukam.

Er sah auf die Armbanduhr und versuchte es bei Abel ein letztes Mal mit Vernunft: »Sie hat euch herbestellt. Sie wird sich schon zeigen. Oder er.«

»Wer?«, wollte Fritz wissen. Abel schnaubte: »Was geht’s dich überhaupt an, Schaffer?«

Fritz folgte Walter, der achselzuckend seufzte: »Hatter recht. Nich meine Scheiße«, bevor er die Band den engen Gang hinunter, auf die Straße und an den Menschengruppen vorbei, zwischen diesen hindurchlotste.

Einige Umstehende erkannten die Band mit leisen Erstaunenslauten oder Bemerkungen – »das sind se«, »wow, der Dümpfelleu, ey.«

»Das ist doch dieser Fritz und ... ich glaube, das sind die anderen ...«, sagte auch Marion zu Anna und Nasrin, als sie Walter und seine Begleitung entdeckte. Die drei Frauen standen recht weit vorn in der mittlerweile gut gefüllten Halle.

Marion sah, dass das Vorankommen für ihren Freund und seine Schützlinge hier drinnen schwieriger werden würde, als er wohl annahm.

»Wer?«, fragte Anna, weil sie im Lärm, der als Vorspiel zur Zeremonie aus der Anlage quoll, nicht verstand, was Marion gesagt hatte.

Einige Teufel aus der Dose, mitgebracht als CD von Schaffer, wollten ihre Meinungen loswerden:

We march to this symphony
Which resounds from afar,
Yet burns within as cacophony.
And each step that we take leaves but ashes
On the crooked trail behind (and bridges burnt).
No words. No forms. No thoughts.

Es war nicht so, wie sie sangen – es gab Worte.

Nasrin sagte: »Da vorne, wer sind ... wer sind die?«, aufgeregt, alarmiert: Sie sah zwei Menschen auf die Bühne klettern, eine Frau zuerst, die dann einem Mann hoch half.

Die zwei gingen nach rechts, an den Fackeln und Monitorboxen vorbei. Annas Blick, von Nasrin aufgeweckt, folgte ihnen. Beide Frauen sahen, wie einer von Walters Helfern sich den beiden in den Weg stellte, und dass ein Wortwechsel zwischen dem Mann mit Glatze und dem Helfer stattfand. An dessen Ende senkte der Helfer den Kopf und sah seine Schuhe an, beschämt. Die zwei Eindringlinge schoben sich an dem Helfer vorbei, ins Dunkel hinter der Bühne. Auch Walter sah das und deutete dort hin, für Marion, die sich jetzt auf ihn und die Musiker zuarbeitete, durch die dichter werdende Menge, Anna und Nasrin direkt hinter sich.

»Wo ist Abel?«, rief Anna, und Heiko antwortete, als die beiden Gruppen aufeinandertrafen: »Der Filmtyp? Der schlägt die Hintertür ein, backstage.«

Anstatt sich einander vorzustellen, waren die drei Frauen und die fünf Männer sofort wortlos einig miteinander, und weil sie so viele waren, wich man tatsächlich vorne, links und rechts aus, als sie der Bühne zustrebten und einander hinaufhalfen.

Viele staunten, freuten sich erwartungsvoll: Was war das für eine Show?

Einige dachten – und sagten es einander, lachend, verblüfft –, die Tatsache, dass die Musiker ihre Geräte untersuchten, als wären sie ihre eigenen Roadies, wäre Teil der Show, die offenbar schon bei intakter Saalbeleuchtung losging. Ein Lichttechniker herrschte einen der Leute aus seinem Stab jetzt an: »Pit? Pit! Hey, was machst du? Was stehste so rum? Hallo, jemand da?«

Er schüttelte ihn.

Pit sah aus, als wäre ein Rechen durch ihn gegangen. Er hielt sich die rechte Seite seines Halses, stotterte, ließ sich zurechtweisen und winkte endlich zwei weitere Techniker aus dem Graben vor der Bühne hoch, wo jetzt, für Walters Geschmack viel zu spät, ein halbes Dutzend Security-Leute Aufstellung nahm. Marion wollte mit Walter, Anna und Nasrin weiter, aber nach einem kurzen Dialog fügte sie sich Walters Wünschen und stieg von den Brettern, um sich zum Mixer am Ende des Raums durchzukämpfen.

Harkan und Fritz überprüften die Fackeln, den Vorhang, die Monitore und antworteten lässig auf einige der kleinen provokanten oder bewundernden Rufe von unten. Heiko nahm am Drumkit Platz, schraubte ein wenig herum. Jochen stimmte sein Instrument, vor aller Augen: Wir sind so groß, wir können uns sogar Transparenz leisten.

Die Musik hatte gewechselt, war sogar lauter geworden –

I am my father's son.
I am no one.
I cannot love.
It's in my blood.

Eine junge Frau direkt am Bühnenrand kannte jedes Wort und sang es mit.

Sie war hergekommen, um ihren Exfreund singen zu hören, hatte aber einen neuen Freund mitgebracht. Bei sich, im stillen Mittelpunkt des Lärms um ihren Kopf, fragte sie sich, während sie sang und nickte, ob es nicht vielleicht sogar einen Versuch wert wäre, zurückzufinden zu Tom, wenn schon das mit den Frauen nichts für sie war – das hatte jedenfalls, so meinte sie, ihre Affäre mit Cyan Cerulean ergeben.

Sie wusste nicht, dass die, an die sie da flüchtig dachte, und der, der sie seit Tagen beschäftigte, sich gerade so gut verstanden, dass er ihr trauen konnte, als sie ihn zu sich hinunterzog und ihm ins Ohr sagte: »Der Mann, der da trommelt und brüllt ... mach ihm die Tür auf. Lass ihn rein. Ich muss mit ihm reden.«

Tom lächelte ein Mädchenlächeln, das Nasrin als ihres erkannt hätte, im Spiegel. Er blinzelte mit Augen, die einer Kosmonautin gehörten, und streichelte Cyan mit Händen, die einen Blog hätten tippen mögen. Komm mal wieder runter: Mit seinen eigenen starken Armen hob er sie von sich, dass sie neben ihm kauerte, nackt, wie sie war.

Er stand auf und nahm die Jeans mit lässigem Griff von der Stuhllehne, über die sie gefallen war. Er schlüpfte hinein und rief: »Reg dich ab, Mensch, ich mach die Tür auf, okay?«, und sah, als er zur Tür ging, noch einmal auf den Leib am Boden. Der war ein Mann jetzt – Kain, der auf dem Bauch lag, die Arme hoch erhoben wie in alter Zeit ein besiegter Bruder, der sich einem siegreichen Bruder unterwirft, in Staub und in Schande.

Tom legte den Riegel um.

Abel stolperte wütend herein: »Was hast, was ... wer ...«, und er sah den Bruder, sagte: »Was machst du? Steh auf!«

Als der andere aufstand, während Tom sich ruhig setzte und sein Feuerzeug nahm, um sich eine Zigarette anzuzünden, dachte Abel, der den dunklen Schatten sah auf der Oberlippe und am Kinn des andern, an eine Wendung, die aus einer Erinnerung kam, die nicht seine war, sondern die der alten Zeiten selber, die sich weigerten, vergangen zu sein: Das ist sie, die bärtige Magd, ein Spott und eine Gefahr.

»Habt ihr hier ...«, Abel, empört, ohne zu wissen, worüber, suchte nach Worten dafür und entschied sich schließlich, dass die gröbsten gerade gut genug waren: »Habt ihr hier gefickt? Warst du gerade noch ... Cyan?«

Der andere Mann nickte und sprach: »Wahr ist das alles nicht. Aber wahr genug, wie dein Österreicher sagen würde.«

»Und der da«, Abel klang zu seiner eigenen starken Irritation jetzt wirklich wie ein eifersüchtiger Gockel, »kennst du den schon länger oder kennt er dich oder ... ich meine, findet er das normal, eine Frau ficken, und dann ist die ein Mann und ...«

»Er wundert sich schon«, sagte Kain und schenkte Tom einen ebenso ironischen wie liebenden Blick, »aber er hat keine Angst.«

Dann wandte er sich wieder Abel zu: »Das ist der Unterschied zwischen euch. Weil deine Angst dich kommandiert, bist du tot, selbst wenn du lebst, und weil ich mit denen schlafe, die keine Angst haben, lebe ich, obwohl ich tot bin.«

»Nicht tot genug!«, sagte Selena Ludic, trat ein und schoss dreimal, mit lautem Plopp!, Plopp!, Plopp!, in Kains Rücken, Hinterkopf und rechte Schulter.

Er ruckte, zuckte wie an Fäden, wie geschlagen oder hart getreten. Dann wandte er sich zu ihr um, spuckte und würgte, dass dunkles Blut ihm über die Unterlippe das Kinn runterlief, blinzelte und sagte: »Wer ... pffrharrch ... wer hat dich denn eingeladen, du ... grharrch ... leidige Bremse?«

Strecken, Ziehen und Schmelzen in seinem Körper.

Selena und Jochen Crissauer, der hinter ihr jetzt die Treppe herunterkam und dabei etwas den Kopf einziehen musste, schauten das an, als wäre es das Sehenswerteste, das je vorgekommen war. Auch Abel war vom Werden-Wollen dieses Körpers so hypnotisiert, dass alle drei nicht auf Tom achteten, der mit aufreizender Langsamkeit, aber sehr zielstrebig, von seinem Stuhl aufstand, mit zwei Schritten zum Tapeziertisch ging, auf dem die Service-Nettigkeiten für Lichtnord lagen, und dort das große Messer aufhob, das ihm vor kurzem noch Anlass zu Späßen gewesen war.

Selena Ludic riss die Augen auf, als ihr das Messer zwischen die Rippen fuhr, und kippte dann gebückt zur Seite, wobei sie Jochen Crissauer, der sie und sich retten wollte, in die Arme fiel. Weder Zacken noch Widerhaken hatte das Messer. So konnte Tom es leicht aus der Seite der Verblüfften reißen und, während sie noch zurücksank mit dem Mann, der sie zu halten suchte, wieder hineinstoßen, dicht überm Herzen. Abermals riss er es heraus, dass ein Tropfenschauer aus leuchtend rotem Blut durch die Luft flog, von zwei geraden, dünnen, spritzenden Strahlen gefolgt.

Als Abel zur Seite sank, gegen die Wand, grub sich die breite Klinge teils seitlich in den Nacken der Frau, deren Blick bereits brach, und schnitt zum andern Teil, nah am Griff, tief in die hölzerne Hand des Mannes dahinter, dessen Hüfte gegen die Betonumfassung zur Kellerklapptür prallte.

Kain Alizadeh hob die Hände, Handflächen nach oben.

Er legte den Kopf in den Nacken, atmete ein, aus, scharfer Sog, schärferer Stoß. Tom ließ das Messer los, stolperte an Selena Ludic und seinem Vater, den er nicht erkannte, zum schmalen Ende des Raums. An der Treppe stieß er mit Walter Schaffer zusammen.

Der rief: »Scheiße! Was? O Gott ...«

Der, der etwas anderes war als die Lebenden, ließ die Arme sinken, wandte sich Abel zu und sagte: »Deine Kamera. Sie ist noch draußen. Auf der Treppe.«

Abel verstand nicht.

Er blinzelte, hatte Mühe, eine Ohnmacht abzuwehren. Walter Schaffer rammte Tom den rechten Ellenbogen mit aller Kraft in die Halsgrube. Tom ging in die Knie.

Anna trat an Walter vorbei in den Raum, sah Selena bluten und Tom nach vorn kippen, Abel ächzen, Kain zur Seite gehen, so dass sie sich bücken konnte, bei Jochen Crissauer und der Sterbenden. Die Pistole war nicht gleich befreit, Finger zuckten noch daran. Aber Anna, ohne zu wissen, was sie da eigentlich tat und wozu, entwand sie der tödlich Verletzten, während Walter dem verwirrten Tom, der spuckend und hustend auf dem Boden herumkroch, zur Sicherheit drei, vier schwere, starke Tritte in die Seite, in den Bauch versetzte, wozu er laut schrie: »Bleib unten! Bleib unten, du kleiner Scheißer, sonst mach ich dich alle!«

Anna streckte ihren rechten Arm nach einem Handtuch, das an einem zu diesem Raum gehörigen niedrigen, schäbigen kleinen Waschbecken hing, riss es von seinem Haken und reichte es Jochen Crissauer.

Der versuchte sinnloserweise, es auf die Nackenwunde zu pressen. Anna erhob sich und richtete die Pistole auf den nackten, bärtigen Mann, während Nasrin, die eben erst von der letzten Treppenstufe her neben Walter trat, diesen von hinten am rechten Arm packte, bevor er noch einmal zutreten konnte. Mit großer Bestimmtheit und verblüffender Ruhe sagte sie: »Hör auf. Hör auf, bevor du ihn umbringst.«

»Schießen Sie. Es ist entsichert. Schießen Sie!«, rief Jochen Crissauer.

»Mach ... es nicht ... es ... hilft nichts ...« Abels Stimme, im Kampf mit der Schwärze, die ihn verschlingen wollte, war ein trockenes Raspeln.

Der Schatten wirkte traurig, als er sagte: »Das ist es eben immer. Ihr denkt: Mit Göttern, mit Gott wollen wir uns einlassen. Das geht nie gut. Ihr könntet Menschen sein, aber ihr wollt ...«

Fast hätte Anna tatsächlich abgedrückt, so sehr erschrak sie, als ein dumpfes Krachen von unten gegen die schräge Kellertür schlug.

Aber Abel war jetzt bei ihr, weil er verstand, dass er sich bewegen musste, wenn er nicht bewusstlos zusammensinken wollte, und legte die rechte Hand auf ihren linken Oberarm, so dass sie, die das Mordgerät mit beiden Händen von sich streckte, zur Besinnung kam und ihn fragend ansah: Was ist das hier, was tun wir, was sollen wir tun?

»Da unten ist wer«, sprach Nasrin aus, was alle dachten, aber nicht verstehen konnten.

Nasrin setãreh hã´i rã be panjareh ash chasbãndeh.

»Ja«, sagte Kain, »so denken die Götter bestenfalls von euch: Da unten ist wer. Ihr wollt erkennen, ihr wollt Spiegel sein, ihr wollt die Wahrheit wissen über die höheren Intelligenzen. Ihr wollt sehen, wie ein Spiegel sieht: so, dass man's euch ansieht, was ihr seht. Schließt lieber die Augen. Dieses Haus ist umstellt.«

»Was redet der Idiot?« Walter sah verstört, dass Nasrin, die jetzt neben ihm stand, die Augen tatsächlich schloss und Abel auch, und in Annas Gesicht erkannte er einen Schatten, der wollte, dass sie es ebenfalls tat – Verrückte, dachte er. Aber auch ihm kam die Stimme, die sich im Mund des Bärtigen mit jedem Wort veränderte, wie etwas vor, dem er gehorchen wollte. Die Stimme sprach: »Ihr glaubt, es geht darum, euch einen Platz zu erobern, in einem Kampf zwischen Licht und Schatten, Richtig und Falsch. Seht ihr es wenigstens mit geschlossenen Augen? Das Haus ist umstellt. Ihr wollt euch immer der richtigen Seite anschließen. Für Gott, mit Gott! Als ob er euch bräuchte, der knisternde Blitz, der Heuschreckenschwarm, der die Sonne verdunkelt, die sieben bösen Winde, der Staub-Abubu, die Hornissen und die Schlangen.«

Das Krachen von unten wiederholte sich. Jetzt folgte ein Rufen, zu stark von der Klappe gedämpft, zu tief drinnen im Bauch des Gebäudes, als dass man hätte verstehen können, was es rief. Aber ein Menschenlaut war das.

Anna ließ die Hände mit der Waffe sinken. Kain deutete ein Nicken an, als wollte er sagen: Auch wenn du mich nicht verletzen könntest damit, bin ich dir dankbar, dass du es nicht mehr versuchen willst. Walter legte ohne Nachdenken den rechten Arm um Nasrin, wie um sie an sich zu ziehen, als ihr Beschützer. Aber sie schritt aus dieser Umarmung, als wäre sie Nebel, zur Klappentür. Nasrin bückte sich und rollte die Tote von der Klappe, die auf der Schmiere ihres Blutes zu Boden rutschte. Walter, Anna und Abel verstanden, dass Nasrin das Richtige tat: Man musste diese Tür jetzt öffnen. Als es noch einmal krachte, war allen klar, dass da jemand mit beiden Armen gegen eine Sperre schlug, weil er befreit werden wollte.

Bevor sie Nasrin aber helfen konnten, riss ein Schrei ihre Aufmerksamkeit weg von dem, was Nasrin tat: Tom Crissauer hatte sich neben dem Treppenabsatz auf seinen Vater geworfen, hockte auf dessen langem Leib und schlug ihm mit unmenschlicher Heftigkeit die Fäuste ins Gesicht und auf die Brust. Der Arm mit der falschen Hand war schon zur Seite gefallen, hatte die Schläge nur kurz und unkonzentriert abzuwehren versucht.

Jetzt war alles, was der Mann gegen die Wut des Prügelnden noch aufbrachte, ein absurdes Bellen, ein stoßweises, mechanisch zerhacktes Lachen.

Anstatt Tom wieder anzugreifen, wich Walter Schaffer zurück, in einer heiligen Scheu: Wer so vollständig wahnsinnig auf jemanden eindrosch, den konnte man nur mit übermenschlicher Kraft von seinem Opfer lösen, das wusste Schaffer vom Gefängnishof her – und fragte sich nur, wie das möglich war, wie so schnell aus einem Tag, an dem er glaubte, gewusst zu haben, was zu tun war, einer geworden war, aus dem er nur noch fliehen wollte.

Auch Anna und Abel starrten den Exzess entgeistert an.

Nasrin überraschte alle mit ihrer Entschiedenheit: »Schieß auf ihn. Anna, schieß auf ihn. Schieß ihn tot, wenn du musst. Gegen das da«, sie sah zu Kain, der ihren Blick mit etwas wie geduldiger Liebe erwiderte, »können wir nichts machen, aber den Typen kannst du erschießen.«

Als wäre das ein Stichwort, hob Anna die Waffe wieder und richtete sie auf Kopf oder Rücken – ganz sicher war sie nicht – des Rasenden, der seinem Vater bereits den Unterkiefer und einen Wangenknochen gebrochen hatte.

»Tom? Tom, spinnst du?«

Das war Fritz, der gekommen war, um seinen Sänger abzuholen – hinter ihm brachte die lauwarme Luft einen großen Lärm von freudig erregten Menschen mit. Die Konservenmusik war vorbei, man erwartete den Auftritt der Band. Die Stimme des Gitarristen erreichte, was Nasrins kühler Schießbefehl nicht vermocht hatte: Tom hörte auf zu prügeln, sah hoch, sah sich um, wirkte verloren, verirrt.

»Fritz?«, fragte er.

»Fickende Hölle«, sagte Fritz, als er das Schlachtfest sah, an dessen Rand er stand.

»Ich glaub, das Konzert knicken wir lieber.«

»Im Gegenteil«, sagte Cyan Cerulean und strich sich ausgefallene Barthaare vom Kinn. »Ihr müsst auftreten.« Toms halbwacher Blick wanderte von Fritz zu ihr, er fragte: »Ich ... was ... was soll ich machen?«

»Nimm dein Feuerzeug«, sagte Ceecee.

Es lag auf dem Stuhl, auf dem er eben noch gesessen hatte, als sie ihn bemalte, mit Zeichen, die jetzt kräftiger gezogen schienen als vor einigen Minuten. Tom richtete sich auf, ließ den Verprügelten, der ächzte und die Glieder zu bewegen suchte, auf dem Rücken liegen, bückte sich nach dem Feuerzeug.

»Lass das liegen. Lass das da liegen«, sagte Anna scharf.

»Nimm es, Tom. Liebe Anna«, wandte sich Cyan in schwesterlich besorgten Ton an die Frau mit der Waffe, »der Junge steht unter meinem persönlichen Schutz.«

»Na und? Schieß!«, rief Nasrin, die Hand an der Klinke zur Klapptür, und hatte dabei eine kleine Erleuchtung: Ich will, dass geschossen wird, weil Kassim erschossen wurde. Ich will doch Rache. »Das solltest du nicht tun, Anna«, sagte Ceecee, »mein Schutz ist keine leere Formel. Ich weiß nicht, was passieren wird, wenn du versuchst, Tom aufzuhalten. Vielleicht schießt du einfach daneben, triffst Nasrin oder Fritz und holst dir eine Prellung vom Rückstoß. Vielleicht fliegt die Waffe auch auseinander, Fehlzündung, Explosion. Mein Schutz, das heißt: Tom wird nicht verletzt werden, eher du oder sonst jemand hier. Ich kenne die Gestalt der Geschichte. Ich kenne sie genau. Kennst du sie?«

»Sie hat wahrscheinlich recht«, sagte Abel.

Anna ließ die Waffe diesmal nicht sinken, sie ließ sie einfach los.

Sie fiel zu Boden.

Fritz tat einen Schritt auf den Treppenabsatz. Er wollte weg.

»Keine Flucht. Ihr müsst spielen«, sagte Cyan, und die Miene, die Fritz dazu machte, verriet, dass er sich ergab: Was immer du sagst, nacktes, schreckliches Ding, ich will nur nicht sterben. »Geh«, sagte Cyan lächelnd zu Tom, der das Feuerzeug nahm. »Geh ins Feuer.«

Fritz und Tom verließen den Raum.

Ein neuer Schlag von unten, schwächer jetzt, und ein leiserer Ruf lösten Nasrin aus ihrer Erstarrung. Sie riss an der Klinke und rief wütend: »Hilft mir jetzt mal wer mit dem Ding hier?«

Anna und Abel halfen: »Warte, schau mal, hier ist ein Bolzen in diesem ... das musst du da rausziehen, jetzt probier's nochmal« – während Walter sich erst schweigend abseits hielt, dann zu dem Mann ging, der auf dem Rücken lag und kaum hörbar atmete. Er kniete sich zu ihm und bot ihm, so gut es ging, dabei eine Stütze, dass jener sich in eine leicht gekrümmte Sitzhaltung hocharbeiten konnte.

Aus einem blauschwarz zugeschwollenen und einem rötlich blutfeuchten Auge blickte Jochen Crissauer müde in den kleinen Raum. Er suchte einen Ausgang.

Es gab keinen.

Seine Lippen zitterten, als er Cyan sah. Nasrins komplizierte Wut war noch nicht verraucht, als sie, Anna und Abel schließlich die Türe öffneten, hinter der das Lärmen inzwischen aufgehört hatte. Deshalb sah Nasrin ihre Feindin Cyan, als Licht in den Keller fiel und sich da etwas regte, was man nicht sofort erkannte, mit blitzendem Blick an und sagte: »Jetzt werden wir rausfinden, wen du da unten gefangen hältst.«

»Kein Gefängnis. Ein Durchgang, den ich, fürchte ich, vergessen habe«, sagte die Frau und sah dabei aus, als liefe ihr etwas zuwider.

Abel staunte: »Das ... das ist ...«

Anna streckte als Erste die Hände und Arme nach Anja Weirich aus, die sie ergriff und sich die drei schmalen, hohen Stufen in die Höhe helfen ließ.

Die Frau, die man zur Prophetin hatte machen wollen, legte die freie linke Hand über die Augen, weil der Raum hell war. Als sie aus der Öffnung im Boden gezogen wurde und dicht neben der spiegelglatten Blutlache zu stehen kam, in der die tote Selena Ludic lag, sagte sie: »Da war es ... sehr dunkel.«

»Ich kenne die Baupläne. Mir gehört das Gebäude. Es gibt da unten keine einzige intakte Fassung für eine Glühbirne«, sagte Cyan, und als Anja diese Stimme hörte, nahm sie die Hand weg, die ihren Blick schützte, und sah der Erscheinung, die ihr das Kind und die Hoffnung auf ein besseres Leben weggenommen hatte.

Cyan bewegte sich das erste Mal, seit Tom Selena Ludic getötet hatte.

Sie näherte sich Anja mit aufreizender Langsamkeit.

Anja sagte: »Du darfst das nicht. Du darfst nicht ...«, und dann weitete sich ihr Blick, weil sie eine klare Konfiguration von Glyphen ums Haupt der Erscheinung sah.

Cyan senkte den Blick wie eine Verführerin, die Keuschheit spielt. Dann blieb sie stehen, nur einen halben Meter von der verstörten Frau entfernt, sah sie an und sagte: »Ja, wir sind verwandt. Das, was du jetzt siehst, ist der Grund, warum ich handle. Ich bin nicht das Böse, oder was du dir so denkst. Ich bin im Grunde nur noch weniger frei in dem, was ich tu, als ihr alle. Ich bin nur die Trennungslinie zwischen dem Spiegel und der Sache, die er spiegelt. Die Symmetrie läuft an mir entlang. Weil ihr euch nicht finden wollt. Einander nicht zuhören, einander nicht sehen. Aus diesen Gründen.«

Niemand außer Anja verstand, was gemeint war. Sie widersprach: »Es geht anders. Du musst das nicht tun. Man darf das nicht tun.«

Mit einem Ausdruck echten Bedauerns schloss Ceecee die Augen und sagte: »Sag's nicht mir. Sag es dem Jungen da draußen. Der beendet es gerade.«

Anja fragte: »Wirst du mich denn zu ihm lassen, dass ich es ihm sagen kann?«

Ein verstohlenes, kaum wahrnehmbares Lächeln: »Eigentlich nicht.«

Da sagte Anja Weirich einen Namen.

Cyans Kopf zuckte zur Seite, als hätte man sie geohrfeigt. Sie blinzelte, erstaunt. Dann sah sie sich im Raum um, schaute schließlich Anja an und sagte: »Oh, great. Really. Fuck. Du weißt also schlimme Wörter. Schön für dich. Dann kann ich dich wohl nicht aufhalten. Tu, was du nicht lassen kannst.«

Die Antwort, falls Anja eine hatte, konnten die übrigen Menschen im Raum aus zwei Gründen nicht hören: Erstens hob Jochen Crissauer im selben Moment die künstliche Hand und zeigte damit auf Ceecee, wozu er einen Schrei losließ, der Walter, Nasrin, Anna und Abel in alle Knochen fuhr. Zweitens aber war dieser gewaltige Schrei nur eine winzige Spur lauter als der ungeheure Krach, der als einzelner Akkord im Aufbruch in ein gigantisches Schrubben und Wühlen durchs Gewölbe fuhr.

Das Konzert hatte begonnen.

Anja Weirich hob den Kopf, schaute in die Richtung, aus der die Musik hereingebrochen war, sah dann wieder zu Ceecee, deren Gesicht zu sagen schien: Du musst dich entscheiden. Kämpf mit mir, ringe mit ihm, oder gib ganz auf.

Anja entschied sich. Ohne ein weiteres Wort lief sie zur Treppe und in den Lärm. Walter sah ihr nach, dann wieder zu dem Mann, den er festhielt. Der schrie erneut, länger, durchdringender noch als eben. Jetzt sahen Walter, Anna, Nasrin und Abel, woran das lag: Aus der Ritze, dem Bruch, den Toms Messer der Prothese vorhin beigebracht hatte, floss dichter weißer Qualm.

Walter fluchte unartikuliert und ließ Jochen Crissauers Rücken los. Er sprang auf und lief zu Anna, die hinter Nasrin Schutz suchte. Die Gitarrenmusik ebbte ab, darunter aber blieb ein Kopfsteinpflasterrumpeln, das den Leuten im ganzen Gebäude die Gebeine schüttelte.

Man konnte Cyan in dem Backstageraum dennoch verstehen, als sie sprach: »Ialpirgah.«

Aus der Ritze in der Holzhand schoss eine Stichflamme.

»Jii!«, kreischte Walter Schaffer in überraschend hoher Tonlage, und Abel tat, was er seit einigen Minuten hatte tun wollen: Er warf sich auf Ceecee.

Die schien ihn, der die Arme hochriss, kommen zu spüren, statt ihn nur zu sehen. Ihr rechter Arm wischte ihm schnell und präzise einen Schlag gegen die linke Schläfe.

Aus dem Sprung des Angreifers wurde ein Sturz.

Er fiel auf und über den Tisch und riss ihn mit sich zu Boden, samt Obstschale, Obst, Kuchenplatte und Marmorkuchen, während Jochen Crissauers Hand und ein großer Teil seines Hemdsärmels, dann seines Armes, in hellen weißen, gelben und roten Flammen standen, als er mit einer Kraft, die niemand mehr in ihm vermutet hätte, in die Höhe sprang und auf Ceecee zustürzte. Die aber fing ihn auf, zog ihn an sich und ließ etwas in ihm knacken mit obszönem Laut.

Sie hörten ein Wesen rufen, das nicht mehr wie Tom klang –

Du drohst der Sonne: Tod!

Cyan sagte im selben Moment dasselbe.

Dreimal wiederholten beide Stimmen den Satz.

Dann sank der Leichnam des Arztes und Forschers vor Ceecee mit gebrochenem Genick zu Boden. Auch der Hemdrücken brannte jetzt. Das Fleisch in Flammen roch entsetzlich. Nasrin spuckte, würgte, Walter winselte.

Anna sagte: »Wir müssen ... wir müssen hier raus.«

Abel, der schon wieder halb aufgerichtet war, schrie: »Die andere Tür, die Tür zur Treppe!«

Walter war sofort dort. Die Tür ließ sich nicht öffnen. Anna und Nasrin halfen Abel auf, dann sahen sie, wie das Feuer, in dem Jochen Crissauer sich um Ceecees Beine legte wie ein treuer Hund, auf diese Beine übersprang.

Das Wesen drehte den Kopf: »Ich kann im Feuer sein. Könnt ihr's?«

Wieder lärmte die Musik, so dass man kein Wort mehr verstand.

Das Feuer flammte um und an der Fackel Cyan auf. Abel stieß Nasrin von sich, um über den Tisch zu klettern. Cyan bewegte die Arme. Es sah aus wie eine Art Tanz, und was sie von sich warf, waren Flammen wie brennende Tücher.

Zwei der Feuerzungen berührten den Boden, wo sie im selben Moment erloschen, drei aber auf die Schwelle und den Eingangsrahmen, wo Holzverkleidung Feuer fing und, erst wie verschlafen emporleckend, dann hoch aufschießend, wie eben noch aus Crissauers Prothese, heiße Krallen zeigte.

Abel ergriff den Stuhl an der Lehne und schlug damit wie ein Raubtierbändiger nach Cyan. Er traf sie, und während sie so blendend brannte, dass man die Konturen ihres Körpers kaum noch sah, war sie zugleich offenbar nicht unangreifbar, sondern taumelte getroffen auf den umgestürzten Tisch zu, damit aber auch auf die drei, die da standen.

Anna spürte, wie die Flammen sie berührten, und glotzte benommen ins weiße Brennen, bis Nasrin sie zurückriss, die wiederum von Walter an den Armen gepackt wurde, der zur entflammten Treppe schaute und rief: »Marion! Marion ist da drin!«

»Sie wird verbrennen oder weglaufen! Lass!«, schrie Abel, der den Stuhl wieder schwang, noch einmal auf die taumelnde Feuergestalt einschlug, dann Nasrin anstarrte und brüllte: »Keller! Jetzt! Geht in den Keller, kriecht in die hinterste Ecke, und kommt nicht raus, bis euch wer rausholt! Jetzt, sofort!«

Walter Schaffer blubberte etwas, es mochte »Marion« sein oder »Mag nicht«. Er sah aus wie ein trotziges Kind, das gleich anfangen würde, zu plärren.

Nasrin stieß ihn zur Kellerklappe.

Anna, die jetzt ein Jucken und Brennen am Hals und im Gesicht spürte, wo die Flamme sie berührt hatte, aber nicht übergesprungen war, spürte einen beißenden, stickigen Geruch in der Nase und einen Geschmack von Kupfer und Wolle im Mund, folgte Walter über den Betonrand, auf die steilen Stufen, ins Dunkle, das kühl war.

Nasrin sah zu Abel, der mit einem der Stuhlbeine Ceecee tief in den Solarplexus stach. Das Möbelstück qualmte schon, Teile färbten sich schwarz. Er sah sie an, als wollte er sich entschuldigen. Sie sah ihn an, als wollte sie das auch.

Bruder und Schwester brauchten nichts zu sagen. Sie griff den Rand der Tür. Cyan packte das Stuhlbein, ein Kampf ums Holz begann. Nasrin stieg in die Schwärze. Abel schloss die Augen und warf sich nach vorn, als die Klappe fiel, stieß sich mit der ganzen Kraft seiner beiden Beine der brennenden Feindin und Geliebten, dem brennenden Feind und anderen Ich entgegen, dass der Stuhl brach und splitterte.

So hörte er Tom Crissauer und das Wesen, mit dem er selbst rang, im selben Moment schreien:

So volle Sonne, goldne Welt gelohnt
Ich hoffe
Nicht
Auf deinen
Mond!

Alle Instrumente hatten das Crescendo ausgespielt.

Der bislang stillste Moment in der Dramaturgie war erreicht. Reverb erfüllte die Halle, als Anja Weirich von der Seite, hinter den noch nicht entzündeten, noch schweigenden Fackeln auf die Bühne kam. Marion sah sie und winkte Bernhard, dem zweiten Beleuchter, oben auf der Balustrade, im Gerüst. Sie selbst stand am Mischpult mit Frieder, dem festangestellten Mixer, und hielt per Smartphone ständigen SMS-Kontakt mit Bernhard, der sich alle zwei Minuten über Walter Schaffers unerklärliche Abwesenheit beschwerte.

Bernhard verstand den Wink. Er richtete einen Strahler auf Anja, die kurz strauchelte, sich die Hände vor die Augen hielt und dann Tom ansah, der sich ihr langsam zuwandte, mitten im Klangschaum, der ihn überm Geschwindschritt der schweren Trommelstiefel Heikos umspülte.

Alle Augen im Saal richteten sich auf die beiden.

Tom lachte. Er breitete die Arme aus, lachte und lachte, schüttelte sich, sein Götterlachen fiel von der Bühne unter die Begeisterten, in Scherben. Alle Augen glänzten. Er sah zu Anja Weirich, wie sie stockte, wie sie nicht weiterwusste, wie sie nach etwas suchte: Warnung, Bitte, Ermahnung. Tom schaute zu Heiko, der, in seine Arbeit eingegraben, nicht gleich verstand, was man von ihm wollte, so dass der Sänger den rechten Arm in abgehackter Gebärde zweimal von oben nach unten die Luft spalten ließ, in der man ölige Schärfe riechen konnte, Schwebeteilchen, von Winden durch Straßen in die Halle geblasen, mit den Menschen hereingeströmt, mehr als ein bisschen giftig.

Heiko begriff, als er sah, was sein Bandchef da tat, und hörte auf zu trommeln und zu trampeln. Fritz und Harkan schrubbten und rissen noch drei, vier Takte weiter, der Bass war schon verstummt, der Bassist eine Statue, die mit glasigen Augen Tom anstaunte. Dann schwiegen auch die Gitarren.

Wer hergekommen war, ein paar Menschen namens Lichtnord dabei zuzusehen und zuzuhören, wie sie ins Leben zurückkehrten, wollte jetzt sehen und hören, was Anja Weirich und Tom Crissauer einander zu sagen hatten.

Es gab sehr wenig für sie zu sehen und zu hören, weil sich die eigentliche Begegnung dieser beiden anderswo abspielte als im Sicht- und Hörbaren.

Anja sagte schließlich etwas. Tom Crissauer hörte und sah mehr, als sie sagte.

Dann sagte Tom Crissauer etwas, und Anja Weirich hörte und sah mehr, als er sagte.

Marion bekam nichts davon mit. Denn jemand fasste sie, als alles still wurde, von unten am rechten Arm und zog dran. Sie sah ihn an. Es war ein kleiner, ältlicher Japaner im graublauen Anzug und darüber einem hellen Mantel. Der Japaner lächelte und sagte: »Reden. Talk.«

Sie verstand nicht, sagte unwillig: »Was? Was wollen Sie, wer sind Sie?«

»Reinhardt. Nasrin, Abel Reinhardt«, sagte er laut genug, und sie begriff, dass er mehr wusste als sie, über etwas, das sie wissen wollte, und ließ sich von seiner Hand vom Gerüst ziehen. »Where is Nasrin Reinhardt?«, fragte er.

Marion deutete mit dem Kopf Richtung Bühne: »Behind ... there.«

Er sah besorgt aus und fragte: »Können Sie ... call? Rufen?«

»Ich hab's versucht, I ... I have tried, my ... my boyfriend is with her.«

»Is there an exit there? Can you text him to get out, with her and ... everybody? He must get out. She must get out.«

»Weshalb?« Sie tippte schon, erwartete aber keine Antwort von Walter, er hatte sich schon auf vier frühere Anfragen nicht gemeldet. Der Japaner machte ein saures Gesicht und sagte: »Tell them to get out or ... get deeper. Is there a way to get deeper? Into the building?«

»There is a ...«, sie wusste das Wort nicht, wechselte ins Deutsche: »Ein Keller.«

Der Japaner nickte: »Yes. Good. Basement. Fast. Now, follow me.«

Er bewegte die Hand, wie man es tut, wenn man Hühner verscheucht.

Sie sah, dass er keinen Einspruch wollte, fragte aber dennoch: »Was … why? What?«

»Wenn Sie leben wollen … come with me«, sagte er, wandte sich ab und beeilte sich, zwischen den Gebannten einen Weg zur Rampe zurückzulegen, die aus dem Saal führte. Marion sah auf die Bühne, wo Anja Weirich jetzt gerade gesagt hatte, was niemand außer Tom verstand, und Tom sich anschickte, zu sagen, was niemand außer Anja verstehen würde.

Marion sah auf ihr Handy, es blinkte.

Die Nachricht war von Bernhard, nicht von Walter.

Der Beleuchtungsassistent wollte wissen: »WO IST WALTER?«

Marion sah hoch zu ihm. Er schaute sie an, verunsichert, vielleicht der Einzige im Raum außer ihr, der nicht zur Bühne sah. Sie zuckte mit den Schultern, steckte das Handy weg und lief, so schnell sie konnte, dem Japaner hinterher.

Was Anja Weirich eben gesagt hatte, war: »Tu es nicht.«

Was Tom verstanden hatte, war etwas wie:

Im gespaltenen Zugang kämpften wir drum, wer ihn behalten durfte, den Dschinn, der Sturm heißt. Du sagtest mir, was dieser Name bedeutet. Er war ein Vaterloser, der nie altert, und eine Art Hündchen. Hat er, was ein Mann hat, und zugleich das, was eine Frau hat? Armer Dschinn, wieso war er ein Tier? Er hat das bisschen Hummus in seinem Napf nicht angerührt. Dass du diese Leute hier alle töten kannst, das wissen wir. Ich sage: Töte sie nicht. Sie wollten sich einen Namen machen, die Menschen damals, die von Osten kamen und sagten, dieser Ort ist gut, und wenn das Gericht über die Welt kommt, wird dieser Ort widerstehen, von hier aus wird der Welt Genuss und Nahrung zukommen, nicht von Oben, denn Oben ist zu weit weg. Von hier aber werden wir in den Himmel steigen und eine Schlacht schlagen, damit nicht wieder eine Flut über die Erde kommt wie zuvor. Und JHWH sagte, siehe, sie sind Menschen und haben alle eine Sprache. Da sie vereinigt sind, wird ihnen ihr Vorhaben gelingen. Lass aber alle Sprossen der Leiter verstreut sein, jede in ihre eigene Richtung, so dass sich alle dort unten zerstreuen. Und JHWH verstreute sie von dort. Wieso wurde ihre Sprache zerstreut und entstellt? Es liegt daran, dass sie alle die heilige Sprache sprechen konnten. Diese Sprache half ihnen. Der Akt des Aussprechens ist entscheidend, den Willen auszuführen. So hielten sie aufrecht, was sie errichteten. Daher wurde ihre Zunge verwirrt, damit sie ihre Absichten nicht in der heiligen Sprache durchführen konnten. Sobald ihre Sprache verkommen war, scheiterte ihr Vorhaben, denn die Mächte oben kennen und erkennen nur die heilige Sprache, keine andere. Sobald ihre Sprache entstellt war, wurde ihre Kraft schwach und zerbrach. Komm und sieh: Ein Wort, das niedere Geschöpfe in der heiligen Sprache sprechen, wird von allen Mächten des Himmels verstanden, die es kräftigt, aber jede andere Sprache verstehen sie nicht, noch erkennen sie, welche es ist. Dass du alle Geschichten, die Kain nicht will, die Cyan nicht will, beenden kannst, das wissen wir. Ich, sage: Beende sie nicht. Ein König fragte: Wer ist das? Sie sagten: ein Byzantiner aus Griechenland. Gelobt sei Gott, begann der Grieche, einer, einzig, allein, ewig, immerwährend, unbewegt, der vor der Materie war mit ihren Formen und Dimensionen, wie die Einheit den Zahlen vorausgeht, den geraden und den ungeraden, ohnegleichen und ohne Gegenteil. Gelobt sei Gott, der in Überfluss und Gnade den tätigen Geist aus seiner Güte hervorbrachte, die Quelle der Wissenschaften und der Rätsel, das Licht der Lichter und das Element aller Geister. Gelobt sei Gott, der den Geist aus seinem Licht schuf und die himmlische Weltseele aus seiner Substanz hervortreten ließ, beschenkt mit der Macht der Bewegung, die Quelle allen Lebens und aller Segnungen, in der Zeit, die ein bewegtes Bild der Ewigkeit ist. Im gebrochenen Zugang stritten wir darüber, wer ihn verletzt hat, den Teufel Hitze. Du konntest singen, was dieser Name verheimlicht hat. Er war eine Hoffnung für die Wasserschlange und den Vogel. Hat er, was ein Junge hat, und zugleich, was ein Mädchen hat? Sonne eines Teufels, wen hätte er erlöst? Er konnte sein Brot nicht mit uns teilen. Dass du die ganze Musik zum Schweigen zwingen kannst, das wissen wir. Ich sage: Zerstör sie nicht. Cyan oder Kain rechnet mit dem Kleinsten, weil sie versteht, weil er begreift, dass sie, dass er nur so den Wurf verstehen kann, den freien Fall, die Bewegung der Planeten, die Beschleunigung. Cyan oder Kain rechnet mit dem Verschwindenden, weil sie versteht, weil er begreift, dass sie, dass er nur so die Fläche berechnen kann, das Volumen ermessen, den Schwerpunkt bestimmen. Cyan oder Kain rechnet mit dem kaum Vorhandenen, weil sie versteht, weil er begreift, dass sie, dass er nur so herauskriegt, was das für eine Gerade ist, die deine Bahn und meine Bahn nur an einem einzigen Punkt berührt, der eine Entscheidung ist, jetzt, hier, mit all diesen Leuten, die du töten kannst oder am Leben lassen. Man kann inzwischen Leute treffen, die sagen, dass es Gott erstens nicht gibt und sie aber zweitens trotzdem an ihn glauben, weil das nützlich ist und tröstlich und deshalb richtig. Das ist dann eine Art, sich Zweifel und Fragen zu ersparen, und sich darauf, dass man sie sich erspart, viel einzubilden. Dann liegen sie wie dösend auf dem Rücken in der Sonne und um sie herum sind rot getönte Gräser, fuchsrot zum Teil, und mit blaugrünen Stachelnüsschen und Gänseblümchen, und dann rauchen sie Salzkristall, sie speicheln es ein und saugen es durch Aluminium, Natrium und Chlor ist drin, eine Verbindung mit hohem Schmelz- und Siedepunkt, und das Feuer müsste außer Kontrolle geraten, dass es diese Zigaretten wirklich zu Zigaretten machen könnte, aber wäre das Salz geschmolzen, dann wäre es ein schrecklich guter elektrischer Leiter, und ich weiß nicht, willst du das wirklich, und ich hoffe, du willst das nicht, denn ich habe die Landschaft mit den Gräsern und den Stachelnüsschen und Gänseblümchen gesehen, wie sie nach dem Feuer aussieht, das sind alles Steine, auf einer abgeknabberten, fast kahlen Wiese, das ist ein Friedhof, und das, was auf diesem Friedhof ruht, das sind seine Grabsteine allein. Ein paar Kinder spielen im Schlamm, vielleicht vier, vielleicht fünf. Nach einer Weile haben einige von ihnen Schlamm auf den Stirnen, aber sie reden darüber nicht miteinander. Da kommt ein Erwachsener, vielleicht der Vater eines der Kinder, vielleicht der Vater von mehreren, und sagt: Mindestens einer oder eine von euch hat Schlamm auf der Stirn. Wisst ihr, ob ihr es seid? Wenn nur ein einziges Kind Schlamm auf der Stirn hat, ist das einfach rauszukriegen, für dieses Kind: Es sieht, dass alle anderen Kinder saubere Stirnen haben, und kommt also darauf, dass es selber Schlamm auf der Stirn hat. Wenn es aber nicht nur eins ist, werden alle sagen: Ich weiß es nicht. Da fragt der Vater nochmal. Wenn zwei Kinder Schlamm auf den Stirnen haben, würden sie jetzt wissen, dass es mehr als ein Kind sein muss, sonst hätte ja eines jetzt geantwortet, ich weiß es, ich bin es. Was wir lernen, ist, dass Aussagen übers Nichtwissen zu Wissen führen können. Kann man das umkehren? Ich frage nicht mich, ich frage dich, ob man es umkehren kann. Ich sage dir etwas über diesen Saal, das du wissen musst: Es ist ziemlich dunkel hier, aber wenn du dein gefräßiges Licht anzündest, wird es noch dunkler werden. Dass du dich rächen kannst für etwas, das nicht dir passiert ist, sondern meiner Tochter und der Schwester meiner Tochter, die der Bruder meiner Tochter ist, das wissen wir. Ich sage: Räche dich nicht und räche auch niemand anderen.

Mach den Fehler nicht, der aussieht wie das Richtige. Begeh das Verbrechen nicht. Setze das Zeichen nicht. Sprich das Urteil nicht, das kein Gleichgewicht herstellt. Tu es nicht, und leg es weg, und komm mit mir. Wir können etwas Besseres für dich und mich finden.

Tom sah nicht aus wie jemand, dem man das sagen musste.

Es war ihm bekannt. Es änderte nichts. Er lachte nicht mehr. Stattdessen hielt er das Feuerzeug hoch, erst so, wie man ein Weinglas hebt, wenn man mit jemandem anstoßen möchte, dann höher.

Der Daumen lag auf dem Rädchen.
Tom sagte:
»Ich muss nicht. Aber ich will.«
Was Anja hörte und las, als er das sagte, war etwas wie:

Weißt du Wahrscheinlichkeit, dann weißt du alles. Es geht nur selten um Bestätigung. Der, den du Kain nennst, braucht nie Theorien. Die, die du Cyan nennst, braucht nie Erfahrung. Wenige Ursachen reichen für Wirkung. Ich kenne die Geschichte, sie ist endlich. Endliche Menschen, endlich unwahrscheinlich. Eine im Knast, eine im Netz, zusammen können sie den Spiegel höher halten, der wie ein Brennglas wirkt auf einen Bruder und seinen Mann, den er verleugnet hat. Die Lehre von den Mengen und den Maßen, in denen ich Wahrscheinlichkeit erleben musste, ist eine Heimlichkeit von deiner Tochter, nein: von der Tochter dieser Tochter. Denn die ganzen Gegenstände dieser ganzen Lieder sind nicht zu hören, hört man nur die Lieder. Hört man sie nicht, liest man sie in der Luft. Sei dir ganz sicher, dass die Hölle hier ist. Sie ist, wo du bist, und sie ist bei mir. Das ist der Zaubertrick. Das ist das Opfer. Das ist das Wunderwerk. Das ist der Krieg. Sie sind gekommen, das Konzert zu hören. Sie haben keine ausreichenden Ohren. Sie haben überhaupt noch nicht bezahlt.

Der Daumen drehte am Rädchen und drückte aufs Plättchen.

Die Luft im Saal, ein aus allen Straßen Berlins über Tage hin zusammengeflossenes, schwangeres, tückisches Wetter, war bereit, das Feuer zu empfangen.

Die Zündung löschte Sprache aus, Sprecher und Sprecherinnen. Ein Glutball schluckte acht Menschen sofort. Wie Druckgas explodiert, zerriss ein Blitz die Halle längs. Wer nicht gleich starb, rannte und ruderte, trat um sich, fiel, schob, wurde geschoben.

Gerüste und Gebälk hielten nicht länger stand als eine Viertelstunde. Die Hitze führte zur Bildung weiterer Pyrolyse-Gase. Die Rauchschicht, die schnell entstanden war, nahm sie auf. Flammen, zu Flächen ausgedehnt, zogen Leute in Gezeiten, in Durchzündung der gesättigten Rauchschicht, wenige Menschen schafften es nach draußen, nicht mehr als anderthalb Dutzend. Feuer fraß nicht nur das Gebäude, sondern sprang auf anliegende Bauten über.

Nach Alarmierung einer Leitstelle trafen sechs Minuten nach der dritten Explosion die ersten Feuerwehrfahrzeuge ein. Man baute Riegelstellungen zur Verhinderung der Brandausbreitung. Man setzte Schaum ein, man nutzte Überflurhydranten. Männer und Frauen in Einsatzleitwagen, Löschgruppen- und Tanklöschfahrzeugen, Männer und Frauen aus Mannschaftstransportwagen und Gerätewagen taten, was sie konnten. Der Kampf gegen den Großbrand dauerte neun Stunden. Was von der Anlage übrig blieb, war im Brand zerschlagen, gebrochen, schwarz und glatt.

Nur wenige aus den Hierarchien von Institutionen, die helfen, schützen und retten sollten, wahrten die Übersicht darüber, was auf der Unglücksstelle nach dem Sterben der letzten schwelenden Brände geschah: Wer dort suchte, wer dort räumte, wer dort war und sein sollte.

Vielleicht hätten erfahrene Einsatzleiter oder Einsatzleiterinnen, die ihre Leute mit Namen und Gesicht kannten, die sechs Unbefugten, die auf Anweisungen Pashwane Serotes und ausgerüstet mit Informationen, die sie einem ehemaligen japanischen Priester und einer ehemaligen deutschen Supermarktkassiererin verdankten, einen bestimmten Gebäudeteil freilegten und dort eine Tür zu einem Keller suchten, als Fremde erkannt.

Aber diese leitenden Kräfte konnten nicht überall sein. Und so bemerkte niemand, dass sechs Personen, die eigentlich nicht hergehörten, hier die beste und wichtigste Arbeit taten.

Erst in den Abendstunden des langen Tages nach der Katastrophe fanden sie die Tür. Wer dahinter war, wurde gerettet, **Sela.**

8 : Freie Coda

Die Essigbeeren und Safranfäden brachte man Nasrin gegen halb zehn. Um die Mittagszeit begann sie mit den Vorbereitungen. Kassims Onkel half ihr zunächst, den Zucker und die Fäden im Mörser zu zerstoßen. Dabei sprachen beide über die Ikhwan, die Brüder von Basra, und über das, was Nasrin von Kassim erfahren hatte.

Nasrin sagte: »Sie hatten recht mit den Tieren, die Brüder, und sie hatten nicht weniger recht mit den Talismanen, und am allermeisten hatten sie recht damit, dass die Schriften zwar vielleicht von unterschiedlichem Wert sind, dass wir als Menschen aber nicht entscheiden können, welche von ihnen welchen Wert haben.«

Der Mann, der viele Prüfungen ausgestanden hatte, wollte sich nicht anschließen: »Denk sie dir weniger nach deinem eigenen und Kassims Bild. Sie waren keine Modernen.«

»Sie nahmen jede Hilfe an, aus den Quellen, das ist es, was ich sage. Sie hatten keinen Priesterdünkel. Sie sahen, dass die Schatten Gottes groß sind und dass daher das Dunkel groß ist, in dem wir herumirren.«

Gegen halb eins, als die herrliche Sonne den Park vor dem Wintergarten aufleuchten ließ wie Feuerwerk, vom roten Prachtsalbei bis zum blauen Rittersporn, kam Itoh in die Küche und warf, um zu helfen, die Pistazien ins kochende Wasser.

Er beteiligte sich am Gespräch: »Die Brüder von Basra ... soweit ich weiß, waren sie Neoplatonisten. Und als muslimische Neoplatonisten konnten sie Dinge sehen, die den heute bekannteren christlichen Neoplatonisten nie aufgegangen sind. Als kleine Gemeinschaft waren sie einander auch ... what was the term? The ... boat?«

»Ein Rettungsboot«, sagte Nasrin.

Anna stieß dazu und kümmerte sich um den Reis und das Brot im Ofen, nach Nasrins Anweisungen. Walter Schaffer ging mit Marion seit elf Uhr im Garten herum.

Die beiden hatten einander viel zu erzählen und küssten und

hielten einander, in überraschter Dankbarkeit dafür, dass sie noch lebten.

Nasrin ließ die Butter in den größten Topf laufen. Itoh gab die Pistazien und Essigbeeren auf den gekochten Reis. Afshar schichtete weiteren Reis darauf. Anna träufelte die Safranmischung darüber und gab Brot dazu. Alles kochte und garte, solange es musste.

Gegessen wurde im Tafelzimmer, von Nachmittagslicht geflutet, das ihnen allen die Stimmung hob und keine Angst machte, obwohl es eine Art Feuer war und sie gelernt hatten, Feuer zu fürchten. Pashwane Serote servierte mit dem Schaumlöffel. Nur ein Teller blieb zunächst leer. Dann stieß Vasan Anwar doch zu ihnen. Er hatte oben, in einem Büro, das mit aller Welt verbunden war, vieles von vielen an vielen Orten erfahren. In wenigen Stunden, nach den verschiedenen Aufbrüchen der verschiedensten Leute in die verschiedenen Himmelsrichtungen, würde das Büro spurlos abgebaut werden.

Itoh sah Anwar fragend an.

Der sagte: »Ja, die Software funktioniert. Sie haben gut gearbeitet, Itoh. Vielleicht zu gut. Ich höre nicht gern von den neuen Polarlichtermustern, von den Sturzfluten mit fünfundzwanzig Stundenkilometern Geschwindigkeit, die in Montana Täler überschwemmen, wo es so etwas früher niemals gegeben hat. Ich höre nicht gern von den schnellen Sandwehen im Nordirak, vom Zyklon bei Myanmar, von den mittelamerikanischen Schlammwellen. Aber ich höre davon. Und wir richten uns danach.«

Er sagte das auf Französisch, so dass Anna und Afshar ihn nur schlecht und Marion und Walter ihn überhaupt nicht verstanden. Kassims Onkel machte eine Bemerkung dazu, auf Deutsch: »Wir sind die ersten Zeichendeuter, die sich für die himmlischen Zeichen nur interessieren, um ihnen auszuweichen. Komische Priester sind wir.«

»Wissenschaftler, nicht Priester«, berichtigte Itoh, melancholisch lächelnd.

»Wissenschaftler, die dazu raten: Rennt weg, wenn die Erwachsenen anfangen, sich zu streiten«, sagte Anna.

Der Vergleich war so ernüchternd, dass alle eine Weile schweigend weiteraßen.

Blau und fast wolkenlos leuchtete der Himmel über Potsdam.

Der Mann aus Koh Phangan sagte zu Itoh: »Ich bin froh, dass Sie mich überredet haben. Dass wir hiergeblieben sind. Nicht nur, weil der Fall zeigt, wie richtig Ihre Rechnung war. Sie haben das instabile Extremum genau bestimmt. Sondern auch, weil wir ein paar Menschen retten konnten.«

Wieder schwiegen alle.

Dann war es Walter Schaffer, dem einfiel, wie man das Thema auf die beste Art wechseln konnte: »Also das ist jetzt persischer Reis?«, fragte er Nasrin.

»Das ist mein Reis. Und ich bin persisch«, sagte sie.

Nasrin pirãhani rã mikhãhad ke mesle yek ãieneh bãshad.

Man war mit iranischen Behörden in Kontakt getreten, die versprochen hatten, Nasrin unterzubringen und sie arbeiten zu lassen; umso bereitwilliger, als Anwar ihnen bewiesen hatte, dass die Deutschen und die Amerikaner glaubten, sie befände sich nach wie vor in Haft – ein Rätsel, dessen Aufklärung die Iraner sehr interessierte.

Nasrin würde nicht allein fliegen. Anna hatte lange argumentieren müssen und zunächst alle gegen sich gehabt.

»Ihr Lebensstil«, hatte Serote das heikle Thema angesprochen, »wird dort nicht geschätzt.«

»Ich weiß. So was steinigen sie. Aber ich kenne mich mit Politik hier aus, und das müssen sie mögen. Ich habe in Deutschland nicht viel, das mich hält, und sie braucht jemanden. Eine Leibwache«, sagte sie. »Ich gehe nicht aus Verliebtheit mit – ja, guckt nicht so –, sondern weil ... ich glaube, die Geschichte ist ... etwas, über das ich mal was Längeres schreiben könnte als einen Blog. Auch wenn es vielleicht nie veröffentlicht wird.«

In Wirklichkeit – aber dazu, das zu bekennen, war sie zu stolz und zu bescheiden – war es ein Angebot, Nasrin dabei zu helfen, nicht ganz verlorenzugehen. Denn dort, wo sie hingehen würde, kannte sie niemanden und nichts.

Sie war eine Deutsche, und eine zweite Deutsche in der Nähe konnte kein Fehler sein.

So ging das hin und her. Dann sagte Afshar: »Es kann ja auch ein Durchgang für Sie sein. Wenn Sie weiterwollen, wird man Sie nicht festhalten, diese Garantie können wir Ihnen verschaffen. Ich denke auch«, ein Seitenblick zu Anwar, »dass es besser ist, wenn Sie erst einmal nicht in Deutschland bleiben. Allerdings werden Sie demnächst noch einmal zurückkommen müssen, wenn ich alles richtig verstanden habe.«

»Ja. Sie muss mich im Gefängnis besuchen und mir sagen, dass ich den Spiegel brauche«, sagte Nasrin. Damit war das beschlossen.

Den Rest der Nacht hatte man mit der Reiseplanung verbracht: Die beiden Frauen würden zunächst nach Kuala Lumpur fliegen, von dort mit Iran Air weiter nach Tehran, ausgestattet mit Pässen, Visa und anderen Dokumenten, die Anwars Helfer soeben in dessen mobilem Büro herstellten.

Nach dem Essen, dem Wein und dem Wasser saß Nasrin auf der Veranda, mit einem Buch, das Itoh ihr am Abend vorher geliehen hatte.

Verfasser war der Philosoph, zu dem der Japaner morgen früh aufbrechen würde, um ihn ins Vertrauen des Kreises zu ziehen, der eben am langen Esstisch zusammen gegessen hatte.

»Es sind gefährliche Ideen.«

Itoh setzte sich zu ihr: »Nicht gefährlicher als die anderen, die er hatte. Sie wissen schon ...«

»Dass alles denkt. Und dass manches viel besser denkt als wir.«

»Ja. Dieses Buch hier«, er deutete auf das Buch mit der Rembrandt-Zeichnung unter dem Titel »Selves« und dem Autorennamen »Galen Strawson«, »sagt, dass es uns vielleicht weniger sicher gibt, als wir glauben. Dass das, was Sie und ich meistens ›Ich‹ nennen, flüchtiger ist als vieles andere, was wir sonst denken und tun.«

Er sprach Farsi, sie auch, und beide wussten es nicht.

Nasrin schlug das Buch auf und las vor, wobei sie immer wieder ein paar Sätze oder Zeilen ausließ, an diesen Stellen auch hörbare Pausen machte: »I am a subject of experience, then. Am I also a self? Only if selves exist. Do they? ... In many ways my position puts me closer to the No-sayers than the Yes-sayers, and in saying yes I'm likely to lose the sympathies of both sides. Each will object that I concede too much to the others. ... But I'm going to argue that selves exist, ›inner‹ subjects of experience that are not identical with human beings.«

Itoh stellte ihr, als sie das Buch zuklappte und es ihm zurückgab, eine Frage: »Wovon, glauben Sie, redet er wirklich?«

Nasrin hatte diese Frage erwartet. Ohne Scheu antwortete sie: »Ich weiß, was Sie denken. Sie denken an den Mann, die Frau. An Cyan oder Kain, von denen Abel erzählt hat. Cyan und Kain.« Itoh sah zu den Birken, ihren Kronen, zum Himmel. Spitzte die Lippen. Entspannte sie wieder. Dann sagte er, ohne Nasrin anzusehen: »Sagen wir doch einfach ... Man fand mehr an der Stelle des Unglücks als drei Überlebende. Sagen wir, man fand etwas, das nicht leicht zu bergen war. Aber mit etwas Behördenbestechung und einem kleinen Lastwagen und einer Hebegabel ging es. Sagen wir, es kann ein Stein gewesen sein, von der Form und Größe eines erwachsenen Menschen, in Embryonalhaltung zusammengekrümmt. Sagen wir, da waren Spuren eines anderen Menschen, eines toten Mannes, nah am Stein. Haut. Fleisch. Der tote Mann – sagen wir, man hat genetische Proben genommen. Man kennt die Erbanlagen.«

»Sie ähneln meinen«, sagte Nasrin.

»Sie ähneln Ihren«, sagte Itoh und fuhr respektvoll fort: »Und sie zeigen, dass jemand gegen den Stein Kraft und Mut bewiesen hat, als der Stein noch kein Stein war. Der Stein hätte die Türe leicht zerschlagen können, hinter der Sie, Walter und Marion sich verstecken mussten, vor den Flammen. Sie war sehr angegriffen, diese Tür. Nicht schwer zu zerbrechen. Aber der Stein, als er noch kein Stein war, kam nicht bis zu dieser Tür. Der tote Mann, dessen Spuren man beim Stein gefunden hat, wusste das zu verhindern.«

»Der Stein ist ...«

»Es gibt viele Geschichten von Menschen, die Götter waren, und von Göttern, die Menschen waren, und gestorben sind und auferstanden. Tammuz, Osiris. Manche sind ihre eigenen Väter, ihre eigenen Söhne, in den Geschichten. Die Menschen früher wussten oft nicht so genau, wer sie waren.«

»Subjects of experience that are not identical with human beings«, wiederholte Nasrin Strawsons Worte. Itoh sprach jetzt deutsch, fließend, ohne Anstrengung, nahezu akzentfrei, als er erwiderte: »Ob man der Sohn ist oder der Vater, man weiß es nicht immer. Kurt Schulte, Wieland Schulte ... manche Söhne halten sich manchmal sogar für ihre Mütter. Der biblische Joseph zum Beispiel, wenn wir der Dichtung glauben dürfen. Und sie könnten recht haben, diese Söhne. Warum soll das Geschlecht stabiler sein als irgendein anderes ...«

»... Extremum der Potentialfunktion«, sagte die Wissenschaftlerin und fügte hinzu: »Sie sollten auf diesen ... Stein gut aufpassen.«

»Er ist nicht mein Problem. Ich mache Vorhersagen über das Zukünftige. Der Stein ist Zeugnis von Vergangenem. Anwars Leute haben ihn geborgen. Er ist an einem sicherem Ort.«

Nasrin stand auf und sagte, bevor sie sich abwandte und ins Haus ging: »Ich mache auch eine Vorhersage über Zukünftiges: Der Stein wird größer werden wollen. Er ist nicht tot. Er schläft. Lassen Sie den Stein gut bewachen. Oder sehen Sie zu, dass Anwar ihn gut bewachen lässt.«

Itoh nickte kaum sichtbar.

Ein leichter, warmer Wind kam auf.

Ich konnte der Geschichte beim Verblassen zusehen.

Enden waren gekappt. Die Eltern Reinhardt, las man zwei Wochen nach dem Feuer in Abels überarbeitetem Wikipedia-Eintrag, seien vor Jahren bei einem Verkehrsunfall ums Leben gekommen. Nasrin habe sich im Gefängnis umgebracht. Von Abel selbst weiß das Netz, er gehöre neben den Lichtnordmusikern zu den prominentesten Opfern des Berliner Großbrands.

Bleiben wird der Film. Wie man das, was sich abgespielt hat, im Weiteren bewertet, hängt wohl davon ab, ob man sich dazu entschließen kann, Cyan/Kain für böse zu halten oder nicht. Was ist das, böse? Was ist das, wenn es zwar eine Kausalität gibt, aber die Punkte vorher und nachher sich nicht so dazu verhalten, wie wir das als Kinder gelernt haben? Was sind das für Folgen, die vor ihren Ursachen auftreten?

Auf YouTube gibt es noch ein paar Predigten von Anja Weirich.

Die Sekte ist tot. Die Botschaft verbreitet sich. Der Journalist kennt nur zwei Leute, mit denen er über das alles reden kann. Sie heißen Walter und Marion, wohnen in Berlin und halten sich vom Göttlichen fern.

Walter bloggt jetzt bei »Komm mal wieder runter«. Gemeinsam tun Marion und er einiges gegen einiges: gegen Multis, die gentechnisch veränderte Lebensmittel über hiesige Discounter absetzen, gegen eine schlechte Stadtverwaltung, gegen Missionen der Bundeswehr an allen möglichen und unmöglichen Orten. Nette Leute, denkt der Journalist, und besucht sie gern. Als Gastgeschenk bringt er ihnen »Wald statt Bäumen« mit, den nachgelassenen Director's Cut. Er hat ihn sowohl als DVD wie als Blu-Ray dabei, weil er nicht weiß, was für Geräte die beiden besitzen. Sie haben, stellt sich heraus, einen Blu-Ray-Player.

Also setzt man sich zusammen aufs breite Couchbett und staunt, wie schön das alles ist: die Ähren und Rispen, die Blätter und Halme, die Welt, in der Ameisen Kentauren sind.

»Sieht toll aus«, sagt Walter, und Marion findet: »Das ist so schön, das muss man gar nicht verstehen.« Der Journalist denkt: Diese Leute, und solche wie sie, sind die einzige Hoffnung, die ein Mensch braucht.

Fünf Tage, bevor sie nach England abgeschoben werden soll, versucht Nathalie Echle, sich umzubringen. Zu einer Tageszeit, da sie ihre Bewacherin draußen weiß, bei ihren verdammten Blumen, greift sie sich ihre ans Bett gelehnten Krücken, die sie braucht, weil es ihr körperlich schlechter geht als seit Jahren.

Mühsam zieht sie sich in die Senkrechte, mühsam geht sie zum Schreibtisch, nimmt ihren Atlas und holt hinten aus dem Umschlag den Brief ihrer wirklichen Mutter, in dem steht, dass Nathalie warten soll, bis sich alles klärt, bis ihre wirkliche Mutter sie findet und rettet.

Nathalie beschließt, darauf nicht zu warten.

Sie nimmt den Brief, die paar Seiten, und stolpert damit unter

Flüchen ins Badezimmer. Unterwegs nimmt sie eine Streichholzschachtel von der Dielenkommode.

Im Bad schließt sie sich ein. Aus dem Spiegelschrank nimmt sie alles an Medikamenten, was gefährlich genug aussieht. Nathalie schluckt Dutzende von Tabletten und Pillen, spült mit dem Zahnputzbecher nach. Bevor sie ohnmächtig wird, zündet sie den Brief an. Als die Blätter brennen, lässt sie das zerfledderte Dokument in die Badewanne fallen und kippt nach hinten, als die Flammen hoch aufschlagen, aber den Duschvorhang nur anschmoren, nicht in Brand setzen. Ihre Ziehmutter schlurft und kramt auf dem Flur.

Sie will sich etwas zu trinken holen und hört den Sturz der jungen Frau. Sie liebt die Ungehorsame, das ist ein aufrichtiges, großes Gefühl – so mächtig, dass es ihr die Körperkraft verleiht, die Tür aufzubrechen. Sie zerrt Nathalie aus dem gekachelten Raum und ruft den Notarzt. Der kommt rechtzeitig, mit zwei Sanitätern. Man pumpt Nathalie den Magen aus.

Sie wird in die Ambulanz gebracht. Die Ärzte reden lange mit Frau Echle.

Drei Tage später schon ist Nathalie in der Verfassung, das Krankenhaus zu verlassen, wenn auch möglicherweise lungengeschädigt. Man gibt ihr Flaschen mit Sauerstoff und ein Gerät, das sie ganz lustig findet, samt Schlauch zum In-die-Nase-stecken. Frau Echle redet weiter mit den Ärzten, die der Meinung sind, dass die Englandreise nicht ausfallen muss. Frau Echle will ihre Tochter auf die Insel begleiten. Gemeinsam treffen die beiden am letzten Tag des Jahres 2012 am Frankfurter Flughafen ein, in einem großen Taxi, eigentlich einem Kleinbus.

Der Flughafen stellt ihnen eine Angestellte zur Verfügung, die Frau Echle beruhigt: »Sie gehen voraus, mit Nathalies Dokumenten. Wenn Sie eingecheckt haben, bringe ich Nathalie mit diesem Rollstuhl per Aufzug direkt zum Gate.«

»Hast du gehört, Nathalie?«, fragt Frau Echle sanft.

»Ich bin zwar ein depressiver Krüppel, aber weder taub noch schwachsinnig«, erwidert die junge Frau und sieht die Ziehmutter dabei nicht an.

Die Flughafenangestellte sieht woanders hin, als Frau Echle ihre Adoptivtochter auf die Stirn küsst und sich dann mit einem Ausdruck seelischer Schmerzen abwendet, um zum Gate zu gehen. Die Flughafenfrau beugt sich zu Nathalie und sagt etwas, das sie überrascht: »Ich weiß, wie wütend du bist. Ich kenne das, wenn einem die Leute das Leben versauen. Wenn man den Weg schon gefunden hat, und jemand mauert ihn zu.«

Nathalie sagt nichts.

Die Frau schiebt den Rollstuhl zur Rolltreppe, fährt mit Nathalie hoch.

Oben geht's einen langen Gang hinunter. Vor einer Aufzugstüre bleibt die Frau stehen und drückt einen Schalter. Die Türe öffnet sich. Die Frau schiebt den Rollstuhl hinein und stellt sich neben Nathalie. Die schaut empor zu ihr, fragend: »Sie wissen was von mir? Was mit … mir ist, mit meinem Leben?«

»Ja. Ich weiß alles von dir, Nathalie. Und ich wünschte, du müsstest nicht auf diese Reise. Aber die Auswege, die ich sehe, haben mir andere versaut, so wie dir deinen.«

»Bist du …«, Nathalies Mund ist trocken, die Stöpsel in der Nase drücken etwas, aber sie traut sich doch, zu fragen, was sie zu ahnen glaubt: »Bist du meine Mutter?«

»Nein. Leider nicht. Aber ich kenne sie. Ich kenne sie gut.« Das Gesicht ist freundlich.

»Wie ist sie denn? Meine Mutter?«

»Fast so klug wie du«, sagt die Flughafenfrau.

Nathalie betrachtet die Uniform und wundert sich sehr über den seltsamen Namen, der auf dem kleinen rechteckigen Metallschild steht, das als Brosche überm Herzen der Freundlichen festgemacht ist: **Cerulean.**

Hinweis und Dank

Es gibt außerhalb dieses Buches, in der Wirklichkeit, Menschen, die Galen Strawson, Nicole Gohlke oder Slavoj Žižek heißen. Mit den Menschen, die in diesem Buch so heißen, haben sie nichts zu tun.

Auch andere Namensähnlichkeiten sind keine Hinweise auf tatsächliche Tatbestände, Handlungen oder Ereignisse. Dietmar Dath gibt es überhaupt nicht. Sehr wichtig: In der Zeit, in der das Buch spielt, hatte Götz Kühnemund gerade beim »Rock Hard« aufgehört, inzwischen gibt es aber zum Glück das Magazin »Deaf Forever«.

Der Verfasser glaubt an nichts Übernatürliches außerhalb der Kunst (aber er glaubt natürlich an die Kunst).

Er dankt für viele Formen von Hilfe und Anregung Mareike Maage, Barbara Kirchner, Hanke Wilsmann, Doris Achelwilm, Markus Hablizel, Bernd Rauschenbach, Dave Sim, Verena Lueken, Andreas Platthaus, Lena Bopp und Swantje von Brück.

Dieses Buch ist Ulrich Matthes gewidmet.

Das Treatment zu »Wald statt Bäumen« kann man demnächst im Internet unter www.pfadintegral.de lesen.